KB118306

더 체스트넛맨

더 체스트넛맨

THE CHESTNUT MAN

쇠렌 스바이스트루프

장편소설

이은선 옮김

문학동네

사랑하는 두 아들, 실라스와 쉴베스테르에게 바친다.

차례

1989년
10월 31일
화요일

1

시커멓게 번들거리는 강물처럼 숲을 관통하는 축축한 아스팔트를 향해 빨간색과 노란색 낙엽이 햇살을 가르며 한들한들 떨어진다. 하얀 경찰차가 쌩하게 지나가자 낙엽은 잠깐 허공에서 빙글빙글 돌다가 길가의 끈적한 덤불 위로 내려앉는다. 액셀에서 발을 떼고 커브를 돌던 마리우스 라르센은 시 의회에 연락해 빗자루를 들고 여기로 출동하라고 해야겠다는 생각을 한다. 낙엽을 너무 오래 방치하면 길바닥이 미끄러워져서 인명 피해를 초래할 수 있다. 마리우스는 그런 경우를 수도 없이 보았다. 경찰 사십일 년 차인 그는 지난 십칠 년간 한 지서의 간부로 재직중인데, 매해 가을마다 낙엽 문제로 의회 직원들을 채근하고 있다. 하지만 오늘은 아니다. 오늘은 대화에 집중해야 하는 날이다.

마리우스는 신경질적으로 라디오 채널을 이리저리 돌려보지만 원하는 방송을 찾지 못한다. 고르바초프와 레이건에 대한 뉴스와 베를린장벽의 붕괴에 얽힌 추측뿐이다. 붕괴가 임박했다고 한다. 완전히 새로운 시대가 눈앞에 있다고 한다.

그는 대화를 나누어야 한다는 생각을 전부터 하고 있었지만 용기를 내지 못했다. 아내가 짐작하는 그의 은퇴 시기까지 겨우 일주일밖에 남지 않았으니 이제 아내에게 진실을 알릴 때가 되었다. 그는 일이 없으면 살 수 없다고. 실무적인 부분을 모두 해결해 은퇴 결정을 늦출 수 있게 되었다고. 아직은 소파로 물러나 〈휠 오브 포춘〉을 보거나 마당의 낙엽을 쓸거나 손자들과 올드메이드 카드 게임을 할 생각이 없다고.

머릿속으로 대사를 연습해보면 별것 아니게 느껴지지만 마리우스는 아내가 심란해할 것임을 잘 알고 있다. 아내는 실망할 것이다. 식탁에서 일어나 부엌의 레인지를 닦으며 그에게 등을 돌린 채 이해한다고 말할 것이다. 하지만 실은 이해하지 못할 것이다. 그렇기 때문에 그는 십 분 전에 무전으로 보고가 들어왔을 때 자신이 처리하겠다고 지서에 알렸다. 아내와의 대화의 순간을 조금이나마 뒤로 미루기 위해서. 평소 같았으면 가축 단속 잘하라는 그 말 한마디를 전하러 들판과 숲을 지나 외룸의 농장까지 찾아가야 한다는 게 짜증스러웠을 것이다. 돼지나 암소가 울타리를 뚫고 나와 이웃집 밭을 밟고 다니는 바람에 마리우스나 다른 경관이 외룸을 찾아가 사태를 수습하도록 한 게 지금까지 여러 번이었다. 하지만 오늘은 짜증이 나지 않는다. 물론 마리우스는 외룸의 집과 그가 파트타임으로 일하는 여객선 터미널에 먼저 연락해보라고 했지만 양쪽 모두 전화를 받지 않는다는 말에 큰길에서 빠져나와 농장으로 출발했다.

마리우스는 흘러간 덴마크 노래를 틀어주는 채널을 찾는다. 〈새빨간 고무보트〉가 구닥다리 포드 에스코트의 실내에 흘러나오자 마리우스는 볼륨을 높인다. 그는 가을과 드라이브를 만끽하는 중이다. 숲에는 노란색, 빨간색, 갈색 나뭇잎이 상록수와 어우러져 있다. 이제 막 시작되려는 사냥 시즌을 향한 설렘이 느껴진다. 차창을 내리자 태양이 우듬지를 뚫고 길 위로 아롱다롱한 빛을 드리우고, 마리우스는 잠깐 나이를 잊는다.

농장은 고요하다. 마리우스는 차에서 내려 문을 닫다가 문득 이 농장에 온 게 오랜만이라는 생각을 한다. 넓은 마당은 황폐해 보인다. 외양간 창문에는 구멍이 뚫렸고, 집의 벽에서는 회반죽이 가느다랗게 떨어져나왔고, 웃자란 잔디밭의 텅 빈 그네는 사방을 빙 두른 키 큰 밤나무에 파묻혀 사라지다시피 했다. 자갈이 깔린 마당 곳곳에 낙엽과 밤이 떨어져 있다. 그는 그것들을 밟아 짓이기며 현관으로 걸어가 문을 두드린다.

마리우스는 문을 세 번 두드리고 외룸의 이름을 세 번 부른 후 아무도 답을 하지 않으리라는 결론을 내린다. 인기척이 전혀 느껴지지 않자 그는 수첩을 꺼내 쪽지를 적어서 우편함에 넣는다. 그동안 까마귀 몇 마리가 마당을 획 가로질러 축사 앞에 세워놓은 퍼거슨 트랙터 뒤편으로 사라진다. 여기까지 찾아왔는데 헛수고로 끝났고 이제 외룸을 잡으러 여객선 터미널로 가야 한다. 하지만 그의 짜증은 이내 가라앉는다. 주차한 곳까지 걸어가는 동안 근사한 생각이 떠오른 것이다. 마리우스에게 그런 일은 좀처럼 일어나지 않으니, 아내와 대화를 나누기 위해 집으로 직행하지 않고 여기를 찾아온 건 행운의 징조가 분명하다. 그는 상처에 반창고를 붙이듯 아내에게 베를린 여행을 제안할 것이다. 최대한 빨리 휴가를 내서 일주일 동안, 아니면 주말 동안만이라도 거기서 지내면 어떨까. 차를 몰고 가서 역사—그 새로운 시대—의 탄생을 직접 목도하고, 아주 오래전에 아이들과 하르센으로 캠핑 여행을 갔을 때 그랬듯이 덤플링과 사우어크라우트를 먹는 거다. 차에 거의 다다랐을 즈음 그는 까마귀들이 왜 트랙터 뒤편에 자리를 잡았는지 알아차린다. 녀석들이 새하얗고 형체를 알 수 없는 뭔가의 주변에서 깡충거리고 있다. 그는 좀더 가까이 다가간 다음에야 그것이 돼지라는 걸 알아차린다. 돼지는 눈을 감고 있지만 뒤통수에 뚫린 총알 자국을 쪼아대는 까마귀들을 쫓기라도 하려는 듯 몸을 움찔거리고 부르르 떤다.

마리우스는 집으로 돌아가 현관문을 연다. 복도는 어두침침하고, 눅눅한 곰팡내와 뭐라고 딱 꼬집어 말할 수 없는 다른 냄새가 난다.

"외룸, 경찰이에요."

아무 응답이 없지만 집안 어딘가에서 물 흐르는 소리가 들려 그는 부엌으로 들어간다. 여자아이는 십대다. 열여섯 아니면 열일곱 살 정도다. 몸은 아직 식탁 앞 의자에 앉아 있는 채로, 뭉개진 얼굴의 남은 부분이 포리지 그릇에 둥둥 떠 있다. 식탁 반대편의 리놀륨 바닥에도 숨이 끊긴 다른 사람이 있다. 나이가 조금 더 많긴 하지만 이 남자아이 역시 십대인데, 가슴에 총구멍이 크게 뚫렸고 고개가 뒤편의 레인지를 향해 어색하게 꺾여 있다. 마리우스의 몸이 뻣뻣해진다. 당연히 그는 전에도 죽은 사람을 본 적이 있지만 이런 경우는 처음이라 잠깐 꼼짝하지 못하다가 벨트에 찬 권총집에서 공무용 권총을 꺼낸다.

"외룸?"

마리우스는 이번에는 권총을 들고 외룸의 이름을 부르며 집 안쪽으로 더욱 깊숙이 들어간다. 여전히 아무 응답이 없다. 마리우스는 화장실에서 다음 시신을 발견하는데, 이번에는 구토를 하지 않도록 손으로 입을 막아야 한다. 이미 오래전에 가득찬 욕조 위로 수도꼭지에서 물이 떨어지고 있다. 피 섞인 물이 테라초 바닥을 흘러 하수구로 내려간다. 알몸인 여자—두 십대 아이의 어머니일 것이다—가 바닥에 팔다리가 뒤얽힌 채 누워 있다. 한쪽 팔과 한쪽 다리가 몸통에서 분리됐다. 차후의 검시 보고에서 그녀는 도끼에 여러 차례 가격당한 것으로 드러날 것이다. 처음에는 욕조에 누워 있었을 때, 이후에는 바닥을 기어서 도망치려 했을 때. 그리고 손과 발로 막으려 했기 때문에 손발이 갈라진 것으로 밝혀질 것이다. 도끼에 맞아 두개골이 함몰됐기 때문에 얼굴은 알아볼 수가 없다.

곁눈으로 희미한 움직임을 감지하지 못했다면 마리우스는 그 광경을 보고 그대로 얼어붙었을지도 모른다. 한쪽 구석에 내팽개쳐진 샤워 커튼 아래에 반쯤 숨겨져 있는 형체가 보인다. 마리우스는 조심스럽게 커튼을 살짝 당긴다. 남자아이다. 머리칼이 온통 헝클어졌고 열 살이나 열한 살쯤 되어 보인다. 피 웅덩이 안에 꼼짝 않고 누워 있지만 아이의 입을 덮고 있는 커튼 모서리가 힘없이, 간헐적으로 떨린다. 마리우스는 재빨리 아이 위로 허리를 숙여 커튼을 치우고 축 늘어진 팔을 들어 맥을 짚는다. 아이는 팔과 다리에 베이고 긁힌 상처가 있고, 피로 물든 티셔츠와 팬티를 입고 있다. 아이 머리 옆에 도끼가 떨어져 있다. 맥이 느껴지자 마리우스는 벌떡 일어선다.

거실에서 허둥지둥 수화기를 들다가 바로 옆에 있던 꽉 찬 재떨이를 쳐서 바닥으로 떨어뜨리지만, 지서와 연결됐을 무렵에는 머릿속이 정리가 돼서 조리 있게 메시지를 전할 수 있다. 구급차. 병력. 되도록 빨리. 외룸의 흔적은 보이지 않음. 출동할 것. 지금 당장! 전화를 끊었을 때 맨 처음 든 생각은 아이에게로 돌아가야 한다는 것이지만 아이가 한 명 더 남았다는 데 퍼뜩 기억이 미친다. 남자아이에게는 쌍둥이 여동생이 있다.

마리우스는 현관홀과 2층으로 올라가는 계단이 있는 곳으로 돌아간다. 부엌과 열려 있는 지하실 문 앞을 지나다 말고 갑자기 걸음을 멈춘다. 무슨 소리가 들렸다. 발소리 아니면 뭐가 긁히는 소리였는데 지금은 고요하다. 마리우스는 다시 권총을 꺼낸다. 문을 활짝 열고 발이 콘크리트 바닥에 닿을 때까지 좁은 계단을 조심스럽게 내려간다. 어둠에 적응하느라 잠깐 시간이 걸리지만 저 끝에 열려 있는 지하실 문이 보인다. 그의 몸이 멈칫거리며 그에게 여기서 멈추라고, 구급차와 동료들을 기다리라고 한다. 하지만 마리우스는 여자아이를 떠올린다. 앞으로 다가가니 억지로 문을 연 흔적이 보인다. 자물쇠와 빗장이 바닥에 떨어져 있다. 마리우스는 검게 얼룩진 위쪽 창문을 통해 들어오는 어두침침한 햇빛이 유일한 조명인 지하실 안으로 들어간다. 그래도 한쪽 구석의 테이블 아래에 숨어 있는 조그만 형체를 알아볼 수 있다. 마리우스는 얼른 달려가 총을 내리고 허리를 숙여서 아래를 들여다본다.

"괜찮아. 이제 다 끝났어."

여자아이의 얼굴은 보이지 않는다. 아이는 구석에 웅크리고 앉아서 부들부들 떨며 그를 쳐다보지 않는다.

"내 이름은 마리우스야. 경찰이고 너를 도우러 왔어."

아이는 그의 말이 들리지 않는지 겁에 질려 그 자리에서 나올 줄 모르고 마리우스는 문득 이 공간을 인식한다. 좌우를 두리번거리다 방의 용도를 알아차린다. 속이 메슥거린다. 이내 문 너머로 옆방에 있는 비뚜름한 나무 선반이 눈에 들어온다. 그 광경 때문에 그는 아이를 잊고 문지방을 넘는다. 몇 개인지 몰라도 한눈에 파악할 수 없을 정도다. 밤으로 만든 남녀 인형. 동물도 있다. 크고 작고 어떤 건 유치하고 어떤 건 괴상하다. 대부분 미완성이고 기형이다. 마리우스가 마음의 동요를 달래며 선반 위의 그 많고 다양한 조그만 인형들을 빤히 쳐다보고 있을 때 남자아이가 그의 뒤에서 문지방을 넘는다.

그 찰나의 순간 마리우스는 지하실 문이 안에서 뜯겼는지 밖에서 뜯겼는지 감식반에게 잊지 말고 물어보아야 한다는 사실을 깨닫는다. 가축이 우리를 탈출하듯 뭔지 모를 끔찍한 것이 도망쳤을지 모른다. 하지만 남자아이 쪽으로 몸을 돌리자 그가 했던 생각은 하늘을 가로지르는 작고 종잡을 수 없는 구름처럼 뿔뿔이 흩어져버린다. 잠시 후 도끼가 그의 턱을 강타하자 모든 게 까맣게 변한다.

10월 5일
월요일

2

어둠 속 어디에서든 그 목소리가 들린다. 나지막이 속삭이며 그녀를 조롱한다. 그녀가 넘어지면 일으켜세우고 바람과 함께 그녀를 감싸고 빙글빙글 돈다. 라우라 키에르는 이제 앞을 볼 수 없다. 나뭇잎이 내는 휘파람소리를 듣거나 발치에 닿는 서늘한 풀을 느낄 수도 없다. 남은 건 곤봉으로 내리치는 중간에 계속 속삭이는 그 목소리뿐이다. 반항을 그치면 그 목소리가 잠잠해질지도 모른다고 그녀는 생각하지만 그렇지 않다. 그 목소리도, 곤봉 세례도, 마침내 그녀가 꼼짝할 수 없는 지경에 이를 때까지 계속된다. 그녀는 손목에 닿은 날카로운 톱니를 뒤늦게 느끼고, 기절하기 전에 톱날의 기계음과 그녀의 뼈가 절단되는 소리를 듣는다.

나중에 그녀는 자신이 얼마나 오랫동안 의식을 잃었는지 알지 못한다. 어둠은 여전하다. 그 목소리도 마찬가지다. 마치 그녀가 돌아오길 기다리고 있었던 듯하다.

"괜찮아, 라우라?"

부드럽고 애정어린 목소리가 그녀의 귀 아주 가까운 곳에서 들려온다. 하지만 대답을 기다리지는 않는다. 그것이 그녀의 입에 물렸던 것을 잠깐 치우자 라우라의 귀에 애원하고 간청하는 자신의 음성이 들린다. 왜 이러는지 전혀 모르겠다고. 뭐든 하겠다고. 왜 자신이냐고, 자신이 뭘 잘못했느냐고. 그 목소리는 그녀가 아주 잘 알 거라고 말한다. 그것이 허리를 바짝 숙여 그녀의 귀에 대고 속삭이자, 그녀는 그것이 바로 지금 이 순간을 기다렸음을 깨닫는다. 그녀는 그것이 하는 말을 집중해서 들어야 한다. 그녀는 그 목소리가 뭐라고 하는지 알아듣지만 믿지 못한다. 다른 모든 상처보다 더 엄청난 고통을 느낀다. 그럴 수는 없다. 그러면 안 된다. 그녀는 그 말이 어둠 속에서 그녀를 에워싼 광기의 일부분이라도 되는 듯 밀쳐낸다. 일어나서 계속 싸우고 싶지만 몸이 말을 듣지 않는다. 그녀는 발작적으로 흐느낀다. 얼마 전부터 알면서도 애써 부인했던 사실인데, 그 목소리가 그녀에게 속삭이자 그녀의 짐작이 맞았다는 걸 깨닫는다. 그녀는 고래고래 비명을 지르고 싶지만 심장이 목구멍을 막고 있는 느낌이고, 곤봉이 그녀의 뺨을 어루만지는 게 느껴지자 있는 힘껏 앞으로 몸을 던져 비틀비틀 어둠 속으로 더 깊숙이 들어간다.

10월 6일
화요일

3

밖이 점점 환해지기 시작하지만 나이아 톨린은 팔을 뻗어 그를 그녀 쪽으로 이끈다. 그는 이제 막 잠에서 서서히 깨어나는 중이다. 그녀는 안으로 들어온 그를 느끼며 앞뒤로 슬며시 움직인다. 나이아가 그의 어깨를 잡자 그의 손이 느리게 더듬더듬 깨어난다.

"아니, 잠깐만⋯⋯"

그는 아직 잠이 덜 깼지만 나이아는 기다리지 않는다. 눈을 떴을 때 하고 싶었던 게 이거였기에 한 손을 벽에 대고 좀더 집요하게, 점점 더 격하게 앞뒤로 움직인다. 그가 어색하게 누워 있다는 것도, 그의 머리가 침대 머리판에 부딪히고 있다는 것도 알고, 침대 머리판이 벽에 부딪히는 소리도 들리지만 상관없다. 그녀는 그가 포기하는 것을 감지하며 계속 밀어붙이고, 절정에 다다르자 손톱으로 그의 가슴을 찔러 점점 고조되는 그의 통증과 희열을 느낀다.

잠시 후 그녀는 숨을 헐떡이며 누워 건물 뒤편의 마당에서 나는 쓰레기차 소리를 듣는다. 그가 그녀의 등을 쓰다듬고 있지만 나이아는 몸을 돌려 침대에서 일어난다.

"애가 일어나기 전에 가는 게 좋겠어."

"왜? 걔는 내가 있으면 좋아하는데."

"왜 이래. 일어나."

"둘이 나랑 같이 살면 좋을 텐데."

더 체스트넛맨 25

나이아가 그의 머리를 향해 셔츠를 던지고 화장실로 사라지자
그는 웃으며 베개 위로 다시 드러눕는다.

4

10월의 첫번째 화요일이다. 가을이 늦게 찾아왔지만 오늘은 도시 위 하늘이 짙은 회색 구름으로 이루어진 나지막한 천장 같다. 나이아 툴린이 차에서 내려 도로를 메운 차량 사이를 황급히 빠져나가는 동안 비가 퍼붓는다. 휴대전화 벨소리가 들리지만 그녀는 외투 주머니 안에서 전화기를 꺼내지 않는다. 딸의 등에 한쪽 손을 얹고 러시아워의 꽉 막힌 차들 사이로 난 좁은 틈새를 얼른 지나간다. 바쁜 아침이었다. 아침 내내 레는 리그오브레전드LOL라는 컴퓨터 게임에 대해 이야기했다. 아이는 그런 게임에 대해 떠들기에는 아직 어린 나이인데도 모르는 게 없고, 박수현이라는 한국 프로게이머가 자기 영웅이라고 했다.

"공원에 가면 챙겨 온 장화 신어. 그리고 잊지 마, 할아버지가 데리러 오지만 길은 너 혼자 건너야 한다는 거. 왼쪽, 오른쪽 살핀 다음에……"

"다시 왼쪽을 살피고 야광 재킷 잊지 말고 챙겨 입을 것."

"신발끈 묶어줄 테니까 가만히 있어."

그들은 학교 앞에 도착해 자전거 보관소 지붕 아래에 선다. 툴린이 허리를 숙이고 있는 동안 레는 부츠를 신은 채로 물웅덩이 위에 가만히 서 있으려 애쓴다.

"우리 언제 세바스티안이랑 같이 살아요?"

"나는 세바스티안이랑 같이 산다는 얘기 한 적 없는데."

"아저씨가 저녁에는 있다가 아침에 일어나보면 없는 이유는 뭐예요?"

"어른들은 아침에 바쁘거든. 그리고 세바스티안도 얼른 출근해야 하니까."

"라마산은 남동생도 있고 가계도에 사진을 열다섯 장 붙였는데 나는 세 장뿐이에요."

툴린은 퉁명스럽게 딸을 흘끗 쳐다보고, 학부모와 아이들이 지나가며 볼 수 있게 선생님이 낙엽으로 장식해 교실 벽에 붙여놓은 깜찍한 나무 모양 가계도를 향해 욕을 내뱉는다. 하지만 한편으로는 레가 엄밀히 따지면 진짜 할아버지도 아닌 할아버지를 자연스럽게 가족이라고 생각한다는 것이 늘 고마울 따름이다.

"그게 중요한 건 아니잖아. 그리고 너도 앵무새랑 햄스터를 넣으면 가계도에 사진을 다섯 장 붙일 수 있어."

"다른 애들은 가계도에 반려동물 사진을 붙이지는 않아요."

"그렇지, 다른 애들은 그렇게 운이 좋지 않으니까."

레는 아무 대꾸도 하지 않고, 툴린은 몸을 일으킨다.

"우리 가족 수가 많지 않다는 건 나도 알지만 그래도 잘 지내고 있고 중요한 건 그거야. 알았지?"

"그럼 앵무새 한 마리 더 키워도 돼요?"

툴린은 아이를 물끄러미 쳐다보며 어쩌다 이런 대화가 시작됐는지, 아이가 생각보다 영리한 건 아닌지 궁금해한다.

"나중에 의논해보자. 잠깐만."

휴대전화가 다시 울리기 시작했고 이번에는 받아야 한다는 걸 안다.

"십오 분 안에 갈게요."

"서두를 것 없어요." 휴대전화 너머의 상대방이 말한다. 목소리를 들으니 뉠라네르의 비서 중 한 명이다. "반장님께서 오늘 오전 면담 약속을 지키지 못하게 돼서 다음주 화요일로 연기했거든요. 하지만 새로 오신 분을 오늘 데리고 와달라고 하세요, 여기서 근무하는 동안 뭐라도 할 수 있게."

"엄마, 라마산이랑 같이 갈게요!"

툴린은 딸이 라마산이라는 남자아이에게 달려가는 것을 지켜본다. 딸은 한 여자와 신생아를 안은 한 남자, 그리고 다른 두 아이로 이루어진 시리아계 가족과 자연스럽게 어울린다. 툴린이 보기에는 모범적인 가정을 다룬 여성 잡지 기사에서 걸어나온 사람들 같다.

"하지만 반장님이 지난번에도 취소하셨잖아요. 오 분이면 될 텐데. 반장님 지금 어디 계세요?"

"예산 회의에 참석하러 가시는 중일 거예요. 그리고 무슨 일로 면담을 신청하셨는지 궁금해하세요."

순간 툴린은 살인수사과라고 불리는 강력반에서 보낸 지난 구 개월이 경찰박물관 관람에 버금가도록 지루했던 것에 대해 이야기하고 싶어서라고 대답할까 고민한다. 업무는 시시하고 부서에서 쓰는 과학기술이라고 해봐야 코모도어 64보다 조금 나은 수준이라 이동 배치될 날을 손꼽아 기다리는 것에 대해 이야기하고 싶어서라고.

"중요한 일은 아니에요. 고마워요."

그녀는 전화를 끊고, 학교로 달려들어가는 딸을 향해 손을 흔든다. 비가 외투 안으로 스미기 시작한다. 다시 도로로 돌아가면서 다음주 화요일까지 기다리지 못하겠다는 생각을 한다. 차량 행렬을 뚫고 그녀의 차로 돌아가 문을 여는데 문득 누군가가 지켜보고 있는 듯한 기분이 든다. 끝없이 늘어선 자동차와 트럭 사이로 건널목 저편에 언뜻 어떤 형체가 보이지만, 차량 행렬이 끊겼을 때는 그 형체도 사라지고 없다. 툴린은 그 느낌을 애써 떨치며 차에 오른다.

5

마주 오는 한 무리의 형사 옆을 지나는 두 남자의 발소리가 널찍한 경찰서 복도에 메아리친다. 강력반의 뇔라네르 반장은 이런 식의 대화를 질색하지만 그날 하루를 통틀어 지금밖에 기회가 없을지 모른다는 것을 알기에 자존심을 굽히고, 하품 나는 얘기가 이어지는 동안 부청장과 걷는 속도를 맞춘다.

"뇔라네르, 허리띠를 졸라매야 해. 모든 부서가 마찬가지야."

"저희 부서는 인원이 더 많다보니……"

"문제는 타이밍이야. 지금 당장은 법무부에서 자네 부서보다 다른 부서들을 더 우선시하고 있어. NC3를 유럽에서 가장 훌륭한 사이버범죄수사대로 만들겠다는 야심만만한 목표하에 다른 부서의 예산을 삭감중이라고."

"그렇다고 저희 부서가 타격을 입는 건 말이 안 되지 않습니까. 지금보다 인원을 두 배 더 늘려야 하는데……"

"나는 포기하지 않았네만 어쨌든 이제 자네 부담을 좀 덜게 된 것 아닌가."

"부담을 덜다니요. 유로폴에서 쫓겨난 수사관 한 명이 여기로 며칠 출근하는 건 열외로 쳐야죠."

"상황에 따라 좀더 오래 있을 수도 있겠지. 법무부에서 실질적으로 인원을 감축할 수도 있었는데 그러지 않은 게 어딘가. 지금은 어떻게든 좋은 쪽으로 생각하는 게 중요하지. 안 그런가?"

부청장은 걸음을 멈추고 자기 말을 강조하는 뜻에서 닐라네르를 돌아본다. 닐라네르는 아니라고, 절대 그렇지 않다고 대답하려고 한다. 인력을 충원해주기로 약속해놓고, 전국사이버범죄센터National Cyber Crime Center라는 단어를 약자로 멋들어지게 줄여놓은 NC3의 등신들을 위한답시고 자신을 무시하면 안 된다고. 그것도 모자라 헤이그*에서 미운 털 박혀 좌천된 형사로 때우려 들다니 위에서 뒤통수 때리는 것도 이 정도면 역대급 아니냐고.

"잠깐 얘기 좀 할 수 있을까요?" 툴린이 뒤에서 등장하자 부청장은 그 틈을 타 회의실로 들어가 등뒤로 문을 닫는다. 닐라네르는 그가 사라진 자리를 잠깐 빤히 쳐다보다가 몸을 돌려 왔던 길을 되짚어가려 한다.

"지금은 그럴 시간 없어, 자네도 마찬가지고. 후숨에서 어떤 보고서를 보냈는지 당직 경관한테 체크해. 그 유로폴 친구도 자네가 데리고 다니면서 교육시키고."

"하지만 제가 드리고 싶은 말씀은……"

"지금 당장은 이런 대화 나눌 시간 없어. 나도 자네 능력을 모르는 바 아니지만 이 부서에 임명된 최연소 형사가 벌써부터 팀장 자리에 눈독들이고 그러면 쓰나, 자네가 지금 나와 면담을 하고 싶은 게 그것 때문인지는 모르겠지만."

"저는 팀장 자리에 관심 없습니다. NC3로 옮길 수 있게 추천서를 부탁드리려는 거죠."

닐라네르는 휘청하며 걸음을 멈춘다.

---

* 유럽형사경찰기구, 즉 유로폴의 본부가 있는 곳.

"NC3요. 사이버범죄……"

"그래, 무슨 부서인지 나도 알아. 그런데 왜?"

"NC3에서 하는 일이 재미있을 것 같아서요."

"뭐에 비해?"

"아무것도 안 하는 것에 비하면요. 저는 다만……"

"자네는 기본적으로 이제 막 시작한 셈이잖아. NC3에서 혹시나 하고 지원한 사람을 받아줄 리 없으니 괜히 찔러볼 것 없어."

"그쪽에서 저를 콕 집어서 지원하라고 하던데요."

닐라네르는 놀란 기색을 애써 감추려 하지만 그녀의 말이 진짜라는 걸 한눈에 알아차린다. 그는 앞에 서 있는 가냘픈 여자를 쳐다본다. 몇 살이더라? 스물아홉, 서른, 그쯤 아닌가? 특이하고 왜소한데다 별로 볼 것도 없다. 그녀를 얕잡아보았던 때가 생생하게 기억난다. 그가 잘 몰랐을 때의 일이다. 그는 얼마 전 직원 평가에서 형사들을 A팀과 B팀으로 나누었는데, 어린 나이에도 불구하고 툴린을 부서의 구심점 역할을 하는 얀센이나 릭스 같은 베테랑 수사관들과 함께 맨 먼저 A팀으로 분류했다. 그리고 그녀에게 팀장을 맡길까 하고 실제로 고민하기도 했다. 닐라네르는 여자 수사관을 별로 좋아하지 않았고 전반적으로 초연한 그녀의 분위기가 기분 나쁘게 신경을 건드리긴 했지만, 그녀는 아주 머리가 좋고 사건을 워낙 민첩하게 해결해서 훨씬 경험 많은 형사들이 멀뚱히 손놓고 있는 것처럼 보일 정도다. 툴린은 이 부서에서 쓰이는 과학기술이 석기시대 수준이라고 생각할 테고 그도 그 생각에 동의하기 때문에 그녀 같은 컴퓨터 천재가 얼마나 필요한지 안다. 그의 부서는 시대의 흐름에 뒤처지지 말아야 한다. 그가 몇 마디 안 되는 대화를 통해 그녀가 머리에 피도 마르지 않은 상태임을 강조한 것도 그 때문이다. 그녀가 도망치지 못하게 붙잡기 위한 노력의 일환이다.

"누가 그런 소리를 하던가?"

"대빵이요. 이름이 뭐더라? 이사크 벵게르요."

닐라네르의 표정이 어두워진다.

"이 부서에서 즐겁게 근무했지만 아무리 늦어도 주말까지는 지원서를 제출하고 싶어요."

"생각해보겠네."

"금요일이면 될까요?"

닐라네르는 이미 걸음을 옮긴 뒤다. 잠깐 동안 자신의 뒷덜미에 꽂히는 그녀의 시선을 느낀다. 툴린은 추천서를 받기 위해 금요일에 그를 찾아올 것이다. 결국에는 이렇게 되었다. 그의 부서는 법무부의 새로운 총아로 등극한 NC3에 정예 요원을 조달하는 모판으로 전락했다. 몇 분 뒤 예산 회의에 참석하면 그는 수치와 상한선을 통해 드러나는 우선순위를 다시 한번 뼈저리게 실감하게 될 것이다. 크리스마스가 되면 닐라네르가 살인수사과장 자리를 수락한 지 삼 년째가 되지만 현재는 모든 게 일시 정지 상태로 접어들었다. 뭔가가 달라지지 않으면 한때 그가 꿈꾸었던 승진은 물건너간 얘기가 될 것이다.

6

앞유리창에 달린 와이퍼가 줄줄 흐르는 빗물을 옆으로 밀어낸다. 신호가 초록색으로 바뀌자 경찰차가 차량 행렬에서 벗어나 가슴 수술과 보톡스와 지방 흡입을 권하는 버스 옆면의 개인병원 광고판을 뒤로하고 교외로 출발한다. 라디오가 켜져 있다. 섹스와 엉덩이와 욕정을 노래하는 최신 팝송을 틀어주는 진행자들의 수다가 잠깐 중단되고, 뉴스 아나운서가 오늘이 10월의 첫번째 화요일이라는 것을 알린다. 의회가 개회하는 날이다. 아니나 다를까, 톱뉴스는 공직에 복귀하는 사회부 장관 로사 하르퉁 관련 소식이다. 전 국민이 숨을 죽이고 주목했던 딸의 비극적인 사건이 벌어진 지 거의 일 년 만이다. 하지만 아나운서의 말이 끝나기도 전에 툴린 옆에 앉은 초면의 남자가 볼륨을 낮춘다.

"가위 같은 거 있어요?"

"아뇨, 가위 없는데요."

툴린은 도로에서 잠깐 시선을 돌려, 새로 산 휴대전화를 개봉하느라 끙끙대고 있는 옆자리 남자를 흘끗 쳐다본다. 그녀가 지서 맞은편의 주차장에 도착했을 때 그는 차에서 멀지 않은 곳에 서서 담배를 피우고 있었다. 키가 크고 꼿꼿했지만 왠지 모르게 조금 추레했다. 비에 젖은 헝클어진 머리, 홀딱 젖은 낡은 나이키 운동화, 얇고 헐렁한 바지, 역시 물에 흠뻑 젖은 것처럼 보이는 짧은 검은색 누빔 재킷. 날씨에 어울리지 않는 옷차림이었다. 헤이그에서 바로 넘어오는 길인가보네, 툴린은 생각했다. 그의 옆에 놓인 작고 너덜너덜한 여행가방이 그녀의 짐작을 뒷받침했다. 툴린은 그가 지서에 도착한 지 사십팔 시간도 되지 않았다는 걸 알았다. 구내식당에서 모닝커피를 들고 오는 길에 동료들이 그에 대해 쑥덕거리는 소리를 들었다. 헤이그에 있는 유로폴 본부의 '연락 담당'이었는데 갑자기 직위 해제되고 어떤 실수인지 뭔지에 대한 징계 차원에서 코펜하겐으로 발령을 받았다고 했다. 동료들은 비웃는 투로 몇 마디 던졌다. 몇 년 전 덴마크가 EU의 어떤 정책에 동참하길 거부한 이후로 덴마크 경찰과 유로폴은 껄끄러운 관계였다.

툴린이 주차장에서 맞닥뜨렸을 때 그는 무언가 골똘히 생각하고 있었다. 그녀가 자기소개를 하자 그는 악수하며 말했다. "헤스입니다." 말이 많은 성격이 아니었다. 평소에는 그녀도 말수가 없는 편이지만, 닐라네르와의 대화가 계획대로 잘 끝났다. 이 부서에서 지내는 날도 얼마 안 남은 것이 분명했기 때문에 궁지에 몰린 동료에게 약간 친절하게 대해서 나쁠 건 없었다. 차에 탄 이후 그녀는 이번 임무에 대해 아는 정보를 모조리 늘어놓았지만 남자는 듣는 둥 마는 둥 고개를 끄덕이기만 했다. 나이는 서른일곱에서 마흔하나 사이인 듯하고, 부랑아처럼 지저분하게 기른 수염 때문에 어떤 배우가 떠오르지만 누군지는 생각나지 않는다. 손가락에 결혼반지임직한 반지를 끼고 있는데 그녀의 직감으로는 오래전에 이혼했거나 최소한 이혼 수속을 밟고 있을 듯했다. 그와의 만남은 콘크리트 벽에 대고 공을 차는 느낌이었지만 좋았던 기분을 망치는 정도는 아니었다. 그리고 그녀는 국경을 초월한 공조수사에 진심으로 관심이 있었다.

"고국에는 얼마나 있을 예정이에요?"

"아마 고작 며칠 정도일 거예요. 상부에서 논의중이에요."

"유로폴 생활은 재미있어요?"

"네, 좋아요. 날씨가 더 괜찮아요."

"거기 사이버범죄팀은 자기들이 잡은 해커를 채용하기 시작했다던데 정말이에요?"

"몰라요, 내 부서가 아니라. 현장검증 마치면 나 잠깐 땡땡이쳐도 될까요?"

"땡땡이요?"

"딱 한 시간만요. 아파트 열쇠를 찾아야 해서요."

"그럼요."

"고마워요."

"하지만 당신의 주요 활동 무대는 원래 헤이그 아닌가요?"

"그렇죠. 아니면 나를 필요로 하는 다른 곳."

"예를 들면 어떤 곳이요?"

"매번 달라요. 마르세유, 제네바, 암스테르담, 리스본……"

남자는 휴대전화를 개봉하는 데 다시 집중하지만, 툴린은 다른 도시들이 줄줄이 더 있었을 것이라 짐작한다. 그에게서는 어쩐지 국제적인 분위기가 풍긴다. 맨몸으로 다니는 여행객이랄까. 대도시와 먼 하늘의 광채는 예전에 있었다 한들 오래전에 사라졌지만.

"얼마 만에 돌아온 거예요?"

"거의 오 년이요. 저거 좀 빌릴게요."

헤스는 좌석 사이의 컵 홀더에 꽂혀 있는 볼펜을 낚아채 그걸 지렛대 삼아 포장을 열기 시작한다.

"오 년이요?"

툴린은 놀란다. 그녀가 들은 바에 따르면 연락 담당은 대부분 한 번에 이 년 계약이다. 사 년으로 연장하는 경우도 있지만 오 년 동안 나갔다 왔다는 연락 담당은 처음이다.

"시간이 빨리 가네요."

"그렇다면 경찰 개혁 때문이었겠군요."

"뭐가요?"

"떠난 이유가요. 불만이 있어서 우리 부서를 떠난 사람들이 많다고……"

"아뇨, 그건 아니었어요."

"그럼 뭐 때문이었는데요?"

"그냥 떠났어요."

툴린은 헤스를 쳐다본다. 그도 흘끗 마주 쳐다보고 그녀는 처음으로 그의 눈에 주목한다. 왼쪽은 초록색이고 오른쪽은 파란색이다. 그는 말투가 퉁명스럽지는 않았지만 그쯤에서 선을 긋고 더이상 설명하지 않는다. 툴린은 깜빡이를 켜고 주택단지로 방향을 튼다. 과거의 비밀을 간직한 마초 요원 행세를 하고 싶으면 그러라지. 지서에는 미식축구팀을 결성해도 될 만큼 그런 남자들이 넘쳐난다.

집은 하얀색이고 차고가 딸린 모더니즘 스타일이다. 쥐똥나무 산울타리와 도로를 마주보는 우편함이 깔끔하게 한 줄로 이어지는 후숨의 주택가 한가운데에 자리잡고 있다. 중산층이 핵가족을 이루었을 때 여력이 되면 이사하는 곳이다. 과속방지턱이 있어서 시속 50킬로미터의 속도제한을 지킬 수밖에 없는 안전한 동네다. 마당에는 트램펄린이, 젖은 아스팔트에는 분필 자국이 있다. 툴린이 순찰차와 감식반 차량 옆에 차를 대는 동안 헬멧을 쓰고 형광 재킷을 입은 학생 몇 명이 빗속에 자전거를 타고 지나간다. 우산을 쓴 주민 몇 명이 바리케이드 조금 뒤편에 드문드문 서서 중얼거리고 있다.

"이거 받아야 하는 전화라서요." 헤스가 유심 카드를 휴대전화에 꽂고 문자를 보낸 지 이 분도 안 됐는데 벌써부터 전화기에 불이 난다.

"괜찮아요, 천천히 받으세요."

툴린이 자동차 문을 열고 빗속으로 발을 내딛는 동안 헤스는 차에 남아 프랑스어로 통화를 시작한다. 그녀는 전형적인 콘크리트 포석을 밟고 마당 사이로 난 좁은 길을 걸어가며 어서 빨리 부서 이동을 하고 싶은 이유가 하나 추가됐을지 모르겠다는 생각을 한다.

7

커피를 앞에 두고 스튜디오의 편안한 소파에 앉아서 다시 대화를 시작하는 두 명의 TV 아침 프로그램 진행자의 목소리가 외스테르브로 외곽의 널찍하고 근사한 저택에 울려퍼진다.

"오늘 의회가 개회하니까 새로운 한 해가 시작되는 거죠. 원래 이날은 특별한 날입니다만, 오늘은 어떤 정치인 덕분에 아주 특별한 날이 됐습니다. 작년 10월 18일에 열두 살짜리 딸을 잃은 사회부 장관 로사 하르퉁 말입니다. 로사 하르퉁은 이후 휴직을 신청했다가……"

스텐 하르퉁은 손을 뻗어 냉장고 옆 벽에 걸린 평면 TV를 끈다. 그리고 널찍한 프랑스식 부엌의 나무 바닥에 두었던 건축 도면과 필기구를 집는다.

"얼른 준비해라. 네 엄마가 출근하자마자 우리도 나갈 거야."

아직도 그의 아들은 남아 있는 아침식사에 둘러싸인 채 대형 식탁에 앉아 수학 숙제를 끼적이고 있다. 화요일 아침마다 구스타브는 평소보다 한 시간 늦게 등교하고, 화요일마다 스텐은 지금 숙제를 하면 어떻게 하느냐고 말한다.

"하지만 왜 자전거를 타고 가면 안 돼요?"

"화요일이라 방과후에 테니스 수업이 있으니까. 내가 데리러 갈게. 옷 챙겼니?"

"네."

체구가 아담한 필리핀 출신의 오페어*가 들어와서 스포츠 가방을 내려놓고 식탁을 치우기 시작하자 스텐은 고마워하는 눈빛으로 그녀를 쳐다본다.

"고마워요, 앨리스. 가자, 구스타브."

"다른 애들은 전부 자전거 타고 다니는데."

스텐은 창밖으로 검은색 대형차가 집 앞 진입로를 천천히 올라와 물웅덩이에 멈춰 서는 것을 확인한다.

"아빠, 오늘만 자전거 타고 가면 안 돼요?"

"안 돼, 평소처럼 할 거야. 차 왔다. 네 엄마 어디 있니?"

---

* 외국 가정에 입주해 아이 돌보기 등의 집안일을 하고 약간의 보수를 받으며 언어를 배우는 젊은 여성.

8

스텐은 아내를 부르며 계단을 올라 2층으로 간다. 예전에 귀족이 살았던 백 년 된 이 저택은 면적이 거의 400제곱미터이지만 그가 직접 리모델링을 했기 때문에 구석구석 모르는 데가 없다. 그들이 이 집을 사서 이사했을 때만 해도 널찍한 공간이 중요했지만 지금은 너무 크다. 커도 너무 크다. 그는 침실과 화장실에서 아내를 찾다가 맞은편 문이 열려 있는 걸 본다. 그는 잠깐 망설이다 문을 열고 딸아이가 썼던 방을 들여다본다.

아내가 외투에 스카프를 두르고 벽 옆에 놓인 아무것도 없는 매트리스에 앉아 있다. 스텐의 시선이 방안을 이리저리 훑는다. 텅 빈 벽과 한쪽 구석에 쌓인 상자를 지난다. 그러고는 다시 그녀에게로 돌아온다.

"차가 왔어."

"고마워……"

그녀는 얼른 고개를 끄덕이지만 계속 앉아 있다. 스텐이 앞으로 한 발 내디디자 방안의 한기가 느껴진다. 이제 보니 그녀가 노란색 티셔츠를 손에 쥐고 매만지고 있다.

"괜찮아?"

바보 같은 질문이다. 그녀는 괜찮아 보이지 않는다.

"어제 창문을 열었다가 깜빡하고 닫지 않은 걸 좀전에야 알아차

8

렸어."

그는 이해한다는 듯 고개를 끄덕이지만 그녀의 말은 대답이 될
수 없다. 저멀리 현관홀에서 보겔이 왔다고 아들이 외치는 소리가
들리지만 두 사람 다 아무 반응도 보이지 않는다.

"이제는 그 아이의 체취가 생각나지 않아."

그녀는 노란색 옷감을 어루만지며 엮인 실 사이에 숨겨진 뭔가
를 찾는 듯한 눈빛으로 바라본다.

"열심히 기억을 더듬었는데. 하지만 그 아이의 체취는 여기 없
어. 다른 어떤 물건에도."

스텐은 아내의 옆에 앉는다.

"어쩌면 그래도 괜찮을지 몰라. 어쩌면 그 편이 더 괜찮을지 몰라."

"어떻게 그게 더 괜찮을 수 있어…… 괜찮지 않아."

그는 아무 대꾸도 하지 않고, 부드러워진 아내의 목소리를 듣고
그녀가 쏘아붙인 걸 후회하고 있음을 알아차린다.

"할 수 있을지 모르겠어…… 이러면 안 될 것 같은데."

"아니, 그렇지 않아. 옳은 판단을 내린 거야. 당신도 그렇게 얘기
했잖아."

아들이 다시 외친다.

"그 아이도 당신더러 출근하라고 했을 거야. 다 잘될 거라고 했
을 거야. 당신더러 멋지다고 했을 거야."

로사는 아무 대답도 하지 않는다. 잠깐 동안 티셔츠를 들고 가만
히 앉아 있는다. 그러다 남편의 손을 잡고 꼭 쥐며 애써 미소를 지
어 보인다.

"그래, 잘됐네, 조만간 보자고." 로사 하르퉁의 수행 보좌관은

계단을 내려오는 그녀를 보고 전화를 끊는다.

"제가 너무 일찍 왔나요? 개회식을 내일로 연기해달라고 왕실에 요청할까요?"

"아냐, 나 이제 준비됐어."

로사는 프레데리크 보겔이 발산하는 에너지에 미소를 지으며 덕분에 분위기가 좋아졌다는 생각을 한다. 보겔이 옆에 있으면 감상에 젖을 여지가 없다.

"다행이네요. 미리 스케줄을 점검해보겠습니다. 접수된 질문이 많은데요. 훌륭한 질문도 있고, 타블로이드 신문에나 어울림직한 뻔한 질문도 있고……"

"그 얘기는 차에서 하지. 구스타브, 오늘 화요일이라 아빠가 데리러 가는 거 잊지 마. 필요한 거 있으면 연락하고. 알았지, 우리 아들?"

"알아요."

아이는 지친 표정으로 고개를 끄덕이고, 로사가 아이의 머리를 헝클어뜨리자마자 보겔이 문을 열어준다.

"새로 온 기사와 인사 나누셔야 하고요, 협상을 어떤 식으로 진행할지에 대해서도 의논해야 하고……"

스텐은 부엌 창문 너머로 그들을 지켜보며, 새로 온 기사에게 인사를 건네고 뒷좌석에 오르는 아내를 향해 애써 응원의 미소를 지어 보인다. 그들이 진입로를 나서자 스텐은 숨을 돌린다.

"우리도 이제 출발하는 거예요?"

아들이 물으며 현관 앞에서 외투를 입고 부츠를 신는 소리가 들린다.

"그래, 나갈게."

스텐은 냉장고를 열어 작은 술병 한 묶음을 꺼내고 그중 하나의
뚜껑을 따서 술을 입안에 털어넣는다. 알코올이 식도를 할퀴고 위
장으로 내려가는 것이 느껴진다. 그는 남은 술병들을 가방에 담고
냉장고 문을 닫은 뒤 식탁에 올려놓은 자동차 열쇠를 잊지 않고 챙
긴다.

9

그 집은 왠지 모르게 툴린의 마음에 들지 않는다. 장갑을 끼고 파란색 비닐 덧신을 신고, 외투걸이 아래로 이 집 식구들의 신발이 깔끔하게 정리되어 있는 어두컴컴한 현관홀로 들어섰을 때부터 그런 느낌이 들었다. 복도 벽에는 우아한 액자에 담긴 꽃 그림이 걸려 있고, 침실은 여전히 드리워 있는 분홍색 주름 블라인드 말고는 모든 게 흰색이라 한눈에도 여성스럽고 깔끔해 보인다.

"피해자의 이름은 라우라 키에르, 삼십칠 세고 코펜하겐 중심가의 치과 간호사입니다. 잠을 자다가 기습 공격을 당한 모양이에요. 아홉 살 난 아들이 복도 맨 끝 방에서 자고 있었는데 아무것도 보지도 듣지도 못했답니다."

툴린은 그녀보다 나이가 많은 제복 경관에게 들은 대로 한쪽에만 누웠던 흔적이 있는 더블침대를 쳐다본다. 침대 옆 탁자에서 떨어진 스탠드는 두툼한 흰색 카펫 덕에 깨지지 않았다.

"아이가 일어나보니 집안에 아무도 없었다고 합니다. 혼자 아침을 차려 먹고 옷을 갈아입고 엄마를 기다렸는데도 엄마가 나타나지 않아서 이웃집을 찾아갔대요. 그 이웃 주민이 이 집으로 와서 아무도 없는 걸 확인했고, 그러던 중 놀이터에서 개 짖는 소리를 듣고 나갔다가 피해자를 발견하고는 우리 쪽으로 신고했어요."

"아이 아버지하고는 연락해보셨나요?"

툴린은 경관을 지나쳐서 아이의 방을 흘끗 들여다본 다음 복도를 되돌아 나오고 경관은 그녀를 따라 걷는다.

"이웃 주민 말로는 아이 아버지는 이 년 전에 암으로 사망했대요. 피해자는 그로부터 육 개월 뒤에 다른 남자를 만나 이 집에서 같이 살았습니다. 그자는 셸란섬에서 열리는 무역 박람회에 참석중이에요. 우리가 여기에 도착했을 때 연락했으니 조만간 올 겁니다."

열려 있는 화장실 문 너머로 한 줄로 놓인 전동칫솔 세 개, 타일 바닥에서 대기중인 슬리퍼 한 켤레, 못에 걸려 있는 가운 두 벌이 보인다. 그녀는 복도를 나서 오픈 플랜식 부엌으로 들어간다. 하얀 옷을 입은 감식반원들이 분주하게 미세 증거와 지문을 찾고 있다. 가구들이 이 동네처럼 평범하다. 대부분 이케아와 일바에서 장만했을 스칸디나비아 디자인으로 식탁에는 빈 테이블매트 세 개가, 꽃병에는 장식용 잔가지로 만든 가을 분위기의 조그만 꽃다발이, 소파에는 쿠션이, 그리고 부엌의 아일랜드 식탁에는 우유와 콘플레이크 찌꺼기가 남은 우묵한 그릇이 있다. 아들이 먹던 것이리라. 거실에 걸린 디지털 액자는 그 옆의 빈 안락의자 쪽으로 단출한 가족의 사진을 계속 전송하고 있다. 엄마, 아들, 아마도 동거중인 남자친구인 듯하다. 웃는 얼굴이 행복해 보인다. 라우라 키에르는 빨간 머리를 길게 기른 늘씬한 미인으로 따뜻하고 호감 가는 눈빛에 불안정한 구석이 있어 보인다. 아늑한 집이지만 툴린의 마음에 들지 않는 부분이 분명 있다.

"무단 침입의 흔적은요?"

"없어요. 창문과 문을 확인해봤어요. 피해자는 TV를 보며 차를 한 잔 마신 다음 잠자리에 든 것으로 보입니다."

툴린은 부엌의 알림판을 훑어보지만 학교 시간표, 달력, 동네 수 영장 시간표, 나무 치료 전문가의 광고 전단, 주민 자치회에서 개최하는 핼러윈 파티 초대장, 리그스병원 소아과 정기검진을 알리는 편지뿐이다. 원래 이것이 툴린의 장기다. 사소하지만 중요한 단서를 포착하는 것. 예전에는 식은 죽 먹기였다. 현장에 도착해 현관문을 열면 이 사건이 좋은 방향으로 갈지 나쁜 방향으로 갈지를 말해주는 단서들이 눈에 들어왔다. 하지만 이 경우에는 눈에 띄는 것이 아무것도 없다. 평범한 가족과 그들의 소박한 일상뿐이다. 그녀로서는 절대 순응할 수 없는 일상이라 문득 그래서 이 집이 마음에 들지 않는 건 아닌가 하는 생각이 든다.

"컴퓨터, 태블릿, 휴대전화는요?"

"우리가 파악한 바로는 도난당한 물품은 없어요. 전자기기는 겐스 쪽 사람들이 벌써 챙겨서 연구실로 보냈고요."

툴린은 고개를 끄덕인다. 대부분의 폭행과 살인 사건은 그런 식으로 해결할 수 있다. 대개는 어쩌다 그런 사태가 벌어졌는지 시사하는 문자, 통화 기록, 이메일 또는 페이스북 메시지가 남기 마련이다. 그녀는 자료를 받아보고 싶어서 벌써부터 근질거린다.

"이 냄새는 뭐예요? 토사물냄새인가요?"

툴린은 그녀를 따라다니는 지독하고 불쾌한 냄새를 갑작스럽게 느낀다. 나이 많은 경관은 겸연쩍어하고 툴린은 그의 얼굴이 하얗게 질렸다는 걸 알아차린다.

"미안합니다. 방금 전에 현장에서 온 길이라. 익숙해진 줄 알았는데…… 내가 안내할게요."

"저 혼자 갈게요. 피해자 남자친구가 도착하거든 알려주세요."

그녀가 뒷마당과 연결된 테라스 문을 여는 동안 경관은 고마워하며 고개를 끄덕인다.

10

트램펄린은 수명을 다했고 잡초가 무성한 테라스 문 왼쪽의 작은 온실도 마찬가지다. 오른쪽으로는 축축한 잔디밭이 반짝이는 금속으로 된 차고 뒷벽까지 이어진다. 차고의 소재가 아주 실용적이기는 하지만 하얀 모더니즘 스타일의 집과는 어울리지 않는다. 툴린은 마당의 반대편 끝을 향해 걸어간다. 산울타리 너머로 투광조명등과 제복 경관과 하얀 옷을 입은 감식반원들이 보인다. 그녀는 잎이 빨간색과 노란색으로 물든 나무와 관목을 지나 놀이터로 간다. 다 쓰러져가는 놀이집 근처에서 빗줄기를 뚫고 플래시가 연달아 터지고, 멀리서 팀원들을 지휘하며 열심히 사건 현장을 세세하게 사진에 담고 있는 겐스가 보인다.

"뭐 알아낸 거 있어요?"

시몬 겐스가 카메라 뷰파인더에서 눈을 떼고 흘끗 쳐다본다. 심각한 표정을 짓고 있던 그가 툴린을 보고는 잠깐 환하게 웃는다. 겐스는 삼십대 중반쯤으로 활동적인 사람이다. 소문에 따르면 올해에만 마라톤을 다섯 번 뛰었다고 한다. 그런가 하면 과학수사대 역사상 가장 젊은 반장이기도 하다. 툴린이 생각하기에는 의견을 경청할 만한 몇 안 되는 사람 중 한 명이다. 예리하고 일밖에 모르는 범생이이며, 한마디로 그녀는 그의 판단을 믿는다. 그녀가 겐스와 거리를 둔다면 그 이유는 딱 하나, 그가 나중에 언제 같이 조깅하지

더 체스트넛맨 49

않겠느냐고 물었는데 그녀는 그럴 마음이 없기 때문이다. 툴린이 살인수사과에서 지낸 구 개월 동안 인간관계 비슷한 것을 맺은 사람은 겐스가 유일하지만, 그녀가 생각하기에 세상에서 가장 섹시하지 않은 일이 바로 동료와의 연애다.

"어서 와요, 툴린. 아직은 별거 없어요. 비가 와서 일이 꼬인데다 시간도 어느 정도 지난 뒤라."

"사망 시각에 대해 얘기 나온 거 있어요?"

"아직은 없어요. 검시관이 금방 올 거예요. 하지만 자정 무렵부터 비가 내리기 시작했고 내 생각에는 그때쯤 사망한 것 같아요. 흙에 뚜렷한 발자국이 남았었는지는 몰라도 지금은 완전히 씻겨나갔어요. 하지만 포기하지 않을 거예요. 피해자 볼래요?"

"네, 보여주세요."

풀밭 위의 사체는 감식반에서 들고 온 하얀색 시트로 덮여 있다. 놀이집의 전면 지붕을 떠받치는 두 개의 기둥 가운데 하나에 기대고 앉아 있는 모습이 일견 평화로워 보인다. 뒤로는 빨간색과 노란색의 덩굴식물들로 울긋불긋하고 빽빽한 관목숲이 있다. 겐스는 조심스럽게 하얀색 시트를 젖혀 여자를 드러낸다. 여자는 팬티와 슬립 차림으로 헝겊 인형처럼 구부정하게 앉아 있다. 베이지색이었던 슬립은 비에 흠뻑 젖었고 시커먼 핏자국으로 얼룩덜룩하다. 툴린은 여자 쪽으로 다가가 쪼그리고 앉아서 좀더 자세히 살펴본다. 라우라 키에르의 머리에 검은색 강력 테이프가 감겨 있다. 뻣뻣하게 벌린 입을 지나 뒤통수와 비에 젖은 빨간 머리에 몇 바퀴 둘려 있다. 한쪽 눈은 함몰돼 눈구멍 저 안쪽이 들여다보이고 다른 쪽 눈은 멍하니 허공을 응시한다. 푸르스름한 피부는 수없이 긁히고 찢긴 상처와 멍으로 뒤덮였고 맨발은 쓸려서 피투성이다. 넓은 비닐 끈으로 손목을 단단히 묶인 두 손은 허벅지 사이에 놓인 채 약간의 낙엽에 덮여 있다. 툴린은 시신을 한 번 흘끗 쳐다보고 나이 많은 경관이 버티지 못한 이유를 이해한다. 그녀는 대개 죽은 사람을 살필 때 별문제가 없다. 살인수사과에서 근무하려면 무감정하게 죽음을 대해야 하고 시신을 살피지 못하는 사람은 다른 자리를 알아보는 게 상책이다. 하지만 툴린 역시 놀이집 기둥에 기대앉아 있는 이 여자만큼 잔인하게 폭행당한 경우는 본 적이 없다.

"검시관도 얘기하겠지만 몇 군데 상처를 보면 피해자가 중간에 숲에서 도망치려고 했던 것 같아요. 집과 반대 방향으로 아니면 집 쪽으로. 하지만 칠흑같이 어두웠고 절단을 당한 뒤라 기운이 전혀 없었을 거예요. 절단은 이런 자세로 앉히기 전에 이루어졌을 테고요."

"절단이요?"

"이거 들고 있어요."

젠스는 무심히 툴린에게 묵직한 카메라와 플래시를 넘긴다. 그리고 시신 쪽으로 다가가 쭈그리고 앉더니 묶여 있는 여자의 손목을 손전등으로 아주 살짝 든다. 사후강직이 시작돼 뻣뻣한 그녀의 팔이 기계처럼 움직인다. 이제 보니 라우라 키에르의 오른손이 없다. 낙엽 속에 묻혀 있겠거니 했던 툴린의 예상이 빗나갔다. 팔이 기괴하게 손목에서 끝나고, 비스듬히 삐죽삐죽하게 잘린 자리에서 뼈와 힘줄이 보인다.

"현재로서는 범행 현장이 여기인 것 같아요. 차고나 집안에서는 피 한 방울 찾을 수 없었거든요. 팀원들한테 특히 테이프와 원예 도구와 케이블 타이에 중점을 두고 차고를 철저히 조사하라고 했지만 별다른 소득이 없어요. 당연히 아직 손이 발견되지 않은 이유도 궁금하고요. 어쨌든 계속 찾는 중이에요."

"개가 물고 도망쳤을 수도 있죠."

헤스의 목소리다. 그가 마당과 산울타리 쪽에서 모습을 드러낸
다. 그는 비에 젖은 어깨를 부르르 떨며 좌우를 잠깐 두리번거리고,
겐스가 놀란 표정으로 그를 응시한다. 헤스의 말이 맞을 수도 있다
는 걸 알지만 툴린은 왠지 모르게 짜증이 난다.

"겐스, 이쪽은 헤스. 며칠 동안 우리 팀원으로 일하게 됐어요."

"안녕하세요. 환영합니다." 겐스는 악수를 하려고 다가가지만
헤스는 옆집을 턱으로 가리킬 뿐이다.

"무슨 소리 들은 사람 없대요? 옆집에서는?"

요란한 천둥소리와 함께 느닷없이 등장한 열차가 놀이터 저편의
축축한 선로를 쌩하게 지나가는 바람에 겐스는 고래고래 소리를 질
러야 한다.

"네. 지금까지 밝혀진 바로는 아무도 들은 게 없대요! 야간에 이
곳을 지나가는 S열차는 별로 없지만 화물열차는 제법 되거든요!"

열차 소리가 사라지자 겐스는 다시 툴린을 쳐다본다.

"당신을 위해 준비해놓은 증거가 많았으면 좋겠는데 지금 당장
은 더이상 할 얘기가 없네요. 이렇게 잔인하게 구타당한 사람을 본
적 없다는 것 말고는."

"저건 뭐예요?"

"뭐요?"

"저거요."

툴린은 계속 시신 옆에 쭈그리고 앉아 있고, 겐스는 그녀가 가리
키는 걸 확인하기 위해 몸을 틀어야 한다. 죽은 여자 뒤쪽, 놀이집
현관 지붕을 가로지르는 들보에 뭔가가 실에 엉켜서 바람결에 대롱

거리고 있다. 겐스가 들보 아래로 손을 뻗어서 그것이 앞뒤로 자유롭게 왔다갔다할 수 있도록 엉킨 실을 푼다. 고동색 밤 두 개가 위아래로 겹쳐져 있는데 위쪽이 작고 아래쪽이 크다. 작은 쪽 밤에 구멍을 두 개 새겨서 눈을 만들어놓았다. 큰 쪽 밤에는 성냥개비를 꽂아 팔과 다리를 만들었다. 두 개의 동그라미와 네 개의 막대로 이루어진 인형에 불과하지만, 잠깐 동안 알 수 없는 이유로 툴린의 심장이 멎는다.

"밤 인형chestnut man이네요. 데리고 들어가서 심문할까요?"

헤스가 천진난만하게 그녀를 쳐다보고 있다. 유로폴에서는 고전적인 스타일의 경찰식 유머를 좋아하는 모양이지만 툴린은 아무 대꾸도 하지 않는다. 그녀와 겐스가 서로 흘끗 쳐다보았을 때 겐스의 부하 직원이 그에게 질문을 한다. 헤스는 또다시 울리기 시작한 전화를 받느라 재킷 안으로 손을 넣고, 바로 그때 집안에서 호루라기 소리가 들린다. 좀전까지 같이 있었던 경관이 마당에서 툴린을 부르는 소리다. 그녀는 일어나 이파리가 구릿빛으로 물든 나무들로 둘러싸인 놀이터 저편으로 시선을 돌리지만 눈에 띄는 것은 아무것도 없다. 비에 젖은 그네와 정글짐과 프리러닝 코스뿐이고, 한 부대의 경관들과 감식반원들이 비를 맞으며 일대를 수색하고 있는데도 황량하고 슬퍼 보인다. 툴린은 집으로 돌아간다. 헤스의 옆을 지나면서 들어보니 그는 다시 프랑스어로 통화중이고, 요란한 소리와 함께 열차가 또 한 대 지나간다.

11

장관 관용차를 타고 도심으로 가는 동안 보겔이 그날의 일정을 짚어준다. 모든 정부 장관들은 크리스티안스보르에서 만나 모퉁이를 돌면 나오는 궁전 예배당에 가서 전통적인 의식을 치를 예정이다. 의식이 끝나면 로사는 크리스티안스보르 궁전 광장 맞은편의 홀멘스 카날에 있는 집무실에서 직원들과 인사하고 곧장 크리스티안스보르로 돌아가 의회 공식 개회식에 참석해야 한다.

그 이후에도 일정이 빽빽하게 잡혀 있지만 로사는 몇 가지를 조정하고 휴대전화 달력에 입력한다. 보좌관이 숙지하고 있으니 그럴 필요가 없지만 로사는 이러는 편을 선호한다. 그러면 세부 사항을 파악하고 현실감각을 잃지 않으면서 중심을 잡고 있는 듯한 기분이 든다. 특히 오늘 같은 날에는. 하지만 차가 의회 앞마당으로 진입하자 그녀는 더이상 보겔이 하는 말을 듣지 않는다. 정중앙의 첨탑에서 덴마크 국기가 나부끼고 중계차들이 앞마당을 가득 메우고 있다. 그녀는 카메라맨들이 밝힌 조명 속에서 우산을 쓰고 준비를 하거나 카메라 앞에서 촬영하는 사람들을 쳐다본다.

"아스게르, 서지 말고 뒷문 쪽으로 가요."

새로 바뀐 기사는 보겔의 말에 고개를 끄덕이지만 로사는 그의 제안이 마음에 들지 않는다.

"아니야. 여기서 내릴게."

보겔은 놀란 표정으로 그녀를 돌아보고 기사는 백미러로 흘끗 쳐다본다. 로사는 기사가 젊은 나이인데도 양쪽 입가에 깊은 주름이 잡혀 있는 것을 이제야 알아차린다.

"지금 해치우지 않으면 저들이 하루종일 쫓아다닐 거야. 정문으로 직진해서 거기서 내려줘."

"장관님, 괜찮으시겠습니까?"

"물론이지."

차가 연석으로 미끄러지듯 움직이고 기사가 얼른 내려 문을 열어준다. 그녀가 차에서 내려 의사당의 넓은 계단을 향해 걸어가는 동안 모든 게 슬로모션으로 움직이는 듯 느껴진다. 방향을 돌리는 카메라맨, 그녀 앞으로 우르르 몰려들기 시작하는 기자들, 입을 벌린 얼굴과 뒤틀려 나오는 말들.

"로사 하르퉁 장관님, 잠시만요!"

현실이 그녀를 강타한다. 그녀 주변으로 인파가 몰리고 그녀의 얼굴 쪽으로 카메라들이 다가오고 기자들의 질문이 우박처럼 쏟아진다. 로사는 두 계단을 올라간 다음 몸을 돌려 사람들을 응시하며 모든 걸 눈에 담는다. 목소리, 조명과 마이크, 찡그린 미간 위로 눌러쓴 파란 모자, 마구 흔들리는 팔, 뒷줄에서 뭐 하나도 놓치지 않으려고 기를 쓰는 한 쌍의 검은 눈.

"장관님, 공식적으로 입장을 밝히실 건가요?"

"복귀하신 소감이 어떻습니까?"

"이 분만 시간을 내주실 수 있을까요?"

"로사 하르퉁 장관님, 이쪽이요!"

로사는 지난 몇 달간, 그중에서도 특히 지난 며칠간 여러 언론사의 편집부 회의에서 자신이 논의의 중심이었다는 걸 알지만, 이런 행보를 예상한 사람은 없었다. 그들은 허를 찔렸고, 로사가 이렇게 밀어붙인 것도 그 때문이다.

"뒤로 물러나주세요! 장관님이 하실 말씀이 있으시답니다."

보겔이 인파를 헤치고 그녀 앞으로 다가와 거리를 유지하도록 단속한다. 대부분 그의 지시에 따르고 로사는 그들의 얼굴을 뜯어본다. 대다수가 아는 얼굴이다.

"다들 아시겠지만 저는 그동안 힘든 시간을 보냈습니다. 보내주신 응원에 저와 저희 가족은 감사할 따름입니다. 이제 새로운 회기가 시작되려는 시점인 만큼 미래를 바라봐야겠죠. 저를 믿어주신 총리께 감사의 인사를 전하고 싶고, 앞으로 정계 업무에 매진할 수 있길 고대합니다. 여러분도 그 점을 존중해주시기 바랍니다. 감사합니다."

로사 하르퉁은 인파를 헤치고 길을 내려는 보겔을 따라서 계단을 마저 올라간다.

"하지만 장관님, 복귀할 준비는 되신 겁니까?"

"기분이 어떠신가요?"

"범인은 따님의 소재를 밝히지 않았는데요……"

보겔이 어찌어찌 그녀를 정문까지 인도하고, 그녀의 비서가 문 입구에서 한 손을 내밀고 있는 지점에 다다르자 로사 하르퉁은 포효하는 바다에서 기슭으로 구조된 느낌이다.

12

"보시다시피 소파를 새로 들이면서 배치를 몇 군데 바꿨는데요, 소파 말고 다른 곳은 원래대로 돌려놓고 싶으시면······"

"아냐, 좋아. 전하고 달라서 마음에 들어."

로사는 사회부가 쓰는 5층의 자기 집무실에 들어선 참이다. 크리스티안스보르와 예배당에서 수많은 동료들과 맞닥뜨린 뒤라 무수한 관심에서 한 발 떨어져 있으니 좋다. 몇 명은 그녀를 끌어안았고, 다른 사람들은 연민을 담아 다정하게 고개를 끄덕였고, 그녀는 일부러 계속 돌아다녔다. 오직 예배 시간에만 최대한 설교에 집중했다. 예배가 끝났을 때 보겔은 남아서 여러 하원의원들과 대화를 나누었다. 그녀는 장관실 소속 비서와 몇 명의 보좌진을 만났고 그들과 함께 궁전 광장을 지나 사회부가 있는 커다란 회갈색 건물로 들어왔다. 보겔이 없어도 상관없다. 이제 그녀는 보좌진과 인사하고 장관실 소속 비서와 담소를 나누는 데 집중할 수 있다.

"어떤 식으로 표현하면 좋을지 모르겠어서 단도직입적으로 여쭤어볼게요. 어떻게 지내고 계세요?"

로사는 이 비서를 워낙 잘 알기에 진심으로 걱정이 돼서 하는 얘기라는 걸 이해한다. 리우는 중국 출신으로 덴마크 남자와 결혼한 두 아이의 엄마이고 로사가 알기로 이보다 더 다정한 사람이 없지만, 그럼에도 그녀는 그런 개인적인 질문은 피해야 한다고 느낀다.

"물어봐도 괜찮아. 상황에 비해 잘 지내고 있고 일을 시작하려니 설레. 리우는 어때?"

"아, 네, 다 괜찮아요. 둘째가 자꾸 배가 아프다고 하고 첫째는…… 뭐, 다 좋아요."

"저쪽 벽이 좀 휑해 보이지 않아?"

로사는 손가락으로 벽을 가리키고, 리우가 말실수를 하지 않으려고 긴장하는 것을 감지한다.

"어, 원래 사진들이 걸려 있었던 곳이에요. 장관님께서 결정하셔야 할 것 같아서요. 그중에 가족분들이 다 함께 찍은 사진이 있어서, 장관님께서 그걸 다시 걸고 싶어하실지 알 수가 없었어요."

로사는 벽 옆에 놓인 상자를 내려다보고 크리스티네와 함께 찍은 사진의 모서리를 알아본다.

"나중에 내가 처리할게. 오늘 면담에 할애할 수 있는 시간이 얼마나 되지?"

"많지 않아요. 잠시 후에 보좌진과 인사하셔야 하고 이후에 총리님의 연설과 함께 정식으로 개회가 선포되면 그러고 나서……"

"다 좋지만 오늘 중으로 면담을 진행했으면 하는데. 회의 중간에 비공식적으로 가볍게. 오는 길에 몇 명한테 이메일을 보내려고 했는데 시스템이 다운됐더라고."

"아마 아직 복구되지 않았을 거예요."

"알았어. 그럼 엥엘스 들어오라고 해, 내가 누굴 만나고 싶은지 설명하게."

"죄송하지만 엥엘스는 볼일이 있어서 자리를 비웠어요."

"지금?"

로사는 리우를 쳐다보고 그녀가 머뭇거리며 안절부절못하는 또

다른 이유가 있다는 걸 갑자기 깨닫는다. 오늘 같은 날에는 원래 수석 보좌관이 기다리고 있다가 그녀를 맞이해야 하는데 그의 부재가 갑자기 불길하게 느껴진다.

"네. 그럴 수밖에 없었던 게…… 다녀오면 엥엘스가 직접 말씀드릴 거예요."

"어딜 다녀온다는 거지? 무슨 일이야?"

"저도 자세히는 몰라요. 그리고 다 잘 해결될 거예요. 하지만 말씀드렸다시피……"

"리우, 무슨 일이냐니까?"

장관의 비서는 몹시 우울한 표정을 지으며 머뭇거린다.

"정말 속상해요. 장관님을 응원하고 장관님의 행운을 비는 이메일이 얼마나 많았는데, 어떻게 그런 이메일을 보낼 수 있는지 모르겠어요."

"그런 이메일이라니?"

"저도 직접 보지는 못했어요. 하지만 협박 이메일 같아요. 엥엘스한테 듣기로는 따님과 연관이 있다고 했고요."

13

"하지만 어제 저녁에 통화했어요…… 식사를 한 다음 집으로 전화했는데 평소와 다를 게 전혀 없었어요."

라우라 키에르의 동거남인 마흔네 살의 한스 헨리크 하우게는 축축한 외투를 걸치고 자동차 열쇠를 움켜쥔 채 부엌 의자에 앉아 있다. 눈은 충혈되고 퉁퉁 부었고, 창문 너머 마당과 산울타리 옆을 오가는 하얀 옷을 입은 사람들을 당혹한 눈빛으로 물끄러미 바라보다 다시 툴린에게로 시선을 돌린다.

"어쩌다 그런 일이 벌어진 겁니까?"

"저희도 아직은 몰라요. 전화로는 어떤 얘기를 나누셨나요?"

덜거덕거리는 소리가 들린다. 툴린은 서랍과 찬장을 열며 돌아다니는 유로폴 소속 경찰을 곁눈으로 흘긋 노려본다. 이제 보니 그는 아무 말 하지 않고도 그녀의 부아를 돋우는 능력이 있다.

"특별한 건 없었어요. 마그누스는 뭐라던가요? 아이를 만나고 싶은데요."

"이따 만나실 수 있어요. 라우라가 미심쩍은 얘기를 한 게 있었나요? 아니면 불안해했다든지……"

"아뇨. 마그누스 얘기를 좀 하다가 피곤하다면서 이제 그만 자야겠다고 했어요."

한스 헨리크 하우게의 목소리가 갈라진다. 그는 키가 크고 체격이 건장하며 차림새가 번듯하지만 여린 사람 같아 보인다. 툴린은 속도를 높이지 않으면 면담을 제대로 끝마치지 못할 수도 있겠다는 생각을 한다.

"두 분이 만난 지 얼마나 되셨나요?"

"십팔 개월이요."

"결혼은 하셨고요?"

툴린의 시선이 반지를 만지작거리기 시작한 하우게의 손에 가 있다.

"약혼만 했어요. 반지는 선물했고요. 겨울에 태국에 가서 결혼식을 올릴 생각이었어요."

"왜 하필 태국이죠?"

"우리 둘 다 초혼이 아니거든요. 그래서 이번에는 좀 색다르게 하자고 했어요."

"라우라가 반지를 어느 쪽 손에 꼈나요?"

"네?"

"반지요. 반지를 어느 쪽 손에 꼈나 해서요."

"오른손이었던 것 같은데요. 왜요?"

"제가 그냥 이것저것 여쭤볼 테니 잘 생각해서 대답해주세요. 어제는 어디 계셨죠?"

"로스킬레요. 저는 IT업계에서 개발자로 일하고 있습니다. 어제 아침에 차를 몰고 거기 내려갔고, 오늘 오후까지 박람회에 참석할 예정이었어요."

"그럼 어젯밤에 동행이 있었겠네요?"

"네, 상사하고 갔어요. 모텔에 들어간 시각이 9시인가 10시였어요. 거기서 라우라한테 전화했고요."

"왜 그냥 집에 오지 않았죠?"

"회사에서 하룻밤 있다가 오라고 했어요. 아침 일찍 회의가 있었거든요."

"두 분 사이는 어땠나요? 무슨 문제가 있었다든지……"

"아뇨. 정말 좋았어요. 저 사람들 차고에서 뭐하는 거죠?"

눈물로 얼룩진 하우게의 시선이 다시 창밖으로 향하더니 곧 차고 뒤편으로 옮겨간다. 차고 문 옆에 감식반원 둘이 서 있다.

"증거가 있는지 찾는 거예요. 라우라를 해치려 했다고 의심할 만한 사람이 있나요?"

하우게는 툴린을 쳐다보지만 아예 다른 세상에 있는 사람 같다.

"그녀에게 당신이 몰랐던 비밀이 있을 가능성은요? 다른 남자를 만나고 있었다든지?"

"아뇨, 절대 그랬을 리 없어요. 이제 마그누스를 만나게 해주세요. 약을 먹여야 해요."

"어디가 아픈데요?"

"몰라요. 그러니까…… 리그스병원에서 치료를 받고 있는데, 병원에서는 일종의 자폐증이라고 해요. 불안을 가라앉히는 약을 처방해줬어요. 마그누스가 착하기는 하지만 아주 내성적이고 이제 겨우 아홉 살이라……"

한스 헨리크 하우게의 목소리가 다시 갈라진다. 툴린이 다른 질문을 하려는 찰나, 헤스가 선수를 친다.

"정말 좋았다고요? 아무 문제 없이?"

"그렇다고 말씀드렸잖아요. 마그누스 어디 있습니까? 지금 당장 만나게 해주세요."

"도어록은 왜 교체하셨죠?"

느닷없이 튀어나온 질문에 툴린은 헤스를 빤히 쳐다본다. 그는 부엌 서랍에서 뭔가를 꺼내 들어 보이며 천진난만하게, 거의 즉흥적으로 물었다. 그가 꺼낸 것은 반짝이는 열쇠가 두 개 붙어 있는 종이다.

하우게는 입을 벌리고 멍하니 그와 종이를 쳐다본다.

"열쇠공한테 받은 영수증이에요. 10월 5일 오후 3시 30분에 도어록을 교체했다고 되어 있어요. 어제 오후죠. 그러니까 선생님이 박람회장으로 떠난 다음에요."

"모르겠어요. 마그누스가 자기 열쇠를 몇 번 잃어버려서 그 얘기는 한 적 있어요. 하지만 라우라가 그런 줄은 몰랐는데……"

툴린은 자리에서 일어나 헤스에게서 영수증을 건네받는다. 그녀가 집안을 수색했다면 찾았을 물건이지만 짜증을 참으며 이번 기회를 활용하기로 한다.

"라우라가 도어록을 바꾼 걸 모르셨다고요?"

"네."

"통화했을 때 얘기하지 않던가요?"

"네…… 그러니까, 네, 하지 않았던 것 같아요."

"그녀가 얘기하지 않은 다른 이유가 있었을까요?"

"나중에 얘기하려고 했을 거예요. 그게 무슨 상관이죠?"

툴린은 아무 대답 없이 그를 쳐다본다. 한스 헨리크 하우게는 눈을 동그랗게 뜨고 이해가 안 된다는 눈빛으로 그녀를 마주본다. 잠시 후 그가 벌떡 일어서자 의자가 바닥으로 넘어진다.

"당신들은 나를 여기 이렇게 붙잡아놓을 수 없어요. 나는 마그누스를 만날 권리가 있어요. 아이를 지금 당장 만나야겠어요!"

툴린은 망설이다가 뒤편의 문 옆에서 기다리는 경관을 향해 고개를 끄덕인다.

"나중에 검체와 지문 채취에 협조해주셔야 합니다. 그래야 여기 있어도 되는 지문과 그렇지 않은 지문을 구분할 수 있으니까요. 아시겠어요?"

하우게는 멍하니 고개를 끄덕이고 경관과 함께 사라진다. 헤스는 라텍스 장갑을 벗고 재킷 지퍼를 올리고는 현관 입구의 비닐 위에 내려놓았던 조그만 여행가방을 집어든다.

"검시실에서 만나요. 그 남자 알리바이를 확인하는 게 좋을 것 같아요."

"고마워요. 잊지 않고 챙길게요."

헤스가 동요하는 기색 없이 고개를 끄덕이고 부엌에서 나가는데 다른 경관이 들어온다.

"이제 아이를 만나보시겠어요? 지금 옆집에 있어서 창밖으로 보여요."

툴린은 옆집이 내다보이는 창문 앞으로 다가가 듬성듬성한 산울타리 너머의 온실을 들여다본다. 아이는 하얀 테이블 옆 의자에 앉아서 게임기 같아 보이는 걸 가지고 놀고 있다. 옆모습밖에 안 보이지만 표정이며 움직임이 기계적이고 멍하다.

"말이 없고 조금 발달이 덜 돼 보여요. 거의 한 음절로만 얘기하고요."

툴린은 경관의 설명을 들으며 아이를 관찰하다가 순간 그 모습에서 자신을 발견하고 아이가 오늘부터 오랫동안 집채만한 외로움에 시달리겠다는 생각을 한다. 하지만 잠시 후 아이는 한스 헨리크 하우게를 데리고 온실로 들어선, 옆집 주인으로 보이는 나이 지긋한 여자 뒤로 사라진다. 하우게는 아이를 보자마자 흐느껴 울기 시작한다. 쭈그리고 앉아서 아이를 한 팔로 감싸안는다. 그러는 동안에도 아이는 계속 게임기에 손을 얹고 꼿꼿하게 앉아 있다.

"아이를 불러올까요?"

경관이 조바심을 내며 툴린을 쳐다보고 있다.

"제가……"

"아뇨, 잠깐 저대로 두세요. 하지만 남자친구를 계속 지켜보세요. 알리바이 확인도 부탁해요."

툴린은 창문에서 고개를 돌린다. 이 사건이 겉으로 보이는 것처럼 간단하길 바랄 따름이다. 놀이집에 매달려 있던 조그만 밤 인형의 모습이 잠깐 그녀의 머릿속을 스치고 지나간다. 얼른 NC3로 옮기고 싶은 마음뿐이다.

14

건축회사 사무실에는 탁 트인 도시 전경이 보이는 전망창이 있고 천창이 달린 널찍한 공간에 책상들이 작은 섬처럼 배치되어 있다. 하지만 한쪽 천장에 달린 평면 TV 주변에 대부분의 직원들이 모여 있어 사무실이 침몰하고 있는 것처럼 보인다. 스텐 하르퉁이 도면을 안고 계단을 올라왔을 때 뉴스에 채널이 맞추어진 TV 화면에서 크리스티안스보르에 도착한 그의 아내를 촬영한 영상이 끝난다. 대부분의 직원들이 스텐의 등장을 알아차리고 그가 사무실로 가는 동안 부산을 떨며 열심히 일하는 척한다. 동업자 비아르케만 그를 보며 어색한 미소를 짓는다.

"어이, 잠깐 시간 돼?"

그들은 스텐의 사무실로 들어가고 비아르케가 문을 닫는다.

"자네 부인이 아주 훌륭하게 대처하는 것 같던데."

"고마워. 클라이언트하고는 얘기해봤어?"

"응, 만족스럽대."

"그런데 계약하자고 하지 않는 이유가 뭐야?"

"그쪽에서 신중에 신중을 기하고 있거든. 도면을 좀더 보고 싶다는데 내가 시간을 좀 달라고 했어."

"도면을 좀더 보고 싶다고?"

"요즘 집안 분위기는 어때?"

"얼른 그러지 뭐. 그건 일도 아니야."

스텐은 팸플릿을 작업할 공간을 마련하느라 제도용 책상을 치우는데, 가만히 서서 지켜보는 동업자 때문에 속이 점점 부글거린다.

"스텐, 자네 지금 너무 무리하고 있어. 페달에서 발을 떼고 잠깐 숨을 돌려도 뭐라 할 사람 아무도 없어. 힘들면 다른 친구들한테 좀 넘기고 그래. 직원을 쓰는 이유가 그거잖아."

"클라이언트측에 며칠 안으로 제안서 완성하겠다고 전해줘. 이 발주 따내야 해."

"하지만 중요한 건 그게 아니잖아. 스텐, 자네가 걱정이 돼서 그래. 나는 지금도……"

"스텐 하르퉁입니다."

스텐은 벨이 울리자마자 전화를 받는다. 상대방은 그의 사무 변호사 비서라고 신분을 밝히고, 스텐은 동업자에게서 등을 돌리며 그 행동에 담긴 속뜻을 알아차리길 바란다.

"네, 괜찮아요. 무슨 일이시죠?" 전화기 너머로 계속 이야기가 흘러나오고, 동업자가 사무실 밖으로 터벅터벅 걸어나가는 모습이 눈앞의 넓은 유리창에 비친다.

"그냥 이미 알고 계신 정보를 다시 확인하려는 거라 지금 바로 답변하지 않으셔도 돼요. 물론 아직 더 기다려보실 이유가 충분하겠지만 사건이 벌어진 지 일 년이 돼가고 있어서 이제 따님의 사망 신고 수속을 밟으셔도 된다는 걸 알려드리려고 전화드렸어요."

왠지는 몰라도 스텐 하르퉁이 전혀 예상하지 못했던 전화다. 그는 밀려드는 욕지기를 느끼며, 빗물로 얼룩진 유리창에 비친 자신의 얼굴만 가만히 바라본다.

"아시다시피 실종자가 발견되지 않아도 결론이 확실한 경우 취할 수 있는 조치가 몇 가지 있어요. 물론 지금 당장 정리할지 말지는 선생님께서 결정하실 부분이고요. 저희는 다만 의논하실 수 있게 정보를 알려드리는……"

"정리할게요."

상대방은 잠깐 침묵을 지킨다.

"말씀드렸다시피 지금 당장 결정하지 않으셔도……"

"서류 보내주면 내가 서명하고 아내한테 직접 설명할게요. 고마워요."

그는 전화기를 내려놓는다. 비에 젖은 비둘기 두 마리가 창밖의 코니스 위에서 종종걸음치고 있다. 그는 초점 잃은 시선으로 비둘기들 쪽을 쳐다보고, 그가 움직이자 비둘기들은 날아올라 멀리 사라진다.

스텐은 팸플릿 작업을 시작하기 전에 가방에서 술병을 꺼내 커피잔에 따른다. 손이 떨려서 계측기를 꺼낼 때 양손을 써야 한다. 그는 그것이 옳은 결정이라는 것을 알고, 얼른 해치우고 떨쳐버릴 수 있길 바란다. 사소하지만 중요한 일이다. 산 자가 죽은 자의 그늘에 덮이면 안 된다. 심리학자와 상담사들이 그렇게 말했고 그의 몸속 모든 세포도 그 말이 맞는다고 한다.

15

"오늘 아침에 장관님의 의회 업무용 이메일 주소로 들어왔어요. 정보국에서 발송인을 추적중이니 분명 찾아내겠지만 시간이 걸릴지 모릅니다. 정말이지 유감스럽게 생각합니다." 엥엘스가 조용히 말한다.

로사가 보좌진과 인사하고 집무실로 돌아가보니 엥엘스가 기다리고 있었다. 지금 그녀는 책상 옆 창가에 서서, 자신을 바라보는 수석 보좌관의 연민어린 눈빛이 견디기 괴롭다는 생각을 한다.

"전에도 협박 메일 받은 적 있잖아. 대개 자기 자신을 어쩌지 못하는 처량한 인간들이 그런 메일을 보내지."

"이번에는 달라요. 훨씬 악질이에요. 따님의 페이스북 이미지를 도용했어요. 일 년도 더 전에, 그러니까 따님이…… 따님이 실종됐을 때 삭제된 이미지를요. 그러니까 오래전부터 장관님에게 관심을 기울이던 자가 보낸 메일이라는 뜻이죠."

그 말에 로사는 동요하지만 애써 충격을 감춘다.

"나도 보고 싶은데."

"정보보안국으로 넘겨서 그들이 현재……"

"엥엘스, 자네는 뭐든 일곱 부씩 복사해놓잖아. 보여줘."

엥엘스는 확신이 들지 않는 듯 로사를 쳐다보다가 들고 있던 서류 폴더에서 종이 한 장을 꺼내 테이블 위에 놓는다. 로사는 종이를 집는다. 처음에는 종이에 어설프게 흩뿌려져 있는 조그맣고 알록달록한 조각들이 뭔지 파악하지 못한다. 그러다 알아차린다. 크리스티네가 찍은 셀카다. 핸드볼 유니폼을 입고 스포츠센터 바닥에 누워서 땀을 흘리며 웃는 사진. 새로 산 산악자전거를 타고 해변으로 가는 길에 찍은 사진. 마당에서 구스타브와 눈싸움을 하다 찍은 사진. 모델인 척 차려입고 화장실 거울 앞에서 찍은 사진. 행복하게 웃고 있는 사진이 너무 많다. 로사는 밀려드는 허전함과 슬픔을 느끼다 그녀를 겨냥한 문장에 시선이 닿는다. "복귀를 환영한다. 너도 죽게 될 거야, 잡년아." 사진 위에 빨간색 글자로 아치를 만들어놓았는데, 비뚤배뚤하고 어린애 같은 글씨체라 더 사악하게 느껴진다.

로사는 평소와 다름없는 목소리로 말하려 애쓰며 말문을 연다. "우리가 이런 또라이를 처음 겪는 것도 아니잖아. 대개는 별것 아니고."

"그렇죠. 하지만 이건……"

"나는 겁먹지 않아. 나는 내 일을 하고 정보국은 자기들 일을 하면 되겠지."

"저희는 장관님이 경호를 요청해야 한다고 생각합니다. 만일의 경우 신변을 보호할 수 있게……"

"아니, 경호는 됐어."

"왜요?"

"그럴 필요가 없으니까. 이 메시지는 그 자체가 목적이야. 장막 뒤에 숨어 있으려는 딱한 인간이 보낸 거고, 지금 우리 가족에겐 경호원이 없는 게 나아."

엥엘스는 로사가 아주 가끔 자신의 사생활을 언급하면 늘 그렇듯 살짝 놀란 표정으로 그녀를 쳐다본다.

"평소처럼 지내야 툴툴 털고 일어날 수 있으니까."

수석 보좌관은 뭐라고 대꾸하려 한다. 로사는 그의 생각은 다르다는 걸 읽는다.

"엥엘스, 걱정해주는 건 고맙지만 다른 안건 없으면 총리 개회 연설 들으러 의회로 이동하고 싶은데."

"그러셔야죠. 장관님의 지시 사항은 전달하겠습니다."

로사는 리우가 기다리고 있는 문 쪽으로 걸어간다. 엥엘스는 밖으로 나서는 그녀를 지켜보고, 로사는 자신이 간 뒤에도 그가 한참 동안 그 자리에 서 있으리라는 예감을 느낀다.

16

예배당과 붙어 있는 그 길쭉한 직사각형 건물은 차량으로 꽉 막힌 뇌레브로와 외스테르브로 지구의 사잇길에 있다. 정문 근처는 넘쳐나는 차량과 바삐 지나가는 행인들로 북적거리고, 엎어지면 코 닿을 데에 광장의 놀이터와 스케이트장이 있어서 행복한 웃음소리가 들린다. 그럼에도 네 개의 무균 부검실과 지하 냉장실을 갖춘 그 직사각형 건물에 들어서면 죽음과 덧없는 세상사를 떠올리지 않을 수 없다. 이곳에서는 비현실적인 분위기가 느껴진다. 툴린은 법의학 부서를 수없이 들락거렸지만 절대 익숙해지지 않았고, 지금 걷고 있는 너무 긴 복도 끝에 달린 자동문 밖으로 다시 나서는 순간만을 매번 손꼽아 기다린다. 방금 전 라우라 키에르의 검시를 참관한 그녀는 젠스에게 연락하려는 중이다. 메시지를 남겨달라는 음성사서함 안내 멘트가 다시 반복되지만, 툴린은 중간에 끊고 초조해하며 다시 전화를 건다. 젠스가 라우라 키에르의 이메일과 문자와 통화 내역을 먼저 출력해 오후 3시까지 주겠다고 약속했는데 삼십 분이 지난 지금까지 연락이 없다. 그는 평소 시간을 칼같이 지키는 성격이라 툴린은 지금까지 그가 제때 자료를 넘기지 못했다는 소리를 들은 적이 없다. 그녀가 전화를 걸었을 때 그가 받지 않은 적도 없다.

검시를 했지만 결정적인 증거가 새롭게 등장하지는 않았다. 유로폴인지 어딘지 모를 데서 건너온 손님은 아니나 다를까, 약속과 달리 나타나지 않았고 툴린은 채 일 초도 기다리지 않았다. 검시관에게 그냥 시작하라고 했다. 검시관은 라우라 키에르의 시신을 부검용 테이블에 눕혀놓고 화면에 띄운 보고서를 넘기며 유난히 바빴던 하루에 대해 재잘거렸다. 비가 많이 와서인지 교통사고가 몇 건 있었다고 했다. 그는 "아무튼"이라는 말과 함께 꼼꼼하게 작업을 시작했다. 위에 남은 내용물을 보면 저녁으로 호박 수프와 닭고기 브로콜리 샐러드를 아마도 차와 함께 먹은 듯했다. 차는 조금 먼저 마셨을 수도 있지만. 툴린은 마음이 급해 도움이 될 만한 부분으로 건너뛰라고 재촉했다. 그런 요청을 하면 검시관은 항상 짜증을 냈지만—"툴린, 그건 페르 키르케뷔*에게 그의 그림을 설명해달라는 거나 다름없어요!"—그래도 그녀는 우겼다. 아직까지 원하는 답을 찾지 못했고, 검시관이 자기 보고서를 낭독하는 동안 관을 두드리듯 지붕을 때리는 빗소리가 들렸다.

"구멍이 나고 찢긴 곳이 많고 강철 혹은 알루미늄 곤봉으로 오십 회에서 육십 회 정도 구타당했어요. 어떤 곤봉인지는 알 수 없지만 남은 자국으로 봤을 때 주먹만한 크기의 공에 2에서 3밀리미터 길이의 작은 못이 길고 촘촘하게 박혀 있는 물건이에요."

"철퇴처럼요?"

"원론적으로는 그렇지만 철퇴는 아니에요. 원예 도구가 아닐까 계속 고민중인데 거기서 더이상 발전이 없네요. 피해자는 손목이 케이블 타이로 묶여 있어 방어할 수가 없었어요. 게다가 땅바닥으로 계속 쓰러져서 부상을 더 많이 입었고요."

---

* 덴마크의 화가, 시인, 영화 제작자, 조각가. 신표현주의의 대가로 불린다.

툴린이 오전에 겐스와 나눈 대화를 통해 거의 다 입수한 정보였다. 그녀의 관심사는 남자친구인 한스 헨리크 하우게를 범인으로 지목하는 증거가 있는지 여부였다.

"그렇기도 하고 아니기도 해요." 검시관의 짜증나는 답변이었다. "검시 결과 피해자의 팬티, 슬립, 몸에서 그의 DNA가 검출됐지만 둘이 같이 쓰던 더블베드에서 자고 있었다면 예상할 수 있는 수준이에요."

"성폭행의 흔적은요?"

검시관은 그랬을 가능성을 일축했다. 성적인 동기 자체를 일축했다. "성적인 충동이 가학적인 형벌로 표현됐다면 모를까." 툴린이 추가 설명을 요구하자 검시관은 라우라 키에르가 고문을 당했다는 부분을 지적했다.

"범인은 고문을 하면서 피해자가 고통스러워하는 걸 분명 봤을 거예요. 단순히 피해자를 죽일 생각이었다면 금세 끝낼 수도 있었어요. 피해자는 공격을 당하는 동안 여러 차례 정신을 잃었을 테고, 내가 짐작하기로는 가장 큰 사인이 되었을 눈 부상을 입기 전에 이십 분 정도 폭행을 당했을 거예요."

아직까지 행방이 묘연한 오른손이 절단된 부위에서는 새롭게 드러난 증거가 없었다. 검시관은 어떤 도구로 절단되었는지 알 수 없지만, 그 모습을 본 순간 사지절단은 오토바이 폭력조직 사이에서 가장 흔하지 않나 하는 생각이 들었다고 했다. 하지만 그들은 대개 빌려준 돈 대신 손가락을 절단하고 주로 고기 자르는 가위나 사무라이 칼 같은 도구를 동원한다. 그는 이번 경우에도 그런 게 쓰였는지는 장담할 수 없다고 했다.

"전지가위? 큰 가위?" 툴린은 후숨의 차고에서 본 공구를 떠올리며 물었다.

"아뇨, 분명 톱이었어요. 둥근톱 아니면 합판 자르는 톱. 범인이 놀이터 한복판에서 자유자재로 쓴 걸 보면 건전지로 작동하는 것일 가능성이 커요. 다이아몬드 날이나 그 비슷한 거였을 거예요."

"다이아몬드 날이요?"

"용도에 따라 톱날의 종류가 다양하거든요. 다이아몬드 날이 가장 튼튼해요. 원래는 타일이나 콘크리트나 벽돌을 자를 때 쓰는데, 대부분의 DIY 전문점에서 팔아요. 절단은 신속하게 이루어졌어요. 반면에 절단면이 너덜너덜하고 제멋대로인 걸 보면 톱니가 가늘지 않고 굵었어요. 아무튼 피해자는 손이 잘린 것 때문에 체력적으로 많이 약해졌을 거예요."

그러니까 손이 잘렸을 때 라우라 키에르는 살아 있었다는 뜻이었다. 생각할수록 어찌나 속이 뒤틀리는지 툴린은 그뒤로 이어지는 몇 마디를 제대로 듣지 못하는 바람에 검시관에게 다시 한번 말해달라고 해야 했다. 다른 상처들로 판단하건대 라우라 키에르는 피를 흘려 의식이 희미해지고 몸을 제대로 가눌 수 없는 상황에서 다시 한번 탈출을 시도하다 기운이 다하자 더는 저항하지 못하고 놀이집 앞 처형장으로 끌려간 듯했다. 툴린은 범인이 쫓아오는 가운데 칠흑 같은 어둠 속을 달리는 여자를 상상하다 어린 시절 어느 해 여름에 목격한 광경을 퍼뜩 떠올렸다. 목 잘린 닭이 친구네 농장 안마당을 미친듯이 달리던 광경이었다. 툴린은 그 광경을 애써 떨치며 피해자의 손톱, 입, 피부의 찰과상에 대해 물었지만 검시관은 앞서 언급한 상처 말고는 범인과 신체적으로 접촉한 흔적이 없다고 했다. 하지만 그날 내린 비가 영향을 미쳤을 거라고도 했다.

툴린은 회전문 앞에 다다랐을 때 겐스의 음성사서함 멘트를 세 번째로 듣는다. 이번에는 최대한 빨리 전화해달라고 간단하게 메시지를 남긴다. 밖에서는 비가 계속 억수같이 쏟아지고, 툴린은 외투를 걸치며 지서로 돌아가 연락을 기다리기로 한다. 한스 헨리크 하우게가 어젯밤에 월란에서 온 상사와 두 명의 동료와 함께 화이트와인을 한 잔 마시며 새로운 방화벽에 대해 의논한 뒤 9시 30분경에 차를 몰고 박람회장을 나섰다는 것도 사실로 밝혀졌다. 하지만 그 이후로는 하우게의 알리바이가 불확실하다. 모텔에 체크인한 건 맞지만 그가 타고 다닌 검은색 마즈다 6가 밤새 주차되어 있었는지 아무도 장담할 수 없다. 이론상으로는 그가 얼마든지 후숨의 집까지 왔다 갔을 수 있지만 하우게와 그의 차를 좀더 철저하게 조사할 만한 증거가 부족하다. 그래서 그녀가 겐스와 그의 감식 결과를 애타게 기다리는 것이다.

"미안해요. 시간이 좀 걸렸어요."

시체 안치소에 도착한 헤스가 회전문을 열고 들어온다. 그의 옷에서 떨어진 빗물이 바닥에 고이고 그는 흠뻑 젖은 재킷을 한 번 흔든다.

"아파트 관리인을 만나지 못했어요. 별문제 없었죠?"

"네, 다 잘 끝났어요."

툴린은 뒤를 돌아보지 않고 회전문 밖으로 나선다. 비를 최대한 덜 맞으려고 차를 세워둔 곳까지 뛰어간다. 뒤에서 헤스의 목소리가 들린다.

"당신이 어디어디 다녀왔는지 모르지만 내가 피해자의 직장에서 진술서는 받아올 수 있어요. 아니면……"

"아뇨, 다 했으니까 신경쓸 것 없어요."

툴린이 차문을 열어 운전석에 앉고 문을 닫으려는데 헤스가 달려와 앞을 가로막는다. 그는 비를 맞으며 부르르 떤다.

"내 말을 이해하지 못한 것 같아서요. 늦어서 미안해요, 하지만……"

"이해해요. 헤이그에서 물먹었다면서요? 돌아와도 좋다는 신호가 떨어질 때까지 여기 짱박혀 있으라고 해서 오기는 왔지만 일에는 전혀 관심이 없으니 최대한 농땡이 부려가며 시간 때우는 거잖아요."

헤스는 꼼짝하지 않는다. 가만히 서서, 툴린으로서는 여전히 적응이 안 되는 눈빛으로 그녀를 쳐다볼 따름이다. "뭐, 오늘 사건이 아주 어려운 것도 아니었잖아요."

"나는 당신을 배려해주려고 이러는 거예요. 당신은 헤이그 일과 아파트에 집중해요. 닐라네르 반장한테는 입도 벙긋하지 않을 테니까. 알겠어요?"

"툴린!"

툴린이 입구 쪽을 흘끗 돌아보니 검시관이 밖으로 나와서 우산을 받쳐들고 서 있다.

"겐스가 당신하고 연락이 안 된다며 과학수사대로 당장 와달래요."

"왜요? 그냥 전화로 얘기하면 안 된대요?"

"당신이 봐야 할 게 있대요. 직접 확인하지 않으면 자기가 농담하는 줄 알 거라면서요."

　정육면체 모양으로 신축된 과학수사대 본부는 이 도시의 북서쪽에 있다. 바깥은 주차장에 심긴 자작나무들 주위가 벌써 어둑해지기 시작했지만 널찍한 주차장 위로 보이는 건물의 연구실에서는 다들 아직까지 열심히 근무중이다.

　"문자, 이메일, 통화 내역, 모두 체크했어요?"

　"IT팀에서 아직 유의미한 정보는 찾아내지 못했는데, 아무튼 내가 지금 보여주려는 것만큼 중요한 정보는 거기 없을 거예요."

　겐스가 안내 데스크로 내려와 툴린과 헤스가 자기 손님이라고 확인한 뒤에 그들을 거느리고 앞장선다. 헤스는 따라오겠다고 부득부득 우겼는데, 아마 툴린의 입에서 근무 태만이라는 소리가 나오지 않게 하려고 그랬을 것이다. 차를 타고 오는 동안 그는 건성건성 검시 보고서를 대충 훑었고 툴린은 그와 이 사건에 대해 논의할 필요성을 느끼지 못했다. 운전을 하느라 신경이 곤두선데다 겐스의 아리송한 답변 때문에도 신경이 쓰였는데, 겐스는 그들이 연구실에 도착할 때까지 추가로 설명할 생각이 없어 보였다.

　온 사방이 불투명 유리 칸막이로 나뉘어 있다. 감식반원들이 조그만 하얀색 꿀벌처럼 책상 주변에 와글와글 모여 있는데, 무수한 에어컨과 벽에 걸린 온도계가 여러 유리 칸막이 안에서 실시되는 테스트에 알맞은 온도와 습도 유지를 책임지고 있다. 모든 범죄 현장에서 수집된 증거가 이 과학수사대에서 조사되고 평가받는다. 법의학 증거가 수사의 방향을 결정하는 경우도 허다하다. 툴린은 살인수사과에서 근무한 짧은 기간 동안 과학수사대에서 옷, 침대 시트, 카펫, 벽지, 음식, 차량, 식물, 흙과 같은 다양한 품목을 꼼꼼하게 조사하는 것을 보아왔다. 원칙적으로 조사 목록에는 끝이 없다. 검시실과 과학수사대는 모든 수사를 과학적으로 지탱하는 두 다리와 같고, 이 양 부서에서 찾은 증거를 가지고 나중에 검사가 유죄판결을 이끌어낸다.

1990년대부터 과학수사대는 피해자와 용의자의 전자기기를 수사하는 부서를 두고 디지털 증거 확보에 힘쓰고 있다. 전 세계의 사이버범죄, 해킹, 국제적인 테러에 점점 초점을 맞추다보니 2014년 이후로 디지털 증거 확보는 점차 NC3로 이관되고 있지만, 라우라 키에르의 집에서 수거한 컴퓨터와 휴대전화를 조사하는 것처럼 좀 더 규모가 작고 지엽적인 업무는 현실적인 이유로 계속 과학수사대에서 수행하고 있다.

"다른 증거는 없어요? 침실이나 차고나." 툴린은 겐스가 그들을 데려간 커다란 연구실에 서서 초조하게 묻는다.

"없어요. 하지만 논의를 진행하기 전에 저 사람을 믿어도 되는지 그것부터 짚고 넘어갈게요."

겐스는 문을 닫고 헤스를 턱으로 가리킨다. 툴린은 겐스가 낯선 사람을 갑자기 그렇게 노골적으로 경계하는 것을 보고 조금 흡족해하지만 뜻밖의 반응이기도 하다.

"그게 무슨 소리예요?"

"지금 공개하려는 게 엄청난 뉴스라 정보가 새나가면 안 되거든요. 개인적인 감정을 가지고 하는 얘기는 아니니까 이해해줘요."

뒷부분은 계속 무표정하게 있는 헤스에게 한 말이다.

"닐라네르 반장이 수사관으로 데려온 사람이에요. 그리고 여기까지 왔으니 믿어도 된다고 봐요."

"농담 아니에요, 툴린."

"내가 책임질게요. 뭔지 얘기해봐요."

젠스는 잠시 머뭇거리다 키보드 쪽으로 몸을 돌려 비밀번호를 잽싸게 입력하고 다른 손으로는 테이블에 놓인 독서용 안경을 집는다. 툴린은 젠스가 이렇게 진지한 동시에 의기양양한 것을 본 적이 없다. 그리고 지금 으리으리한 책상 위 벽에 걸린 HD 화면에 등장한 평범해 보이는 지문이, 그가 이토록 유별나게 구는 이유의 전부가 아니길 바란다.

"우연히 발견했어요. 범인이 기둥에 기댔거나 못에 베였거나 그랬을 경우에 대비해 시신이 있던 놀이집에서 지문을 채취했거든요. 물론 시간 낭비였죠. 거기서 놀았던 아이들의 것으로 추정되는 지문이 한두 개가 아니었으니. 하지만 같은 이유에서 그 인형, 일명 체스트넛맨도 의례적으로 확인했어요. 시신에 워낙 가깝게 매달려 있었으니까."

"젠스, 뭐가 그렇게 중요한 정보라는 거예요?"

"아래쪽 밤에 지문이 남아 있었어요. 그러니까 몸통이라고 할 수 있는 곳에. 인형에 남은 지문은 그거 하나였어요. 당신도 아는지 모르겠지만 지문을 확인할 때는 대개 열 개 포인트를 대조하거든요. 이 지문의 경우에는 오염이 돼서 아쉽게도 다섯 개 포인트밖에 확보하지 못했지만 원칙적으로는 다섯 군데도 충분해요. 지금까지 법정에서 여러 번……"

"뭘 하기에 충분하다는 거예요, 젠스?"

설명을 이어가며 책상 위에 놓인 태블릿 PC와 전자펜으로 지문의 다섯 개 포인트를 가리키던 겐스가 펜을 내려놓고 툴린을 쳐다본다.

"미안해요. 밤 인형에 남은 지문이, 적어도 다섯 군데에서만큼은 크리스티네 하르퉁의 지문과 일치한다는 증거로서 충분하다고요."

툴린은 잠시 숨쉬는 것도 잊는다. 겐스가 어떤 폭탄을 터뜨릴 거라고 자신이 예상했던 건지는 알 수 없지만, 이처럼 태양계에서 벗어나는 수준일 줄은 몰랐다.

"컴퓨터로 다섯 개 포인트를 하나씩 검증하면서 일치하는 지문을 찾아냈어요. 과거의 사건에서 수집한 수천 개의 지문이 저장돼 있는 데이터베이스와 연결된 프로그램이라 백 퍼센트 자동 인식이에요. 물론 대개는 좀더 많이 확인하긴 해요. 열 군데가 가장 일반적이에요. 하지만 아까도 얘기했다시피 다섯 군데로도 충분히……"

"크리스티네 하르퉁은 사망한 것으로 추정되잖아요." 툴린은 냉정을 되찾았지만 다시 말문을 열었을 때 목소리에 짜증이 섞여 있다. "수사 결과 일 년 전쯤에 살해된 것으로 결론 내렸잖아요. 사건은 종료됐고 범인은 유죄판결을 받았어요."

"나도 알아요."

겐스는 독서용 안경을 벗고 그녀를 뜯어본다.

"내가 하고 싶은 말은 지문이……"

"무슨 착오가 있었겠죠."

"아뇨. 착오는 없어요. 확실하다는 결론을 얻은 후 발표하려고 세 시간 동안 확인하고 또 확인했어요. 확실해요. 다섯 군데가 일치해요."

"어떤 프로그램을 쓰시죠?"

뒤편의 의자에 앉아서 전화기를 만지작거리던 헤스가 자리에서 일어나 있다. 툴린은 그가 전과 다르게 기민한 표정을 짓고 있는 것을 알아차린다. 겐스는 신중하게 어떤 지문 검사 시스템을 쓰는지 설명하고, 헤스는 유로폴에서도 쓰는 시스템이라고 말한다.

겐스는 손님이 그 시스템을 안다는 데 놀라고 기뻐하며 눈을 반짝이지만 헤스는 별다른 반응을 보이지 않는다.

"크리스티네 하르퉁이 누구죠?" 대신 헤스는 이렇게 묻는다.

툴린은 화면에 뜬 지문에서 시선을 돌려 파란색과 초록색의 눈을 쳐다본다.

비가 그쳤고 축구장에는 아무도 없다. 그는 사람의 형상 하나가 나무 사이에서 나타나 경기장을 가로지르는 것을 본다. 축축한 인조잔디가 투광조명 불빛을 받아 반짝인다. 그 아이가 마지막 골대를 지나 빈 주차장과 연결된 콘크리트 분리대 앞에 다다른 후에야 그는 진짜 그 아이라는 것을 알아차린다. 아이는 행방불명된 날 입었던 옷을 입고 있고 그가 너무나도 잘 아는 걸음걸이로 걷고 있다. 그는 걸음걸이만 보고도 그 아이를 수천 명의 아이들 사이에서 찾아낼 수 있을 것이다. 차를 발견한 아이가 달리기 시작하고, 그는 모자가 뒤로 벗겨져 불빛이 얼굴을 환히 비추는 가운데 아이가 점점 함박웃음을 짓는 것을 지켜본다. 추워서 볼이 빨갛다. 그는 이미 아이의 체취를 느낄 수 있고, 아이를 품에 꼭 끌어안으면 어떤 느낌일지 정확히 안다. 아이가 지금까지 숱하게 그랬던 것처럼 웃으며 그를 부르자 그는 온몸이 폭발하려는 걸 느끼며 문을 벌컥 열고 그 아이를 안아 빙글빙글 돌리기 시작한다.

"뭐하세요? 이제 가요!"

뒷문이 쾅 닫힌다. 스텐 하르퉁은 혼란스러워하며 눈을 뜬다. 그가 차창에 기대어 잠들었던 것이다. 아들이 훈련복 차림으로 가방과 라켓을 챙겨 뒷좌석에 앉아 있고, 밖에서는 아이들이 스텐을 쳐다보고 자기들끼리 낄낄대며 자전거를 타고 멀어진다.

"이제 끝난……"

"얼른 가요."

"열쇠를 찾아야 하는데."

스텐은 불이 들어오도록 차문을 열고 열쇠를 찾다 운전대 아래 매트에 떨어져 있는 것을 발견한다. 마지막 남은 아이들이 지나가는 동안 그의 아들은 좌석에서 몸을 움츠린다.

"아하…… 여기 있었네."

스텐은 문을 닫는다.

"훈련은 잘 끝났……"

"앞으로는 데리러 오지 않으셨으면 좋겠어요."

"그게 무슨……"

"차에서 냄새가 진동해요."

"구스타브, 그게 지금 무슨……"

"저도 누나 보고 싶어요. 하지만 그렇다고 술을 마시지는 않아요!"

스텐은 그대로 얼어붙는다. 그는 창밖의 나무를 내다보며 흠뻑 젖은 천 장의 죽은 이파리 속에 묻혀 있는 듯한 중압감을 느낀다. 매서운 눈빛으로 창밖을 내다보는 아들의 모습이 백미러로 보인다. 이제 열한 살밖에 안 된 아이의 입에서 나온 말이니 웃음이 나야 하는데 그렇지 않다. 스텐은 뭐라고 말을 하고 싶다. 아니라고, 네가 잘못 안 거라고 한 뒤 큰 소리로 호탕하게 웃으며 아들의 웃음보를 터뜨릴 우스갯소리를 늘어놓고 싶다. 요즘 아들은 통 웃질 않는다. 마지막으로 웃은 게 언제인지 가물가물하다.

"미안하다…… 네 말이 맞아."

구스타브의 표정은 변화가 없다. 아무도 없는 주차장만 내다볼 뿐이다.

"아빠가 실수했어. 앞으로 정신 차릴게……"

여전히 아무 대꾸가 없다.

"네가 믿지 못하는 거 이해하지만 진짜야. 다시는 이런 일 없을 거야. 네가 우울해지는 건 정말 싫으니까. 알았지?"

"저녁 먹기 전에 칼레하고 놀아도 돼요?"

칼레는 구스타브의 가장 친한 친구이고 가는 길에 그애의 집이 있다. 스텐은 백미러를 마지막으로 흘끗 쳐다보고는 열쇠를 돌려 시동을 건다.

"그럼. 당연히 되지."

19

"그래서? 그러고 나서 어떻게 됐어?"

"뭐, 야당에서 시동을 걸었지. 아주 난장판이었어. 뿔테 안경 쓴 좌파연합당 소속의 그 예쁘장한 여자 기억나?"

스텐은 큼지막한 가스레인지 옆에 서서 음식을 음미하며 미소를 띤 채 고개를 끄덕인다. 라디오에서 음악이 흘러나오고 로사는 와인을 따르고 있다. 그의 몫으로도 한 잔 따르려 하지만 그가 손사래를 친다.

"크리스마스 파티 때 술을 너무 많이 마시는 바람에 집으로 쫓겨간 그 여자 말이야?"

"응, 그 여자. 회의장 한복판에서 벌떡 일어나더니 총리한테 욕을 퍼붓지 뭐야. 그걸 보고 의장이 그녀를 다시 앉히려고 하니까 이번에는 의장을 향해서 욕을 하더라고. 그 여자는 여왕이 입장했을 때 기립을 거부한 전적이 있기 때문에 의원 절반이 야유를 퍼붓기 시작했고, 결국 그녀가 열받아서 자기 메모지를 던지는 바람에 펜이랑 안경 케이스도 같이 날아갔어."

로사는 깔깔대며 웃고 스텐도 따라서 웃는다. 최근에 부엌에 서서 이런 식으로 잡담을 나눈 게 언제였는지 기억나지 않지만 느낌상으로는 아주 오래된 것 같다. 그는 머릿속의 다른 생각들은 멀찌감치 치워버린다. 생각하면 안 되는 것, 그녀를 슬프게 만들 것들은. 미소 끝에 그들의 시선이 만나고 잠시 두 사람 모두 아무 말도 하지 않는다.

"하루를 잘 보냈다니 좋네."

로사는 고개를 끄덕이고 와인을 마신다. 그가 보기에는 조금 급하게 마시는 것 같지만 그녀는 계속 미소를 머금고 있다.

"사회인민당의 새 대변인은 더 가관이야." 식탁 위에서 그녀의 휴대전화 벨이 울리기 시작한다. "하지만 그 얘기는 이따 해줄게. 가서 옷 갈아입으면서 리우한테 내일 제안서를 어떻게 써야 하는지 대충 알려줘야 해서."

로사는 전화기를 집는다. 그녀가 2층으로 계단을 올라가며 통화하는 소리가 들린다. 스텐은 끓는 물에 쌀을 붓고, 현관에서 울리는 초인종소리에도 놀라지 않는다. 칼레의 집에서 놀다 온 구스타브가 열쇠를 꺼내기 귀찮아서 초인종을 누른 게 분명하다.

20

저택의 현관문이 열리고 스텐 하르퉁의 얼굴이 보이자마자 툴린은 찾아온 걸 후회한다. 그는 허리춤에 앞치마를 두르고 손에는 쌀이 몇 톨 남은 계량컵을 들고 있는데, 다른 사람이 초인종을 누른 줄 알았던 눈빛이다.

"스텐 하르퉁 씨 되십니까?"

"그런데요."

"불쑥 찾아와서 죄송합니다. 경찰입니다."

남자의 표정이 바뀐다. 안에서 뭔가가 무너지거나 잠깐 잊고 있던 현실 속으로 되돌아온 듯한 표정이다.

"들어가도 될까요?"

"무슨 일이시죠?"

"잠깐이면 됩니다. 들어가서 말씀드리는 게 좋겠어요."

툴린과 헤스는 기다리는 동안 널찍한 거실을 어색하게 흘끗거리며 서로 말 한마디 나누지 않는다. 테라스 유리문 너머로 보이는 마당에는 불이 꺼져 있다. 큼지막한 아르네야콥센 전등이 달린 식탁에는 세 사람의 식기가 차려져 있고 부엌에서 향긋한 스튜 냄새가 흘러나온다. 툴린은 문득 스텐 하르퉁이 돌아오기 전에 쏜살같이 밖으로 뛰쳐나가고 싶은 충동을 느낀다. 그녀는 자신을 등지고 서 있는 동행을 흘끗 곁눈질한다. 그녀도 알다시피 그에게서는 아무 도움도 기대할 수 없다.

과학수사대에서 겐스와 이야기를 끝낸 뒤 뉠라네르에게 전화하자 그는 회의를 하다 말고 나왔다며 성을 냈다. 그녀가 전화한 이유를 설명해도 그의 기분은 달라지지 않았다. 처음에는 분명 착오가 생겼을 거라며 못 미더워하다가 겐스가 백만 번쯤 대조했다는 얘기를 듣고는 아무 말도 하지 않았다. 툴린은 그녀의 소속 부서에 대한 평가가 점점 안 좋아지고 있긴 하지만 뉠라네르는 절대 바보가 아니라는 걸 알았고, 누가 봐도 그는 이 정보를 심각하게 받아들이고 있었다. 그는 논리적으로 설명할 방법이, 그들이 미처 몰랐던 단순한 연결고리가 반드시 있을 거라며 두 사람을 하르퉁의 집으로 보냈다. 개인적으로 툴린은 논리적으로 설명할 방법이 뭐가 있을지 상상이 되지 않는다.

헤스는 계속 별말이 없다. 툴린은 차를 타고 오면서 크리스티네 하르퉁 사건을 요점만 간단히 설명했다. 사건이 벌어졌을 당시에 그녀는 현재 부서 소속이 아니었지만 그 사건은 종료된 이후에도 당연히 지서와 언론에서 한동안 회자됐다. 사실 지금도 그렇다. 크리스티네 하르퉁은 정치인이자 이제 막 정계에 복귀한 사회부 장관 로사 하르퉁의 딸이었다. 일 년 전 열두 살이었던 크리스티네는 운동 연습을 마치고 집으로 오던 길에 행방불명되었다. 버려진 가방과 자전거가 숲속에서 발견됐고 몇 주 뒤에 리누스 베케르라는 젊은 인터넷 중독자가 체포됐다. 그는 몇 건의 성범죄 전과가 있었고 확실한 증거가 어마어마하게 많았다. 베케르는 지서에서 심문을 받다가 크리스티네 하르퉁을 성폭행한 다음 목 졸라 죽이고, 그의 집 차고에서 발견된 마체테 칼—크리스티네의 혈흔이 묻어 있었다—

로 시신을 절단했다고 자백했다. 그리고 노르셸란의 여러 숲에 절단한 시신을 매장했다고 진술했으나, 망상형 조현병 진단을 받은 적 있는 베케르는 정확한 위치를 설명하지 못했다. 경찰에서는 두 달 동안 인력을 총동원해 수사를 벌였지만 서리가 내려 작업이 불가능해지자 포기했다. 언론이 치열한 보도 경쟁을 벌이는 가운데 베케르는 올봄에 법정 최고형을 선고받았다. 정신과 시설 무기 감금형이었다. 사실상 최소 십오 년에서 이십 년 동안 갇혀 있게 될 거라는 뜻이었다.

툴린의 귀에 라디오를 끄는 소리가 들리고 스텐 하르퉁이 부엌에서 다시 나온다.

"아내는 2층에 있어요. 혹시 찾아온 이유가……"

하르퉁은 적당한 단어를 찾느라 말을 더듬는다.

"혹시 발견된 게 있어서 찾아온 거라면…… 아내보다 내가 먼저 듣고 싶은데요."

"아닙니다. 그것과는 전혀 무관한 일이에요."

남자는 툴린을 쳐다본다. 안심하는 눈치지만 한편으로는 영문을 몰라하며 경계한다. 당연히 그는 그들이 찾아온 데는 이유가 있을 것임을 안다.

"오늘 어떤 범죄 현장을 조사하던 중 따님의 지문이 묻은 것으로 추정되는 물건을 발견했습니다. 구체적으로 말씀드리면 밤으로 만든 조그만 인형에 지문이 찍혀 있었어요. 사진을 들고 왔으니까 한번 봐주시기 바랍니다."

툴린이 사진을 내밀지만 스텐 하르퉁은 어리둥절한 표정으로 그걸 흘끗 보고는 다시 그녀를 쳐다본다.

"따님의 지문이라고 백 퍼센트 확신할 수는 없지만 가능성이 충분하기 때문에 따님의 지문이 여기에 남아 있는 이유를 밝히려고 합니다."

하르퉁은 툴린이 식탁에 내려놓은 사진을 집는다.

"이해가 안 되네요. 지문이라니……?"

"네, 그렇습니다. 그 인형이 발견된 곳은 후숨의 어느 놀이터예요. 정확히 말씀드리면 세데르벵에트 7번지요. 그 놀이터나 주소를 들어본 적 있으신가요?"

"아뇨."

"라우라 키에르라는 여성은요? 아니면 그녀의 아들 마그누스나 한스 헨리크 하우게라는 남자는요?"

"아뇨."

"따님이 그 가족과 아는 사이였을 수도 있을까요? 아니면 그 동네의 다른 가족은요? 거기에 따님의 친구가 살았다든지 누구 집에 놀러간 적이 있었다든지 아니면……"

"아뇨. 우리는 여기 살아요. 이게 다 무슨 소린지 모르겠네요."

툴린은 잠깐 할말을 잃는다.

"논리적으로 설명할 방법이 있을지 모릅니다. 부인께서 집에 계시면 그분께 여쭤보……"

"아뇨. 아내한테 물어볼 생각은 하지 말아요." 하르퉁은 적의를 드러내며 그들을 노려본다.

"정말 죄송하지만 저희는 진상을 규명해야 합니다."

"나는 눈곱만큼도 관심 없어요. 아내하고 얘기할 생각은 하지 말아요. 물어본들 대답은 똑같을 거예요. 우리는 지문에 대해 아는 게 없고 당신이 얘기하는 그 장소도 몰라요. 그리고 그게 뭐가 그리 중요하다는 건지 나는 도대체 이해할 수가 없고요!"

스텐 하르퉁은 툴린과 헤스가 자신의 뒤편을 쳐다보고 있다는 사실을 문득 알아차린다. 아내가 2층에서 내려와 현관홀에서 그들을 쳐다보고 있다.

잠시 어느 누구도 아무 말도 하지 않는다. 로사 하르퉁은 거실로 들어와 스텐이 화를 내며 내팽개친 사진을 집어든다. 툴린은 또다시 도망치고 싶다는 생각을 하고, 계속 아무 말 없이 뒤에 숨어 있는 헤스를 향한 분노가 점점 치밀어오르는 것을 느낀다.

"이렇게 불쑥 찾아와서 죄송합니다. 저희는……"

"들었어요."

로사 하르퉁은 뭔가 찾으려는 사람처럼 밤 인형 사진을 유심히 들여다본다. 그녀의 남편은 그들을 현관문 쪽으로 몰고 가기 시작한다.

"두 분은 이제 가려던 참이었어. 우리는 아무것도 아는 게 없다고 말씀드렸어. 만나서 정말 반가웠습니다."

"딸아이가 큰길가에서 이걸 팔았어요……"

스텐 하르퉁은 문 앞에서 걸음을 멈추고 아내를 돌아본다.

"매년 여름에요. 마틸데라는 같은 반 친구하고요. 여기 앉아서 산더미처럼 만들곤 했는데……"

로사 하르퉁이 사진에서 남편에게로 시선을 돌리자 툴린은 스텐의 얼굴에서 순간 기억이 스쳐가는 기색을 읽는다.

"팔다니 어떤 식으로요?" 헤스가 가까이 다가가며 묻는다.

"작은 가판대를 들고 나가서 지나가는 행인이나 정차한 차량을 상대로 장사를 했어요. 둘이서 케이크랑 스쿼시도 만들었어요. 그걸 이런 인형이랑 같이 팔았죠……"

"작년에도 그랬나요?"

"네…… 이 식탁에 앉아서 만들었어요. 둘이 마당에서 밤을 주워다 얼마나 재미있어하며 만들었는지 몰라요. 여름에 하는 벼룩시장도 있었지만…… 딸아이는 가을 벼룩시장을 제일 좋아했어요, 우리가 다 같이 참여할 시간이 되는 경우에는요. 지금도 기억나는 게, 그렇게 주말을 보내고 난 다음주에……" 로사 하르퉁은 말을 하다 말고 끊는다.

"이게 왜 중요한 거죠?"

"조사할 게 있어서 그렇습니다. 다른 사건과 관련해서요."

로사 하르퉁은 아무 말도 하지 않는다. 그녀의 남편은 딱 한 발짝 떨어져 있는데 둘 다 끝도 없이 추락중인 사람처럼 보인다. 툴린은 구명 밧줄이라도 되는 듯 사진을 향해 손을 내민다.

"정말 감사합니다. 필요한 정보를 얻었어요. 불쑥 찾아온 것에 대해 다시 한번 사과드립니다."

21

툴린은 액셀을 밟아 출발하면서 백미러로 헤스를 흘끗 쳐다본
다. 그녀가 진입로에서 차문을 열자 그는 그냥 걸어가겠다고 했다.
그러거나 말거나 상관없었다. 그녀는 처음 보이는 골목길로 빠져나
와 시내로 가면서 두 사람에게 전화를 건다. 먼저 닐라네르에게 연
락했는데, 그는 신호가 떨어지자마자 전화를 받는다. 전화를 기다
리고 있었던 게 분명하다. 뒤에서 그의 아내와 아이들 소리가 들리
고, 그녀가 크리스티네 하르퉁의 부모를 방문한 경과를 보고하자
그는 만족한 듯한 분위기를 풍긴다. 그는 전화를 끊기 전에 정보가
새나가면 안 된다고—언론에서 부적절한 정보를 입수해 아이의 부
모를 괴롭히면 안 된다고—강조하지만 툴린은 듣는 둥 마는 둥 한
다. 그 정도는 얘기하지 않아도 안다.
　그다음에는 딸이 그린 가계도에서 세번째 사진에 해당하는, 아
이가 할아버지라고 부르는 남자에게 전화한다. 항상 의리 있고 듬
직하며 그녀가 모든 면에서 신세를 지는 악셀이다. 그의 차분한 음
성을 들으니 기분이 좋아진다. 그는 레와 함께 뭐가 뭔지 하나도 알
수 없는 아주 복잡한 한국 게임을 하는 중이라고 한다. 악셀의 목소
리 뒤에서 레가 할아버지 집에서 자고 가도 되느냐고 묻고 툴린은
오늘밤에 혼자 있고 싶지 않지만 허락한다. 악셀이 그녀의 말투에
서 속마음을 알아차리지만 그녀는 아무 문제 없다고 얼른 말하고는

전화를 끊는다. 장바구니를 들고 집으로 걸어가는 일가족이 차창 너머로 보이고, 그녀는 솟구치는 불안을 애써 잠재운다.

길가 가판대에서 밤 인형을 판 여자아이, 어쩌다보니 후숨의 놀이집으로 흘러들어간 그 인형. 그것으로 얘기 끝이다. 그녀는 마음의 결정을 내리고 스토레 콩엔스가데로 방향을 튼다.

모피코트를 입고 반려견을 안은 노인이 정문 밖으로 나와, 초인종을 누르지도 않고 로비로 들어서는 툴린을 미심쩍은 눈빛으로 주시한다. 그녀는 넓은 계단을 올라가 널찍한 고급 아파트를 지난다. 3층에 다다르자 세바스티안의 집에서 흘러나오는 음악소리가 들린다. 그녀는 노크를 한 번 하고 곧바로 문을 연다. 세바스티안은 전화기를 들고 서 있다. 놀라서 미소를 짓는데 아직까지 양복을 입고 있다. 그의 업계에서 허용되는 제복은 오로지 양복뿐인 듯하다.

"왔어?"

툴린은 외투를 떨어뜨린다.

"옷 벗어, 나 삼십 분 동안 시간 있어."

그녀의 손이 그의 바지 지퍼를 내리려고 바쁘게 허리띠를 풀고 있을 때 발소리가 들린다.

"코르크 마개 뽑는 거 어디 있니, 아들?"

이목구비가 날카로운 나이 지긋한 남자가 와인병을 들고 문 앞에 등장하고, 음악이 멈춘 사이 거실에서 흘러나오는 여러 음성의 불협화음이 툴린의 귀에 들린다.

"이쪽은 우리 아버지. 아빠, 이쪽은 나이아예요." 세바스티안이 씩 웃으며 소개하고, 잡기 놀이를 하는 아이 둘이 복도를 지나 부엌으로 달려간다.

"만나서 반가워요. 아가씨, 이쪽으로 와요!"

툴린은 사태를 파악할 겨를도 없이 세바스티안의 어머니와 다른 가족들에게 에워싸인다. 세 번의 거절 끝에 그들과 함께 저녁을 먹는 것으로 결론이 난다.

22

　보슬비가 내리고 자전거 보관소에 달린 형광등이 농구코트 한쪽 끝을 비춘다. 비에 젖은 아이들이 잠깐 멈춰 서서 그 사람을 쳐다보다 경기를 재개한다. 뇌레브로 외곽의 오딘 파르크에 사는 백인은 몇 없기 때문에 백인이 등장하면 다들 주목한다. 대개는 제복 아니면 평복을 입은 경찰이지만 그들은 둘씩이라면 모를까, 테이크아웃 음식점 봉지를 손에 들고 어슬렁어슬렁 복합단지 끝의 건물로 걸어가는 이 사람처럼 절대 혼자 다니진 않는다.

　헤스는 외부 계단으로 4층에 올라가 복도를 따라 마지막 집으로 간다. 다른 집 문 앞에는 쓰레기봉투와 자전거와 잡동사니가 있다. 살짝 열린 창문 너머로 흘러나오는 아랍인들의 목소리와 향신료 냄새에 헤스는 파리의 튀니지 타운을 떠올린다. 마지막 집인 37C호 앞에는 풍파에 시달린 낡은 정원용 테이블과 뒤뚱거리는 하얀색 플라스틱 의자가 있다. 헤스는 걸음을 멈추고 열쇠를 찾는다.

　아파트 안이 어두워서 불을 켠다. 방은 두 개다. 그의 지저분한 여행가방은 앞서 아파트 관리인에게 열쇠를 받았을 때 두었던 그대로 벽 앞에 놓여 있다. 가장 최근의 세입자는 볼리비아에서 온 학생이었는데 4월에 집으로 돌아갔고, 관리인의 말에 따르면 그뒤로 여기서 살겠다는 사람을 찾지 못했다고 한다. 어쩌면 그리 이상한 일은 아닐지 모른다. 거실에는 테이블과 의자 두 개, 간이부엌에는 핫

플레이트가 두 개 있고, 군데군데 구멍이 뚫린 바닥은 울퉁불퉁하며 네 벽은 아무것도 없이 얼룩덜룩하다. 개인 물품은 전혀 없고 구석에 구닥다리 TV만 놓여 있는데, 외관은 아날로그적이지만 입주민 협의회의 케이블 패키지에 묶여 있어 방송은 나온다. 헤스는 이제 여기서 살지 않으니 인테리어를 할 이유가 없었고, 몇 년 동안 받은 월세로 담보대출을 상환했기 때문에 아파트를 처분하지 않고 그냥 두었다. 헤스는 재킷을 벗은 다음 권총집과 담배를 꺼내고, 옷을 말리기 위해 의자 등받이에 건다. 서로 약속한 번호로 삼십 분 사이에 세번째로 프랑수아에게 전화를 걸지만 이번에도 그는 응답이 없고 헤스는 메시지를 남기지 않는다.

그는 테이블에 앉아서 포장해 온 베트남 음식을 차리고 TV를 켠다. 닭고기와 국수를 깨작거리며 무수히 많은 채널을 느른하게 돌리다보니 뉴스 채널이 나온다. 그날 크리스티안스보르에서 촬영한 로사 하르퉁의 영상 위로 그녀의 딸에 얽힌 사연을 소개하는 멘트가 흐른다. 헤스는 계속 채널을 돌리다 부화하자마자 어미를 잡아먹는 걸로 악명 높은 남아프리카의 거미를 소개하는 자연 다큐멘터리 프로그램에 채널을 고정한다. 그 프로그램이 딱히 흥미로운 건 아니지만, 그가 어떻게 하면 가능한 한 빨리 헤이그로 돌아갈 수 있을지 고민에 고민을 거듭하는 동안 그의 주의를 흩뜨려놓지도 않는다.

헤스는 드라마 같은 며칠을 보냈다. 유로폴에서 상사였던 독일 출신의 프라이만이 지난 주말에 난데없이 그를 해임했다. 순식간에 이루어진 조치였다. 전혀 뜻밖의 일은 아니었을지 몰라도 분명 정도가 지나쳤다. 헤스가 보기에는 그랬다. 이 결정은 조직 전체를 뒤

흔들었고 소문은 순식간에 코펜하겐까지 퍼졌다. 일요일 저녁 그에게 본국으로 귀환해 징계를 받으라는 명령이 떨어졌다. 월요일에 경찰 본부에서 열린 회의에서 덴마크측 상사들은 그의 상황 설명을 받아들이지 않았고, 그 악명 높은 국민투표 이후 덴마크 경찰과 유로폴이 껄끄러운 관계임을 감안했을 때 그의 행동이 더욱 유감스럽다고 강조했다. 다시 말해 헤스는 그동안 사태 해결에 도움이 되지 않았고 그가 유로폴의 눈 밖에 나는 순간 그들의 공조도 끝이라는 뜻이었다. 한 상사는 상황이 사실상 당혹스러운 수준이라고 했고 헤스는 애써 반성하는 척했다. 이후에 그들은 그의 잘못을 나열했다. 상사들과의 충돌로 징계를 받은 것. 결근. 대체로 무성의했던 근무 태도. 유럽의 여러 수도에서 술에 취해 파티를 벌인 혐의. 그리고 번아웃이라는 핑계를 이리저리 갖다붙인 것. 그는 사소한 소동이라고, 결국에는 그에게 호의적인 평가가 내려질 거라고 항의했다. 머릿속에서 그는 이미 3시 55분 비행기를 타고 헤이그로 가는 중이었고—표를 끊어놓았다—비행기가 연착되지 않는 한 딱 맞게 제이칸트스트라트 3층의 아파트로 돌아가 소파에 앉아서 연기되었던 아약스 암스테르담과 도르트문트 간의 챔피언스리그 경기를 볼 수 있었다. 하지만 그때 폭탄이 떨어졌다. 헤스는 예전에 몸담았던 살인수사과로 좌천됐고, 상황이 정리될 때까지 거기에 머물러야 했다. 바로 다음날 아침부터 출근하라고 했다.

헤스는 거의 빈손으로 코펜하겐으로 건너왔다. 가장 기본적인 필수품만 여행가방에 쑤셔넣었고, 그 끔찍했던 면담이 끝나자 방금 전에 체크아웃을 했음에도 정신을 추스르기 위해 기차역 근처의 메소디스트호텔로 갔다. 맨 먼저 파트너인 프랑수아에게 전화해 상황을 설명하고 헤이그의 분위기가 어떤지 파악했다. 마흔한 살의 마르세유 출신 대머리 프랑스인인 프랑수아는 삼대째 경찰이었고, 비정하지만 마음은 순수한, 헤스가 유일하게 좋아하고 신뢰하는 동료였다. 프랑수아는 평가가 시작됐다면서 계속 상황을 알려주며 그의 구멍을 최대한 메워주겠지만 둘이 결탁한 것처럼 보이지 않게 각자 보고서를 쓸 때 누가 무슨 얘기를 했는지 말을 맞출 필요가 있다고 했다. 징계 대상이 되면 통화를 도청당할 수 있으니 전화기를 바꾸는 것이 좋겠다고도 했다. 전화를 끊은 뒤 헤스는 미니바에서 맥주를 한 캔 꺼내서 비우고, 그의 아파트 열쇠를 가지고 있는 관리인에게 연락을 시도했다. 절대적으로 필요한 상황이 아닌 이상 돈을 내가며 호텔 신세를 질 필요는 없었다. 하지만 관리실은 근무시간이 끝났고 헤스는 아약스 암스테르담이 독일인들에게 3 대 0으로 굴욕적인 패배를 당하는 동안 옷을 입은 채 호텔 침대에서 깜빡 잠이 들었다.

거미들이 어미를 다 잡아먹었을 때 새로 개통한 그의 휴대전화가 울린다. 프랑수아의 영어가 영 신통치 않기 때문에 헤스는 그와 얘기할 때는 독학한 어설픈 프랑스어를 쓰는 편이다.

"근무 첫날인데 어땠어?" 프랑수아는 그걸 궁금해한다.

"기똥찼어."

헤스는 자신이 보고서에 뭐라고 쓰고 있는지 알리고, 프랑수아는 가장 최근에 어떤 일이 벌어졌는지 알리며 서로 잠깐 말을 맞춘다. 이 작업이 끝났을 때 헤스는 프랑스 친구에게 마음에 걸리는 일이 있음을 감지한다.

"뭔데 그래?"

"듣고 싶지 않을 텐데."

"얘기해봐."

"그냥 생각나는 대로 얘기하는 건데, 마음 편하게 먹고 코펜하겐에 좀 있다 오면 어때? 분명 복귀하겠지만 이게 너한테 좋은 기회가 될지도 몰라. 모든 것을 떠나서 잠시 쉬는 거지. 재충전하면서. 귀여운 덴마크 아가씨도 몇 명 만나고……"

"네 말이 맞네. 듣고 싶지 않아. 보고서에나 집중하고 되도록 빨리 프라이만의 책상에 제출해."

헤스는 전화를 끊는다. 오늘 하루를 보내는 동안 코펜하겐을 점점 더 감당할 수 없게 되었다. 유로폴에서 보낸 거의 오 년의 세월도 장난 아니었지만 어디든 여기보다는 나았다. 그는 덴마크 경찰을 대표하는 연락 담당이었기 때문에 원칙적으로 본부 사무실의 컴퓨터 앞에 앉아 있어도 무방했지만 그쪽으로 건너가자마자 다국적 기동특무부대의 수사관으로 차출됐다. 지금까지 사건이 꼬리에 꼬리를 물고 이어졌기 때문에 그는 한 해 평균 백오십 일씩 출장을 다녔다. 베를린이 리스본이 되고 리스본이 칼라브리아가 되고 칼라브리아가 마르세유가 되는 식이었고, 제공받은 아파트가 있는 헤이그에서는 잠깐씩 쉬는 게 전부였다. 북유럽, 그중에서도 특히 스칸디나비아와 덴마크의 조직범죄에 대해 비정기적으로 요약 보고함으로써 덴마크 당국과는 미미하게나마 계속 관계를 유지했다. 대체로 이메일 보고였고 아주 가끔 스카이프를 이용했다. 이런 식의 지엽적인 접촉이 헤스의 입맛에 딱 맞았다. 떠돌이 정서도 마찬가지였다. 때가 되면 유럽 경찰이라는 조직, 결정적인 약점이 있고 법률적이고 정치적인 장애물이 천 개쯤 되며 맞닥뜨릴 때마다 점점 더 넘을 수 없는 산처럼 느껴지는 그 거인과 공생하는 법도 배울 수 있을 터였다. 그가 번아웃됐을까? 뭐, 어쩌면 그랬을 수도 있었다. 그는 경찰생활을 하는 동안 조직적인 불의와 악의와 죽음의 사례를 매번 새롭게 목격했다. 실마리를 따라가고 증거를 수집하고 수없이 많은 언어로 사람들을 심문했지만, 정치인들이 국경을 초월한 합의를 이루지 못해 기소가 보류되는 사례가 허다했다. 한편으로는 그 덕분에 헤스는 대개의 경우 통제받지 않았다. 조직이 워낙 방대하고 미로 같다보니 뭘 하든 징계를 모면할 수 있었다. 적어도 얼마 전에 그의 부서에 새로운 상사가 부임하기 전까지는 그랬다. 프라이만은 옛 동독 출신의 젊은 관료로 유럽을 아우르는 경찰의 공조가 가능하다고 믿었고 열심히 구조를 개선하고 불필요한 인력을 정리하기 시작했다. 하지만 코펜하겐에서 근무 첫날을 보내고 나니 프라이만과 무인도에서 긴 주말을 함께 보내는 쪽이 오히려 더 솔깃하게 느껴졌다.

솔직히 시작은 웬만큼 괜찮았다. 예전에 알고 지내던 사람들과 지서에서 마주치지 않았고 아침 일찍부터 현장에 투입되었다. 파트너인 여자 수사관은 웬만한 인간들보다 예리했고 그의 존재에 전혀 관심이 없는 눈치라 그의 입장에서는 좋았다. 그런데 어느 쥐똥나무 울타리 마을의 단순한 살인사건이 지문 때문에 복잡해졌고, 눈깜빡할 사이에 그는 상실의 슬픔이 두툼한 타르처럼 벽에 들러붙은 어느 집을 찾아가게 되었다. 그런 분위기를 맞닥뜨리면 늘 비명을 지르며 방에서 뛰쳐나가고 싶어지는데.

하르퉁 부부의 집에서 나온 후 그는 바람을 좀 쐬고 싶었다. 뭔가가 그의 신경을 건드렸는데 단순한 상실의 슬픔은 아니었다. 어떤 사소한 부분 때문이었다. 그것이 아직 생각으로 발전한 상태는 아니었다. 아니면 생각으로 발전했지만 수많은 의문을 눈보라처럼 몰고 오자 그가 의식적으로 얼른 쫓아버렸을 수도 있었다. 그는 그 의문에 대응하고 싶지 않았다.

헤스는 흠뻑 젖은 길을 걸어 더이상 그가 알아볼 수 없는 도시를 통과해 빙 돌아서 갔다. 온 사방이 유리와 강철로 된 건물이고, 이 도시가 완전히 변모하고 있음을 보여주는 도로 공사 현장이 곳곳에 있었다. 이론상으로는 다른 도시들과 별반 다를 바 없는 유럽의 수도지만 남쪽의 다른 대부분의 수도에 비해 작고 야트막하고 안전한 이곳. 아이가 딸린 행복한 가족들은 가을과 비에 저항하며 티볼리공원의 놀이기구를 즐겼지만, 호숫가 밤나무 아래에 쌓인 낙엽을 보는 순간 그는 라우라 키에르가 생각났다. 이 안전한 동화 나라의 엽서 속 사진 같은 이미지에 다시 금이 가기 시작했고, 드로닝 루이세 다리에 다다르자 장난꾸러기 꼬마 유령처럼 과거의 추억이 등장해 뇌레브로 외곽에 도착할 때까지 사라지지 않았다.

헤스는 신경쓸 필요가 없다는 걸 안다. 이건 그의 책임이 아니다. 정신병자는 세계 곳곳에 있고, 아이들이 날마다 부모를 여의듯 부모들도 날마다 아이를 여읜다. 그는 지금까지 수많은 도시와 나라에서, 기억하고 싶지도 않을 만큼 많은 사람들의 얼굴에서 그걸 수없이 목격했다. 며칠 있으면 헤이그에서 회유 전화가 올 테니 오늘 그가 목격한 광경은 신경쓰지 않아도 된다. 그는 비행기나 열차나 자동차를 타고 또 한 건의 딱 떨어지는 임무를 해결하러 떠날 테니 그때까지 시간만 때우면 된다.

헤스는 자신이 변색된 한쪽 벽을 무심하게 쳐다보고 있다는 사실을 깨닫고, 불안감이 다시 엄습하기 전에 남은 국수가 담긴 상자를 쓰레기통에 버리고 문 쪽으로 걸어간다.

23

'뚝딱뚝딱 밥 아저씨'의 목소리가 네루 암디의 거실을 가득 채우고 있다. 특히 막내가 화면 속으로 빨려들어갈 기세다. 네루가 아내와 네 아이가 먹을 양고기와 시금치 카레를 만드느라 정신없을 때 노크 소리가 들린다. 아내는 사촌이랑 전화하느라 바쁘다고 고함을 지르니 네루가 나가는 수밖에 없다. 허리춤에 앞치마를 두른 채 짜증을 내며 문을 열어보니 37C호에 사는 백인 남자가 서 있다. 네루는 그날 일찍 그를 언뜻 본 적이 있다.

"네?"

"불쑥 찾아와서 죄송하지만 제 아파트에 페인트칠을 하고 싶어서요. 37C호요."

"페인트칠이요? 지금요?"

"네. 관리인 말로는 당신이 수위라 필요한 용품을 어디 두는지 알 거라고 하던데요." 네루는 남자의 눈동자가 한쪽은 초록색이고 다른 쪽은 파란색이라는 것을 알아차린다.

"하지만 갑자기 칠하고 싶다고 칠할 수 있는 게 아니에요. 집주인의 허락을 받아야 하는데 집주인이 부재중이잖아요."

"제가 집주인이에요."

"당신이 집주인이라고요?"

"그냥 저한테 열쇠만 주시면 어떨까요? 지하실에 있나요?"

"네, 맞아요. 하지만 어두컴컴한데. 손전등이 없으면 지금 페인트칠 못해요. 손전등 있어요?"

"아뇨. 하지만 지금밖에 시간이 없어서요." 남자는 초조한 목소리로 대답한다. "며칠 동안 코펜하겐에 있을 거라 아파트를 좀 손보고 매물로 내놓으려고요. 그러니 괜찮으시면 열쇠를 받아 갈 수 있을까요?"

"지하실 열쇠는 그냥 내줄 수 없어요. 복도에서 기다리세요, 금방 나갈게요."

남자는 고개를 끄덕이고 나간다. 네루가 열쇠를 찾기 시작하자 아내가 귀에서 수화기를 떼고 그를 노려본다. 정상적인 백인이라면 오딘에서 사는 건 둘째치고 자진해서 뭘 소유할 리 없으니 경계할 이유가 충분하다.

롤러가 벽을 위아래로 구르며 마분지를 덮은 바닥 위로 페인트 방울을 튀긴다. 네루가 페인트 한 통을 더 들고 안으로 들어가보니 남자가 쟁반에 롤러를 철벅거리고 얼굴에 땀을 뚝뚝 흘려가며 벽을 칠하고 있다.

"한 통 더 있긴 한데 시간이 없어서 그냥 들고 왔으니까 색상 코드가 같은지 직접 확인해봐요."

"상관없어요. 그냥 흰색이면 돼요."

네루는 색상 코드를 확인할 수 있게 페인트통을 내려놓으려고 남자의 재킷을 옆으로 치운다. 그 와중에 권총집을 보고 그대로 얼어붙는다.

"괜찮아요. 경찰이에요."

"아, 그렇군요." 네루는 아내의 눈빛을 떠올리며 문 쪽으로 반

발짝 뒷걸음질친다.

남자는 이미 하얀색 페인트가 점점이 묻은 손가락 끝으로 경찰 배지를 획 열어서 보여준다.

"보세요. 진짜예요."

네루가 배지를 살피며 눈곱만큼 안심하는 동안 키 큰 남자는 다시 롤러를 위아래로 밀기 시작한다.

"사복 경찰이에요? 이 아파트는 감시 초소고?"

오딘이 범죄 조직과 이슬람 테러리스트들의 온상지로 지목당할 때가 많기 때문에 네루가 이렇게 묻는 것도 일리가 없지는 않다.

"아뇨, 그냥 제 집이에요. 감시 초소가 아니라. 하지만 외국에서 근무하다보니 이제 처분하고 싶어서요. 나가실 때 문 닫지 말아주세요. 바람 좀 통하게."

이 대답을 듣고 네루는 무장해제된다. 이 남자가 무슨 생각으로 오딘에 부동산을 매입했는지는 여전히 알 수 없는 노릇이지만 이제 나가달라고 하니 안심이다. 매우 덴마크 사람답고 평범한 반응이다. 남자를 쳐다보던 네루는 근질거리는 입을 참지 못한다. 이 키 큰 남자는 말이 발길질하듯 페인트를 칠한다. 죽기 살기로 한다.

"그걸 너무 세게 굴리고 있는데요. 잠깐 롤러 좀 보여……"

"아뇨, 괜찮아요."

"아니, 불이 없으니 아무것도 보이지 않을 텐데."

"괜찮아요."

"멈춰요, 진짜. 내가 도와주지 않으면 결과물이 마음에 들지 않을 거예요."

"그럴 일 없을 거라고 약속할게요."

하지만 남자가 손을 놓지 않는데도 네루는 손잡이를 잡고 롤러를 살핀다.

"이럴 줄 알았지. 롤러를 바꿔야겠어요. 내가 지금 해줄게요."

"아뇨, 괜찮아요."

"괜찮지 않아요. 페인트칠이라면 내가 베테랑인데 이렇게 칠하면 안 된다는 걸 알면서 가만히 보고만 있을 수 있겠어요?"

"저기, 저는 그냥……"

"가만히 보고 있을 수 있겠느냐고요. 도울 수 있으면 도와야지. 정말 미안하지만 나도 어쩔 수 없어요."

남자는 천천히 손잡이를 놓는다. 그는 네루 때문에 삶의 의미를 잃어버리기라도 한 듯 허공을 잠깐 응시하고, 네루는 그의 생각이 바뀌기 전에 얼른 롤러를 들고 나간다.

자신의 아파트로 돌아간 네루는 손전등과, 현관 앞 붙박이장 안에 있는 양동이에서 새 롤러를 챙긴다. 아내는 아이들과 함께 식탁에 앉아 있다. 그녀는 그를 이해하지 못한다. 그들이 저녁식사를 마칠 때까지 37C호 혼자 알아서 할 수 있지 않겠는가. "그 남자 말이 거짓말일 수도 있어. 혹시 의회에서 딱한 정신병자의 집을 이 건물에 마련해준 거 아냐?"

네루는 페인트칠을 하려면 제대로 해야 하는 거라고 설명하려다 포기한다. 장비를 겨드랑이에 끼우고 등뒤로 현관문을 닫고 도어매트의 신문지 위에 놓아둔 롤러의 손잡이를 집으려는 순간, 밖에서 쌩하니 농구코트를 지나가는 37C호 남자가 눈에 들어온다.

순간 네루는 당황한다. 그러다 요즘 사람들은 예의가 없다고, 정신병자와 의회를 운운한 아내의 말이 맞을지도 모른다고 생각한다. 어찌됐든 남자가 집을 팔 생각이라니 다행이다.

24

놀랍게도 툴린은 세바스티안의 고급 아파트에 차려진 저녁식사를 점점 즐기기 시작한다. 세바스티안은 덕망 있고 잘나가는 변호사 집안 출신이고, 집안의 가장으로 전권을 휘두르는 것은 그의 아버지다. 거의 십 년 전에 그는 지방 판사가 됐고, 이제 세바스티안과 그의 형이 회사를 맡고 있지만 그 둘이 모든 면에서 죽이 잘 맞는 건 아니다. 그렇다는 게 저녁을 먹는 자리에서도 확연히 드러난다. 그의 형이 식탁 저편에서 정부와 지역사회를 신자유주의적인 시각에서 해석한 불편한 이야기를 툭툭 던지면 세바스티안이 곧바로 날카롭게 응수하고, 그의 형수는 자기 남편의 정서적인 삶은 법조인 교육을 마친 순간 공식적으로 생명을 다했다고 빈정거린다. 그의 아버지는 툴린에게 살인수사과에서 어떤 역할을 맡고 있는지 물었고, NC3에 지원하기로 한 것을 칭찬했다. 그는 NC3야말로 케케묵은 강력반과는 다른, 미래의 희망이라고 굳게 믿고 있었다. 반면에 그의 형은 이십 년 뒤면 어떤 부서도 남지 않을 거라고, 그때쯤이면 모든 경찰 업무가 민영화되어 있길 바란다고 했다. 그러다 메인요리를 먹다 말고 툴린에게 왜 세바스티안이 같이 살고 싶을 만큼 매력적이지 않은지 그 이유를 묻는다.

"동생이 당신이 원하는 걸 충족시키지 못하는 모양이죠?"

"아니에요. 우리 관계를 질식시키느니 이 사람을 성적으로 이용하는 편이 낫기 때문이에요."

툴린의 대답을 듣고 그의 아내가 폭소를 터뜨리는 바람에 레드 와인이 그의 하얀색 휴고보스 셔츠에 튀자 그는 당장 냅킨으로 셔츠를 문지르기 시작한다. "그 답변에 건배." 그의 아내는 이렇게 말하고는 다른 사람들이 속도를 맞출 틈을 주지 않고 잔을 비운다. 세바스티안은 툴린을 향해 미소를 날리고 그의 어머니는 그녀의 손을 꼭 쥔다. "아무튼 만나서 정말 반가워요. 나는 세바스티안이 행복하다는 걸 알아요."

"엄마, 그만하세요."

"내가 무슨 얘기를 했다고 그러니!"

그의 어머니는 세바스티안과 눈이 닮았다. 사 개월 전쯤 툴린이 맡은 사건의 심리가 열렸을 때 방청석에서 본 따뜻하고 까맣고 반짝거리던 그 눈과 닮았다. 그 예심 법정에서 세바스티안 발뢰르는 클래식 자동차 박물관에 전시된 따끈따끈한 테슬라 같았다. 그가 거만할 거라고 무의식적으로 넘겨짚었던 그녀는 이내 무안해졌다. 국선변호사인 그는 전혀 거들먹거리지 않았고 현명했다. 가정 폭력으로 기소된 소말리족 피의자에게 유죄를 인정하도록 설득했던 것이다. 나중에 세바스티안이 건물 밖으로 툴린을 따라 나왔고 그녀는 그의 데이트 신청에 딱지를 놓았지만 그에게 호감을 느꼈다. 6월 초의 어느 늦은 오후 그녀는 아말리에가데에 있는 그의 사무실로 불쑥 찾아갔고, 단둘이 남자마자 그의 바지를 벗겼다. 그런 관계가 다른 뭔가로 발전할 줄은 몰랐는데 그와의 섹스가 놀라우리만치 좋았고, 세바스티안은 바닷가를 오랫동안 함께 산책할 사람을 찾지 않는 그녀의 심정을 이해했다. 지금 여기 이렇게 앉아서 특이한 그의 가족들과 웃고 떠들다보니 평소와 달리 그런 관계도 두렵게 느껴지지 않는다.

갑자기 요란한 벨소리가 들리자 식탁이 잠잠해지고 툴린은 주머니에서 전화를 꺼내 받는다.

"네, 여보세요?"

"저기, 나 헤스예요. 그 남자아이 지금 어디 있어요?"

툴린은 일어나서 아무도 없는 복도로 나간다.

"남자아이요?"

"후숨의 그 집에서 본 아이요. 그 아이한테 물어볼 게 있어요, 지금 당장."

"지금은 만날 수 없어요. 아이를 검진한 의사가 쇼크 상태일 수 있다고 해서 응급실로 옮겼어요."

"어느 응급실이요?"

"왜요?"

"됐어요. 내가 알아볼게요."

"왜 그러는……"

전화가 끊겼다. 툴린은 잠깐 동안 전화기를 손에 들고 그 자리에 서 있는다. 식탁에서 대화가 다시 시작됐지만 그녀는 더이상 그들이 하는 얘기에 귀를 기울이지 않는다. 세바스티안이 무슨 일이 생겼는지 물어보려고 나왔을 때 그녀는 이미 외투를 입고 문밖으로 반쯤 나간 상태다.

25

툴린이 글로스트루프병원 소아청소년 정신건강센터에 들어섰을 때 복도에는 아무도 없고 어두침침한 불빛만 밝혀져 있다. 접수 데스크에 가보니 헤스가 뒤쪽 사무실에서 나이 많은 간호사와 싸우고 있다. 유리 칸막이가 달린 그 방의 문 아래로 그들의 목소리가 새어나오고, 슬리퍼를 신은 십대 몇 명이 지나가다 말고 구경하고 있다. 툴린은 그들을 밀치고 가서 노크하고 문을 연다.

"나와요."

툴린을 알아본 헤스는 마지못해 그녀를 따라 나오고, 간호사는 부아가 치민 표정으로 그를 지켜본다.

"그 아이를 만나야 하는데, 어떤 바보가 오늘은 아무도 만나지 못하게 하라고 했대요."

"내가 그랬어요. 그애를 왜 만나야 하는데요?"

그녀는 손가락에 하얀색 페인트를 묻힌 헤스를 쳐다본다.

"그 아이는 오늘 이미 심문을 한 번 받았어요. 당신이 왜 그애를 만나려고 하는지 밝힐 수 없다면 별로 중요한 일이 아니라는 뜻이겠죠."

"그냥 몇 가지 물어보려는 거예요. 당신이 저 간호사를 설득해주면 그 대가로 내가 내일 병가를 낼게요."

"물어보고 싶은 게 뭔지 말해요."

26

소아청소년 정신건강센터의 병실은 어린이에 맞는 크기의 테이블과 의자 옆에 장난감과 책이 섬처럼 드문드문 놓인 것만 다를 뿐, 성인용 병실과 기본적으로 똑같다. 장난감과 책으로 크게 달라지는 건 없지만—여전히 내부가 황량하고 서글프다—툴린은 경험상 이보다 훨씬 더 끔찍한 곳도 있다는 걸 안다.

드디어 그 아이의 병실에서 간호사가 나오고, 간호사는 헤스를 무시한 채 툴린을 똑바로 쳐다본다.

"아이한테 오 분이면 된다고 했어요. 하지만 저애는 별말을 하지 않아요. 여기 입원한 이후로 쭉 그랬어요. 대답을 강요하지는 마세요. 알았죠?"

"고마워요, 그럴게요."

"내가 계속 시계를 들여다보고 있을 거예요."

간호사는 자기 손목을 톡톡 치고, 이미 문손잡이에 손을 얹은 헤스를 언짢은 눈빛으로 노려본다.

그들이 들어가도 마그누스 키에르는 고개를 들지 않는다. 머리 쪽을 세워놓은 침대에 이불을 덮고 앉아서, 뒷면에 병원 로고가 큼지막하게 달린 노트북을 쥐고 있다. 1인실이다. 커튼이 쳐져 있고 침대 옆 테이블에 스탠드가 켜져 있지만 아이의 얼굴을 밝히는 것은 노트북 화면이다.

"안녕, 마그누스. 방해해서 미안. 내 이름은 마르크고 이쪽은……"

헤스는 그가 이름을 밝히는 이유를 파악하려고 머리를 굴리고 있는 툴린을 흘끗 쳐다본다.

"나이아야."

아이는 대답이 없고 헤스는 침대 쪽으로 다가간다.

"무슨 게임 하니? 여기 잠깐 앉아도 될까?"

헤스는 침대 옆 의자에 앉고 툴린은 뒤에 남는다. 왠지 몰라도 멀찌감치 떨어져 있고 싶다. 말로 설명할 수는 없지만 그래야 할 것 같은 예감이 든다.

"마그누스, 뭐 하나 물어보고 싶은 게 있는데. 네가 괜찮다면 말이야. 그래도 될까, 마그누스?"

헤스는 아무 대꾸도 하지 않는 아이를 쳐다보고, 툴린은 시간 낭비라는 결론을 내린다. 마그누스는 열심히 키보드를 두드리며 화면만 쳐다보고 있다. 마치 비눗방울을 만들어 그 안으로 들어간 것 같다. 헤스는 지쳐서 얼굴이 창백해질 때까지 캐물어도 대답을 듣지 못할 것이다.

"무슨 게임 해? 잘돼가?"

아이는 여전히 대답하지 않지만 툴린은 딸아이가 하는 걸 익히 보았기에 리그오브레전드를 당장 알아본다.

"컴퓨터 게임이에요. 뭐냐면……"

헤스는 손을 들어 툴린을 조용히 시키면서도 시선은 노트북 화면에서 떼지 않는다.

"맵이 서머너스 리프트네. 나도 그 맵을 제일 좋아하는데. 루시안이 네 챔피언이니?"

아이는 대답하지 않고 헤스는 화면 하단의 아이콘 가운데 하나를 가리킨다.

"루시안이면 조만간 업그레이드되겠네."

"이미 했어요. 다음 레벨로 가는 중이에요."

아이가 기계적이고 높낮이가 없는 목소리로 대답하지만 헤스는 굴하지 않고 다시 화면을 가리킨다.

"조심해, 미니언들이 공격해온다. 가만히 있으면 넥서스가 넘어갈 거야. 마법을 쓰지 않으면 져."

"안 져요. 마법 썼어요."

툴린는 놀란 마음을 애써 감춘다. 지서의 다른 동료들은 컴퓨터 게임을 광둥어 대하듯 한다. 하지만 헤스는 아니다. 그녀는 오늘 하루를 통틀어 마그누스가 지금처럼 재밌는 대화를 나눈 적이 없을 거라고 직감한다. 아이 옆 의자에 앉아서 진심으로 몰입한 것처럼 보이는 남자의 경우도 마찬가지일지 모른다는 생각이 든다.

"잘하네. 쉴 때 내가 다른 미션을 하나 주고 싶은데. LOL하고는 조금 다른 미션이야. 너의 모든 능력을 동원해야 할걸."

마그누스는 당장 노트북을 내려놓고 시선을 피한 채 헤스를 기다린다. 헤스는 안주머니에서 세 장의 사진을 꺼내 아이 앞 이불 위에 엎어놓는다. 툴린이 그쪽으로 다가간다.

"그건 합의하지 않은 부분인데요. 사진에 대해서는 아무 말도 하지 않았잖아요."

헤스는 그녀의 말을 못 들은 체하고 아이를 쳐다본다.

"마그누스, 잠시 후에 내가 사진을 한 장씩 뒤집을 거야. 그러면 십 초 동안 사진을 보고 이상한 부분이 있는지 나한테 알려줘. 있으면 안 되는 게 있는지. 이상한 거, 엉뚱한 게 있는지. 네 기지에 몰래 들어온 트로이목마 찾는 거랑 비슷한 거야. 알겠지?"

아홉 살짜리 남자아이는 이불 위에 놓인 사진의 뒷면을 결연한 눈빛으로 응시하며 고개를 끄덕인다. 헤스가 첫번째 사진을 뒤집는다. 세데르뱅에트의 부엌이고 양념과 아이의 항불안제가 있는 선반이 보인다. 겐스와 감식반원들이 찍은 사진일 것이다. 툴린은 헤스가 병원에 오기 전에 경찰서에 들러서 사진을 챙겼을 거라고 생각하고, 좀더 단단히 경계 태세를 갖춘다.

마그누스는 시선을 이리저리 돌리며 기계적으로 사진을 분석하지만 잠시 후에 고개를 젓는다. 헤스는 알았다는 듯이 미소를 짓고 다른 사진을 뒤집는다. 역시 무작위로 고른 사진이고 이번에는 소파 위에 여성 잡지 몇 권과 접은 담요가 있는 거실 한쪽이 담겨 있다. 뒤편으로 보이는 창턱의 디지털 액자에는 아이 사진이 띄워져 있다. 마그누스는 똑같은 과정을 거쳐 이번에도 고개를 젓는다. 헤스는 마지막 사진을 뒤집는다. 놀이집의 일부분이라 툴린은 뒤집히려는 속을 달래며 라우라 키에르의 흔적이 없는지 사진을 살핀다. 뒤편의 그네와 구릿빛 나무들이 부각되는 각도로 찍혀 있는데도 아이는 보자마자 사진의 오른쪽 위 모서리 들보에 매달려 있는 조그만 밤 인형을 손끝으로 두드린다. 툴린이 아이의 손가락을 쳐다보며 뱃속이 조용히 뒤틀리는 것을 느끼는 순간 헤스가 말한다.

"확실하니? 처음 보는 거야?"

마그누스 키에르는 고개를 끄덕인다.

"어제 차 마시기 전에 엄마랑 놀이터 갔었어요. 밤 인형 없었어요."

"오…… 똑똑하네. 누가 그걸 거기 매달았는지도 아니?"

"아뇨. 미션 끝난 거예요?"

헤스는 아이를 쳐다보며 다시 허리를 편다.

"응. 고맙다…… 도움이 많이 됐어, 마그누스."

"엄마는 돌아오지 않죠?"

헤스는 잠깐 말문이 막힌다. 아이는 여전히 그들 쪽이 아닌 다른 곳을 쳐다보고 있다. 그 질문이 허공에 아주 오랫동안 머문 다음에야 헤스는 이불 위에 놓여 있던 아이의 손을 잡고 아이를 물끄러미 바라본다.

"응, 맞아. 너희 엄마는 이제 다른 곳에 계셔."

"천국이요?"

"응. 이제는 천국에 계셔. 좋은 데야."

"나중에 또 와서 저랑 놀아주실 거예요?"

"그럼, 당연하지. 다음에 다시 올게."

아이는 다시 노트북을 열고 헤스는 어쩔 수 없이 아이의 손을 놓는다.

27

헤스는 출구를 등지고 서서 담배를 피운다. 바람에 날린 연기가 건물과 나무 사이에서 소용돌이친다. 그의 앞쪽에는 어둑어둑한 주차장과, 아스팔트 아래에서 뿌리가 뒤틀리고 불룩 솟은 시커먼 고목이 있다. 자동 유리문이 열리는 순간 아스팔트를 가로질러 지하 주차장으로 내려가는 구급차가 툴린의 눈에 얼핏 들어온다.

툴린은 간호사를 만나 상황을 정리하고 아이가 최상의 보살핌을 받을 수 있도록 다시 한번 확인했다. 대화를 마쳤을 무렵 헤스는 온데간데없었고, 주차장으로 나온 그녀는 그가 기다리고 있는 걸 보고 자신이 반가워하고 있음을 깨닫는다.

"그 아이는 어떻게 될까요?"

그녀와 헤스가 만난 지 스물네 시간도 안 됐다는 걸 감안하면 묘하게 사적인 감정이 실린 질문처럼 느껴지지만 그가 뭘 묻는 건지는 의심의 여지가 없다.

"이제는 사회복지사들의 판단에 달렸어요. 안타깝게도 다른 친척이 없다보니 새아버지와 함께 해결책을 찾을 거예요. 물론 새아버지가 범인이 아니라면요."

헤스는 툴린을 쳐다본다. "그가 범인이라고 생각해요?"

"알리바이가 없잖아요. 그리고 이런 사건에서는 남편이 범인인 경우가 구십구 퍼센트예요. 그걸 뒤집을 만한 증거도 발견되지 않왔고요."

"그런가요?" 헤스는 계속 그녀의 눈을 쳐다보며 말을 잇는다. "아이의 말이 맞는다면 지문이 묻은 그 인형은 사건이 벌어진 날 저녁에 현장으로 옮겨진 거예요. 이상한 일이라는 말로는 부족하죠. 누가 일 년 전에 길을 가다 가판대에서 샀나보다고. 그냥 그런 식으로 설명하고 지나갈 수는 없을 것 같은데요. 아닌가요?"

"서로 아무 연관성이 없을 수도 있어요. 동거남이 여자를 죽였고 아이가 인형에 대해 착각했을 수도 있고요. 그것 말고는 달리 설명할 방법이 없잖아요."

헤스는 뭐라고 대꾸하려다 생각을 바꾸고 발로 담배를 비벼 끈다. "아뇨. 어쩌면 아닐지도 몰라요."

그는 불쑥 작별인사를 하고, 툴린은 터벅터벅 주차장을 가로지르는 그를 지켜본다. 그녀가 시내까지 차를 타고 가겠느냐고 물어보려고 입을 여는 순간 세찬 바람이 불면서 뒤편 보도 위로 뭔가가 떨어진다. 고개를 돌려 보니 뾰족뾰족하고 푸르스름한 갈색 공이 그와 비슷한 쓰레기들이 몰려 있는 재떨이 옆 우묵한 곳으로 데굴데굴 굴러간다. 그녀는 그 공의 정체를 알아차린다. 밤나무를 올려다보며 흔들리는 가지와 영글기를 기다리는 다른 뾰족뾰족하고 푸르스름한 갈색 공을 응시하다가 문득 거실 테이블에서 그걸로 인형을 만드는 크리스티네 하르퉁을 떠올린다. 아니면 전혀 다른 장소일 수도 있다.

10월 12일
월요일

"같은 얘길 반복하는 것도 지긋지긋해요. 모텔로 돌아가서 잠을 잤다니까요. 이제 언제쯤 마그누스를 데리고 집에 갈 수 있는지 알려달라고요!"

살인수사과의 긴 복도 맨 끝에 자리한 작은 방은 너무 환하고 답답하다. 한스 헨리크 하우게는 흐느끼며 두 손을 맞잡고 주무르고 있다. 옷은 쭈글쭈글하고 몸에서 땀냄새와 지린내가 난다. 라우라 키에르의 시신이 발견된 지 육 일이 지났고 툴린은 거의 이틀 동안 그를 붙잡아놓고 있다. 그를 기소할 수 있는 증거를 찾을 수 있도록 법원에서 사십팔 시간을 허락했지만 아직까지는 별 소득이 없다. 툴린이 보기에는 뭔가 숨기고 있는 게 분명한데 하우게는 여간내기가 아니다. 남덴마크대학교를 졸업한 컴퓨터공학자로 업무 면에서는 고리타분하고 뻔할지 몰라도 어설프지 않다. 그는 이사를 자주 다녔고 프리랜서 IT 개발자로 일하다 라우라 키에르를 만나면서 칼베보드 부둣가의 IT 관련 중소기업에 입사했다.

"월요일 저녁에 당신이 모텔에 있는 걸 봤다는 사람도, 다음날 아침 7시 이전에 당신 차를 모텔 주차장에서 본 사람도 없어요. 그날 어디 있었어요?"

하우게는 구금됐을 때 변호사 선임권을 행사했다. 날카롭고 좋은 향기를 풍기며 툴린은 절대 살 수 없는 옷을 입은 젊은 여자 변호사다. 그 여자가 입을 연다.

"밤새 모텔에 있었다는 게 제 의뢰인의 주장입니다. 의뢰인은 이 사건과 아무 관련이 없다고 꾸준히 같은 말을 반복하고 있으니 새로 입수한 정보가 있는 게 아니라면 조속히 석방해주셨으면 합니다."

툴린은 하우게만 쳐다본다.

"당신은 알리바이가 없고, 당신이 박람회장으로 떠난 날 라우라 키에르는 당신에게 말도 없이 도어록을 바꿨어요. 왜 그랬을까요?"

"얘기했잖습니까. 마그누스가 전에도 열쇠를 잃어버린 적이……"

"그녀에게 다른 남자가 생겨서 그랬을까요?"

"아니에요!"

"그녀가 전화로 도어록을 바꿨다고 했을 때 당신은 화가 났죠."

"라우라는 도어록을 바꿨다고 얘기한 적 없고……"

"그리고 마그누스의 병이 두 분의 관계에 부담이 됐겠죠. 라우라가 갑자기 다른 데서 위안을 찾는다는 말을 했다면 당신이 화가 난 이유가 쉽게 이해되긴 해요."

"다른 남자에 대해서는 아는 게 전혀 없고, 마그누스한테 화가 난 적은 한 번도 없어요."

"그러니까 라우라한테 화가 나셨다?"

"아뇨, 라우라한테도 화가 나지……"

"하지만 그녀는 당신과 더이상 엮이고 싶지 않았기 때문에 도어록을 바꿨고 전화상으로 그렇게 얘기했죠. 당신은 배신당한 느낌이 들었어요. 그녀와 아이를 위해 그 많은 희생을 했는데. 그랬기 때문에 집으로 돌아가서……"

"나는 집으로 돌아가지 않았고……"

"당신이 문이나 창문을 두드리니까 아이가 깰까봐 그녀가 열어주었죠. 당신은 대화로 해결해보려고 했어요. 손가락에 낀 반지 이야기를 하며……"

"그런 적 없어요……"

"당신이 선물한 반지 이야기를 해도 라우라는 차갑고 쌀쌀맞게 나왔죠. 당신은 그녀를 데리고 밖으로 나갔지만 그녀는 계속 꺼지라고 했어요. 당신하고는 끝났다고―당신은 어떤 권리도 없다고―당신은 아무 상관 없는 인간이니까 아이를 만날 수도 없다고, 그러다 결국……"

"그런 적 없다니까요!"

변호사의 언짢은 눈빛이 느껴지지만 툴린은 다시금 손을 맞잡고 비틀며 반지를 만지작거리는 하우게만 쳐다본다.

"의미 없는 반복이네요. 저희 의뢰인은 약혼녀를 잃었고 아이도 생각해야 하는데 이렇게 계속 붙잡아놓는 건 비인도적인 처사라고 봅니다. 저희 의뢰인은 한시라도 빨리 집으로 돌아가 아이가 퇴원하자마자 안정감과 일상을 제공하고……"

"집에 좀 돌려보내줘요, 제발! 당신들, 언제까지 우리집에 있을 작정이에요? 지금쯤이면 다 끝났을 거 아닙니까!"

갑자기 발끈하는 하우게를 보고 툴린은 왠지 당혹스러워진다. 논리적으로 따지자면 경찰에서 찬찬히 모든 증거를 수집할 수 있도록 협조해야 하는 상황인데 마흔세 살의 이 IT 개발자는 집안을 계속 살피고 그의 출입을 막는 그들에게 지금까지 여러 번 짜증을 냈다. 집안 구석구석을 수도 없이 확인했기 때문에 하우게가 숨기려는 게 있다면 그들이 이미 발견했을 것이다. 그러니 그가 그저 아이를 챙기느라 그러는 거라고 받아들이는 수밖에 없긴 하다.

"저희 의뢰인은 당연히 수사에 협조할 겁니다. 그러니 이제 가도 되지 않을까요?"

한스 헨리크 하우게는 긴장한 눈빛으로 툴린을 쳐다본다. 그녀는 그를 석방하고 라우라 키에르 살인사건 수사가 여전히 제자리걸음이라고 조만간 뉠라네르에게 보고해야 한다는 것을 안다. 뉠라네르는 분명 성질을 내며 시간과 자원 낭비 그만하고 다른 방향을 파헤쳐보라고 할 테고, 어쩌면 헤스는 도대체 어디 갔느냐고 물을지도 모른다. 툴린으로서는 그 질문에 그럴듯하게 대답할 방법이 없다. 지난 화요일 밤에 글로스트루프병원에서 헤어진 이후로 그는 최소한의 의무만 다하며 제멋대로 왔다갔다하고 있다. 주말에는 그가 주변 소음으로 판단하건대 DIY 전문점으로 추정되는 곳에서 전화해 사건에 대해 물었다. 뒤에서 페인트와 색상 코드 어쩌고 하는 소리가 들렸다. 그녀는 전화를 끊은 뒤, 그가 수사에 동참하고 있다는 인상을 풍기기 위해 출근카드를 찍은 것 같다는 느낌을 받았다. 물론 뉠라네르에게 그렇게 얘기할 생각은 없지만 헤스가 없다는 것이 그녀가 하우게를 붙잡아놓고도 성과가 없는 것만큼이나 그의 짜증을 돋울지 모르고, 그러면 금요일에 얘기하기로 해놓고 시간이 없어서 하지 못한 NC3 추천서를 환기하는 것으로 대화를 마무리할 때 좋을 게 하나도 없다.

"가셔도 좋지만 집은 조사가 끝날 때까지 출입 금지라 당신 의뢰인은 다른 해결책을 찾아야 할 거예요."

변호사는 만족스러운 표정으로 서류가방을 닫으며 자리에서 일어난다. 툴린은 하우게가 이의를 제기하려다 변호사가 눈치를 주자 입을 다무는 것을 알아차린다.

29

노란 잎이 달린 키 큰 자작나무들이 바람을 맞고 위협적으로 흔들리는 가운데 헤스는 과학수사대 본부 정문 바로 앞에 순찰차를 세운다. 2층의 안내 데스크에 가서 배지를 보여주며 약속이 있다는 말로 군소리를 사전에 차단한다. 잠시 후 하얀 가운을 입고 등장한 겐스가 놀란 눈으로 헤스를 빤히 쳐다본다.

"작은 실험을 하려는데 당신의 협조가 필요해서요. 오래 걸리지는 않겠지만 상당한 수준의 무균실과 현미경을 쓸 줄 아는 전문가가 있어야 해요."

"우리는 대부분 그래요. 무슨 실험인데요?"

"먼저 당신을 믿어도 되는지 확인부터 할게요. 괜히 시간만 낭비하는 쓸데없는 절차일 가능성이 크지만 정보가 새나가면 안 되거든요."

지금까지 미심쩍은 눈빛으로 헤스를 쳐다보던 겐스가 씩 웃는다.

"내가 요전번에 했던 말 때문에 이러는 거면 그때는 신중을 기할 수밖에 없었다고 이해해줘요."

"뭐, 이번에는 내 쪽에서 신중을 기해야 하거든요."

"진심이에요?"

"진심이에요."

겐스는 책상 위에 쌓인 일거리를 떠올리는 듯 어깨 너머를 흘끗 쳐다본다.

"사건과 연관이 있고 법의 허용 범위 안에 있는 일이라면야."

"그렇다고 봐요. 당신이 채식주의자가 아닌 이상. 이제 차를 어디에 넣으면 될까요?"

건물 측면의 전자식 출입문 중 마지막 문이 스르르 열리고 헤스가 후진으로 차를 안에 넣는다. 겐스가 단추를 누르자 낙엽이 따라 들어오기 전에 문이 닫힌다. 방은 정비공의 작업실만하다. 이곳은 수사대의 차량검사실로, 헤스가 검사하고 싶은 건 차량이 아니지만 그래도 상관없다. 천장에는 초강력 네온등이 달려 있고 바닥에는 배수 시설이 있다.

"어떤 실험을 하고 싶은 거죠?"

"저쪽 끝을 잡아주세요."

겐스는 헤스가 연 트렁크에서 두툼하고 투명한 비닐로 감싼 창백한 시체를 발견하고 놀라서 숨을 토한다.

"저게 뭐예요?"

"돼지요. 삼 개월 정도 된 놈이에요. 정육시장에 가서 한 시간 전까지 냉장실에 매달려 있던 걸 샀어요. 이걸 저쪽 테이블로 옮깁시다."

헤스가 돼지의 뒷다리를 잡는 동안 겐스는 머뭇머뭇 앞발을 든다. 둘이서 끙끙대며 옆에 있는 철제 테이블로 돼지를 옮긴다. 배는 벌어져 있고 모든 장기가 제거됐다. 두 눈은 맥없이 벽을 응시한다.

"이해가 안 되네요. 이게 연관 있는 실험일 리 없잖아요. 장난이라면 난 지금 이럴 시간 없어요."

"장난 아니에요. 이 녀석은 45킬로그램이에요. 그러니까 사춘기 직전의 아이와 체중이 비슷한 셈이죠. 머리와 네 다리가 있고 연골, 근육, 뼈가 인간과 조금 다르긴 하지만 그래도 비교용으로는 괜찮을 거예요. 절단한 다음에."

"절단이요?"

젠스는 믿기지 않는다는 표정으로 헤스를 빤히 쳐다본다. 헤스는 차로 돌아가 뒷자리에서 사건 파일과 함께 포장이 된 길쭉한 물건을 꺼내고 있다. 헤스가 파일을 겨드랑이에 끼고 두툼한 포장을 뜯어 길이가 거의 1미터에 달하는 마체테를 꺼낸다.

"절단한 뒤에 살펴봐야 할 게 이거예요. 하르퉁 사건 때 범인의 집에서 발견된 것과 거의 동일한 마체테인데, 심문 때 그가 증언한 방식과 최대한 가깝게 돼지를 절단해보죠. 앞치마 좀 빌릴게요."

헤스는 무기와 하르퉁 사건 파일을 젠스 옆 철제 테이블에 내려놓고 일렬로 박힌 못에 걸려 있던 앞치마 중에서 하나를 내린다. 젠스는 보고서를 보고 다시 헤스에게로 시선을 돌린다.

"하지만 왜요? 하르퉁 사건은 연관이 없는 줄 알았는데요. 툴린 얘기로는……"

"연관 없어요. 누가 물으면 냉동실에 넣으려고 크리스마스용 돼지를 토막 내는 중이라고 하죠. 당신이 시작할래요, 아니면 내가 할까요?"

지난주 이맘때만 해도 헤스는 자신이 돼지를 절단하게 될 줄은 꿈에도 몰랐다. 그런데 어떤 일을 계기로 라우라 키에르 살인사건을 전혀 다른 각도에서 바라보게 됐다. 글로스트루프병원에서 마그누스를 만나고 느낀 불안과는 아무 상관 없었다. 크리스티네 하르퉁의 지문이 묻은 밤 인형이 살인이 벌어진 것과 비슷한 시각에 현장에 남겨진 거라면 매우 보기 드문 우연의 일치일 수밖에 없었지만 글로스트루프에서 집으로 가는 열차 안에서 그는 사건을 재검토했다. 하르퉁이라는 아이가 일 년 전에 토막 살인을 당했다는 툴린의 말에 의문을 제기하는 건 아니었다. 덴마크 경찰 조직에서 근무하는 것이 쉬운 일은 아니었지만—그도 경험해봐서 안다—살인수사과의 철저한 수사와 사건 해결률은 오랫동안 유럽에서도 몇 손가락 안에 꼽혔다. 여전히 이 나라에서는 사람 목숨, 그중에서도 특히 아이들 목숨을 소중하게 여겼고 유명한 장관의 아이라면 두말할 필요가 없었다. 크리스티네 하르퉁이 장관의 딸이었으니 형사, 감식반, 특수기동대, 정보기관이 총출동해 밤낮없이 꼼꼼하게 수사했을 것이다. 그 아이에게 벌어진 범죄를 민주주의에 대한 잠재적인 공격으로 간주하고 혼신의 노력을 기울였을 것이다. 헤스는 기본적으로 수사와 그 결과를 신뢰했다. 하지만 그 우연의 일치와 오딘의 아지트로 돌아갔을 때 자꾸만 고개를 들던 불안감은 어쩔 것인가.

며칠이 지나는 동안 당연한 수순으로 라우라 키에르의 남자친구 한스 헨리크 하우게가 용의자로 지목됐고 헤스는 그런가보다 했다. 수사를 맡은 툴린은 철저하고 집요해서 살인수사과에서 빠져나와 승승장구할 게 분명해 보였다. 태도는 누가 봐도 냉랭했는데, 하긴 헤스는 마그누스 키에르를 즉흥적으로 찾아간 것 말고는 보인 활약이 미미한데다 걸핏하면 사라지곤 했다. 헤스는 프랑수아와 유로폴 상사에게 보내는 보고서를 작성하는 데 대부분의 시간을 할애했다. 몇 번의 수정을 거쳐 두 사람 모두 프라이만에게 보고서를 제출했고, 헤스는 독일인 상사의 판단을 기다리는 동안 아파트 보수에 돌입했다. 희망 사항이기는 하지만 조만간 다람쥐 쳇바퀴 같은 일상으로 복귀할 테니 부동산에 연락도 했다. 사실 여러 업체에 연락했다. 처음 세 군데는 아파트 매물을 필요로 하지 않았다. 네번째 업체는 관심을 보였지만 신속한 결과를 기대하지는 말라고 했다. 알다시피 그 일대가 평판이 좋지 않기 때문이라고 했다. "이슬람교도거나 사는 데 싫증이 난 사람이라면 모를까요." 어쨌든 지나치게 열성적인 수위가 끼어드는 바람에 그 왜소한 파키스탄 남자의 잔소리를 들어가며 페인트칠을 해야 했지만 새 단장 프로젝트는 제법 잘돼가고 있었다.

그러다 어젯밤에 어떤 일이 벌어졌다. 먼저 헤이그에서 전화가 왔다. 냉랭한 목소리의 비서가 영어로 프라이만이 다음날 오후 3시에 전화 회의를 하고 싶어한다는 소식을 전했고 그와 통화할 생각에 헤스는 신이 났다. 그는 일이 잘 풀리는 김에 이런 때 아니면 내버려둘 게 분명한 천장 칠하기에 나섰다. 아쉽게도 마분지를 다 썼기 때문에 수위가 지하실에서 오래된 신문지 더미를 가져다주었는데, 헤스가 간이부엌 천장을 다 칠하고 사다리에서 아래를 내려다보았을 때 한 신문에서 그를 올려다보는 크리스티네 하르퉁의 사진과 맞닥뜨렸다.

유혹이 너무 컸기 때문에 헤스는 페인트가 묻은 손으로 신문을 집어들었다. "크리스티네는 어디 있을까?" 헤드라인은 이랬고 기사 뒷부분을 찾아보니 화장실 옆 바닥에 깔려 있었다. 여전히 소득이 없는 크리스티네 하르퉁의 시신 수색 작업을 요약 보도한 작년 12월 10일자 특집 기사였다. 그 무렵 경찰에서는 크리스티네가 어떻게 됐는지 규명한 상황이었지만 신문의 논조는 알쏭달쏭하고 자극적이었다. 범인 리누스 베케르가 한 달 전에 있었던 심문에서 크리스티네를 성폭행한 뒤 토막 살인했다고 자백했지만 토막 난 시신은 여전히 발견되지 않았다. 기사에는 숲을 훑는 경관들을 분위기 있게 촬영한 흑백사진이 실려 있었다. 익명의 여러 경찰 관계자가 여우나 오소리나 다른 동물이 땅을 파헤쳐서 묻혀 있던 시신을 먹었을 수 있다고, 그래서 발견되지 않는 것일 수도 있다고 말했다. 널라네르는 날씨 때문에 작업에 차질이 생길 수는 있다면서도 낙관적인 의견을 내놓았다. 기자가 리누스 베케르의 자백이 거짓일 가능성이 있는지 물었지만 널라네르는 말도 안 되는 소리라고 일축했다. 자세한 내용을 밝히지는 않았지만 베케르의 자백 외에도 살인과 시신 훼손의 명확한 증거를 확보했다고 했다.

헤스는 페인트칠을 계속하려 했지만 결국에는 지서에 다녀와야 한다는 걸 받아들일 수밖에 없었다. 다음날 DIY 전문점에 바닥용 전기 사포를 사러 갈 때 타고 갈 순찰차를 몰고 와야 하기 때문이었지만 마음을 진정시킬 필요도 있었다.

일요일 10시에 가까운 시각이라 복도는 텅텅 비어 있었지만 다행히 그는 마지막으로 남아 있던 당직 행정 직원이 퇴근하기 전에 붙잡을 수 있었다. 헤스는 라우라 키에르 사건 기록을 읽어야 된다며 희미하게 불을 밝힌 부서실 구석에 놓인 컴퓨터로 데이터베이스에 접속했지만, 행정 직원이 사라지자마자 크리스티네 하르퉁 관련 기록을 뒤졌다.

자료가 방대했다. 거의 오백 명이 조사를 받았다. 수백 군데를 수색했고 셀 수 없이 많은 물건이 과학수사대로 송치됐다. 하지만 헤스는 리누스 베케르 관련 증거의 요약본만 찾고 있었기 때문에 검색은 간단했다. 유일한 문제점이 있다면 그걸 읽은 뒤에도 마음의 평화를 누릴 수 없었다는 거였다. 정반대였다.

맨 처음 그의 신경을 건드린 것은 리누스 베케르가 익명의 제보를 근거로 용의선상에 올랐다는 사실이었다. 물론 베케르가 성폭력

전과자라 관례에 따라 심문을 받기는 했지만 익명의 제보가 접수되기 전까지는 별다른 소득이 없는 상황이었다. 제보자가 누군지도 밝혀지지 않았다. 헤스의 마음을 어지럽힌 또 한 가지는 베케르가 그 당시 날이 어두웠고 너무 불안해서 토막 낸 시신을 어디에 매장했는지 정확하게 기억이 나지 않는다고 주장했다는 것이었다.

베케르에게 불리한 증거로, 그가 살던 비스페비에르그의 아파트 1층의 차고에서 크리스티네 하르퉁의 시신을 토막 내는 데 쓰인 것으로 보이는 흉기가 발견됐다. 법의학자들이 90센티미터 길이의 그 마체테를 조사했고, 흉기에서 발견된 혈흔이 크리스티네 하르퉁의 유전자와 백 퍼센트 일치한다는 사실을 들이대자 베케르는 범행을 자백했다. 차를 타고 숲속으로 아이를 따라간 뒤, 힘으로 제압해 성폭행하고 목 졸라 죽였다고 했다. 트렁크에서 꺼낸 검은색 비닐봉지로 시신을 싼 다음 집으로 돌아가 차고에서 마체테와 삽을 챙겼다고 했다. 하지만 그는 필름이 끊겼기 때문에 드문드문 나는 기억이 전부라고 주장했다. 시신을 싣고 돌아다니는 동안 어두워졌고 결국 도착한 곳은 노르셸란의 어느 숲이었다. 거기서 그는 구덩이를 파고 시신을 토막 내 그중 일부, 아마도 몸통을 묻은 다음 숲속을 계속 돌아다니며 다른 곳에 팔다리를 묻었다. 거기에다 법의학자들이 마체테가 크리스티네 하르퉁을 공격하는 데 쓰인 게 분명하다는 분석 결과를 내놓았으니 사건 해결이었다.

하지만 헤스가 그날 아침 정육시장을 찾은 것은 흉기 분석 결과 때문이었다. 그는 도시를 통과해 가던 길에 살인수사과 시절에 방문한 적 있는 가멜토르브 인근의 사냥용품 및 낚시용품점에 들렀다. 이곳에서는 여전히 이국적인 무기를 판매하고 있었고 헤스는 불법은 아닌지 궁금함을 떨칠 수 없었다. 거기에서 발견한 마체테가 하르퉁 사건의 증거물과 똑같지는 않았지만 날의 길이와 무게와 굽은 각도가 비슷했고 재료도 동일했다. 그는 어느 감식 전문가에게 도움을 청해야 할지 고민하다 겐스의 평판이 좋다는 걸 알았기에—심지어 유로폴 전문가들한테도 인정받았다—그로 낙점했다. 여기에 또 한 가지 긍정적인 측면이 있다면 예전의 지인들과 만나는 걸 피할 수 있다는 것이었다.

돼지 절단 작업이 막바지에 다다랐다. 헤스는 견갑골 아래 관절을 정확히 두 번 세게 가격해 이번에는 앞쪽 다리를 또하나 분리한 뒤 이마를 훔치며 철제 테이블에서 뒤로 물러난다.

"이제 뭐예요? 끝난 건가요?"

돼지를 잡고 있던 겐스가 앞다리와 몸통을 놓고 손목시계를 들여다보는 동안 헤스는 불빛에 칼날을 비추며 뼈와 맞부딪친 결과를 살핀다.

"아직은 아니에요. 먼저 이걸 깨끗하게 닦고요. 그리고 성능 좋은 현미경이 있었으면 좋겠는데요."

"뭐하려고요? 이게 다 뭐하는 짓이에요?"

헤스는 대답하지 않고 집게손가락 끝으로 마체테의 날을 조심스럽게 훑는다.

 툴린은 부글거리는 마음으로 평면 화면에 자료를 띄워놓고 라우라 키에르의 전자기기 기록을 휙휙 넘긴다. 감식반의 컴퓨터 전문가가 키에르의 문자, 이메일, 페이스북 업로드 내역을 폴더 세 개에 담아놓았다. 지난주 내내 이미 이 자료를 여러 번 훑었지만 하우게는 방금 전에 석방됐고 수사는 방향을 잃었다. 그녀는 방금 전 지서로 들어오면서 그녀를 지원하기로 되어 있는 두 명의 남자 형사에게 하우게의 대안이 될 만한 용의자를 정리해서 알려달라고 했다. 닐라네르에게 모든 정보를 보고하기 위해서였다.

 "마그누스의 학습 보조 교사일 가능성도 있어." 그중 한 명이 말한다. "아이가 완전히 위축됐다가 갑작스럽게 공격성과 폭력성을 보이는 상태를 오갔기 때문에 그 교사가 라우라 키에르와 접촉이 많았거든. 라우라와 면담하는 자리에서 아이를 특수학교에 보내야 한다고 여러 번 제안했다던데, 거기에서부터 그 둘의 관계가 시작됐을 수 있어."

 "어떤 식으로요?" 툴린은 궁금해진다.

 "엄마가 선생님 앞에서 다리를 벌리기 시작하다가 어느 날 저녁 그가 다시 한판 하려고 불쑥 집으로 찾아오면서 일이 꼬인 거지."

 툴린은 그의 의견을 못 들은 척하고, 화면 위에서 미친듯이 버글거리는 수많은 글자와 문장에 집중하려고 한다.

살해당하기 직전까지 라우라 키에르의 네트워크 트래픽이 워낙 별거 없어서 쓸 만한 증거를 찾을 수 없었다는 컴퓨터 전문가의 말대로였다. 특히 한스 헨리크 하우게와 주고받은 하찮은 쓰레기가 난무했다. 그래서 툴린은 이 년 전 그녀의 남편이 사망했을 때부터의 문자와 이메일과 페이스북 업로드 내역을 요청했다. 그리고 경찰서 컴퓨터에서 겐스가 전화로 알려준 암호로 데이터 캐시에 접속했는데, 겐스가 그 참에 크리스티네 하르통의 지문이 발견된 놀라운 사건이 수사에 어떤 영향을 미쳤는지 물었다. 겐스에게는 그걸 물을 권리가 충분히 있었지만 툴린은 그 일을 생각하자 짜증이 났다. 그래서 논리적으로 설명할 방법이 있는 문제를 가지고 고민할 시간이 없었다고 퉁명스럽게 대꾸했다. 나중에 그녀는 그런 식으로 말한 것을 후회했다. 겐스처럼 수사의 추이에 관심을 보이는 감식반원은 거의 없었기 때문에 그가 같이 조깅 한번 하자고 한 것에 대해 다시 한번 고민해보기로 마음먹었다.

툴린은 데이터 캐시를 전부 읽지는 않았지만 추출 표본만으로도 고인이 된 여인의 그림을 완성하기에 충분했다. 문제가 있다면 그래봐야 별 도움이 되지 않는다는 거였다. 툴린은 사건이 벌어진 후 라우라 키에르의 직장에 찾아갔다. 하지만 도심의 세련된 보행자 전용도로에 위치한 그 깨끗한 치과에서 경악하며 슬퍼하던 동료들은 라우라가 아들 마그누스 걱정이 최우선이었던 가정적인 여자였다는 사실만 확인해주었을 따름이었다. 그녀는 이 년 전에 남편을 떠나보내고 우울해했는데, 무엇보다 그전까지만 해도 명랑했던 일곱 살 아들이 이후로 거의 말을 하지 않고 아주 내성적인 아이로 바뀌었기 때문이었다. 그녀가 혼자 지내는 데 적응하지 못하자 젊은 여자 동료가 다시 사랑을 찾을 수 있을지 모른다며 여러 데이트 사이트를 소개해주었다. 처음에는 틴더나 해픈, 캔디데이트와 같은 데이팅 앱을 통해 몇 명의 남자를 만났고 그건 툴린도 이메일을 통해 이미 알고 있었다. 하지만 거기에서 지속적인 관계에 관심을 보이는 남자를 찾지 못하자 라우라는 마이 세컨드 러브라는 데이트 사이트로 관심을 돌려, 거기서 몇 명의 폭탄을 거친 끝에 한스 헨리크 하우게를 만났다. 라우라는 이전에 만났던 남자들과 달리 유연하게 아들을 받아들이는 하우게와 사랑에 빠졌고, 다시금 가족을 꾸리게 된 데 아주 기뻐했다. 하지만 마그누스의 사회성 문제는 점점 심각해졌고, 라우라는 근관 치료와 치아 미백 틈틈이 정수기 옆에서 수다를 떨 때 그와 관련된 고민을 이야기하는 데 대부분의 시간을 할애했으며, 그 무렵 일종의 자폐증으로 진단받은 아이에게 도움이 될 전문가를 찾는 데 집착했다.

퇴근 후 가끔 그녀를 데리러 왔던 하우게에 대해서 안 좋은 평가는 한마디도 들을 수 없었다. 하우게는 헌신적이고 끈기 있게 아이를 살피며 든든한 버팀목이 되어주었던 모양이었고, 그가 없었다면 라우라가 무너졌을 거라고 생각하는 동료가 여럿이었다. 그렇긴 하지만 지난 몇 주 동안 그녀가 평소보다 아들 얘기를 덜 한 건 사실이었다. 살해당하기 전 금요일에는 아들과 함께 시간을 보내고 싶다며 휴가를 냈고 몇몇 동료들과 말뫼로 1박 2일 연수를 다녀오기로 했던 것도 취소했다.

툴린은 라우라의 문자를 보고 이 내용을 전부 알고 있었다. 하우게가 회사에서 문자를 보내 인간관계를 끊고 스스로 고립을 선택해 아들하고만 있으려 하느냐며 걱정했지만 라우라는 어쩌다 한 번씩 답장을 보내거나 아예 하지 않았다. 그럼에도 하우게는 화난 기색이 없었다. 문자로 누구이 그녀의 관심을 구하며 어찌나 태연하게 계속 '내 사랑' '자기' '깜찍이'라고 부르던지 툴린은 구역질이 날 지경이었다.

툴린은 하우게가 구류되어 있는 동안 그의 네트워크 트래픽을 체크하면 다른 면모를 발견할 수 있을 거라고 예상했고 기대했다. 하지만 이번에도 실망이었다. 자료 속의 남자는 일에 열심이고, 칼베보드 부둣가 IT업체의 소중한 직원이며, 라우라와 마그누스 말고는 주요 관심사가 집과 마당과 차고뿐이었다. 그가 기반을 다져가며 차고를 직접 만든 모양이었다. 하우게의 페이스북은 방치되어 있다시피 했고, 그가 작업복 차림으로 라우라와 마그누스와 함께 손수레 옆에 서 있는 사진 말고는 거의 볼 게 없었다. 의심스러워 보이는 구석이 전혀 없었다. 심지어 인터넷으로 포르노를 검색한 기록마저 없었다. 툴린이 심문 초반에 소셜 미디어에 관심을 보이지 않는 이유에 대해 물었을 때 하우게는 회사에서 컴퓨터를 보는 시간이 워낙 많아 근무 외 시간에는 다른 데 집중하고 싶다고 대답했다. 직장 동료와 몇 안 되는 친구들도 박람회장에서나 그전에 수상한 기미를 전혀 느끼지 못했다며 그의 순한 이미지를 뒷받침했다.

그다음으로 툴린은 겐스와 감식반을 믿었다. 하우게의 차량과 다양한 옷과 신발을 압수해 라우라 키에르의 혈흔이나 살인이 벌어진 날 밤의 다른 흔적이 없는지 조사했지만 전혀 없었다. 거기다 겐스가 라우라의 입을 막은 강력 테이프나 손목을 묶은 케이블 타이가 하우게의 차고 선반에 있는 것과 다른 종류라고 확언한 순간, 그녀의 희망은 사라지기 시작했다.

곤봉과, 여자의 손을 절단하는 데 쓰인 톱은 여전히 행방불명이었다. 절단된 손도 마찬가지였다.

툴린은 접속을 끊으며 결단을 내린다. 닐라네르는 한참 기다려야 할 것이다. 그녀는 자리에서 일어나 외투를 집어들며, 아직까지 보조 교사를 중심으로 가설을 주거니 받거니 하고 있는 두 형사의 말허리를 자른다.

"그 선생은 집어치우고 하우게에 집중해요. CCTV 다시 한번 돌려 보면서 그날 밤 10시에서 다음날 오전 7시 사이에 하우게의 차가 컨벤션센터하고 후숨을 오간 적 없는지 살펴보고요."

"하우게의 차? 하지만 그건 이미 살펴봤잖아."

"그럼 다시 한번 찾아봐요."

"방금 전에 하우게 석방하지 않았나?"

"뭔가 보이거든 연락해줘요. 하우게가 다니는 회사 사장 다시 만나러 가니까."

툴린이 투덜거리는 그들을 등지고 성큼성큼 걸음을 옮기는데, 헤스가 느닷없이 문 앞에 등장한다.

"잠깐 시간 있어요?"

그는 심란한 표정으로 뒤편의 경관들을 흘끗 쳐다본다. 툴린은 그의 옆을 지나친다.

"아뇨, 없어요."

31

"오늘 아침에 자리를 비워서 미안해요. 하우게가 석방됐다는 얘기를 든긴 했는데, 어쩌면 그건 중요하지 않은 문제일지 몰라요. 그 지문에 대해 다시 짚고 넘어갈 필요가 있어요."

"중요하지 않은 건 그 지문이에요."

툴린은 헤스가 뒤따라오는 소리를 들으며 긴 복도를 씩씩대며 걷는다.

"아이는 살인사건이 벌어지기 전에는 그 인형이 없었다고 했어요. 그걸 입증할 수 있는 다른 사람이 있는지 알아봐야 해요. 거기 사는 사람들. 뭔가를 봤을지 모르는 사람들."

툴린은 중정으로 내려가는 나선형 계단에 거의 다다랐다. 휴대전화가 울리지만 속도를 늦추고 싶지 않아 그냥 울리도록 내버려둔 채 헤스를 꽁무니에 매달고 계단을 빙글빙글 내려간다.

"아뇨, 그건 이미 규명했어요. 우리 부서에서는 해결된 사건보다는 미결인 사건에 시간을 할애하는 편이 현명하다고 보거든요."

"그 부분에 대해서 짚고 넘어가야 한다고요. 제발 잠깐 좀 멈춰요!"

툴린이 맨아래 계단에 다다라 아무도 없는 중정으로 들어섰을 때 헤스가 그녀의 어깨를 잡고 걸음을 멈추게 한다. 툴린이 어깨를 비틀어 손을 떼어내고 그를 노려보는 동안 그는 사건 요약이 담긴 서류 폴더를 손가락으로 찌른다.

"기존의 분석에 따르면 리누스 베케르가 크리스티네 하르퉁을 절단하는 데 썼다는 흉기에서 뼛가루가 검출되지 않았어요. 크리스티네의 혈흔이 있고 베케르가 자백했으니 수사팀에서는 사지절단이 이루어졌다고 보기에 충분하다고 미루어 짐작했죠."

"지금 무슨 얘기 하는 거예요? 그 보고서는 어디서 입수했어요?"

"지금 과학수사대에 다녀오는 길이에요. 겐스가 실험을 도와줬어요. 뼈를 절단하면 뼈의 종류에 상관없이 칼날의 틈새와 홈에 뼛가루가 남기 마련이에요. 현미경으로 확인할 수 있어요. 이번 실험에 사용한 마체테를 확대한 사진을 봐요. 아무리 꼼꼼하게 닦아도 가루를 완전히 제거하는 건 불가능에 가까워요. 하지만 기존의 법의학 분석 결과를 보면 혈흔만 발견됐다고 했어요. 뼛가루는 없이."

헤스는 마체테로 보이는 금속 표면에 묻은 미세한 가루를 근접 촬영한 사진을 몇 장 건넨다. 하지만 그녀의 시선을 사로잡은 것은 한 사진에 찍힌 잘린 다리다.

"뒤에 보이는 저건 뭐예요? 돼지예요?"

"실험이었어요. 증거는 될 수 없지만 중요한 건……"

"이게 유의미한 부분이었다면 전문가들이 전에 지적했겠죠, 안 그래요?"

"그때는 별 의미 없었지만 지금은 아닐지 몰라요. 지금은 우리가 지문을 찾았으니까요!"

정문이 열리면서 차가운 바람이 휘몰아쳐 들어오고, 껄껄대며 웃는 두 남자가 등장한다. 한 명은 키가 우뚝하고 체구가 탄탄하며, 보통 파트너인 마르틴 릭스하고만 같이 다니는 팀 얀센이다. 얀센은 예리하고 노련한 형사로 정평이 나 있지만 툴린은 그가 성차별적인 돼지라는 걸 안다. 그해 겨울 전투 훈련을 받을 때 그녀에게 사타구니를 대고 비비다 그녀가 팔꿈치로 명치를 가격하자 그제야 몸을 뗐던 걸 똑똑히 기억한다. 얀센은 그의 파트너와 함께 리누스 베케르에게서 자백을 받아낸 수사관이기도 하고 툴린이 느끼기에 부서 내에서 그들의 입지는 난공불락이다.

"이게 누구야, 헤스. 안식 휴가인가?"

얀센은 실실 웃으며 인사를 건네지만 헤스는 대답하지 않는다. 그는 그들이 중정을 지나갈 때까지 기다렸다가 다시 말을 꺼내고, 툴린은 헤스에게 그렇게 조심할 필요는 없는 것 같다고 말하고 싶어진다.

"어쩌면 아무것도 아닐 수 있겠죠. 어쨌거나 흉기에서 그 아이의 혈흔이 나왔고 내 입장에서는 아무래도 상관없지만, 상사를 찾아가서 어떻게 하면 좋을지 확인하는 게 좋지 않겠어요?" 헤스는 그녀를 똑바로 쳐다보며 말한다.

시인하고 싶지는 않지만 툴린도 글로스트루프병원에서 마그누스를 만나고 온 다음 자료 보관실에 접속해 챙겨야 할 부분은 없는지 하르퉁 사건 기록을 읽어보았다. 그녀가 알아본 바로는 없었다. 요전날에 헤스와 함께 집으로 찾아갔을 때 부모의 심정이 얼마나 괴로웠을지 다시금 깨달았을 뿐이다.

"나한테 이런 얘기를 하는 이유가 헤이그에서 일하면서 살인사건 전문가가 됐기 때문인가요?"

"아뇨, 그게 아니라……"

"그럼 신경 꺼요. 여기저기 들쑤시고 다니면서 남의 상처나 헤집는 건 보고 싶지 않으니까. 당신이 농땡이 부리는 동안 남들은 자기할일 한 게 죄는 아니잖아요."

헤스는 그녀를 쳐다본다. 툴린은 그의 눈빛을 보고 그가 놀랐다는 걸 알 수 있다. 지금까지 꼬리에 꼬리를 물고 이어지는 생각을 좇느라 자기가 도움이 되기보다는 방해가 되고 있다는 걸 헤스가 몰랐다는 게 정상참작 요인이기는 하지만 그렇다고 달라지는 건 없다. 그녀가 막 문 쪽으로 걸음을 옮기려는데 중정 저편에서 쩌렁쩌렁한 목소리가 들린다.

"툴린, IT팀에서 할 얘기가 있다는데요!"

계단 위를 올려다보니 경관 하나가 휴대전화를 들고 그녀를 향해 걸어오고 있다.

"내가 금방 전화한다고 해요!"

"중요한 일이에요. 방금 전 라우라 키에르의 휴대전화로 문자가 수신됐대요."

툴린은 헤스가 귀가 번쩍해 경관 쪽으로 고개를 돌리는 것을 느끼며 경관이 건네는 휴대전화를 받는다.

상대방은 컴퓨터 감식원이다. 이름을 알지 못하는 젊은 남자로, 상황을 설명하느라 속사포처럼 말을 쏟아낸다.

"피해자의 휴대전화 때문에요. 원래는 조사가 끝나면 통신사에 연락해서 해지하거든요. 그런데 그게 이삼 일 걸리기 때문에 아직 살아 있어서……"

"문자 내용이 뭔지만 얘기해요."

툴린이 뒷덜미에 닿는 헤스의 시선을 느끼며 중정을 빙 두른 기둥을, 허공을 가르고 빙글빙글 떨어지는 구릿빛 낙엽을 바라보는 동안 컴퓨터 전문가가 문자를 읽어준다. 헐렁하게 걸쇠가 채워진 문 사이로 찬바람이 불고, 그녀의 귀에 발신자를 추적할 수 있는지 묻는 자신의 목소리가 들린다.

32

연립 정당의 대표 게르트 부케와 면담을 시작한 지 십오 분밖에 되지 않았지만 로사 하르퉁은 이미 뭔가가 아주 잘못됐다는 걸 알 아차린다.

지난 며칠 동안 그녀는 크리스티안스보르에서 바쁜 나날을 보냈고, 내년 재정 법안에 몇 가지 사회정책 예산을 추가하자는 얘기가 그녀의 장관실과 부케의 사무실 사이에서 오갔다. 그녀와 보겔은 연립 정당과 정부를 모두 만족시킬 수 있는 합의안을 마련하는 일에 밤낮으로 매달렸고, 로사는 바쁘게 지낼 수 있어 좋았다. 그녀는 두 경관이 잠깐 불씨를 지핀 희망을 잊어버리기 위해 육 일 동안 애를 쓰며, 총리가 기대하는 사회정책 합의안을 도출하는 데 모든 에너지를 쏟아부었다. 다시 한번 장관직을 맡을 준비가 되었노라고 자신이 장담했기 때문에 총리의 믿음에 부응하는 것이 로사에게는 아주 중요한 일이었다. 어쩌면 그건 거짓말이었을지 모르지만 로사가 업무로 복귀하는 데 결정적인 역할을 했다. 다행히 그 주에는 더 이상 협박이나 방해가 없었고 상황이 올바른 방향으로 굴러가는 느낌이었다. 본회의장 옆 회의실에서 게르트 부케를 만나기 전까지는. 보겔이 수정안을 설명하는 동안 부케는 예의바르게 고개를 끄덕이지만 로사는 그가 메모지에 뭐라고 끼적이는 데 더 정신이 팔려 있다는 걸 안다. 그가 말문을 열자 그녀는 깜짝 놀란다.

"무슨 얘긴지 알겠지만 당원들하고 의논해봐야겠어요."

"하지만 이미 의논했잖아요. 그것도 여러 번."

"다시 할게요. 일단은 그렇게 얘기해둡시다."

"하지만 당원들은 당신이 하자는 대로 하잖아요, 부케. 조만간 합의안을 도출할 수 있을지 알아야겠어요. 왜냐하면……"

"로사, 절차는 나도 알아요. 하지만 내가 말했잖아요."

로사가 지켜보는 가운데 그는 자리에서 일어난다. 부케의 말을 노골적으로 해석하자면 시간을 벌겠다는 뜻인 줄은 그녀도 안다. 하지만 이유를 알 수 없다. 정치적인 입지가 그다지 탄탄하지 않고 일반 유권자의 지지도 확고하지 않은 그는 그녀와 합의안을 도출하면 이론상으로 분위기를 반전시킬 수 있다.

"부케, 절충은 얼마든지 환영하지만 더이상 협박은 안 돼요. 거의 일주일째 협상중이고 이미 몇 군데 양보를 했는데……"

"내가 보기에는 총리가 우리를 압박하는 중이고 나는 그게 마음에 들지 않아요. 그러니까 성급하게 결정을 내리지 않겠어요."

"압박이라뇨?"

게르트 부케가 다시 자리에 앉아서 몸을 앞으로 숙인다.

"로사, 나는 당신이 좋아요. 그리고 당신과 그 슬픈 사건을 안타깝게 생각해요. 하지만 솔직히 말하면 골치 아픈 문제를 얼렁뚱땅 해치우려고 급하게 당신을 링으로 복귀시킨 느낌이라 그렇게는 안 되겠어요."

"그게 무슨 소린지 모르겠네요."

"당신이 자리를 비운 일 년 동안 정부는 연이은 역풍으로 비틀거렸어요. 여론조사에서 계속 바닥을 치고 있어서 총리는 절박해요. 이제 그는 재정 법안으로 엄청난 선심을 쓰려고 가장 인기가 많은 장관인 당신을 끌고 와서 산타 역할을 맡기려는 거잖아요. 재선을 앞두고 유권자들을 다시 자기 편으로 만들려고."

"부케, 나는 '끌려오지' 않았어요. 내가 복귀하겠다고 요청했지."

"좋을 대로 생각해요."

"그리고 제안서를 선심성 전략이라고 생각한다면 그것부터 짚고 넘어가야겠네요. 지금 우리에게는 아직 임기가 남았어요. 앞으로 이 년 더 같이 지내야 하니 나는 양쪽 모두를 만족시킬 수 있는 해결책을 찾고 싶을 뿐이에요. 그런데 당신은 그저 질질 끌려고만 하는 것처럼 느껴진다고요."

"질질 끌려는 게 아니에요. 껄끄러운 부분이 있다는 거지. 내 문제가 있고 당신도 해결해야 하는 문제가 있을 테니 당연히 힘들 수밖에 없지 않겠어요?"

부케는 의례적인 미소를 짓고 로사는 그를 빤히 쳐다본다. 분위기를 부드럽게 만들어보려다 실패한 보겔이 다시 한번 시도한다.

"대표님, 저희가 몇 군데 삭감하면……"

하지만 로사가 자리에서 벌떡 일어난다.

"아냐, 오늘 면담은 이쯤에서 마무리짓지. 대표님한테 당원들과 의논할 시간을 드리자고."

그녀는 묵례를 하고 프레데릭 보겔이 뭐라고 보탤 겨를도 없이 뚜벅뚜벅 밖으로 나간다.

크리스티안스보르의 메인 로비는 관람객과, 역대 국가 원수들을 그린 천장화를 열심히 가리켜 보이는 가이드들로 북적거린다. 그날 아침 이곳에 왔을 때 로사는 관광 버스들을 보았고, 비록 그녀가 민주적인 투명성을 지지하기는 하지만, 인파를 헤치고 계단을 내려가는 로사의 표정은 딱딱하게 굳어 있다. 보켈이 중간에 그녀를 따라 잡는다.

"굳이 말씀드리자면 우리에게는 저들의 지지가 필요합니다. 저들이 이 정부 의회의 기반이에요. 그런 식으로 반응하시면 안 됩니다. 설령 그가 장관님의……"

"그거하고는 눈곱만큼도 상관없는 문제야. 괜히 일주일을 통째로 날렸잖아. 협상이 결렬돼서 표결에 붙여야 할 때 자기 지지층에 핑계를 댈 수 있게 나를 능력 미달로 몰아가려는 게 그의 계획이야."

로사가 보기에 부케는 정부에 협조하는 데 싫증이 난 게 분명하다. 어쩌면 이미 야당으로부터 좀더 솔깃한 제안을 받았을지도 모른다. 부케가 표결을 강행하면 그가 이끄는 중도 정당은 거리낌없이 새로운 동맹을 맺을 테고, 그가 한 말—"당신도 해결해야 하는 문제가 있을 테니"—은 협상 결렬을 어떻게든 로사의 책임으로 몰고 가겠다는 뜻에서 나온 건지 모른다.

보켈이 같이 걸으며 그녀를 흘끗 쳐다본다.

"야당에서 그에게 어떤 제안을 했을 거라고 보세요? 그렇다면 장관님이 협상장에서 그런 식으로 뛰쳐나온 것이 그 제안을 고민하기에 충분한 빌미를 제공한 셈인데요. 과연 총리님께서 무척 기뻐하실지 의문이네요."

"나는 뛰쳐나온 적 없어. 하지만 그가 우리를 압박하려 든다면 우리도 똑같이 해줘야지."

"어떻게요?"

문득 로사는 엄청난 실수를 저질렀다는 사실을 깨닫는다. 공직에 복귀한 이후로 그녀는 언론을 피했고, 보좌진들에게 모든 인터뷰 요청을 거절해달라고 부드럽지만 단호하게 요청했다. 언론의 진짜 관심사가 뭔지 알기 때문이기도 하거니와 그 시간을 협상에 할애하고 싶었기 때문이었다. 하지만 가장 큰 이유는 첫번째였을 것이다. 보겔이 설득했지만 그녀는 생각을 굽히지 않았다. 이제 제삼자의 시각으로 상황을 바라보니 협상이 결렬되면 그녀의 신비주의가 나약함의 방증으로 오인받을 수도 있겠다는 생각이 든다.

"인터뷰 좀 잡아줘. 오늘 할 수 있는 최대치로. 우리가 제시하려는 사회정책을 가능한 한 많은 사람들에게 홍보하자고. 그러면 부케 쪽에서 부담을 느끼겠지."

"맞습니다. 하지만 오로지 정치에만 초점을 맞추기는 어려울 거예요."

로사는 대답할 겨를이 없다. 젊은 여자가 그녀의 어깨를 세게 들이받는 바람에 그녀는 넘어지지 않도록 벽에 기댄다.

"이봐요, 뭐하는 거예요!"

보겔이 로사의 팔을 잡고 씩씩대며 여자를 노려보지만 여자는 뒤를 흘끗 한번 돌아보더니 그 속도 그대로 달려간다. 조끼와 빨간색 후드 스웨트 셔츠를 입고 후드를 뒤집어썼다. 로사는 까만 눈만 언뜻 보았을 뿐인데, 여자는 그새 사라지고 없다. 같이 온 관람객을 따라잡으러 갔을 것이다.

"저런 멍청이가. 괜찮으세요?"

로사는 고개를 끄덕이며 걸음을 옮기고, 그동안 보겔은 휴대전화를 꺼낸다.

"지금 당장 인터뷰 잡을게요."

보겔이 첫번째 기자에게 연락하는 동안 두 사람은 계단 앞에 다다른다. 로사는 어깨 너머를 흘끗 돌아보지만 관람객 사이에 그 여자는 없다. 어딘지 모르게 낯이 익다는 생각이 들지만 언제, 어디에서 보았는지는 기억이 나지 않는다.

"십오 분 뒤에 첫번째 인터뷰 하실 수 있겠어요?"

보겔의 목소리가 그녀를 다시 현실로 불러들이고 그 생각은 금세 잊힌다.

33

가을바람이 차량으로 꽉 막힌 야르메르스광장에 설치된 비계에서 펄럭이는 방수포를 살기등등하게 잡아당기고 쥐어뜯는다. 흰색 순찰차가 경광등을 번쩍이고 사이렌을 울리며 자갈길을 가로질러 중세 유적지를 지나지만 축축한 낙엽을 수북이 실은 지방정부 트럭 뒤에서 발이 묶인다.

"좀더 정확하게 알려줘요. 지금 신호가 어디서 잡히는지!"

운전대를 잡은 툴린은 트럭을 앞지르려고 시도하면서, 컴퓨터 감식원의 대답이 무전기 너머로 들려오길 초조하게 기다린다.

"신호가 타겐스바이와 호수에서 지금은 고테르스가데를 향해 움직이는 걸 보면 전화기가 차에 실려 있을 가능성이 커요."

"발신자 신상은요?"

"아직은 아무것도 밝혀진 게 없어요. 무기명 선불 휴대전화로 보낸 문자인데, 문자를 그쪽으로 보냈으니까 직접 보세요."

툴린은 맹렬하게 경적을 울리다가 꽉 막힌 도로에서 틈새를 발견하자마자 액셀을 밟고, 헤스는 조수석에서 자신의 휴대전화 화면에 뜬 문자를 소리 내어 읽는다.

"체스트넛맨 어서 들어와요, 체스트넛맨 어서 들어와요. 오늘은 나를 위해 들고 온 밤 없어요? 정말 고마워요, 같이 있어주지 않을……"

"〈애플맨 어서 들어와요〉라는 동요를 바꾼 거예요. '애플맨' 대신 자기 마음대로 '플럼맨'이나 '체스트넛맨'으로 바꿔 부를 수 있죠. 비키라고, 이 망할 자식아!"

툴린은 손바닥으로 다시 경적을 누르며 밴을 추월한다. 헤스는 그녀를 빤히 쳐다본다.

"사건 현장에서 체스트넛맨이 발견된 걸 아는 사람이 누가 있죠? 혹시 보고서나 분석 자료나 그런 데……"

"아뇨. 뉠라네르가 비밀에 부쳤기 때문에 아무데도 공개되지 않았어요."

툴린은 헤스가 묻는 이유를 안다. 크리스티네 하르통의 지문이 묻은 밤 인형이 발견됐다는 정보가 새어나갔다면 그냥 어떤 사이코가 보낸 문자일지도 모른다. 하지만 그럴 가능성은 없어 보인다. 라우라 키에르의 전화로 직접 수신된 문자가 아닌가. 그 생각이 들자 그녀는 무전기에 대고 다시 소리를 지른다.

"지금은요? 지금은 어디로 움직여요?"

"크리스티안 4세 거리 쪽으로 가고 있는데 건물 안으로 들어가나봐요. 신호가 점점 약해지고 있어요."

빨간불이지만 툴린은 인도로 올라가 액셀을 끝까지 밟는다. 앞만 보고 교차로를 쌩하니 지난다.

34

그들은 차에서 뛰쳐나와, 주차장에 들어가려고 바리케이드 뒤로 줄을 선 차량 행렬을 지나쳐 경사로를 달려내려간다. 가장 마지막에 들은 정보에 따르면 신호가 그쪽으로 가다 끊겼다고 했다. 하지만 주차장은 거의 만차다. 월요일 늦은 오후고 사람들이 차량들 사이로 지나다닌다. 무거운 장바구니와 핼러윈에 조각해 쓸 호박을 든 가족들이다. 스피커를 통해 잔잔한 음악이 흘러나오다가 백화점 1층에서 어디와도 비교할 수 없는 가을 세일 상품이 기다리고 있다고 광고하는 열띤 목소리에 의해 간간이 끊긴다.

툴린은 주차관리원이 앉아 있는 주차장 저쪽 끝의 유리 부스로 직행한다. 젊은 남자가 옆으로 앉아서 서류 파일 두어 개를 선반에 넣고 있다.

"경찰이에요. 최근 오 분 동안……"

이제 보니 주차관리원은 헤드폰을 쓰고 있고 툴린이 창문을 두드리고 경찰 배지를 보여준 다음에야 반응을 보인다.

"최근 오 분 동안 들어온 차가 어떤 거예요?"

"전혀 모르겠는데요."

"저 영상을 보면 알 거 아니에요!"

툴린은 슬슬 긴급 사태임을 파악하기 시작한 남자의 뒤쪽 벽에 걸린 작은 화면을 가리킨다.

"뒤로 돌려봐요, 얼른!"

건물 안으로 사라진 뒤로는 추적 신호가 전혀 잡히지 않았지만, 지난 오 분 동안 들어온 차량을 파악해 번호판을 확인하면 용의자의 범위를 좁힐 수 있다. 하지만 주차관리원은 리모컨을 찾느라 이리저리 더듬고만 있다.

"벤츠하고 택배 차량하고 평범한 차를 몇 대 본 기억이 나긴 하는데……"

"얼른, 얼른, 얼른!"

"툴린, 신호가 쾨브마게르가데로 움직이고 있대요!"

툴린이 흘끗 돌아보니 헤스가 전화기를 귀에 바짝 대고 위치 추적 장치에서 들어오는 정보를 열심히 듣고 있다. 그가 차량 사이를 지그재그로 누비며 출구 쪽으로 다가간다. 툴린은 유리 부스 안에 있는 주차관리원을 다시 돌아본다. 그가 마침내 리모컨을 찾았다.

"그건 됐어요. 백화점 내부 카메라를 보여줘요. 쾨브마게르가데 출구를 비추는 1층에 달린 거!"

관리원은 맨 윗줄의 화면 세 개를 가리키고 툴린은 흑백 영상을 뚫어져라 쳐다본다. 수많은 사람들이 개미굴의 개미처럼 백화점을 돌아다니고 있다. 어느 한 명에게 초점을 맞추기가 불가능하겠다는 생각을 하는 순간 일행 없는 사람 하나가 언뜻 눈에 들어온다. 남들보다 결연한 분위기를 풍기며 쾨브마게르가데 출구 쪽을 향해 매장을 가로지르고 있다. 그는 CCTV 카메라를 등지고 있다. 까만 머리에 정장을 입은 그자가 기둥 뒤로 사라지는 순간 툴린은 달리기 시작한다.

35

에리크 사이에르라센은 여자의 딱 세 발짝 뒤에서 걸으며 향수 냄새를 맡는다. 여자는 삼십대 초반으로 까만 치마에 까만색 스타킹을 신었다. 여자를 따라 빅토리아시크릿 매장을 지나는 동안 그는 루부탱 하이힐이 또각거리는 소리를 거의 참을 수 없는 지경에 이른다. 그녀는 단정한 차림새에 그가 좋아하는 체형이다. 즉 가슴이 크고 허리가 가늘다. 거울, 오일, 뜨거운 돌, 그딴 것들이 있는 데서 근무하는 것 같다. 돈 많은 남자가 집으로 데려가 화려한 가구처럼 보관해주길 기다리며 시간을 때우는 일자리 말이다. 그는 그녀에게 어떻게 하고 싶은지 상상한다. 문안으로 난폭하게 떼민 다음 치마를 걷어올리고, 그녀가 비명을 지를 때까지 탈색한 긴 금발 머리를 홱 잡아당기며 뒤에서 그의 물건을 넣는 거다. 어쩌면 그것 말고 다른 방법으로도 약속의 땅에 들어갈 수 있을지 모른다. 근사한 음식점과 으리으리한 클럽에 데려가면 그녀는 좋아서 키득거릴 테고 그가 플래티넘 카드를 긁을 때마다 팬티가 젖을 테니까. 하지만 그가 원하는 건 그런 게 아니다. 그리고 저 여자는 그런 대접을 받을 자격이 없다. 하지만 휴대전화가 울리는 걸 알아차리고 어깨에 멘 가방 안에 손을 뻗어 얼른 화면을 확인한 순간 그의 상상이 와장창 무너진다.

"뭐야?"

그의 목소리는 얼음장 같고 아내도 그의 대답에서 그걸 느낄 테지만 젠장, 그건 아내 탓이다. 그는 걸음을 멈추고 루부탱을 신은 여자를 찾지만 이미 그녀는 인파 속으로 사라져 보이지 않는다.

"방해해서 미안해."

"왜 전화했어? 나 지금 통화 못해. 얘기했잖아."

"애들 데리고 오늘 엄마네 집에 가도 되는지 물어보려고. 하루 자고 올게."

그는 의심스러워진다.

"왜?"

그녀는 잠깐 아무 말도 하지 않는다.

"엄마 본 지 한참 됐잖아. 그리고 당신도 집에 없고."

"내가 집에 갔으면 좋겠어, 아네?"

"그럼, 당연하지. 나는 그냥, 당신이 오늘 늦는다길래……"

"그래서?"

"미안…… 그럼 집에 있을게…… 당신이 그러는 게 좋겠다고 하면……"

그녀에게는 그를 짜증나게 만드는 구석이 있다. 목소리에 왠지 모르게 못 미더운 구석이 있다. 그렇지 않다면 얼마나 좋을까. 원점으로 되돌아가서 전혀 다르게 다시 시작할 수 있다면 얼마나 좋을까. 그때 갑자기 하이힐이 대리석 바닥에 부딪히는 소리가 들리고, 고개를 돌려보니 루부탱을 신은 여자가 세련된 미니 핸드백을 손에 들고 화장품 매장에서 나와 쾨브마게르가데 출구 옆의 엘리베이터 쪽으로 도도하게 걸어간다.

"괜찮아. 뭐, 다녀와."

에리크 사이에르라셴은 전화를 끊고 문이 닫히기 전에 엘리베이터 앞에 도착한다.

"같이 타도 될까요?"

여자는 인형 같은 얼굴을 하고 혼자 서 있다가 놀란 눈빛으로 그를 빤히 쳐다본다. 그를 잽싸게 뜯어보더니—그의 이목구비와 까만 머리, 비싼 정장과 구두에 닿는 시선이 느껴진다—환하게 미소를 짓는다.

"그럼요."

에리크는 엘리베이터 안으로 들어선다. 그가 막 미소로 화답하며 버튼을 누르고 여자 쪽으로 고개를 돌리는 순간 험상궂은 표정의 어떤 남자가 문 사이로 팔을 들이밀더니 그를 거울이 달린 벽으로 내동댕이쳐 차가운 거울에 대고 그의 코를 납작하게 뭉개버린다. 여자가 공포의 비명을 지른다. 그는 뒤에서 자신을 밀어붙이는 남자의 무게와 자신을 더듬는 남자의 손을 느끼고, 언뜻 남자의 눈동자 색을 본 순간 그가 정신병자인 게 분명하다고 생각한다.

36

스텐이 보기에 클라이언트는 도면에 대해 전혀 모른다. 전에도 숱하게 겪은 상황이지만 지금 이 순간만큼은 어마어마하게 짜증이 난다. 클라이언트가 자신의 발상이 '독창적'이고 '틀에 갇혀 있지 않고' '파격적'이라며 무지를 그럴듯하게 포장하고 있기 때문이다.

그와 동업자 비아르케는 커다란 회의실에서 클라이언트가 이제 그만 도면을 들여다보는 일은 멈추고 부디 고견을 들려주길 기다리는 중이다. 스텐은 손목시계를 흘끗 확인한다. 회의가 하염없이 이어지고 있었다. 이미 오 분 전에 차를 타고 학교로 출발했어야 했다. 하지만 클라이언트는 열다섯 살짜리처럼 후드 스웨트 셔츠와 쭈글쭈글한 청바지에 흰색 운동화를 신은 스물셋의 IT업계 억만장자이고, 스텐은 그가 지금 테이블 위에 올려놓고 계속 만지작거리는 최신형 아이폰의 자동 완성 기능 없이는 기능주의functionalism의 철자도 쓰지 못할 인간이라는 것을 직감한다.

"흠, 이건 디테일이 많지 않네요."

"네. 지난번에 디테일이 너무 많다고 하셔서요."

스텐은 비아르케가 움찔하는 것을 느낀다. 그의 파트너는 얼른 그의 발언을 무마하러 나선다.

"그거야 언제든지 추가하면 됩니다. 어려울 것 없어요."

"아무튼 뭔가 퓩 하고 쾌광 하는 게 부족해요."

바로 그 말을 기다리고 있던 스텐은 예전의 도면 뭉치를 꺼낸다.

"이게 가장 최근의 도면입니다. 여기에는 퓨 하고 콰광 하는 게 있지만 너무 많다고 하셨죠."

"맞아요. 아니면 너무 없었을 수도 있고요."

스텐이 빤히 쳐다보자 클라이언트는 함박웃음을 짓는다.

"어쩌면 문제는 너무 어중간하다는 것일 수도 있겠어요. 계속 도면을 들고 오는데, 댁들이야 자기 일이니까 잘 알겠지만 차이가 너무 미묘해서요. 군더더기를 좀 없애야겠어요. 무슨 말인지 아시죠?"

"아뇨, 무슨 말인지 모르겠습니다. 하지만 진입로에 빨간색 플라스틱 동물을 놓고 로비를 해적선으로 꾸밀 수는 있어요, 그게 더 괜찮겠다면요."

비아르케는 분위기를 누그러뜨리려고 지나치게 큰 소리로 폭소를 터뜨리지만 젊은 태양왕은 거기에 넘어가지 않는다.

"그게 좋을 수도 있겠네요. 오늘 저녁 데드라인까지 댁들이 좀더 괜찮은 아이디어를 내지 못하면 경쟁사에 의뢰할 수도 있겠고요."

몇 분 뒤 스텐은 차를 몰고 학교로 가며 변호사 사무실에 전화해 사망 추정 증명서를 아직 받지 못했다고 알린다. 비서는 놀란 목소리로 사과하고 스텐은 그녀의 말허리를 조금 빨리 끊지만 그녀는 그의 의중을 파악하고 서두르겠다고 약속한다.

학교 앞에 도착했을 무렵에는 이미 작은 술병을 세 병 비운 뒤였지만 이번에는 껌을 씹고 몇 킬로미터 전부터 창문을 내리고 달리는 것을 잊지 않았다. 구스타브가 평소처럼 나무 아래에서 기다리고 있지 않은 걸 보고 아이의 휴대전화로 연락한다. 문득 너무 빨리왔는지 아니면 너무 늦게 왔는지 자신이 없어진다. 운동장에는 아무도 없다. 스텐은 손목시계를 확인한다. 요즘은 학교 안으로 들어간 적이 거의 없다. 사실 마지막으로 들어가본 게 언제였는지 기억도 나지 않는다. 그가 학교 출입을 삼가는 편이 낫다는 것을 그와 아들, 두 사람 모두 아는 듯했다. 하지만 아들은 보이지 않고, 스텐은 삼십 분 안으로 사무실에 돌아가 태양왕에게 보일 도면을 수정해야 한다. 감당할 수 없을 만큼 초조해진 그는 차문을 연다.

37

구스타브의 교실 문은 열려 있지만 안에는 아무도 없다. 스텐은 발걸음을 재촉하며 수업시간이라 다행이라는 생각을 한다. 덕분에 복도에서 궁금해하며 흘끗거리는 사람이 없다. 왁자지껄한 유치원 교실 앞을 지나는 동안 장식용 나뭇가지와 밤으로 만든 동물을 못 본 체하는 데 거의 성공한다. 요전날에 찾아온 경관은 악몽이었다. 지문. 그들이 무슨 얘길 하는지 알아차렸을 때 그의 안에서 되살아난 감정. 점점 부풀어올라 어리둥절한 심정과 뒤섞이던 희망. 지금까지 그와 로사에게 숱하게 벌어졌던 일이고 그러다 다시 원점으로 내동댕이쳐졌지만 이번에는 예상을 좀더 뛰어넘었다. 그들은 나중에 이 일에 대해 대화를 나누었고―경찰이 한 얘기에 다른 의미는 없다고 판단했다―구스타브를 위해서라도 딸아이에 얽힌 추억이라는 충격과 고통을 정면 돌파할 수 있을 만큼 강해져야 한다는 결론을 내렸다. 그 추억이 어떤 형태로 찾아오든 그래야 했다. 그들은 무슨 일이 있더라도 이겨내기로 서로 약속했다. 스텐은 모퉁이를 돌아 라운지로 향하는 자신을 따라오는, 밤으로 만든 동물들의 시선이 느껴지는 듯하지만 마음을 다잡는다.

스텐은 우뚝 걸음을 멈춘다. 그는 잠시 후에야 라운지에 앉아 있는 아이들이 딸의 같은 반 친구들이라는 사실을 알아차린다. 마지막으로 만난 지 한참 됐지만 아는 얼굴들이다.

그들은 갈색 카펫 위에 놓인 흰색 테이블에 평화롭게 둘러앉아서 모둠 활동을 하고 있다. 하지만 첫번째 학생이 그를 보자마자 관심의 물결이 저 끝까지 번지고 모든 얼굴이 그를 향한다. 그는 잠깐 망연자실해 있다가 왔던 길을 되짚어가기 시작한다.

"안녕하세요."

스텐은 교과서를 앞에 깔끔하게 쌓아놓고 가장 가까운 테이블에 혼자 앉아 있는 아이를 돌아본다. 마틸데다. 전보다 어른스러워 보인다. 검은 옷을 입어서 더 진지해 보인다. 아이가 그를 향해 다정하게 미소를 짓는다.

"구스타브 찾으러 오셨어요?"

"응."

그는 이 아이를 수도 없이 보았다. 집에 하도 자주 놀러와서 친딸처럼 대할 정도였는데, 이제 더는 그렇지가 않았다. 그는 할말을 잃는다.

"걔네 반 애들이 조금 전에 지나갔는데 금방 돌아올 거예요."

"고맙다. 어디 갔는지 아니?"

"아뇨."

스텐은 몇시인지 알면서도 손목시계를 쳐다본다.

"그래, 그럼 차에서 기다려야겠다."

"어떻게 지내세요?"

스텐은 마틸데를 보며 애써 미소를 짓는다. 위험한 질문이지만 하도 자주 듣다보니 얼른 대답하기만 하면 된다는 걸 안다.

"잘 지내. 좀 바쁘지만 그럼 좋은 거지. 너는 어떻게 지내니?"

아이는 고개를 끄덕이며 억지로 미소를 짓지만 슬퍼 보인다.

"찾아뵙지 못해서 죄송해요."

"그러지 마. 우린 잘 지내고 있어."

"안녕하세요, 아버님. 무슨 일인지 모르겠지만 제가 도와드릴까요?"

스텐이 고개를 돌려보니 요나스 크라우 선생이 그들을 향해 다가오고 있다. 그는 사십대 중반이며 청바지에 딱 붙는 검은색 티셔츠를 입고 있다. 다정하면서도 한편으로는 경계하고 살피는 눈빛인데, 스텐은 그가 자신을 왜 그런 식으로 쳐다보는지 정확히 알고 있다. 반 전체가 그 일로 충격을 받았고 이후로 학교에서는 학생들이 잘 극복할 수 있도록 돕는 중이다. 크라우는 크리스티네가 실종되고 몇 달 뒤에 열린 추모식에 여러 이유로 학생들이 참석하지 않는 편이 낫다고 생각했던 쪽이다. 그는 회복중인 상처를 건드리면 득보다 실이 많다고 믿었고, 당시 스텐에게 그런 생각을 분명히 밝혔다. 학교 이사회에서는 참석 여부를 학생들의 뜻에 맡기기로 결정했고 크리스티네와 같은 반이었던 친구들은 거의 다 참석했다.

"아뇨, 괜찮습니다. 이제 가려던 참이에요."

스텐이 차에 다다랐을 때 종이 울린다. 그는 문을 닫고 정문 밖으로 쏟아져나오는 아이들 속에서 구스타브를 찾는 데 집중하려 한다. 자신이 제대로 처신했다는 걸 알지만 마틸데를 본 순간 경찰이 찾아왔던 기억이 의식의 전면으로 부상했다. 그는 가장 최근에 심리치료사에게 들은 얘기를 되새긴다. 상심은 둥지를 잃어버린 사랑과 같다고, 상심을 받아들이며 계속 살아가야 한다고.

구스타브가 조수석에 올라타 덴마크어 선생님이 반 전체를 도서관으로 끌고 가서 쉬는 시간에 읽을 책을 대출하게 하는 바람에 조금 늦었다고 설명하는 소리가 들린다. 스텐은 알겠다고 고개를 끄덕이고, 시동을 걸고 출발하고 싶지만 그 자리에 그대로 있다. 학교 안으로 다시 들어가야 한다는 걸 알기 때문이다. 종이 울리고, 그는 충동과 싸운다. 거기에 굴복하면 그가 직접 그어놓은 선을 넘게 되겠지만 지금 들어가지 않으면 마틸데에게 끝내 물어보지 못할 것이다. 그 질문에는 뭔가 중요한 것, 세상 어떤 것보다 중요한 것이 담겨 있다.

"무슨 일 있어요?"

스텐은 차문을 연다.

"해야 할 일이 있어서. 너는 여기 가만히 있어."

"뭐하시게요?"

스텐이 문을 닫고 정문을 향해 가는 동안 낙엽들이 그를 휘감고 돈다.

38

"지금 대체 뭐하는 짓이에요? 설명부터 하세요." 에리크 사이에
르라센은 고함을 지른다.

툴린이 그의 삼성 갤럭시 전화기의 메시지 아이콘을 눌러 문자
를 확인하는 동안 헤스는 사이에르라센의 가방에 든 소지품을 대합
실처럼 배치되어 있는 흰색 가죽 소파 위로 모조리 꺼낸다.

그들은 건물 꼭대기 층에 자리잡은 이 남자의 사무실에 있다. 아
래에서는 백화점의 배경음악과 와글거리는 인파가 서로 경쟁하듯
소리를 높이고 있지만, 하늘과 가장 가까운 이 층은 사이에르라센
이 몸담은 투자회사의 으리으리한 사무실 전용이다. 햇빛이 점점
희미해져가고, 사무실과 복도를 나누는 유리 파티션 너머에서는 걱
정스러운 표정의 직원들이 좀전에 엘리베이터에서 팔을 붙들린 채
끌려나온 CEO를 구경하고 있다.

"당신들에겐 이럴 권리가 없어요. 내 전화기 가지고 뭐하는 거예
요?"

툴린은 그의 항의를 무시하며 전화기 전원을 끄고, 가방에 담긴
소지품을 다시 한번 헤집고 있는 헤스 쪽을 흘긋 쳐다본다.

"그 문자 없는데요."

"삭제했을 수도 있어요. 신호가 계속 여기서 잡히고 있대요."

헤스가 가방에서 흰색 세븐일레븐 쇼핑백을 꺼내는 동안 에리크

162

사이에르라센은 툴린에게로 한 발짝 다가간다.

"나는 아무 짓도 안 했어요. 빌어먹을 여기서 나가든지 아니면 설명을……"

"라우라 키에르하고 어떤 관계시죠?"

"누구요?"

"라우라 키에르, 서른일곱 살의 치과 간호사. 방금 전에 당신이 그녀 번호로 문자를 보냈잖아요."

"그런 이름은 들어본 적도 없어요!"

"다른 휴대전화는 어떻게 하셨나요?"

"나는 휴대전화가 한 대뿐이에요!"

"이 안에는 뭐가 들어 있습니까?"

툴린이 보니 헤스가 쇼핑백에서 완충재를 댄 흰색의 A5 사이즈 봉투를 꺼내 사이에르라센 쪽으로 내밀고 있다.

"나도 몰라요, 방금 전에 받은 거라! 회의를 마치고 나오는데 세 븐일레븐에 내 앞으로 배달된 택배가 있다는 택배회사 문자를 받 고…… 이봐요!"

헤스가 봉투를 연다.

"지금 뭐하는 거예요? 아니 이게 뭐예요?!"

헤스가 갑자기 봉투를 흰색 가죽 소파 위로 떨어뜨린다. 봉투 입 구가 크게 벌어져 있어서 시커먼 얼룩이 엉겨 있는 투명한 비닐봉 지와 반짝이는 구식 노키아 휴대전화가 툴린의 눈에도 보인다. 휴 대전화는 뭔지 모를 회색 덩어리에 강력 테이프로 붙어 있고, 툴린 은 손가락에 끼워진 반지를 보고 그것이 라우라 키에르의 잘린 손 이라는 것을 알아차린다.

에리크 사이에르라센은 눈을 휘둥그레 뜨고 그걸 쳐다본다.

"저게 도대체 뭐죠?"

헤스와 툴린은 서로 흘끗 처다보고 헤스가 한 발짝 앞으로 다가선다.

"아주 신중하게 생각해서 대답해주시기 바랍니다. 라우라 키에르……"

"아니, 이봐요, 나는 아무것도 몰라요!"

"이 택배를 보낸 사람이 누굽니까?"

"나도 방금 전에 받았어요! 누가 보낸 건지는 모……"

"지난 월요일 저녁에 어디 계셨죠?"

"월요일 저녁이요?"

툴린은 그들의 대화에 귀를 닫고 남자의 사무실을 둘러본다. 그들의 대화가 사건과 무관하다는 것을 본능적으로 알기 때문이다. 의도적인 방해 공작인 것 같다. 병에 든 곤충처럼 갈팡질팡하는 그들을 보고 누군가가 이미 폭소를 터뜨리고 있는 느낌이다. 그녀는 그들이 어쩌다 여기에 오게 되었는지, 이곳이 왜 맞는 동시에 틀린 것처럼 보이는지에 초점을 맞추려고 애쓴다.

누군가가 그들을 이곳으로 유인하기 위해 일부러 문자를 보냈다. 누군가가 그들이 노키아에서 발신되는 신호를 쫓아 에리크 사이에르라센의 사무실에서 라우라 키에르의 오른손을 찾길 바랐다. 하지만 왜? 수사에 도움을 주기 위해서는 아니었고, 사이에르라센이 사건에 모종의 단서를 제공할 수 있기 때문은 절대 아니었다. 그런데 왜 그들을 그에게로 인도했을까?

에리크 사이에르라센과 아내와 아이들의 사진이 담긴, 책상 뒤편 몬타나 책꽂이의 예쁜 액자에 시선이 닿는 순간 툴린은 가장 섬뜩한 이유를 퍼뜩 깨닫는다.

"부인은 어디 계시죠?"

툴린이 끼어들자 헤스와 에리크 사이에르라센은 하던 얘기를 멈추고 그녀를 돌아본다.

"당신 부인이요! 지금 어디 있느냐고요!"

사이에르라센은 믿기지 않는다는 듯이 고개를 젓고, 헤스는 툴린에게서 책꽂이에 놓인 가족사진 쪽으로 시선을 옮긴다. 그도 같은 생각이라는 것을 툴린은 알 수 있다. 사이에르라센은 어깨를 으쓱하고 웃음을 터뜨린다.

"내가 어떻게 알겠어요. 집에 있겠죠. 왜요?"

　그 집은 클람펜보르에서 가장 큰 축에 속했다. 아네 사이에르라셴은 남편과 두 아이와 함께 몇 달 전 그 집에 이사온 이후로 으리으리한 전자식 철제 대문 앞에 도착하면 달리기를 멈추고 현관까지 자갈이 깔린 마지막 구간을 걸으며 숨을 고르고 맥박을 늦추는 습관을 갖게 되었다. 하지만 오늘은 아니었다. 그녀는 용기를 그러모아 에리크에게 전화한 이후, 깔끔하게 가지치기한 떨기나무와 설화석고 분수대와 랜드로버를 지날 때까지 자갈길을 계속 달렸다. 대문을 열어놓았지만, 잠시 후면 그녀의 인생에서 마지막으로 그 대문을 박차고 나갈 것이기 때문에 상관없었다. 아이들의 유치원과 방과후 동아리 활동이 끝나면 그녀가 직접 리나와 소피아를 데리러 갈 거라고 이미 오페어에게 연락해놓았다. 돌계단에 이르자 개가 평소처럼 껑충거리며 장난스럽게 짖지만 그녀는 멍하니 녀석을 토닥이고 돌 화분 아래에서 열쇠를 꺼내 문을 연다.

　집안으로 들어가니 어둠이 내리기 시작한다. 그녀는 계속 숨을 헐떡이며 경보 장치를 해제하기 전에 먼저 불을 켠다. 러닝화를 벗어던지고 결연하게 계단을 올라가는 그녀의 뒤를 개가 따라온다. 지금까지 상상 속에서 가방을 싼 게 한두 번이 아니었기에 뭐가 필요한지 정확히 안다. 2층의 아이들 방에서 옷장 뒤편에 쌓아놓은 옷 두 더미를 꺼내고 화장실에서 잊지 않고 아이들의 칫솔과 세면도

구 주머니를 챙긴다. 휴대전화가 울려 화면을 확인하지만 남편인 걸 보고 받지 않는다. 지금 서두르면 나중에 운전하느라 못 받았다고 둘러댈 수 있을 테고, 그는 내일 아침에 그녀가 아이들과 친정에 가지 않았다는 걸 알게 될 때까지 무슨 일이 벌어지고 있는지 전혀 알아차리지 못할 것이다. 그녀는 안방에서 그녀의 옷과 세 장의 비트색 여권으로 이미 꽉 찬 검은색 여행가방에 아이들 옷을 재빠르게 쑤셔넣는다. 가방 지퍼를 잠그고 계단을 내려가 숲이 내다보이는 전면 유리창이 달린 거실에 다다랐을 때 잊어버린 게 퍼뜩 생각난다. 가방을 바닥에 던지고 전화기를 그 위에 얹은 다음 다시 2층으로 달려올라간다. 아이들 방은 이미 어둑어둑하다. 이불과 침대 아래를 미친듯이 뒤지다가 창턱을 흘끗 돌아보니 없으면 안 되는 조그만 판다 인형 두 개가 거기 있다. 그녀는 이렇게 금세 찾았다는데 안도하고 이제는 지갑과 차 열쇠만 잘 챙기면 된다고 생각하며 계단을 얼른 다시 내려간다. 지갑과 차 열쇠는 중국산 목재로 만든 크고 투박한 부엌 식탁에서 그녀를 기다리고 있다. 그녀는 그걸 들고 거실로 다시 나갔다가 그대로 얼어붙는다.

방금 전 거실 한복판에 내려놓은 검은색 여행가방이 흔적도 없이 사라졌다. 가방도 전화기도 없다. 테라스 문을 통해 들어와 니스 칠한 나무 바닥을 비추는 마당 전등의 푸르스름한 불빛과 밤으로 만든 조그만 인형뿐이다. 그녀는 잠시 아연실색한다. 딸아이가 오페어와 함께 만든 인형일까, 그녀가 여행가방을 다른 데 두었을까. 하지만 잠시 후 그녀는 그게 아니라는 사실을 깨닫는다.

"누구세요……? 에리크, 당신이야?"

집안은 고요하다. 아무 대답도 없다. 으르렁대기 시작한 개를 보니, 그녀 뒤편의 어둠 속 무언가에 시선을 고정하고 있다.

40

크라우가 팀 버너스리부터 빌 게이츠와 스티브 잡스에 이르기까지 인터넷의 역사를 요약 설명하는 도중에 교실 문이 열린다. 창가에 앉아 있던 마틸데가 고개를 돌려보니 놀랍게도 크리스티네의 아버지가 문 앞에서 안을 들여다보고 있다. 그는 깜빡하고 노크를 하지 않았다는 사실을 막 깨달은 듯 당황하며 수업 중간에 방해해서 미안하다고 사과한다.

"마틸데에게 할 얘기가 있어서요. 잠깐이면 됩니다."

마틸데는 선생님이 뭐라고 대답하기 전에 자리에서 일어난다. 선생님이 그의 등장을 달가워하지 않는다는 것을 느낄 수 있고 그녀는 그 이유를 안다.

그녀는 복도로 나와 등뒤로 문을 닫은 후 스텐의 얼굴을 보고 문제가 생겼음을 알아차린다. 마틸데는 그가 집으로 찾아와 크리스티네의 행방을 묻던 일 년 전의 그날을 생생하게 기억한다. 어떻게든 도움이 되려고 했지만 그는 그녀의 대답을 듣고 크리스티네가 다른 친구와 집에 갔을지 모르겠다고 생각하려 하면서도 더욱 안절부절못했다.

마틸데는 크리스티네가 옆에 없다는 사실을 아직도 받아들이기가 힘들다. 어떨 때는 그녀 생각이 나면 긴 꿈을 꾸는 것처럼 느껴진다. 크리스티네가 이사해서 다른 곳에 살고 있고 나중에 다시 옷으며 만나게 될 거라고 말이다. 하지만 학교에서 구스타브와 어쩌다 마주치거나 로사나 스텐을 아주 가끔 언뜻 볼 일이 생기면 꿈이 아니라는 걸 깨닫는다. 그녀는 그들을 아주 잘 안다. 그 집에 가는 걸 정말 좋아했고, 슬픔이 그들을 어떤 식으로 망가뜨렸는지 볼 때마다 안타까워진다. 그녀는 힘이 된다면 얼마든지 돕고 싶지만 스텐과 함께 교실 밖에 단둘이 있으니 조금 겁이 난다. 누가 봐도 그는 정상이 아니다. 불안하고 어쩔 줄 몰라하는 표정으로 사과하며, 작년 가을에 크리스티네와 같이 만들었던 밤 인형에 대해 묻고 싶다고 용건을 설명하는데 입냄새가 코를 찌른다.

"밤 인형이요?"

마틸데는 자신이 뭘 예상했는지 알지 못했지만, 그 질문에 더욱 불안해지고 처음엔 그게 무슨 소린지 알아듣지도 못한다.

"그러니까 그걸 어떤 식으로 만들었는지 궁금하신 거예요?"

"아니. 같이 인형을 만들었을 때 실제로 만든 사람이 너였니 아니면 크리스티네였니?"

마틸데는 잠깐 기억을 더듬고 그는 초조한 표정으로 그녀를 지켜본다.

"꼭 알아야 해서."

"아마 둘이 같이 만들었을 거예요."

"아마?"

"아뇨, 확실해요. 왜 그러세요?"

"그러니까 크리스티네도 그 인형을 만들었다는 거니? 확실해?"

"네. 같이 만들었어요."

스텐의 표정을 보니 그가 바라던 대답이 아닌 듯해 마틸데는 괜스레 미안해진다.

"항상 아저씨네 집에서 그 인형을 만들었고……"

"그래, 나도 알아. 그걸 만들어서 어떻게 했니?"

"길거리로 들고 나가서 팔았어요. 케이크랑……"

"누구한테?"

"글쎄요. 사겠다는 사람들한테요. 왜 그걸……"

"네가 아는 사람들한테만 팔았니 아니면 다른 사람들도 있었니?"

"잘 모르겠는데……"

"다른 사람들도 있었는지 기억할 수 있지 않을까."

"하지만 저는 모르던 사람들이라……"

"처음 보는 사람들이었어? 아니면 우리 아이가 아는 사람이었니?"

"모르겠어요……"

"마틸데, 이게 중요한 문제일 수도 있어서……"

"아버님, 무슨 일이십니까?"

크라우가 문밖으로 나오지만 크리스티네의 아버지는 퉁명스럽게 그를 흘끗 쳐다보고는 그만이다.

"아무것도 아닙니다. 잠깐이면……"

"아버님, 저랑 같이 가시죠."

크라우가 그와 마틸데 사이로 끼어들어 그를 다른 데로 데려가려고 하지만 스텐은 꿈쩍하지 않는다.

"마틸데에게 하실 중요한 말씀이 있으면 정식으로 절차를 밟으셔야죠. 모두에게 어려운 시기입니다. 특히 아버님 가족에게 그렇겠지만 크리스티네의 학교 친구들도 마찬가지예요."

"두어 가지 물어볼 게 있어서 그래요. 잠깐이면 됩니다."

"무슨 일로 그러시는데요. 밝히지 않으시면 나가주십사 말씀드릴 수밖에 없습니다."

크라우가 질문하는 눈빛으로 그를 쳐다보자 크리스티네의 아버지는 몸에서 공기가 모두 빠져나가버린 듯한 표정을 짓는다. 스텐은 당황한 눈빛으로 먼저 마틸데를, 그다음에는 입을 떡 벌리고 열린 문 사이로 그들을 지켜보고 있는 다른 아이들을 쳐다본다.

"죄송합니다. 이럴 생각은 아니었는데……"

스텐은 머뭇거리다 몸을 돌린다. 마틸데는 구스타브가 복도 저쪽 끝에서 지켜보고 있었다는 사실을 알아차리고 스텐이 움찔하는 것을 본다. 구스타브는 아무 말 없이 자기 아버지를 쳐다보다가 휙 몸을 돌려 가버린다. 그를 따라나선 스텐이 모퉁이에 거의 다다랐을 때 마틸데가 외친다.

"잠깐만요!"

스텐은 천천히 몸을 돌리고, 마틸데는 그에게 다가간다.

"전부 기억하지 못해서 죄송해요."

"괜찮아. 미안하다."

"그런데 생각해보니까 작년에는 밤 인형을 만들지 않았어요."

그는 보이지 않는 무거운 짐을 짊어진 사람처럼 구부정하게 바닥만 쳐다보고 있었다. 하지만 마틸데의 말을 이해한 순간 고개를 들어 그녀의 눈을 쳐다본다.

41

로사가 그날의 일곱번째 언론 인터뷰를 마치고 엥엘스와 함께 복도를 빠르게 걷고 있을 때 휴대전화가 울린다. 그녀는 외투를 입으면서 화면에 남편의 이름이 뜨는 걸 보지만, 통화할 겨를이 없다. 수석 보좌관이 가장 최근의 임기 보고서를 보며 그녀와 함께 계속 숫자를 검토하는 중이다.

인터뷰는 다 잘 끝났다. 그녀는 그들이 발의한 법안이 필요한 이유를 설명하고 연립 정당의 공조를 상당히 낙관하고 있다고 강조했다. 모두 부케를 다시 협상 테이블로 끌어들이기 위한 고도의 작전이었다. 선을 넘는 질문을 참고 견뎠지만 진이 다 빠졌다. "복귀하신 심정이 어떠신가요?" "그 일로 인생이 어떻게 달라지셨나요?" 그리고 "그렇게 끔찍한 사건을 어떻게 극복하셨나요?" 이상하게도 로사에게 그 마지막 질문을 한 젊은 기자는 장관직에 복귀했다는 이유 하나만으로 그녀가 딸을 잃은 슬픔을 극복했다고 생각했다.

"얼른 타세요! 가면서 하셔야지 안 그러면 늦겠어요."

리우는 엘리베이터 옆에 초조하게 서 있다가, 행운을 빌며 로사의 어깨를 두드리는 엥엘스에게서 보고서를 받아든다.

"보겔은?" 로사가 묻는다.

"DR 건물 앞에서 만나자고 했어요."

그들은 TV 뉴스 채널 두 곳과 생방송 인터뷰를 하기로 했다. 첫번째가 DR고 그다음은 TV 2다. 스케줄이 빡빡하다. 그들은 건물 뒤편으로 내려가는 엘리베이터를 탄다. 차들로 붐비는 정문보다 그쪽이 차를 타고 이동하기에 더 편리하다. 리우가 1층 버튼을 누른다.

"총리님도 현재 상황을 알고 계신답니다. 하지만 보겔 말로는 총리실에서는 장관님과 부케의 관계가 틀어지지 않길 바라신다고 합니다."

"관계가 틀어질 일은 없을 거야. 운전대를 잡는 게 우리가 되어야지, 그가 아니라."

"보겔이 한 말을 그대로 전하는 겁니다. 그리고 이제는 장관님이 어떤 인상을 풍기는지도 중요해요. 자료도 자료지만……"

"내가 알아서 할게, 리우."

"저도 알죠. 하지만 이건 생방송이고 저들은 정치 이외의 것들에 대해 물을 거예요. 저들이 장관님의 복귀에 대해 말하고 싶어할 테니 보겔이 저더러 장관님을 준비시켜달라고 했어요. 그러니까 저들이 꼬치꼬치 캐물을 거라고요. 보겔 말로는 방송국측으로부터 어떤 약속도 받지 못했대요."

"감당해야지. 이제 와서 포기하면 의미가 없잖아. 차는 어디 있지?"

로사는 엘리베이터에서 내려 후문 경비를 지났고, 리우는 그 뒤를 따랐다. 그들은 강풍이 부는 아드미랄가데로 나왔지만 평소 서 있는 자리에 있어야 할 관용차가 보이지 않는다. 로사는 리우의 놀란 기색을 감지하지만 리우는 늘 그러듯 아무 일 아닌 척한다.

"잠시만요, 제가 찾아볼게요. 기사가 골목길에 차를 세워놓고 쉴 때도 있거든요."

리우는 좌우를 두리번거리더니 핸드백에서 휴대전화를 꺼내며 자갈길을 건넌다. 로사의 휴대전화가 다시 울린다. 그녀는 리우를 따라 걸으며 전화를 받는다. 바람이 차갑게 느껴지고, 볼드후스가데를 지나자 운하 저편의 크리스티안스보르가 보인다.

"아, 여보. 나 지금 통화할 시간 없어. DR로 가는 길이라 차 안에서 준비해야 해."

잡음이 심해서 그의 말이 거의 들리지 않는다. 그는 충격을 받고 이성을 잃은 목소리고, 그녀는 '중요한'과 '마틸데'라는 단어밖에 알아듣지 못한다. 그녀는 똑같은 말을 반복하며 하나도 안 들린다고 설명하려 하지만 그는 필사적으로 그녀에게 뭔가를 이야기하려 한다. 작은 안마당과 연결된 아치문 앞에서 리우가 걸음을 멈추더니 그들을 태우러 오지 않은 신참 기사와 격하게 대화하는 것이 보인다.

"스텐, 지금 타이밍이 좀 그래. 전화 끊어야겠어."

"잠깐!"

갑자기 신호가 잘 잡히면서 스텐의 목소리가 선명하고 분명하게 들린다.

"당신, 경찰이 찾아왔을 때 애들이 밤 인형을 만들었다고 했잖아. 당신이 착각했을 수도 있을까?"

"스텐, 나 지금 통화 못해."

"내가 방금 전에 마틸데를 만났거든. 걔가 그러는데 작년에는 밤 인형을 만들지 않았대. 동물이랑 거미 등등 온갖 것들을 만들었지만 밤 인형은 안 만들었대. 그런데 어떻게 거기에 지문이 묻었을까? 내 말이 무슨 뜻인지 알겠어?"

로사는 걸음을 멈춘다. 스텐의 목소리가 다시 끊기기 시작했다.

"여보세요? 스텐?"

그녀는 뱃속이 조여드는 게 느껴지지만 전화 연결 상태가 좋지 않고 잠시 후 전화가 끊겼음을 알리는 작은 삐 소리가 들린다. 그녀는 안마당 안에서 뭔가를 빤히 쳐다보고 있는 리우 쪽으로 걸음을 옮긴다. 리우는 기사가 그녀의 팔을 두드리며 로사 쪽을 턱으로 가리킬 때에야 고개를 든다.

　"장관님, 택시를 타셔야겠어요."

　"스텐한테 전화해야 하는데. 왜 차를 타고 가지 못하는 거야?"

　"가면서 말씀드릴게요. 가세요."

　"아니, 무슨 일인데?"

　"얼른 가세요. 이러다 늦겠어요!"

　하지만 이미 늦었다. 로사의 눈에 관용차가 보인다. 앞유리창이 박살났다. 보닛에 빨간색으로 큼지막하고 흉측하게 글씨가 적혀 있다. 꼭 피로 적은 것처럼 보인다. 무슨 단어인지 알아차린 그녀는 충격으로 얼어붙는다. 살인자.

　라우가 그녀의 팔을 잡아끈다.

　"기사한테 경비실로 연락하라고 했어요. 우리는 이만 가야 해요."

42

어슴푸레한 숲이 어둠 속에서 모습을 드러내고 헤스가 도로 지번을 손가락으로 가리키는 순간에도 툴린은 속도를 줄이지 않는다. 그녀가 그 속도 그대로 클람펜보르의 으리으리한 집 앞 진입로로 핸들을 꺾자 차가 자갈길 위에서 미끄러진다. 그녀는 현관문으로 직행하고, 차가 서기도 전에 헤스가 문을 열고 뛰쳐나간다. 다행히도 미리 호출한 지역 순찰차가 밖에 서 있다. 그녀가 돌계단을 달려 올라가 현관홀로 들어서자 경관 하나가 2층에서 내려온다.

"집안을 샅샅이 뒤졌어요. 거실에서 무슨 일이 벌어졌더라고요."

"툴린!"

툴린은 거실로 달려간다. 맨 처음 발견한 것은 벽의 핏자국과 머리가 함몰된 채 바닥에 쓰러져 있는 죽은 개다. 가구 몇 개가 뒤집혔고, 창문 하나는 박살났고, 문틀과 판다 인형이 떨어져 있는 바닥에도 핏자국이 있다. 검은색 여행가방이 문 뒤편에 숨겨져 있고 그 옆 바닥에 휴대전화가 놓여 있다.

"숲으로 경찰과 수색견을 출동시켜요, 지금 당장!"

헤스가 테라스 문을 당기며 명령을 내리자 경관은 고개를 끄덕이고 허둥지둥 자기 전화기를 찾는다. 쓰러진 정원용 의자가 문을 막고 있지만 헤스가 발로 멀찌감치 차버리고, 툴린은 잔디밭을 가로질러 숲으로 달리는 그를 뒤쫓아간다.

43

아네 사이에르라센은 얼굴을 때리는 나뭇가지를 헤치며 어둠 속을 죽어라 달리고 있다. 맨발을 찌르는 솔잎과 나무뿌리가 느껴지지만 다리가 젖산으로 채워지고 쥐가 나기 시작할 때까지 계속 달린다. 그녀는 자신이 속속들이 잘 아는 이 숲의 익숙한 지형지물을 살피며 위치를 가늠하고 싶은 마음이 간절하지만 주변은 온통 어둠과 그녀의 숨소리뿐이고 부러지는 나뭇가지들이 그녀의 위치를 폭로한다.

그녀는 키 큰 나무 옆에서 달리기를 멈춘다. 차갑고 축축한 나무껍질에 몸을 바짝 붙이고 숨소리를 누르며 숲의 소리에 귀를 기울인다. 심장이 터질 것 같고 눈물이 나려 한다. 아주 멀리서 사람들 목소리가 들리는 것도 같지만 그녀는 여기가 어딘지 알 수 없고 고함을 질렀다가는 추격자가 그 소리를 들을지도 모른다. 한참 달려온 여기까지 추격자가 쫓아올 수 있었을지 열심히 머리를 굴려본다. 길을 잃었지만 돌아보아도 어둠 속에서 손전등이 깜빡이거나 소리가 들리거나 어떤 움직임도 느껴지지 않는 걸 보면 무사히 도망쳤다는 뜻일 것이다.

앞쪽 나무 사이 저멀리서 갑자기 불빛이 등장한다. 그 불빛은 천천히 포물선을 그리며 움직이고 얼마 후 멀리서 엔진소리가 들리는 것 같다. 갑자기 그녀는 거기가 어딘지 깨닫는다. 그 불빛은 로터리에서 시작돼 강가로 이어지는 도로를 달리는 자동차의 전조등인 게 분명하다. 그녀는 근육에 힘을 주고 용기를 그러모아 달리기 시작한다. 도로까지는 150미터쯤 되지만 급커브 구간이 어디 있는지 정확히 알기에 차 앞으로 뛰쳐나갈 수 있을 것이다. 50미터밖에 남지 않았을 때 그녀는 소리를 지르기 시작할 것이다. 30미터 남았을 때는 달리는 차 안에 있는 운전자에게도 그녀의 소리가 들릴 테니 추격자는 포기하는 수밖에 없을 것이다.

앞쪽에서 일격이 날아온다. 뭔가가 쿡쿡 찌르며 뺨을 파고들고 그녀는 그가 앞에 서서 자신이 불빛에 반응하길 기다리고 있었다는 걸 곧바로 깨닫는다. 아래에서 숲의 바닥이 느껴지고 입안 가득 쇠 맛이 퍼진다. 그녀는 미친듯이 무릎을 딛고 일어나지만 바로 그 순간 다시 얼굴을 맞고 쓰러져 흐느낀다.

"괜찮아, 아네?"

누군가의 목소리가 귀 바로 옆에서 속삭이지만 그녀가 뭐라고 대답할 겨를도 없이 구타가 시작된다. 구타가 잠깐 중단된 틈을 타 훌쩍이며 이유를 묻는 자신의 목소리가 그녀의 귀에 들린다. 왜 나야, 내가 무슨 짓을 저질렀다고. 마침내 그 목소리가 이유를 말하자 그녀의 온몸에서 기운이 빠진다. 부츠가 그녀의 팔을 땅에 짓누르고 그녀는 손목에 와닿는 날카로운 칼날을 느낀다. 그녀는 자신이 아니라 아이들을 위해 살려달라고 애원한다. 상대는 잠깐 고민하는 기색을 보이고 아네는 무언가가 그녀의 뺨을 쓰다듬는 것을 느낀다.

44

툴린이 비추는 손전등 불빛이 그루터기와 가지를 넘나들며 젖은 나무 주변에서 어지러이 춤춘다. 툴린은 어둠 속에서 여자의 이름을 부른다. 저 앞 왼쪽에서 헤스가 똑같이 외치는 소리가 들리고 번뜩이며 앞으로 꾸준히 움직이는 그의 손전등 불빛이 보인다. 여기까지 몇 킬로미터를 달려온 참이다. 툴린이 다시 여자의 이름을 부르려는 찰나 발에서 타는 듯한 통증이 느껴진다. 그녀는 뿌리에 발이 걸려서 바닥으로 내동댕이쳐진다. 어둠이 그녀를 삼키고 그녀는 스위치가 꺼져버린 손전등을 다급하게 찾는다. 무릎을 딛고 일어나 젖은 덤불을 손으로 파헤치며 주변을 더듬는다. 그러다 느닷없이 어떤 형체를 발견하고 그대로 얼어붙는다. 그 형체는 공터 저편에 가만히 서서 그녀를 주시하고 있는데, 그녀와의 거리가 20여 미터밖에 안 되고 어둠과 거의 분간이 되지 않는다.

"헤스!"

고함소리가 숲속에 울려퍼지고 그녀가 더듬더듬 권총집에서 총을 꺼내는 동안 헤스가 손전등을 들고 그녀 쪽으로 달려온다. 그가 다다랐을 때 그녀는 총으로 그 형체를 겨누고 있고, 헤스는 숨을 헐떡이며 그쪽으로 원뿔 모양의 불빛을 비춘다.

아네 사이에르라센이 작은 잡목림에 매달려 있다. 겨드랑이 아래에 박힌 나뭇가지 두 개가 그녀의 난타당한 몸을 지탱하고 있다.

맨발은 허공에서 대롱거리고 가슴 위로 고개가 떨구어져서 나풀거리는 긴 머리가 얼굴을 덮고 있다. 툴린은 그 앞으로 다가가며 뭐가 이상하게 느껴졌는지 깨닫는다. 아네 사이에르라센의 팔이 너무 짧다. 양쪽 손이 다 없다. 그리고 이내 그것이 눈에 들어온다. 조그만 밤 인형이 아네 사이에르라센의 왼쪽 어깻죽지 위로 고개를 내밀고 있다. 툴린의 눈에는 씩 웃고 있는 것처럼 보인다.

10월 13일
화요일

비가 억수같이 쏟아진다. 검은 옷을 입고 손전등 불빛을 땅바닥에 고정한 경찰관 행렬이 길게 이어지고, 위에서는 헬리콥터가 이리저리 떠다니며 서치라이트로 우듬지를 훑는다. 헤스와 동료들은 거의 일곱 시간째 수색중이고 자정이 지났다. 세 명의 수사 지휘관이 이 일대의 지도를 그리고 숲을 다섯 개 구역으로 나눠 맥라이트 손전등과 수색견을 갖춘 수색팀에게 각기 한 구역씩 맡겼다.

아네 사이에르라센의 시신이 발견되자마자 모든 출입구가 봉쇄됐고 출구와 연결된 몇 군데 도로에 바리케이드가 설치됐다. 지나가는 차량을 세우고 사람들을 심문하고 있지만 헤스가 보기에는 유감스럽게도 전부 무의미한 일이다. 그들은 너무 늦게 도착했고 여전히 뒤처져 있다. 그들이 숲에 도착한 이후 갑작스럽게 비가 쏟아지기 시작해 남아 있었을 게 분명한 증거들—발자국, 타이어 자국, 기타 등등—이 지워졌으니 그들은 날씨의 신을 등에 업은 유령을 붙잡아야 한다. 아네 사이에르라센의 시신과 그녀의 어깨에 박혀 있던 그 조그만 인형을 떠올린 헤스는 눈앞에서 펼쳐지는 괴기스러운 공연을 피해 극장에서 출구를 찾는 관람객이 된 듯한 심정이다. 그는 흠뻑 젖은 몸으로 지휘관이 그의 지도에 그려준 숲 북쪽 끝에 난 큰길 중 하나를 터벅터벅 되짚어간다. 그보다 젊은 경관 하나가 나무 뒤편에서 소변을 보려고 대열에서 이탈하자 헤스는 날카롭게 한소리 한다. 용무가 있으면 증거 수색중인 현장 밖으로 나가야 한다. 경관이 얼른 대열로 돌아오자 헤스는 버럭 화를 냈던 것을 후회한다. 그는 자신이 예전 같지 않다는 걸 안다. 몸에는 군살이 붙었고 생각은 두서없이 난무한다. 이런 사건이 너무 오랜만이다. 사실 그는 이런 사건이 처음이다. 원래는 지금 헤이그의 다 쓰러져가는 코딱지만한 아파트에서 평면 TV로 축구 경기를 보고 있거나 또다시 엉뚱한 임무를 처리하러 유럽의 어딘가로 이동하는 중이어야 하는데, 그 대신 쇠 화살처럼 쏟아져 모든 걸 땅에 내리꽂는 비를 맞으며 코펜하겐 북쪽의 어느 숲속을 헤매고 있다.

헤스는 시신이 발견된 현장으로 돌아간다. 묵직한 투광조명이 잡목림을 비추고 나무 사이를 어슬렁거리는 감식반원 뒤편으로 기다란 그림자를 드리운다. 아네 사이에르라센의 시신은 몇 시간 전에 내려져 부검실로 옮겨졌다. 지금 그는 툴린을 찾고 있다. 젖은 머리가 헝클어진 채 얼굴에 묻은 진흙을 닦고 전화를 끊으며 숲의 서쪽 가장자리에서 돌아오는 그녀가 보인다. 그녀는 헤스를 보고 서쪽에서도 발견된 게 아무것도 없다는 뜻에서 고개를 젓는다.

"하지만 방금 전에 겐스하고 통화했어요."

아까 아네 사이에르라센이 발견되고 겐스가 도착했을 때 헤스는 그를 한옆으로 데려가 밤 인형을 가지고 곧장 실험실로 가달라고 했다. 헤스는 빗줄기 사이로 툴린을 바라보고, 그녀가 뭐라고 하기도 전에 겐스의 분석 결과를 알아차린다.

46

늦은 아침이다. 뉠라네르는 경찰서 3층의 기동대 본부 창밖으로 보이는, 전화기와 카메라와 마이크를 들고 앞마당 입구에서 어슬렁거리는 자유 언론의 독수리떼를 포착한다. 경찰 수뇌부가 전 병력에 거듭 입단속을 시켰지만, 그는 이 조직의 보안에 그물처럼 구멍이 숭숭 뚫려 있다는 걸 실감할 때가 많고 오늘도 예외는 아니다. 숲속에서 시신이 발견된 지 열두 시간밖에 안 됐건만 언론에서는 익명의 '경찰 관계자'의 정보를 근거로 이 사건과 후슘에서 벌어진 라우라 키에르 사건의 연관성에 대해 추측성 기사를 내보내기 시작했다. 언론에 포위된 것만으로는 부족한지 부청장의 전화까지 왔지만 뉠라네르는 금방 다시 전화하겠다고 딱딱하게 얘기함으로써 위기를 잠시 모면했다. 지금 중요한 건 수사이기에 그는 일단의 형사들에게 상황 업데이트를 하고 있는 툴린을 초조하게 돌아본다.

대부분 밤새 일하고 몇 시간밖에 자지 못했지만 상황이 워낙 심각하다보니 다들 툴린의 요약 설명을 별문제 없이 열심히 듣는다.

뉠라네르에게도 긴 밤이었다. 그는 브레드가데의 어느 음식점에서 경찰 수뇌부와 저녁을 먹던 도중에 아네 사이에르라센의 소식을 전화로 보고받았다. 거물들이 잔뜩 참석한 자리라 인맥을 쌓기에 아주 좋은 기회였지만 그는 전화를 받고 티라미수를 먹던 중간에 식사를 포기했다. 엄밀히 따지면 그가 사건 현장을 직접 방문할 필요는 없다. 그런 일을 하라고 경관들이 있는 것이다. 하지만 그는 원칙적으로 그렇게 한다. 훌륭한 모범을 보이는 것이 중요하다. 그리고 빈틈없는 관리도 중요하다. 한번 흐트러지기 시작하면 나중에 측면 공격을 당할 수도 있다. 닐라네르는 그렇게 어수룩하지 않다. 그는 권력에 취해 오만해지는 바람에 기습 공격을 당해 인생을 말아먹은 상사와 공무원을 숱하게 목격했다. 라우라 키에르 때는 예산 회의에 참석하느라 현장에 나가지 못했다. 그래서 툴린이 전화로 지문 운운했을 때 일종의 심판처럼 느껴졌다. 때문에 어제 저녁에는 아무 미련 없이 음식점을 박차고 나왔다. 게다가 디저트가 나올 때쯤이면 경찰 수뇌부 중에서도 최고 진상들이 코가 비뚤어지도록 취해서 자기 업적을 자랑하기 시작하는 시점이기도 했다. 닐라네르는 자신이 그들 대다수를 앞지를 수도 있다는 걸 알지만 그러려면 어젯밤처럼 빨간불이 깜빡이기 시작할 때 정신을 똑바로 차리고 분위기 파악을 잘해야 한다. 그는 숲속의 사건 현장에 다녀온 이후로 여러 시나리오를 머릿속에서 돌려보는 중이지만 모든 게 너무 이해가 안 된다는 단순한 이유 때문에 아직까지도 별다른 작전을 생각해내지 못하고 있다. 지문이 착오이길 바라며 그날 아침에 과학수사대의 겐스를 직접 찾아갔으나 그런 행운은 따르지 않았다. 겐스의 설명에 따르면 양쪽 모두 여러 포인트를 비교해 크리스티네 하르퉁의 지문과 일치한다는 결론을 내렸다고 한다. 이제 닐라네르가 확실하게 알 수 있는 유일한 사실이 있다면 조심스럽게 배를 몰아야 암초를 피할 수 있다는 것이다.

"……양쪽 피해자 모두 삼십대 후반이고 집에서 기습을 당했어요. 검시관의 사전 조사에 따르면 폭행을 당했고 흉기가 안와를 지나 뇌에 박히면서 목숨을 잃었어요. 첫번째 피해자의 경우에는 오른손이, 두번째 피해자는 양손이 모두 잘렸고, 절단 당시 둘 다 살아 있었어요."

모인 형사들은 툴린이 나누어준 시신 사진을 들여다보는데, 신참 몇 명은 얼굴을 찡그리거나 고개를 돌린다. 널라네르도 사진을 보았지만 아무 감흥이 없다. 처음 경찰생활을 시작했을 때는 그런 걸 보고도 마음의 동요가 없다는 사실이 당황스러웠지만 지금은 그저 유리한 점으로 느껴질 뿐이다.

"살인 무기에 대해서는 뭐 알아낸 거 있나?" 그는 툴린의 설명을 팩하니 자른다.

"결정적인 건 없습니다. 끝에 공 모양의 무거운 금속이 달렸고 거기에 작은 못이 박힌 일종의 곤봉이에요. 철퇴는 아니지만 원리는 같습니다. 절단에 쓰인 장비를 말씀하시는 거라면 건전지로 작동되고 다이아몬드 날이나 그 비슷한 게 달린 톱 쪽으로 찾아보는 중입니다. 사전 조사에 따르면 두 피해자 모두 동일한 도구에 당했고……"

"그럼 라우라 키에르의 전화기로 발신된 문자는? 발신자는?"

"아무데서나 살 수 있는 미등록 선불카드로 사용하는 구형 노키아로 보낸 거예요. 라우라 키에르의 오른손에 테이프로 붙어 있던 전화기 자체에는 아무 정보가 없었고요. 문자 말고 다른 데이터는 없고 겐스 말로는 납땜용 인두로 일련번호를 지졌다고 합니다."

"하지만 자네가 전화기에서 나오는 신호로 추적한 그 택배를 배달한 회사에는 발송인 정보가 있지 않을까?"

"있긴 하지만 라우라 키에르가 발송인으로 되어 있다는 게 문제예요."

"뭐라고?"

"고객센터에서 그러는데 어떤 사람이 어제 점심시간쯤 전화해 후숨의 세데르벵에트 7번지 앞 계단에서 라우라 키에르가 보내는 택배를 수거해달라고 했대요. 그게 라우라 키에르의 집주소거든요. 기사가 오후 1시 직후에 가보니 택배가 배송비와 함께 준비되어 있더랍니다. 그가 택배를 백화점으로 들고 와서 사이에르라센의 회사가 택배 창구로 쓰는 1층의 세븐일레븐에 맡겼어요. 기사가 줄 수 있는 정보는 거기까지였고, 택배에 남은 지문은 기사와 세븐일레븐 점원과 사이에르라센의 것밖에 없었습니다."

"거기로 전화한 사람은?"

"고객센터 직원 말로는 남자인지 여자인지도 모르겠대요."

"그럼 세데르벵에트는? 누가 택배를 거기 두는 걸 본 사람이 있지 않을까?"

툴린은 고개를 젓는다. "첫번째 용의자는 라우라 키에르의 남자친구 한스 헨리크 하우게였는데, 그에게는 알리바이가 있어요. 검시관 말로는 사이에르라센이 오후 6시쯤에 살해됐다는데 그의 변호사 말에 따르면 그때 하우게와 함께 그녀의 사무실 앞 주차장에서 저희가 자택 출입을 금지한 것을 두고 고소할지 말지 의논하고 있었답니다."

"그럼 쫄딱 망한 건가? 목격자도 없고 제보 전화도 없고?"

"아직 속단하기는 이릅니다. 그리고 두 피해자 사이에 어떤 연결고리도 없어 보이고요. 두 사람은 전혀 다른 동네에서 전혀 다른 사람들과 어울렸고 밤 인형과 지문 말고는 공통점이 없으니 먼저……"

"지문이라뇨?"

닐라네르는 그렇게 물은 얀센을 흘끗 쳐다본다. 늘 그렇듯 얀센은 믿음직한 파트너 마르틴 릭스 옆에 앉아 있다. 닐라네르는 자신에게로 향한 툴린의 시선을 느낀다. 그는 그 소식을 자신이 직접 터뜨리고 싶다고 사전에 얘기해놓은 참이었다.

"누군가가 두 피해자 옆에 밤으로 만든 인형을 놓고 갔어. 두 인형 모두 지문이 묻어 있었는데, 지문 분석 결과에 따르면 크리스티네 하르퉁의 지문과 동일할 가능성이 높다는군."

닐라네르는 일부러 별거 아니라는 투로 딱딱하게 말하고, 잠깐 동안 아무도 입을 열지 않는다. 잠시 후 팀 얀센과 다른 몇 명이 열띤 대화를 시작한다. 그들이 놀라워하다가 이내 당혹감 섞인 의심을 내비치자 닐라네르가 다시 끼어든다.

"잘 들어. 감식반에서 아직 다양한 테스트를 진행중이니까 다른 게 더 밝혀지기 전까지는 섣불리 판단하지 마. 지금 당장은 확실한 게 아무것도 없으니까. 지문이 아무 연관성이 없을 수도 있으니 이 방 밖에서 한마디라도 흘리는 사람은 내가 직접 나서서 다시는 일을 하지 못하게 만들어주겠어. 알겠나?"

닐라네르는 이 상황을 어떻게 처리할지 고민중이다. 지금으로서는 두 건의 미해결 살인사건만으로도 충분하다. 심지어 두 사건의 범인이 같을 수도 있다. 하지만 닐라네르는 그 부분에 대해서도 완전히 수긍하지 못하고, 지문의 정체가 백 퍼센트 확실해지기 전까지는 그로 인해 파문이 이는 것을 원치 않는다. 하르퉁 사건은 닐라네르가 거둔 가장 빛나는 업적 가운데 하나였다. 이러다 망하겠구나 싶었을 때 돌파구가 생겼고 리누스 베케르가 체포됐다.

"하르퉁 사건을 다시 수사하셔야 합니다."

닐라네르와 다른 형사들은 이 말의 진원지 쪽으로 고개를 돌리고 유로폴에서 파견된 남자를 쳐다본다. 지금까지 그는 회람중인 사진만 열심히 들여다볼 뿐 아무 말도 하지 않는 투명인간이었다.

숲속을 헤매고 다닐 때 입었던 옷을 여태 입고 있고 머리칼은 지저분하게 떡이 져 숲 바닥에 일주일 동안 누워 있었던 사람처럼 보일지언정 기민하고 침착하다.

"하나는 우연의 일치일 수 있어요. 둘은 아니죠. 그리고 그게 크리스티네 하르퉁의 지문이 맞는다면 이전의 실종사건 수사에서 잘못된 결론이 도출됐을 수도 있어요."

"지금 무슨 소리 하는 거야?"

팀 얀센이 고개를 돌려서 한 달 치 월급을 넘겨달라는 소리를 들은 사람처럼 경계하는 눈빛으로 헤스를 빤히 쳐다본다.

"얀센, 이건 내가 알아서 처리하겠네."

뉠라네르는 어느 쪽으로 바람이 부는지 느낄 수 있고 이것이야말로 그가 피하고 싶었던 사태지만 그가 뒷말을 잇기 전에 헤스가 말한다.

"내가 여러분보다 더 많이 알지는 못해요. 하지만 크리스티네 하르퉁의 시신이 발견되지 않았고, 그 당시 실시한 법의학적인 분석 결과로는 그녀가 사망했다고 못을 박을 근거가 부족했어요. 그런데 이제 이런 지문이 등장했으니 의문이 제기되지 않겠느냐는 거예요."

"아니, 하고 싶은 말은 그게 아닌 것 같은데, 헤스. 우리가 수사를 제대로 하지 않은 거 아니냐는 얘기잖아."

"기분 나쁘게 생각하지는 마. 하지만 두 여자가 살해당했고 이런 일이 재발하지 않게 하려면……"

"기분 나쁘게 생각하지 않아. 그 사건에 투입됐던 다른 삼백 명의 경관들도 기분 나쁘게 생각하지 않을 테고. 하지만 헤이그에서 잘리는 바람에 여기로 오게 된 사람이 문제 제기를 하다니 좀 웃긴 것 같지 않아?"

얀센의 동료 몇 명이 실실 웃는다. 하지만 뉠라네르는 무표정한 얼굴로 헤스를 바라본다. 그는 헤스가 한 말을 접수했고 나머지 사람들의 이야기는 듣지 않는다.

"그게 무슨 소린가, '이런 일이 재발하지 않게 하려면'이라니?"

경찰의 여성 커뮤니케이션 컨설턴트가 행동 방침 계획 수립을 돕겠다고 적극적으로 나서지만 닐라네르는 중간에 차단하고 혼자 할 수 있다고 말한다. 다른 때 같으면 짬을 내서 상대해주었을 것이다. 그는 그녀가 처음 출근하기 시작해 그의 부서를 드나들며 유용한 충고를 해주었을 때부터 그녀에게 호감을 느꼈다. 하지만 중정으로 이어지는 계단을 내려가는 지금 이 순간만큼은 기자들을 만나기 전에 혼자 머릿속을 정리하고 싶을 뿐이다. 아마 삼 년 동안 카페라테를 상납하고 간간이 육체적인 관계를 허락하며 취득했을 그녀의 언론학 학위는 이 상황에서 별 도움이 되지 않을 것이다. 그가 자신의 사무실에서 헤스와 툴린과 당혹스러운 회의를 하고 난 직후인 지금은 특히.

닐라네르는 포르티코*가 달린 중정으로 나서기 전, 로사 하르퉁 장관이 잠시 틈을 내 지서로 오는 중이라는 얘기를 들었다. 그는 자신이 직접 면담할 테니 그들 부부를 뒷문으로 안내하라고 단단히 일러놓았다.

브리핑이 끝난 후 닐라네르의 사무실에서 잠깐 셋이서만 이야기를 하자고 닐라네르와 툴린에게 제안한 사람은 헤스였다. 헤스는

---

* 대형 건물 입구에 기둥을 받쳐 만든 현관 지붕.

192

라우라 키에르와 아네 사이에르라센의 범죄 현장을 촬영한 사진을 닐라네르의 책상 위에 늘어놓았다.

"첫번째 희생자는 한쪽 손이 없습니다. 그다음은 양손이 없고요. 범인이 아네 사이에르라센의 사지를 좀더 절단하려다가 저희 때문에 방해받았을 가능성도 있습니다만, 그게 아니라 처음부터 작정하고 피해자들을 그런 식으로 배치한 거라면요?"

"무슨 소린지 모르겠군. 쉽게 설명해봐, 시간 없으니까." 닐라네르가 말했다.

회의 전에 헤스와 공감대를 형성한 게 분명한 툴린이 밤 인형을 가까이서 찍은 사진 두 장을 보여주었다. 닐라네르로서는 벌써 들여다보기도 지긋지긋해진 사진이었다.

"한 인형은 머리와 몸통으로 이루어져 있어요. 머리에는 송곳이나 다른 날카로운 도구로 새겨놓은 눈이 있고 몸통에는 팔다리로 보이는 네 개의 성냥개비가 꽂혀 있어요. 하지만 한 인형에는 손이 없어요. 발도 없고요."

닐라네르는 아무 말 없이 밤 인형과 끝이 잘린 손을 들여다보았다. 순간 유치원에서 읽어주는 책을 듣고 있는 듯한 기분이 들었고, 울어야 할지 웃어야 할지 알 수가 없었다.

"설마 내가 상상하는 그런 얘기를 하려는 건 아니겠지?"

생각만 해도 속이 메슥거렸다. 어디 아픈 게 아니고서야 그런 발상을 떠올릴 수는 없을 텐데, 닐라네르는 헤스가 브리핑 시간에 재발을 방지해야 한다고 한 게 무슨 뜻인지 퍼뜩 깨달았다. 두 사람 모두 대꾸가 없었지만 범인이 살과 피로 자기만의 밤 인형을 만들고 있을지 모른다는 생각을 쉽게 떨쳐버릴 수가 없었다.

헤스는 하르통 사건을 재수사할 필요가 있다고 다시 한번 주장했다. 수사 운운할 때마다 "반장님의 부서"라고 하길래—"반장님의 부서에서 해야 하는 게 있다면" 혹은 "반장님의 부서에서 고려해야 하는 부분이 있다면" 이런 식이었다—뉠라네르는 두 가지 사실을 강조했다. 첫째, 헤스는 이제 다른 수사관들과 똑같이 살인수사과의 일원이다. 뉠라네르가 아는 한 헤이그에서 그를 다시 데려오지 못해 안달난 사람은 없다. 오히려 정반대라면 모를까. 그리고 둘째, 하르통 사건을 재수사하는 것은 절대 있을 수 없는 일이다. 지문이 무엇을 의미하건 하르통 사건은 완결된 사건이다. 범인이 자백해 유죄판결을 받았고, 지구상의 어느 누구도 그걸 뒤집을 수는 없다. 뉠라네르가 하르통 부부를 직접 만나서 새로운 지문이 등장했다고 알리려는 이유도 그 때문이다. 그 사실을 두고 지나치게 호들갑을 떨어서는 안 된다. 무엇보다 정보기관에서 방금 전에 알려온 바에 따르면 장관은 이미 힘든 한 주를 보냈다. 정체를 알 수 없는 한 명 또는 그 이상의 협박범이 관용차 유리창을 박살내고 보닛에 동물의 피를 칠했다고 한다.

뉠라네르는 그 일에 헤스와 툴린을 끌어들일 필요는 없다고 생각했기에 헤스를 밖으로 내쫓고 툴린과 단둘이 대화를 나누었다. 헤스가 수사를 맡겨도 될 만큼 빠릿빠릿한지 단도직입적으로 물었다. 그는 예전 인사 파일을 보고 헤스가 어떤 비극적인 이유로 살인수사과를 떠났는지 이미 알고 있었고, 유로폴에서 많은 경험을 쌓았다 해도 윗선과의 심각한 문제 때문에 언뜻 보기에는 좋은 시절이 다 간 듯했다.

툴린이 그를 마뜩잖게 여기는 것은 분명했다. 하지만 그녀는 헤스가 기민하다고 대답했고, 뉠라네르는 그녀와 헤스가 사건 수사를 계속 맡아도 좋지만 헤스가 무슨 문제를 일으키려는 조짐이 보이면 당장 자신에게 알려야 한다는 단서를 달았다. 물론 닐라네르는 사태가 잠잠해지기 전까지는 NC3 추천서를 보류할 거라고 덧붙였고 툴린이 그 말뜻을 정확하게 이해하리라는 것도 알았다. 충성이 추천의 전제 조건이라는 것 말이다.

경찰서 밖으로 나온 닐라네르는 누군가가 창문에서 떨어지길 바라며 주변을 배회하는 독수리떼에게 다가간다. 기자회견을 열지 말고 여기서 이렇게 정면 대응하자는 건 닐라네르 자신의 아이디어였다. 이 앞에서 만나면 설명을 마치고 은신처로 좀더 수월하게 다시 들어갈 수 있었다. 그럼에도 플래시가 터지기 시작하자 그는 자신의 얼굴 위로 익숙한 표정이 번지는 것을 느끼고, 이런 관심이 그리웠다는 생각을 한다. 그가 가장 잘하는 일이 이것이다. 현재 목줄이 위태롭긴 하지만 그래도 얻을 수 있는 게 많다. 이후 며칠 동안 너나 할 것 없이 그와 얘기하고 싶어할 테고, 이 사건이 얼마나 악명이 자자한지 감안할 때 이번 일이 닐라네르가 기다리던 기회로 작용할지 모른다. 일이 아주 틀어지더라도 마르크 헤스를 히든카드로 가지고 있으면 쓸모가 있을지 모른다.

48

여자아이 둘이 2층에서 우는 소리가 넓은 집 곳곳으로 스며든다. 에리크 사이에르라센이 어제 그의 사무실에서 라우라 키에르의 손이 발견됐을 때 입고 있었던 양복 차림 그대로 중국산 목재로 만든 으리으리한 식탁에 앉아 있는 부엌도 예외는 아니다. 그의 옆에 앉은 헤스가 보기에 남자는 한숨도 자지 않은 눈치다. 충혈된 두 눈은 부었고, 뒤로 보이는 레인지에는 씻지 않은 냄비와 프라이팬이 잔뜩 쌓여 있다. 툴린이 식탁 맞은편에서 남자와 눈을 맞추려 하지만 소용없다.

"사진을 다시 한번 봐주세요. 부인께서 이 여자를 몰랐던 게 확실한가요?"

사이에르라센은 라우라 키에르의 사진을 내려다보지만 눈빛이 멍하다.

"이분은요? 사회부 장관 로사 하르퉁이에요. 부인께서 그녀와 알고 지냈거나 그녀에 대해 얘기한 적이 있거나 아니면 두 분이 만난 적이 있거나……"

하지만 사이에르라센은 툴린이 식탁 저편에서 내민 로사 하르퉁의 사진을 보고 무감각하게 고개를 젓는다. 그녀는 짜증을 참느라 애쓰고 있고, 헤스도 그 심정을 이해한다. 완전히 얼이 빠져버린 홀아비를 상대로 질문을 던져야 하는 일이 일주일 사이 두번째다.

"사이에르라센 씨, 당신 도움이 필요합니다. 뭐라도 생각나는 게 있을 거 아닙니까. 부인에게 적이 있었는지, 부인이 무서워한 사람이 있었는지 아니면……"

"나는 아는 게 없어요. 아내에게는 적이 없었어요. 관심사라고는 집안 살림과 아이들뿐이었고……"

툴린은 심호흡을 하고 계속 이런저런 질문을 던지지만 헤스는 사이에르라센의 말이 진짜라는 걸 느낄 수 있다. 헤스는 아이들이 우는 소리를 못 들은 체하려고 애쓰며, 그날 지서에서 기회가 제 발로 찾아왔을 때 닐라네르에게 이건 자신의 사건이 아니라고 하지 않은 걸 후회한다. 하지만 이제 돌이킬 방법은 없다. 그날 아침 그는 망막에 각인된 밤 인형과 잘린 팔다리의 이미지에 시달리며 고작 세 시간을 자고 일어났다. 잠시 후 수위가 그를 찾아와 페인트 도구와 바닥 광택제를 복도 한가운데에 방치했다고 질책했지만 헤스는 그걸 처리할 겨를이 없었다. 그는 지서로 가는 길에 헤이그에 전화해 전날 오후에 프라이만과 화상회의를 하기로 해놓고 까맣게 잊어버린 것을 열심히 사과했다. 비서의 목소리는 누가 들어도 냉랭했다. 헤스는 깜빡한 이유를 설명하려다 포기하고 출근 시간대의 복잡한 전철역을 서둘러 뚫고 나왔다. 아네 사이에르라센의 시신을 촬영한 사진을 좀더 자세히 들여다보아야 했다. 그는 그녀의 손목 말고 다른 데서 자상이 발견되면 어떻게 해야 할지 더이상 걱정하지 않기로 미리 마음을 먹었다. 손을 절단하는 데 쓰인 도구가 확실한 절단 흔적을 여러 군데 남겼다면 아침에 눈을 뜬 순간 머릿속에 떠오른 구역질나는 가설을 검증할 이유가 없을지 몰랐다. 하지만 범인이 아네 사이에르라센의 다른 부위를 절단하려고 시도했던 흔적은 없었다. 헤스는 심지어 검시실로 전화해 확인까지 했다. 첫번째와 두번째 사건 모두 도구가 손을 절단하는 데에만 쓰였기 때문에 헤스의 두려움은 현실로 바뀌었고, 그는 아주 불안해졌다. 피해자가 추가로 등장할 거라는 자신의 예측이 맞아떨어질지 어떨지 알수 없었지만 그는 점점 더 걱정이 되었다. 잠시 멈춤 버튼을 누르고 크리스티네 하르퉁 사건을 철저하게 파헤친 다음 새로운 일에 매달리면 더할 나위 없을 것이다. 하지만 뉠라네르가 단호하게 반대하는 바람에 그와 튤린은 사이에르라센의 집을 찾아왔고 여전히 아무 소득도 얻지 못했다.

그들은 두 시간 동안 궁궐 같은 저택과 부지를 수색했다. 맨 먼저 그들은 이 집의 북쪽에 있는 숲을 비추는 CCTV 카메라가 꺼져 있었다는 사실을 파악했다. 아네 사이에르라센이 달리기를 마치고 돌아와 보안장치를 해제한 순간부터 누구든 카메라에 찍히지 않고 울타리를 넘어와 집안으로 들어올 수 있었다. 이웃 주민들은 아무것도 보지 못했다는데, 그럴 만도 한 것이 으리으리한 집들이 길가에 워낙 띄엄띄엄 있어서 부동산에서 쓰는 '한적하다'는 표현이 과장이 아니었다.

겐스와 감식반이 마당과 거실과 현관홀을 샅샅이 훑으며 증거를 찾는 데 집중하는 동안, 튤린과 헤스는 아네 사이에르라센이 어떻게 살았는지에 대한 정보를 수집할 수 있길 바라며 2층으로 올라가 방과 서랍장과 옷장을 체크했다. 2층에는 자쿠지 룸과 드레스 룸까지 합해서 방이 모두 아홉 개였다. 헤스는 명품 전문가는 아니었지만 침실에 걸린 뱅앤드올룹슨 스크린 하나 값이 오딘의 아파트 여러 채의 보증금을 합친 금액에 맞먹을 것 같았다. 높고 웅장한 유리창은 커튼이나 블라인드로 가리지 않아 세련돼 보였지만, 방안에 서 있다보니 범인이 폭우가 다시금 쏟아지던 어두컴컴한 마당에서 이 창문 너머로 아네 사이에르라센과 그녀의 저녁 일과를 염탐하지 않았을까 하는 생각이 드는 것은 어쩔 수 없었다.

2층의 다른 방도 인테리어와 소품의 배치가 세심했다. 아네 사이에르라센의 드레스 룸에는 하이힐이 일렬로 깔끔하게 놓여 있고, 원피스와 갓 다린 바지는 똑같이 생긴 나무 옷걸이에 걸려 있고, 양말과 속옷 역시 흠잡을 데 없는 서랍에 정리되어 있었다. 방에 딸린 욕실에는 5성급 호텔에서나 봄직한 두 개의 세면대와 이탈리아산 타일이 깔린 큼지막한 매립식 욕조와 별도의 자쿠지 룸과 사우나가 갖추어져 있었다. 한편 아이들 방에는 커다랗고 알록달록한 한스 셰르피의 정글 동물 벽화가 두 개의 작은 침대를 둘러싸고 있었다. 천장에는 행성과 항로를 벗어난 우주 로켓이 반짝이는 별들과 함께 그려져 있었다.

하지만 아무리 뒤져도 누군가가 아네 사이에르라센의 집을 기습하고 숲까지 그녀를 쫓아가 양손을 절단할 이유를 설명할 만한 단서는 찾을 수 없었다.

그래서 그들은 에리크 사이에르라센을 심문하는 데 집중했다. 그의 설명에 따르면 그와 아네는 오르드루프고등학교에서 만났다. 그들은 코펜하겐 경영대학교를 졸업하자마자 결혼으로 졸업을 자축하며 세계 여행을 떠났다가 처음에는 뉴질랜드, 나중에는 싱가포르에 보금자리를 마련했다. 에리크가 여러 바이오테크회사에 투자한 것이 운이 따라주었지만 아네의 가장 큰 소원은 아이를 낳고 가족을 이루는 것이었다. 그들은 딸을 둘 낳았고 큰아이가 학교에 입학할 나이가 되자 덴마크로 돌아와 처음에는 브뤼게섬의 신축 건물에서 세 들어 살다가 에리크가 어릴 때 살던 동네와 가까운 클람펜보르에 집을 장만했다. 헤스는 이 가족의 생활수준이 에리크의 수

입에 의존해왔다는 인상을 받았다. 아네는 몇 년 전에 인테리어 디자인을 배웠지만 아이를 키우고 집안을 건사하고 대부분 에리크의 지인으로 이루어진 친구들의 모임을 주선하는 데 만족한 눈치였다. 아네 사이에르라센의 어머니가 사는 헬싱외르에도 형사 한 명이 다녀왔는데, 그녀와 나눈 대화를 통해 헤스는 아네가 가난했고 아버지를 일찍 여의어서 어릴 때부터 가족을 이루는 데 집착했다는 사실을 파악했다. 그녀의 어머니는 딸과 손녀들이 아시아에서 돌아온 이후에도 마음과 달리 자주 만나지 못했는데, 에리크가 자기를 싫어했기 때문이라고 목멘 목소리로 말했다. 에리크나 아네가 그걸 말로 표현한 적은 없었다. 하지만 그녀의 어머니는 에리크가 야근을 하거나 딸이 어쩌다 한 번씩 애들을 데리고 인사를 하러 올 때에나 그들을 만날 수 있었다. 그녀의 어머니가 느끼기에는 아네와 에리크 사이에 힘의 불균형이 심각했지만 아네는 늘 자기 남편을 변호했고 헤어지길 거부했다. 그녀는 딸을 계속 만나고 싶으면 자기 생각을 입 밖으로 내지 말아야 한다는 것을 분명하게 알았다. 하지만 어제 그런 사건이 벌어졌고, 이젠 두 번 다시 딸을 만날 수 없게 되었다.

부엌의 커다란 스메그 오븐 위에 달린 디지털시계가 다시 일 분이 지났음을 보여주고, 헤스는 2층에서 들려오는 울음소리가 아니라 툴린의 질문에 집중하려고 노력한다.

"하지만 부인은 가방을 쌌어요. 집을 나가려던 참이었고 오페어한테 아이들을 직접 데리러 가겠다고 했고요. 어딜 가려고 했을까요?"

"말씀드렸잖아요. 장모님네 집에 가려고 했다고요. 거기서 하룻밤 자고 오겠다고 했어요."

"그게 아닌 것 같은데요. 가방에 여권을 넣었고 일주일 넘게 입어도 될 만큼 옷을 챙겼어요. 어쩔 생각이었을까요? 왜 떠나려고 했을까요?"

"떠나려고 한 게 아니에요."

"제가 보기에는 그랬던 것 같은데요. 사람들은 아무 이유 없이 그런 식으로 도망치지 않아요. 그러니 이유가 뭐였을지 얘기해주시죠. 아니면 영장을 발부받아서 당신의 휴대전화와 인터넷 기록을 뒤지는 수밖에 없어요."

에리크 사이에르라센은 한계에 다다른 사람 같은 표정을 짓는다.

"아내하고 나는 사이가 좋았어요. 하지만 우리에게, 아니 나한테 문제가 좀 있긴 했어요."

"어떤 문제요?"

"내가 다른 사람들을 좀 만났거든요. 그냥 의미 없는 관계였지만…… 아내가 그걸 알았을 수도 있어요."

"다른 사람들을 만났다. 누굴요?"

"여러 명이요."

"누구를 어떤 식으로요? 여자요, 남자요?"

"여자들이요. 그냥 가볍게 만났어요. 어쩌다 알게 된 여자 아니면 인터넷으로 메시지를 주고받은 여자. 그냥 의미 없는 관계였어요."

"그런데 왜 만나셨나요?"

사이에르라센이 머뭇거린다.

"글쎄요. 가끔은 사는 게 생각처럼 되지 않을 때도 있잖아요."

"그게 무슨 말씀이시죠?"

사이에르라센은 허공을 멍하니 바라본다. 헤스는 그의 마지막 말에 백 퍼센트 동의하지만, 남들 보기에 근사한 아내와 가족과

3500만 크로네짜리 집을 가지고 있는 사이에르라센 같은 남자가 바라는 게 또 뭐가 있을까 하는 생각이 드는 건 어쩔 수 없다.

"언제, 어떤 식으로 부인께서 그걸 알게 됐을까요?" 툴린은 퉁명스럽게 질문을 잇는다.

"모르겠어요. 하지만 아까 형사님께서……"

"사이에르라센 씨, 저희는 부인의 전화기, 이메일 그리고 SNS 계정을 모두 살펴봤어요. 만약 부인께서 방금 말씀하신 그런 행각을 알아차렸다면 다른 사람에게 얘기했을 겁니다. 당신이나 어머니나 친구에게. 하지만 그런 적이 전혀 없어요."

"음……"

"따라서, 부인께서 도망치려고 했던 이유는 그게 아니었을 수도 있다는 거죠. 그러니까 다시 묻겠습니다. 부인이 왜 당신 곁을 떠나고 싶어했을까요? 왜 가방을 싸서……"

"나도 몰라요! 나한테 자꾸 이유를 묻는데, 내가 생각할 수 있는 이유는 그거 하나라고요, 젠장!"

에리크 사이에르라센이 폭발하는 모습이 헤스의 눈에는 과잉 반응처럼 비친다. 하지만 어떻게 보면 이 남자는 지금까지 간신히 참고 있었을지 모른다. 긴 하루였고 헤스는 심문을 계속할 이유를 찾지 못했기에 중간에 끼어든다. "고맙습니다, 오늘은 여기까지 하죠. 뭔가 생각나는 게 있으면 바로 연락 주시기 바랍니다."

사이에르라센은 고맙다는 표정으로 고개를 끄덕이고, 헤스는 재킷을 집느라 등을 돌렸지만 툴린이 못마땅해한다는 것을 느낄 수 있다. 다행히 어떤 이의 목소리가 더이상 아무 말도 나오지 못하게 막는다.

"애들 데리고 나가서 아이스크림 사줘도 될까요?"

오페어가 외출복으로 갈아입은 두 아이를 데리고 1층으로 내려와 있다. 헤스와 툴린은 그녀에 대한 심문을 이미 마쳤다. 그녀는 어제 오전 이후로 아네를 만나지 못했다. 필리핀 자유교회에서 점심을 먹었고, 오후에 직접 아이들을 데리러 가겠다는 아네의 전화를 받았다. 그녀는 사이에르라센 가족과 특히 경찰 앞에서 엄청나게 몸을 낮추는데, 헤스가 보기에는 체류 허가가 제대로 해결되지 않은 눈치다. 두 아이 중에서 동생은 그녀에게 안겨 있고 언니는 그녀의 손을 잡고 있다. 아이들은 눈이 빨갛고 눈물범벅이다. 자리에서 일어나 있던 에리크 사이에르라센이 그들에게로 다가간다.

"그래. 좋은 생각이네, 주디스. 고마워요."

사이에르라센이 한 아이의 머리를 쓰다듬고 다른 아이를 보며 억지로 미소를 짓는다. 네 사람은 부엌 통로를 향해 걸어간다.

"면담을 할 만큼 했다 싶으면 내 입으로 그렇다고 얘기할게요."

툴린이 헤스 쪽으로 다가와 그가 자신의 갈색 눈을 피하지 못하게 자리를 잡고 서 있다.

"아니, 아네 사이에르라센이 공격을 당하던 어제 오후에 우리가 저 사람이랑 같이 있었잖아요. 그러니까 그가 범인일 리는 없죠."

"우리는 지금 두 살인사건 간의 공통분모를 찾는 중이잖아요. 한 피해자는 도어록을 교체했고 다른 피해자는 튀려고 했는데……"

"내가 찾는 건 공통분모가 아니에요. 범인이지."

헤스는 거실로 가서 감식반의 보고를 들으려 하지만 툴린이 그의 앞을 막아선다.

"지금 이 자리에서 얘기해요. 불만 있어요? 나랑 같이 일하고 공조하는 거?"

"아뇨, 불만 없어요. 하지만 바보처럼 줄다리기하지 않게 일을 분담하면 어떨까요?"

"내가 방해하는 건 아니죠?"

현관홀과 연결된 크림색 슬라이딩 도어가 열리면서 하얀 작업복을 입은 젠스가 커다란 작업 가방을 들고 등장한다.

"이제 그만 정리하려고요. 미리 재 뿌리고 싶지는 않지만 언뜻 보기에는 라우라 키에르 사건보다 쓸 만한 게 더 없는 것 같아요. 가장 특이한 건 홀 바닥의 틈새에 남은 혈흔이에요. 하지만 오래됐고 아네 사이에르라센의 혈액형과 일치하지 않으니 쓸모없겠죠?"

젠스 뒤편의 통로 바닥에서 루미놀이 형광등 불빛을 받아 초록색으로 반짝이고 감식반원들이 카메라로 사진을 찍고 있다.

"홀 바닥에 오래된 혈흔이 왜 있는 거죠?"

툴린은 부엌을 나갔다가 다시 돌아와 무심하게 장난감을 치우기 시작한 사이에르라센에게 질문을 던진다.

"계단 옆쪽에 묻은 거라면 큰아이 소피아의 핏자국일지 몰라요. 두어 달 전에 넘어지는 바람에 코와 쇄골이 부러져서 며칠 병원 신세를 졌거든요."

"그럴 수도 있겠네요. 그나저나 헤스, 우리 지서 파티 준비위원회에서 안부 인사와 함께 돼지 고마웠다고 전해달래요."

젠스는 하얀 옷을 입은 다른 우주인들에게로 돌아가 등뒤로 슬라이딩 도어를 닫는다. 헤스는 갑자기 어떤 생각이 떠올라 다시 관심어린 눈빛으로 에리크 사이에르라센을 쳐다보지만 툴린에게 선수를 빼앗긴다.

"소피아가 입원했던 병원이 어딘가요?"

"리그스요. 그냥 이삼 일 있다가 퇴원했어요."

"리그스병원 무슨 과요?"

이번에 물은 것은 헤스다. 두 형사가 갑자기 그 사실에 관심을 보이자 사이에르라센은 당황스러운지 세발자전거를 손에 들고 부엌 한복판에서 걸음을 멈춘다.

"소아과요. 아마도. 하지만 주로 이런저런 일들을 처리하고 병원에 데리고 다닌 건 아네였어요. 왜요?"

둘 다 아무 대답도 하지 않는다. 툴린은 현관을 향해 성큼성큼 부엌을 가로지르고 헤스는 이번에도 역시 그녀가 자신에게 운전대를 넘겨주지 않으리라는 것을 안다.

49

블레그담스바이에 있는 리그스병원의 소아과병동을 찾은 사람
은 누구든 잠시 복도에서 걸음을 멈추고, 수많은 크고 작고 알록달
록한 아이들 그림으로 뒤덮인 벽을 보고 감탄을 금치 못한다. 헤스
도 예외는 아니다. 너무나도 많은 고통과 삶을 향한 열의가 이 한곳
에 모여 있어서, 툴린이 데스크로 가서 그들이 왔음을 알리는 동안
걸음을 멈추고 벽을 빤히 쳐다볼 수밖에 없다.

딸이 리그스병원에 입원했었다는 사이에르라센의 얘기를 듣자
마자 둘 다 라우라 키에르의 부엌 알림판에 꽂혀 있던 예약 안내 편
지를 떠올렸다. 시내로 돌아가는 길에 헤스가 소아과로 연락해 라
우라 키에르의 아들과 아네 사이에르라센의 큰딸이 거기서 진료를
받았다는 것을 확인했지만, 전화를 받은 간호사는 두 아이의 입원
기간이 서로 겹쳤는지 여부는 물론이고 쓸 만한 정보를 더는 제공
할 수 없다고 했다. 지금 두 사람이 병원에 찾아온 것은 파헤칠 공
통분모가 그거 하나뿐인데다 리그스병원이 어차피 지서로 가는 길
에 있기 때문이다. 오늘 하루 동안 아직까지 그럴싸한 소득이 없었
고, 아네 사이에르라센 사건과 관련해 로사 하르퉁 부부가 별다른
도움이 되지 못했다는 얘기를 닐라네르에게 전해들은 뒤라 분위기
는 여전히 가라앉아 있었다.

헤스는 데스크에 다녀오는 툴린을 바라보지만, 그녀는 헤스의

206

시선을 피하며 방문객들을 위해 마련된 커피 보온병 쪽으로 걸음을 옮긴다. "수석 전문의한테 연락해보겠대요. 기록에 그가 두 아이를 진찰했다고 되어 있어요."

"그럼 이제 그 사람을 만나는 건가요?"

"모르겠어요. 다른 일이 하고 싶다면 그래도 나는 상관없어요."

헤스는 그 말에 대답하지 않고 초조한 눈빛으로 좌우를 흘끗거린다. 온 사방에 병들고 아픈 아이들이 가득하다. 얼굴에 긁힌 상처가 있고 팔걸이 붕대를 하고 다리에 깁스를 한 아이들. 머리칼이 없는 아이들, 휠체어에 탄 아이들, 링거 줄을 매달고 돌아다니는 아이들. 병동 한복판에는 커다란 유리창이 달린 놀이실이 있는데, 파란 문은 풍선과 가을 나뭇가지로 뒤덮여 있다. 아이들 목소리가 헤스를 열려 있는 문 쪽으로 이끈다. 헤스가 안을 들여다보니 나이가 좀 더 많은 아이들 몇 명은 방 한편에서 그림을 그리고 어린 축에 속하는 아이들은 반대편에 밝은색 플라스틱 의자를 반원 모양으로 놓고 앉아 있다. 아이들은 깜찍한 빨간 사과 그림을 들고 있는 여자를 쳐다보며 노래를 부르고 있다.

"애플맨 어서 들어와요, 애플맨 어서 들어와요. 오늘은 나를 위해 들고 온 사과 없어요? 정말 고마워요, 같이 있어주지 않을래요오오오오……"

여자는 아이들을 향해 응원하듯 고개를 끄덕이고, 아이들이 마지막 단어를 길게 늘어뜨리며 우렁차게 고함을 지르자 사과 그림을 내려놓고 밤 그림을 집는다.

"처음부터 다시 불러보자!"

"체스트넛맨 어서 들어와요, 체스트넛맨 어서 들어와요. 오늘은 나를 위해 들고 온 밤……"

가사가 차가운 손가락처럼 헤스의 등줄기를 훑고 내려간다. 그는 움찔하며 문 앞에서 뒷걸음질치다 툴린이 자신을 지켜보고 있다는 것을 알아차린다.

"엑스레이를 찍으러 오신 오스카르의 부모님이신가요?"

간호사 하나가 그들에게로 다가온다. 플라스틱 컵에 담긴 커피를 마시던 툴린은 사레가 들려 기침을 하기 시작한다.

"아뇨, 아닙니다." 헤스가 대답한다. "저희는 경찰입니다. 수석 전문의를 기다리고 있어요."

"선생님은 아마 지금 회진을 돌고 계실 거예요."

간호사가 미인이다. 까만 두 눈은 반짝거리고 긴 갈색 머리를 하나로 높게 묶었다. 서른 살쯤 되었겠지만 표정이 왠지 모르게 진지해서 좀더 나이들어 보인다.

"회진을 중단하셔야겠는데요. 급한 일이라고 좀 전해주세요."

　수석 전문의 후세인 마지드는 직원 휴게실에서 흰색 커피잔, 손
자국으로 뒤덮인 아이패드, 인공감미료, 얼룩이 묻은 조간신문과 의
자 등받이에 걸려 있는 외투 사이로 그들에게 자리를 권한다. 그는
헤스와 키가 같고 사십대 초반이며 차림새가 번듯하다. 하얀 가운의
단추는 잠그지 않았고, 목에는 청진기를 걸었고, 각이 진 검은색 안
경을 쓰고 있다. 금반지를 보면 기혼이지만 툴린과 악수할 때는 그
런 인상을 풍기지 않는다. 헤스와 악수할 때는 후다닥 해치웠던 그
가 툴린에게로 고개를 돌린 뒤에는 잽싸게 미소를 지으며 계속 눈을
맞춘다. 의사가 툴린에게 매력을 느끼다니 헤스는 잠시 허를 찔린
기분이다. 헤스는 툴린을 그런 식으로 본 적이 없다. 지금까지 그녀
는 대개 짜증나는 존재였지만, 그녀가 의자를 찾느라 몸을 돌리자
의사의 은밀한 시선이 그녀의 잘록한 허리와 보기 좋은 엉덩이를
훑는 이유를 내키지는 않지만 인정할 수밖에 없다. 헤스는 라우라
키에르와 아네 사이에르라센이 아픈 아이를 데리고 이 병동을 찾아
왔을 때도 마지드가 저런 눈빛으로 보았을지 궁금해진다.
　"죄송하지만 제가 회진을 돌던 중이라서요. 하지만 얼른 끝낼 수
있는 일이라면 당연히 돕겠습니다."
　"친절하시네요. 감사합니다." 툴린이 대답한다.
　마지드가 두 개의 진료 파일과 휴대전화를 테이블에 내려놓고

커피를 따라주겠다고 하자 그녀는 도발적인 분위기를 풍기며 좋다고 한다. 여길 찾은 이유를 잊어버렸나 싶지만 헤스는 짜증을 삼키고 의자에 앉아서 몸을 앞으로 숙인다.

"말씀드렸다시피 마그누스 키에르와 소피아 사이에르라센에 대해 몇 가지 여쭤볼 게 있어서요. 아시는 대로 정확히 말씀해주시기 바랍니다."

후세인 마지드는 헤스를 흘끗 쳐다본 다음, 주로 툴린을 향해 자연스러운 권위와 다정함을 실어 대답한다.

"물론이죠. 두 아이 다 여기서 치료를 받은 게 맞습니다. 원인은 달랐지만요. 그걸 문의하시는 이유를 먼저 여쭤봐도 될까요?"

"아뇨."

"그렇군요. 알겠습니다."

의사가 의미심장한 눈빛으로 툴린을 흘끗 쳐다보자 그녀는 헤스의 불손한 태도를 사과라도 하는 듯 어깨를 으쓱한다. 헤스는 얼른 말을 잇는다.

"무슨 치료를 받았습니까?"

마지드는 아이들의 진료 파일에 손을 얹지만 그걸 들여다볼 기미는 보이지 않는다.

"마그누스 키에르는 약 일 년 전쯤 시작된 장기 치료의 일환으로 여기에 왔어요. 소아과 연계 팀이 환자를 알맞은 과로 안내하는 수문 역할을 하는데 마그누스의 경우에는 신경과에서 관찰한 결과 자폐 진단을 내렸습니다. 반면에 소피아 사이에르라센은 몇 달 전 집에서 다치는 바람에 뼈가 살짝 부러져서 입원했어요. 금방 퇴원했고요. 비교적 간단한 케이스였지만 나중에 재활 치료를 받았어요. 주로 이 병원의 물리치료실에서요."

"그러니까 두 아이 모두 소아과병동에 있었다는 말씀이군요."
헤스는 집요하게 파고든다. "두 아이가 서로 만난 적이 있는지 아십니까? 아니면 부모끼리 만난 적 있는지."

"저야 당연히 확답할 수 없지만 진단이 달랐던 것으로 보았을 때 그들이 교류했을 가능성은 낮습니다."

"누가 아이들을 데려왔나요?"

"제가 기억하기로는 둘 다 주로 어머니가 데리고 왔지만 확실히 하려면 그분들에게 직접 물어보시는 게 좋겠죠."

"하지만 저는 선생님께 묻고 있는데요."

"네, 그리고 저는 대답을 했고요."

마지드는 사근사근하게 미소를 짓는다. 헤스는 그의 지능이 평균 이상일 거라고 판단한다. 혹시 어머니들에게 직접 물어볼 수 없는 상황이라는 걸 완벽하게 파악하고 저러는 건지 궁금해진다.

"아이들이 여기에 치료를 받으러 왔을 때 어머니들을 상대한 분은 선생님이셨죠?"

이렇게 순진한 질문을 한 사람은 툴린이고 전문의는 그녀와 대화를 나누게 되어 기쁜 기색이다.

"저는 수많은 부모님들을 상대하죠. 네 맞아요, 그분들도 만났죠. 어머니나 아버지들에게 안심해도 된다는 인상을 심어주는 건 중요한 부분입니다. 치료하는 동안 신뢰와 믿음을 쌓는 것이 결정적일 수도 있으니까요. 그러면 모든 관계자에게 득이 되죠. 특히 환자에게."

의사는 툴린을 보고 미소를 지으며 몰디브로 둘이서 로맨틱한 여행을 떠나자고 꼬드기기라도 하는 양 경쾌하게 윙크를 날린다. 툴린도 마주 미소를 짓는다.

"그러니까 선생님께서 두 어머니를 아주 잘 아셨다고 해도 틀린 말은 아니겠네요?"

"아주 잘이요?" 마지드는 살짝 곤혹스러워하지만 미소는 여전하다. 그 말을 듣고 헤스도 놀라지만 그건 시작에 불과하다.

"네. 혹시 따로 만나신 적도 있나요? 그분들을 사랑하게 됐다든지 아니면 같이 잔 적도 있나요?"

마지드는 계속 미소를 짓지만 머뭇거린다. "죄송하지만 뭐라고요?"

"들으셨잖아요. 대답해주세요."

"왜 그런 질문을 하시죠? 무슨 일 때문에 이러세요?"

"지금 당장은 질문에 불과하지만 솔직하게 대답해주셔야 합니다."

"대답은 바로 할 수 있어요. 이 병동의 수용 능력은 약 십 퍼센트 초과된 상태로 운영되고 있어요. 즉 회진을 돌 때 각 아이에게 할애할 수 있는 시간이 얼마 되지 않는다는 말이에요. 그렇기 때문에 그 시간을 어머니나 아버지나 경찰이 아닌 아이들에게 쓰죠."

"하지만 방금 전에 어머니들과 긴밀한 관계를 유지하는 것이 중요하다고 하셨잖아요."

"아뇨, 그런 뜻에서 한 얘기가 아니었는데, 형사님의 질문에 담긴 뉘앙스는 불쾌하네요."

"저는 아무 뉘앙스도 풍기지 않았어요. 선생님이 방금 전에 저를 보고 윙크하면서 신뢰 운운한 게 어떤 뉘앙스를 풍긴 거였지. 제 질문은 단순해요. 그들과 잔 적이 있느냐."

마지드는 믿기지 않는다는 듯 미소를 지으며 고개를 젓는다.

"그럼 어머니들을 보고 어떤 인상을 받았는지 말씀해주시죠."

"여기에 오시는 부모님들이 대개 그러듯 아이들에 대해 걱정하섰어요. 하지만 이런 질문을 하러 오신 거라면 제겐 이러고 있을 시간이 없습니다."

후세인 마지드가 자리에서 일어나려 하는데, 실랑이를 재미있게 구경하고 있던 헤스가 커피 자국이 남은 신문을 테이블 위에 올려놓고 전문의 쪽으로 밀어 보낸다.

"어딜 가십니까. 저희가 찾아온 이유를 선생님도 아실 것 같은데요. 현재로서는 저희 수사선상에서 선생님이 유일한 공통분모예요."

전문의는 숲에서 찍은 보도 사진과 두 살인사건의 관련성을 언급한 헤드라인을 보고 조금 충격을 받은 듯 보인다.

"하지만 더는 드릴 말씀이 없어요. 마그누스 키에르의 어머니를 가장 잘 기억하는 이유는 그 아이의 치료가 지지부진했기 때문이에요. 신경과에서 다양한 진단을 내렸지만 도움이 되지 않아서 어머님의 좌절이 이만저만이 아니었는데 어느 날 갑자기 발길을 끊으셨어요. 제가 아는 건 그게 전부예요."

"선생님이 수작을 걸었기 때문에 발길을 끊은 건……"

"나는 수작 같은 거 부린 적 없어요! 내게 전화해 아이 문제로 지방의회에서 연락을 받았다며 그 문제를 해결하는 데 전념하고 싶다더군요. 나중에 다시 오겠거니 했는데 오지 않았어요."

"하지만 라우라 키에르는 아들을 치료하는 데 모든 시간을 쏟아부었는데, 선생님에게 더이상 진료를 받지 않기로 한 데에는 훌륭한 이유가 있었겠죠."

"나 때문에 오지 않은 게 아니에요. 나하고는 전혀 상관없어요! 아까도 얘기했다시피 지방의회에서 받은 통지 때문이었어요."

"무슨 통지였죠?" 헤스가 집요하게 묻지만 바로 그때 젊은 간호사가 문 사이로 고개를 들이밀고 전문의를 쳐다본다.

"말씀중에 죄송하지만 9호실 답변을 해주셔야 하는데요. 수술실에서 환자를 기다리고 있어요."

"가겠습니다. 이제 이야긴 다 끝났어요."

"무슨 통지였는지 물었습니다만."

후세인 마지드는 자리에서 일어나 테이블에 두었던 물건들을 황급히 챙긴다. "저도 잘 몰라요. 아이 어머니한테 들은 얘기뿐이라. 누가 의회로 연락해서 그분이 아들을 잘 챙기지 않는다고 고발한 것 같았어요."

"그게 무슨 말씀이죠? 뭐라고 고발했습니까?"

"나야 모르죠. 어머님은 충격을 받은 목소리였고 며칠 뒤에 사회복지사가 우리 쪽으로 연락해서 그 아이에 대한 진술서를 요청하길래 보냈어요. 그러니까 아이가 어떤 치료를 받았고 우리가 어떤 식으로 문제를 해결하려 했는지에 대한 진술서요. 그럼 이제 안녕히 가세요, 감사했습니다."

"그 집에 들러서 그녀를 살짝 위로하신 적이 없는 게 확실한가요?" 툴린은 자리에서 일어나 의사의 앞을 가로막으며 다시 한번 묻는다.

"네, 확실합니다! 이제 정말이지 실례하겠습니다."

헤스도 자리에서 일어난다. "누가 자길 고발했는지 라우라 키에르가 얘기하던가요?"

"아뇨. 내가 기억하기로는 익명이었어요."

후세인 마지드는 진료 파일을 들고 툴린을 살짝 비켜 지나간다. 그가 모퉁이 너머로 사라지는 동안 아이들의 노랫소리가 다시 헤스의 귀에 들려온다.

51

　사회복지사 헤닝 로에브가 거의 아무도 없다시피 한 시청 지하
의 구내식당에서 늦은 점심식사를 마쳤을 때 전화벨이 울린다. 그
날 아침은 시련의 연속이었다. 자전거를 타고 출근하는 도중에 비
를 맞아서 건물 뒤편의 자전거 보관소에 도착했을 무렵에는 옷과
신발이 흠뻑 젖었다. 그런데도 상사인 아동청소년복지과장은 자신
들의 아이를 양육시설에 위탁하라는 당국의 결정을 뒤집으려는 아
프가니스탄인 가족 및 그들의 변호사와 긴급 면담에 참석하라고 지
시했다.
　헤닝 로에브는 그 건에 대해 속속들이 알았고 아이를 시설로 옮
겨야 한다고 추천한 사람도 그였다. 하지만 그들의 쓸데없는 이야
기와 시비를 듣느라 한 시간 반을 허비했다. 요즘은 보호 조치의 대
상이 이주민인 경우가 대다수라 이번에도 통역이 동원됐다. 아니
나 다를까 덕분에 하나부터 열까지 질질 늘어졌다. 솔직히 면담 자
체가 시간 낭비였다. 이미 결정이 난 건이었다. 이주민 아버지는 덴
마크인 남자친구를 사귄다는 이유로 열세 살짜리 딸에게 줄곧 폭력
을 행사했다. 하지만 민주주의 사회에서는 그런 깡패들에게조차 권
리가 주어진다. 그들의 얘기를 들어주어야 하기에 테이블을 사이에
두고 옥신각신이 이어지는 동안 헤닝은 축축한 몸으로 계속 한기를
느끼며 시청 창밖으로 지나가는 일상을 구경했다.

비를 맞은 몸이 여전히 축축했지만 이후에 헤닝은 열심히 자신이 맡은 사건에 몰두했다. 그날 해야 하는 일이 밀렸기 때문에 머릿속 한구석에서 시계가 째깍거렸다. 오후에 좀더 체계가 잡혀 있는 부서이자 냄새마저 상쾌한 3층의 기술환경부에서 마지막 면접을 보기로 되어 있었다. 밀린 일을 얼른 해치우면 면접을 준비할 시간이 생길 테고, 면접이 잘 끝나면 그는 폭력적이고 근친상간을 일삼으며 정신병에 걸린, 이 사회의 비주류 외국인들이 자꾸 올라타는 이 배가 침몰하기 전에 탈출할 수 있을 것이다. 기술환경부의 빨간 머리 인턴, 그러니까 미니스커트를 입고 비가 오나 눈이 오나 사시사철 뻔뻔하게 미소를 짓고 다니는 그 건축학도를 제대로 감상할 수 있는 사무실에서 도시 재개발과 개선안을 고민하는 것이 그에게 걸맞은 자리였다. 그녀는 제대로 된 남자를 만날 자격이 있었다. 물론 그 영광을 누릴 남자가 헤닝일 필요는 없었지만, 그녀라는 구경거리와 그에 동반되는 짜릿한 상상은 어느 누구도 빼앗아갈 수 없는 즐거움이었다.

헤닝은 전화를 받고 몇 초 만에 후회한다. 형사라는 이 작자를 떼어낼 방법이 없기 때문이다. 남자는 헤닝이 가장 싫어하는 말투를 쓴다. 권위주의적이고 명령하는 어조로 자기가 원하는 정보를 지금 당장 내놓으라고 한다. 잠시 후도 아니고 그날 오후 중으로는 더더욱 아니다. 할 수 없이 헤닝은 손에 들고 있던 걸 내려놓고 사무실의 컴퓨터 앞으로 허둥지둥 돌아간다.

"마그누스 키에르라는 아이와 연관 있는 모든 정보가 필요합니다."

형사라는 작자는 그 아이의 주민등록번호를 알고 있다. 헤닝은 컴퓨터를 켜며 형사가 미심쩍어하지 않도록 자신이 맡은 사건이 그야말로 수백 건이기 때문에 일일이 기억할 수 없다고 설명한다.

"뭐라고 적혀 있는지 알려주시기만 하면 됩니다."

헤닝은 화면에 뜨는 사건 보고서를 훑어보며 잠깐 뜸을 들인다. 그가 맡았었고 다행히 금세, 간단하게 요약할 수 있는 사건이다.

"맞아요, 저희가 맡았던 사건이네요. 아이의 어머니 라우라 키에르가 아들을 돌보기에 부적합하다는 제보가 익명의 이메일로 접수됐어요. 조사 결과 근거 없는 주장으로 밝혀졌기 때문에 더는 드릴 말씀이……"

"그 사건과 연관 있는 모든 정보를 듣고 싶은데요. 지금 당장이요."

헤닝은 한숨이 나오려는 것을 참는다. 어느 정도 시간이 걸리는 일이기에 그는 속도를 높여 파일을 훑으며 형사라는 작자에게 최대한 간단하게 설명한다.

"사회부에서 전국 각 지방정부에 설치한 내부 고발 프로그램을 통해 삼 개월 전쯤 이메일 제보가 접수됐어요. 익명의 전화나 이메일로 학대당하는 아동을 귀띔하는 방식이기 때문에 제보한 사람은 알 방법이 없습니다. 가능한 한 빨리 엄마의 품에서 아이를 구출해야 한다는 게 기본 골자예요. 여기 적힌 내용에 따르면 그 엄마가 '자기밖에 모르는 걸레'이기 때문이라며 제보해왔어요. 또 '알 만한 사람'이 아이의 문제는 못 본 척하고 가랑이를 벌릴 생각만 한다고도 했고요. 그리고 그 집에 가면 증거를 찾을 수 있을 거라고 적혀 있어요."

"거기서 어떤 증거가 나왔죠?"

"아무것도 없었어요. 원칙에 따라 아동 방치 혐의 조사에 나서 내성적인 아이와 충격을 받은 부모와 대화를 나누었죠. 어머니와 새아버지였던 것 같은데, 의심스러운 부분은 전혀 없었고 안타깝게 도 그런 식의 악의적인 장난은 드문 일이 아니에요."

"이메일을 보고 싶은데, 사본을 보내주실 수 있을까요?"

그것이야말로 헤닝이 기다리던 질문이다.

"그럼요. 법원 영장만 제시하시면 바로 보내드리죠. 자, 이제 다른 요청 사항이 없으시면……"

"누가 보냈는지는 전혀 알 수 없다는 말씀이죠?"

"네, '익명'이 그런 뜻 아니겠습니까? 말씀드렸다시피……"

"그걸 악의적이라고 보시는 이유가 뭡니까?"

"뭐, 아무것도 발견된 게 없었고 사람들이 주로 악의적인 행동을 하는 데 내부 고발 제도를 악용하거든요. 세무국에 물어보세요. 정치인들이 그런 분위기를 부추기고 있어요. 사람들이 아무 증거도 없이 아무것도 아닌 일로 서로 고발하고 난리예요. 자기들이 접수한 그 쓰레기 같은 투서를 조사하느라 허비되는 시간과 인력 생각은 안 하고. 아무튼 말씀드렸다시피 다른 요청 사항이 없으시면……"

"있습니다. 이왕 연결이 됐으니 다른 두 명의 아이에 대해서도 제보가 접수된 적이 있는지 확인해주셨으면 하는데요."

형사라는 작자는 헤닝에게 다른 두 개의 주민등록번호를 알려준다. 이번에는 리나와 소피아 사이에르라센이라는 여자아이 둘이다. 이 가족의 현주소는 클람펜보르지만 최근까지 브뤼게섬에서 코펜하겐 주민으로 지냈고 이 남자가 궁금해하는 건 그 시기에 대해서다. 헤닝은 짜증스럽게 손목시계를 흘끗 확인하며 컴퓨터로 다시 검색을 시도한다. 조금 서두르면 그래도 준비할 시간을 확보할 수 있다. 컴퓨터가 마침내 반응을 보이고 헤닝이 사건 보고서를 훑어보는 동안 형사가 주민등록번호를 다시 한번 얘기한다. 헤닝이 이 것 역시 자신이 맡았던 사건이라 기억한다고 얘기하려던 찰나, 지금까지 몰랐던 부분이 눈에 들어온다. 그는 얼른 스크롤을 내려 마그누스 키에르의 사건으로 되돌아가 자신의 예감이 맞는지 확인한다. 익명의 이메일에 쓰인 단어를 확인한다. 이해가 되지 않는 무언가를 본 헤닝 로에브는 경계심이 생긴다.

"아뇨, 없어요. 그 두 아이에 대한 제보는 전혀 없어요. 제가 찾아본 바로는요."

"확실한가요?"

"시스템에 없는 주민등록번호라고 하네요. 또 있으신가요? 제가 지금 좀 바빠서요."

헤닝 로에브는 입안이 쓰다. 그는 만일의 경우에 대비해 IT부서에 시스템이 다운돼서 경찰의 요청을 처리하지 못했다고 이메일을 보낸다. 그렇게까지 할 필요가 없을 것 같지만 모르는 일이다. 헤닝은 이제 면접 한 번만 보면 이 쓰레기장을 등지고 사다리를 올라갈 수 있다. 아주아주 멀리 갈 수 있다. 3층의 기술환경부까지. 그리고 수를 잘 쓰면 빨간 머리의 마음에까지 가닿을 수 있을지 모른다.

52

어둠이 후숨의 주택가에 내려앉는다. 속도제한이 있고 꾸벅꾸벅 조는 경찰이 지키고 있어 아이들이 다니기 좋은 작은 길을 따라 가로등이 켜졌고, 집집마다 저녁을 만들고 또다시 다람쥐 쳇바퀴 같았던 하루에 대해 조잘거리느라 바쁜 부엌의 아늑한 불빛이 마당에 난 오솔길을 비춘다. 툴린이 세데르벵에트에 순찰차를 세우고 내리는데 키에르의 이웃집 환풍기에서 미트볼 굽는 냄새가 흘러나온다. 판금 차고가 딸렸고 우편함에 7이라는 번지수가 페인트로 적혀 있는 흰색의 모던한 집만 버려진 듯 쓸쓸한 분위기를 풍기며 어둠 속에 잠겨 있다.

툴린은 닐라네르의 볼멘소리를 끝으로 전화를 끊은 다음 비를 뚫고 현관문까지 헤스를 따라 달려간다.

"열쇠 있어요?"

헤스가 손을 내민다. 그들은 범죄 현장임을 알리며 현관문을 막아놓은, 노란색과 검은색으로 된 폴리스 라인 테이프 앞에 와 있다. 툴린은 재킷 주머니에서 열쇠를 꺼낸다.

"의회에서는 라우라 키에르에 대해 익명의 제보가 들어와 사건을 수사했지만 혐의를 입증할 만한 증거가 발견되지 않았다고 했다고요?"

"맞아요. 비켜요. 당신이 지금 불빛을 가리잖아요."

헤스는 희미한 가로등 불빛에 의지해 그녀에게 받은 열쇠를 구멍에 넣으려 하고 있다.

"그럼 여기는 왜 온 거예요?"

"얘기했잖아요. 집을 둘러보고 싶다고."

"나는 둘러봤어요. 그것도 여러 번."

툴린이 좀전에 통화했을 때 뉠라네르는 그날의 성과에—또는 아무 성과도 없음에—실망스러워했고 그들이 세데르벵에트를 다시 찾아간 이유도 모르겠다고 했다. 툴린도 마찬가지였다. 아네 사이에르라센이 살해된 시점에 한스 헨리크 하우게의 알리바이가 확실한 건 안타까운 노릇이었지만, 툴린은 받아들였다. 그런데 이렇게 이곳에 돌아와 모든 사태가 시작된 음울한 집을 쳐다보고 있다니.

헤스는 의사를 만나고 주차장으로 가는 길에 시청의 사회복지사와 통화한 뒤 툴린에게 어떤 대화를 나누었는지 알려주었다. 빗방울이 앞유리창을 때리는 가운데 그녀는 리그스병원 앞에 세워놓은 차에 앉아서 라우라 키에르가 나쁜 엄마라 아이를 시설에 맡겨야 한다고 고발한 익명의 이메일에 대해 들었다. 의회에서 수사에 착수했지만 근거 없는 투서였던 것으로 밝혀졌다. 투서는 장난으로 간주됐고 툴린의 관심은 거기서 끝났다. 라우라 키에르가 그 투서에 대해 리그스병원의 의사에게만 알린 것이 놀랍기는 했지만, 한편으로는 이해가 되기도 했다. 진단에 따르면 라우라 키에르의 아들은 자폐증을 앓았기 때문에 아이의 행동—예컨대 학교 선생님이 언급한 행동만 해도 그랬다—을 보고 어머니가 아이를 제대로 보살필 만한 능력이 안 된다고 쉽게 오해할 수 있었다. 그래서 누군가가 의회에 투서를 보냈을 수 있었다. 게다가 라우라 키에르로서는 익명의 고발자가 같은 학교나 직장에 다니는 친구인지 아닌지 알 수 없었을 테니 모든 걸 감안했을 때 그녀가 함구한 것도 그리 이상한 일은 아니었다. 어느 모로 보나 라우라 키에르는 어머니로서 아들을 위해 최선을 다한 듯했고, 툴린은 한스 헨리크 하우게가 마음에 들지 않았지만 그가 버팀목이 되어주었다고 인정할 수밖에 없었다. 그렇다면 그런 투서가 있었다는 정보를 어떻게 수사에 활용해야 하는가? 사회복지사의 말에 따르면 아네 사이에르라센은 그런 고발을 당한 적이 없었다고 했다. 그러니까 수사할 공통분모가 없는 셈이었다.

그럼에도 헤스는 라우라 키에르의 집에 오고 싶어했고 이곳으로 오는 길에 툴린은 기회가 왔을 때 이 남자를 수사에서 배제하지 않은 것을 후회했다. 그녀는 범인이 이제 막 시동을 걸었을 뿐이라는 헤스의 예측에 눈과 귀를 닫지 않았고, 숲속에서 아네 사이에르라센의 시신 옆에 서 있었을 때 본능적으로 위협을 느꼈다. 하지만 그들은 수사 방식이 너무 달랐다. 그렇다고 헤스가 옆길로 새서 하르퉁 사건을 들쑤시기 시작했다고 뉠라네르에게 고자질할 생각은 없었다. NC3에 제출할 추천서와 맞바꾸는 조건이라 하더라도.

"우리는 지금 이중 살인범을 찾는 중이고 당신 입으로도 말했다시피 추가 범죄의 가능성이 있는데, 이미 이 잡듯이 뒤진 집을 다시 헤집으며 시간 낭비하는 이유가 뭐죠?"

"당신은 같이 들어가지 않아도 돼요. 아니, 그 투서에 대해 아는 게 있는지 아니면 누가 보냈을 것 같은지 동네 사람들한테 물어봐주면 아주 고맙겠어요. 그러면 수사가 좀더 빨리 끝날 테니까. 안 그래요?"

"그걸 왜 물어봐야 하는데요?"

헤스가 문을 열고 보송보송한 집안으로 들어가자 폴리스 라인

테이프가 끊어진다. 그는 등뒤로 문을 닫고 툴린은 퍼붓기 시작한 비를 맞으며 바로 옆집으로 달려간다.

53

현관문을 닫았을 때 헤스가 맨 처음 느낀 건 정적이다. 그의 눈이 어둠에 적응하려 애쓴다. 각기 다른 세 개의 전등 스위치를 켜도 아무 반응이 없자 그는 전력회사에서 전기를 끊었을 거라는 생각을 한다. 이 집은 라우라 키에르의 명의로 되어 있고 그녀의 사망신고가 접수됐으니 한 인간의 삶을 법적으로 해체하는 과정이 시작된 것이다.

헤스는 손전등을 꺼내들고 복도를 따라 안쪽으로 깊숙이 들어간다. 사회복지사와의 통화가 자꾸 마음에 걸린다. 솔직히 헤스는 그게 왜 자꾸 마음에 걸리는지 모른다. 거기에 어떤 의미가 담겨 있기는 한 건지도 잘 모른다. 그냥 집을 다시 한번 둘러보아야 한다는 것만 알 수 있을 따름이다. 리그스병원 전문의와의 면담 전까지만 해도 분위기가 좋았다. 피해자 두 명 모두 그 의사와 엮여 있었고, 아이들이 공통분모라는 그의 직감이 맞아떨어진 듯했다. 하지만 그때 의사가 투서를 언급했다.

여길 다시 뒤지는 것도 그저 막연한 추측에 근거한 행동이다. 여러 수사관과 감식반원이 이미 여러 번 샅샅이 뒤졌다. 그뿐 아니라 삼 개월 전에 접수된 투서라 뭔가 있었다 해도 지금쯤은 사라져버렸을 가능성이 크다. 하지만 누군가가 라우라 키에르를 고발했고—누군가가 아이를 떼어놓으라는 악의적인 이메일을 보낼 정도로 그녀에게 관심이 있었고―헤스는 이 집에서 해답을 찾을 수 있을지 모른다는 희망을 버릴 수가 없다. 복도를 따라 걸어가다보니 여전히 남아 있는 감식반원들의 흔적이 눈에 들어온다. 문손잡이와 문틀에 하얀 지문 감식용 가루가 남아 있고, 여러 물건 위에 숫자가 표시되어 있다. 라우라 키에르 살인사건과 관련해 누군가가 기소될 때 쓰일 수도 있고 쓰이지 않을 수도 있는 물건들이다. 헤스는 이 방 저 방 돌아다니다가 서재로 쓰였을 게 분명한 작은 손님방에 이른다. 이제는 섬뜩하리만치 아무것도 없다. 책상 위에 있던 컴퓨터는 여전히 경찰이 보관중이다. 그는 벽장과 서랍장을 열고 메모와 서류를 손에 잡히는 대로 읽어보다가 화장실과 부엌으로 건너간다. 똑같은 과정을 반복하지만 눈에 들어오는 물건은 없다. 빗방울이 지붕을 두드리고, 헤스는 다시 불이 꺼진 복도를 지나 안방으로 들어간다. 여전히 침대는 흐트러졌고 스탠드는 카펫 위에 쓰러져 있다. 그가 라우라 키에르의 속옷 서랍을 열었을 때 현관문에서 소리가 들리면서 툴린이 다시 등장한다.

"동네 사람들 모두 아는 게 없대요. 투서에 대해 들은 적도 없고. 엄마와 새아빠가 아이한테 잘해줬다는 말만 반복했어요."

헤스는 다른 벽장문을 열고 계속 뒤진다.

"나는 이제 갈게요. 그 의사에 대해서도 확인해야 하고 사이에르 라센이 다른 여자를 만났다고 한 것도 있으니. 볼일 다 끝나면 열쇠 돌려줘요."

"알았어요. 잘 가요."

54

툴린은 세데르벵에트 7번지의 현관문을 일부러 필요 이상으로 조금 세게 닫는다. 그리고 비를 뚫고 달려가 까만 옷을 입은 자전거 족을 피해 차 안으로 몸을 집어넣는다. 이 집 저 집 찾아다니느라 옷이 다 젖었다. 헤스는 시내로 돌아가려면 지서까지 걸어가야겠지만 그건 그가 알아서 할 문제다. 오늘 하루는 꽝이었다. 여전히 단서는 없고, 그들이 빙글빙글 돌며 아무 성과도 거두지 못하는 동안 폭우로 모든 게 씻겨 내려가는 느낌이다.

툴린은 시동을 걸고 기어를 넣고 빠르게 도로를 달린다. 그날 다른 수사관들은 어떤 성과를 거두었는지 모두 얘기를 들어야 하지만, 얼른 지서로 돌아가 사건 파일을 훑어보고 싶은 생각뿐이다. 처음부터 다시 시작하고 싶다. 사건 파일을 다시 읽어보고. 연결고리를 찾고. 한스 헨리크 하우게와 에리크 사이에르라센에게 연락해 양쪽 피해자와 아는 사이였던 후세인 마지드에 대해 물어보는 건 어떨까. 툴린은 세데르벵에트에서 벗어나 큰길을 향해 가다 백미러로 뭔가를 발견하고 브레이크를 밟는다.

그녀의 뒤편으로 50여 미터 정도 떨어진 곳에 주차된 차는 윤곽만 겨우 알아볼 수 있다. 세데르벵에트와 만나는 길의 막다른 끝에 심긴 커다란 가문비나무 아래에 세워져 있고 나무와 산울타리와 거의 구분이 되지 않는다. 산울타리 너머는 놀이터가 있는 곳이다. 툴린은 그 차량과 나란해질 때까지 후진한다. 검은색 스테이션왜건이다. 안팎으로 특이한 구석이 전혀 없다. 하지만 비를 맞는 보닛에서 희미한 안개가 피어오르는 걸 보면 엔진이 아직 따뜻하다. 여기 주차된 지 몇 분 되지 않았다는 이야기다. 툴린은 좌우를 두리번거린다. 주택가의 이 길에 볼일이 있는 사람이라면 누구든 찾아온 집 앞에 차를 댈 텐데, 이 차는 길이 끝나기 직전의 좁은 자리에 숨겨져 있다. 그녀는 잠깐 번호를 조회해볼까 고민한다. 하지만 그때 휴대전화 벨이 울리고, 화면을 보니 레다. 할아버지에게 맡긴 아이를 데리러 간다는 걸 까맣게 잊고 있었다. 툴린은 전화를 받고 출발한다.

55

마그누스 키에르의 방은 화려했던 사이에르라센의 아이들 방에 비하면 소박하지만 헤스는 희미한 손전등 불빛으로만 비추어 보고도 아늑하다는 걸 느낀다. 두툼한 카펫, 초록색 커튼, 천장에 매달려 있는 종이 랜턴. 벽에는 도널드 덕과 미키 마우스 포스터가 붙어 있고, 흰색 선반에는 선과 악이 싸우는 동화 속 세상에 등장하는 인물들의 플라스틱 피규어 여러 개가 진열되어 있다. 책상 위에는 연필과 알록달록한 사인펜이 꽂힌 컵이 있고, 그 옆의 작은 책꽂이를 보면 마그누스 키에르가 체스에도 관심이 있다는 걸 알 수 있다. 헤스는 책을 몇 권 꺼내 무심코 뒤적여본다. 안전한 방, 어쩌면 이 집에서 가장 좋은 방처럼 느껴진다.

침대에 시선이 닿자 그는 동료들이 이미 확인했다는 걸 알면서도 오랜 습관에 이끌려 무릎을 꿇고 손전등으로 그 아래를 비춘다. 침대 기둥과 벽 사이에 뭔가가 끼어 있는데, 꺼내보니 리그오브레전드 설명서다. 그는 양심의 가책을 느낀다. 병원으로 다시 찾아가겠다는 약속을 지키고 못하고 있다.

헤스는 설명서를 내려놓고, 기회가 있었을 때 툴린의 차를 얻어 타지 않은 것을 후회하기 시작한다. 좀전까지만 해도 익명의 투서로 사건에 새로운 전기가 마련될 것 같았는데, 지금은 자신이 바보처럼 느껴진다. 이 비를 맞으며 도심까지, 하다못해 가까운 전철역까지, 아니면 택시를 잡을 수 있을 때까지 걸어야 하지 않은가. 피로가 엄습하고, 헤스는 아늑하고 편안해 보이는 아이의 침대에서 잠깐 눈을 붙여도 될지 아니면 지서로 곧장 돌아가 오늘 저녁에 헤이그로 복귀하게 되었다고 닐라네르에게 뻥을 칠지 잠깐 고민한다. 아니면 물론 이실직고할 수도 있다. 그는 이 일을 맡기에 적절한 사람이 아니라고. 크리스티네 하르퉁과 지문과 그 모든 헛소리는 그와 아무 상관 없다고. 잠이 부족해서 절단된 사지와 밤 인형에 얽힌 섬뜩한 이론이 번쩍 떠오른 모양이라고. 운이 좋으면 8시 45분에 출발하는 마지막 비행기를 타고 헤이그로 돌아가, 늦어도 내일 오전 중으로는 프라이만 앞에 무릎을 꿇고 싹싹 빌 수 있을지도 모른다. 지금으로서는 그 방법이 상당히 매력적으로 느껴진다.

헤스는 창밖으로 마당과 라우라 키에르가 발견된 놀이터를 마지막으로 한 번 흘끗 내다보다가 그걸 발견한다. 초록색 커튼으로 반쯤 덮여 있는 벽에 어린아이가 그린 그림이 담긴 A4 용지 여러 장이 핀으로 꽂혀 있다. 집을 그린 맨 첫번째 작품은 마그누스 키에르가 몇 년 전에 그린 것으로 보인다. 헤스는 가까이 다가가 그림을 손전등으로 비춘다. 선이 투박하다. 아홉 개에서 열 개의 선으로 문이 달린 집을 그렸는데, 그 위에서 해가 반짝인다. 헤스는 알 수 없는 충동에 이끌려 다음 장으로 넘기지만 이번에는 하얀색으로 칠했고 좀더 정확하고 자세해졌을 뿐 역시 집이다. 이제 보니 세데르벵에트의 이 집이다. 세번째 그림도 주제가 같다. 하얀 집, 태양 그리고 차고. 네번째와 다섯번째도 마찬가지이고 뒷장으로 넘길수록 마그누스는 나이를 먹고 그림 솜씨가 훌륭해진다. 헤스는 왠지 모르게 감동을 받고 혼자 미소를 짓는다. 하지만 마지막 장에 이르자 얘기가 달라진다. 이 그림도 주제는 같다. 집, 태양, 차고다. 하지만 이번에는 뭔가가 이상하다. 차고가 비율이 안 맞을 정도로 거대해서 집보다 훨씬 크다. 두툼한 벽의 균형이 완전히 어그러진 검은색 차고가 집의 지붕을 내려다본다.

56

헤스는 등뒤로 테라스 문을 닫는다. 공기가 차가워서 손전등으로 집 뒷마당에 깔린 포석을 비춰가며 빗속을 걷는 동안 입김이 보인다. 모퉁이를 돌자 차고 입구가 나온다. 미트볼 냄새가 허공에서 맴돌다 그가 차고 문을 열자 그제야 사라진다. 그는 안으로 들어가려다가 문이 봉인되어 있는데도 열었을 때 평소와 다르게 테이프 찢어지는 소리가 들리지 않았다는 것을 깨닫는다. 하지만 그냥 무시하고 등뒤로 문을 닫는다.

차고는 널찍하고 천장이 높고 세로는 6미터, 가로는 4미터 정도 된다. 철제 프레임과 판금 벽 같은 신소재로 만들어졌다. 헤스는 이런 모델을 DIY용품점 카탈로그에서 본 기억을 떠올린다. 워낙 넓어서 차 한 대 정도는 너끈히 들어가고도 남는다. 투명 플라스틱 수납상자 수십 개가 사실상 콘크리트 바닥 전체를 차지하다시피 했다. 어떤 상자에는 바퀴가 달렸고, 또다른 상자들은 높은 탑처럼 쌓여 있다. 그는 오 년째 종이상자와 비닐봉지에 담긴 채 아마게르섬의 어느 보관소에 뒤죽박죽 쌓여 있는 자신의 소지품을 떠올린다. 빗방울이 지붕을 때리는 가운데 그는 플라스틱 탑을 지나 안쪽으로 좀더 들어가고 손전등 불빛을 비추며 살펴보지만 상자 안에 특이한 물건은 없다. 그냥 옷, 이불, 가지고 놀던 장난감, 부엌용품, 접시와 그릇이 깔끔하게 정리돼 있을 뿐이다. 한쪽 벽에는 어마어마하게 많은 원예 도구가 커다란 알루미늄 고리에 마찬가지로 깔끔하게 걸려 있다. 고리가 없는 벽면에는 키 큰 철제 선반이 하나 설치되어 있는데, 거기에도 페인트통과 도구와 원예용품이 칸마다 일렬로 놓여 있을 뿐, 다른 건 아무것도 없다. 그냥 차고다. 마그누스의 그림이 이색적이기는 했지만 차고에 들어와보니 그 그림들은 마그누스 키에르가 심각한 질병을 앓고 있는 아동이라는 사실을 더욱 여실히 증명하는 증거였음을 알 수 있을 뿐이다.

헤스는 짜증스럽게 몸을 돌려 다시 문 쪽으로 걸어가려다 자신이 콘크리트 바닥보다 살짝 높고 누르면 쑥 들어갈 정도로 푹신한 무언가를 밟고 있다는 사실을 깨닫는다. 많이 높은 건 아니고 몇 밀리미터 정도다. 바닥으로 손전등을 비춰보니 세로 1미터, 가로 0.5미터쯤 되는 검은색의 직사각형 고무 매트. 편안하게 밟고 일할 수 있게 만들려는 의도인 듯 철제 선반 앞 바닥에 깔려 있다. 다른 사람들 같으면 그냥 지나갔을 것이다. 하지만 모래밭에서 바늘을 찾으러 나선 헤스는 다르다. 그는 뒤로 한 걸음 물러나 직감이 시키는 대로 허리를 숙여 매트를 옆으로 잡아당긴다. 하지만 매트는 꿈쩍하지 않는다. 매트 아래로는 손끝을 2, 3센티미터 넣을 수 있는 게 고작인데, 가장자리를 더듬다보니 콘크리트 바닥에 매트와 나란하게 얇은 금이 나 있는 것이 느껴진다. 그는 철제 선반에서 스크루드라이버를 하나 꺼낸 다음 입에 손전등을 물고 드라이버를 매트 아래 틈새에 넣고 손잡이를 아래로 누른다. 콘크리트 바닥에 들러붙은 매트가 살짝 들리자 헤스는 그 아래로 손가락을 넣어 위로 들어올린다. 뚜껑문이다.

헤스는 자기 눈을 의심하며 뚜껑문과 콘크리트 바닥에 뚫린 검은색 직사각형을 쳐다본다. 뚜껑문 아랫면에 손잡이가 달려 있어

안에서 닫을 수 있다. 헤스는 입에 물었던 손전등을 손에 들고 구멍 안을 비춘다. 몇 미터 아래까지 빛이 닿지만 안쪽 벽에 세워진 사다리 아래의 바닥재 말고는 아무것도 보이지 않는다. 헤스는 콘크리트 바닥에 앉아 손전등을 다시 입에 물고는, 사다리 맨 위 칸에 발을 디디고 아래로 내려가기 시작한다. 아래에 뭐가 있을지 알 수 없지만 한 칸 한 칸 내려갈 때마다 점점 불안해진다. 건축자재와 향기나는 무언가가 묘하게 섞인 냄새가 코를 찌른다. 헤스는 한쪽 발이 단단한 바닥에 닿은 게 느껴지자 사다리를 놓고 손전등으로 좌우를 비춘다.

방이 넓지는 않지만 헤스가 짐작했던 것보다는 크다. 세로 4미터, 가로 3미터 정도에 그가 고개를 숙이지 않고 서 있을 만한 높이다. 굽도리널을 따라 콘센트가 설치되어 있고 벽은 회반죽을 바른 콘크리트이며 바닥에는 체크무늬 합판이 깔려 있다. 말끔하다. 언뜻 보면 무서워할 이유가 없어 보이지만 이런 공간이 존재한다는 것 자체가 공포다. 누군가가 치수를 재고 땅을 팠다. 자재를 사서 고정하고 설치했고 소리를 차단하는 묵직한 뚜껑문으로 대미를 장식했다. 헤스가 그 문을 열어놓았는데도 빗소리와 머리 위의 생활소음이 사라진 지 오래다. 그는 자신이 마음 한구석에서 크리스티네 하르퉁의 팔다리가 여기에 있을까봐 두려워하고 있음을 깨닫지만 다행히 방안은 거의 비어 있다시피 하다. 깔끔한 하얀색 커피 테이블이 한가운데에 놓여 있고 그 위에는 묘하게 생긴 다리 세 개짜리 검은색 램프가 있다. 한쪽 벽에는 키 큰 하얀색 옷장이 있고 손잡이에 수건 한 장이 걸려 있다. 저쪽 끝에 있는, 하얀색 침구가 깔끔하게 깔린 침대 위로 불그스름한 벽걸이 장식이 보인다. 손전등이 깜빡거리기 시작한다. 헤스는 손전등을 흔들어 다시 불을 켠다.

침대 쪽으로 다가가면서 보니 램프 여러 개가 침대를 향해 놓여 있는데, 그의 눈에 띈 것은 종이상자다. 헤스는 무릎을 꿇고 앉아 손전등으로 상자 안을 비춘다. 허둥지둥 닥치는 대로 집어넣기라도 한 듯 모든 게 뒤죽박죽이다. 로션과 향초. 보온병과 쓰던 컵과 맹꽁이자물쇠. 케이블과 와이파이 장비. 와이파이 장비가 많다. 그리고 아직 케이블이 꽂혀 있는 휴대용 맥북 에어. 그 케이블은 합판 바닥을 가로질러 커피 테이블 위에 놓인 램프로 연결된다. 그제야 헤스는 그것이 램프가 아니라는 걸 알아차린다. 그건 카메라다. 삼각대에 놓인 카메라고 램프들처럼 렌즈가 침대 쪽을 향하고 있다.

헤스는 밀려오는 구역질을 느끼며 일어서려고 한다. 이 구멍에서 탈출해 빗속으로 나서고 싶다. 하지만 어딘가에 눈길이 끌린다. 커피 테이블 저쪽에 남아 있는 희미하고 축축한 발자국이 문득 눈에 들어온다. 그가 남긴 것일 수도 있지만 아니다. 그의 뒤편 옷장 안에서 뭔가가 엄청난 속도와 기세로 뛰쳐나온다. 그는 뒤통수를 얻어맞고, 한 대가 금세 여러 대가 된다. 그의 손에서 손전등이 떨어지고, 머리를 강타당하고, 입안이 피로 가득 채워지는 동안 그는 천장을 주마등처럼 가로지르는 빛줄기를 언뜻 본다.

57

헤스는 커피 테이블 위로 쓰러진 채 몸을 반쯤 돌린다. 그는 계속 정신이 혼미한 상태에서도 어둠 속에서 노새처럼 뒷발질을 하다가 공격자를 차고는 침대 위로 비틀비틀 넘어지면서 턱뼈를 침대 틀에 부딪는다. 통증이 머리를 관통한다. 한쪽 귀에서 이명이 들리는 가운데 그는 매트리스 위에서 휘청거리며 다시 몸의 균형을 잡으려 한다. 누군가가 종이상자를 뒤지다 사다리 쪽으로 달려가는 소리가 들리자 그는 다시 단단한 바닥으로 내려가야겠다고 생각한다. 그는 일어서지만 아무것도 보이지 않는다. 사다리가 어디 있는지 기억을 떠올리며 손을 내밀고 어둠 속을 비틀비틀 걷다가 콘크리트 벽에 쓸려서 손마디 살갗이 벗겨지지만 왼손이 사다리 가로대에 닿는다. 머리 위에서 공격자의 황급한 몸놀림이 느껴지고, 헤스의 손과 발은 올라가는 길을 기억한다. 꼭대기에 거의 다다랐을 때 헤스가 어둠 속으로 팔을 뻗어 발목을 붙잡자 공격자는 탑처럼 쌓인 플라스틱 수납상자 사이로 엎어진다. 남자가 발길질을 시작하지만 헤스는 손을 놓지 않는다. 헤스가 몸을 위로 끌어올린 순간 콘크리트 바닥에 놓여 있는 맥북이 눈에 들어온다. 그리고 잠시 후 발뒤꿈치가 헤스의 얼굴을 두 번 가격한다. 남자의 체중이 느껴진다. 공격자는 놀라우리만치 빠르게 무릎으로 헤스의 목을 내리찍어 그의 얼굴을 바닥에 대고 짓누른다. 헤스는 하반신이 아직 구멍에서 빠져나오지 못한 채로 몸부림치며 숨을 헐떡인다. 교수대에 매달린 것처럼 발이 움찔거리고, 그가 바보처럼 콘크리트 바닥에 방치해놓은 스크루드라이버 쪽으로 공격자가 손을 뻗는 것이 느껴진다. 잠시 후면 의식을 잃을 위기였는데—이미 눈앞이 캄캄해지기 시작했다—누군가의 목소리가 들린다. 툴린의 목소리다. 그녀가 길에서 아니면 집안에서 그의 이름을 외치고 있는데, 아무리 애를 써도 그는 대답할 수가 없다. 그는 빌어먹을 후숨의 어느 차가운 차고 바닥에서 100킬로그램의 무게에 기도가 눌려 있고 그 무거운 몸은 꿈쩍도 하지 않는다. 헤스는 팔을 허우적거리다 오른손에 뭔가가 닿는 것을 느낀다. 차갑고 철로 된 무언가가. 그걸 뽑아서 무기로 쓸 수는 없기에 있는 힘껏 잡아당긴다. 선반이 무너진다. 페인트통이 와르르 쏟아져 그의 귀 주변으로 떨어지고 귀청이 터질 듯 요란한 소리가 들린다.

58

툴린은 테라스 문 앞에 서서 내리는 비 사이로 어두컴컴하고 고요한 마당을 내다본다. 이미 헤스의 이름을 여러 번 불렀다. 처음에는 안에서, 지금은 이렇게 밖에서 불러보지만 계속 대답이 없고 바보가 된 듯한 기분이 점점 더 증폭된다. 그녀가 그 검은색 스테이션왜건의 주인이 누구인지 깨닫자마자 차를 돌려서 다시 왔다는 건 중요한 문제가 아니다. 지금 그녀가 짜증이 난 건 헤스가 현관문을 잠그지도 않고 갔기 때문이다.

툴린이 다시 문을 세게 닫으려는 순간 차고에서 요란한 소리가 들린다. 그녀는 한 발 앞으로 나서며 헤스를 부른다. 그가 여기저기 들쑤시고 다니는 소리인가보다 하고 생각한 것도 잠시, 차고 저쪽 끝에서 뛰쳐나와 비를 뚫고 뒷마당 쪽으로 사라지는 시커먼 그림자가 보인다. 그녀는 총을 뽑아들고 세 걸음 만에 마당으로 나선다. 그림자는 마당 맨 끝의 나무 사이를 질주해 놀이터로 달아나고 그녀는 전속력으로 쫓아가지만 놀이집에 다다랐을 무렵에는 시야에서 사라진 뒤다. 화물열차가 달려오는 소리가 들리자 그녀는 비에 흠뻑 젖은 채 숨을 헐떡이며 몸을 홱 돌린다. 그림자가 방죽으로 풀쩍 뛰어내려 철길을 따라 달리고 있다. 화물열차가 뒤에서 점점 다가오는 가운데 툴린은 그림자를 향해 달린다.

열차가 경적을 울리며 전속력으로 지나가자 그녀는 풀밭으로 쓰러진다. 그림자는 어깨 너머로 흘긋 돌아보더니 열차가 다가오기 전에 왼쪽으로 방향을 구십 도 틀어 철길을 넘는다. 툴린은 재빨리 몸을 돌린다. 철길을 건너 추격을 계속할 수 있길 바라며 반대 방향으로, 열차 꼬리를 향해 달린다. 하지만 화차가 끝도 없이 이어지고 결국 그녀는 달리기를 멈추는 수밖에 없다. 화차 사이로 그녀를 돌아보다가 나무 사이로 사라지는 한스 헨리크 하우게의 광기어린 얼굴이 보인다.

59

경찰차가 파란 경광등을 번쩍이며 막다른 골목길을 양쪽에서 막고 있고, 열의 넘치는 범죄 전문 기자 몇 명이 벌써 현장으로 출동했다. 저지선 너머로 보이는 게 전부일 뿐 경찰로부터 입수한 정보가 전혀 없는데도 그중 일부는 사진기자와 중계차까지 끌고 와서 다음 뉴스 시간에 쓸 자료 영상을 찍고 있다. 주민들도 삼삼오오 모여서 충격에 빠진 채 일주일 사이에 두번째로 7번지를 멍하니 쳐다보고 있다. 길거리 파티와 쓰레기 분리수거 말고는 그동안 이 동네에서 사건이라 할 만한 일이 없었을 텐데. 툴린은 속으로 이렇게 중얼거리고, 그 주에 벌어진 사건들이 잊히려면 오랜 시간이 걸릴 거라는 생각을 한다.

툴린은 집 앞 길가에 서서 레에게 전화해 잘 자라는 인사를 하고 있다. 아이는 할아버지와 하룻밤 더 지낼 수 있다며 좋아한다. 하지만 그녀는 통화에 집중하지 못해 애를 먹는다. 레가 새로운 앱에 대해, 라마산과 만나서 무얼 하고 놀았는지에 대해 재잘거리는 동안 그녀는 그날 저녁에 있었던 일들을 머릿속으로 죽 훑는다. 시내로 돌아가려고 순환도로를 달리던 중에 그 까만색 차가 한스 헨리크 하우게의 마즈다 6일지 모른다는 생각이 스쳤다. 그래서 다시 돌아온 것이었다. 하지만 하우게는 달아났고 추격 끝에 돌아와보니 헤스가 차고의 콘크리트 바닥에 쓰러져 있었다. 그는 여전히 쇼크 상태였고 타박상을 입었지만 하우게가 들고 가려고 했던 게 분명한 맥북에 곧바로 생각이 미칠 정도의 정신은 있었다. 그녀가 감식반에 연락하고 뉠라네르에게 상황을 보고한 후 한스 헨리크 하우게 체포령을 내렸지만 아직 별다른 소득이 없었다.

하얀 옷을 입은 감식반원들이 다시 한번 이 집에, 이번에는 차고 안팎에 우글거린다. 그들은 전력 공급 장치를 들고 와서 불빛이 선명한 투광조명등을 설치했다. 집 앞길에 흰색 텐트가 쳐졌고, 지하 벙커를 쉽게 드나들 수 있도록 차고 안에 있던 플라스틱 수납상자를 대부분 밖으로 옮겼다. 툴린이 딸과 통화를 마치고 차고로 들어 갔을 때 젠스가 카메라를 들고 뚜껑문 위로 올라오고 있다. 그가 피곤해 보이는 얼굴로 마스크를 벗으며 보고한다.

"방에 쓰인 자재를 보니까 차고를 신축하면서 같이 만든 거예요. 대단한 굴착 공사가 필요한 건 아니어서 하우게가 차고 토대를 다 지느라 굴삭기를 빌렸다면 그걸로 충분했을 거예요. 이삼 일이면 됐을 테니 안심하고 작업할 수 있었을 거고. 뚜껑문을 닫으면 저 안은 방음이 돼요. 하우게는 방음이 되는 상태를 더 좋아했겠죠."

툴린은 아무 말 없이 젠스의 설명을 듣는다. 마그누스 키에르의 장난감 몇 개와 함께 크림, 탄산음료 병, 향초, 기타 용품이 방에서 발견됐다. 전선과 와이파이도 설치되어 있었다. 아직 아이와 한스 헨리크 하우게 외에 다른 사람의 지문은 발견되지 않았다. 툴린의 입장에서는 모든 게 이해가 되지 않는다. 이런 사례는 지금까지 글이나 뉴스 보도로 접했을 뿐―요제프 프리즐*, 마르크 뒤트루**, 기

---

* 딸을 이십사 년 동안 지하실에 감금하고 성적으로 학대한 오스트리아의 범죄자.
** 여섯 명의 아동을 납치해 성적으로 학대하고 그중 네 명을 죽인 벨기에의 연쇄살인범.

타 등등의 사이코패스―현실로 느낀 건 오늘이 처음이다.

"와이파이를 왜 설치한 거예요?"

"아직은 모르겠어요. 하우게가 몇 가지 물건을 없애러 온 듯한데 그게 뭐였는지 모르겠어요. 그런데 종이상자에 담긴 공책에 암호가 몇 개 적혀 있더라고요. 보아하니 익명으로 P2P 네트워크를 쓰고 있었던 것 같아요. 스트리밍용으로."

"뭘 스트리밍하려고요?"

"헤스하고 IT팀이 맥북을 열어보려고 하는 중이지만 암호가 복잡해서 사무실로 들고 가서 풀어야 할 것 같아요."

툴린은 겐스가 들고 있던 일회용 장갑을 집어들고 그의 옆을 지나가려 하지만 겐스가 그녀의 어깨에 손을 얹는다.

"IT팀에 맡겨요. 안에 뭐가 있는지 파악하자마자 연락해줄 거예요."

그의 까만 눈을 보면 좋은 뜻에서 하는 말이라는 것을 알 수 있다. 툴린을 배려하기 위한 것이지만 그녀는 그냥 구멍 안으로 들어간다.

60

툴린은 사다리를 잡았던 손을 놓는다. 합판이 깔린 바닥에 두 발로 착지해, 이제는 눈부신 전등이 양쪽 끝에서 빛을 비추는 지하실을 돌아본다. 두 명의 IT팀원이 커피 테이블 위에 설치된 맥북과 와이파이 장비 옆에서 헤스와 대화를 나누고 있다.

"리커버리 모드로 부팅해봤어요?" 툴린은 묻는다.

헤스가 돌아본다. 한쪽 눈은 퉁퉁 부었고, 손마디는 거즈로 감쌌고, 한 손으로 피 묻은 키친타월을 뒤통수에 대고 있다.

"네. 하지만 그자가 파일볼트를 써서 여기서는 열 수 없다는군요."

"비켜요. 내가 해볼게요."

"그 사람들 말로는……"

"그러다 뭘 잘못 건드리면 안에 든 파일을 삭제할 수도 있잖아요."

헤스는 그녀를 쳐다보며 맥북에서 뒷걸음질치고 IT팀원들에게도 그렇게 하라는 뜻으로 고개를 끄덕인다.

오래 걸리지 않는다. 모든 운영체제를 잘 아는 툴린이 라텍스 장갑을 낀 손으로 하우게의 비밀번호를 다시 설정하는 데 이 분도 채 걸리지 않는다. 접속이 되자 컴퓨터 화면 위로 다양한 디즈니 캐릭터가 담긴 사진이 뜬다. 구피, 도널드 덕, 미키 마우스다. 화면 왼쪽에 열두어 개의 폴더가 있는데, 모두 월별로 정리되어 있다.

"가장 최근 폴더를 열어봐요."

툴린은 이미 가장 최근인 '9월' 폴더를 더블클릭한 참이다. 새 창이 열리고 각각 재생 표시가 달린 다섯 개의 아이콘이 뜬다. 툴린은 아무거나 하나를 더블클릭하고 재생되는 영상을 본다. 삼십 초가 지났을 때 겐스의 충고를 따르지 않은 걸 후회한다. 구역질이 밀려와 속이 뒤집힌다.

61

지금까지 자동차 라디오로 나온 뉴스는 추측과 반복 그리고 한스 헨리크 하우게를 찾는다는 공고뿐이다. 이후에 흘러나온 팝송이 항문 성교를 명랑하게 찬양하는 노래로 밝혀지자 툴린은 라디오를 끄기로 한다. 대화할 기분이 아니어서 헤스가 통화에 열중하고 있어도 상관없다.

그들은 후숨에서 차를 몰아 마그누스 키에르가 아직 입원해 있는 글로스트루프병원으로 찾아갔다. 직원 휴게실에서 이 상황을 의사에게 설명했고 다행히 그녀는 진심으로 깜짝 놀라며 아이를 걱정하는 듯했다. 툴린은 한스 헨리크 하우게가 올 경우 마그누스 키에르에게 절대 접근하지 못하게 하라고 지시를 내렸다. 수배령이 내린 도주범이니 그럴 가능성이 거의 없긴 했다. 의사는 전후 사정을 감안하면 아이가 잘 지내고 있는 거라고 했지만 툴린과 헤스는 나오는 길에 병실에 들렀다. 아이는 자고 있었고, 그들은 문에 달린 직사각형의 창문 너머로 잠깐 아이를 들여다보았다.

거의 십사, 십오 개월 동안 아이는 계속 고문을 당했는데, 그러는 동안 의사들은 자폐증 때문에 인간적인 접촉이 힘든 거라는 진단을 내렸다. 툴린이 수집한 정보에 따르면 아이는 아버지가 세상을 떠나고 어머니가 하우게를 만나기 전까지는 여느 아이들과 다름없이 잘 적응했다. 하우게는 분명 데이트 사이트에서 라우라의 프로필에 어린 아들이 있는 걸 보고 그녀를 선택했을 것이다. 어떤 남자들의 눈에는 그것이 그녀의 흠결로 보였을지 몰라도 하우게에게는 라우라를 표적으로 삼은 이유가 됐다. 툴린은 하우게의 데이트 사이트 이용 이력을 보고 그가 전에도 아이가 있는 싱글맘에게 메시지를 보냈었다는 걸 알았지만 그걸 이상하게 여기진 않았다. 그저 자기와 비슷한 또래의 파트너를 찾으려 했다고 생각했을 뿐이다.

툴린은 하우게의 맥북에서 본 영상을 통해 그가 아이에게 어떤 식으로 침묵을 강요했는지 분명하게 알 수 있었다. 그는 초현실적인 빨간색 벽걸이 장식을 등진 채 지하실의 매트리스 위에 앉아서 마그누스에게 설교조로 타일렀다. 엄마가 아빠가 돌아가셨을 때처럼 슬퍼하는 것보다 행복하게 지내는 게 좋지 않겠느냐고. 그런 다음 가볍고 자연스럽게, 자신이 엄마를 아프게 하면 좋겠느냐고 덧붙였다.

이어지는 성폭행 장면에서 마그누스는 반항하지 않았고 툴린은 더이상 보고 싶지 않았다. 하지만 그건 실제로 발생한 일이었고, 하우게의 I2P 접속 기록으로 그 영상이 온라인으로 공유되거나 스트리밍되었다는 것을 알 수 있었다. 물론 초반부의 대화나 하우게의 얼굴이 보이는 장면은 편집되어 있었다. 그리고 이 일은 일회성으로 끝나지 않았다. 절대 그렇지 않았다.

라우라 키에르는 성폭행에 대해 알 수 없었을 것이다. 그런데 지방의회에 접수된 익명의 제보가 경종을 울렸다. 그녀는 아이를 학대한다는 비난을 일축했지만 불안해졌을 것이다. 아이가 학교에 있거나 아이와 함께 나가지 않는 한 그녀가 외출을 점점 자제하기 시작한 시점과 제보가 접수된 시점이 일치한 것을 보면 의심이 뿌리를 내리기 시작했을 수도 있다. 어쩌면 그녀도 하우게를 무서워하고 있었을지 모른다. 그가 출장을 간 사이 도어록을 바꾸지 않았던 가. 안타깝게도 그로써 많은 게 달라지지는 않았지만.

"알겠습니다. 감사합니다." 헤스가 전화를 끊는다. "내일 아침이 되어야 그 사회복지사나 시청의 다른 직원에게 정보를 좀더 얻을 수 있겠어요."

"우리가 찾는 범인이 그 익명의 제보자라고 생각해요?"

"그럴지도 모르죠. 확인해볼 만하다고 봐요."

"두 사람을 살해한 범인이 하우게일 리 없는 이유는 뭐예요?" 툴린은 정답을 알고 있으면서도 참지 못하고 이렇게 묻고 헤스는 뜸을 들인다.

"두 건의 범인이 한 명이라는 강력한 증거가 있어요. 하우게한테 라우라 키에르를 살해할 이유가 있었을지 몰라도 아네 사이에르라 센의 경우에는 아니에요. 마침 알리바이도 있고요. 지하 벙커의 컴퓨터에 저장된 자료를 보면 하우게는 소아성애자예요. 어린아이들을 성폭행하는 데서 쾌감을 느껴요. 여성을 폭행하고 사지를 절단하고 살해하는 데서가 아니라."

툴린은 아무 대꾸도 하지 않는다. 모든 분노가 하우게에게로 집중돼 그를 찾으러 다니고 싶은 생각뿐이다.

"괜찮아요?"

헤스가 그녀의 안색을 살피는 기미가 느껴지지만 툴린은 하우게와 맥북에서 본 영상에 대해 더는 대화를 나누고 싶지 않다.

"내가 당신한테 물어야 하는 거 아니에요?"

헤스는 조금 어리둥절한 표정으로 그녀를 쳐다보고, 툴린은 도로에 시선을 고정한 채 그의 귀에서 줄줄 흘러나오는 핏줄기를 가리킨다. 헤스가 키친타월 뭉치로 그걸 닦는 동안 그녀는 자신의 아파트를 향해 차를 돌린다. 어떤 생각 하나가 떠오른다.

"그런데 제보자는 마그누스가 성폭행당하고 있다는 걸 어떻게 알았을까요? 아무도 몰랐는데."

"나야 모르죠."

"만일 제보자가 그걸 알았다면, 아이 엄마는 무슨 일이 벌어지고 있는지 모른다는 것까지 알았다면, 왜 하우게가 아니라 그녀를 죽였을까요?"

"그것도 나는 모르죠. 하지만 얼개를 짜보자면 이런 이유에서일지 몰라요. 어쩌면 제보자가 보기에 엄마는 알았어야 하는 사람이니까. 어쩌면 엄마가 고발을 당하고도 조치를 취하지 않았으니까. 어쨌거나 바로 움직이지는 않았잖아요."

"어쩌면이 너무 많네요."

"아, 확실하고말고요. 아네 사이에르라센은 그런 고발을 당한 적이 없었다는 사회복지사의 증언까지 감안하면 더할 나위 없죠. 모든 게 아주 그냥 딱딱 들어맞잖아요."

헤스는 휴대전화 화면을 확인하더니 통화 거절 버튼을 누르는 것으로 빈정거림을 완성한다. 툴린은 차를 대고 시동을 끈다.

"그렇지만 아네 사이에르라센은 가방을 싸서 아이들과 함께 집을 나오려고 했잖아요. 마그누스 키에르에게 어떤 일이 있었는지 파악했으니 그 집 큰딸이 당한 사고도 우연히 벌어진 일인지 아니면 전혀 다른 어떤 현상의 증후인지 확인해보는 게 어때요?"

헤스는 툴린을 쳐다본다. 무슨 말인지 이해하는 눈빛이다. 그는 바로 대답하지 않지만 툴린은 자신의 말이 이미 그의 머릿속에서 여러 갈래로 소용돌이치고 있다는 걸 느낄 수 있다.

"어쩌면이 너무 많다면서요."

"어쩌면 그렇지 않을 수도 있죠."

라우라 키에르의 차고에서 그런 것이 발견된 상황에서 웃으면 안 될 것처럼 느껴지지만 툴린은 어쩔 수가 없다. 유머러스하게 포장하자 그녀와 이 이해할 수 없는 일 사이에 거리가 생기고 동시에 문득 그들이 제대로 방향을 잡았을지 모른다는 생각이 든다. 누군가가 유리창을 손마디로 세게 두드리는 소리에 창밖을 내다보니 세바스티안이 함박웃음을 지으며 차문 옆에 서 있다. 양복과 검은색 트렌치코트를 입은 그는 한 손에는 셀로판지와 리본으로 감싼 꽃다발을, 다른 손에는 와인을 들고 있다.

62

툴린은 거실 테이블에서 노트북을 펼치고 그날 팀의 다른 수사관들이 수집한 정보를 정독한다. 특히 에리크 사이에르라센 관련 부분에 집중한다. 세바스티안은 갔고, 그녀가 바라던 바이기는 했지만 그런 식으로 헤어진 게 아쉽기는 했다.

"내 전화를 안 받으면 이런 사태가 벌어지는 거야. 내가 뜬금없이 등장한다고." 아파트에 도착했을 때 그가 짓궂게 말했다. 부엌 불을 켠 순간 그녀는 그 아수라장에 화들짝 놀랐다. 클람펜보르의 숲속을 수색할 때 입었던 비에 젖은 옷들이 구석에 쌓여 있고 식탁에는 그날 아침에 먹은 요구르트가 말라붙은 그릇이 놓여 있었다.

"내가 지금 집에 올 줄 어떻게 알았어?"

"한번 와봤는데 운이 좋았지."

길거리에서 그런 상황이 벌어졌을 때 그녀는 난감했고, 세바스티안이 유리창을 두드릴 때까지 집 앞에 일렬로 주차된 차량에서 그의 짙은 회색 벤츠를 알아보지 못했다는 사실에 아직까지 짜증이 났다. 툴린이 차에서 내리자 헤스도 따라 내려 운전석 쪽으로 돌아왔다. 그가 그 차를 몰고 퇴근하기로 합의한 참이었다. 헤스와 세바스티안은 잠깐 서로 마주보고 서서 세바스티안은 열정적으로, 헤스는 좀 서름서름하게 묵례를 교환했고 툴린은 현관문 쪽으로 걸어갔다. 사소한 일이었지만 헤스가 세바스티안을 만났고 그녀의 사생활

을 단편적으로나마 엿보았다는 게 신경에 거슬렸다. 아니면 거슬린
건 세바스티안이었을까? 마치 다른 행성에서 온 생명체를 만나는
느낌이었다. 하지만 평소에 그녀는 그의 그런 점을 좋아했다.

"저기, 내가 지금 할일이 많은데."

"새로운 파트너야? 유로폴에서 쫓겨난 그 사람?"

"유로폴 출신이라는 걸 어떻게 알았어?"

"아, 오늘 검찰청에 근무하는 친구랑 점심을 먹었거든. 그 친구
가 지나가는 말로 헤이그에서 누가 난처한 상황에 몰려서 살인수사
과로 넘어왔다고 하더라고. 그래서 일 더하기 일을 해보았지. 당신
이 그랬잖아, 이제 막 일을 시작한 얼간이가 있는데 뭘 하려는 의지
가 없다고. 수사는 어떻게 돼가고 있어?"

툴린은 지난주에 세바스티안이 두어 번 전화했을 때 헤스 얘기
를 꺼낸 것을 후회했다. 그들은 사건 때문에 만날 시간이 없었고 그
녀는 새로운 파트너가 아무 도움이 안 돼서 평소보다 바쁘다고 했
었다. 하지만 이제는 그것이 부당한 평가였던 것처럼 느껴졌다.

"첫번째 사건 현장에서 무슨 일이 벌어졌다는 소식, 오늘 저녁
뉴스에서 들었어. 그 사람 얼굴이 교통사고라도 당한 것처럼 보인
이유가 그거야?"

세바스티안이 바짝 다가오자 그녀는 뒤로 물러났다.

"그만 가. 읽어야 할 자료가 산더미야."

세바스티안이 어루만지려 들자 그녀는 퇴짜를 놓았다. 하지만
그는 다시 시도하며 보고 싶었다고, 하고 싶다고, 딸이 없으니 아무
데서나 할 수 있지 않느냐고 했다. 예를 들면 식탁에서.

"왜 그래? 레 때문에 그래? 레는 어떻게 지내고 있대?"

하지만 툴린은 레 얘기를 할 기분이 아니었기 때문에 다시 한번

가달라고 했다.

"그러니까, 이런 식인 거야? 시간과 방식을 정하는 사람은 당신이고 나는 발언권이 없다?"

"늘 그랬잖아. 그게 싫으면 언제든 끝내도 상관없어."

"좀더 재밌는 사람이 생겨서 그러는 거야?"

"아니. 하지만 그런 사람이 생기면 알려줄게. 꽃다발 고마워."

세바스티안은 웃었지만 그를 문밖으로 내보내기는 쉽지 않았다. 꽃다발과 와인을 들고 찾아온 그를 내쫓을 수 있는 사람이 과연 몇이나 될까. 그런데 그녀가 그런 짓을 저질렀다니 참 희한한 일이었다. 그녀는 내일 그에게 전화해야겠다고 마음먹었다.

툴린이 노트북 앞에서 사과 반쪽을 먹고 있을 때 휴대전화가 울린다. 헤스다. 그가 사이에르라센의 큰딸 사건을 알아보기로 차에서 이야기를 해두었기 때문에 전화를 한 것 자체가 이상한 일은 아니다. 이상한 건 그가 통화해도 괜찮은지 깍듯하게 묻고 있는 것이다.

"네, 괜찮아요. 왜요?"

"당신 짐작이 맞았어요. 리그스병원 응급실로 찾아가서 물어본 참이거든요. 큰딸이 코와 쇄골이 부러져서 여기 입원한 것 말고도, 두 아이 모두 브뢰게섬과 클람펜보르에 살던 시절 여러 차례 다쳐서 치료받은 적이 있어요. 성폭행을 당한 증거는 없지만 학대를 당했을 수도 있어요. 마그누스 키에르와는 방식이 달랐을 뿐."

"몇 번이나 다쳤는데요?"

"아직 다 세지 못했어요. 너무 많아서요."

툴린은 그에게서 조사 결과를 듣는다. 그의 진료 기록 설명이 끝나자 그녀는 지하 벙커에서 느꼈던 욕지기가 다시 올라오는 듯한 느낌을 받는다. 내일 겐토프테의 관계당국부터 찾아가보자는 그의 말이 거의 들리지도 않는다.

"클람펜보르에 있는 사이에르라센의 집이 겐토프테 의회 관할이에요. 아네 사이에르라센을 비난하는 익명의 제보가 그쪽에 접수된 게 확인되면 우리가 제대로 짚은 거겠죠."

헤스는 "그나저나 아까 그 집에 나타나줘서 고마웠어요. 그 얘기를 했나 모르겠네"라는 뜻밖의 말로 통화를 마무리하고, 그녀는 "별말씀을. 내일 봐요" 하고는 전화를 끊는다.

이후에 그녀는 평정심을 회복하느라 애를 먹는다. 다시 머리를 식히기로 하고, 좋지 않게 이번에는 냉장고에서 레드불을 꺼내오기로 한다. 그녀는 자리에서 일어나다 우연히 창밖을 내다본다.

집이 5층이라 원래는 거의 저멀리 호수에 이르기까지 이 도시에 있는 여러 건물의 지붕과 탑을 선명하게 볼 수 있다. 하지만 이제는 맞은편 건물에 한 달 전 설치된 비계 때문에 거의 보이지 않는다. 오늘 저녁처럼 바람이 심하게 불면 방수포가 모조리 펄럭이고, 금방이라도 무너질 듯 철제 이음새가 삐걱거리고 끽끽댄다. 하지만 툴린의 눈길을 끈 것은 어떤 사람이다. 아니, 사람이 맞을까? 그녀의 아파트 바로 맞은편의 트랩을 덮은 방수포 뒤로 어떤 형체가 보인 듯하다. 그 형체가 그녀를 똑바로 쳐다보고 있는 것처럼 느껴진다. 딸아이를 학교 앞에서 내려주었을 때 지나가는 차량 사이로 누가 자신을 지켜보고 있었던 기억이 문득 툴린의 머릿속을 스치고 지나간다. 그녀는 당장 경계 태세를 갖춘다. 직감상 동일 인물이다. 하지만 다시 바람이 불어 방수포가 거대한 돛처럼 펄럭이자 그 형체가 시야에서 사라진다. 방수포가 다시 제자리로 돌아왔을 때 형체는 더이상 보이지 않는다. 툴린은 불을 끄고 노트북을 덮는다. 어두워진 거실에 잠시 서서 숨을 쉬라고 자신을 다독이며 비계를 응시한다.

10월 16일
금요일

63

　이른아침이지만 에리크 사이에르라셴은 몇시인지 알지 못한다. 그가 차고 다니던 4만 5천 유로짜리 태그호이어 시계는 어젯밤부터 경찰서 3층의 어느 상자 안에 들어 있고 허리띠와 신발끈도 마찬가지다. 에리크 자신은 지하 유치장에 앉아 있는데, 묵직한 철문이 열리며 경관이 그에게 다시 심문받을 때가 됐다고 알린다. 그는 일어나 지하실을 지나 햇빛과 문명이 있는 곳을 향해 나선형 계단을 오르며 분통을 터뜨릴 준비를 한다.

　간밤에 경찰이 예고 없이 들이닥쳤다. 그가 침대에 누워서 우는 아이들과 얘기하고 있을 때 오페어가 부르기에 현관문 앞으로 나가보니 경찰 두 명이 그를 데려가 심문하기 위해 기다리고 있었다. 그는 바로 집을 떠날 수 없다고 항의했지만 그들은 선택의 여지를 주지 않았고, 아이들을 돌볼 수 있게 장모를 데리고 왔다며 그를 궁지로 몰았다. 에리크는 아내가 죽은 이후로 장모와 대화를 나눈 적이 없었다. 아이들을 걱정하며 이것저것 묻고 원치 않는 도움을 주겠다고 할 게 뻔했기 때문이다. 장모는 거의 공모자처럼 경찰들 뒤에서서 그녀의 딸을 죽인 범인이 그라도 된다는 듯 소심한 눈빛으로 그를 바라보고 있었다. 에리크가 대기중이던 순찰차로 이끌려 가는 동안 장모는 문지방을 넘었고 아이들이 달려나와 그녀를 맞이했다. 아이들은 그녀의 다리에 매달렸다.

경찰서에서 그는 아무런 설명도 듣지 못한 채, 아이들이 자꾸 넘어지고 다친 이유에 대해 질문을 받았다. 그는 아무것도 이해할 수 없었다. 다른 건 둘째 치고 그게 무슨 상관인지 알 수 없었기에 그들에게 더 높은 사람을 만나게 해주든지 아니면 당장 집으로 보내달라고 고함을 질렀다. 하지만 그는 오히려 '아네 사이에르라센 살인사건 관련 정보를 밝히기를 거부했다'는 이유로 구금돼 하찮은 범법자처럼 지하 유치장에 갇히는 수모를 견뎌야 했다.

에리크 사이에르라센이 맨 처음 아내를 때린 건 결혼식 날 밤이었다. 당레테레호텔 스위트룸에 들어가자마자 신부의 팔을 움켜잡고 그녀를 이 방 저 방으로 끌고 다니면서 이를 악물고 욕을 퍼부었다. 결혼식은 호화로웠다. 아네의 집안이 찢어지게 가난했기 때문에 에리크의 집안이 세계적으로 유명한 요리사, 열두 가지의 이국적인 코스 요리, 하브레홀름성의 객실 등 모든 비용을 부담했다. 그런데 아네는 어떤 식으로 그에게 보답했는가? 그의 기숙학교 시절 친구 중 한 명과 너무 오랫동안 너무 다정하게 대화를 나누는 것으로 보답했다. 에리크로서는 엄청나게 굴욕적인 일이었고, 그는 결혼식장을 나서 차를 타고 단둘이 있을 수 있는 당레테레호텔에 도착할 때까지 부글거리는 분노를 달래야 했다. 아네는 접대하느라 그의 친구와 얘기를 나누었을 뿐이라고 울면서 항변했지만, 그는 노발대발하며 웨딩드레스를 갈가리 찢고 그녀를 몇 번이나 때리고 성폭행했다. 그러고는 다음날 사과하며 그녀를 깊이 사랑한다고 끊임없이 말했다. 아침을 먹는 자리에서 손님들은 아네의 뺨이 빨간 이유가 격렬한 첫날밤을 보냈기 때문이라고 여겼다. 어쩌면 바로 그 순간 그녀를 향한 혐오가 피어난 것일지도 모른다. 그녀가 그걸 그냥 받아들였기 때문에. 긴 속눈썹을 깜빡이며 여전히 사랑에 빠진 눈빛으로 그를 바라보았기 때문에.

 그들이 가장 행복했던 시기는 싱가포르에서 지낼 때였다. 그는 몇 군데 바이오테크 기업에 효과적으로 투자한 떠오르는 샛별이었고 그와 아네는 금세 영국과 미국 출신으로 이루어진 부유층 사회의 일원이 되었다. 그는 어쩌다 한 번씩 그녀 앞에서 이성을 잃었는데, 대개는 그녀가 자신의 일거수일투족을 보고하지 않았다든지 하는 식으로 그가 정해놓은 충실함의 기준을 어겼을 때였다. 그러고 나면 그는 몰디브로 여행을 가거나 네팔로 산악 트레킹을 떠나는 식으로 보상했다. 하지만 아이들이 태어나면서 생활이 달라졌다. 처음에 그는 아네의 가장 큰 소원에 반대했지만, 자기 입으로도 거듭 얘기했고 바이오테크 기업 경영진과의 다양한 회의 석상에서 종종 거론됐던 번식이라는 개념에 가부장적인 매력을 느꼈다. 그의 정자가 부실해 불임클리닉에서 상담을 받아야 한다니 불쾌하기는 했다. 아네는 처음 상담 얘기를 꺼냈다가 펜트하우스에서 그에게 손찌검을 당했다. 십 개월 뒤에 래플스병원에서 딸이 태어났을 때도 그는 전혀 기쁨을 느끼지 못했지만 나중에 느낄 수 있겠거니 했다. 그런데 아니었다. 둘째가 태어났을 때도 마찬가지였다. 둘째가 태어났을 때는 절대 아니었다. 리나를 제왕절개로 꺼내야 했고 아네의 몸이 심하게 망가져서 에리크가 바라던 아들은 물건너간 얘기가 되고 말았던 것이다. 그들의 부부관계도 마찬가지였다.

 싱가포르에 지낸 나머지 시간 동안 그는 숱하게 바람을 피우며 그의 사업 감각이 여전하다는 것으로 위안을 삼았지만, 아네가 아이들을 덴마크 학교에 보내고 싶어했기 때문에 아시아에서 브뤼게 섬의 넓고 으리으리한 아파트로 이사했고, 클람펜보르의 집이 완공될 때까지 거기서 일 년을 지냈다. 코펜하겐의 손바닥만한 사교계는 답답하고 숨이 막혔고 그가 싱가포르에서 누렸던 국제적이고 자유로운 분위기와 백팔십도 달랐다. 그는 이내 브레드가데에서 예전의 친구들과 맞닥뜨렸지만 그곳은 더럽게 재미없는 깡촌이었다. 다들 상류계급의 하찮은 상징과 전시용 아내를 자랑하며 집이 어떻고 아이들이 어떻고 재잘거렸다. 설상가상으로 아이들은 점점 더 아네를 찍은 듯이 닮아가서 세련되고 우아한 맛이라고는 없었고, 제 어미처럼 나약하고 감상적이며 순진한 이야기만 떠들어댔다. 그뿐만 아니라 그가 결혼한 여자처럼 근성이라고는 전혀 없었다.

어느 날 밤 잠잘 시간이 되었는데 아이들이 쓸데없는 걸 두고 울고불고 한 적이 있었다. 아네와 오페어가 둘 다 집에 없었기 때문에 그가 이 골치 아픈 짐을 떠맡아야 했다. 참다못해 그가 아이들을 한 대씩 때리자 울음이 멎었다. 그로부터 몇 주일 뒤 몇 번을 얘기하고 방법까지 알려주었는데도 큰아이가 음식을 자꾸 흘리자 그는 의자 밖으로 날아갈 정도로 세게 아이를 때렸다. 응급실에서 아이가 뇌진탕 치료를 받는 동안 그는 주디스에게 입을 다물지 않으면 첫 비행기를 타고 고향의 논밭으로 돌아갈 줄 알라고 못을 박았다. 자기 어머니의 집에 갔던 아네가 달려왔을 때, 그는 아이가 왜 이렇게 조심성이 없는지 모르겠다며, 자기 자신도 놀랄 정도로 술술 거짓말을 늘어놓았다. 아이는 머리는 나빠도 엄마에게 사실대로 말하면 안 된다는 것쯤은 알았다.

브뤼게섬에서 지내는 동안 사고가 잦았지만, 어쩌면 너무 잦았지만 그게 도움이 됐다. 아네는 가끔 의심하는 눈빛으로 그를 쳐다보았지만 절대 묻지 않았다. 이사하기 직전에 지방의회 소속 사회복지사가 난데없이 찾아오기 전까지는 그랬다. 사회복지사는 아이들이 학대당하고 있다는 익명의 제보가 의회로 접수됐다고 밝혔고,

에리크는 그가 들쑤시고 다니는 것을 한동안 참아야 했다. 하지만 에리크는 변호사의 도움을 받아, 두 번 다시 찾아오지 말라는 엄포와 함께 그를 내쫓을 수 있었고, 앞으로는 좀 자제해야겠다고 마음먹었다. 감히 그런 제보를 한 게 누군지 알아내기까지는 그렇게 하리라 생각했다.

그후 아네가 그동안의 사고가 당신 때문에 일어난 거냐고 처음으로 남편에게 직접 따져 물었다. 당연히 그는 딱 잡아뗐지만 클람펜보르로 이사하고 현관 앞 계단에서 그런 사건이 벌어진 이후 그녀는 더이상 그를 믿지 않았다. 아네는 울고 자책하며 이혼을 요구했다. 당연히 그는 대비하고 있었다. 그녀가 이혼을 요구하면 변호사를 동원해 두 번 다시 아이들을 만나지 못하게 할 생각이었다. 아주 오래전 그녀는 그가 벌어들인 재산은 어떤 것도 요구하지 않겠다는 혼중 합의서에 서명한 적이 있었다. 따라서 그녀가 클람펜보르의 번드르르한 새장 속 삶에 만족하지 못한다면 어머니의 집 소파에 앉아서 정부 보조금으로 연명해야 하는 인생이 기다리고 있었다.

분위기는 두 번 다시 전처럼 좋아지지 않았지만 그는 아네가 포기했다고 생각했다. 그런데 경찰 조사 결과 그녀가 어머니의 집으로 가려던 게 아니라 도망치려고 했다는 것이 밝혀졌다. 그를 천하의 몹쓸 놈으로 보이게 하려고 그의 곁을 떠날 작정이었던 것이다. 하지만 누가 마술이라도 부린 것처럼 저지당했다. 어떻게 된 영문인지 아직 알 수 없었지만 에리크로서는 정의가 구현된 느낌이었다. 이제 전적으로 그의 차지가 된 아이들과의 관계도 앞으로 수월해질지 몰랐다. 다른 어느 누구의 의견도 염두에 둘 필요가 없었다.

에리크 사이에르라센은 자신만만하게 강력반 취조실로 들어선다. 배석한 두 형사는 구면이다. 눈동자 색이 서로 다른 남자와 사슴 같은 눈망울의 아담한 여자. 다른 데서 만났더라면 그녀에게 평생 잊지 못할 황홀한 경험을 선물할 수 있었을 텐데. 둘 다 안색이 형편없다. 피곤하고 지쳐 보인다. 특히 남자는 얼마 전에 얻어맞기라도 한 듯 얼굴이 푸르뎅뎅하고 누르스름하다. 에리크는 세게 나가도 된다는 걸 당장 알아차린다. 그는 바로 풀려날 것이다. 그들은 그에게 상대도 되지 않는다.

"에리크 사이에르라센 씨, 오페어와 다시 얘기를 나누었는데요, 이번에는 당신이 최소 네 번 이상 어떤 식으로 아이들을 구타했는지 자세하게 설명하더군요."

"지금 무슨 얘기를 하는 건지 전혀 모르겠네요. 내가 아이들에게 손찌검을 했다고 주디스가 그랬다면 그건 거짓말이에요."

에리크는 약간 실랑이가 오갈 거라고 예상하지만 두 머저리는 그가 한 말을 들은 척도 하지 않는다.

"저희는 그녀가 사실대로 얘기하고 있다는 걸 압니다. 당신이 싱가포르에서 고용했던 두 명의 필리핀인 오페어하고도 통화했으니까요. 세 명이 각각 증언한 내용이 일치합니다. 이에 검찰에서 당신이 덴마크에 거주하는 동안 발생한 상해에 대해 일곱 건의 진료 기록을 토대로 당신을 자녀 폭행 및 구타 죄로 기소하기로 결정했습니다."

남자가 계속 말하는 동안 사이에르라센은 사슴 같은 눈망울을 한 여자의 차가운 시선을 느낀다.

"일단은 당신의 구금 기한을 사십팔 시간 더 연장해달라고 요청한 상태입니다. 당신은 변호사를 선임할 권리가 있고 그럴 여력이 안 되면 국선변호사가 배정될 겁니다. 판결이 내려질 때까지 사회복지 관계당국에서 이미 후견인을 자청한 외할머니와 긴밀한 협조

아래 아이들을 보살필 겁니다. 당신이 유죄판결을 받고 형을 선고 받으면 그때 친권을 유지할 수 있을지, 감독하에 아이들을 만날 수 있을지 여부가 결정될 겁니다."

모든 소리가 사라진다. 에리크 사이에르라센은 잠깐 허공을 응시한다. 그러고는 고개를 떨군다. 그의 앞 테이블 위에 의사의 진단과 함께 다친 부위를 표시한 그림과 엑스레이 사진이 첨부된 진료 기록들이 펼쳐져 있는데, 문득 불길해 보인다는 생각이 든다. 사슴 눈망울이 브뤼게섬에서 그들이 이사하기 직전에 익명의 제보를 접수한 지방정부 사회복지사가 그들의 집을 찾아온 적이 있었다는 주디스의 증언을 확보했다고 말하는 소리가 멀리서 들려온다. 그의 사건을 다른 사람에게 넘기기 전에 지금 당장은 그 일에 대해 이야기하고 싶다고 말한다.

"제보자가 누군지 아십니까?"

"누구일 것 같으세요?"

"오페어를 제외하고 당신이 아이들을 폭행하고 있다는 사실을 알 만한 사람이 누가 있었을까요?"

얼굴이 푸르뎅뎅하고 누르스름하게 퉁퉁 부은 형사는 그에게 대답을 종용하지만 에리크 사이에르라센은 한마디도 할 수가 없다. 그저 사진만 바라볼 뿐이다. 잠시 후 그는 밖으로 끌려나가고, 등뒤로 유치장 문이 쾅 소리와 함께 닫히자 주저앉는다. 난생처음으로 아이들이 보고 싶다.

64

헤스는 머리가 터질 것 같다. 차가운 바람이 부는 시청 밖에 남지 않은 것이 후회된다. 한스 헨리크 하우게와 몸싸움을 벌인 직후에는 머리가 깨질 듯이 저릿저릿했는데, 그 주가 지나는 동안 사라지지 않는 두통으로 바뀌었다. 하우게의 행방을 알 수 없다는 것도, 오늘 아침 지서에서 에리크 사이에르라센을 심문한 이후에 시청으로 달려와 사회복지사 헤닝 로에브와 그의 상사를 후텁지근한 아동청소년복지과 사무실에서 이렇게 만나고 있다는 것도 전혀 도움이 되지 않는다. 이 사무실의 딱딱한 분위기와 마호가니 널빤지는 딱히 아동 친화적이지 않다.

사회복지사는 열심히 자기변호를 하는 중이다. 아마도 의자에 앉아서 신경질적으로 꼼지락거리는 과장에게 들으라고 하는 얘기일 것이다.

"말씀드렸다시피 시스템이 다운됐어요. 그래서 도와드리지 못했던 겁니다."

"화요일에 한 이야기와 다르잖습니까. 그때는 아네 사이에르라센의 아이들과 관련해서 접수된 제보가 없다고 했어요, 사실은 있었는데."

"시스템에 뜨지 않는다고 말씀드렸던 것 같은데요."

"아뇨, 그렇게 말하지 않았어요. 내가 아이들 주민등록번호를 이야기했더니……"

"아, 알겠습니다. 제가 뭐라고 했는지 정확하게 기억은 나지 않지만……"

"사실대로 알려주지 않은 이유가 뭡니까?"

"아니, 숨기려고 했던 게 아니라……"

헤닝 로에브는 계속 우물쭈물하며 불안한 눈빛으로 과장을 곁눈질하고, 헤스는 며칠 전에 생각했던 대로 이 남자를 만나러 오지 않은 자신을 저주한다.

그들은 차고에서 지하실이 발견된 이후 얼마 동안은 라우라 키에르 사건의 익명의 제보자에 대한 의혹을 제쳐두었다. 아네 사이에르라센은 그와 비슷한 고발을 당한 적이 없었기 때문이다. 그 가족이 브뤼게섬에 사는 동안 그런 제보가 접수된 적이 없다는 사회복지사의 증언에 헤스와 툴린은 클람펜보르를 관할하는 겐토프테 의회에 집중했다. 하지만 겐토프테에서는 아네 사이에르라센에 대한 제보가 없다고 했기 때문에 두 사건의 연결고리가 아동 폭행일 가능성이 흐지부지됐다. 사이에르라센 가족 주위 사람들 가운데 아이들이 사고가 아닌 다른 이유로 다쳤을지 모른다고 의심한 이는 아무도 없었다. 오페어가 가장 우물쭈물하며 대답을 제대로 못했다. 그러다 어제 오후 늦게 에리크 사이에르라센의 위협에서 지켜주겠다는 툴린과 헤스의 다짐을 받은 다음에야 울음을 터뜨리며 진상을 폭로했다. 그러면서 예전에 살던 브뤼게섬의 집으로 코펜하겐 의회 소속 사회복지사가 찾아온 적이 있다는 얘기를 덧붙였다. 아네가 아이들을 제대로 돌보지 않는다는 익명의 제보가 접수됐다며 이런저런 질문을 했다고 말했다. 헤스는 그들이 소중한 시간을 허비했음을 깨닫고 속으로 욕을 쏟아냈다.

헤스는 화요일에 사회복지사와 통화할 때도 그에 대한 인상이 별로였는데, 그 느낌은 심문을 하는 도중에도 나아지지 않는다. 툴린과 IT 전문가들이 제보자의 디지털 증거를 확보하기 위해 이 부서의 컴퓨터를 뒤지고 있기 때문에 그는 혼자서 심문을 진행하는 중이다. 사회복지사는 자신의 거짓말을 '기술적인 오류'로 포장했지만, 라우라 키에르와 아네 사이에르라센을 상대로 이루어진 두 건의 제보 내용을 검토한 결과 헤스는 로에브가 지난번 통화했을 때 왜 그런 식으로 얼버무렸는지 알 것 같았다.

내부 고발 프로그램을 통해 아네 사이에르라센 관련 제보가 접수된 것은 라우라 키에르가 고발당하고 약 이 주 후로, 사이에르라센 가족이 클람펜보르로 이사하기 직전이었다. A4 용지 한 면을 거의 다 채울 정도로 내용이 아주 장황하다. 요컨대 아네 사이에르라센의 두 딸 리나와 소피아가 학대당하고 있다며 그녀 아닌 다른 이에게 양육을 맡겨야 한다는 내용이다. 하지만 쉼표도 거의 없이 지루한 의식의 흐름처럼 횡설수설해서, 냉랭하고 사무적으로 라우라 키에르를 고발한 간결한 이메일과 상당한 대조를 이룬다. 제보자는 아네 사이에르라센이 자기밖에 모르는 부잣집 골 빈 여자라고 주장한다. 돈과 명품에 집착하며, 여러 병원의 진료 기록을 보면 아이들을 다른 사람의 손에 맡겨야 한다는 걸 누구라도 알 수 있을 거라고 한다. 두 이메일의 폰트와 글자 크기도 전혀 다르지만, 차례대로 읽어보면 '자기밖에 모르는 걸레'와 '알 만한 사람'이라는 단어가 똑같이 쓰인 것을 모를 수가 없다. 아네 사이에르라센의 경우에는 그 표현이 여러 번 쓰였다. 동일한 발신자가 다른 사람인 척한 것일 수 있다. 헤스는 이런 이유로 헤닝 로에브가 불안해져서 사이에르라센의 아이들을 두고 거짓말을 했을 거라고 추측한다.

로에브는 규정 뒤에 숨어서 자신의 사건 처리 방식을 변명한다. 모든 걸 규칙대로 했고 부모는 학대를 전면 부인했다. 의회에서 찾아가면 부모들이 즉각 모든 사실을 고백할 거라고 기대하는 사람처럼 그 말을 하고 또 한다.

"하지만 경찰 수사로 두 사례를 재조명하게 됐잖아. 당장 철저하게 내부 검토를 하는 게 좋겠어." 과장이 끼어든다.

그 말에 사회복지사는 침묵하지만 과장은 걱정 말라며 계속 조잘거린다. 헤스의 머리가 다시금 지끈거린다. 화요일 저녁 응급실에 갔을 때 검사를 받았어야 했는데, 그러는 대신 그는 직접 페인트를 칠한답시고 난장판을 벌여놓은 오딘으로 돌아갔다. 꽃다발과 와인을 들고 툴린을 기다리고 있던 남자를 생각하다 잠이 들었고, 그 남자를 보고 놀랐다는 데 왠지 모르게 짜증이 났다. 당연히 퇴근하는 그녀를 기다리는 사람이 있지 않겠는가. 게다가 그가 상관할 일도 아니다.

다음날 눈을 떠보니 그보다 더 끔찍할 수 없을 정도로 머리가 아팠다. 바로 그때 휴대전화 벨이 울렸다. 프랑수아였다. 그는 헤스가 화상회의를 놓치고 프라이만에게 아무 설명도 하지 않은 이유를 모르겠다고 말했다. 예전의 자리로 돌아오고 싶지 않아? 도대체 무슨 생각을 하는 거야? 헤스는 나중에 전화하겠다는 말과 함께 전화를 끊었다. 34C에 사는 파키스탄 출신의 참견 대장이 그가 일어나는 소리를 듣기라도 한 듯 잠시 후에 들이닥쳐 난장판을 쳐다보며 그 전날 부동산 중개업자가 찾아왔었는데 헛걸음을 했다고 전했다.

"저기 통로에 방치한 페인트통이랑 바닥 광택제는 어쩔 거예요? 다른 주민들 생각도 해야죠."

헤스는 온갖 약속을 했지만 지키지 못했다. 툴린과 함께 사이에르라센의 뒤를 캐느라 정신없었다.

"제보자에 대해 아는 건 없나요? 당신 주장대로 그 가족들을 찾아갔었다면, 뭐 알아낸 거라도 있습니까?" 헤스는 다시 묻는다.

"실제로 찾아가서 조사했어요. 주장이 아니에요. 하지만 말씀드렸다시피……"

"그만하세요. 남자아이는 지하실에서 성폭행을 당했고 여자아이 둘은 허구한 날 다쳐서 치료를 받는 등 의심스러운 일이 한둘이 아니었는데 그걸 몰랐다니, 뭐 대단히 그럴싸한 이유가 있겠죠. 제가 알고 싶은 건 제보자에 대해 아는 게 있는지 여부입니다."

"다른 건 아는 게 전혀 없어요. 그런데 말투가 이상하시네요. 말씀드렸다시피……"

"됐습니다. 좀 쉬었다가 하죠."

뉠라네르가 도착했다. 그는 사무실 문 앞에 서서 잠깐 얘기 좀 하자는 뜻으로 헤스를 향해 고개를 까딱인다. 헤스는 기쁜 마음으로 후덥지근한 방을 나와 계단통으로 간다. 직원 하나가 호기심어린 눈빛으로 그들을 흘긋거리며 바쁘게 지나간다.

"의회의 행적을 평가하는 건 자네가 할 일이 아니야."

"그럼 이쯤에서 그만하도록 노력해보겠습니다."

"툴린은 어디 있나?"

"저쪽 옆방에요. IT 전문가들과 함께 두 건의 투서를 보낸 사람을 추적하려 하고 있어요."

"그자가 범인이라는 게 우리 입장인가?"

헤스는 그가 쓰는 '우리'라는 단어에 짜증이 치밀어오르지만 무시하려 한다. 프라이만도 말투가 그런 식이라 그와 뉠라네르가 같은 관리자 교육을 받았는지 궁금해진다.

"네. 로사 하르퉁은 언제 심문할 수 있을까요?"

"뭐에 대해 심문하려고?"

"음, 뭐……"

"장관 심문은 이미 끝났잖아. 라우라 키에르와 아네 사이에르라센을 둘 다 모른다고."

"하지만 저희가 여기 이렇게 있다는 것 자체가 장관님을 다시 심문해야 한다는 뜻이지 않습니까. 두 피해자 모두 아이들을 제대로 돌볼 수 있는 이에게 맡겨달라는 익명의 제보자에게 고발당했습니다. 그런데 어쩌면 범인의 의도는 그게 아니었을지 모릅니다. 제대로 돌아가지 않는 시스템을 겨냥하고 싶었을지도 모르죠. 어느 쪽이 됐건 로사 하르퉁과의 연관성을 알아차리지 못한다면 바보라고 할밖에요. 어쨌거나 그녀는 사회부 장관이고, 생각하면 할수록 살인사건이 그녀의 복귀와 거의 동시에 벌어졌다는 것이 아주 의미심장하죠."

"헤스, 자네는 지금 잘해주고 있어. 그리고 나는 누가 평판이 좀 안 좋다고 해서 공격하고 그러는 스타일이 아니야. 하지만 자네가 지금 나를 바보 취급하고 있는 것 같은데."

"그렇게 생각하셨다면 오해하신 겁니다. 하지만 범죄 현장에서 발견된 두 개의 밤 인형에 로사 하르퉁 딸의 지문이 찍혀 있었다는 사실을 감안하면……"

"내 말 잘 들어. 헤이그에 있는 자네 상사가 나더러 자네의 업무 능력을 평가해달라고 했고 나는 당연히 자네가 다시 복귀할 수 있도록 돕고 싶어. 하지만 그러려면 핵심에 집중해야지. 로사 하르퉁을 다시 심문할 일은 없어. 그녀는 이 사건과 아무 상관이 없으니까. 알겠나?"

헤이그에 있는 상사에 대한 언급이 헤스의 허를 찌른다. 그는 너무 놀라서 잠깐 대답을 하지 못한다. 닐라네르는 옆방에서 데스크톱 컴퓨터를 들고 나오는 툴린을 흘끗 쳐다본다.

"어떻게 됐어?"

"양쪽 투서 모두 우크라이나에 있는 한 서버에서 발송됐는데 그 서버 운영진이 정부에 협조를 잘하기로 유명한 곳은 아니에요. 정반대죠. 몇 주 안으로 IP 주소를 입수할 수도 있겠지만 그때쯤이면 쓸모없는 정보가 될 거예요."

"우크라이나에 있는 동료들에게 협조를 요청할 수 있는지 법무부 장관 쪽에 물어보면 도움이 될까?"

"글쎄요. 그쪽에서 도울 의향이 있더라도 시간이 걸릴 텐데 저희가 시간이 없네요."

"내 말이 그 말이야. 첫번째와 두번째 살인사건의 간격이 일주일밖에 안 돼. 자네들 말처럼 범인이 그런 미친놈이라면 이렇게 앉아서 마냥 기다리고 있을 수만은 없지."

"어쩌면 그럴 필요가 없을지도 몰라요. 두 건의 제보는 모두 내부 고발 프로그램을 통해 접수됐어요. 첫번째 제보는 삼 개월 전에, 두번째 제보는 그로부터 이 주 뒤에. 둘 다 제보자가 범인이었다면 또다시……"

"이미 다음 피해자를 겨냥한 익명의 제보를 보냈겠지."

"바로 그거예요. 하지만 한 가지 문제가 있어요. 내부 고발 프로그램을 통해 아동청소년과로 접수되는 익명의 제보만 매주 평균 다섯 통이라는데, 그걸 일 년으로 환산하면 이백육십 통이에요. 전부 아이를 다른 이에게 맡겨야 한다는 제보는 아니겠지만 분류 체계가 없으니 몇 통이나 될지 알 수 없어요."

널라네르는 고개를 끄덕인다.

"내가 과장한테 얘기해보지. 그들로서는 우리를 도울 만한 이유가 있으니. 원하는 게 뭔가?"

"헤스?"

헤스는 머리가 욱신거리고, 프라이만과 널라네르가 한통속이라는 소식은 두통을 해결하는 데 아무 도움이 되지 않는다. 헤스는 툴린이 묻는 말에 대답할 수 있게 애써 머릿속을 정리한다.

"지난 육 개월 동안 접수된 아동 방치와 학대 관련 익명의 투서요. 특히 이십 세에서 오십 세 사이인 어머니의 아이를 다른 이에게 맡겨야 한다는 내용. 조사는 했지만 개입할 근거를 찾지 못했던 건을 중심으로요."

밖으로 나온 과장이 뒤편에 서서 기대에 찬 눈빛으로 그들을 쳐다보고 있다. 그 참에 널라네르가 그들의 요구 사항을 설명한다.

"하지만 모든 사건을 한 군데 모아서 정리해놓지는 않아서요. 찾으려면 시간이 걸릴 겁니다." 과장이 말한다.

널라네르는 이미 후덥지근한 방을 향해 발걸음을 옮기기 시작한 헤스를 쳐다본다.

"그럼 부서원을 모조리 동원하세요. 저희가 그것 말고는 할일이 없으니 한 시간 안으로 전달해주시죠."

65

알고 보니 아이 엄마를 익명으로 코펜하겐 의회에 고발하는 것은 다소 일상적인 일이다. 수가 제법 많아서 그 일을 맡은 직원들이 빨간색 사건 파일을 들고 와 점점 늘어나는 테이블 위의 무더기에 얹는 동안 헤스는 그들이 옳은 작전을 선택한 것인지 걱정이 되기 시작한다. 하지만 뉠라네르와 그런 식으로 이야기를 끝낸 상황이라 한 지점을 선택해 조사를 시작하는 것 말고는 달리 방법이 없다. 툴린은 널찍한 오픈 플랜식 사무실에서 에이서 노트북으로 훑어보는 쪽을 더 선호하지만 헤스는 회의실에 자리를 잡고 앉아 서류를 한 장씩 넘긴다. 그중 일부는 이제 막 인쇄된 거라 아직 따끈따끈하다.

그의 방법은 단순하다. 관련 사건 파일을 열어서 익명의 투서만 확인한다. 연관 없는 내용인 것 같으면 그 파일은 왼쪽으로 던진다. 연관이 있어서 좀더 살펴보아야 할 것 같은 파일은 오른쪽에 쌓아 둔다.

이런 식으로 대충 추리는 과정도 생각보다 힘이 많이 든다는 사실이 금세 명백해진다. 모든 파일이 라우라 키에르와 아네 사이에 르라센을 겨냥한 고발처럼 분노로 부글거린다. 종종 격한 표현이 동원되고, 아이 엄마의 부족한 점을 지적하지 않고는 못 배기는 전 남편이나 고모나 할머니가 보낸 익명의 투서라는 것을 누구라도 비교적 쉽게 추측할 수 있는 빤한 단서가 남겨진 경우도 있다. 하지만 백 퍼센트 장담할 수는 없기에 헤스의 오른편에 점점 파일이 쌓여 간다. 이메일을 읽는 것도 고역이다. 대개가 가족 간 다툼에 아이들이 인질로 잡혀 있다는 증언인데, 헤스가 고발이 기각된 사례만 요청했으니 어쩌면 아이들은 아직까지 인질로 잡혀 있을지 모른다. 그래도 이 부서에서는 조사를 하는 수밖에 없었고 그렇다고 해서 헤닝 로에브의 책임이 면제되는 건 아니지만 헤스는 이제 사회복지사의 냉소주의를 조금은 이해할 수 있다. 제보의 목적이 아이들의 행복이 아닌 경우가 많다.

지난 육 개월 동안 익명으로 접수된 마흔여 개의 탄원서를 모두 훑어보고 나니 헤스는 이가 갈릴 정도로 진저리가 난다. 예상했던 것보다 시간이 많이 걸려 거의 두 시간이 소요됐다. 비교하느라 애초의 사건 파일을 계속 확인해야 했기 때문에 더 시간이 많이 걸렸다. 게다가 원칙적으로 따지면 범인이 그 투서들의 대부분을 작성했을 수도 있었다. 그리고 '자기밖에 모르는 걸레'나 '알 만한 사람'이라는 단어가 쓰인 투서는 없었다.

직원이 헤스가 제시한 조건에 걸맞은 사례가 더는 없다고 하자 그는 모아놓은 파일을 다시 한번 훑어보기 시작한다. 두번째 일람을 마쳤을 때는 국기가 걸린 시청 창밖으로 어둠이 내려 있다. 이제 겨우 4시 반밖에 안 됐지만 H. C. 안데르센 대로의 가로등이 켜졌고 티볼리공원의 어두컴컴하고 호리호리한 나무를 따라 각양각색의 전구들이 반짝인다. 이번에는 심혈을 기울인 끝에 일곱 개를 추렸지만 그중에 정답이 있을지는 절대 자신할 수 없다. 일곱 개의 제보 모두 아이를 엄마에게서 떼어놓으라고 의회에 촉구한다. 모두 스타일이 완전히 다르다. 어떤 건 짧고 어떤 건 길다. 어떤 제보는 좀더 읽어보니 가족이 보낸 이메일일 수밖에 없다는 결론이 내려지고, 또다른 제보 하나는 방과후 동아리 활동 시간의 내부 정보가 담겨 있는 것을 보면 교사가 보낸 것 같다.

하지만 나머지 다섯 개는 판독이 불가능하다. 그는 할아버지가 쓴 것처럼 고풍스러운 표현이 동원된 하나를 버리고 맞춤법이 엉망진창인 또하나를 버린다. 이제 세 개가 남는다. 제보자에 따르면 아이들의 노동력을 착취하고 있다는 감비아 여자. 마약중독으로 아이들을 방치하고 있다는 장애인 어머니. 친자식과 성관계를 맺고 있다는 실업자 어머니.

셋 다 끔찍한 주장이었지만 그중에 범인이 보낸 제보가 있다면 사실일 수도 있다는 뜻이 된다. 적어도 라우라 키에르와 아네 사이에르라센의 경우에는 그랬다.

"뭐 좀 건졌어요?" 툴린이 에이서 노트북을 겨드랑이에 끼고 방으로 들어오며 묻는다.

"글쎄요."

"세 건이 눈에 들어오던데요. 감비아 엄마랑 장애인 엄마랑 실업자 엄마."

"네, 그러게요." 툴린도 그와 같은 걸 선택했다는 사실이 놀랍지는 않다. 사실 그녀가 단독으로 수사하면 오히려 사건을 해결할 가능성이 높아질지 모른다는 생각이 들기 시작한 참이다.

"좀더 자세히 살펴봐야겠어요. 세 건 모두."

툴린이 초조한 눈빛으로 그를 쳐다본다. 헤스는 머리가 지끈거린다. 이 모든 게 무의미하게 느껴지는데, 무엇 때문에 그런지 알 수가 없다. 밖은 점점 어두워지고 그날 최소한의 성과라도 거두려면 결정을 내려야 한다는 걸 그도 안다.

"범인은 어느 시점에 이르면 우리가 피해자들이 의회에 고발당했던 사실을 파악할 거라고 내다보았을 것이다. 맞을까요, 아닐까요?" 헤스는 묻는다.

"맞아요. 심지어 우리 쪽에서 그 사실을 파악하는 게 그의 목표 가운데 하나일 수도 있어요. 하지만 우리가 얼마나 빨리 파악할지는 그도 알 도리가 없겠죠."

"그럼 범인은 어느 시점에 이르면 우리가 라우라 키에르와 아네 사이에르라센과 관련된 제보를 읽어보리라는 것도 알 것이다. 맞을까요, 아닐까요?"

"지금 스무고개 하자는 거예요? 그런 식으로 뭉그적거릴 바에는 나가서 동네 주민들을 붙잡고 다시 한번 탐문 수사를 벌이는 게 낫겠어요."

하지만 헤스는 생각의 흐름을 놓치지 않으려고 애쓰며 다시 묻는다. "만약 당신이 범인이고 첫번째와 두번째 이메일을 썼다면, 그리고 우리가 그걸 발견하고 엄청나게 으스대리라는 걸 안다면 세번째 이메일은 어떤 식으로 쓰겠어요?"

그녀가 헤스의 의도를 알아차린다. 그에게서 품에 안은 노트북 화면으로 얼른 시선을 돌린다.

"대체로 가독성이 높지 않았어요. 하지만 범인이 교란작전을 쓰는 중이라면 그중에서 두 개를 꼽겠어요. 맞춤법이 엉망인 것과 고풍스러운 덴마크어로 쓰인 것."

"둘 중에 뭐가 더 바보 같아 보여요?"

툴린의 시선이 화면을 훑는 동안 헤스는 테이블 위에서 폴더 두 개를 찾아 펼쳐본다. 이번에는 맞춤법이 엉망인 제보를 읽자 직감이 고개를 든다. 그의 착각일 수도 있지만 아닐 수도 있다. 툴린이 화면을 헤스 쪽으로 돌리자 그는 고개를 끄덕인다. 그와 같은 선택이다. 제시 크비움에 대한 제보다. 스물다섯 살. 주소지는 어번플랜 주택개발단지다.

66

제시 크비움은 여섯 살 난 딸과 함께 복도를 성큼성큼 걸어가지만, 모퉁이를 돌기 전 눈빛이 인자하고 젊은 파키스탄인 교사에게 붙잡힌다.

"어머니, 잠깐 말씀 좀 나눌 수 있을까요?"

"아, 죄송하지만 올리비아하고 얼른 무용 교실에 가야 하는데요" 하고 말을 끝마치기도 전에 그녀는 단단히 결심한 교사의 표정을 보고 이 상황을 모면할 방법이 없다는 것을 알아차린다. 그녀는 항상 요리조리 그를 피해 다니지만—그가 그녀의 양심을 어찌나 제대로 후벼파는지 모른다—지금은 그를 홀려서 도망치는 수법을 동원하는 수밖에 없다. 제시는 수줍게 속눈썹을 깜빡이며 오늘 그녀가 얼마나 번듯한지 볼 수 있게 새로 매니큐어를 칠한 기다란 손톱으로 머리칼을 쓸어넘긴다. 미용실에서 두 시간을 들여 완성한 스타일이다. 아마게르 대로에 있는 파키스탄 미용실이긴 하지만, 값이 저렴하고 오늘 그녀가 그랬듯 조금 기다리면 화장과 손톱 손질을 해준다. 엉덩이에는 얼마 전 시내 H&M에서 단돈 79크로네에 산 타이트한 노란색 치마가 걸쳐져 있다. 그 가격에 살 수 있었던 이유는 조만간 들어갈 얇은 여름옷이고 그녀가 점원에게 솔기가 뜯어지려 한다는 걸 보여줄 수 있었기 때문이다. 그녀가 생각한 그 옷의 용도에는 아무런 영향을 미치지 않는 부분이다.

하지만 교사는 제시가 아무리 미소를 짓고 속눈썹을 깜빡여도 눈 하나 꿈쩍하지 않는다. 처음에 그녀는 방과후 수업이 끝나는 5시에 너무 딱 맞춰서 아이를 데리러 온다고 또다시 잔소리를 들을 줄 알고, 세금을 내는데 그 정도 혜택은 누릴 수 있는 것 아니냐고 대꾸할 준비를 한다. 하지만 오늘 알리—아마 그게 그 교사의 이름일 것이다—는 올리비아에게 비옷과 장화가 없는 이유를 묻는다.

"물론 지금 신고 있는 신발도 전혀 문제 없지만 젖으면 춥다고 하는데다 가을에는 별로 실용적이지 않을 수도 있어서요."

교사는 구멍이 숭숭 뚫린 올리비아의 운동화를 조심스럽게 쳐다보고, 제시는 그에게 입 닥치라고 소리지르고 싶은 충동을 느낀다. 지금은 500크로네씩이나 주고 그런 걸 살 여유가 없을뿐더러 그런 데 쓸 돈이 있으면 오십 퍼센트의 아이들이 아랍어를 쓰고 학부모 총회 때마다 세 언어의 통역사가 한마디씩 통역을 해주어야 하는 그 학교에서 딸아이를 끄집어내는 데 쓸 것이다. 그녀가 총회에 직접 참석한 건 아니지만 그렇다고 들었다.

안타깝게도 다른 교사들이 뒤에서 얼쩡거리고 있기 때문에 제시는 대안을 선택한다.

"아, 비옷하고 장화 샀어요. 깜빡하고 별장에 두고 와서 그렇지. 다음번엔 잊지 않을게요."

처음부터 끝까지 말도 안 되는 헛소리다. 비옷도 장화도, 당연히 별장도 없지만 어번플랜에서 옷을 갈아입고 출발하기 전에 마신 화이트와인 반병 덕분에 늘 그렇듯 거짓말이 술술 잘도 나온다.

"그렇군요, 그럼 그건 됐습니다. 올리비아가 집에서는 어떻게 지내나요?"

제시는 모든 게 아무 문제 없다고 설명하는 동안 그들 곁을 지나가며 흘끗거리는 교사들의 시선을 느낀다. 알리는 목소리를 낮추고 올리비아와 다른 아이들과의 관계가 별로 나아지지 않아서 조금 걱정이 된다고 말한다. 너무 외톨이로 지내는 것 같다며 조만간 다시 상담을 했으면 좋겠다고 한다. 제시는 그에게 놀이공원 초대권이라도 받은 것처럼 계속 서글서글한 표정을 유지하며 냉큼 알았다고 말한다.

나중에 그녀는 작은 도요타 아이고 뒷좌석에서 딸이 무용복으로 갈아입는 동안 창문을 열어놓고 담배를 한 대 피운다. 올리비아에게 선생님 말씀이 옳다고, 조만간 비옷을 사야겠다고 말한다.

"하지만 정신 똑바로 차리고 다른 친구들하고 좀더 재밌게 노는 것도 중요해, 알았지?"

"발이 아파요."

"몸이 풀리면 안 아플 거야. 빼먹지 않고 가는 게 중요해."

댄스 스튜디오는 아마게르 쇼핑센터 꼭대기 층에 있고 그들은 수업 시간 이 분 전에 간신히 도착한다. 주차장에서부터 계단으로 달려올라가야 한다. 다른 공주님들은 모두 값비싼 최신 유행 옷을 입고 니스칠한 플로어에 서 있다. 올리비아는 슈퍼마켓에서 산 연보라색 원피스를 입고 있는데, 작년에 산 거라 어깨가 살짝 끼기는 하지만 그래도 그럭저럭 맞는다. 제시가 외투를 벗겨 아이를 플로어로 내보내자 선생님이 다정하게 미소를 지으며 환영한다. 다른 엄마들은 한쪽 벽에 일렬로 서서 건강 유지법, 그란카나리아로 떠나는 가을 여행, 아이들의 학교생활을 두고 수다를 떨며 잘난 체하느라 바쁘다. 제시는 깍듯하게 인사를 건네고 미소를 짓지만 속으로는 다들 뒈졌으면 좋겠다고 생각한다.

무용 수업이 시작되자 제시는 치마를 바로잡으며 초조하게 좌우를 흘끗거리지만 그의 모습은 아직 보이지 않는다. 그녀는 실망감을 느끼며 잠깐 다른 엄마들 옆에 그녀의 모습이 잘 보이게 선다. 그가 올 거라고 확신했는데 보이지 않자 그들의 관계에 대해 자신이 착각한 건 아닌지 불안해진다. 다른 엄마들 옆에 있자니 어색해서, 입을 다물고 있을 계획이었음에도 불구하고 신경질적으로 재잘거리게 된다.

"어머나, 우리 공주님들 오늘따라 정말 예쁘지 않아요? 수업을 시작한 지 일 년밖에 안 됐다는 게 믿기지 않아요!"

한마디 한마디 내뱉을수록 그들의 동정하는 눈빛 속으로 빨려드는 느낌이다. 마침내 문이 열리면서 그가 스튜디오로 들어선다. 함께 등장한 그의 딸은 다른 아이들이 있는 곳으로 쪼르르 달려가 수업에 합류한다. 그가 제시와 다른 엄마들을 쳐다보며 다정하게 묵례를 하고 활짝 웃자 그녀의 심장이 두근거리기 시작한다. 그는 자신만만하게 움직이며 그녀가 너무나 잘 알게 된 아우디 열쇠를 무심하게 흔든다. 그는 다른 엄마들과 몇 마디 주고받으며 그들의 웃음보를 터뜨리지만 그녀 쪽은 제대로 쳐다보지도 않는다. 꼬리 치는 개처럼 바로 옆에 서 있는데도 그녀를 못 본 체한다. 그래서 제시는 불쑥 내뱉는다. "아, 참, 의논하고 싶은 게 있는데요." 학교의 '교실 분위기'에 대해 긴히 할 얘기가 있다고, 다른 엄마에게 배운 단어를 쓴다. 그는 놀란 표정이지만, 그녀는 그가 뭐라고 대꾸하기 전에 출입문 쪽으로 걸음을 옮긴다. 그렇게 중요한 문제로 의논하고 싶다는데 거부할 방법이 없어 그가 다른 엄마들에게 양해를 구하고 따라오는 것을 어깨 너머로 확인하고 그녀는 뿌듯해한다.

계단을 내려가 묵직한 문을 열고 스튜디오 아래층 복도로 들어서는데 등뒤로 그의 발소리가 들린다. 그녀는 걸음을 멈추고 기다리지만 얼굴을 보자마자 그가 화가 났다는 걸 알 수 있다.

"도대체 왜 그래? 다 끝난 일이라는 걸 모르겠어? 제발 나 좀 가만히 내버려두라고!"

그녀는 그의 바지를 붙잡아 지퍼를 내리고 손을 안으로 집어넣어서 당장 원하는 걸 찾아낸다. 그가 제시를 밀쳐서 떼어내려 하지만 그녀는 버티고, 금세 그걸 꺼내 입안에 넣자 저항하던 그가 숨죽여 신음소리를 낸다. 그가 막 절정에 다다르려는 찰나 그녀는 몸을 돌려 바퀴 달린 쓰레기통 위로 허리를 숙인다. 그녀는 더듬더듬 치마를 올리려고 하지만 먼저 다다른 그의 손이 새로 산 노란색 치마를 찢는다. 그녀의 귀에 치마 찢어지는 소리가 들린다. 그녀는 안으로 들어오는 그를 느끼며 그가 더이상 어쩌지 못하게 엉덩이를 뒤로 내민다. 몇 초 만에 끝낸 그는 뻣뻣해진 몸으로 숨을 몰아쉰다. 제시는 몸을 돌려서 그의 축축한 물건을 잡고 생기 없는 그의 입술에 입을 맞추지만, 그는 그녀가 전기 충격을 가하기라도 한 듯 뒤로 한 걸음 물러나더니 그녀의 얼굴을 후려친다.

제시는 너무 놀라서 아무 말도 하지 못한다. 그가 바지 지퍼를 올리는 동안 자신의 얼굴 위로 열기가 번지는 게 느껴진다.

"이번이 마지막이야. 나는 당신한테서 아무것도 느끼지 못해. 절대 아무것도. 그리고 나는 가족을 버릴 생각이 없어. 알아들어?"

그의 발소리와 그의 등뒤로 묵직한 문이 쾅 하고 닫히는 소리가 들린다. 그녀는 화끈거리는 뺨과 함께 혼자 남겨진다. 그의 느낌이 가랑이 사이에 남아 있지만 이제는 그것 때문에 부끄러운 마음이 든다. 제시는 벽에 달린 금속판에 비친 일그러진 자신의 모습을 보며 매무새를 바로잡지만 치마가 찢어졌다. 찢어진 부분이 정면으로 보이기 때문에 외투 단추를 잠가서 감춰야 한다. 눈물을 닦는 동안 위층 스튜디오에서 흘러나오는 즐거운 음악소리가 멀리서 들리고, 그녀는 정신을 추스른다. 제시는 왔던 길로 돌아가지만 계단 문이 잠겨 있다. 잡아당겨도 허사고 도와달라고 큰 소리로 외쳐도 들리는 것이라고는 희미한 음악소리뿐이다.

그녀는 방향을 틀어 난방관이 줄줄이 이어지는 긴 복도로 가기로 한다. 처음 가보는 길이다. 어느 정도 걸어가자 복도가 둘로 나뉘고 그녀가 선택한 첫번째 길은 끝이 막혔다. 제시는 새로 등장한 문을 돌려본다. 이 문도 잠겨 있다. 난방관이 줄줄이 이어지는 복도로 되돌아오지만 20미터도 가지 않았을 때 뒤에서 어떤 소리가 들린다.

"누구세요? 거기 누구 있어요?"

그녀는 그 사람이라고, 그 사람이 사과하러 온 거라고 믿어보려 하지만 정적은 그게 아니라고 한다. 그녀는 당황하며 계속 걸음을 옮긴다. 이내 뛰기 시작한다. 한 복도가 다른 복도로 이어지고 제시는 뒤에서 발소리가 들린 것 같은 느낌을 받는다. 이번에는 큰 소리로 외치지 않는다. 지나가는 문마다 열어보다 마침내 하나가 열리자 달려나가 계단을 올라간다. 아래에서 문이 열리는 소리가 들린 것 같다. 다음 층계참에 다다른 그녀는 쇼핑센터 중심부와 연결된 문을 힘껏 연다. 하도 세게 미는 바람에 문짝이 쿵 하고 벽에 부딪힌다.

제시 크비움은 꼭대기 층으로 달려간다. 가족 단위 손님들이 가을 세일 소식을 들으며 쇼핑카트를 밀고 돌아다니고 있다. 댄스 스튜디오 입구로 고개를 돌려 보니 어떤 여자와 얼굴에 멍이 든 키 큰 남자가 한 엄마를 붙잡고 뭔가를 물어보고 있다. 그 엄마가 그녀 쪽을 가리킨다.

67

"저 여자라는 거야, 아니라는 거야?"

"몰라요. 쇼핑센터에서 누가 자길 따라오는 것 같기는 했대요. 문제는 저희를 도울 생각이 없어 보인다는 거예요. 아니면 정말 아무것도 모르는 것일 수도 있고요."

닐라네르가 묻는 말에 대답한 것은 툴린이다. 헤스는 이중 거울 앞에 서서 취조실을 들여다보고 있다. 한쪽이 코팅돼 있어서 그는 제시 크비움을 볼 수 있지만 제시 크비움은 그를 보지 못한다. 자신할 수는 없지만 헤스는 그녀가 범인의 관심을 살 만한 비밀을 숨기고 있을지도 모른다는 예감이 든다. 그렇긴 해도 그녀는 이전의 피해자들과 뚜렷하게 다르다. 라우라 키에르와 아네 사이에르라센은 좀더 중산층이고 체면을 차리는 유형이었던 반면 제시 크비움은 그보다 제멋대로이고 호전적인 느낌이다. 하지만 그녀가 확연한 표적이 된 이유가 바로 그것이다. 제시 크비움은 백 명의 여자들 사이에서도 눈에 띄는, 남자에게 매력적인 동시에 위협적인 존재다. 지금 그 젊은 여자는 어떻게든 취조실에서 빠져나오려고 문을 지키는 딱한 경관에게 씩씩대며 항의하는 중이다. 벽에 걸린 스피커 볼륨이 가장 작게 설정되어 있는 것이 헤스로서는 고마울 따름이다. 건물 밖의 하늘은 어두컴컴해졌고, 헤스는 닐라네르의 목소리도 볼륨을 낮출 수 있으면 좋겠다고 생각한다.

"하지만 저 여자에게서 도움이 될 만한 정보가 나오지 않는 걸 보면 엉뚱한 사람을 데려다 앉혀놓은 거 아니야?"

"아니면 그냥 당황해서 그러는 걸 수도 있어요. 그런 경우라면 시간이 좀더 필요하겠죠."

"시간이 좀더 필요하다?"

뉠라네르는 툴린의 말을 곱씹고, 헤스는 경찰 간부들과 평생 부대낀 경험을 토대로 그 이후에 어떤 말이 이어질지 미루어 짐작한다.

툴린과 헤스는 시청에서 어번플랜으로 직행해 제시 크비움의 집을 찾아갔다. 초인종을 눌러도 응답이 없었다. 전화도 받지 않았다. 사건 파일에는 친척에 대한 정보는 없었고 그들 모녀와 매주 연락하는—엄밀히 말하면 정기 점검이었다—사회복지사의 연락처만 적혀 있었다. 사회복지사는 전화 통화로 제시 크비움이 아마게르 쇼핑센터 꼭대기 층에서 매주 금요일 5시 15분에 시작하는 무용 수업에 딸을 보내기로 약속했다고 알려주었다.

그들은 제시 크비움을 찾자마자 이상한 낌새를 느꼈다. 여자는 차에 주차 타이머를 꽂으려고 내려갔다 누가 뒤따라오는 것을 느꼈다고 했다. 그들은 당장 계단과 복도와 지하층을 확인했지만 수상한 구석은 전혀 없었다. 복도에는 CCTV가 없었고 주차장은 주말 쇼핑객으로 북적거렸다.

경찰서에서 심문을 받는 동안 제시 크비움은 점점 더 공격적으로 변했다. 와인냄새를 풍겼고 외투를 벗어달라고 요청해서 보니 치마가 찢겨 있었다. 그녀는 차문에 걸려서 그렇게 됐다며 자기를 경찰서로 데려온 이유를 따져 물었다. 그들은 상황을 설명하려 했지만 제시에게는 쓸 만한 정보가 없었다. 그때 말고는 누가 뒤따라

오는 것을 느낀 적이 없다고 했고, 올리비아를 때리고 방치한다며 두 달 전에 그녀를 의회에 고발한 익명의 제보자가 누군지 의심의 여지가 없다고 했다.

"참견하기 좋아하는 아이 엄마들 중 한 명일 거예요. 늘 어쩌고 저쩌고 말들이 많거든요. 추잡한 자기들 남편이 울타리 저편의 잔디가 더 파릇파릇해 보인다고 생각할까봐 벌벌 떠느라. 하지만 고발 메일을 보니 맞춤법도 제대로 모르더라고요."

"제시, 우리가 보기에는 다른 학부모가 아닌 것 같아요. 의심 가는 사람이 또 누가 있을까요?"

하지만 제시는 고집을 꺾지 않았다. 다른 학부모라고 했다. '이리저리 들쑤시고 다니는 바람에 귀찮아서 돌아버리는 줄 알았지만' 다행히 의회에서 그녀의 말을 믿는 쪽으로 결론을 내렸다고 했다.

"제시, 이제는 솔직하게 얘기해줘야 해요. 당신을 위해서라도요. 어떤 혐의를 제기하려는 게 아니라 그 이메일에 일말의 진실이 있다면 제보자가 당신을 해치려고 계획중일지 몰라서 그래요."

"댁이 뭔데 그래?"

제시 크비움은 폭발했다. 어느 누구도 그녀에게 나쁜 엄마라고 할 권리가 없었다. 그녀는 아이 아빠의 도움 없이 혼자 딸을 키우고 있었다. 아빠라는 작자는 땡전 한푼 준 적 없었고 지난 몇 년 동안은 마약 매매죄로 아예 뉘보르 교도소 신세를 지고 있었다.

"정 그렇게 의심스러우면 올리비아한테 어떻게 지내고 있는지 물어보든지!"

헤스와 툴린은 그럴 생각이 없었다. 그 여섯 살짜리 꼬맹이는 계속 무용복 차림으로 탄산음료와 비스킷 몇 개를 앞에 두고 구내식당에서 여자 경관과 만화를 보고 있었고, 엄마가 차를 고치러 간 줄 알았다. 아이가 입은 옷은 다 떨어진데다 여기저기 구멍이 뚫려 있었고 아이 역시 조금 마르고 초라하기는 했지만, 학대당하고 있는지는 알 수 없었다. 상황을 감안했을 때 말수가 없는 건 놀라운 일이 아니었고 엄마가 어떤 식으로 대하는지 꼬치꼬치 캐물었다면 아이를 괴롭히는 것처럼 느껴졌을 것이다.

취조실 안에서 제시 크비움이 보초를 선 경관에게 내보내달라며 다시 악을 쓰는 소리가 들리지만 닐라네르의 목소리에 덮인다.

"이럴 시간 없어. 이게 올바른 조치라고 하지 않았나. 그러니까 제대로 활용하든지 아니면 방향을 바꿔야지."

"정말 필요한 심문을 진행할 수 있으면 수사가 좀더 빠르게 진척될지 모릅니다." 헤스가 말했다.

"또다시 로사 하르퉁을 운운하려는 건 아니겠지?"

"허락을 안 해주시니 만날 수 없다는 뜻에서 드리는 말씀입니다."

"내가 몇 번이나 더 얘기해야 직성이 풀리겠나?"

"글쎄요. 숫자를 세다가 말았는데, 아직까지는 전혀 효과가 없는 것 같은데요."

"아! 방법이 하나 더 있어요."

헤스와 닐라네르는 옥신각신하다 말고 툴린을 쳐다본다.

"제시 크비움이 다음 후보라는 데 모두 동의하신다면 원칙적으로 우리가 할 일은 그녀가 평소처럼 생활하도록 하고 예의 주시하면서 범인이 등장하길 기다리는 거예요."

닐라네르는 그녀를 빤히 쳐다보며 고개를 젓는다.

"말도 안 되는 소리. 두 명이나 죽었는데 제시 크비움을 다시 길거리로 내보내고 우리는 뒷짐지고 앉아서 사이코패스나 기다릴 수는 없어."

"제시 크비움 얘기를 하는 게 아니에요. 제 얘기를 하는 거예요."

헤스는 놀란 눈으로 툴린을 쳐다본다. 그녀는 키가 165센티미터 밖에 안 된다. 바람이 불면 날아갈 것처럼 왜소하고 가녀려 보이지만 눈빛을 보면 과연 그녀를 힘으로 제압할 수 있을지 의심스러워진다.

"제가 제시 크비움하고 키도 같고 머리색도 같고 체구도 비슷하잖아요. 딸 역할을 할 인형만 찾으면 범인을 속일 수 있을 것 같은데요."

뉠라네르는 솔깃한 눈빛으로 그녀를 쳐다본다.

"그 계획을 언제 실행할 생각인가?"

"가능한 한 빨리요. 범인이 그녀의 행방을 궁금해하기 전에요. 제시가 표적이라면 하루 일과를 꿰고 있을 테니까요. 헤스, 당신 생각은 어때요?"

툴린은 간단한 해결책을 제시하고 있다. 헤스는 원래 간단한 해결책을 좋아하지만 이번만큼은 마음에 들지 않는다. 그들이 모르는 부분이 너무 많다. 여태껏 범인이 그들보다 한 발 먼저 선수를 쳐왔는데 이제 와서 갑자기 상황을 역전할 수 있을 거라고 자신하다니.

"제시 크비움을 다시 심문해보죠. 어쩌면……"

문이 열린다. 팀 얀센이 등장하자 뉠라네르는 부아가 치민 눈빛으로 노려본다.

"기다려, 얀센!"

"기다릴 수 없는 사안이라서요. 아니면 뉴스를 틀어보시든지요."

"왜?"

얀센의 시선이 헤스에게로 향한다.

"왜냐하면 누군가가 크리스티네 하르퉁의 지문에 대해 떠든 것 같거든요. 모든 채널이 그 얘기예요. 하르퉁 사건이 해결되지 않은 거 아니냐고."

68

베스테르브로 아파트의 조그만 가스레인지 위에서 냄비들이 부글거리고 툴린은 환기팬과 초인종 소리 때문에 뉴스 볼륨을 높여야 한다.

"가서 할아버지 문 열어드려."

"엄마가 나가도 되잖아요."

"좀 도와줘. 엄마는 지금 음식 만드느라 바쁘잖아."

레는 손에서 놓을 줄 모르는 아이패드를 들고 마지못해 현관홀로 나간다. 서로 싸우고 난 다음이지만 툴린은 그걸 해결할 기운이 없다. 라우라 키에르와 아네 사이에르라센의 시신 옆에 있던 밤 인형에서 크리스티네 하르퉁의 지문이 발견됐다는 정보가 정말로 언론에 유출됐다. 툴린이 인터넷으로 얼른 훑어보니 두 군데 대형 타블로이드 신문사 중 한 곳에서 그날 오후 늦게 최초로 보도했는데, 라이벌 신문사가 워낙 금세 후속 보도를 해서 입수 경로가 다른지 아니면 첫번째 기사의 재탕에 불과한지 알 수가 없었다. '충격 보도: 크리스티네 하르퉁은 살아 있을까?' 이런 헤드라인이 거의 모든 언론에 산불처럼 번졌고 다들 타블로이드 신문을 출처로 언급하며 같은 내용을 반복 보도했다. '신원을 밝힐 수 없는 경찰 소식통'이 두 개의 밤 인형에서 수수께끼 같은 지문이 발견돼 크리스티네의 사망 여부에 의문이 제기되었다며 두 건의 살인사건과 하르퉁 사건이 서로 연관성이 있을지 모른다고 넌지시 암시했다. 닐라네르와 다른 경찰 간부들은 언론의 추측을 전면 부인했지만 따지고 보면 그 보도 내용이 진실을 한 줄로 요약한 셈이었다. 워낙 충격적인 반전이라 모든 매체의 헤드라인을 장식했고, 맨 처음 지문에 대해 들었을 때 얼마나 놀랐는지 잊어버리고 있던 툴린은 이제 다시금 기억이 환기됐다. 온갖 가설과 억측이 난무했고, 심지어 어느 인터넷 신문에서는 범인을 '체스트넛맨'이라고 지칭하기 시작했다. 하지만 이건 산사태와 같은 뉴스 보도의 시작에 불과했다. 툴린은 닐라네르가 헤스와 자신을 당장 내팽개치고 전략 회의와 언론을 상대하는 데 집중하게 된 이유를 충분히 이해했다.

한편 그녀는 그날 저녁 어번플랜에서 펼칠 매복 작전 준비에 돌입했다. 헤스가 반대하기는 했지만 닐라네르가 작전을 승인했다. 제시 크비움은 딸과 함께 아파트로 돌아가지 못하게 됐다는 소식에 분통을 터뜨렸지만 그녀의 항의는 무시됐다. 칫솔과 기타 생필품이 제공될 테고, 그들은 의회에서 저소득 가정에 제공하는 발뷔의 오두막집에서 며칠 동안 엄중한 감시 아래 지내야 했다. 제시 크비움 모녀는 여름에 일주일 동안 거기서 휴가를 보낸 적이 있었기 때문에 이미 그 일대를 잘 알았다.

제시는 그녀의 일상을 묻는 질문에 순순히 대답했고 질문이 점점 구체적이고 집요해지자 위협 운운한 그들의 발언이 장난이 아니라는 것을 깨달았다. 툴린은 헤스와 함께 제시를 직접 심문하며 그녀의 차를 타고 주택단지에 도착한 순간부터 어떤 식으로 행동해야 할지 모든 정보를 속속들이 파악했다. 제시의 차 역시 작전의 일환으로 경찰이 사용할 예정이었다.

툴린은 당장 어번플랜으로 출발할 준비를 했지만 알고 보니 제시의 일과는 그게 아니었다. 그녀는 매주 금요일 저녁마다 딸의 무용 수업이 끝나면 크리스티안스하운에서 열리는 알코올중독자 치유 모임으로 직행했다. 의회에서 저녁 7시부터 9시까지 그 모임에 참석해야 생활보호 지원금의 일환으로 가족수당을 받을 수 있다고 못박았기 때문이다. 딸은 모임을 마친 제시가 차로 데려갈 때까지 복도 의자에 앉아서 졸곤 했다. 하지만 그때 이미 7시가 지났기 때문에 툴린은 그 싱글맘이 알코올중독자 치유 모임을 마친 이후부터 제시 크비움 행세를 하기로 했다.

특수기동대에서 작전 시간까지 평면도와 어번플랜을 왕복하는 동선을 연구하는 동안 툴린은 라마산과 놀고 있던 레를 집으로 데려와 할아버지가 와서 아이를 맡아주길 기다리며 파스타를 만들었다. 레는 그 소식을 듣고 불만을 터뜨렸다. 인생을 바친 리그오브레전드 게임에서 다음 레벨로 업그레이드할 수 있도록 그날 저녁에 툴린이 도와주기로 했는데, 그럴 수 없게 됐다는 뜻이었기 때문이다. 툴린도 같이 있어주지 못하는 시간이 너무 많다는 걸 다시 한번 인정할 수밖에 없었다.

"얼른 와, 저녁 먹자! 할아버지도 저녁 안 드셨으면 같이 드시자고 해."

레가 현관홀에서 들어오는데, 뭔지 몰라도 의기양양한 표정을 짓고 있다.

"할아버지 아니에요. 엄마 회사 동료라는데 얼굴에 멍이 들었고 눈동자 색깔이 달라요. 어떻게 하면 다음 레벨로 업그레이드할 수 있는지 기꺼이 가르쳐주겠대요."

69

툴린은 저녁을 먹으며 시간을 낭비할 생각이 없었지만 헤스의 등장으로 얘기가 달라진다.

"어번플랜하고 아파트 도면을 몇 개 입수해서 예정보다 일찍 왔어요. 출발하기 전에 파악해놓을 필요가 있을 것 같아서."

"하지만 먼저 저를 도와주셔야죠." 툴린이 뭐라고 대꾸하기도 전에 레가 끼어든다. "아저씨는 이름이 뭐예요?"

"마르크. 하지만 아까도 얘기했다시피 지금은 도와줄 시간이 안 될 것 같은데. 나중에 꼭 도와줄게."

"이제 저녁 먹어야지, 레." 툴린은 얼른 거든다.

"그럼 마르크 아저씨랑 같이 저녁 먹으면 되겠네요. 같이 먹어요, 아저씨, 먹으면서 설명해주면 되잖아요. 원래 엄마 남자친구하고는 같이 식사하면 안 되지만 아저씨는 남자친구 아니니까 괜찮아요."

레는 부엌으로 사라진다. 툴린은 아이가 한 말을 뒤집기도 뭐해 머뭇머뭇 옆으로 비켜서며 헤스에게 들어오라고 손짓한다.

그는 부엌으로 들어와 아이패드 대신 노트북을 가져온 레 옆자리에 앉고, 그사이 툴린은 접시 세 개를 들고 온다. 레는 공주한테나 어울릴 법한 매력과 배포로 손님의 관심을 사로잡는다. 처음에는 제 엄마를 골탕 먹일 심산으로 일부러 더 헤스에게 살가운 척을 하지만, 어떻게 하면 6레벨이라는 약속의 땅으로 건너갈 수 있는지 헤스의 설명이 이어지자—그가 그런 걸 어떻게 아는지 아직도 모를 일이다—점점 더 진심으로 몰입한다.

"박수현 아세요? 세계적으로 유명한 선수인데!"

"박수현?" 헤스가 묻는다.

십대 한국 소년의 포스터와 플라스틱 피규어가 이내 식탁 위에 등장한다. 그들은 저녁을 먹기 시작하고 레가 알고 있다는 걸 툴린은 짐작조차 못했던 온갖 게임들로 화제가 옮겨가지만, 헤스가 아는 게임은 그것뿐이고 다른 게임은 해본 적이 없다는 게 밝혀진다. 그녀의 딸로서는 실습생을 초빙해온 것이나 다름없다. 레는 속사포 같은 설명으로 그의 지식의 반경을 넓히고, 이야깃거리가 바닥나자 앵무새가 든 새장을 들고 와 조만간 다른 동물 친구를 더 만들어줄 거고 그러면 가계도에 이름을 추가할 수 있다고 말한다.

"라마산은 가계도에 적을 수 있는 이름이 열다섯 개인데, 저는 세 개뿐이에요. 앵무새랑 햄스터까지 합하면 다섯 개고요. 엄마가 남자친구들을 거기 넣고 싶어하지 않기 때문에 그걸로 끝이에요. 안 그랬으면 엄청 많았을 텐데."

그 순간 툴린이 끼어들며 딸에게 레벨 업에 착수할 때가 되지 않았느냐고 말한다. 레는 헤스에게 몇 가지 조언을 더 들은 뒤 마침내 소파에 자리를 잡고 앉아서 전투에 돌입한다.

"똑똑한 아이네요."

툴린은 퉁명스럽게 고개를 끄덕이고, 지금은 그런 대화를 나눌 기분이 아니지만 아이 아빠, 가족 그리고 전반적인 상황을 두고 평소처럼 질문 폭탄이 이어질 것에 대비해 마음의 준비를 한다. 그런데 예상과 달리 헤스는 의자 등받이에 걸쳐놓았던 재킷 쪽으로 몸을 돌려 종이 뭉치를 꺼내더니 식탁 위에 펼쳐놓는다.

"자, 이걸 얼른 한번 훑어봅시다. 작전을 점검하면서."

헤스는 빈틈이 없다. 툴린은 평면도와 계단통과 건물 외부를 짚는 그의 손가락을 시선으로 좇으며 열심히 귀담아듣는다.

"단지 전체를 감시하겠지만 특수기동대를 보고 범인이 도망치지 않게 당연히 적당한 거리를 둘 거예요. 범인이 등장할지 여부는 모르겠지만."

그는 툴린이 잠든 아이를 안고 가는 것처럼 보일 수 있도록 인형을 담요로 쌀 거라는 얘기도 한다. 툴린은 감시가 따라붙으면 범인의 의심을 사지 않을까 싶어서 몇 마디 하지만 헤스는 필요한 조치라고 주장한다.

"위험을 감수할 수는 없어요. 만약 제시 크비웅이 다음 표적이라면 범인이 어번플랜을 손바닥 보듯 훤히 알고 있을 테니 여차하면 곧바로 끼어들 수 있게 우리가 현장에 출동해 있어야 해요. 위험이 감지되면 즉각 우리한테 알려줘요. 그리고 지금이라도 다른 사람한테 넘기고 싶으면 발 빼도 돼요."

"내가 왜 이제 와서 발을 빼겠어요?"

"위험하지 않은 일이 아니니까요."

툴린은 파란색과 초록색 눈을 쳐다보며 이 남자에 대해 잘 몰랐다면 자기를 걱정하는 거라고 착각했을 거라는 생각을 한다.

"괜찮아요. 몸 사리는 스타일은 아니니까."

"엄마가 찾으려는 사람이 저 여자애예요?"

레가 소리도 없이 거실에서 빠져나와 물을 마시러 부엌에 들어왔다. 벽에 기대 식탁에 올려놓은 툴린의 아이패드에서 또다시 시작된 뉴스 방송을 아이가 빤히 보고 있다. 이번에도 크리스티네 하르퉁이 헤드라인이라 앵커가 그 사건의 과거와 현재를 요란하게 소개한다.

"보지 마. 애들 보는 프로그램 아니야."

툴린은 자리에서 일어나 얼른 아이패드를 끈다. 그녀가 늦게까지 야근해야 한다고 하자 딸이 심통을 내며 이유를 알아야겠다고 고집을 부리길래, 찾아야 하는 사람이 있다고 말했었다. 그게 범인이라고 하지는 않았기 때문에 레는 크리스티네 하르퉁인 줄 아는 것이다.

"저애가 어떻게 됐는데요?"

"레, 들어가서 게임이나 해."

"죽었어요?"

보른홀름섬에 아직 공룡이 사느냐고 묻기라도 하는 듯 직설적이고 천진한 질문이다. 하지만 호기심 아래로 걱정하는 기미가 느껴지고 툴린은 레가 옆에 있을 때는 잊지 말고 뉴스를 꺼놓아야겠다고 다짐한다.

"나도 몰라, 레. 그러니까……"

툴린은 뭐라고 하면 좋을지 알 수가 없다. 뭐라고 대답하든 사방에 위험이 도사리고 있다.

"아무도 몰라. 어쩌면 그냥 길을 잃어버린 것일 수도 있어. 살다 보면 집으로 돌아가는 길을 못 찾고 헤맬 때가 있잖아. 하지만 길을 잃은 거라면 우리가 찾을 거야."

헤스의 대답이다. 훌륭한 대답이고 레의 눈이 다시 초롱초롱해진다.

"저는 한 번도 길을 잃어버린 적이 없어요. 아저씨 아이들은 그런 적 있어요?"

"나는 아이가 없어서."

"왜요?"

헤스는 아이를 보고 웃지만 이번에는 아무 말도 하지 않는다. 잠시 후 초인종이 울리고 기다림이 끝난다.

70

어번플랜은 코펜하겐 중심가의 시청에서 3킬로미터만 가면 나오는 웨스트 아마게르의 공영주택단지다. 부족한 아파트 문제를 해결하기 위해 1960년대에 지어졌지만 뭔가가 잘못돼 2000년대 초반 몇 년에 걸쳐 빈민가로 전락했다. 의회에서는 아직 문제점을 해결하지 못했고, 백인인 덴마크 경찰관이 등장하면 사복을 입고 있어도 오딘에서처럼 관심을 한몸에 받는다. 따라서 헤스가 있는 동에서 왼쪽으로 보이는 어두컴컴한 주차장의 일부 차량을 비롯해 가장 노출이 심한 자리에는 외모가 소수민족에 가까운 경관들이 배치됐다.

아무도 없는 1층 아파트의 오븐에 달린 시계를 보니 1시가 다 됐다. 매물로 나온 빈집이라 경찰에서 작전 본부로 쓰기로 했다. 불은 켜지 않았고 작은 부엌의 창문 너머로 고개를 돌리면 벌거벗은 거나 다름없는 나무, 놀이터와 벤치가 있는 캄캄한 공터를 지나 제시 크비움이 사는 동의 계단과 엘리베이터로 이어지는 환한 입구까지 훤히 보인다. 감시팀이 알맞은 자리를 지키고 있는 듯하지만 그래도 헤스는 불안하다. 제시 크비움이 사는 동은 동서남북으로 출입문이 네 군데지만 헤스와 다른 경관들이 건물을 에워싸고 있기 때문에 드나드는 사람들을 계속 주시할 수 있다. 200미터 거리에서 1크로네짜리 동전을 맞힐 수 있는 실력을 보유한 저격수들이 지붕에 배치되어 있고, 명령이 떨어지자마자 작전에 투입될 특수기동대를 실은 버스가 고작 이 분 거리에 있다. 그런데도 헤스는 여전히 부족하다고 느낀다.

툴린은 별 탈 없이 등장했다. 헤스는 도로에서 주차장으로 들어오는 작은 도요타 아이고를 즉시 알아보았고, 차는 몇 분 전까지 위장 경찰차가 있던 약속된 자리에 주차되었다.

툴린은 제시 크비움의 모자와 옷과 외투를 입었다. 치마만 비슷한 노란색으로 바꿔 입어 멀리서 보면 그녀가 대역이라는 사실을 알 방법이 전혀 없었다. 툴린은 담요로 감싼 인형을 뒷좌석에서 꺼내고 자기 몸과 아이를 차문에 대고 낑낑대며 문을 잠근 다음 제시 크비움처럼 살짝 씩씩대며 아이를 안고 입구 쪽으로 걸어갔다. 헤스는 그녀가 계단통으로 사라지면서 불이 켜지는 것을 지켜보았다. 엘리베이터에 누가 타고 있어서 내려오기까지 수만 년이 걸렸다는 건 미처 예측하지 못했던 부분이지만, 다행히 툴린은 층계참에 다다를 때마다 아이가 점점 더 무거워지는 듯이 꾸며가며 4층까지 걸어올라갔다.

맞은편에서 등장한 다른 주민들이 그녀를 스쳐지나갔지만 아무도 신경쓰지 않았다. 마침내 그녀가 시야에서 사라졌고, 헤스는 작은 발코니가 딸린 아파트의 불이 켜질 때까지 숨을 죽이고 있었다.

그후 세 시간이 지났지만 아무 일도 일어나지 않았다. 초저녁에는 늦게 퇴근하는 직장인이나 쪼그라든 낙엽이 머리 위에서 소용돌이치는 와중에 세계정세를 고민하는 사람들로 이 일대가 번잡했고, 오른쪽 동의 지하 커뮤니티룸에서는 작은 파티가 열렸다. 인도의 시타르 음악이 몇 시간 동안 허공에 맴돌았다. 하지만 파티는 끝나가고 점점 더 많은 아파트의 불이 꺼졌다. 밤이 깊어가고 있었다.

제시 크비움의 집은 아직 불이 켜져 있지만 헤스는 조만간 꺼질 것임을 안다. 어쩌다 한 번 금요일 밤에 집에 있더라도 이 시간이면 잠자리에 드는 것이 제시의 일과다.

"11-7이다. 내가 수녀와 유로폴에서 온 일곱 명의 난쟁이 경관 얘기를 한 적 있나, 오버."

"없다. 들려달라, 11-7. 듣고 있다."

팀 얀센이 거의 대놓고 헤스에게 잽을 날리며 무전으로 동료들을 웃기는 중이다. 부엌 창가를 지키고 있는 헤스 쪽에서는 얀센이 보이지 않지만, 헤스는 그가 소수민족인 젊은 경관과 함께 서쪽 출입문 근처에 주차해놓은 차에 앉아 있다는 걸 안다. 헤스는 무전기가 농담 따먹기에 동원되는 게 좋아 보이지 않지만 내버려둔다. 헤스가 툴린을 만나러 가기 전에 지서에서 열린 회의에서 얀센은 이미 이 작전에 의구심을 제기했다. 제시 크비움이 위험한 상황이라고 헤스가 장담하지 못했기 때문이다. 얀센은 언론에 정보를 흘린 사람이 헤스이고 그런 행동은 처벌받아야 한다고 믿는 눈치였다. 헤스는 며칠 전부터 지서를 출입할 때마다 뒤통수에 꽂히는 얀센의 시선을 느꼈는데, 그날 저녁에 언론 보도가 터지면서 이제는 다른 몇몇 동료들도 그를 의심의 눈초리로 흘끗거리고 있었다. 정말이지 말도 안 되는 반응이었다. 언론에서 살인사건에 대해 떠들어대기 시작하면 끝이 좋은 경우가 거의 없기 때문에 헤스도 기자들과의 거리 두기라면 이골이 나 있었다. 그는 정보가 유출돼 짜증이 났지만 이런 생각도 들었다. 정말로 유출된 걸까? 범인은 분명 지문에 대해 알고 있고, 살인수사과가 만인의 웃음거리로 전락한 것을 보며 재미있어하고 있을지 모른다. 그는 기사의 출처를 알아내야겠다고 생각하고, 얀센이 또다시 우스갯소리를 늘어놓으려 하자 팩하니 무전기를 집는다.

"11-7, 작전과 상관없는 무전 연락은 삼가기 바란다."

"싫다면 어쩔 건데? 타블로이드 신문사에 연락할 건가?"

여기저기서 터지는 웃음소리가 들리고 특수기동대장이 끼어들어 조용히 하라고 명령을 내린다. 헤스는 창밖을 내다본다. 제시 크비움의 집에서 불이 꺼졌다.

71

툴린은 커다랗고 어두컴컴한 창문 근처로는 다가가지 않지만 범인에게 그녀가, 아니 제시 크비움이 집에 있다는 걸 알리기 위해 이 방 저 방 돌아다닌다.

주차장에서의 연극은 성공적이었다. 인형은 아이와 아주 흡사했고 검은색 가짜 머리칼은 담요로 거의 가려졌다. 엘리베이터 때문에 잠시 난감해지기는 했지만 그녀는 제시 크비움이라면 기다리느니 짜증을 내며 계단을 걸어올라가는 쪽을 택했을 거라고 판단했다. 올라가는 길에 젊은 커플과 마주쳤지만 그들은 그녀 쪽을 쳐다보지도 않았고, 그녀는 제시의 열쇠로 아파트 문을 열고 안으로 들어가자마자 문을 잠갔다.

툴린은 이 아파트에 와본 적이 없었지만 익숙한 구조였기에 인형을 곧장 방으로 들고 가 침대에 눕혔다. 방에는 그녀와 딸의 침대가 같이 놓여 있었다. 창문에는 커튼이 없었고 밖으로 또다른 콘크리트 건물이 보였다. 그녀는 헤스가 그 건물 1층의 어느 어두컴컴한 창문 너머에 있다는 걸 알았지만 위층에서 누가 들여다볼 수도 있기에 집에서 레를 재우듯 인형의 옷을 벗기고 이불 속에 눕혔다. 그녀의 딸을 침대에 눕히는 대신 경찰의 자격으로 인형을 재우다니 아이러니하다는 생각이 들었지만 지금은 그런 생각을 할 때가 아니었다. 그녀는 거실로 건너가 제시의 평소 습관대로 TV를 켰고 창을 등지고 안락의자에 앉아 아파트를 훑어보았다.

마지막까지 여기 있었던 사람이 제시 크비움이었을 텐데 청소에 신경을 쓰지 않은 티가 역력했다. 집안이 난장판이었다. 빈 와인병이 수십 개에, 음식이 말라붙은 접시, 피자 상자, 씻지 않은 그릇이 널려 있었다. 장난감은 많지 않았다. 제시 크비움이 아이를 방치했는지 여부는 장담할 수 없어도 아이를 키우기에 적당한 환경은 아니었다. 그러고 보니 자신의 어린 시절이 떠올랐고, 그녀는 그 생각을 하고 싶지 않아 TV에 집중했다.

크리스티네 하르퉁 사건이 여전히 초미의 관심사였고 결국에는 사건이 해결된 게 아닐지 모른다는 가정 아래 과거의 모든 것이 재탕되고 있었다. 로사 하르퉁은 이에 대한 언급을 거부했다는 보도가 나왔고, 간절히 잊고 싶었을 과거와 또다시 맞닥뜨리게 된 장관과 그 가족이 안됐다는 생각을 툴린이 하고 있을 때 사태가 새로운 절정에 다다랐다.

"계속 채널 고정해주시기 바랍니다. 크리스티네 하르퉁의 아버지 스텐 하르퉁을 심야 뉴스 초대 손님으로 모셨습니다."

마지막 뉴스 시간의 손님으로 초대된 스텐 하르퉁은 긴 인터뷰를 통해 딸이 어딘가에 살아 있을 거라 믿는다고 분명히 밝혔다. 뭐라도 아는 게 있는 사람은 경찰에 알려달라고 호소하며 '크리스티네를 데려간 사람'에게 아이를 무사히 돌려보내달라고 호소했다.

"딸아이가 보고 싶습니다…… 아직 어린 아이라 엄마 아빠가 곁에 있어줘야 합니다."

툴린은 그가 뉴스에 출연한 이유를 이해했지만, 그게 수사에 얼마나 도움이 될지는 알 수 없었다. 법무부 장관과 닐라네르도 인터뷰에 응했지만 모든 억측에 분명하게 선을 그었다. 특히 닐라네르는 언론에 화가 난 듯 뻣뻣하게 비춰졌는데, 청산유수인 걸 보면 사실은 스포트라이트를 즐기는 게 아닌지 의심스러웠다. 그 와중에 툴린은 이게 도대체 무슨 일이냐고 묻는 겐스의 문자를 받았다. 기자들이 이제 그에게 연락하기 시작했다는 것이다. 그녀는 아무 대꾸도 하지 말라고 답장을 보냈다. 그는 내일 아침에 15킬로미터를 같이 달려주면 그러겠다고 농담을 했지만 그녀는 거기에는 답장을 하지 않았다.

자정 무렵 요란한 언론 보도가 마침내 막을 내리고, 다양한 프로그램의 지루한 재방송이 이어진다. 크리스티안스하운에서 차를 타고 오는 동안 느꼈던 낙관론과 긴장감이 차츰 의구심으로 바뀐다. 제시 크비움이 표적이라고 왜 그렇게 자신했을까? 범인이 다시 뭔가를 시도할 거라고 왜 그렇게 자신했을까? 팀 얀센이 무전기로 실없는 농담을 지껄이며 시간을 때우는 소리가 들리고 그녀는 그의 심정이 어느 정도 이해가 된다. 그가 머저리인 건 맞지만 그들이 착각했다면 수사에 차질이 빚어지게 생겼다. 툴린은 휴대전화로 시간을 확인하고 일어나서 약속한 대로 거실 불을 끈다. 그녀가 다시 앉기도 전에 헤스가 전화한다.

"별일 없죠?"

"네."

그가 안심하는 기미가 느껴진다. 그들은 현재 상황에 대해 잠깐 대화를 나눈다. 툴린은 그가 표현하진 않지만 잔뜩 긴장한 상태라는 것을 느낄 수 있다. 최소한 그녀보다는 긴장한 상태다.

"얀센이 하는 말은 신경쓰지 말아요." 그녀가 불쑥 말한다.

"고마워요. 신경 안 써요."

"얀센은 내가 이 팀으로 옮겼을 때부터 하르퉁 사건을 두고 우쭐

거렸거든요. 당신이랑 이제는 언론까지 가세해 의문을 제기하니까
산탄총으로 배를 맞은 심정일 거예요."

"어쩐지 당신이 직접 방아쇠를 당기고 싶어하는 것처럼 들리네요."

툴린은 씩 웃는다. 그녀가 막 대답하려는 찰나 헤스의 말투가 바
뀐다.

"무슨 일이 벌어졌어요. 무전기로 바꿔요."

"무슨 일이에요?"

"얼른요. 지금 당장."

전화가 끊긴다.

툴린은 전화기를 내려놓으며 자신이 지금 완전히 혼자임을 문득
깨닫는다.

72

헤스는 창가에서 꼼짝하지 않는다. 밖에서 보일 리 없다는 걸 알지만 그래도 눈 하나 깜짝하지 않는다. 100미터쯤 떨어져 있는 크비움의 아파트 한쪽 끝 입구에서 젊은 커플이 유아차를 밀며 지하의 자전거 보관실 문을 열고 안으로 사라진다. 유압식 문이 그들 뒤에서 아주 천천히 닫히는 동안 헤스는 바로 옆 건물 그림자 속에서 어떤 움직임을 포착한다. 처음에는 나무 사이로 부는 바람인 줄 알았는데 잠시 후 다시 보인다. 어떤 형체 하나가 달려와서 문이 닫히기 직전에 안으로 사라진다. 헤스는 무전기를 든다.

"우리 손님이 도착한 것 같다. 동쪽 출입문이다, 오버."

"우리도 봤다, 오버."

헤스는 들어가본 적이 없지만 그쪽에 뭐가 있는지 안다. 아파트 입구에서 아래로 내려가면 자전거 보관실이 나오고 건물 지하에 있는 계단이나 엘리베이터를 이용하면 위층으로 올라갈 수 있다.

그는 1층의 아파트에서 나와 등뒤로 문을 닫고 계단통으로 간다. 바깥 공터로 연결된 정문으로 가지 않고 지하로 계단을 내려간다. 불은 켜지 않지만 손전등을 들고 있다. 사전에 봐두었기에 지하에 다다르면 어느 쪽으로 가야 하는지 안다. 그는 손전등으로 앞을 비추며 크비움의 동으로 연결되는 복도를 달려간다. 50미터 정도 떨어진 크비움의 동으로 들어가는 묵직한 철문으로 다가가는 동안 유아차를 미는 젊은 커플이 엘리베이터를 타고 가는 소리가 무전기 너머로 들린다.

"신원 미상의 인물이 계단으로 간 것 같은데 불이 켜지지 않아서 장담하지 못하겠다. 오버."

"아래에서부터 수색해 올라가겠다. 지금 시작한다." 헤스가 대답한다.

"하지만 아직 확실하지 않은데……"

"지금 시작한다. 잡담 금지."

헤스는 무전기를 끈다. 느낌이 안 좋다. 정체 모를 인물은 어두컴컴한 잔디밭을 지나서 걸어온 게 분명한데, 철저한 계획하에 이루어진 행동은 아닌 듯해 보인다. 차라리 범인이 지붕에서 내려오거나 맨홀 뚜껑을 열고 뛰쳐나왔다면 놀라지 않았을 것이다. 그런데 메인 로비에 나타나다니. 그는 권총의 안전장치를 푼다. 철문이 뒤에서 스르르 닫힐 무렵 이미 그는 첫번째 층계참에 도착해 있다.

73

툴린은 창밖을 내다보고 있다. 손님의 등장이 선포된 지 팔구 분이 지났다. 앞마당에는 아무것도 보이지 않고 문득 이 단지가 정말 고요하다는 생각이 든다. 음악소리가 멎었다. 들리는 건 바람소리 뿐이다. 그녀는 작전의 세부 사항을 논의할 때 아파트에 남아 있는 것에 반대하지 않았는데 이제 보니 멍청한 생각이었던 것 같다. 그녀는 기다리는 걸 잘해낸 적이 없다. 게다가 이 아파트에는 뒷문이 없다. 도망쳐야 하는 상황이 와도 도주로가 없다. 그래서 현관홀에서 문 두드리는 소리가 들렸을 때 그녀는 안심한다. 헤스나 다른 동료가 그녀를 지원하러 왔을 것이다.

하지만 구멍으로 내다보니 어두컴컴한 복도에는 아무도 없다. 맞은편의 움푹 들어간 소화전 수납공간만 보일 뿐이다. 그녀는 잠깐 잘못 들었는지 고민한다. 하지만 분명 문 두드리는 소리였다. 그녀는 권총의 안전장치를 풀고 마음의 준비를 한다. 빗장을 열고 걸쇠를 왼쪽으로 돌린 다음 총을 들고 복도로 나선다.

스위치 몇 개가 희미하게 빛나지만 그녀는 건드리지 않는다. 어둠이 보호막처럼 느껴진다. 리놀륨이 깔린 널찍한 복도를 따라 늘어선 모든 아파트 문이 닫혀 있는 것처럼 보이는데, 그녀의 눈이 낮은 조도에 적응되자 왼쪽 복도 끝의 벽까지 보인다. 그녀는 계단과 엘리베이터가 있는 오른쪽을 돌아보지만 거기도 텅 비어 있다. 복도엔 아무도 없다.

　아파트 안에서 무전기가 지지직거리는 소리가 들린다. 누군가가 초조하게 그녀의 이름을 부르고 있다. 그녀는 문 쪽으로 후퇴하기 시작한다. 하지만 그녀가 복도를 등지자마자 소화전 수납공간 옆쪽의 움푹한 곳에서 누군가가 튀어나온다. 거기에서 웅크린 채 바로 그 순간만을 기다리고 있었던 것이다. 툴린은 문간을 넘어 바닥으로 자신을 내동댕이치는 놈의 체중을 느낀다. 차가운 손이 그녀의 목을 감싸고, 그녀의 귀에 대고 속삭이는 목소리가 들린다.

　"걸레 같은 년. 사진 내놔, 안 그러면 죽여버리겠어."

　남자가 한마디 더 덧붙이기도 전에 툴린은 팔꿈치를 두 번 강력하게 내질러 그의 코를 부러뜨린다. 남자는 잠시 멍하니 어둠 속에 앉아 있다. 자기가 뭐에 맞았는지 거의 알아차리지도 못하고, 툴린이 그를 세번째로 치자 바닥으로 쓰러진다.

74

헤스가 크비움의 아파트에 도착했을 때는 문이 열려 있다. 뒤따른 두 경관과 함께 달려들어가보니 어떤 남자가 아파서 비명을 지르는 소리가 들린다. 헤스는 불을 켠다. 아파트가 난장판이다. 한 남자가 코피를 줄줄 흘리며 두 팔은 뒤로 묶인 채 빨래와 피자 상자 사이 바닥에 쓰러져 있다. 툴린은 그 위에 걸터앉아 한 손으로는 남자의 손목을 붙잡아 등에 누르고 다른 손으로는 열심히 몸을 수색하고 있다.

"지금 뭐하는 거야? 씨발, 이거 놔!"

몸수색이 끝나고 두 경관이 여전히 등뒤로 묶여 있는 남자의 팔을 잡아 그를 일으켜 앉히자 비명소리가 더 커진다.

남자는 마흔 살쯤 되어 보인다. 근육질이고 머리를 뒤로 넘긴 영업사원 타입으로 결혼반지를 끼고 있다. 자다 나온 사람처럼 외투 안에 티셔츠와 운동복 바지만 입고 있다. 코는 비뚤어진 채 퉁퉁 부었고, 바닥에서 구르는 바람에 얼굴은 피투성이다.

"니콜라이 묄레르. 코펜하겐 S 만투아바이 76번지."

툴린이 남자의 안주머니에서 휴대전화와 아우디 로고가 박힌 자동차 열쇠와 함께 지갑을 찾아내, 신용카드와 가족사진과 같이 꽂혀 있던 건강보험증을 보고 큰 소리로 읽는다.

"왜 이래요? 난 아무 짓도 안 했어요!"

"여긴 뭐하러 왔어? 내가 물었지, 여긴 뭐하러 왔느냐고?"

툴린은 남자에게로 곧장 다가가 피범벅이 된 그의 얼굴을 위로 들어 눈을 똑바로 본다. 그는 아직까지 충격에서 헤어나오지 못했고 제시 크비움의 옷을 입은 낯선 여자를 보고 놀란 기색이 역력하다.

"나는 그냥 제시하고 얘기하려고 온 거예요. 여기로 오라는 문자를 받고요!"

"거짓말. 여긴 뭐하러 왔어?"

"진짜 아무 짓도 안 했어요! 나를 속인 건 그 여자예요!"

"문자 보여줘요. 지금 당장."

헤스가 툴린에게 전화기를 건네받아 남자에게 내민다. 경관들이 손을 놓자 남자는 훌쩍이며 피 묻은 손가락으로 화면이 잠긴 전화기에 암호를 입력하기 시작한다.

"어서, 서둘러요!" 헤스는 조바심을 낸다. 이것이 그가 느낀 불안의 실체라는 것을 직감하지만 어째서, 무엇 때문에 불안한지는 알지 못한다.

"보여줘요, 얼른!"

헤스는 남자가 다시 건네줄 때까지 기다리지 않고 전화기를 낚아채 화면을 빤히 바라본다.

발신자 번호 없이 그냥 '미상'이라고 되어 있고, 문자는 짧고 달달하다.

"지금 당장 와요. 안 그러면 사진을 부인한테 보낼 거예요."

헤스는 문자에 이미지가 첨부돼 있는 것을 보고 화면을 두드려 확대한다. 4, 5미터 거리에서 찍은 사진으로 헤스는 그들이 제시 크비움을 만나기 위해 찾아갔던 쇼핑센터 댄스 스튜디오 아래층 복도에 있었던 바퀴 달린 쓰레기통을 알아본다. 두 사람은 몸을 맞대고 있는데 그들이 뭘 하고 있는지는 누가 봐도 분명하다. 앞쪽이 지금 툴린이 입고 있는 것과 비슷한 옷을 입은 제시 크비움이고, 그 뒤에 니콜라이 묄레르가 바지를 발목까지 내리고 서 있다.

헤스의 머릿속에서 천 가지 생각이 폭발한다. "이 문자를 받은 게 언제죠?"

"보내줘요. 나는 아무 짓도 하지 않았어요!"

"언제냐고요?!"

"삼십 분 전이요. 이게 도대체 무슨 일이에요?"

헤스는 잠깐 남자를 빤히 쳐다본다. 그러다가 손을 놓고 문을 향해 달린다.

　백여 개의 부지와 오두막집으로 이루어진 발뷔의 해먹 가든스는 겨울에 문을 닫는다. 여름에는 이 도시에서 가장 활기찬 오아시스 역할을 하지만 가을이 성큼 다가오면 작은 나무집과 마당에 자물쇠가 채워지고 이듬해 봄까지 방치된다. 어두컴컴한 마당 한복판에 자리잡은 딱 한 채의 오두막집에만 불이 켜져 있다. 코펜하겐 의회 소유의 오두막집이다.

　늦은 시각이지만 제시 크비움은 아직 깨어 있다. 밖에서는 바람이 나무와 덤불을 흔들고 가끔 방 두 개짜리 작은 오두막집 지붕이 거의 뜯겨나갈 것처럼 소리가 거세다. 집안에서 여름철과는 다른 냄새가 풍기고, 잠든 아이와 그녀가 누워 있는 어두컴컴한 방의 문 아래 틈새로 안방 불빛이 보인다. 경찰관 두 명이 문밖을 지키고 앉아 자신과 올리비아를 보호하고 있다니 아직도 믿기지 않는다. 제시는 딸의 뺨을 어루만진다. 평소에는 거의 하지 않는 행동이다. 금방이라도 눈물이 날 것 같다. 잠깐 정신이 드는 순간이면 그녀는 거지같은 자신의 인생을 통틀어 의미 있는 딱 한 가지는 딸이라는 생각을 한다. 하지만 상황을 조금이라도 개선하려면 딸을 포기해야 한다는 것도 알고 있다.

　그날 하루는 정말 드라마틱했다. 먼저 그녀는 쇼핑센터에서 니콜라이에게 모욕을 당했다. 그런 다음 복도를 달려 도망쳤고, 경찰서에서 심문을 받았고, 마지막으로 아무도 없는 주말농장으로 이송됐다. 제시는 결백하다고 딱 잡아뗐지만 심문을 받는 동안 제기된 의혹에 마음이 동요했다. 의회에 익명으로 제보되었던, 그녀가 아이를 때리고 방치한다는 그 의혹이었다. 어쩌면 그녀가 동요한 것은 의혹 그 자체 때문이 아닐지도 몰랐다. 당연히 오늘 처음 듣는 얘기도 아니었다. 그보다는 형사들이 풍기는 심각한 분위기가 충격적이었다. 두 형사는 의회 공무원과 달랐다. 그들은 진상을 아는 눈치였다. 제시는 억울한 엄마처럼 성질을 부리고 빽빽거리고 고함을 질렀지만 아무리 그럴듯하게 거짓말을 해도 그들은 믿지 않았다. 그녀는 그들 모녀가 왜 이 축축하고 추운 오두막집에서 감시를 당해야 하는지 알지 못하지만, 그녀 탓이라는 건 안다. 그녀 탓이 어디 이것 하나뿐일까.

방안에 딸과 단둘이 남겨졌을 때 제시는 정신을 차릴 수 있을 거라고 생각했다. 하룻밤 새 달라질 수 있을 거라고 생각했다. 파티와 술을 끊고, 누구라도 미끼를 물어주길 바라며 포기하지 못하던 짓, 사랑받는 느낌을 얻고 싶어 반복했던 천박한 짓을 자제할 수 있다고 생각했다. 니콜라이에게 다시 연락하지 않으려고 그의 전화번호도 삭제했다. 하지만 이 결심이 지켜질 수 있을까? 다른 누군가가 등장하지 않을까? 이전에도 다른 남자와 여자들이 있었고, 이제는 개같은 그녀의 인생이 올리비아의 인생이 되어버렸다. 모든 걸 아이 혼자 감당해야 했다. 학교에서 오랜 시간을 보내는 것도, 놀이터에서 혼자 노는 것도, 저녁마다 술집에서 혼란스러운 시간을 보내는 것도, 심지어 제시가 약간의 달콤함만 얻을 수 있다면 집으로 데려와 뭐든 허락하는 생판 모르는 사람들과 아침을 맞이하는 것도. 그녀는 딸을 증오했고, 그래서 때렸다. 정부에서 받는 아동수당이 올리비아를 버리지 않는 유일한 이유일 때도 있었다.

하지만 제시는 아무리 후회해도, 아무리 달라지고 싶어도 혼자 힘으로는 불가능하다는 것을 안다.

그녀는 올리비아가 깨지 않도록 조심스럽게 이불 밖으로 빠져나온다. 맨발이라 바닥이 얼음장같이 느껴지지만 꼼꼼히 딸에게 이불을 덮어주고 문 쪽으로 다가간다.

76

포르노허브에 올라온 여자들의 나체사진을 계속 스크롤해서 보고 있는 마르틴 릭스 형사의 배에서 요란한 소리가 난다. 열두 시간째 근무중이고 이런 임무를 배정받으면 항상 지겨워서 돌아버릴 것 같지만 포르노허브와 베팅365와 초밥이 있으면 기다림도 즐거워진다. 그는 끝없이 이어지는 포르노 사진을 계속 넘기지만 수술한 가슴과 하이힐과 밧줄을 아무리 보아도 이번에는 헤스 그 개자식과 하르통 사건을 폭로한 언론에 대한 불만이 사그라들지 않는다.

마르틴 릭스는 육 년 전 벨라호이경찰서에서 살인수사과로 전근한 이래 줄곧 팀 얀센의 오른팔이었다. 처음에는 키가 크고 거만하며 레이저 같은 강렬한 눈빛을 발사하는 그를 별로 좋아하지 않았다. 얀센은 항상 빈정거리며 남을 깔아뭉개기 일쑤였고, 원래 말주변이 없는 릭스가 보기에 그는 학창시절부터 자신을 바보 취급했던 다른 머저리들과 다를 바 없었다. 하지만 기회가 오면 그 머저리들을 곤죽으로 만들어버리는 것이 릭스의 장기였다. 그런데 얀센은 달랐다. 형사로서 경험이 좀더 많았던 얀센은 집요하고 인간과 세상 전반을 불신하는 릭스에게서 무언가를 보았다. 처음 육 개월 동안 두 사람은 차량, 취조실, 상황실, 탈의실, 구내식당에서 많은 시간을 함께 보냈고, 릭스의 수습기간이 정식으로 끝났을 때 그들은 계속 2인조로 근무하고 싶다고 상사에게 말했다. 육 년이 지나자 그들은 서로를 속속들이 알게 되었고, 상사가 바뀌어도 누구 하나 감히 딴죽을 걸 수 없는 위치에 올랐다. 적어도 그 개자식이 몇 주 전에 등장하기 전까지는.

헤스는 믿을 수 없는 작자다. 예전에, 오래전에 살인수사과에 있었을 때는 괜찮았을지 몰라도 지금은 유로폴에 소속된 인간들이 다 그렇듯 재수없는 엘리트주의자다. 릭스가 기억하기로 그는 혼자 있기 좋아하고 말수 없는 밥맛이었다. 그래서 그가 눈앞에서 사라지자 속이 후련했었다. 하지만 이제 유로폴에서도 그에게 진저리를 내는 판국에 헤스는 도움이 될 만한 일을 하기는커녕 릭스와 얀센의 가장 큰 업적으로 꼽히는 사건에 의문을 제기하기 시작했다.

릭스는 작년 10월을 아직도 세세하게 기억하고 있다. 압박감이 어마어마했다. 그와 얀센은 밤낮으로 사건에 매달렸고, 익명의 제보를 근거로 리누스 베케르를 심문하고 체포했다. 수색을 주도한 사람이 그들이었다. 나중에 릭스는 며칠에 걸쳐 베케르를 심문하면서 이 사건이 특별하다는 예감을 느꼈다. 그들은 좋은 패를 쥐고 있었다. 그자의 면전에 들이밀 증거가 있었다. 결국 그는 자백하는 수밖에 없었다. 그때 느낀 안도감은 어마어마했고 그들은 베스테르브로의 허름한 술집에서 새벽까지 필름이 끊기도록 마시고 당구를 치는 것으로 자축했다. 아이의 시신은 찾지 못했지만 그건 사소한 부분에 불과했다.

그런데 지금 릭스는 헤스와 재수없는 툴린 년 때문에 불알이 오그라들도록 추운 발뷔의 주말농장에서 술에 찌든 싱글맘의 뒤치다꺼리를 하고 있다. 얀센을 비롯한 다른 팀원들은 온갖 짜릿한 일이 벌어지는 어번플랜에서 바삐 움직이는데 그는 여기에 붙들려 있는 것이다. 내일 아침 6시 반에 교대할 수 있으면 그나마 다행이다.

갑자기 방문이 열린다. 그가 지켜야 하는 여자가 티셔츠만 입고 있다. 릭스는 화면이 아래로 가게 전화기를 내려놓는다. 그녀는 놀란 눈으로 좌우를 살핀다.

"다른 순경은 어디 있어요?"

"순경 아니에요. 형사지."

"다른 형사는 어디 있어요?"

그녀가 상관할 바는 아니지만 그래도 릭스는 발뷔 랑가데에 초밥을 가지러 갔다고 알려준다.

"그건 왜 물어요?"

"그냥요. 오늘 저를 심문한 두 형사하고 얘기하고 싶어서요."

"무슨 일로요? 나한테 얘기해도 돼요."

술에 찌든 아이 엄마가 소파 뒤에 서 있지만 릭스는 그녀의 엉덩이가 제법 괜찮다는 걸 간파한다. 그는 잠깐 궁금해진다. 파트너가 초밥을 들고 오기 전에 소파에서 얼른 한판 할 수 있을까? 릭스가 상상하는 수많은 시나리오 중 하나다. 보호중인 증인과의 정사. 하지만 그 상상은 지금까지 현실로 이루어진 적이 없다.

"진실을 밝히고 싶어서요. 그리고 제가 정신을 추스를 때까지 딸을 제대로 된 가정에 맡기는 문제도 의논하고 싶고요."

그 대답을 듣고 마르틴 릭스는 실망한다. 그는 기다려야 한다고 무뚝뚝하게 대꾸한다. 사회복지과 직원이 아직 출근 전이라고 말이다. 한편으로는 그 '진실'이라는 게 뭔지 듣고 싶지만 여자가 말문을 열기 전에 그의 휴대전화가 울린다.

"헤스예요. 별일 없죠?"

헤스는 숨을 헐떡이고 있고, 그가 차문을 세게 닫는 동안 누가 옆에서 시동을 거는 것 같은 소리가 들린다. 마르틴 릭스는 한껏 거

만한 투로 대답한다.

"별일 있을 리가 없잖아요. 그쪽은 어때요?"

하지만 바로 그 순간 자동차 경보 장치가 울리는 바람에 릭스는
헤스의 대답을 듣지 못한다. 주말농장 마당에서 나는 소리다.

사이렌이 미친듯이 왱왱거려 릭스는 밖에 세워둔 차를 돌아본
다. 티볼리공원의 회전목마처럼 가을 밤하늘을 배경으로 경광등이
번쩍이고 있다.

마르틴 릭스는 어안이 벙벙해진다. 차량 주변에는 아무도 없다.
그가 전화기를 계속 귀에 대고 있다가 재수없는 헤스에게 자동차 경
보 장치가 울린다고 말하자 헤스의 목소리에서 긴장감이 묻어난다.

"집안에 있어요. 우리가 지금 가고 있어요."

"왜요? 무슨 일이에요?"

"집안에서 제시 크비움을 지키고 있어요! 알겠죠?"

마르틴 릭스는 잠깐 망설이다가 전화를 끊는다. 이제 들리는 소
리라고는 경보음밖에 없다. 릭스가 그의 명령을 들을 거라고 생각
했다면 헤스가 단단히 착각하고 있는 것이다.

"무슨 일이에요?"

이번에는 술에 찌든 아이 엄마가 걱정스러운 눈빛으로 그를 쳐
다본다.

"아무것도 아니에요. 들어가서 주무세요."

그녀는 납득하지 못하는 눈빛이지만 방에서 아이 울음소리가 들
리자 아무 반박도 하지 못하고 얼른 안으로 들어간다.

릭스는 휴대전화를 주머니에 넣고 권총집 끈을 푼다. 그도 바보
가 아니기에 통화를 통해 상황이 달라졌다는 것을 알아차렸다. 지
금이 모두의 입을 다물게 만들 유일한 기회일 수 있다. 헤스와 툴

린, 그리고 언론에서 체스트넛맨이라고 부르기 시작한 범인의 입까지. 조만간 특수기동대가 들이닥치겠지만 무대에 아무도 없는 지금이 절호의 기회다.

릭스는 주머니에서 자동차 열쇠를 꺼내고 잠갔던 문을 연다. 그리고 권총을 들고 레드카펫을 밟듯 마당의 오솔길을 걸어간다.

77

올리비아는 나무 벽에 바짝 붙여놓은 침대 위에 일어나 앉아 있지만 완전히 깬 건 아니다.

"무슨 일이에요, 엄마?"

"아무것도 아니야. 다시 누워."

제시 크비움은 얼른 침대로 가서 앉아 딸의 머리를 쓰다듬는다.

"시끄러워서 못 자겠어요." 딸이 속삭이며 제시의 어깨에 기댄 순간 경보가 잠잠해진다.

"자, 이제 그쳤네. 다시 잘 수 있겠다, 우리 딸."

잠시 후 올리비아는 다시 잠이 들고, 제시는 아이를 보며 경찰관에게 얘기하길 잘했다는 생각을 한다. 물론 그 정도로는 부족했고, 속시원하게 털어내지 못해 아쉽기는 하다. 하지만 자동차 경보 장치 때문에 갑작스럽게 분위기가 바뀌었다. 그녀는 전에 없던 공포를 느꼈지만, 이제 사이렌이 멈추고 마당 어딘가에서 귀에 익은 그 경찰관의 휴대전화 벨소리가 들리자 자신이 바보 같았다는 생각이 든다. 그런데 그가 전화를 받지 않는다. 그녀는 귀를 쫑긋 세우고 기다리지만 벨소리가 끊긴다. 잠시 후 다시 벨이 울리지만 이번에도 아무도 전화를 받지 않는다.

밖으로 나서자 바람이 제시의 머리칼을 할퀸다. 신발을 신고 있지만 살을 에는 듯이 추워서 그녀는 다리에 담요를 두르고 나오지 않은 걸 후회한다. 자동차 옆 어딘가에서 전화벨 울리는 소리가 들리지만 여전히 경찰관은 보이지 않는다.

"저기요? 어디 계세요?"

대답이 없다. 제시는 머뭇머뭇 산울타리와 대문 앞 자갈길에 주차된 차량 쪽으로 다가간다. 한 발짝만 더 내디뎌 자갈길 위로 올라서면 차량 전체와 바로 옆에서 울리는 전화기가 보일 것이다. 하지만 바로 그때 형사들이 심문 도중에 했던 얘기가 떠오르면서 위기감이 엄습한다. 마당의 흰 나무와 벌거벗은 덤불에서 스멀스멀 기어나온 으스스한 기운이 그녀의 맨다리를 덥석거리자 제시는 몸을 돌려 집으로 달린다. 나무 계단을 올라가서 열려 있는 입구로 들어가 등뒤로 세게 문을 닫는다.

좀전에 경찰관의 전화 통화를 듣고 지원군이 오고 있다는 걸 알았기에 그녀는 겁먹지 말자고 스스로를 다독인다. 문을 잠그고 서랍장으로 막는다. 그런 다음 부엌과 작은 화장실로 들어가 문과 창문이 다 잘 잠겨 있는지 확인한다. 부엌 서랍에서 긴 칼을 발견하고 집어든다. 창밖으로 펼쳐진 뒷마당에는 아무것도 보이지 않지만, 그녀는 문득 자신이 불빛 한가운데에 몸을 담그고 있다는 걸 깨닫는다. 밖에 누가 있다면—이제는 의심의 여지가 없다—그녀의 일거수일투족을 볼 수 있을 것이다. 그녀는 몇 걸음 만에 다시 거실로 돌아가 정신없이 몇 번 더듬은 끝에 스위치를 찾아 전등을 모조리 끈다.

제시는 앞마당에서 눈을 떼지 않은 채 조용히 서 있다. 아무것도 없다. 오두막집을 쓰러뜨리려는 바람소리뿐이다. 전기 라디에이터 옆에 서 있던 그녀는 전등 스위치를 찾느라 실수로 그걸 꺼버렸다는 걸 알아차린다. 허리를 숙여 라디에이터를 켠다. 라디에이터가 다시 웅웅거리기 시작하고, 그 희미하고 불그스름한 액정 화면 불빛에 경찰관이 앉아 있었던 의자에 놓인 조그만 조각상이 보인다.

처음에 그녀는 그것의 정체를 알지 못한다. 그러다 퍼뜩 알아차린다. 성냥개비로 된 두 팔을 절박하게 하늘로 뻗은 그 조그만 밤인형. 그 자체는 무서울 게 없지만 그녀는 섬뜩해진다. 방금 전에 경찰관을 찾으러 나갔을 때만 해도 거기에 인형이 없었다는 걸 알기 때문이다. 다시 위를 올려다보니 눈앞의 어둠 속에서 무언가가 깨어난 느낌이다. 그녀는 있는 힘껏 허공에 대고 칼을 휘두른다.

78

순찰차는 요란한 소리와 함께 주말농장 정문을 통과해 자갈길을 내달린다. 작은 집과 마당이 옹기종기 모여 있는 그곳은 칠흑 같은 어둠에 싸여 있고, 길쭉한 전조등 불빛에 저 안쪽의 번호판이 반사돼 보인다. 툴린은 위장 경찰차를 향해 달려가고 헤스도 차에서 뛰어내린다.

자갈길에 초밥 상자 두 개가 내동댕이쳐져 있고 젊은 경관이 누군가의 위로 허리를 숙이고 있다. 깊게 베인 마르틴 릭스의 목에서 쏟아져나오는 피를 두 손으로 막으려고 미친듯이 애를 쓰던 경관은 헤스를 보자 도와달라고 소리를 지른다. 릭스는 위쪽의 시커먼 나무에 뻣뻣하게 시선을 고정한 채 몸을 움찔거리고 헤스는 오두막 쪽으로 계속 달린다. 문이 잠겨 있다. 그는 발로 차서 문을 연 다음 서랍장을 옆으로 밀어낸다. 거실은 어둡지만 총을 꺼내는 동안 몸싸움이라도 벌어졌던 것처럼 의자와 테이블이 뒤집혀 있는 것이 차츰 눈에 들어오기 시작한다. 방에서는 제시 크비움의 딸이 이불을 움켜쥐고 어쩔 줄 몰라하며 울고 있다. 제시는 보이지 않고 툴린이 헤스에게 활짝 열려 있는 부엌문을 가리킨다.

뒷마당은 경사가 가파른 내리막이고 그들은 세 걸음 만에 뒤편 잔디밭에 도착한다. 헤스와 툴린은 잔디밭 한가운데에 심긴 사과나무를 지나 달려가지만 옆집과 경계를 나누는 성긴 울타리에 다다를 때까지 아무도 보이지 않는다. 바람에 고스란히 노출된 마당은 대로변의 고층 건물까지 이어지고, 그들은 집 쪽으로 다시 방향을 튼 다음에야 그녀를 발견한다. 사과나무 맨 아래 가지는 가지가 아니다. 제시 크비움의 맨다리다. 그녀의 몸은 나무줄기가 둘로 나뉘는 곳에 앉혀져 있다. 가장 굵은 나뭇가지에 억지로 앉혀놓는 바람에 두 다리가 양쪽으로 부자연스럽게 튀어나왔다. 고개는 한쪽으로 기울었고 생기를 잃은 두 팔은 나뭇가지에 걸쳐진 채 하늘을 가리킨다.

"엄마?"

바람 사이로 당황한 아이의 목소리가 들리고, 밖으로 나온 아이의 희미한 실루엣이 부엌문 옆으로 보인다. 하지만 헤스는 옴짝달싹하지 못한다. 툴린이 비탈길을 달려올라가 아이를 데리고 안으로 들어가는 동안 헤스는 나무 옆을 지킨다. 어두컴컴하지만 두 팔이 비정상적으로 짧다는 것을 알 수 있다. 한쪽 다리도 그렇다. 좀 더 가까이 다가가 보니 성냥개비로 만든 팔을 밖으로 뻗은 밤 인형이 제시의 벌어진 입안에 쑤셔넣어져 있다.

10월 20일
화요일

툴린은 비를 뚫고 건물 사이를 달리며 팻말을 찾는다. 빗물이 신발 안으로 스며들고, 마침내 37C 팻말을 찾고 보니 그녀가 가던 쪽과 반대 방향을 가리키고 있다.

이른아침이고 그녀는 딸을 학교에 데려다주고 온 참이다. 그녀가 어번플랜의 저층 아파트 단지 안에 서 있었던 게 불과 며칠 전 일이다. 그때는 헤스도 임대주택에 사는지 몰랐지만 어쩐지 놀랍지는 않다. 니캅*과 스카프를 쓴 여자들이 사근사근하지만 경계하는 눈빛으로 흘끗거리는 것을 보면 그녀가 얼마나 눈에 띄는지 알 수 있다. 길을 찾는 동안, 지옥문이 열린 이 마당에 헤스는 연락이 안 된다는 사실에 다시금 부아가 치민다.

거의 사 일 동안 언론은 범죄 현장, 크리스티안스보르, 경찰서, 검시실을 돌며 실시간 방송과 보도를 끊임없이 내보내는 데 혈안이 되어 있었다. 세 명의 여성 피해자와 주말농장의 마당 자갈길에서 사망한 마르틴 릭스의 사진이 공개됐다. 목격자와 동네 주민과 친척의 인터뷰, 전문가와 논평단의 의견, 경찰의 성명이 넘쳐났다. 특히 닐라네르는 툭하면 마이크의 물결 앞에 소환됐고, 조율을 거친

* 이슬람 여성들이 쓰는 베일.

법무부 장관의 성명과 그의 성명이 교대로 발표됐다. 정점을 찍은 것은 딸을 잃은 것으로도 모자라 어쩌면 결국 사건이 해결된 것이 아닐지 모른다는 사실을 알게 돼 큰 상처를 받은 로사 하르통의 사연이었다. 그러다 신문사들은 자기들이 같은 이야기를 반복하고 있다는 사실을 깨닫고, 이 끔찍한 범죄가 또 언제 발생할지 추측하기 시작했다.

헤스와 툴린은 금요일부터 거의 잠을 자지 못했다. 주말농장 마당에서 벌어진 살인사건의 충격도 고단한 업무에 무뎌졌다. 끝없이 이어지는 질문과 전화, 어번플랜과 농장 자치회의 자료 수집, 제시 크비움의 가족과 남자관계 파악하기. 여섯 살 난 딸—다행히 죽은 엄마를 보지 못했다—은 검진을 받았고, 방치와 영양실조와 신체 학대의 흔적이 여러 군데 발견됐다. 엄마의 죽음으로 느낀 슬픔을 집중적으로 상담한 심리학자는 상실감을 말로 표현하는 아이의 능력에 진심으로 감명을 받았다. 그 모든 것에도 불구하고 다행히 아이는 에스비에르에 사는 조부모에게 맡겨졌다. 장기적으로 아이를 데리고 있어도 된다는 허가가 내려질지는 두고 봐야 하지만 그들은 아이를 돌볼 수 있게 된 것에 뛸 듯이 기뻐한다. 언론의 마수가 아이와 조부모에게는 미치지 못하게 툴린이 차단하고 있다. 어쨌거나 언론에서는 체스트넛맨에 얽힌 최신 뉴스를 보도하는 데 훨씬 더 관심이 많다.

툴린은 언론에서 살인범을 이런 식으로 미화하는 것을 혐오한다. 특히 이번처럼 범인이 공포심을 조장하길 원하는 경우에는 언론의 관심에 자극받을 수 있기에 더욱 그렇다. 하지만 법의학 검사와 셀 수 없이 많은 탐문에도 돌파구를 찾지 못하고 있으니 그걸 저지할 방법이 없다. 겐스와 그의 팀원들이 밤낮으로 매달리고 있지만 지금까지 그럴듯한 성과가 없다. 니콜라이 묄레르가 받은 문자도 추적하지 못했고, 제시 크비움을 주시하는 사람을 보았다는 목격자의 증언도 없다. 다시 한번 찾아가 CCTV 영상을 열심히 들여다보았지만 어번플랜이나 그날의 쇼핑센터에서 용의자는 발견할 수 없었다. 라우라 키에르와 아네 사이에르라센의 경우와 마찬가지로 범인의 모든 흔적이 허공으로 사라졌다.

검시관에 따르면 제시 크비움은 새벽 1시 20분경에 사망했다. 절단은 앞서 두 번의 사건에서 쓰인 것과 같은 도구로 이루어졌고, 그녀는 범행 당시에 살아 있었다. 적어도 손이 절단되는 동안에는 그랬다. 이번에 피해자의 입안에서 발견된 조그만 밤 인형의 지문 역시 크리스티네 하르퉁의 것으로 보인다. 당연하게도, 죽은 세 여자를 고발한 익명의 제보자가 동일인이라는 데 다수가 동의한다. 하지만 의회와 사회복지사들은 전혀 도움이 되지 않고, 세 통의 이메일과 미로 같은 서버 주소로는 발신자에 대한 단서를 전혀 얻을 수 없다. 상황이 워낙 다급해지자 닐라네르는 의회의 내부 고발 프로그램을 통해 익명으로 고발당한 이들 가운데 최종 후보자들에게 경호원을 붙이고 살인수사과에 최고 수준의 경계경보를 내렸다.

이런 상황이 지서의 분위기에 심각한 영향을 미치고 있다. 마르틴 릭스는 비상한 두뇌를 자랑하는 사람은 아니었지만 육 년을 근무하는 동안 여기저기 고개를 디밀지 않은 날이 거의 없었던, 정문에 달린 금색 별 같은 붙박이였다. 게다가 대다수의 동료들은 몰랐지만 그에게는 약혼녀까지 있었다. 전날 정오에 그들은 일 분 동안 묵념의 시간을 가졌고 그 정적은 요란했다. 동료들은 눈물을 흘렸고, 근무중에 경관이 죽으면 늘 그렇듯 독기를 품고 수사에 임했다.

헤스와 툴린에게는 살인이 벌어지던 날 밤 범인이 어떻게 그들의 허를 찌를 수 있었는지가 가장 큰 수수께끼였다. 범인은 그들의 어번플랜 잠복 작전을 간파했다. 어떻게 그게 가능할 수 있었는지는 알 수 없지만 그들의 작전이 간파당했다는 건 틀림없다. 또한 그 사이에 범인이 주말농장으로 찾아간 것은 제시 크비움 모녀가 여름에 거기서 일주일 동안 지낸 적이 있었으니 그리로 옮겨졌을지 모른다는 걸 사전에 알고 있었어야 가능한 동선이다. 니콜라이 묄레르가 문자를 받은 시각은 살인이 자행되기 전인 밤 12시 37분이었고, 범인이 농장의 어딘가에서 선불 휴대전화로 그 문자를 보냈다는 것이 더욱 섬뜩한 부분이다. 당황한 불륜남을 어번플랜으로 유인해 경찰의 품에 안길 만큼 태연자약했다는 건데, 툴린이 보기에는 경찰에게 패배감과 자괴감을 안기기 위한 행동이다. 죽은 라우라 키에르의 휴대전화로 문자를 보냈을 때와 같다. 이런 상황인데다 아무리 힘들게 수사해도 소득이 없으니, 전날 저녁 닐라네르와 한바탕 충돌이 빚어진 것도 놀랄 일은 아니다.

"도대체 뭐가 두려우신 거예요?! 로사 하르퉁을 만나지 못하게 하시는 이유가 뭡니까?"

헤스는 이 살인사건이 로사 하르퉁과 그 딸의 실종사건과 관련이 있다고 다시 한번 주장하고 있었다.

"이건 수사하고 저건 수사하지 않는다니 말이 안 되잖습니까. 세 개의 밤 인형에 세 개의 지문이 남았는데 어떻게 이보다 더 결정적일 수 있습니까? 그리고 여기서 끝나지 않을 거예요. 처음에는 한 손, 그다음에는 양손, 그다음에는 양손과 한쪽 발이 없어졌어요. 범인이 다음번에는 어떻게 하려고 할까요? 어떻게 이보다 더 노골적일 수 있습니까! 로사 하르퉁은 사건의 열쇠이거나 표적이거나 둘 중 하나예요!"

하지만 뉠라네르는 계속 냉정하고 침착했다. 장관은 이미 한 번 심문을 받았고 처리해야 할 다른 일이 충분하고도 남는다고 했다.

"충분하다니 뭐가요? 이보다 더 중요한 일이 있어요?"

"진정해, 헤스."

"그냥 여쭤보는 겁니다."

"정보국에 따르면 지난 두어 주 동안 장관을 괴롭히고 협박한 신원 미상의 인물이 있다고 하더군."

"뭐라고요?"

"그런데 저희는 알 필요 없다고 생각하신 거예요?" 툴린이 끼어들었다.

"아니야. 살인사건하고는 아무 상관 없는 일이잖아! 정보국에 따르면 10월 12일 월요일 장관의 관용차 보닛에 협박 문구가 덮여 있었던 것이 가장 최근의 일이라고 했어. 범인이 아네 사이에르라센을 공격하느라 정신이 없었을 때라고."

회의는 험악한 분위기 속에 끝났다. 헤스와 뉠라네르 두 사람 모두 씩씩대며 사라졌고, 툴린은 금이 가기 시작한 부서의 분위기가 수사와 너무 비슷한 양상을 보이는 듯한 느낌이 들었지만 애써 무시했다.

마침내 툴린은 비를 피할 수 있는 실내 복도로 들어가 맨 끝의 37C호에 다다른다. 페인트통, 니스, 세정제가 문 양쪽으로 쌓여 있고, 그 난장판의 한복판에 바닥 광택기가 아닐까 싶은 덩치 큰 기계가 놓여 있다. 그녀는 초조하게 문을 두드리지만 당연히 아무 응답이 없다.

"바닥 때문에 집주인하고 통화한 분이세요?"

툴린은 막 복도로 나온 키 작은 파키스탄 남자와 그의 다리에 매달린 갈색 눈의 어린 남자아이를 쳐다본다. 남자는 밝은색 우비를 입고 있는데 정원사용 장갑과 쓰레기봉지를 보니 근처에서 낙엽을 줍고 있었던 것 같다.

"그쪽이 전문가면 괜찮아요. 그 사람은 똥손인 주제에 자기가 뚝딱뚝딱 밥 아저씨인 줄 알거든요. 절대 아닌데. 밥 아저씨가 누군지 알죠?"

"네……"

"집을 팔려고 내놨다니 다행이에요. 그 사람한테는 여기가 맞지 않거든요. 하지만 그 아파트를 처분하고 싶으면 수리를 좀 해야 해요. 벽이랑 천장에 페인트를 새로 칠하는 건 나도 해줄 수 있지만—그 남자는 삽하고 붓도 구분 못할 인간이라서요—바닥 광택까지 내줄 생각은 없어요. 그 사람이 직접 해보겠다고 설치지도 않았으면 좋겠고요."

"저도 그거 건드릴 생각 없어요." 툴린은 남자를 보내려고 경찰 배지를 흘끗 보여주었지만 남자는 다시 문을 두드리는 그녀를 지켜보며 그 자리에서 꿈쩍하지 않는다.

"아파트 넘겨받으러 온 거 아니에요? 그럼 지금까지 한 게 다 허사가 되겠네."

"네, 그러려고 온 거 아니에요. 혹시 밥 아저씨가 집에 있는지 아세요?"

"직접 알아보세요. 그 사람은 문을 안 잠그고 다니니까."

파키스탄 남자는 팔꿈치로 툴린을 슬쩍 밀어내며 끈적끈적한 문을 조금 밀친다.

"이것도 문제예요. 이 동네에서 문을 열어놓고 다니다니. 아무리 애길 해도 훔쳐갈 물건이 없으니 상관없다지 뭐예요. 하지만……
알라후 아크바르*!"

키 작은 파키스탄 남자는 충격으로 말문을 잃는다. 툴린은 그 이
유를 알아차린다. 새로 칠한 페인트 냄새로 가득한 그 집은 볼 게
별로 없다. 테이블, 의자 몇 개, 담배 한 갑, 휴대전화, 음식 포장용
기, 그리고 신문지로 뒤덮인 바닥에 놓인 붓과 페인트통 몇 개가 전
부다. 보아하니 헤스가 장기적으로 머무는 곳이 아니다. 왠지 모르
겠지만 헤이그가 됐건 어디가 됐건 그가 사는 아파트는 여기와 비
슷하게 가구가 없을 것 같다. 하지만 두 사람의 시선을 사로잡은 것
은 인테리어가 아니라 벽이다.

어디선가 뜯어낸 작은 쪽지, 사진, 신문기사가 온 사방에 붙어
있고, 그 사이로 보이는 벽지에 낱말과 글자가 적혀 있다. 그 자료
들이 새로 칠한 두 개의 벽면을 큼지막한 거미줄처럼 얼기설기 뒤
덮었고 고집스러운 빨간색 펜이 복잡한 선과 부호로 다양한 항목을
연결하고 있다. 한구석에 라우라 키에르가 있고 거기에서부터 마르
틴 릭스를 비롯해 잇달아 벌어진 살인사건으로 점점 뻗어나간다.
밤 인형 그림이 곳곳에 추가됐고, 피해자 이름과 범죄 현장은 사진
을 붙였거나 벽에 직접 펜으로 적어놓았다. 벽에 붙인 쪽지 중에는
구겨진 영수증이나 피자 상자를 뜯은 것도 있는데 이제 종이가 다
떨어진 모양이었다. 로사 하르퉁과 그녀의 복귀 날짜를 다룬 신문
기사가 맨 아래 붙어 있는데, 헤스는 이 기사와 라우라 키에르의 사
건을 선으로 연결해놓았다. 그리고 여기에서 뻗어나온 무수히 많은
선이 셀 수 없을 만큼 많은 선으로 불어나 '크리스티안스보르: 협

---

* '신은 위대하다'는 뜻의 아랍어. 일종의 감탄사로 사용된다.

박, 괴롭힘, 정보국'이라고 적힌 별개의 난으로 이어진다. 그 맨 꼭대기에는 예전 신문에 실린 열두 살 무렵 크리스티네 하르퉁의 사진이 있고 그 옆에 펜으로 그린 네모 칸이 있다. 그 안에 대문자로 '리누스 베케르'라고 적혀 있고 여기에도 벽에 메모를 끼적여놓았다. 대부분 뭐라고 썼는지 알 수가 없는데, 바닥에 놓인 작은 발판 사다리를 딛고 올라갔더라도 헤스 역시 거기에 손이 닿으려면 힘들었을 것이다.

입을 벌린 채 거대한 거미줄을 바라보는 툴린의 심경이 복잡하다. 전날 저녁에 헤어질 때 헤스는 의기소침해져 마음의 문을 닫은 듯 보였고, 오늘 아침 그와 연락이 되지 않자 그녀는 어떤 식으로 생각해야 할지 갈피를 잡지 못했다. 벽을 근거로 판단하건대 이 남자는 아직 포기하지 않았다. 하지만 한편으로 그가 해놓은 작업에는 비정상적인 구석이 있다. 논리정연하게 개관하겠답시고 시도한 것일지 몰라도 의도한 대로 끝나지 않았다. 아무리 유능한 암호 해독가나 노벨상을 수상한 수학자라도 이걸 본다면 이 거미줄을 만든 사람이 집착이 지나치거나 어쩌면 정신적인 문제가 있을지 모른다는 것 말고는 아무것도 판독하지 못할 것이다.

파키스탄 남자는 벽을 보고 욕을 폭포처럼 쏟아내고, 헤스의 느닷없는 등장으로 사태는 더욱 악화된다. 그는 검은색 티셔츠와 반바지에 운동화 차림으로 비를 쫄딱 맞은 채 숨을 헐떡이고 있다. 차가운 공기 속에서 그의 입과 몸이 김을 뿜어낸다. 의외로 탄탄한 근육질이지만 몸이 좋지는 않다.

"이게 무슨 짓이에요? 벽을 다 칠한 지 얼마나 됐다고!"

"내가 다시 칠할게요. 어차피 두 겹으로 칠해야 한다면서요."

툴린은 왼손으로 문을 짚고 서 있는 헤스를 쳐다본다. 그는 다른 손에 돌돌 말린 비닐 서류 봉투를 들고 있다.

"두 겹 칠했어요! 세 겹 칠했어요!"

아빠를 기다리던 갈색 눈의 남자아이가 지루한 티를 내자 파키스탄 남자는 마지못해 다시 복도로 나간다. 툴린은 헤스를 흘끗 쳐다보고는 그들을 따라나선다.

"차에서 기다릴게요. 반장님이 보자세요. 한 시간 뒤에 장관 집무실에서 로사 하르퉁을 만날 거예요."

80

"바쁘세요?"

팀 얀센이 문 앞에 서 있다. 그는 눈 아래 다크서클이 생겼고 눈빛이 멍하다. 닐라네르는 전날 마신 술 냄새를 감지한다.

"아니, 들어와."

얀센 뒤편으로 부서가 바쁘게 돌아가는 소리가 들린다. 닐라네르는 전날 장례식이 끝났을 때 사건 수사를 계속 맡겨달라는 얀센의 청을 이미 거부했으니 그것 때문에 시간을 내주는 것은 아니다. 방금 전 헤스와 툴린이 서에서 나가면서 얀센에게 인사를 건넸지만 그는 대꾸하지 않았다. 인사를 못 들은 듯 앞만 뚫어지게 쳐다보고 있었다. 그래서 겸사겸사 들어오라고 한 것이다.

닐라네르는 툴린과 헤스에게 지체 없이 메시지를 전했다. 그는 그날 오전에 사회부에 연락했고, 보좌관 프레데리크 보겔을 통해 협조를 아끼지 않겠다는 로사 하르퉁 장관의 뜻을 전달받았다.

"하지만 장관님이 무슨 의혹을 받고 있거나 신뢰성에 의문이 제기된 상황이 아닌 만큼 심문이 아니라 대화여야 한다는 것이 전제 조건입니다."

닐라네르는 보겔이 이 상황을 못마땅하게 여기고 장관에게 '대화' 자체를 거부하라고 조언했지만 그녀가 개인적으로 협조하겠다고 고집을 부렸을 거라고 추측했다. 헤스는 그 메시지를 듣고도 꿈쩍하지 않았다. 닐라네르는 그가 점점 보기 싫어졌다.

"그럼 크리스티네 하르통 실종사건을 다시 수사한다는 말씀인가
요?"

닐라네르는 헤스가 '크리스티네 하르통 살인사건'이 아니라 '크
리스티네 하르통 실종사건'이라고 한 것을 놓치지 않았다.

"아니, 그건 논외야. 그걸 못 받아들이겠으면 다시 어번플랜으로
돌아가서 벨을 누르며 탐문 수사를 하든지."

지난밤 닐라네르는 로사 하르통과의 면담을 다시 한번 연기하고
싶은 충동을 느꼈지만 최근 그의 부서에 가해지는 압박이 어마어마
했다. 주말농장에서 그는 악몽의 한 장면을 맞닥뜨렸고, 릭스가 살
해당함으로써 그의 휘하 여러 경관들은 이 사건을 개인적인 차원의
수사로 받아들였다. 목숨은 다 똑같은 목숨이니 경찰관과 다른 사
람 사이에 차이가 없어야 하지만, 잔인하게 공격당한 서른아홉 살
형사의 죽음은―검시관 말로는 범인이 뒤에서 경동맥을 그었다고
했다―이 조직에 충성을 맹세한 모든 이의 DNA 깊숙한 곳을 뒤흔
들었다.

닐라네르는 그날 아침 7시에 긴급 간부 회의에 참석해 최근의 경
과를 보고하기로 되어 있었다. 원칙적으로는 초경계 태세로 격상
한 것과 조짐이 좋은 여러 수사 방향에 대해 수월하게 설명할 수 있
어야 맞는 거였다. 하지만 그가 한 번도 언급하지 않았는데도 처음
부터 끝까지 크리스티네 하르통의 그림자에서 벗어날 길이 없었다.
마치 회의의 실질적인 안건, 그러니까 밤 인형에 남아 있는 그 피
묻은 지문으로 넘어갈 수 있게 다들 그의 발표가 끝나기만을 기다
리는 듯한 분위기였다.

"지금까지의 상황을 감안했을 때 크리스티네 하르통 사건의 수

사 결과에 의문이 제기된 바 있나?"

부청장은 그럴듯하게 질문을 포장했지만 모욕적이긴 마찬가지였다. 적어도 닐라네르는 그렇게 받아들였다. 아주 중요한 순간이었고 그에게로 쏠아지는 시선이 느껴졌다. 회의실 안의 어느 누구도 그의 입장이 되고 싶지 않을 테지만—중동의 보급로처럼 지뢰가 여기저기 박혀 있는 질문이었다—닐라네르는 대답했다. 그 자체로 보면 하르퉁 사건은 미결로 간주할 여지가 없다고. 모든 가능성을 점검하며 아주 철저하게 수사를 펼친 끝에 증거가 법정에 제출됐고 죄인이 형을 받았다고.

한편 세 여자의 살인 현장에서 발견된 세 개의 밤 인형에 남은 살짝 뭉개진 지문은 크리스티네 하르퉁의 지문이 맞았다. 하지만 그건 해석의 여지가 무궁무진했다. 일종의 서명일 수도 있고 장관과 사회복지 관계당국을 향한 비난일 수도 있기 때문에 장관을 엄중히 경호해야 했다. 그리고 그 밤 인형이 정말로 크리스티네 하르퉁이 죽기 전에 판매한 것일 수도 있었다. 지금까지는 모든 것이 확실하지 않았지만 그 아이가 아직 살아 있다는 증거가 없다는 것만큼은 분명했다. 상관들의 입을 막기 위해 닐라네르는 의혹과 불신의 씨를 뿌리는 것이 범인의 의도일지 모르니 그들은 전문가답게 진상과 현실에 집중해야 한다는 말까지 내뱉었다.

"하지만 내가 듣기로는 자네 부하들 중에 자네와 의견이 다른 친구도 있다던데."

"잘못 들으신 겁니다. 상상력이 조금 풍부한 친구가 한 명 있는데, 작년에 대대적으로 실시한 수사에 관여하지 않았으니 그럴 수도 있죠."

"도대체 누가 그렇다는 건가?" 한 경감이 물었다.

닐라네르의 부관이 헤이그에서 문제를 일으켜 향후 거취가 결정될 때까지 한직 발령이 난 연락 담당 마르크 헤스 얘기라고 곧이곧대로 설명했다. 닐라네르는 다른 참석자들의 못마땅한 표정을 보고, 그들이 유로폴과의 관계를 더욱 악화시키는 연락 담당의 존재를 탐탁지 않게 여긴다는 것을 감지했다. 그런데 닐라네르가 이제 논의가 끝났다고 생각한 순간 치안총감이 끼어들어 자기가 헤스를 똑똑히 기억하는데 절대 허술한 위인이 아니라고 말했다. 조금 틀에서 벗어나 있을지 몰라도 예전에는 살인수사과가 생긴 이래 가장 뛰어난 형사로 꼽혔다고 했다.

"하지만 자네 말을 들어보니 그 친구가 헛다리를 짚은 모양이로군. 안 그래도 한 시간 전에 법무부 장관님이 라디오에 출연해 크리스티네 하르퉁 사건을 다시 파헤칠 이유가 전혀 없다고 말씀하시는 걸 들었는데 다행이야. 하지만 네 명이 살해당했고 그중 한 명이 경찰이니 당장 조치를 취해야 해. 면피용으로 대충 넘어간다면 우리가 우리 무덤을 파는 거야."

닐라네르는 그럴 리 없다고 말했지만 의혹의 그림자가 퍼레이드 홀의 마호가니 테이블을 뒤덮었다. 그는 안 그래도 오늘 로사 하르퉁 장관을 만나 범인 체포에 필요한 단서를 혹시 얻을 수 있을지 한 번 더 꼼꼼하게 심문할 생각이라며 기민하게 대처했다.

닐라네르는 고개를 꼿꼿이 들고 퍼레이드 홀에서 나왔지만 그의 마음속 깊은 곳에서는 스멀스멀 불안이 싹트기 시작했다. 어쩌면 그들이 하르퉁 사건에서 실수를 저질렀을지도 몰랐다.

지금까지 수도 없이 되짚어보았지만 어떤 실수를 저질렀을 가능성이 있는지 여전히 가늠할 수 없었다. 하지만 그와 동시에, 조만간 돌파구를 마련하지 못하면 이 지서에서건 이 도시의 다른 어디에서

건 고공 승진은 물건너간 얘기라는 것도 잘 알고 있었다.

"저를 다시 수사팀에 넣어주세요."

"얀센, 이미 얘기 끝났잖아. 자네는 수사팀으로 복귀하지 않아. 퇴근해. 집에 가서 일주일 동안 푹 쉬어."

"퇴근할 생각 없습니다. 저 좀 도와주세요."

"어림없는 소리. 릭스가 자네한테 어떤 친구였는지는 나도 알아."

팀 얀센은 닐라네르가 권한 임스 의자에 앉지 않는다. 창밖으로 기둥이 늘어선 마당에 시선을 고정한 채 계속 서 있는다.

"지금 어떤 상황입니까?"

"해야 할 일이 우라지게 많아. 뭔가가 밝혀지면 알려줄게."

"그러니까 그 둘이 계속 깝치고 다니는 겁니까? 헤스하고 그 재수없는 년이?"

"얀센, 퇴근해. 지금 자네는 제정신이 아니야. 퇴근해서 눈 좀 붙여."

"이건 헤스 때문에 벌어진 일이에요. 모르시겠어요?"

"릭스가 죽은 건 어느 누구의 잘못이 아니라 범인 때문이야. 작전 개시 명령을 내린 사람은 헤스가 아니라 나야. 분풀이할 상대가 필요하면 나한테 해."

"헤스가 아니었으면 릭스는 절대 그 집 밖으로 혼자 나가지 않았을 거예요. 헤스가 그럴 수밖에 없는 분위기로 몰고 간 거라고요."

"무슨 소린지 모르겠군."

처음에 얀센은 아무 대꾸도 하지 않는다.

"우리가 삼 주 동안 거의 잠도 못 자고…… 모든 걸 바쳐서 증거를 확보하고 자백을 받아냈는데…… 그 개자식이 헤이그에서 한들한들 날아와서 우리가 어떤 식으로 수사를 망쳤는지 여기저기 소문을 내기 시작하는 바람에……"

얀센의 말투는 느릿느릿하고 시선은 먼 곳을 향해 있다.

"하지만 아니잖아. 그 사건은 해결됐어. 자네들은 망치지 않았어. 안 그래?"

또다시 얀센은 묵묵부답이다. 잠시 후 그의 전화벨이 울리고 그는 전화를 받으러 나간다. 닐라네르는 그를 지켜본다. 문득 헤스와 툴린이 장관을 만나는 자리에서 뭐라도 알아내길 바라는 마음이 간절해진다.

81

사회부 소속 공무원들이 상자를 들고 와 천장이 높은 방 한복판에 놓인 흰색 타원형 테이블에 올려놓는다.

"이게 전부예요. 더 필요하신 게 있으면 말씀해주세요." 수석 보좌관은 출입문 쪽으로 걸음을 옮기기 전에 이렇게 덧붙인다. "잘 부탁드립니다."

순간 상자 위로 햇살이 쏟아지고 티끌이 그 위에서 춤을 추지만, 잠시 후 창밖은 다시 구름으로 뒤덮이고 폴헤닝센 전등의 불빛만 남는다. 형사들은 상자에 담긴 파일을 검토하기 시작하지만 헤스는 기시감으로 몸이 마비되는 것 같다. 불과 며칠 전 그는 다른 사건의 파일이 산더미처럼 쌓인 다른 회의실에 있었다. 마치 검토해야 하는 사건이 계속 이어지는 카프카 같은 악몽 속으로 범인이 그를 밀어넣은 느낌이다. 헤스가 상자 안에 담긴 폴더의 숫자를 세면 셀수록 백팔십도 다르게 접근해야 한다는 깨달음이 분명해진다. 틀을 깨고 예측을 뛰어넘어야 한다. 하지만 그는 방법을 모른다.

헤스는 로사 하르퉁과의 심문에 희망을 걸었다. 툴린과 헤스에게 이건 심문이 아니라 대화라고 강조하는 하르퉁의 참모 보겔과 영양가 없는 잡담을 나누고 셋이서 같이 집무실로 들어가니 장관이 기다리고 있었다. 그녀는 살해당한 여자들에 대해 아는 것이 전혀 없다고 말했지만 그래도 그들은 한 명씩 심혈을 기울여가며 살폈다. 헤스가 보기에 장관은 자신이 피해자나 그들의 가족을 만난 적이 있는지 진심으로 열심히 기억을 더듬어보지만 생각이 나지 않는 것 같았다. 그는 심지어 그녀에게 연민이 느껴지려고 하는 바람에 감정을 억눌러야 했다. 재능 있고 아름다운 여성이자 딸아이를 잃은 로사 하르퉁은 그와 만난 뒤 짧은 시간 동안 초췌하고 핼쑥해졌다. 쫓기는 짐승처럼 눈빛이 혼란스럽게 흔들렸고, 사진과 문서를 열심히 들여다보는 내내 가녀린 손을 계속 떨었다.

그럼에도 헤스는 사무적인 말투를 유지했다. 로사 하르퉁이 사건의 열쇠라고 확신했기 때문이다. 살해당한 여성들에게는 공통점이 있었다. 세 경우 모두 아이들이 집에서 심하게 학대를 당하거나 제대로 된 보살핌을 받지 못했다. 세 경우 모두 범인이 익명으로 아이를 보호시설에 맡기는 편이 좋겠다고 제보했고, 세 경우 모두 관계부처에서 해당 가족을 무혐의 처분하는 실수를 저지르며 적극적으로 개입하지 않았다. 세 경우 모두 현장에 로사 하르퉁의 딸의 지문이 찍힌 밤 인형이 놓여 있었으니 그녀에게 책임을 추궁하는 것이 범인의 의도였을 가능성이 컸다. 그렇기 때문에 이 사건들은 장관과 연관성이 있어야 했다.

"하지만 연관성이 없어요. 미안하지만 나는 전혀 모르겠어요."

"최근에 받으신 협박은 어떻습니까? 불쾌한 이메일을 보내고 관용차에 '살인자'라고 적은 사람이 있다고 들었습니다만. 의심이 가는 사람이 있으신가요? 아니면 이유라도요."

"정보국에서도 똑같은 질문을 했지만 생각나는 사람이 아무도 없어요……"

헤스는 협박과 살인사건을 일부러 연결 짓지 않았다. 만약 아네사이에르라센이 공격당한 바로 그 시점에 관용차가 테러를 당한 거라면 그 둘은 별개의 사건일 수밖에 없기 때문이었다. 물론 범인이 2인조라면 얘기가 달라지지만 아직까지는 그렇다고 볼 근거가 없었다. 툴린의 인내심은 한계에 다다랐다.

"하지만 장관님은 이게 무슨 일인지 아셔야 하는 거 아닌가요? 장관님이 만인에게 인기가 있는 건 아닐 테니 누군가의 복수심을 자극할 만한 일을 저지른 적이 있는지 아셔야 하는 거 아닙니까?"

보겔이 그녀의 거친 말투에 항의했지만 로사 하르퉁은 협조하겠다고 거듭 약속했다. 다만 방법을 모를 따름이었다. 주지의 사실이지만 그녀는 늘 아동을 위해 최선을 다했고 아이가 학대를 당하는 경우 항상 부모와의 분리를 추천했다. 시청의 내부 고발 프로그램과 같은 제도를 마련해달라고 의회에 요청한 것도 그 때문이었다. 아동 보호는 그녀의 가장 큰 관심사였고, 장관으로 선출됐을 때 그녀가 가장 먼저 한 일도 좀더 적극적으로 사전 대책을 강구해달라고 의회에 촉구한 것이었다. 이후 월란의 일부 지역에서 아주 심각한 아동 방임 사건이 벌어지자 그 필요성이 분명하게 대두됐다. 하지만 그걸 계기로 그녀에게 압박감을 느낀 관할 의회와 가정이 적으로 돌아섰을지도 몰랐다.

"하지만 장관님이 아이들의 기대를 저버렸다고 생각하는 사람도 있을 수 있지 않을까요?" 툴린은 추궁했다.

"아뇨, 그건 아니라고 봐요."

"왜요? 장관 일을 하다보면 다른 일에 쉽게 정신이 팔려서……"

"나는 그런 사람이 아니니까요. 당신이 상관할 일이 아니라는 말이 아니에요. 내가 위탁가정 출신이에요. 그렇기 때문에 나는 뭐가 중요한지 알고, 아이들의 기대를 절대 저버리지 않아요."

로사 하르퉁은 두 눈을 번뜩이며 툴린의 오해를 바로잡았고, 헤스는 툴린이 그런 질문을 던져주어서 고마웠지만 하르퉁이 왜 인기가 많은지 이유를 알 것 같았다. 그녀는 몇 년 동안 장관직을 수행하며 힘든 시기를 보냈지만, 초심을 잃지 않았다. 정치인들의 진정성이란 대부분 카메라가 도는 동안에만 애써 꾸며내는 것이라면, 하르퉁의 경우에는 천성이었다.

"밤 인형은요? 범인이 밤 인형 또는 밤 자체로 장관님을 도발하려는 이유가 뭔지 짐작 가시는 게 없나요?"

범인이 남긴 서명은 특이했고, 하르퉁이 사건의 열쇠라는 헤스의 추측이 맞는다면 그녀가 어떤 실마리를 제공할 수도 있었다.

"아뇨, 미안해요. 크리스티네가 가을에 가판대를 연 것밖에 없어요. 테이블을 펼쳐놓고 마틸데하고 같이 앉아서…… 그 얘기는 이미 했죠?"

장관은 눈물을 참으려 애썼고, 보겔이 심문을 중단하려 했지만 툴린은 아직 협조가 필요하다며 물러서지 않았다. 장관이 좀더 많은 아동들이 의회의 보호를 받아야 한다고 강조했던 터라 툴린과 헤스는 그녀의 재임 기간 동안 처리된 사건을 모두 점검하고 싶었다. 범인은 장관과 그녀로 대변되는 시스템에 복수를 열망하는 관계자일 수도 있었다. 로사 하르퉁은 고개를 끄덕이고 보겔을 수석 보좌관에게 보내 그들의 요구 사항을 처리하게 했다. 헤스와 툴린이 자리에서 일어나 시간을 내줘서 고맙다고 인사하는데 로사 하르퉁이 뜻밖에도 그들에게 질문을 던졌다.

"여기서 나가기 전에 내 아이가 살아 있을 가능성이 있는지 알고 싶어요."

두 사람 모두 어떻게 대답해야 할지 몰랐다. 충분히 예상할 수 있는 질문이었지만 미처 대비하지 못했던 것이다. 마침내 헤스가 정적을 깼다.

"따님 사건은 종결됐습니다. 자백하고 형을 선고받은 사람이 있으니까요."

"하지만 그 지문은…… 그것도 세 번씩이나 발견됐는데도요?"

"범인이 장관님을 싫어할 만한 이유가 있다면 장관님과 장관님 가족에게 희망을 불러일으키는 게 가장 잔인한 방법이 되겠죠."

"하지만 모르는 일이잖아요. 알 수 없는 일이죠."

"말씀드렸다시피……"

"하라는 대로 뭐든 할게요. 아이를 찾아주세요."

"그건 불가능합니다. 말씀드렸다시피……"

로사 하르퉁은 아무 말 없이 눈을 반짝이며 그들을 쳐다보기만 하다가 보겔이 데리러 오자 정신을 차렸다. 헤스와 툴린에게 회의실이 주어졌고, 뉠라네르가 그들을 도와 사건 파일을 가려낼 수 있게 황급히 열 명의 형사를 보냈다.

툴린이 또다른 상자를 들고 들어와 테이블 위에 내려놓는다.

"하나 더 있었어요. 나는 옆방에서 노트북으로 읽을게요. 시작합시다!"

장관과 만날 수 있는 기회가 주어졌을 때 헤스가 느꼈던 희망이 사라졌다. 그럼에도 그들은 앉아서 파일을 읽고 있다. 끔찍한 어린 시절, 상처받은 감정, 의회의 개입과 의무 태만이 몇 묶음씩 이어진다. 어쩌면 범인은 이런 식으로 경찰과 관계당국에 정면으로 도전하고 싶었는지 모른다. 헤스는 잠이 너무 부족했다는 사실을 깨닫는다. 머릿속이 이리저리 날뛰며 너무 빠른 속도로 돌아가서 제대로 집중할 수가 없다. 테이블 위에 놓인 사건 파일에서 피해자측을 뒤지면 범인이 있을까? 그게 논리적으로 맞는 것 같지만 범인이 과

연 논리적일까? 범인은 경찰이 이 파일을 열심히 들여다볼 거라고 분명 예견했을 텐데 경찰을 자기 쪽으로 끌어들이는 위험을 감수할 이유가 없지 않을까? 그리고 왜 밤 인형을 만들까? 왜 손과 발을 절단하며, 왜 아버지가 아닌 어머니를 증오할까? 그리고 크리스티네 하르틍은 어디로 사라졌을까?

헤스는 비닐 서류 봉투가 안주머니에 잘 들어 있는지 확인하고 문 쪽으로 걸음을 옮긴다.

"툴린, 나갑시다. 당신 동료들한테 뭐 나오는 게 있으면 연락해 달라고 해요."

"왜요? 어디 가게요?"

"다시 처음으로요."

헤스는 툴린이 따라 나오는지 확인하지도 않고 문밖으로 사라진다. 나가는 길에 프레데리크 보겔과 언뜻 마주치는데, 그는 잘 가라는 뜻에서 묵례를 하고 장관실 문을 닫는다.

82

"그나저나 반장님은 서로 별개의 건이라는데 여기서 하르퉁 사건을 운운하는 이유가 뭐예요?"

"나야 모르죠. 만약 마체테와 돼지 절단 얘기를 꺼낼 거면 나는 빠질 테니 저 사람한테 물어봐요."

툴린은 겐스의 실험실에서 그와 마주보고 서 있다. 그녀는 짜증을 내며, 그들이 하는 얘기를 아무도 들을 수 없도록 문을 닫고 있는 헤스를 턱으로 가리킨다. 그들은 장관실에서 나온 뒤 이 도시를 가로질러, 유리 케이지와 하얀 가운으로 이루어진 겐스의 네모반듯한 건물로 직행한 참이다. 오는 길에 헤스는 툴린에게 겐스가 실험실에 있는지 확인해달라고 부탁하고 자기는 휴대전화로 통화에 몰두했다. 겐스는 툴린의 전화를 받고 반가워하는 목소리였는데, 뜻밖의 전화라 그랬겠지만 헤스가 그와 몇 가지 살펴보고 싶어한다고 전하자 살짝 실망하는 눈치였다. 툴린은 겐스가 아주 바쁘길 바랐지만 회의가 취소돼서 시간이 난 모양이었고, 이제 툴린은 헤스를 따라온 것을 후회하는 중이다. 그들은 겐스가 크리스티네 하르퉁의 지문을 맨 처음 보여준 테이블 옆에 서 있는데, 그때가 아주 오래전처럼 느껴진다. 뒤편의 용접기와 불 위에 놓인 다양한 장비를 보면 겐스가 유연성을 시험하느라 플라스틱을 데우고 있었다는 걸 알 수 있다. 지금 그는 책상 쪽으로 다가오는 헤스를 서글서글하지만 경계하는 눈빛으로 예의 주시하고 있다.

"나는 하르퉁 사건이 이 일들과 관련되어 있다고 생각합니다. 하지만 나도 그렇고 툴린도 그렇고 그 수사에 참여하지 않았으니 도움이 필요한데, 믿을 수 있는 사람이 당신밖에 없어요. 난처해질까 봐 걱정되면 지금 말해요. 그럼 그냥 갈게요."

겐스는 씩 웃는다. "호기심이 생기네요. 돼지를 또 한 마리 토막 내달라는 것만 아니면 괜찮아요. 이번에는 뭐예요?"

"리누스 베케르한테 불리한 증거요."

"이럴 줄 알았어."

툴린이 방금 전에 앉았던 자리에서 일어나지만 헤스가 그녀의 손을 잡는다.

"내 말 끝까지 들어봐요. 우리는 지금까지 범인의 예상 안에서 움직였어요. 어떻게 해서든 지름길을 찾아야 해요. 예전 사건을 들쑤시는 게 과연 시간 낭비인지 지금 이 자리에서 확실하게 밝혀지면 더이상 이러쿵저러쿵하지 않을게요. 크리스티네 하르퉁에 대해서도요."

헤스가 그녀의 손을 놓는다. 툴린은 그 자리에 잠깐 서 있다가 다시 자리에 앉는다. 그녀는 헤스가 자신의 손을 잡는 걸 겐스가 보고 있는데도 뿌리치지 않았던 것이 왠지 모르게 당황스럽다. 헤스가 두꺼운 사건 파일을 연다.

"작년 10월 18일 오후 크리스티네 하르퉁이 핸드볼 연습을 하고 귀가하던 길에 실종됐어요. 곧바로 경찰에 실종 신고가 들어왔고 몇 시간 뒤에 그애의 자전거와 가방이 숲속에서 발견되자 본격적으로 수사가 시작됐죠. 경찰은 삼 주 동안 수색했지만 그애는 허공으로 사라진 거나 다름없었어요. 그러다 제보가 접수됐죠. 비스페

비에르그의 아파트 1층에 사는 이십삼 세의 남자, 리누스 베케르의 집을 뒤져보라는 익명의 제보가. 여기까지 내 말이 맞나요?"

"네. 내가 그때 수색에 동참했는데, 신빙성 있는 제보였던 걸로 밝혀졌어요."

헤스는 이 말에 반응하지 않고 계속 파일만 넘긴다. "당신이 말한 것처럼 경찰에서는 리누스 베케르의 집을 찾아가 크리스티네 하르퉁에 대해 묻고 집안을 수색했어요. 남자는 수상해 보였죠. 직업도 없고 교육도 못 받았고 사회생활도 하지 않고. 혼자 지내며 컴퓨터 앞에서 살았고 온라인 포커로 수입의 대부분을 충당했고요. 그보다 더 중요한 건 열여덟 살 때 반뢰세의 어느 집에 침입해 어머니와 십대 딸을 성폭행한 죄로 삼 년 동안 징역을 산 적이 있었다는 거예요. 그리고 음란 행위로 몇 차례 경범죄 처벌을 받았고 그 지역 병원에서 심리치료를 받은 적도 있고요. 하지만 그는 처음에는 크리스티네 하르퉁 사건에 대해 아는 게 전혀 없다고 부인했어요."

"심지어 자기는 정상인으로 돌아왔다고 말했던 걸로 기억해요. 하지만 우리가 당연히 노트북을 열어봤죠. 아니, IT팀에서 열어봤다고 해야 하나?"

"바로 그거예요. 내가 알기로 리누스 베케르는 일급 해커였어요. 독학이었지만 끈기가 있었죠. 아이러니하게도 감옥에서 IT 수업을 들으면서 컴퓨터에 관심이 생겼고, 범죄 현장 사진이 저장된 경찰의 디지털 아카이브에 최소 육 개월 이상 무단 침입해 시신 사진을 봤던 것으로 밝혀졌죠."

툴린은 시간을 아낄 수 있게 아무 말도 하지 않을 작정이었지만 이 부분에 있어서는 헤스의 착각을 바로잡아주는 수밖에 없다.

"엄밀히 따지면 무단 침입은 아니었어요. 시스템에 접속한 컴퓨터의 로그인 쿠키를 슬쩍했는데, 시스템이 워낙 오래되고 불안정해서 쿠키 재전송으로 그 시스템을 속일 수 있었던 거예요. 시스템을 오랫동안 교체하지 않은 게 패착이었죠."

"알았어요. 아무튼 베케르는 오래전 범죄 현장 사진 등 수백 장의 사진에 접근할 수 있었고, 그 사실이 밝혀졌을 때 경찰 내부에 충격이 있었을 거예요."

"충격 정도가 아니었어요. 핵폭탄이었지." 겐스가 끼어든다. "우리 말고는 아무도 접근하면 안 되는 자료에 접근했으니까요. 게다가 사용자 데이터를 통해 그가 사상 최악의 살인사건 파일들까지 열어봤다는 게 밝혀졌죠."

"나도 그렇게 들었어요. 대개 성폭행을 동반한 여성 대상의 살인사건이었다고. 발가벗겨지고 시신이 훼손된 여성을 가장 좋아했지만 아동, 그중에서도 특히 미성년 여아를 상대로 자행된 범죄에 관심이 많았어요. 베케르는 가학적인 성향이 있고 그런 사진을 보면 성적으로 흥분된다고 자백했어요. 하지만 크리스티네 하르퉁에게는 손댄 적 없다고 했고, 그 당시에는 그가 범인이라는 증거가 없었어요. 맞나요?"

"맞아요. 그의 신발을 분석하기 전까지는 그랬죠."

"신발 얘기를 듣고 싶은데요."

"아주 간단해요. 옷장의 신문지 위에 올려놓은 낡은 흰색 운동화를 포함해 그의 아파트에 있던 모든 걸 확인했거든요. 신발 밑창의 흙을 분석한 결과 크리스티네 하르퉁의 자전거와 가방이 발견된 숲속 일대의 흙과 백 퍼센트 일치했어요. 의심의 여지가 없었죠. 하지만 그때부터 그가 거짓말을 하기 시작했어요."

"거짓말이라고 하면, 그가 숲속의 그곳을 다녀온 시점을 설명한 부분 말인가요?"

"맞아요. 그는 아카이브의 사진에 나오는 것 같은 범죄 현장에 매력을 느꼈고 크리스티네 하르퉁이 실종됐다는 뉴스가 보도되자 차를 몰고 숲속에 다녀왔다고 말했어요. 팀 얀센이나 다른 형사에 게 물어봐야겠지만 그는 다른 구경꾼들과 함께 경찰 저지선 뒤에 서 있었는데, 그 자리에 있다는 것에서 성적인 흥분을 느꼈다고 주 장했고요."

"그 부분은 나중에 확인할게요. 아무튼 그가 계속 자기는 크리 스티네 하르퉁을 살해하지 않았다고 주장했다는 게 팩트예요. 그 가 자기 행동을 설명하는 데 기본적으로 어려움이 있고, 가끔 의식 이 끊길 때가 있다고 시인했지만—망상형 조현병의 증상 중 하나 죠—크리스티네 하르퉁의 혈흔이 남은 무기가 발견됐는데도 살인 은 계속 부인했어요. 그러니까 그의 차고 선반에서 발견된 마체테 말이에요."

헤스는 사건 파일에서 한 부분을 찾는다.

"그는 얀센과 릭스에게 심문을 받고 무기 사진을 본 다음에야 자 백했어요. 대충 맞나요?"

"심문중에 어떤 일이 벌어졌는지는 모르지만 그 나머지는 맞는 것 같네요."

"좋아요. 그럼 이제 갈까요?" 툴린은 헤스를 노려본다. "이러는 이유를 도무지 모르겠네. 이거 너무 뜬금없는 거 아니에요? 그 남 자는 누가 봐도 머리가 고장났는데 또다른 살인범이 도망치려는 마 당에 뭐하러 그런 인간한테 시간을 낭비해요?"

"리누스 베케르가 멀쩡해 보인다는 건 아니에요. 문제는 뭔가 하 면, 내가 보기에는 그가 갑자기 자백하기 직전까지 했던 얘기가 진짜인 것 같다는 거예요."

"아, 왜 이래요."

"그게 무슨 소리예요?"

젠스의 호기심이 고조됐고 헤스는 사건 파일을 두드린다.

"하르통 사건이 벌어지기 전해에 리누스 베케르는 음란 행위로 두 번 체포됐어요. 첫번째는 젊은 여자가 몇 년 전에 남자친구에게 성폭행당한 후 살해된 오덴세의 학생 기숙사 뒷마당에서였어요. 두 번째는 십 년 전에 택시 기사가 어떤 여자를 살해하고 덤불 속에 유기한 아마게르공원에서였고요. 두 번 다 베케르는 사건 현장에서 자위행위를 하다가 체포돼 경범죄 처벌을 받았죠."

"그게 결정적인 증거라는 거예요?"

"아뇨. 그러니까 리누스 베케르가 정말로 뉴스를 듣자마자 크리스티네 하르통의 실종 현장을 찾아갔을 수도 있다는 거죠. 다른 사람들은 이해가 안 될지 몰라도 그런 성향을 가진 남자에게는 말이 되는 일이었을 거라고요."

"그럴지도요. 하지만 중요한 건 그가 그 사실을 숨기고 있었다는 거예요. 아무 죄가 없었다면 당장 얘기하지 않았을까요? 희한하게도 우리가 운동화를 분석한 다음에야 설명하더란 말이죠."

"그게 그렇게 이상한 일인가요? 그는 처음에는 흙자국을 들키지 않길 바랐을 거예요. 이러니저러니 해도 삼 주가 지났고, 내가 리누스 베케르를 개인적으로 알지는 못하지만 범죄 현장을 찾아가고 싶은 충동에 대해 밝히지 않아도 될지 모른다는 희망을 품었을 거예요. 그러다 흙 분석 자료가 나오자 실토할 수밖에 없었던 거죠."

툴린은 자리에서 일어난다. "우리 지금 계속 쳇바퀴를 돌고 있어요. 유죄 선고를 받은 사이코패스의 절박한 변명을 이제 와서 갑자기 진실로 간주하는 이유를 모르겠다고요. 그러니 난 장관실로 다시 갈게요."

"왜냐하면 리누스 베케르는 숲속에 있었거든요. 그가 얘기한 바로 그 시각에."

헤스는 안주머니에서 비닐 서류 봉투를 꺼내 구겨진 출력물 뭉치를 끄집어낸다. 그가 출력물을 내밀기도 전에 툴린은 그 서류 봉투가 그날 아침 오딘에서 조깅을 마치고 온 그의 손에 들려 있던 물건이라는 것을 알아차린다.

"왕립 도서관 디지털 아카이브에 기사와 사진이 보관되어 있는데, 그날 저녁 숲속 현장을 찍은 사진에서 이걸 발견했어요. 맨 위는 아이가 실종된 다음날 조간신문에 기사와 함께 실린 사진이에요. 나머지는 그 사진을 확대한 거고요."

툴린은 종이 뭉치를 빤히 쳐다본다. 맨 위 사진은 그녀도 본 적 있다. 사건을 소개한 언론 기사에 맨 처음 게재된 사진을 원본 크기 그대로 복사한 것으로, 거의 상징과도 같은 사진이다. 투광조명을 밝힌 숲속 일부분을 찍은 것으로, 경찰과 경찰견으로 버글거린다. 그들의 암울한 표정을 보면 상황이 얼마나 심각한지 알 수 있다. 기자, 사진기자, 기타 구경꾼이 저멀리 경찰 저지선 뒤편에 모여 있다. 툴린은 이게 무슨 시간 낭비냐고 다시 한번 투덜대려 한다. 그러다 다음 출력물에서 그를 발견한다. 사진은 부옇고 화소가 깨져 있다. 얼굴 부분만 확대한 것으로, 툴린은 경찰 저지선 뒤편에 서 있는 사람들이라는 것을 한눈에 알아차린다. 다른 사람들의 어깨에 거의 가려지다시피 한 뒤쪽의 세번째인가 네번째 줄에 리누스 베케르의 얼굴이 보인다. 확대를 해서 눈이 까맣고 흐릿한 구멍처럼 보이지만 이목구비와 숱 없는 밝은색 머리를 보면 의심의 여지가 없다.

"이제 뭐가 문제인가 하면, 그가 나중에 주장한 바에 따르면 바로 그 시각 그는 크리스티네 하르퉁의 시신을 차에 싣고 묻을 곳을 찾느라 북쪽으로 달리고 있었다는 거예요. 그런데 어떻게 그가 거기 서 있을 수 있었을까."

"젠장……"

겐스는 할말을 찾지 못하는 툴린에게서 출력물을 건네받는다.

"왜 지금까지 아무 말 하지 않았어요? 왜 닐라네르한테 아무 말 하지 않았어요?"

"이게 언제 찍힌 사진인지 다시 한번 확인하느라요. 여기로 오는 차 안에서 그날 저녁에 찍힌 게 분명하다는 결론을 내릴 수 있었어요. 닐라네르에게는, 우리 둘이 먼저 의논한 후 말하는 편이 좋겠다고 생각했고요."

"하지만 이 사진이 베케르가 무죄라는 증거가 되지는 않아요. 이론적으로는 크리스티네 하르퉁을 살해해 시신을 차 안에 숨긴 다음 숲속으로 돌아와 경찰의 동향을 살피고 북쪽으로 갔을 수 있으니까요."

"네. 기존에도 그런 사례가 있었죠. 하지만 전에도 얘기했다시피 그가 그 마체테로 아이를 토막냈다면 칼에 뼛가루가 전혀 없는 것도 이상하거든요. 그러니까 이로써 수수께끼가……"

"하지만 리누스 베케르가 왜 하지도 않은 일을 했다고 하겠어요? 말이 안 되잖아요."

"여러 가지 이유가 있을 수 있죠. 하지만 그에게 직접 물어봐야 한다고 생각해요. 솔직히 나는 크리스티네 하르퉁 사건의 범인이 우리가 지금 쫓는 자와 동일 인물일 거라고 생각해요. 운이 좋으면 리누스 베케르한테 도움을 받을 수 있을지 몰라요."

83

슬라겔세까지는 100킬로미터 정도고 내비게이션상으로는 약 한 시간 십오 분 정도 걸린다. 하지만 툴린이 정신병원과 수감병동이 있는 그뢰닝엔 인근의 오래된 박람회장 쪽으로 핸들을 꺾었을 무렵에는 한 시간 정도밖에 지나지 않았다.

시 경계를 벗어나 빨간색과 노란색과 갈색으로 스쳐지나가는 가을의 벌판과 숲을 구경하니 기분이 좋았다. 조만간 색채가 사라지고 가을 중에서도 회색으로만 이루어진 시기가 시작될 것이다. 툴린은 풍경을 감상하려고 애써보지만 머릿속에서 과학수사대 실험실이 떠나지 않는다.

헤스는 겐스와 함께 여기저기 점검하며 자신의 이론을 점점 확대해나갔다. 리누스 베케르가 무죄라면 그에게 계획적으로 누명을 씌운 사람이 있다는 뜻이었다. 그는 전과가 있는데다 정신적인 성향상 스포트라이트를 받는 순간 경찰의 주목을 받게 되어 있었으니 여러모로 이상적인 희생양이었다. 따라서 범인—헤스는 리누스 베케르가 아닌 제삼자라고 추정했다—은 크리스티네 하르퉁이 죽어서 매장된 것처럼 은폐하려는 의도 아래, 오래전부터 이 모든 것을 계획했을지도 몰랐다. 사건 종결의 교두보가 된 익명의 제보가 이제는 수상쩍게 느껴졌다.

먼저 헤스는 겐스에게 베케르를 고발한 제보 전화를 어떤 식으로 수사했는지 물었다. 겐스는 당장 키보드 앞으로 달려가 감식 보고서의 상세 내용을 확인했다. 제보는 어느 월요일 아침 일찍 유선 전화로 접수됐지만 안타깝게도 모든 통화 내용을 자동 녹음하는 112 비상 회선이 아니었다. 특이한 것은 닐라네르의 집무실 직통 번호로 전화가 왔다는 것이었다. 그 자체로는 이상할 게 없었다. 당시에는 닐라네르가 모든 언론에 등장했으니 보도를 예의 주시했던 사람이라면 그에게 제보해야겠다고 판단했을 수 있었다. 제보자는 무기명 선불 휴대전화로 연락했기 때문에 그를 추적하는 것은 불가능했다. 거기서 자취가 끊겼다. 보고서에 따르면 전화를 받은 비서는 '덴마크어를 쓰는 남자'가 하르퉁 사건과 관련해서 리누스 베케르의 신원을 확인하고 그의 집을 수색해야 한다고 간략하게 이야기했다는 것 말고는 특이 사항이 없었다고 말했다. 남자는 리누스 베케르의 이름을 반복하고 전화를 끊었다.

헤스는 겐스에게 가능한 한 빨리 법의학 증거를 살펴봐달라고 요청했다. 수사의 초점이 베케르에게 맞춰진 순간 무관해 보이는 다른 단서들은 내팽개쳐졌을 수 있었다. 이제 헤스의 관심사는 그런 단서들에 맞춰져 있었다. 시간이 좀 걸리겠지만 겐스는 시도해볼 용의가 있었다. 대신 그는 하르퉁 보고서에 기록된 물리적 증거와 미세 증거를 들쑤시다 들키면 뭐라고 해야 하느냐고 물었다.

"나한테 의뢰를 받았다고 해요, 당신까지 난처해질 일은 없게."

순간 툴린은 자신은 뭐라고 대답해야 하는지 궁금해졌다. 현재 상황이 닐라네르가 좋아할 리 없는 국면에 접어들었다는 것은 의심의 여지가 없었고 만에 하나 들키는 날에는 NC3로 부서를 옮기는 데 지장이 생길 수도 있었다. 그럼에도 그녀는 닐라네르에게 연락할 수 없었다. 그 대신 장관실에서 파일을 뒤지며 로사 하르퉁에

게 적이 있었을지 찾고 있는 형사들 중 한 명에게 전화했다. 대부분
의 경우 관계당국에 격한 감정과 반감을 드러냈다는 것 말고는 새
롭게 밝혀진 사실은 없었다. 그래서 헤스가 리누스 베케르와의 면
회를 추진해보자고 했을 때 그녀는 찬성했다. 헤스가 베케르가 수
감된 병동에 전화했다. 정신과 전문의는 회의중이라고 했지만 헤스
는 그의 바로 아래 직원에게 대강의 용무를 설명하고, 지금 그곳으
로 가는 길이며 한 시간 안으로 도착할 예정이라고 전했다.

"같이 가도 괜찮겠어요? 이 일 때문에 문제가 생길 것 같으면 같
이 가지 않아도 돼요."

"괜찮아요."

툴린은 찾아간들 무슨 소용이 있을지 여전히 반신반의했다. 리
누스 베케르가 범행을 자백한 것이 진실일 가능성이 컸다. 범행을
저지르고 얼마든지 숲속의 경찰 저지선 뒤편에 서 있었을 수 있었
다. 그녀가 알기로 팀 얀센과 마르틴 릭스는 용의자의 자백을 받아
내기 위해 필요하다면 조금 거칠게─또는 보다 심하게─나올 수
있는 인물이었지만, 그들이 아무리 압박을 가했다 해도 리누스 베
케르는 나중에 얼마든지 자백을 철회할 수 있었다. 그러므로 거짓
자백일 이유가 없었다. 베케르는 필름이 깜빡깜빡 끊겼다고 했지만
일련의 사건들을 하나로 짜맞출 수 있을 만큼은 충분히 기억하고
있었다. 차를 타고 돌아다니다가 스포츠 가방을 멘 여자아이를 보
았던 그날 오후부터, 정신을 차려보니 시신과 함께 북쪽 숲속에 있
었던 그날 밤에 이르기까지 자신의 행적을 재구성했다. 어떤 식으
로 성폭행을 하고 목을 졸랐는지, 어떤 식으로 시신을 차에 싣고 돌
아다니며 처분을 고심했는지 설명했다. 법정에서는 심지어 아이의
부모에게 사과하기까지 했다.

356

진실일 수밖에 없었다. 그게 아니라면 소설에서나 있을 법한 일이었다. 툴린은 수감병동 출입문 앞에 차를 대면서 그렇게 생각한다.

84

정신병원 옆의 네모반듯한 부지에 최근에 세워진 수감병동은 사면이 6미터 높이의 이중 담장으로 둘러싸여 있고 담장 사이에는 깊은 해자가 있다. 주차장과 인접한 남쪽의 출입 장치가 유일한 통로다. 헤스와 툴린은 묵직한 출입문 옆에 달린 돔카메라와 스피커 앞으로 가서 선다.

헤스와 달리 툴린은 수감병동 방문이 처음이지만 이곳에 대해서는 들은 적이 있다. 이 나라에서 가장 큰 법정신의학 시설로 가장 위험한 범죄자들이 수감되어 있다. 서른 명가량의 재소자들은 특별 법령에 의거해 유죄를 선고받았는데, 그 법령은 타인에게 지속적인 위해를 가할 수 있다고 판단할 만한 근거가 있는 드문 경우에 법원에서 쓸 수 있는 카드다. 판단 근거가 정신질환이기 때문에 재소자는 수감병동—정신병원과 보안 수준이 가장 높은 교도소가 합쳐진 곳이다—으로 이송돼 부정기형을 살게 된다. 환자라고 불리는 재소자들은 살인범, 소아성애자, 연쇄 성폭행범과 방화범 등으로, 그 중에서 난치 판정을 받은 일부는 사회 복귀가 고려되지 않는다.

전자식 출입문이 열리고 툴린은 헤스를 따라 텅 빈 차고 비슷한 곳으로 들어간다. 교도관이 방탄유리 뒤편에 앉아서 그들을 기다리고 있다. 그의 뒤편에 줄줄이 늘어선 감시 카메라 모니터를 지키는 또다른 교도관이 보인다. 모니터가 한두 개가 아니다. 툴린은 그들의 요청에 따라 휴대전화, 허리띠, 신발끈을 넘긴다. 그녀와 헤스의 경우에는 총기도 제출해야 하지만 가장 문제가 되는 것은 휴대전화다. 장관실의 동료들과 접촉할 수단을 박탈당하는, 툴린으로서는 예상하지 못했던 상황이다. 몸수색 대신 전신 스캔이 이루어지고 그녀와 헤스는 차고 안에서 다른 출입문이 열리길 기다린다. 그들은 그 문을 지나 출입 장치 속으로 더욱 깊숙이 들어가는데, 이쪽 문이 완전히 닫힌 다음에야 저쪽 문이 열린다. 맨 끝에 달린 육중한 철문은 '한센'이라고 적힌 명찰을 달고 있는 우람한 남자 간호사가 전자식으로 개방한다.

"어서 오세요. 저를 따라오십시오."

병동은 환한 복도와 마당이 내려다보이는 근사한 풍경 때문에 일견 현대식 수련원처럼 보인다. 하지만 그런 느낌은 대부분의 가구가 바닥이나 벽에 고정되어 있다는 것을 알아차리기 전까지의 이야기다. 일반적인 교도소처럼 덜커덩거리는 열쇠 소리가 끊이지 않고 출입문이 계속 번갈아 열리는 가운데 그들은 소파와 탁구대 앞에 모인 환자들을 흘끗거리며 시설 안으로 점점 깊숙이 들어간다. 다들 수염을 깎지 않았고 그중 일부는 약에 취한 기색이 역력한데 대부분 슬리퍼를 질질 끌며 돌아다닌다. 툴린의 눈에는 환자들이 슬픈 표정을 짓고 있는 것처럼 보인다. 그들은 요양원 입소자와 가장 많이 닮았지만 툴린은 언론에 사진이 공개된 몇 명의 얼굴을 알아보고, 그들이 늙고 둔해 보일지 몰라도 인명을 해친 범죄자라는 사실을 기억한다.

"이러시면 정말 곤란합니다. 왜 아까 저한테 전화를 연결하지 않았나 모르겠네요."

정신과 전문의 바일란은 그들을 보고 반가워하지 않는다. 헤스는 아까 바일란의 바로 아래 직원에게 용건을 설명했지만 이제 처음부터 다시 시작해야 한다.

"정말 죄송하지만 그와 꼭 면담을 해야 하는 상황이라서요."

"리누스 베케르는 상태가 호전되고 있어요. 사망이나 폭력에 관련된 소식을 접하면 안 됩니다. 그런 얘기를 들으면 상태가 다시 악화될 수 있어요. 리누스 베케르는 매일 한 시간씩 자연 치유 프로그램을 하는 것 말고는 모든 형태의 언론과 접촉이 금지된 환자예요."

"그가 이전에 했던 진술에 대해 몇 가지 질문만 할 겁니다. 직접 만나서 이야기를 들어야 합니다. 안 된다고 하시면 영장을 발부받아야겠지만 지체했다가는 인명 피해가 생길 수 있어요."

툴린은 전문의가 이런 식의 대꾸는 예상치 못했다는 것을 읽는다. 의사는 물러서기 싫은 티를 내며 잠깐 머뭇거린다.

"여기서 기다리세요. 환자가 만나겠다고 하면 괜찮지만 내가 강요할 일은 없을 겁니다."

잠시 후 전문의가 돌아온다. 그는 한센에게 고개를 끄덕이고, 리누스 베케르가 만나겠다고 했다는 말을 전한 뒤 사라진다. 한센은 그의 뒷모습을 흘끗 확인하고는 그들에게 보안 조치에 대해 설명한다.

"어떤 경우에도 신체 접촉은 안 됩니다. 베케르가 조금이라도 흥분한 기미를 보이면 면회실에 달린 비상 줄을 당기세요. 무슨 일이 벌어지더라도 저희가 바로 문 앞에서 지키고 있으니 괜찮겠지만, 아무 일도 없는 것이 가장 이상적이죠. 아시겠습니까?"

85

면회실은 가로세로가 대략 5미터, 3미터다. 두꺼운 강화유리 덕분에 창문에 철창을 달 필요가 없고, 유리창 너머로 파릇파릇한 마당을 지나 6미터 높이의 담장까지 훤히 내다보인다. 바닥에 고정된 작은 사각 테이블 주변으로 딱딱한 플라스틱 의자 네 개가 오밀조밀 놓여 있다. 헤스와 툴린이 안내를 받으며 안으로 들어가니 리누스 베케르가 벌써 그중 한 의자에 앉아 있다.

그는 의외로 키가 작아서 165센티미터쯤 될까 싶다. 젊고 사실상 머리칼이 한 올도 없다. 얼굴은 어린애 같지만 몸은 아주 다부지다. 체조선수와 조금 비슷한 느낌인데, 회색 운동복 바지에 흰색 티셔츠를 입고 있어서 더욱 그래 보인다.

"제가 창가에 앉아도 될까요? 창가에 앉는 게 제일 좋아서요."

베케르는 자리에서 일어나 긴장한 학생처럼 그들을 쳐다보고 있다.

"그럼요. 좋을 대로 하세요."

헤스는 자신과 툴린이 누구인지 소개하고, 그녀는 헤스가 친절하고 믿음직하게 보이려고 굉장히 노력하고 있다는 것을 알아차린다. 그는 베케르에게 시간을 내줘서 고맙다고 인사하는 것으로 소개를 마친다.

"여기에서는 남는 게 시간이라서요."

베케르는 빈정거리거나 웃는 기색 없이 이렇게 말한다. 그냥 무덤덤하게 그 말을 내뱉고 불안한 듯 그들을 향해 눈을 껌뻑인다. 툴린이 이 젊은 남자의 맞은편에 놓인 붙박이 의자에 앉자 헤스는 그의 도움이 필요해서 찾아왔노라고 설명하기 시작한다.

"하지만 나는 시신이 어디 있는지 몰라요. 정말 죄송하지만 이미 말씀드린 것 말고는 정말로 아무것도 생각이 나지 않아요."

"그건 걱정 말아요. 다른 일로 왔으니까."

"두 분, 그때 수사 담당이었어요? 본 기억이 없는데요."

베케르는 살짝 겁에 질린 눈치다. 순진하게 눈을 껌뻑인다. 자기 의자에 꼿꼿하게 앉아서 빨갛고 너덜너덜한 손끝 살을 초조하게 뜯는다.

"아뇨, 아니었어요."

헤스는 툴린과 둘이서 미리 이야기한 거짓말을 늘어놓기 시작한다. 유로폴 배지를 보여주고 자신이 헤이그를 근거지로 활동중인 프로파일러라고 소개한다. 프로파일러가 리누스 베케르 같은 사람의 성격과 행동을 파악하면 유사한 사건을 해결할 때 도움이 된다고. 자신은 툴린을 비롯한 덴마크 동료들이 비슷한 부서를 만드는 데 도움을 주기 위해 덴마크로 건너왔다고. 그들은 범행 이전의 반응 양상을 파악하기 위해 엄선된 재소자들과 대화를 갖는 중이고 베케르도 여기에 동참해주길 희망한다고.

"하지만 두 분이 오신다는 얘기는 못 들었는데요."

"네, 착오가 생겼어요. 마음의 준비를 할 수 있도록 훨씬 일찍 알렸어야 하는데, 혼선이 빚어진 모양이에요. 협조할지 말지 결정권은 전적으로 당신에게 있어요. 우리더러 그냥 가라고 하면 갈 수도 있고요."

베케르는 창밖을 내다보며 다시 손끝 살을 뜯기 시작하고 순간 툴린은 그가 협조하지 않겠다고 대답할 거라고 생각한다.

"할게요. 중요한 일이고 제가 도움이 될 수 있다면요. 그런 거 맞죠?"

"네, 맞아요. 마음 써줘서 고마워요."

헤스는 이후 몇 분 동안 리누스 베케르에게 여러 가지 사항을 체크한다. 나이. 이전 거주지. 가족관계. 학교. 오른손잡이인지 여부. 이전의 입원 기관. 이미 전부 대답을 알고 있지만, 가볍고 용건과 무관한 질문으로 신뢰를 쌓고 베케르의 긴장을 풀어주려는 것이다. 툴린은 헤스의 능숙한 솜씨를 인정한다. 그들의 가짜 시나리오가 안 먹힐까봐 걱정할 필요조차 없었다. 하지만 성과를 거두려면 시간이 걸리고, 그녀는 밖에서는 바람이 미친듯이 부는데 태풍의 눈 속에 들어앉아 계속 쓸데없는 헛소리만 늘어놓고 있는 듯한 기분을 느낀다. 마침내 헤스가 살인 전날에 다다른다.

"그날 기억이 흐릿하다고 했죠? 단편적인 기억만 나고요."

"네, 잠깐씩 필름이 끊겼어요. 아파서 현기증이 났고 이삼 일 동안 잠을 자지 못했거든요. 아카이브에 있는 사진을 너무 오랫동안 보고 있었어요."

"아카이브 사진은 어쩌다 보게 됐어요?"

"어렸을 때 꿈이었어요. 그런 식으로 표현해도 될지 모르겠지만. 그러니까, 전부터 그런 충동을 느꼈는데……"

베케르는 말을 멈추고, 툴린은 가학 성향과 죽음에 대한 열망에 더는 굴복하지 않도록 그를 훈련시키는 것이 정신과 치료의 일환일 거라고 짐작한다.

"……범죄 다큐멘터리를 보고 사건 현장에서 사진을 찍는다는 걸 알았어요. 어디에 보관하는지만 몰랐을 뿐. 그러다 과학수사대 서버에 들어갔고 그다음은 너무 쉬웠어요."

툴린도 그의 말이 맞는다고 증언할 수 있다. 보안 미비에 대한 유일한 변명이라면, 그들은 희생자와 사건 현장을 촬영한 사진이 보관된 디지털 아카이브에 몰래 접속하는 사람이 있을 거라고는 상상도 하지 못했다는 것이다. 리누스 베케르가 벽을 무너뜨리고 드나들기 전까지는 말이다.

"당신이 어디에 접속했는지 누구한테 얘기한 적이 있나요?"

"아뇨. 그게 불법이라는 걸 알았거든요. 하지만…… 얘기했다시피……"

"사진을 보면 어땠어요?"

"나는 솔직히 사진이…… 나한테 도움이 된다고 생각했어요. 그걸 통해서 내…… 욕구를 조절할 수 있다고. 하지만 이제는 그게 아니었다는 걸 알겠어요. 그걸 보면 흥분됐어요. 한 가지 생각만 났어요. 숨이 막히는 것처럼 느껴졌던 게 기억나요. 그래서 드라이브를 하러 나갔어요. 하지만 그 이후로는 기억이 잘 안 나요."

베케르가 미안해하는 눈빛으로 툴린과 눈을 맞추자 그의 얼굴이 어린아이처럼 순진해 보이는데도 그녀는 소름이 돋는다.

"주변 사람들 중에 당신이 그렇게 가끔 필름이 끊긴다는 걸 아는 사람이 있었나요? 아니면 당신이 누구한테 얘기한 적은요?"

"아뇨. 나는 그 당시에 아무도 만나지 않았어요. 거의 집에 틀어박혀 지냈어요. 외출을 하더라도 구경이 목적이었고요."

"무슨 구경이요?"

"범죄 현장이요. 얼마 되지 않은 곳, 오래된 곳. 예를 들면 오덴세 아니면 내가 체포됐던 아마게르공원. 하지만 다른 데도 갔어요."

"그렇게 구경 나갔을 때도 필름이 끊긴 적 있어요?"

"아마도요. 기억이 안 나요. 필름이 끊기면 기억을 할 수가 없는 거니까요."

"살인 당일의 나머지 부분은 얼마나 기억이 나요?"

"많이 나지 않아요. 뭐라고 얘기하기가 어려운 게, 나중에 알게 된 부분이랑 헷갈려서요."

"예를 들면 크리스티네 하르퉁의 뒤를 따라서 숲속으로 들어간 건 기억나나요?"

"아뇨. 잘 안 나요. 하지만 숲은 기억나요."

"하지만 그녀를 기억하지 못한다면서 당신이 그녀를 공격해서 살해한 범인이라는 건 어떻게 알죠?"

순간 베케르는 놀란 표정을 짓는다. 이미 오래전에 유죄를 인정한 마당에 허를 찔린 듯한 표정이다.

"왜냐하면…… 그분들이 그렇다고 했거든요. 그리고 그분들이 다른 것도 기억할 수 있게 도와줬어요."

"그분들이라니요?"

"어, 나를 심문한 경관님들이요. 그분들이 증거를 발견했거든요. 내 신발에 묻은 흙. 내가 썼던 칼에 묻은 피……"

"하지만 그때만 해도 당신은 범행을 부인했잖아요. 그 칼을 쓴 기억이 났어요?"

"아뇨, 처음에는 나지 않았어요. 하지만 점점 분위기가 그쪽으로 흘러가기 시작했어요."

"처음에 칼이 발견됐을 때 당신은 처음 보는 거라고 했어요. 누가 당신 차고의 자동차 옆 선반에 놓고 간 게 분명하다고. 나중에야 범행을 자백하고 그 칼이 당신 거라고 했어요."

"네, 맞아요. 하지만 의사 선생님들이 그랬어요, 내 병이 원래 그런 식이라고. 망상형 조현병에 걸리면 현실이 왜곡된다고요."

"그러니까 다른 사람이 가져다놓은 거라 해도 누가 그랬을지 알지 못하겠네요?"

"하지만 그런 게 아니에요…… 내가 그랬어요. 내가 질문에 제대로 대답을 못하고 있는 것 같은데……"

리누스 베케르는 머뭇거리며 문 쪽을 쳐다보지만 헤스는 그에게로 몸을 숙이고 눈을 맞추려 한다.

"리누스, 아주 잘하고 있어요. 당시에 당신과 가깝게 지낸 사람이 있었는지 알고 싶어서 그래요. 당신 상황을 알았던 사람이 있는지. 당신이 누군가에게 비밀을 털어놓았거나, 온라인에서 누굴 갑자기 만났거나 메시지를 보냈거나 아니면……"

"그런 사람 없었어요. 뭘 알고 싶으신 건지 모르겠네요. 나는 이제 방으로 돌아가고 싶어요."

"불안해할 것 없어요, 리누스. 당신이 좀 도와주면 그날 무슨 일이 벌어졌는지 우리가 밝힐 수 있을 것 같아요. 그리고 크리스티네 하르통이 어떻게 됐는지도요."

베케르는 막 일어나려다 말고 미심쩍어하는 눈빛으로 헤스를 바라본다.

"그렇게 생각하세요?"

"네, 그래요. 당연하죠. 당신이 누구랑 접촉했었는지 그것만 알려줘요."

헤스는 믿는다는 눈빛으로 리누스 베케르를 쳐다보고 있다. 순간 리누스 베케르가 어린애처럼 소심한 얼굴로 헤스의 설득에 넘어간 듯한 표정을 짓는다. 하지만 이내 그 얼굴 위로 웃음기가 번진다.

리누스 베케르는 킬킬거리며 웃는다. 툴린과 헤스는 웃음을 참지 못하는 이 조그만 남자를 믿기지 않는 눈으로 쳐다본다. 마침내 다시 말문을 연 그는 가면을 벗기라도 한 듯 불안해하거나 초조해하는 기미를 전혀 보이지 않는다.

"알고 싶은 걸 그냥 물어보지 그래요? 헛소리는 집어치우고 단도직입적으로 물어보라고요."

"그게 무슨 소리예요?"

"그게 무슨 소리예요?"

베케르는 짓궂게 웃는 얼굴로 눈을 굴리며 헤스의 목소리를 흉내낸다.

"당신 지금 내가 범인이 아닌데 왜 자백했는지 궁금해서 죽을 것 같잖아."

툴린은 리누스 베케르를 빤히 쳐다본다. 충격적인 변신이다. 이 남자는 사이코다. 완전히 미쳤다. 툴린은 전문의를 호출해 베케르의 상태가 얼마나 호전됐는지 직접 확인하게 하고 싶은 충동을 느낀다. 헤스는 평정심을 잃지 않으려고 한다.

"좋아. 자백한 이유가 뭐지?"

"꺼져. 그런 걸 알아내라고 위에서 당신한테 월급을 주는 거잖아. 나한테서 이 개똥 같은 정보를 캐내려고 유로폴에 있다가 정말 귀국한 거야, 아니면 아까 보여준 건 종이로 만든 배지였어?"

"리누스, 지금 무슨 소릴 하는지 모르겠네. 하지만 당신이 크리스티네 하르퉁과 아무 상관 없다면 지금이라도 늦지 않았어. 그렇다고 얘기하면 우리가 재심을 청구하게 도와줄 수 있어."

"도움은 필요 없어. 우리가 법치 사회에 살고 있다면 나는 아무리 늦어도 크리스마스 때쯤이면 다시 집으로 돌아갈 거야. 아니면 체스트넛맨이 수확을 거두자마자."

그 단어가 벼락처럼 툴린을 강타한다. 돌기둥처럼 앉아 있던 헤스도 마찬가지다. 베케르는 그렇다는 걸 알고 능글맞게 웃는다. 툴린은 아무렇지 않게 행동하려 하지만 갑자기 방안에 어둠이 내려앉은 것 같다.

"체스트넛맨……?"

"응, 체스트넛맨. 당신이 여길 찾아온 이유잖아. 귀여운 한센, 그 덩치는 여기 휴게실 평면 TV에 요즘도 텔레텍스트가 뜬다는 걸 깜빡깜빡하더군. 한 줄에 서른여덟 글자밖에 안 되지만 그래도 대충 내용을 파악할 수는 있지. 왜 진작 찾아오지 않았어? 윗대가리가 깔끔하게 처리한 사건을 건드리지 말라고 하던가?"

"체스트넛맨에 대해서 어디까지 알고 있지?"

"체스트넛맨 어서 들어와요, 체스트넛맨……"

베케르는 비웃으며 그 노래를 흥얼거린다. 헤스의 인내심이 점점 바닥을 드러낸다.

"어디까지 아느냐고 물었어."

"너무 늦었어. 그자는 저멀리 앞서가 있거든. 그래서 네가 여길 찾아와서 날 붙잡고 애걸복걸하는 거야. 그자한테 뒤통수를 맞았기 때문에. 뭘 어떻게 해야 할지 몰라서."

"그가 누군지 아나?"

"그가 어떤 사람인지는 알아. 대가지. 그가 나를 자기 계획에 끼워주었어. 그렇지 않았다면 내가 자백할 일은 없었을 거야."

"그가 누군지 말해, 리누스."

"그가 누군지 말해, 리누스."

리누스 베케르는 다시 헤스를 흉내낸다.

"그 아이는 어떻게 됐지?"

"그 아이는 어떻게 됐지?"

"네가 아는 걸 말해. 그 아이는 어디 있는지! 그 아이는 어떻게 됐는지!"

"그게 무슨 상관이야? 그 아이도 분명 재밌어했을 텐데……"

순진하게 그들을 쳐다보는 리누스 베케르의 얼굴 위로 음란한 미소가 번진다. 헤스가 일어나 그에게 덤벼들고 툴린은 제때 반응하지 못한다. 하지만 베케르가 대비하고 있다가 바로 그 순간 줄을 당긴다. 그 즉시 철문이 벌컥 열리며 어깨가 떡 벌어진 남자들이 달려들어오고, 리누스 베케르는 다시 겁먹은 소심한 학생으로 변신한다.

86

출입문이 천천히 열리지만 헤스는 기다리지 못한다. 툴린이 방탄유리 뒤편의 교도관에게서 소지품을 돌려받는 동안 그는 아직 다 열리지 않은 문 사이로 빠져나가 주차장으로 걸어간다. 그녀도 뒤따라 나선다. 차갑고 축축한 바람이 시원하게 느껴지고 그녀는 리누스 베케르를 지워버릴 수 있게 가슴 가득 상쾌한 공기를 들이마신다.

그들은 시설에서 곧바로 쫓겨났다. 바일란은 면회실에서 벌어진 일에 대해 해명을 요구했다. 베케르의 연기가 워낙 그럴듯했다. 겁에 질린 불안한 표정으로 육체적 또는 정신적 피해라도 입은 것처럼 헤스와 툴린을 피하려 했다. 헤스가 자기를 '잡아챘고' '죽음과 살인을 운운하며 이상한 질문을 했다'고 징징대는 베케르의 말을 전문의는 믿었다. 그의 주장에 반박해봐야 소용없는 일이었다. 헤스나 툴린은 베케르와의 대화를 녹음할 필요성을 느끼지 못했고, 어차피 휴대전화도 교도관에게 맡기고 들어간 상태였다. 여길 찾아온 것 자체가 대참사였고, 툴린이 주차장을 가로지르며 확인한 음성사서함 메시지도 기분전환에 도움이 되지 않는다. 안에 있는 동안 전화가 일곱 통 걸려왔는데, 그녀는 비를 뚫고 차를 향해 달리기 시작하며 첫번째 메시지를 듣는다.

"장관실로 돌아가야겠어요. 우리가 확인해야 할 사건을 찾았대요."

툴린이 차 앞에 도착해 문을 열지만 헤스는 비를 맞으며 그대로 서 있는다. "장관실은 신경 꺼도 돼요. 범인은 자기 정체가 들통날 만한 사건을 일으킨 적 없을 테니까. 베케르가 한 말 못 들었어요?"

"사이코패스가 헛소리 늘어놓는 거하고 당신이 폭발하는 건 들었어요. 그 외에는 아무것도 못 들었는데요."

툴린은 차에 올라타 헤스의 총과 소지품을 조수석으로 던진다. 계기판 시계를 보며 계산한 끝에 해가 떨어진 다음에야 시내에 도착하겠다는 결론을 내리고, 레를 다시 할아버지에게 맡겨야겠다고 생각한다. 그녀는 헤스가 조수석 바닥에 한쪽 발을 올려놓자마자 시동을 걸고 차를 돌려 도로로 나선다.

"베케르는 우리가 찾아올 줄 알고 있었어요. 유죄판결을 받았을 때부터 예상하고 있었어요. 그는 우리가 누굴 찾는지 알아요." 헤스는 문을 쾅 닫으며 말한다.

"천만에요, 알긴 개뿔. 리누스 베케르는 텔레텍스트를 좀 읽을 줄 아는 변태 성범죄자에 불과해요. 우리를 도발해서 놀려먹으려고 했는데 당신이 미끼를 덥석 문 거라고요. 도대체 무슨 생각으로 그랬어요?"

"그는 그 아이를 납치한 범인을 알아요."

"당연히 알죠. 자기가 납치했으니까. 그 아이는 죽어서 땅에 묻혔다는 걸 온 세상이 알아요. 당신만 아직 받아들이지 못하고 있지. 그자가 도대체 왜 저지르지도 않은 범죄를 자백하겠어요?"

"범인이 누군지 갑자기 깨달았기 때문이죠. 정신병자의 직감으로 모든 게 좀더 원대한 계획의 일부분이라는 걸 감지하고 기꺼이 대신 죄를 뒤집어쓰기로 한 거예요. 그가 존경했던 인물, 우러러봤던 인물이라. 그런데 리누스 베케르가 누굴 우러러봤을까요?"

"누굴 우러러봤겠어요! 그 인간은 또라이예요. 누굴 죽이고 살해하는 것 말고는 아무데도 관심이 없다고요."

"바로 그거예요. 베케르가 가장 높게 평가하는 일에 전문가인 사람. 범죄 현장 사진이 저장된 아카이브에 해킹해서 들어갔을 때 뭔가를 본 게 분명해요."

한마디, 한마디가 천천히 스며든다. 툴린은 비를 뚫고 큰길을 달리던 대형 트럭과 충돌하기 직전에 브레이크를 세게 밟는다. 긴 차량 행렬이 트럭 꽁무니를 따라 쌩하니 지나가고 툴린은 자신을 쳐다보는 헤스의 시선을 느낀다.

"선을 넘었던 건 미안해요. 그건 잘못했어요. 하지만 리누스 베케르가 거짓말을 하고 있다면 크리스티네 하르퉁이 어떻게 됐는지 아무도 모른다는 뜻이 돼요. 그 아이의 생사 여부조차."

툴린은 대꾸하지 않는다. 다시 속도를 높이며 전화를 건다. 헤스의 말에 일리가 있다. 그래서 부아가 치민다. 한참 만에 겐스가 전화를 받는다. 연결 상태가 좋지 않다. 그도 차 안인 것 같다.

"어이, 왜 전화를 안 받았어요? 베케르 만난 건 어떻게 됐어요?"

"전화하는 이유가 그것 때문이에요. 그자가 건드린 범죄 현장 사진을 전부 입수할 수 있어요? 그자가 해킹한 사진 말이에요."

겐스는 놀란 목소리다.

"아마도요. 하지만 확인해봐야 해요. 왜요?"

"설명은 나중에 할게요. 하지만 베케르가 제일 관심을 보인 사진이 뭐였는지 파악해야 해요. 그자가 가장 많이 클릭한 사진을 리스트로 작성해줘요. 다운받은 게 있으면 그것도요. 그 안에 중요한 단서가 있을 수 있으니까 최대한 빨리 부탁할게요. 반장님은 전혀 모르게 해주고요, 알았죠?"

"네, 알았어요. 실험실에 돌아가면 IT팀에 연락해둘게요. 하지만 얀센의 생각이 맞는지 결론이 날 때까지 기다려야 하지 않을까요?"

"얀센이요?"

"연락 못 받았어요?"

툴린은 마음이 불편해진다. 그날 아침 닐라네르의 방에서 나오는 길에 잠깐 스치고 지나간 이후로 얀센을 까맣게 잊고 있었다. 그는 산송장 같아 보였다. 의기소침했고 말이 없었다. 그녀는 닐라네르가 대화를 나누려고 그를 불러들인 것을 보고 안심했고 얘기 끝에 그가 퇴근하길 바랐다. 그런데 그녀의 바람대로 되지 않은 모양이다.

"얀센이 무슨 일로 연락하려고 했을까요?"

"쉬드하우넨의 어느 집 때문에요. 좀전에 그가 용의자들이 그 안에 있는 것 같다며 무전으로 지원 요청하는 걸 들었어요."

"용의자들? 무슨 용의자들이요? 얀센은 수사팀도 아니잖아요."

"아, 맞네. 그런데 그는 그걸 모르는 눈치예요. 지금 범인들의 은신처라며 어느 집을 급습하는 중이거든요."

87

팀 얀센은 경찰차 앞좌석에서 헤클러운트코흐 권총의 탄창 안에
든 탄환을 확인하고 다시 찰카닥 닫는다. 최소 십 분은 있어야 지
원병이 도착할 테지만 상관없다. 그는 애초부터 그들을 기다릴 생
각이 없었다. 릭스를 살해한 범인이 건물 안에 있을 수도 있는데,
차라리 일차 교전이나 심문을 단독으로 진행하고 싶은 심정이다.
정말 난처한 상황이 벌어지더라도 이제는 동료들이 자신의 소재를
알고 있고, 왜 혼자 들어갔느냐고 물으면 선택의 여지가 없었다고,
정황상 지원병이 도착할 때까지 기다릴 수 없었다고 주장하면 그만
이다.

얀센은 습한 바람을 얼굴로 맞으며 차에서 내린다. 쉬드하우넨
의 오래된 공장지대는 높은 창고 건물, 새로 지어진 물품 보관 창
고, 폐품 처리장이 뒤죽박죽 섞여 있고, 몇 채 안 되는 주택들이 공
장 부지 사이에 듬성듬성 끼어 있다. 모래와 쓰레기가 허공에 날리
고, 그가 건물을 향해 성큼성큼 걸어가는 동안 도로에 다른 차량은
보이지 않는다.

도로를 마주보고 있는 그 2층짜리 건물은 언뜻 평범한 주거용 건
물로 보이지만 가까이 가보니 다 무너져가는 벽 위에 이곳이 전에
는 도축 시설이었음을 알리는 간판이 남아 있다. 도로가 내다보이
지 않게 정문 옆 쇼윈도 안쪽이 검은색 천으로 덮여 있어 얀센은 진

입로를 지나 마당으로 들어간다. 도로에 면한 건물에서 살짝 뒤로 물러앉은 커다랗고 길쭉한 건물은 문을 닫은 도살장이 분명하다. 짐을 싣고 부리는 데 쓰는, 위쪽에 커다란 문이 달린 상하차대가 건물 측면을 따라 줄지어 있다. 도살장 저편은 바람에 망가진 것처럼 보이는 무너진 울타리가 있고 과일나무가 서너 그루 심긴 뜰과 맞닿아 있다. 얀센은 앞 건물 쪽으로 몸을 돌리다가 뒷문을 발견한다. 간판은 없지만 도어매트와 시든 가문비나무 화분이 있다. 그는 한쪽 손을 들어 문을 두드리는 한편 다른 손으로는 외투 주머니에 챙긴 헤클러운트코흐의 안전장치를 푼다.

마르틴 릭스가 죽고 나서 며칠 동안 얀센은 꿈을 꾸는 것 같았다. 구급차는 불빛을 번쩍이고 경찰견들은 짖어대며 텃밭을 샅샅이 뒤지는 가운데 숨이 끊긴 파트너의 모습을 본 순간, 꿈을 꾸는 듯한 느낌이 그를 덮쳤다. 그는 어번플랜에서 오는 동안 친구의 운명을 전혀 모르고 있다가 청천벽력처럼 이해할 수 없는 광경을 맞닥뜨렸다. 처음에는 새파랗게 질린 그 시신이 동료일 거라고는 상상도 못했다. 릭스가 죽어서 발치에 늘어진 권총집처럼 널브러져 있을 줄은 몰랐다. 그런데 그랬다. 이후로도 몇 시간 동안 얀센은 릭스가 찾아와 사람을 돌바닥에 그렇게 오랫동안 방치해도 되는 거냐며 성질을 부리길 기다렸지만 그런 일은 일어나지 않았다.
그들은 어쩌다보니 한 팀이 되었지만 얀센이 기억하기로 첫날부터 죽이 잘 맞았다. 릭스는 견딜 만한 파트너가 되기에 딱 맞는 자질을 갖추고 있었다. 남다르게 똑똑하지도, 말을 재치 있게 받아치는 재주도 없었지만—사실 말을 한 번에 길게 하는 경우가 거의 없었다—어마어마하게 집요하고 같은 편에 대한 의리가 있었다. 게

다가 어린 시절 거의 내내 괴롭힘을 당했기 때문인지 아무것도, 어느 누구도 믿지 않는 건전한 사고방식을 가지고 있어서, 얀센은 그의 잠재력을 어떤 식으로 이끌어내면 좋을지 단박에 알아차렸다. 그가 머리라면 릭스는 몸이었고 그들은 이내 경찰 업무에 대해 뭣도 모르는 상사와 사무 변호사에 대한 반감을 자연스럽게 공유하게 됐다. 그들은 힘을 합쳐 수많은 폭주족, 파키스탄인, 아내 폭행범, 성폭행범, 살인범을 철창에 가뒀으니, 퇴직할 때까지 승진과 훈장 세례를 받아 마땅했다. 하지만 사회는 그런 식으로 굴러가지 않았다. 세상의 축복은 불공평하게 분배됐다. 그들은 바와 클럽에서 자축하며 종종 그런 얘기를 하다가 인사불성이 될 정도로 취하거나 외스테르브로 외곽의 작은 윤락업소에 들르곤 했다.

그 모든 게 끝났다. 릭스에게 주어질 감사의 표현은 지서에 조성된 추모의 벽에 새겨진 다른 이름들 옆에 그의 이름이 오르는 것뿐이다. 얀센은 감상적인 성격이 아니지만 어제 아침에 출근했을 때는 기둥이 늘어선 마당을 지나는 동안 그 사실을 곱씹으며 감상에 젖었다. 그는 이틀 동안 집에 있었다. 사건이 벌어진 날 저녁에는 충격이 너무 커서 릭의 동거녀에게 소식을 전하는 것 말고는 아무 도움도 되지 못했다. 그날 밤 얀센의 아내는 자다가 깨서, 남편이 불 꺼진 반뢰세의 온실에 아무 감정 없는 얼굴로 앉아 있는 것을 보았다. 다음날 가족이 어느 집 생일파티에 간 동안 그는 아이들 방 상자 속에 방치되어 있던 이케아 책꽂이를 꺼내 조립하기 시작했다. 하지만 설명서를 이해할 수 없어서 10시 반쯤부터 화이트와인을 마시기 시작했다. 그날 오후 아내가 아이들과 함께 돌아왔을 무렵 그는 이미 비틀거리며 뒷마당의 창고로 나가 보드카와 레드불을 마시고 있었다. 나중에 바닥에서 눈을 떴을 때 얀센은 얼른 다시 업무에 복귀해야 한다는 걸 알았다.

월요일이 복귀 첫날이었다. 지서는 활기와 의욕이 넘쳤고 사람들은 그를 보고 연민을 담아 묵례를 했다. 뉠라네르는 당연히 그를 수사에서 제외시켰지만 그는 탈의실에서 동료들 몇 명을 모아놓고 범인을 추적하다 뭔가 중요한 정보가 나오면 당장 알려달라고 신신당부했다. 몇 명은 그의 부탁을 못마땅하게 여기는 눈치였지만 상당수는 그와 생각이 같았다. 헤스와 툴린의 능력 부족으로 릭이 죽었다고 생각했다. 게다가 언론에 정보를 흘린 사람이 둘 중 한 명, 헤스일 게 분명했다. 그런데 이렇게 릭이 살해당한 마당에 헤스가 하르퉁 사건에 계속 의문을 제기하는 것은 더 큰 모욕이 아닐 수 없었다.

안타깝게도 수사는 여전히 지지부진했고, 동료들은 그날 아침 장관실로 파견을 나갔다. 얀센에게는 시시한 임무가 주어졌기 때문에 그는 차를 몰고 그레베 외곽으로 나섰고, 가는 길에 매점에서 산 맥주 여섯 캔 중에서 몇 캔을 마시고 릭스가 살았던 전철역 바로 옆의 작은 아파트 1층으로 찾아가 문을 두드렸다. 그의 여자친구는 눈물바람이었다. 그가 안으로 들어가 차 한 잔을 막 받았을 때 장관실에서 한 형사가 연락해왔다. 의심스러운 사례를 몇 건 찾았다고, 정부와 시스템과 사회부와 세상 전반을 혐오할 이유가 충분한 사람들을 찾았다고 했다. 얀센은 어떤 경우들이 있는지 들었고, 그중 한 사례에서 남들보다 강력한 동기의 가능성을 파악했다. 그는 헤스와 툴린이 아직 그 정보를 알지 못한다는 걸 확인한 다음 전화를 끊었다. 그리고 릭스의 여자친구에게 양해를 구하고 쉬드하우넨의 그 주소지로 직행했다.

"누구세요?" 문 뒤에서 이렇게 묻는 소리가 들린다.

"경찰입니다! 문 여세요!"

얀센은 한 손으로 주머니에 든 권총을 움켜쥐고 초조하게 문을 두드린다. 문이 열리고 눈살을 찌푸린 얼굴이 불안한 표정으로 고개를 내민다. 얀센은 당혹감을 애써 감춘다. 노파이고 그 뒤편에서 담배와 썩은 음식 냄새가 난다.

"베네딕테 스칸스와 아스게르 네르고르를 만나러 왔습니다."

얀센은 장관실로 파견된 동료에게 들은 이름을 대지만 노파는 고개를 젓는다.

"그 사람들 이제 여기 안 살아요. 육 개월 전에 이사갔어요."

"이사요? 어디로요?"

"몰라요. 말 안 했어요. 무슨 일이에요?"

"여기서 혼자 사세요?"

"네. 하지만 내가 혼자 살든 말든 뭔 상관이에요?"

얀센은 잠깐 머뭇거린다. 뜻밖의 상황이다. 노파는 기침을 하고 찬 공기가 들지 않게 카디건을 좀더 단단히 여민다.

"뭐 더 필요한 거 있어요?"

"됐습니다. 번거롭게 해서 죄송합니다. 안녕히 계세요."

"안녕히 가세요, 안녕히."

얀센은 뒤로 물러나고 노파는 문을 닫는다. 잠시 그는 뭘 해야 할지 갈피를 잡지 못한다. 여자의 반응이 예상 밖이었기 때문이다. 따뜻한 차 안으로 돌아가 장관실의 동료에게 연락하려는 찰나, 그의 시선이 문득 2층 창에 닿는다. 그의 눈에 보이는 것은 천장에 매달린 모빌이다. 대개 아기 침대 위에 매다는 작은 새가 달린 모빌이고, 얀센은 노파의 말처럼 베네딕테 스칸스와 아스게르 네르고르가 이사를 갔다면 모빌이 거기 있을 리 없다는 것을 당장 알아차린다.

그는 아까보다 좀더 세게 다시 문을 두드린다. 한참 만에 노파가 문을 열자 그는 총을 꺼내들며 그녀를 밀치고 들어간다. 여자는 소리를 지르며 항의한다. 그는 단호한 걸음으로 좁은 복도를 거쳐 한때 작업장이었던 부엌과 전실을 지난다. 아무도 없는 것을 확인한 뒤 이제 노파가 막고 있는 계단을 향해 다가간다.

"비켜요!"

"저기는 아무것도 없어요! 이렇게 막……"

"입 닥치고 비켜요!"

그는 노파를 옆으로 밀치고 뒤에서 계속 투덜거리는 그녀를 두고 계단을 껑충껑충 올라간다. 총을 들어 손가락을 방아쇠에 단단히 올리고 차례대로 문을 밀어서 연다. 처음 두 곳은 침실이고 마지막은 아이방이다.

모빌이 아기 침대 위에 평화롭게 매달려 있지만 그것 말고는 아무것도 없다. 아주 잠깐 동안 얀센은 자기가 실수를 저질렀나 하는 생각을 한다. 하지만 문 뒤편에 있는 벽을 본 순간 자신이 마르틴 릭스의 목숨을 앗아간 사건을 해결했음을 깨닫는다.

88

어둠이 깔렸고 이 시간쯤에는 대개 마지막 차량들마저 쉬드하우
넨을 떠나 도로가 텅 빈다. 하지만 오늘은 아니다. 한때 코펜하겐에
서 손꼽히는 도축장이었던 다 쓰러져가는 건물 앞 도로는 작업 가
방을 든 경찰관과 감식반원들로 버글거린다. 차량들이 한 줄로 늘
어섰고 건물 전면에 달린 유리창마다 눈부신 투광조명등이 불을 밝
히고 있다. 2층에 있는 헤스의 귀에 심문을 받는 노파가 어쩌다 한
번씩 울부짖는 소리가 들리고, 속사포처럼 지시 사항을 전달하는
소리와 발소리와 지지직거리는 무전 소리가 뒤섞이지만, 문가에서
이야기하는 툴린과 얀센의 말소리가 가장 크게 들린다.

"누구한테 제보를 받고 여기로 출동한 거예요?"

"내가 제보를 받았다고 누가 그래? 그냥 지나가던 길이었을 수
도 있잖아."

"도대체 왜 연락하지 않았어요?"

"당신하고 헤스한테? 연락해서 좋을 게 쥐뿔도 없잖아."

사진은 찍은 지 이 년쯤 되어 보인다. 유리에 먼지가 꼈지만 까
만 테두리 액자에 깔끔하게 담겨, 하얀 아기 침대 안의 베개 위에
인형과 가늘고 흰 머리채와 나란히 놓여 있다. 사진 속의 젊은 엄마
는 담요로 감싼 아이를 안고 인큐베이터 옆에 서서 카메라를 보며
웃고 있다. 피로와 엄청난 노력이 느껴지는 어색한 미소인데다 젊

은 엄마가 아직 구겨진 환자복 차림인 것을 보고 헤스는 출산 직후
에 병원에서 찍은 사진인가보다고 짐작한다. 여자의 눈빛에는 웃
음기가 없다. 막 아이를 건네받고 아직 마음의 준비가 안 된 역할을
수행하려고 애쓰는 사람처럼 왠지 모르게 덧없는 표정, 현실과 단
절된 표정을 짓고 있다.

사진 속의 그 여자가 그와 툴린이 마그누스 키에르와 소피아 사
이에르라센 문제로 후세인 마지드를 면담하려고 리그스병원 소아
과병동을 찾아갔을 때 만났던, 표정이 진지한 그 미인 간호사라는
데에는 의심의 여지가 없다. 사진을 찍은 이후 머리가 길었고 이목
구비는 나이를 먹었고 미소는 사라졌다. 하지만 그녀가 맞고, 헤스
는 열심히 상관관계를 파악해보려 한다.

정신과 수감병동을 나선 이래 리누스 베케르와 나눈 대화가 그
의 안에서 악성종양처럼 점점 자라나고 있었다. 베케르가 해킹한
아카이브의 사진을 통해 범인의 실마리를 찾을 수 있을지에 모든
에너지와 관심이 쏠려 있던 찰나 소식이 드문드문 들어오기 시작했
다. 맨 처음에는 겐스에게서, 그다음에는 장관실을 지키고 있다 얀
센의 지원 요청을 듣고 부랴부랴 쉬드하우넨으로 달려온 한 형사에
게서. 상상력을 동원하지 않아도 장관실에서 파일을 뒤지던 형사
한 명이 얀센에게 제보했다는 것을 알 수 있지만, 베네딕테 스칸스
와 그녀의 남자친구와 관련해 드러난 사실과 비교하면 그런 사소한
문제는 하찮게 느껴진다.

"어디까지 파악이 끝났어?"

뉠라네르가 방금 전에 도착했고, 얀센은 그가 끼어들어주어 안
심하는 표정이다.

"임대차계약은 베네딕테 스칸스의 이름으로 되어 있어요. 이십

팔 세이고 리그스병원 간호사예요. 십팔 개월 전 코펜하겐 의회에
서 그녀가 남자친구와의 사이에서 낳은 아이를 데려가 위탁가정에
맡기자 소송을 걸었어요. 사회부가 더 많은 아이들을 양육시설에
맡기도록 의회를 부추긴다며 언론을 통해 공격했고요."

"로사 하르퉁을 비난했겠군."

"네. 언론에서는 미끼를 덥석 물었다가 의회에서 아이를 데려간
데에는 합당한 이유가 있었다는 걸 알게 되면서 사건은 잊혔죠. 하
지만 베네딕테 스칸스와 그 남자친구는 잊지 않았어요. 아이가 곧
죽었거든요. 스칸스는 보호병동에 입원했다가 올봄에 퇴원했어요.
복직하고 남자친구와 함께 여기로 이사했지만 벽을 보면 알 수 있
다시피 두 사람은 과거를 절대 잊지 않았어요."

헤스는 귀를 닫고 열심히 벽을 살핀다. 형사가 장관실에서 복사
해 들고 온 코펜하겐 의회 사건 파일을 보았기 때문에 대부분의 정
보를 이미 알고 있다. 베네딕테 스칸스는 대마초와 유흥에 돈을 탕
진하고 옷가게에서 수습사원으로 일하다가 때려치우기도 하며 팅
비에르에서 청소년기를 보내다 스물한 살에 코펜하겐의 간호학교
에 입학했다. 훌륭한 성적으로 과정을 이수했고, 그 무렵 팅비에르
고등학교 몇 년 선배인 아스게르 네르고르를 만났다. 당시 네르고
르는 슬라겔세에서 군생활을 했는데 나중에는 아프가니스탄에 파
병되기도 했다. 그들은 다 쓰러져가는 도축장에 살림을 차렸다. 베
네딕테 스칸스는 리그스병원 소아과병동 간호사로 취직했고 남자
친구와 함께 아이를 가지려고 했다. 사회복지사의 기록에 따르면
베네딕테는 임신을 하고부터 불안해하고 자존감에 문제를 보이기
시작했다. 스물여섯 살에 아들을 두 달 일찍 조산하고 산욕기 정신
질환을 일으켰다. 아이 아빠는 별 도움이 되지 않은 것 같았다. 사

회복지사는 당시 스물여덟 살이었던 네르고르가 철이 없고 소극적이며 베네딕테 스칸스가 자극하면 가끔 공격적인 성향까지 보인다고 판단했다. 의회에서는 다양한 프로그램을 통해 지원을 아끼지 않았지만 육 개월 뒤 베네딕테 스칸스의 정신적인 문제는 더욱 심각해졌고 그녀는 양극성장애 진단을 받았다. 몇 주 동안 이들 가족과 연락이 되지 않자 의회에서는 경찰에 협조를 요청했다. 경찰은 이곳을 급습했고, 그들의 판단은 옳았다. 생후 칠 개월 된 아이는 배설물과 토사물로 뒤범벅된 채 의식을 잃고 아기 침대에 누워 있었는데, 영양실조를 우려할 만한 징후가 다수 발견됐다. 병원 진단 결과 아이는 만성 천식과 음식 알레르기가 있는 것으로 밝혀졌다. 그들이 먹인 견과류 초콜릿 때문에 아이가 위험에 빠졌던 것이다.

정부의 개입으로 아이는 목숨을 건졌지만 베네딕테 스칸스는 격분했다. 그녀는 여러 번의 면담에서 자신의 가족이 받은 처우에 분노를 표했다. "내가 나쁜 엄마면 이 세상은 나쁜 엄마 천지예요." 어느 파일 복사본 맨 꼭대기에 이렇게 적혀 있었다. 의회에서 아동 방치 문제를 공론화하지 않았기 때문에 스칸스의 주장에는 설득력이 있어 보였다. 하지만 로사 하르퉁이 등장해 관계 법령 42조를 최대한 엄격하게 해석하는 것이 아이들을 위하는 길이라고 언론과 의회의 주의를 환기하자 이야기가 달라졌다. 언론은 잠잠해졌다. 그러다 아이가 양육시설에 맡겨진 지 겨우 이 개월 만에 급성 폐질환으로 사망하는 비극적인 사건이 발생했다. 베네딕테 스칸스는 그 소식을 전한 사회복지사에게 과격하게 행동했고, 외래로 받던 정신과 치료가 로스킬데의 상크트한스에 장기 입원하는 것으로 바뀌었다. 그녀는 봄에 퇴원해 임시직으로 리그스병원에 복직했다.

그건 섬뜩한 행보였다. 문 뒤에 숨겨진 벽을 보면 이 젊은 여성은 절대 건강하다고 볼 수 없는 상태이기 때문이다.

헤스는 그 사실에 몸서리를 친다.

"그녀와 남자친구는 공범으로 보입니다." 얀센이 계속 뉠라네르에게 보고한다. "그들은 자신들이 부당한 취급을 당했다고 생각해 장관을 조롱하고 우습게 만들려고, 시스템의 부실을 폭로하고 애들을 제대로 돌보지 않는 여자들을 처벌하기 위해 이런 계획을 세운 거예요. 보시다시피 최종 타깃이 누군지 뻔하잖습니까."

그 부분에 관한 한 얀센의 말이 맞는다. 방 이쪽이 죽은 아이를 위한 묘소라면, 저쪽에는 로사 하르퉁을 향한 병적인 집착이 고스란히 드러나 있다. 신문에서 오린 사진과 딸이 실종됐음을 알리는 헤드라인, 파파라치가 촬영한 상심한 장관의 사진이 죽 이어진다. 마치 조롱하듯, 추도식에서 무너진 검은 옷 차림의 로사 하르퉁의 사진 옆에 '사지절단 후 매장' 혹은 '성폭행 후 토막 살인'과 같은 문구가 붙여져 있다. '무너진 로사 하르퉁' '상심으로 몸져눕다'와 같은 제목이 달린 기사가 몇 개 이어지다가 시간을 뛰어넘어 오른편에 '하르퉁 복귀하다'와 같은 제목을 달고 삼사 개월 전쯤 찍은 듯한 하르퉁의 최근 사진이 실린 기사가 붙어 있다. 벽에 붙여놓은 한 기사에는 장관이 복직한 10월의 첫번째 화요일에 동그라미가 쳐져 있고, 그 옆에 그녀의 딸이 찍은 셀카 사진 여러 장과 "복귀를 환영한다. 너도 죽게 될 거야, 잡년아"라고 적힌 A4 용지가 달려 있다.

하지만 그보다 더 걱정을 불러일으키는 것은 그 신문 스크랩 옆으로 이어지는 또다른 사진들이다. 이번에는 신문에 실린 사진이 아니라 완연한 가을로 접어들기 이전인 9월 말 이후의 어느 시점에 찍어서 현상한 사진이다. 여러 각도에서 촬영한 장관의 집과 그녀의 남편, 아들, 스포츠센터, 그녀의 관용차, 장관실과 크리스티안스보르 사진, 그리고 도심으로 가는 다양한 경로를 구글맵으로 검색해 여러 장 출력해놓았다.

자료의 양이 어마어마하다. 이로써 헤스가 수감병동을 나오면서 완성하기 직전까지 갔던 허술한 카드의 집이 와르르 무너진다. 리누스 베케르를 만나러 간 게 헛걸음이었을까? 아무리 애를 써도 그는 그 집을 다시 만들 수 없는데, 그의 신경을 건드리는 것은 그것만이 아니다. 분명 또다른 위협이 도사리고 있다. 그들이 사건을 제대로 파악했다고 생각하고 있는 바로 지금, 가까운 곳에 그들이 주의를 기울여야 하는 뭔가가 있다. 그래서 헤스는 닐라네르가 얀센에게 캐묻는 동안 계속 벽을 훑어본다.

"그래서 그 커플은 지금 어디 있어?"

"여자는 며칠 전에 전화로 병가를 낸 뒤 리그스병원에 코빼기도 보이지 않는다고 하고 남자친구도 행방을 알 수 없습니다. 남자친구 정보가 더 부족해요. 정식 부부가 아니라 모든 게 베네딕테 스칸스의 이름으로 되어 있어서요. 하지만 군부대에서 그의 서류를 입수중입니다. 저희가 발견한 것을 정보국에 알리셨나요?"

"아, 물론이지. 장관님은 안전해. 아래층의 그 여자는 누군가?"

"아스게르 네르고르의 어머니입니다. 여기서 같이 살았던 게 분명합니다. 두 사람이 지금 어디 있는지 모른다고 우기는데, 아직 심문이 끝나지 않았어요."

"이 젊은 커플이 살인사건의 범인이라고 생각한단 말이지?"

툴린이 얀센에게 대답할 겨를을 주지 않고 끼어드는 소리가 들리는 순간, 벽에 꽂힌 몇 개의 핀이 헤스의 시야에 들어온다. 사진을 급하게 떼어내기라도 한 듯 한두 개의 핀 아래에 종잇조각이 남아 있다.

"그건 아직 알 수 없어요. 성급하게 결론을 내리기 전에……"

"또 뭐가 더 필요하다는 거야? 아니, 이거 다 안 보여?" 얀센이 목소리를 높인다.

"내 말이 그 말이에요! 이건 전부 로사 하르퉁 관련 자료고 살해당한 여자들 관련 자료는 하나도 없잖아요. 만약 이 커플이 살인사건의 범인이라면 그들에 대한 힌트라도 있어야 할 텐데 전혀 없어요!"

"하지만 여자가 최소 두 명의 희생자와 그들의 아이가 다녀간 병동에서 간호사로 근무했잖아. 그건 상관없다는 거야?"

"아뇨, 상관없지 않아요. 당연히 이 커플을 체포해 심문해야겠지만 당신이 번쩍이는 총을 뽑아들고 우리가 기다리고 있다는 걸 온 세상에 알렸으니 그러기가 쉽지 않을 거라고요!"

헤스가 벽에 꽂혀 있던 사진을 여전히 찾지 못한 가운데 닐라네르의 냉랭한 목소리가 배경음악처럼 들린다.

"내가 보기에 얀센은 자기 권한을 벗어난 행동을 하지 않았어, 툴린. 조금 전에 친절하게 연락을 준 베케르의 수감병동 정신과 전문의에 따르면 자네와 헤스가 리누스 베케르를 괴롭히느라 정신이 없었던 모양인데…… 내가 콕 집어서 그러지 말라고 지시했는데도 말이야. 뭐라고 해명할 거야?"

헤스는 툴린을 변호해야 하는 순간이라는 걸 알지만 변호하는 대신 얀센을 돌아본다.

"얀센, 당신이 들어오기 전에 그 노파가 여기서 뭘 없앴을 수도 있을까?"

"둘이서 리누스 베케르를 왜 찾아갔느냐니까?!"

뒤편에서 계속 옥신각신하는 와중에 헤스는 자신이라면 경찰이 문을 두드리고 있을 때 뭘 어디다 숨길 것인지 열심히 머리를 굴린다. 그리고 벽에 붙어 있던 서랍장을 움직이자 구깃구깃한 사진 한 장이 바닥으로 떨어진다. 그는 얼른 집어서 펼쳐본다.

아스게르 네르고르일 게 분명한 키가 크고 허리가 꼿꼿한 젊은 남자가 열쇠를 손에 쥐고 자동차 옆에 서 있다. 그는 깔끔한 검은색 양복을 입었고, 검은색 자동차는 방금 전에 세차하고 광을 내기라도 한 듯 희미한 햇살을 받으며 반짝인다. 양복과 비싼 독일제 자동차가 그들 뒤편으로 보이는 다 쓰러져가는 도축장과 선명한 대조를 이룬다. 처음에 헤스는 아스게르 네르고르의 어머니가 굳이 이 사진을 없애려고 한 이유를 알아차리지 못하지만, 자동차를 보았다가 다시 시선을 벽으로 옮겨 로사 하르퉁의 관용차가 찍힌 사진과 비교하자 모든 의혹이 해소된다. 아스게르 네르고르의 사진 속 자동차는 바로 로사 하르퉁의 관용차다. 하지만 헤스가 말을 꺼낼 겨를도 없이 예의 그 하얀색 작업복을 입은 겐스가 열린 문 너머로 고개를 내민다.

"방해해서 미안하지만, 문 닫은 도살장 건물을 수색하기 시작했는데 봐야 할 게 있어서요. 누굴 오랫동안 가두어놓기에 적합한 장비를 갖춘 방이 있어요."

89

늦은 오후, 코펜하겐 남서쪽으로 난 E20 고속도로는 차량들로 빽빽하다. 아스게르는 추월 차로를 확보하기 위해 경적을 울리지만 그의 앞을 줄줄이 가로막은 바보들은 비 때문에 계속 안전 운전을 고집하고 그는 초조하게 주행 차로를 따라 굼벵이처럼 움직인다. 장관의 관용차는 아우디 A8 3.0으로 그가 제대로 가속페달을 밟아본 것은 이번이 처음이다. 이목이 집중되더라도 상관없다. 중요한 건 멀리 도망치는 것이다. 모든 계획이 다 망했고, 경찰에서 그들의 정체를 간파하는 것은 시간문제다. 아니, 이미 알아차렸을 수도 있다.

삼십오 분 전까지만 해도 모든 게 계획대로 착착 진행되고 있었다. 그는 애새끼를 따라 테니스장으로 들어가, 훈련 전에 항상 네트를 점검하고 법석을 떠는 관리인에게 얼른 인사함으로써 알리바이를 만들었다. 그런 다음 작별인사를 하고 테니스장 뒤편으로 차를 몰고 가 전나무 사이에 주차한 뒤, 아이를 따라 들어갔을 때 열어놓은 옆문으로 다시 들어갔다. 그때 테니스장은 거의 비어 있었기 때문에 아무도 모르게 쉽사리 탈의실로 잠입할 수 있었다. 아이는 옷을 갈아입느라 바빠서 아무 소리도 듣지 못했지만, 아스게르가 장갑과 복면을 쓴 피에로처럼 거기 서서 클로로포름을 꺼내고 있을 때 다가오는 발소리가 들렸다. 관리인이 들어왔고 아스게르는 간신히 그전에 복면을 벗었지만 그가 거기 서 있었다는 것을 구스타브가 알아차리면서 분위기가 어색해졌다. 반면에 관리인은 안심한 눈치였다.

"아, 여기 계셨구만. 정보국에서 연락이 왔어요. 그쪽에서 당신이랑 연락이 되지 않는다며 나더러 구스타브를 찾아달라고 했는데, 직접 통화하면 되겠네요."

그는 아스게르에게 전화기를 넘겼다. 하르퉁의 거만한 경호원 가운데 한 명이 비상사태가 발생했다며 그에게 구스타브를 태우고 그의 어머니가 있는 장관실로 데려가라고 지시했다. 경찰에서 살인 용의자가 사는 쉬드하우넨의 어느 버려진 도축장을 찾아냈다고 했다. 아스게르는 목구멍이 조여오는 느낌이었다. 하지만 잠시 후 경찰은 자신의 정체를 아직 모르고 있다는 사실에 생각이 미쳤다. 그는 전화를 받지 않은 것에 대해 한소리 듣고 애새끼와 함께 다시 테니스장에서 나왔다. 관리인이 계속 지켜보고 있었기 때문에 하는 수 없이 구스타브를 차에 태우긴 했지만 이제 그런 건 전혀 중요하지 않았다. 아스게르가 절대 가지 않을 곳이 장관실이었다.

"왜 이 길로 가요? 이 길로 가면 우리……"

"입 닥치고 전화기 이리 내."

뒷자리에 앉아 있던 아이는 너무 놀라서 아무 반응도 보이지 못한다.

"전화기 달라니까! 귀먹었어?!"

구스타브는 그가 시킨 대로 하고 아스게르는 전화기를 받자마자 열린 창문 밖으로 내던진다. 전화기가 젖은 아스팔트 위로 탁 하고 떨어져 덜거덕거리는 소리가 뒤에서 들린다. 아스게르는 아이가 겁에 질렸다는 것을 눈치채지만 신경쓰지 않는다. 그의 유일한 걱정거리는 베네딕테와 함께 도대체 어디로 가야 하는지다. 그들은 지금까지 구체적인 탈출 계획을 세운 적이 없었다. 아스게르는 경찰에서 수상한 낌새를 알아챌 때까지 시간이 꽤 걸릴 거라고 생각했는데 상황이 예상과 다르게 흘러가고 말았다. 전전긍긍하느라 머릿속이 복잡하다. 하지만 베네딕테는 그를 용서할 것이다. 계획이 어그러진 것은 그의 잘못이 아니다. 그녀는 이해할 테고 그들이 함께 있는 한 모든 게 잘될 것이다.

아스게르는 그녀의 까만 눈을 처음 들여다본 순간부터 그러리라는 것을 느꼈다. 그들은 커튼을 한쪽으로 당겨 묶어놓은 팅비에르의 낡아빠진 고등학교에서 만났다. 그가 몇 년 선배였고, 그때부터 줄곧 그녀를 사랑했다. 그들은 학교를 땡땡이치고 술을 마시고 대마초를 피웠고, 외곽순환도로 가드레일 옆 잔디밭에 등을 대고 누워 온 세상을 향해 엿 먹으라고 외쳤다. 베네딕테는 그의 첫 여자였다. 하지만 그는 싸움을 벌이고 다니다 학교에서 퇴학당했고 결국 쇠네르월란의 소년원 신세를 지게 되면서 관계는 흐지부지 끝났다. 그러다 거의 십 년 만에 크리스티아니아의 히피촌에서 병원의 동료 간호사와 같이 온 그녀를 우연히 마주쳤고, 바로 다음날 그들은 같이 살자는 얘기를 나누었다.

아스게르는 그녀가 그의 곁에 바싹 붙어 보호받는 기분을 즐기는 걸 좋아했지만 사실은 베네딕테가 자기보다 훨씬 더 강하다는 것을 알았다. 그는 군생활이 꽤나 잘 맞았지만 아프가니스탄으로 두 번 파병돼 순찰차와 보급용 트럭을 운전하고 난 뒤에 전역했다. 공황발작이 나타나기 시작했고 한밤중에 땀범벅이 된 채 자다 깨기 일쑤였다. 하지만 베네딕테가 그의 손을 꼭 잡아주며 진정시켰다. 그러면 최소한 다음 발작이 일어나기 전까지는 괜찮았다. 그녀는 근무를 마치고 퇴근하면 항상 병동에서 어떤 아이들을 치료했는지 들려주었다. 그러다 하루는 자기도 가정을 꾸리고 싶다고 말했다. 아스게르는 그녀의 표정을 보고 그것이 그녀에게 얼마나 중요한 일인지 알았다. 그들은 예전에 도축장으로 쓰던 저렴하고 방이 많은 집을 이내 찾았고—거기서 살고 싶어하는 사람이 아무도 없었다—베네딕테가 임신하자 아스게르의 주소지를 전에 군생활을 같이했던 친구의 집으로 옮겼다. 그래야 그녀가 한부모 수당을 받을 수 있었다.

아스게르는 출산 이후에 베네딕테에게 벌어진 일을 이해하지 못했고, 그녀가 그렇게 된 것은 아이 때문이라고 생각하기 시작했다. 아이를 양육시설로 보내게 된 것은 물론 충격적이었지만 그는 아이에게 진심으로 애착을 느낀 적이 없었다. 아이가 태어난 후 그는 돈을 벌기 위해 비계 만드는 고된 일을 했다. 그가 보기에 베네딕테는 좋은 엄마였다. 항상 그들 집에서 얹혀 지내거나 그에게 돈을 타내 술이나 사 마시려 드는 그의 엄마보다 훨씬 훌륭했다. 베네딕테는 변호사와 신문사와 TV 방송국과 접촉해 그 멍청한 로사 하르퉁 잡년을 비난했지만 아무 소득도 얻지 못했고, 눈물을 글썽이며 기자들이 이제 더는 그들을 도우려 하지 않는다고 말했다. 이후 얼마 안 있어 아이가 폐병인가 뭔가로 죽자 모든 게 달라졌다. 베네딕테는 어느 머저리 같은 사회복지사와 심하게 다투는 바람에 강제로 입원당했고, 아스게르는 날마다 퇴근 후에 차를 몰고 로스킬데의 정신병원으로 문병을 갔다. 처음에 그녀는 너무 심하게 약에 취해 별다른 표정조차 짓지 못했고, 그는 무슨 말인지 알 수 없는 설명을 장황하게 늘어놓는 의사를 벽에 처박아버리고 싶었다. 아스게르는 고통스러울 만큼 느린 속도로나마 베네딕테에게 신문과 잡지를 읽어주기 시작했다. 밤중에 집에 도착해 도축장으로 들어오면 외롭고 무기력했다. 술을 마셔야 TV 앞에서라도 잠들 수 있을 때가 많았는데, 작년 가을 장관의 딸이 실종되면서부터 그들의 상황이 호전되기 시작했다.

장관이 딸을 잃은 것이 베네딕테에게는 엄청난 위안이었다. 어느 날 오후 그가 퇴근하고 찾아가자 그녀가 의자에 신문을 꺼내놓고 그에게 읽어달라고 했다. 수사가 끝나고 사건이 종결된 날이었다. 시간이 갈수록 기사의 숫자는 점점 줄어들었지만 베네딕테는 다시 미소를 짓기 시작했고, 눈이 내리고 병원 뒤편의 호수가 얼자 그들은 긴 산책을 다녔다. 초봄이 찾아오고 아스게르가 이제 모든 걸 지나간 일로 덮어둘 수 있겠다고 생각했을 무렵, 여러 신문에서 하르퉁이 여름휴가 이후에 복귀한다고 떠들어댔다. 기사에 따르면 그녀는 그날을 손꼽아 기다린다고 했다. 베네딕테는 아스게르의 손을 꼭 쥐었고, 아스게르는 그녀가 자신의 손을 잡고 있는 한 그녀가 시키는 일은 뭐든 할 수 있었다.

그들은 베네딕테가 퇴원하자마자 계획을 세우기 시작했다. 처음에는 익명의 이메일과 문자로 하르퉁을 협박하거나, 집안에 들어가 난장판을 만들거나, 아니면 그녀를 차로 치어놓고 도로에 방치할까 생각했다. 하지만 베네딕테가 이메일 주소를 알아내려고 그녀의 홈페이지에 접속했다가 장관이 운전기사를 구한다는 팝업 광고를 보면서 계획이 점점 구체적으로 발전했다.

베네딕테가 아스게르의 지원서를 작성했고 얼마 후 장관실의 어느 보좌관에게서 면접을 보자는 연락이 왔다. 그가 계속 다른 주소지를 썼기 때문에 그 바보들은 그와 베네딕테가 어떤 관계인지, 그가 언론을 통해 장관을 공격한 사건과 어떤 식으로 연관되어 있는지 전혀 몰랐다. 그들은 면접에서 아스게르가 군생활을 훌륭히 해냈고 융통성이 있으며 부양해야 하는 가족이 없다는 점을 강조하기로 전략을 짰다. 이후에 그는 후보를 걸러내는 임무를 맡은 정보국 직원과 가벼운 대화를 나누었다. 나중에 운전기사로 뽑혔다는 통지를 받았을 때 그와 베네딕테는 하르퉁의 딸이 페이스북에 올린 사진을 한데 모아 만든 협박 이메일을 통해 장관의 업무 복귀 첫날을 환영할 준비를 하는 것으로 자축했다.

아스게르는 새 일을 시작하는 날 로사 하르퉁을 처음 만났다. 외스테르브로에 있는 커다랗고 으리으리한 저택 앞에서 그녀를 태우고 그녀의 수행 보좌관 보겔이 시키는 대로 이리저리 이동했다. 보겔은 한 대 치고 싶은 욕구를 자극하는 재수없는 새끼였다. 그러고 나서 얼마 안 있어 그들은 도축장에서 잡은 쥐 몇 마리의 피로 장관의 관용차에 낙서를 했다. 다른 여러 가지 못된 장난도 생각해냈을 때 갑자기 이 섬뜩한 연쇄살인사건과 정체 모를 지문을 남기는 체스트넛맨이 등장했고, 로사 하르퉁이 여기에 엮여 들어갔다. 거기까지는 그도 베네딕테도 별생각이 없었는데, 얼마 안 있어 폭탄이 터졌다. 온 세상이 죽은 걸로 알고 있던 로사 하르퉁의 딸이 살아 있을지도 모른다는 것이었다.

그 소식에 그들의 엉덩이가 들썩였지만 이제 로사 하르퉁은 정보국 요원들의 보호를 받고 있었다. 심지어 아스게르도 그녀에게 접근할 수 없었기 때문에 베네딕테는 그녀 대신 애새끼를 데리고 오라고 했다. 그도 표적을 바꾸어 아이를 납치하는 쪽이 더 낫다고 인정했다. 경찰에서는 살인범이 구스타브를 납치했다고 생각할 것이다. 그는 깜빡이를 켜고 고속도로에서 빠져나오면서, 그와 베네딕테가 전혀 알지도 못하는 사건의 용의자로 쫓기게 되었다는 사실에 아이러니를 느낀다.

정차 가능 구역에 도착했을 무렵에는 빗방울이 앞유리창을 거세게 때리고 그날의 마지막 빛마저 사라졌다. 그 끝에 그날 아침 허츠에서 빌린 밴이 보이지만 아스게르는 일부러 20미터 떨어진 곳에 차를 세우고 시동을 끈다. 글러브박스에서 소지품을 꺼내고 아이를 잠깐 돌아본다.

"누가 찾으러 올 때까지 여기 가만히 있어. 가만히 있으라고. 알았어?!"

아이는 소심하게 고개를 끄덕인다. 아스게르는 차에서 내려 문을 쾅 닫고, 밴에서 뛰어나와 얇은 조끼와 빨간색 후드 스웨트 셔츠 차림으로 비를 맞으며 서 있는 베네딕테에게 달려간다.

그녀는 기뻐하는 표정이 아니다. 상황이 계획한 대로 흘러가지 않았다는 것을 알아차릴 수밖에 없었을 것이다. 아스게르는 숨을 헐떡이며 무슨 일이 벌어졌는지 설명한다.

"자기야, 둘 중 하나를 선택해야 해. 재빨리 도망치든지 일이 더 심각해지기 전에 경찰서로 가서 어떻게 된 일인지 전부 불든지. 어떻게 하는 게 좋을까?"

하지만 베네딕테는 반응이 없다. 그가 렌트한 밴의 문을 거칠게 열고 열쇠로 손을 뻗는 동안에도 마찬가지다. 비를 맞으며 그대로 서서, 너무 오랫동안 그녀의 미소와 웃음소리를 잠재워버린 그 고요하고 심각한 눈빛으로 그의 뒤편 어딘가를 물끄러미 쳐다보고 있다. 아스게르는 어깨 너머를 흘끗 돌아보고 그녀가 관용차의 선팅한 유리창에 기대고 있는 애새끼의 불안에 떠는 얼굴을 뚫어져라 쳐다보고 있다는 것을 알아차린다. 순간 아스게르는 그녀가 계획을 바꿀 생각이 없음을 깨닫는다.

90

로사는 정보국 요원을 따라 총리실에서 계단을 내려가며 스텐의 휴대전화로 전화를 걸지만 연결이 되지 않는다. 그녀는 한시라도 빨리 그와 통화하고 싶은 마음이다. 남편은 지금 그녀 안에서 소용돌이치고 있는 감정을 이해할 것이다. 방금 전 총리와 회의하는 도중에 요원이 들어와 경찰에서 범인의 은신처로 보이는 곳을 급습했다는 소식을 전했다. 로사는 오랫동안 감정을 억눌러왔지만, 밤 인형에 찍힌 크리스티네의 지문이 뭔가를 의미하는 거라고 스텐에게 설득당한 이후부터 열망 앞에 무릎을 꿇기 시작했다. 그들이 기다리던 돌파구를 경찰에서 발견했을지도 몰랐다. 그럼에도 그녀는 왠지 모르게 계속 불안하고 마음이 복잡하다.

로사가 대개 총리실로 쓰이는 프린스 예르겐스 고르의 문 앞에 다다라보니 요원 몇 명이 그녀를 기다리고 있다. 그들이 그녀를 에워싼 채 까만 차로 안내하고, 차가 사회부까지 100미터 거리를 이동한 뒤 그녀가 차에서 내려 정문으로 걸어가는 동안 그들은 조심하라고 거듭 강조한다.

로사는 문 앞에 진을 친 기자들의 질문을 못 들은 체하고 안으로 들어가 경호원들을 지나친다. 리우가 위층까지 그녀와 동행하기 위해 엘리베이터 옆에서 기다리고 있다. 언론에서는 크리스티네에 얽힌 충격적인 소식이 보도된 이후 수없이 접근을 시도하고 있지만 로사는 어떤 입장도 밝힐 생각이 없다. 처음에 스텐이 크리스티네의 가판대, 아이의 친구 마틸데, 밤으로 만든 인형과 동물에 대해 떠들어댔을 때 그녀는 참을 수 없을 정도로 화가 치밀었다. 그녀는 그가 술을 마신다는 것을, 강한 척하려고 매일매일 애쓰지만 사실은 그녀보다 더 만신창이가 되어 있을지 모른다는 것을 알았다. 그들은 처음 두 살인 현장에 남겨진 밤 인형에 찍힌 지문의 의미를 두고 옥신각신했지만—그게 중요한지, 마틸데와 크리스티네가 작년에 밤 인형을 만든 게 맞는지—로사는 자신이 뭐라고 말하든 그건 중요하지 않다는 것을 깨달았다. 스텐은 말릴 수 없는 상태였다. 집에서도 경찰 내에서도 그의 편이 아무도 없었지만 결국 그녀는 그의 설득에 넘어갔다. 그의 논리에 넘어갔다기보다 그를 믿었고, 믿고 싶었기 때문이다. 이제 스텐은 수개월 만에 영혼 없이 텅 빈 껍데기만 남은 상태에서 벗어났고, 그녀가 진심으로 크리스티네가 아직 살아 있다고 믿느냐고 떨리는 목소리로 물었을 때 고개를 끄덕이며 그녀의 손을 잡았다. 그녀는 울음을 터뜨렸다. 그들은 육 개월여 만에 사랑을 나누었고 스텐은 앞으로의 계획을 알려주었다. 로사는 자신이 감당할 수 있을지 알 수 없었지만 그를 응원했고, 이윽고 금요일 저녁 그는 크리스티네가 아직 살아 있다고 믿는다고 공식적으로 선언했다. 그는 일 년 전에 그랬던 것처럼 정보가 있는 사람은 알려달라고 부탁하고 납치범에게 크리스티네를 놓아달라고 호소했다. 로사는 최대한 마음의 준비를 단단히 하고 그 특집 방송을 구스타브와 같이 시청하려고 했다. 하지만 구스타브는 화를 내며 받아들이지 못했고 로사는 아들의 당혹감과 거리낌을 이해했다. 그녀는 하마터면 그들의 선택을 후회할 뻔했다. 그날 밤늦게 로사와 스텐은 범죄 현장에서 지문이 찍힌 밤 인형이 또다시—세번째였다—발견됐다는 소식을 접했고, 살인수사과 반장과 오늘 그녀를 면담한 두 형사는 희망을 품지 말아야 한다고 강조했지만 그 소식에 그들은 용기를 얻었다.

하지만 뉴스에서 스텐을 본 사람들이 좋은 뜻에서 보낸 메시지가 전부 쓸모없는 것으로 밝혀졌다. 스텐은 크리스티네가 실종되던 날의 행적을 자체적으로 조사했지만 아무런 성과도 거두지 못했다. 주말이 되자 그는 사건 해결에 도움이 될 만한 새로운 가능성이나 목격자를 찾을 수 있길 바라며, 스포츠센터에서 나온 크리스티네가 선택할 수 있었던 다양한 경로를 재구성했다. 건축가인 그는 크리스티네를 순식간에 숨기는 데 쓰였을 수 있는 하수도, 터널, 변전소 설계도를 입수할 수 있었다. 건초 더미에서 바늘을 찾는 격이었지만 로사는 그의 헌신적인 모습에 감동받았다. 그랬기 때문에 총리와의 불쾌했던 회의 도중에 전달된 소식을 얼른 그에게 전하고 싶었다. 오늘 회의는 총리가 문앞에서 그녀를 맞이하는 것으로 시작됐다.

"들어와요, 로사. 잘 지냈어요?"

총리는 그녀를 포옹하며 물었다.

"감사하지만 별로 잘 지내지 못했어요. 회의를 한번 더 하려고 게르트 부케한테 여러 번 연락했는데 아무 답이 없어서 아무래도 다른 쪽과 얼른 협상을 시작하는 게 좋을 것 같아요."

"부케 얘기가 아니에요. 지금 당장은 그가 우리와 만나지 않으려는 이유가 분명하니까요. 당신과 스텐 얘기예요."

로사는 교착상태에 빠진 예산 협상에 대해 보고하는 자리라고 생각했는데, 법무부 장관도 배석한 걸 보고 그게 아니라는 걸 알아차렸다.

"내 말 오해하지 말아요. 우리도 당신의 상황을 이해하지만 알다시피 올해 들어 이미 몇 차례 정부 이미지에 흠집이 생겼는데, 현재 상황은 문제를 해결하는 데 도움이 되지 않아요. 스텐이 언론에 등장하는 게 사법부의 업무를 비판하는 것처럼 보일 수 있어요. 법무부 장관이 크리스티네의 비극적인 사건을 철저하게 수사했다고 여러 번 밝혔는데—모든 가능성을 낱낱이 파헤쳤고, 당신을 도울 수 있는 모든 수단을 동원했고, 당신도 거기에 대해 직접 고마운 마음을 표현했잖아요—그의 신뢰도에 심각한 의문이 제기되고 있어요."

"정부 전체에 대한 신뢰도에 의문이 제기되고 있죠." 법무부 장관이 끼어들었다. "밤낮없이 우리 부서로 전화가 쇄도하고 있어요. 사방에서 기자들이 정보공개를 요구하고 야당은 사건을 재수사하길 원해요. 심지어 공개 석상에서 나한테 그 문제를 논의하자는 요청도 몇 차례 해왔고요. 나는 괜찮지만 오늘 아침에는 총리님께 그 사건에 대한 입장을 밝히라고까지 요구했어요."

"나는 당연히 그럴 생각이 없지만 압력이 점점 거세지고 있어요."

"제가 어떻게 하길 원하시나요?"

"법무부의 공식적인 입장을 따라주었으면 해요. 스텐의 주장과는 거리를 둬요. 그러기 힘들다는 건 나도 알지만 내가 당신의 장관직 복귀를 허락했을 때 보였던 신뢰에 응답해주었으면 해요."

로사는 분노했다. 그녀는 그 사건에 미심쩍은 부분이 있다고 주장했다. 총리는 타협점을 찾으려 했지만 법무부 장관은 점점 더 불만을 표출했다. 그러다 갑자기 면담이 중단되었다. 로사는 개의치 않았다. 그들 부부 모두 그런 것쯤은 얼마든지 무시할 수 있었다. 그녀는 스텐의 음성사서함에 얼른 메시지를 남기고 리우와 함께 집무실로 들어간다.

"총리님과의 면담은 어떻게 됐어요?" 보겔이 묻는다.

"신경쓸 것 없어. 무슨 일이야?"

보겔과 정보국 요원 두 명, 엥엘스 그리고 몇 명의 다른 직원들이 테이블 주위에 모여 있다가 그녀가 자리에 앉는 동안 상황을 요약 설명한다. 십 분 전에 정보국에서 쉬드하우넨의 어느 집을 임대한 사람의 이름을 알려주었고, 엥엘스가 베네딕테 스칸스의 사건 파일을 곧바로 찾아냈다. 로사가 그 일을 기억해냈지만 그래도 그들은 사건의 개요를 설명한다. 엥엘스와 보겔이 경쟁적으로 향후 전망을 늘어놓는다. 한 요원에게 전화가 걸려오고 그가 전화를 받기 위해 밖으로 나간다. 다른 요원이 로사에게 최근 베네딕테 스칸스나 그녀의 남자친구와 접촉한 적이 있는지 묻는다. 남자친구의 사진은 아직 입수하지 못했지만 베네딕테 스칸스는 예전에 언론에 실린 사진이 많다.

"이 사람입니다."

로사는 까만 두 눈이 분노로 이글거리는 젊은 여자의 얼굴을 알아본다. 일주일쯤 전 로비에서 부딪혔던 여자다. 얇은 조끼와 빨간색 후드 스웨트 셔츠를 입었고, 누군가가 로사의 차에 피로 낙서를 해놓은 날 서로 부딪쳤다.

"맞아요. 저도 이 여자를 봤어요."

요원은 보겔이 방금 한 말을 받아 적고 엥엘스는 계속 사건 파일을 읽는다. 베네딕테 스칸스의 아들이 양육시설에 맡겨졌다가 안타깝게도 위탁가정에서 세상을 떠났다는 설명을 듣는데, 문득 로사는 왜 그렇게 불안한 마음이 드는지 이유를 알아차린다.

"구스타브는 왜 아직 안 왔지?"

보겔이 그녀의 손을 잡는다. "기사가 데려오는 중이에요. 걱정하지 마세요, 장관님."

"베네딕테 스칸스에 대해서 또 기억하시는 게 있나요? 그날 크리스티안스보르에서 마주쳤을 때 그녀에게 동행이 있었나요?" 요원이 계속 질문을 던진다.

하지만 불안감이 계속 덥석거린다. 왠지 모르겠지만 어제 운전기사가 그녀나 스텐이 구스타브를 테니스 수업에 데리고 가느냐고 물었던 기억이 로사의 머릿속을 스친다. 그때 엥엘스의 말소리에 그녀의 몸이 굳는다.

"아이 생부인 남자친구에 대해서는 알려진 게 많지 않은데, 운전병으로 아프가니스탄에 파병됐고 이름은 아스게르 네르고르로……"

보겔도 긴장하고 그들은 눈빛을 주고받는다.

"아스게르 네르고르?"

"네……"

로사는 당장 휴대전화 앱을 체크하고 보겔이 자리에서 벌떡 일어나는 바람에 의자가 뒤로 넘어간다. 작년에 그녀와 스텐이 '파인드 마이 차일드'라는 위치 추적용 보안 앱을 깔아놓았는데, 구스타브의 휴대전화에서 신호가 전혀 잡히지 않는다. 로사가 그 사실을 알릴 틈도 없이 정보국 요원이 귀에 대고 있던 전화기를 내리며 성큼성큼 집무실로 다시 들어온다. 그의 표정을 본 순간, 그녀는 집무실 바닥이 꺼지는 느낌을 받는다. 크리스티네가 실종됐던 날처럼.

91

헤스는 몇 분 전부터 귀를 닫고 있다가 문득 정신을 차린다. 그는 종합상황실의 긴 테이블을 앞에 두고 툴린의 왼편에 앉아, 이제는 어둠이 내린 마당을 창밖으로 무심하게 내다보고 있다. 주변에서 분주하게 웅웅거리는 스트레스 가득한 음성이 모두에게 사태의 심각성을 일깨운다. 그가 전에도 겪었던 일이다. 전 세계 어디에서건 납치사건이 벌어지면 상황은 늘 똑같다. 다만 이번에는 피해자가 유명 정치인의 자녀이기 때문에 훨씬 더 긴장이 고조되어 있다.

하르통의 공무용 차량이 다섯 시간 전쯤 코펜하겐 남서쪽의 고속도로 정차 가능 구역에 버려진 채로 발견됐다. 아이나 베네딕테 스칸스나 아스게르 네르고르는 흔적조차 없다. 납치범으로부터 접수된 요구 사항도 없다. 빈 차가 발견되자 덴마크 역사상 가장 큰 규모의 수색 작전이 시작됐다. 경비대와 순찰대가 국경, 공항, 기차역, 다리, 여객선 터미널, 해안선을 샅샅이 수색하고 있다. 도로를 감시하기 위해 순찰차가 총동원된 느낌이다. 정보국과 코펜하겐 경찰청이 공동으로 작전 지휘를 맡았고, 민방위대원들마저 저녁식사 도중에 가을 어둠 속으로 소집됐다. 노르웨이와 스웨덴과 독일의 동료들에게도, 인터폴과 유로폴에도 전갈이 갔지만, 헤스는 그들이 수색에 동참하는 일이 생기지 않길 바란다. 국제조직측에서 연락이 온다면 납치범들이 국경을 넘었다고 볼 만한 근거가 있기 때문일 텐데, 그럴 경우 구스타브 하르퉁을 찾을 가능성은 더욱 희박해질 것이다. 특히 아이가 살아 있는 상태로 발견될 가능성은. 경험상 납치사건의 경우에는 아직 흔적이 남아 있는 처음 이십사 시간 동안 해결 가능성이 가장 높다. 하루가 지날수록 확률이 떨어지는데, 헤스는 헤이그에서 접한 통계를 통해 그것이 실제 벌어졌던 아동 실종사건을 근거로 내려진 판단이라는 것을 안다. 그는 다른 생각을 하려고 하지만 몇 년 전 그가 관여했고 독일과 프랑스 경찰이 공조수사했던 납치사건이 계속 떠오른다. 카를스루에에서 두 살 된 남자아이가 실종됐는데, 프랑스어를 쓰는 납치범이 독일 은행 지점장이었던 아이 아버지에게 200만 유로의 몸값을 요구했다. 헤스가 교환 현장을 지켰지만 범인은 약속한 장소에서 돈을 수거하지 않았고, 한 달 뒤 은행 지점장의 집에서 500미터 떨어진 하수관에서 아이의 시신이 발견됐다. 검시 결과 아이의 두개골에 금이 가 있었는데, 범인이 납치 당일 그 일대에서 도주하다 맨홀 뚜껑 근처의 아스팔트에 아이를 떨어뜨렸을 것으로 추정됐다. 범인은 잡히지 않았다.

구스타브 하르퉁 실종사건은 다행히 전후 상황이 다르고 낙관적으로 해석할 근거가 있다. 형사들은 지금 사회부와 크리스티안스보르에서 아스게르 네르고르와 같이 근무했던 동료들을 면담중이고, 일부는 리그스병원에서 베네딕테 스칸스의 동료를 만나고 있다. 현재까지는 이들 커플이 아이를 데리고 어디로 도주했을지 아는 사람이 나오지 않았지만, 가능성을 배제하기는 아직 이르다. 뉴스마다 구스타브 하르퉁의 사진이 도배되었으니 범인들이 아이를 공공연하게 데리고 다니기는 힘들 것이다. 그건 장점도 되고 단점도 된다. 장점은 대부분의 시민들이 조만간 구스타브 하르퉁의 얼굴을 알게될 테니 그가 눈에 띄면 관계당국에 알릴 수 있다는 것이다. 단점은 그로 인해 엄청난 압박감을 느낀 납치범들이 얼결에 돌이킬 수 없는 결정을 내릴 수 있다는 것이다. 이 문제로 경찰 고위 관계자와 정보국 요원들이 열띤 토론을 벌였지만 결국에는 무의미한 논쟁이었다. 경보를 발령해야 한다는 하르퉁 부부의 고집에 모든 논의는 일단락됐다. 헤스는 그들의 판단을 전적으로 이해한다. 일 년 전에 악몽을 꾸고 이제 간신히 깨어나려는 순간인데 새로운 악몽이 시작되고 있지 않은가. 모든 길거리를 샅샅이 뒤져야 한다. 그의 옆에서 툴린이 짜증 섞인 목소리로 겐스에게 묻는 소리가 들린다. 테이블 위에 놓인 뉠라네르의 휴대전화 스피커폰으로 상황을 알려주는 겐스의 목소리가 흘러나온다.

"휴대전화 추적은 진전이 없다고요?"

"네. 베네딕테 스칸스도 아스게르 네르고르도 오늘 오후 4시 17분 이후로는 휴대전화를 켠 적이 없어요. 그때가 아이를 납치한 시각이 아닐까 싶어요. 아마도 다른 대포폰을 개통했겠지만 우리로서는……"

"그들 집에 있던 아이패드나 노트북은요? 아이패드가 최소 한 대고 레노버 노트북도 한 대 있었는데, 비행기나 여객선이나 열차 디지털 영수증이 있을지 모르잖아요. 신용카드 청구서는요?"

"말했다시피 유용한 정보는 아직 하나도 못 찾았어요. 레노버의 삭제 파일에 접근하려면 시간이 좀 걸릴 거예요, 훼손된데다……"

"그러니까 아무것도 확인하지 않은 거네요. 겐스, 시간이 없어요! 저들이 지운 노트북 파일이 있으면 복구 프로그램을 돌리기만 하면 되잖아요. 아니, 정말이지……"

"툴린, 겐스가 어련히 알아서 할까. 겐스, 뭐든 찾으면 재깍 알려주게."

"그럼요. 그럼 다시 작업에 매진하겠습니다."

뉠라네르는 전화를 끊고 휴대전화를 주머니에 넣는다. 튈린은 링 위에 올라갈 수 없다고 방금 전 통보받은 권투선수처럼 서 있다.

"다른 건 또 없나? 이제 그만 마무리할까 하는데." 뉠라네르가 말을 잇는다.

얀센이 테이블 위에 놓여 있는 수첩을 앞으로 민다.

"로스킬데의 정신병원에 연락해봤습니다. 지금 당장 쓸 만한 정보는 없지만 아이가 죽은 뒤로 베네딕테 스칸스가 나사가 하나 풀린 건 확실해 보입니다. 한 전문의의 주장에 따르면 그 병원에서 완치되긴 했지만 폭력적인 행동을 저지를 가능성은 배제할 수 없답니다. 그게 대체 무슨 말인지. 스칸스가 소아과병동 간호사라는 걸 감안할 때 퍽이나 안심이 되는 진단이죠."

"그러니까 그녀가 지금 어디 있는지 전혀 알 수 없다는 거군. 아스게르 네르고르 쪽은 어때?"

"서른 살의 전직 군인입니다. 7전투군과 11전투군 소속 운전병으로 아프가니스탄에 두 번 파병됐습니다. 이력은 그럭저럭 괜찮지만 같은 내무반 전우들에게 물어보니 그중 일부는 그가 전역한 게 군생활에 그냥 싫증이 나서가 아니라 다른 이유가 있다고 생각하더군요."

"다른 이유라니?"

"그가 점점 손을 떨고 남들과의 접촉을 피했다고 얘기한 사람이 몇 명 있었어요. 점점 다혈질에 공격적인 성향으로 바뀌고 외상 후 스트레스 증후군의 몇 가지 증상을 보였는데 치료는 한 번도 받은 적이 없답니다. 정보국에서 어떻게 그런 사람을 장관의 운전기사로 채용했는지 모르겠어요. 한두 명 목이 날아가게 생겼어요."

"어쨌든 그가 있을 만한 곳을 아는 사람은 없었다는 거지?"

"네. 심지어 그의 어머니도 몰라요. 적어도 그 어머니 말로는요."

"그럼 회의는 이쯤에서 중단하고 수사를 계속 진행하도록 하지. 지금까지 소득이 전혀 없으니 큰일이군. 하르퉁 사건의 동기는 누가 봐도 뻔하니 아이를 찾는 데 총력을 기울여. 그들이 저지른 네건의 살인사건을 수사하던 인력을 당분간 이쪽으로 돌려야겠어, 아이의 안전을 확보할 수 있을 때까지."

"그들이 살인을 저지른 게 맞다면 말이죠."

회의가 시작된 이래 처음으로 헤스가 말을 꺼내지만, 닐라네르는 자기 집 문 앞에서 안으로 들어오려고 하는 낯선 사람 대하듯 그를 쳐다본다. 헤스는 그 문이 닫히기 전에 말을 잇는다.

"아직까지는 이 커플의 집에서 이들을 범인으로 지목할 만한 구체적인 단서가 발견되지 않았습니다. 로사 하르퉁에게 협박 메일을 보냈고, 그녀의 아들을 납치할 계획을 세우고 실행에 옮기긴 했죠. 하지만 세 명의 피해 여성과 관련해서는 아무것도 밝혀진 바가 없고, 적어도 한 건의 경우 아스게르 네르고르에게는 알리바이가 있어요. 정보국에 따르면 아네 사이에르라센이 살해당하던 시점에 그는 로사 하르퉁과 그녀의 비서와 함께 장관실 근처 마당에 있었어요."

"하지만 베네딕테 스칸스는 그 자리에 없었잖나."

"네, 하지만 그렇다고 그녀가 아네 사이에르라센을 살해한 범인이 되는 건 아니죠. 게다가 그들에게 어떤 동기가 있겠습니까?"

"리누스 베케르를 찾아간 것에 대한 장황한 변명은 더이상 듣고 싶지 않아. 베네딕테 스칸스와 아스게르 네르고르가 유력한 용의자니 자네의 뺄짓에 대해서는 나중에 설명을 듣기로 하지."

"저는 지금 변명을 하려는 게 아니라……"

"헤스, 자네하고 툴린이 장관실에서 사건 파일을 검토하며 시간을 현명하게 썼다면 스칸스와 네르고르를 좀더 일찍 잡을 수 있었을지 몰라. 그랬다면 구스타브 하르퉁은 납치당하지 않았을 거라고! 내가 지금 무슨 말을 하고 싶은지 알겠나?"

헤스는 입을 다문다. 그도 같은 생각을 하고 있었고, 부당하다는 것을 알면서도 잠깐 죄책감을 느낀다. 뉠라네르가 회의실을 나서자 얀센과 나머지도 그의 뒤를 따르고, 툴린은 의자에 걸쳐놓았던 외투를 집는다.

"지금은 아이를 찾는 게 급선무예요. 그들이 아니라면 누가 범인인지 우리가 찾아내기로 해요."

그녀는 대답을 기다리지 않는다. 헤스는 복도를 걸어가는 그녀를 지켜보다 고개를 돌려, 사건이 해결되기 직전에 솟아나는 에너지와 목적의식을 불태우며 부지런히 걸음을 옮기는 형사들을 유리창 너머로 내다본다. 하지만 헤스는 그 기분을 공유할 수 없다. 꼭 두각시를 움직이는 줄이 천장에 계속 매달려 있는 느낌이다. 그는 자리에서 일어나 밖으로 바람을 쐬러 나간다.

92

원래 아스게르는 날이 어두워져도 별문제가 없다. 눈이 금세 어둠에 적응하고, 지금처럼 쏟아지는 빗속에서 고속으로 달려도 동요하거나 당황하지 않는다.

그가 야간 운전을 진심으로 좋아하게 된 것은 아프가니스탄에서였다. 가끔 해가 진 뒤에 병력이나 보급 물자를 수송해야 했을 때 다른 운전병들은 조심했지만 그는 전혀 아니었다. 그는 기본적으로 운전을 사랑했다. 운전대를 잡으면 머릿속이 점점 고요해지고 새로운 주변 환경의 리듬에 맞춰 시야가 달라지는 느낌이었다. 하지만 아프가니스탄에서 복무하는 동안 자신이 특히 야간 운전을 좋아한다는 것을 알게 되었다. 구경할 거리가 별로 없는데도 그랬다. 어둠이 아늑하게 느껴졌고 평소와 다르게 마음이 안정되고 차분해졌다. 하지만 지금은 그렇지 않다. 시커먼 도로는 양쪽으로 빽빽한 숲에 포위당했고, 위험한 뭔가가 숨어 있다가 당장이라도 튀어나와 그를 통째로 집어삼킬 것 같다. 털이 곤두서고 귀가 점점 먹먹해진다. 액셀을 밟을수록 자신의 그림자로부터 도망치려고 발악하는 느낌이다.

경찰이 사방을 봉쇄하고 있기 때문에 끊임없이 경로를 수정해야한다. 처음에는 게세르항으로 가려고 했다가 헬싱외르의 스웨덴 여객선 터미널로 방향을 바꾸었지만 두 번 다 사이렌을 울리는 경찰

차에 추월당했다. 그들의 행선지는 어렵지 않게 짐작할 수 있었다. 지금 아스게르가 가는 곳은 반도 남단에 있는 여객선 출항지 셸란스오데타. 스토레벨트 다리는 너무 뻔해서 고민할 필요도 없고, 아스게르는 쇠네르윌란으로 가는 여객선을 검문하는 병력이 없길 바라지만 그럴 가능성은 낮다는 걸 안다. 그쪽 길도 봉쇄되어 있을 경우 어떻게 해야 할지 고민하느라 머릿속이 복잡하지만 대안은 없고, 베네딕테는 말없이 뚱한 얼굴로 조수석에 앉아 있다.

아스게르는 애새끼를 데려오고 싶지 않았지만 베네딕테는 논의의 여지를 주지 않았다. 그도 이해한다. 그냥 포기해버리면 모든 게 우스꽝스러워질 것이다. 그리고 장관 그년은 자기가 무슨 짓을 저질렀는지 절대 모를 것이다. 그년도 지옥을 맛보아야 공평하지 않겠는가. 아스게르는 오로지 엄마를 잘못 만난 덕분에 렌터카 뒷자리로 내팽개쳐진 아이에게 어떤 양심의 가책도 느끼지 않는다.

아스게르는 브레이크를 세게 밟는다. 순간 밴이 축축한 아스팔트 위에서 미끄러진다. 그는 차를 천천히 움직여 바로 세운다. 저 앞에서 빗물을 뚝뚝 흘리는 나무 사이로 파란색 불빛이 환하게 빛난다. 경찰차가 보이지는 않지만 다음번 모퉁이를 돌면 그들이 다시 길을 가로막고 기다리고 있을 거라는 걸 알 수 있다. 그는 도로 가장자리로 가서 속도를 줄이고 차를 세운다.

"지금 우리가 뭘 하고 있는 거지?"

베네딕테는 대답이 없다. 아스게르는 핸들을 돌려 다시 도로로 질주하며 가능한 선택지를 큰 소리로 나열한다.

그녀가 마침내 입을 여는데, 그는 생각지도 못했던 말이다. "숲속으로 들어가. 다음 갈림길에서."

"왜? 거기 들어가서 뭐하게?"

"숲속으로 들어가라고."

다음번 출구가 나오자 아스게르는 숲속으로 핸들을 돌린다. 도로가 이내 더 좁고 울퉁불퉁한 자갈길로 바뀐다. 잠시 후 그는 그녀의 속셈을 알아차린다. 당연히 베네딕테는 경찰에 포위당했다는 것을 알아차리고 딱 하나밖에 없는 합리적인 방법을 선택한 것이다. 숲속으로 최대한 깊숙이 후퇴해 폭풍이 지나갈 때까지 기다리는 것. 전직 군인이었던 아스게르가 생각해냈어야 하는 묘수인데, 늘 그렇듯 베네딕테가 해결 방법을 찾았다. 삼사 분을 달리고 아스게르가 보기에 흡족할 정도로 숲이 빽빽해졌을 무렵 그녀가 갑자기 차를 세우라고 한다.

"아냐, 아직은 안 돼. 좀더 들어가야 해. 안 그러면 저들이……"

"차 세워. 지금 당장 차 세워!"

아스게르가 브레이크를 밟자 차가 덜커덩 멈춰 선다. 그는 시동을 끄지만 전조등은 켜놓는다. 베네딕테는 잠시 꼼짝하지 않는다. 그의 눈에 그녀의 얼굴은 보이지 않고 그녀의 숨소리와 지붕을 때리는 빗소리만 들릴 뿐이다. 그녀가 글러브박스를 열어 뭔가를 꺼내들고 차문을 연다.

"뭐하는 거야? 여기서 이럴 시간 없어!"

베네딕테는 문을 쾅 닫고 아스게르는 잠깐 운전석에 앉아서 메아리치는 자신의 음성을 듣는다. 아스게르는 그녀의 오른손에 들린 날카로운 물건을 언뜻 보고, 그날 아침 자신이 허츠에서 밴을 몰고 온 뒤 군용 나이프를 글러브박스에 넣었던 것을 기억한다. 그는 그녀의 의도를 간파하고, 그 애새끼에게 어떤 감정을 느낀다는 게 뜻밖이긴 하지만 베네딕테를 붙잡는다. 그녀의 힘이 얼마나 센지, 그녀가 이걸 얼마나 간절히 원하는지 느껴진다.

"이거 놔! 이거 놓으라고!"

그들은 어둠 속에서 몸싸움을 벌이고, 베네딕테가 빠져나가려고 몸부림치는 와중에 아스게르의 사타구니 어딘가에 칼이 스친다.

"그냥 어린애잖아! 저애는 우리한테 아무 짓도 하지 않았어!"

그는 베네딕테를 자기 쪽으로 조금씩 끌어당기는 데 성공한다. 그녀의 팔다리에서 힘이 빠지고 그녀는 흐느끼기 시작한다. 울음이 걷잡을 수 없이 터지고, 아스게르는 얼마 동안 그렇게 숲속에 서 있었는지 알지 못하지만 영원처럼 길게 느껴진다. 오랜만에 찾아온 아주 기분좋은 순간이다. 그는 베네딕테도 그와 같은 느낌이라는 걸 안다. 상대가 너무 어마어마하긴 하지만 그래도 그들에게는 아직 서로가 있다. 그는 그녀의 얼굴을 볼 수 없지만 그녀의 울음이 잦아들자 칼을 거두어 바닥에 떨어뜨린다.

"아이는 보내주자. 우리 둘이서 다니면 더 편하잖아. 아이를 찾으면 경찰에서도 조금 긴장을 늦출 테고. 응?"

아스게르는 바짝 닿아 있는 그녀의 몸을 느끼며 앞으로 다 잘될 거라고 확신한다. 그는 베네딕테의 얼굴을 어루만지고 입맞춤으로 눈물을 닦아준다. 그녀가 고개를 끄덕이며 훌쩍인다. 그녀가 계속 한쪽 손에 매달려 있어서 그는 다른 손을 슬라이딩 문 쪽으로 뻗는다. 방향을 알려주면 아이는 몇 시간 뒤에 경찰 봉쇄선까지 걸어갈 수 있을 테고, 그동안 아스게르와 베네딕테는 필요한 시간을 벌 수 있을 것이다.

순간 아스게르가 동작을 멈추고 어둠 속을 좌우로 살핀다. 어떤 소음이 들렸기 때문이다. 멀리서 차가 달려오는 소리가 들린다. 그는 베네딕테의 손을 잡은 채 그들이 온 길을 돌아본다. 50미터쯤 거리에서 한 쌍의 전조등 불빛이 도로의 물웅덩이에 반사되고 그와 베네딕테는 이내 쏟아지는 불빛을 맞으며 눈을 깜빡인다. 차가 정지하고 운전자는 잠시 그들을 관찰하다 처음에는 시동을, 그리고 잠시 후에는 전조등을 끈다.

이제 도로는 완벽한 어둠에 잠긴다. 수천 개의 생각이 아스게르의 머릿속에서 폭발한다. 처음에는 위장 경찰차인가 싶었지만 경찰이라면 이런 상황에서 이렇게 침착하게 나올 리 없다. 상대가 농부나 삼림 관리인일지 모른다는 생각이 일순 들기도 하지만, 이 시각에 자갈길을 달려온 사람이 있다면 그들을 찾으려는 것이 목적일 수밖에 없다. 하지만 그들이 숲속으로 차를 돌리는 것을 본 사람은 아무도 없고, 그는 두 사람의 휴대전화가 추적당하지 않도록 오래전에 조치를 취해놓았다.

아스게르는 자신의 손을 쥔 베네딕테의 손에 힘이 들어가는 것을 느끼고, 차문이 열리는 소리가 들리자 어둠 속에서 상대에게 질문을 던지지만 대답을 듣지 못한다.

"당신 뭐야?" 아스게르는 다시 한번 묻는다. 다가오는 발소리가 들리자 그는 상대의 정체가 금세 밝혀지리라는 걸 깨닫고 풀밭에 떨어뜨린 칼을 주우려고 즉시 허리를 숙인다.

93

툴린은 부엌바닥에 깔아놓은 두 장의 신문 전단지 위에 쓰레기
통을 비우고 서랍에서 포크를 꺼내 쓰레기를 뒤적이기 시작한다.
그 커플이 어디로 도망쳤는지 단서를 찾을 수 있길 바라며, 라텍스
장갑을 끼고 코를 찌르는 상한 음식과 담배꽁초와 통조림 냄새를
참아가며 더러운 영수증을 헤집는다. 겐스와 감식반원들이 조금 전
에 이미 온 집안을 샅샅이 뒤졌지만 툴린은 직접 현장 조사를 하는
걸 좋아한다. 하지만 아무것도 없다. 슈퍼마켓에서 산 생활용품, 아
스게르 네르고르가 로사 하르통의 운전기사로 근무하는 동안 입은
양복을 맡겼을 드라이클리닝 영수증뿐이다. 툴린은 쓰레기를 전단
지 위에 그대로 둔다. 그녀는 예전 도축 시설의 주거 공간에 있고,
약간 떨어진 곳에서 이 건물을 감시하는 순찰대원 몇 명과 그녀 말
고는 아무도 없다. 지금까지 겐스와 그의 팀원들이 나무랄 데 없이
임무를 완수했다는 걸 그녀도 인정하는 수밖에 없다. 젊은 커플에
게 달리 머물 데가 있거나, 도주로 또는 아지트를 준비해놓았다고
볼 만한 근거가 전혀 없다. 몇 시간 전에 그들이 확인했다시피 문
닫은 도축장의 한 냉장실 바닥에 매트리스가 깔려 있고 이불과 간
이 화장실과 도널드 덕 잡지가 몇 권 구비되어 있었다. 그들은 여기
에 구스타브 하르통을 가두어놓을 생각이었던 게 분명해 보인다.
　툴린은 그들의 발상에 몸서리를 친다. 그럼에도 그녀가 이 집에

서 관찰한 바로는 그들은 피도 눈물도 없는 살인범으로 보이지 않는다. 적어도 그녀가 상상한 그런 면모는 보이지 않는다. 누가 봐도 아스게르 네르고르는 옛 전우에게 임대했다는 방이 아니라 여기에서 살았고 알몸의 여인들이 등장하는 일본 만화를 좋아했다. 그의 소지품 중에서 가장 과격한 물건이 그것이다. 언뜻 보기에는 그가 1970년대 시트콤과 디르크 파세르, 오베 스프로괴 주연의 옛날 덴마크 영화를 좋아했다는 사실이 그의 성격을 더 많이 알려주는 듯하다. 이런 작품에 대해 할 수 있는 최고의 칭찬이 있다면 파릇파릇한 벌판이 펼쳐지고 덴마크 국기가 펄럭이는 햇빛 쨍쨍한 시대가 배경이라는 것이다. 그는 먼지 쌓인 DVD 플레이어에 디스크를 넣고 꾀죄죄한 가죽 소파에 누워서 오래된 평면 TV로 그 영화들을 보았을 텐데, 툴린이 보기에 그건 사이코패스나 정신병자임을 요란하게 알리는 경보는 아니었다.

베네딕테의 성격과 관련해 드러난 흔적들은 좀더 우려스러웠다. 아이를 양육시설에 맡길 수 있는 의회의 권리를 다룬 교재와 사회복지 법안의 일부 구절을 출력해 뜻을 적어가며 샅샅이 훑었고 아동복지와 그 비슷한 주제를 다룬 법률 잡지도 있었다. 거실의 서랍에 들어 있는 소지품 중에 이들 커플의 아들 사례와 관련해 관계당국이나 국선변호인과 주고받은 편지만 보관한 파일과 링바인더가 있었다. 그녀는 거의 모든 페이지에 메모를 적었는데, 판독이 불가능한 것도 있었지만 물음표와 느낌표가 난무했고 그 이면에 담긴 분노와 좌절이 고스란히 느껴졌다. 베네딕테의 학창 시절이 담긴 앨범에는 보기 흉한 가드레일 옆 잔디밭에서 아스게르 네르고르와 찍은 사진, 간호 수업과 더불어 임신·출산과 관련된 다양한 과목을 추가로 이수하고 받은 자격증과 성적표가 들어 있었다.

툴린은 둘러볼수록 이 커플이 그녀와 헤스가 쫓고 있는 살인범일 수 있다는 사실을 받아들이기 어려웠다. 그들이 몇 주 동안 경찰의 광범위한 수사를 용케 따돌렸다고 상정하는 것조차 어려웠기에, 헤스가 제기하는 회의론이 옳다는 결론에 다다랐다.

그녀는 그날 아침 뇌레브로에서 헤스의 아파트 벽을 본 이후, 그가 방향을 잃어가고 있다고 생각했다. 하르퉁의 딸이 오래전에 죽었다는 사실을 받아들이지 못하고 있다고. 그가 뜬금없이 겐스와 수감병동을 찾아가보자고 한 것도 그녀의 생각을 더 확고하게 만들었다. 하지만 자신이 헤스나 그의 과거에 대해 아는 것이 아무것도 없다는 사실을 계속 상기하면서도, 베케르를 만나러 다녀온 이후 의구심이 싹텄다. 그리고 이제는 그녀와 헤스가 베케르를 다시 찾아가, 살인사건과 크리스티네 하르퉁에 대해 아는 게 있는지 파악하려 하는 모습이 눈에 그려졌다.

하지만 지금 제일 중요한 것은 구스타브 하르퉁이라 툴린은 방에 있는 서랍장을 모두 뒤진 다음 1층으로 내려간다. 과학수사대로 가서 까다롭다는 레노버 노트북 복구 작업을 돕는 건 어떨까 싶다. 계단 끝에서 모퉁이를 돌아 복도를 따라 걷는데 희미한 소리가 들린다. 그녀는 그 자리에서 걸음을 멈춘다. 집안 어딘가에서 알람이 울리고 있다. 자동차 알람보다 간격은 길지만 그 못지않게 끈질기게 울린다. 툴린은 뒤로 돌아 부엌을 가로질러 도축장으로 가는 복도 앞에 다다른다. 문을 열자 소리가 좀더 선명해진다. 넓고 길쭉한 홀에는 불이 꺼져 있어 그녀는 전등 스위치를 찾아야 하나 고민하며 멈춰 선다. 이들 커플이 범인이 아니라면 진범이 어둠 속 어딘가에 숨어 있을지 모른다는 생각이 번쩍 그녀의 머리를 스치고 지나간다. 그녀는 그 생각을 떨쳐버린다. 범인이 지금 여기서 정체를 드러낼 이유가 없다. 그래도 그녀는 총을 꺼내 안전장치를 푼다.

툴린은 휴대전화 불빛을 비춰가며 옛 도축장으로 조금씩 걸어들어간다. 구르타브 하르퉁을 가둬놓으려고 했던 곳을 비롯해 냉장실을 하나씩 차례로 지나며 소리가 들리는 곳을 향해 간다. 방들 가운데 몇 개에는 천장에 매달려 있는 고기용 갈고리 말고는 아무것도 없지만 대부분 상자와 오래된 잡동사니가 쌓여 있다.

그녀는 마지막 창고 앞에서 걸음을 멈춘다. 소리는 그 안에서 들려오고, 문지방을 넘어 두 발짝도 떼지 않았을 때 그녀는 그곳이 네르고르가 운동실로 쓴 공간이라는 것을 알아차린다. 휴대전화의 희미한 불빛에 닳고 닳은 케틀벨, 바벨, 기우뚱한 실내자전거, 그리고 손바닥만한 공간을 두고 자리다툼을 벌이고 있는 샌드백, 진흙을 뒤집어쓴 군화, 지저분한 위장 군복이 보인다. 하지만 그녀의 관심을 끄는 것은 악취다. 여기가 문 닫은 도축장이긴 해도 다른 방에서는 고기 썩은 내가 나지 않았는데 이 방에서는 난다. 그 생각을 하자마자 한쪽 구석에서 뭔가가 움직이는 것이 느껴진다. 그녀는 그쪽을 향해 휙 불빛을 비추지만, 동물들은 새하얀 불빛이 온몸에 쏟아지는데도 반응하지 않는다. 한쪽 구석에 원예 도구와 접힌 다리 미판과 나란히 놓인 낡은 미니 냉장고 바닥을 네댓 마리의 쥐가 정신없이 쏠고 있다. 쥐들이 고무 패킹 아랫부분을 물어뜯어 문이 살짝 열렸는지 냉장고 전면의 디스플레이가 깜빡이며 삑삑거리고 있다. 툴린은 냉장고를 향해 다가가지만 쥐들은 툴린이 발로 밀쳐낸 뒤에야 비로소 그녀의 다리 사이로 도망친다. 녀석들은 도망치다 말고 조금 떨어진 곳에 서서, 번갯불처럼 이리저리 내달리며 미친 듯이 찍찍거린다. 툴린은 조심스럽게 문을 열고 안을 들여다보았다가 토악질을 참느라 입을 틀어막는다.

94

"정말 확실합니까? 베네딕테 스칸스가 10월 16일 금요일부터 10월 17일 토요일까지 야간근무를 했어요?"

"네, 백 퍼센트 확실해요. 병동 수석 간호사도 확인해줬어요. 같이 근무했대요."

헤스는 형사에게 고맙다고 인사한 뒤 전화를 끊고, 때마침 로사 하르통의 집무실이 있는 층에 도착한다. 밤 11시가 다 된 시각인데도 접객실은 터질 듯한 긴장감과 울려대는 전화벨소리로 정신없다. 형사 몇 명이 아직까지 보좌진을 면담하는 중이고, 눈이 충혈된 여직원 둘이 나지막이 속삭이며 코를 훌쩍인다. 흰색 플라스틱 용기에 배달된 초밥이 테이블 여기저기 놓여 있지만 아직 아무도 뚜껑을 열지 못했다.

"장관님은 안에 계신가요?"

피곤에 절어 보이는 장관 비서가 헤스를 보며 고개를 한 번 끄덕이고, 그는 방금 전에 크리스티안스보르 기사 휴게실에서 빌린 아이패드의 암호를 외우며 마호가니 문 쪽으로 걸어간다.

지금은 하르통의 아들이 무엇보다 중요하다는 툴린의 말이 옳기에 헤스는 지서에서 곧장 장관실로 달려왔다. 아스게르 네르고르와 일상을 공유한 사람들을 심문해 그 커플의 향후 움직임과 은신처를 짐작하는 데 필요한 정보를 수집하는 일을 거들 생각이었다. 하지만 금세 밝혀졌다시피 뭐라도 아는 사람이 아무도 없었다. 형사들은 이미 제 할일을 다 했고 헤스가 같은 사람들을 만난들 뭔가 새로운 게 나올 리 없었다. 네르고르는 어느 누구와도 친하게 지내지 않았고, 사생활이나 쉬는 시간에 하는 일이나 그 외의 소소한 일상에 대해 언급한 적이 전혀 없었다. 대신 헤스는 그의 성격에 대한 증언을 들었다. 그 운전기사가 처음부터 조금 이상했다고, 특이하고 말이 없고 심지어 조금 무서웠다는 사람들도 있었지만, 헤스가 보기에는 모두 뒷북이었다. TV에서는 충격적이게도 로사 하르퉁의 운전기사가 포함된 것으로 밝혀진 납치 용의자 커플의 인상착의를 설명하며 몇 시간째 구스타브 하르퉁 수색 보도로 온 나라를 융단폭격했다. 과연 그것이 팔릴 만한 뉴스인지 의심스러운 사람은 장관실 앞 좁은 광장에 모인 중계차와 기자단을 보면 될 것이다. 언론에서 이미 한참 전부터 네르고르의 성격을 왜곡 보도하고 있는 것은 바람직하지 않은 현상이었다. 그래도 헤스는 기사 내용 가운데 네르고르가 내성적이고 조금 모자라며 속 얘기를 잘 하지 않았고, 휴식시간에는 여느 운전기사들과는 달리 크리스티안스보르의 따뜻한 기사 전용 휴게실이 아니라 운하 옆에서 담배를 피우고 전화 통화를 했다는 부분은 믿었다.

헤스가 휴게실을 직접 찾아갔을 때 한 나이 지긋한 기사는 밤새 관용차를 주차해놓는 차고 잠금장치 작동법을 아스게르에게 몇 번이나 설명해줬는지 모른다고 했다. 그것만 봐도 그와 그의 여자친구가 라우라 키에르, 아네 사이에르라센, 제시 크비움 살인사건처럼 치밀한 계획을 세울 수 있었을 리 만무했다.

아스게르 네르고르의 또다른 동료—헤스의 기억이 맞는다면 자원부 장관의 운전기사였다—가 기사들의 디지털 달력을 보여주었을 때 헤스의 심증은 더욱 굳어졌다. 운전기사들의 동선은 시스템으로 면밀히 추적됐고, 모든 기사가 몇시에 무엇을 하고 있었는지 디지털 로그에 각자 기록하게 되어 있었다. 헤스는 아스게르 네르고르의 달력에서 날짜 하나를 눈에 담고 장관실로 돌아왔다. 오는 길에 베네딕테 스칸스의 직장으로 출동한 형사와 통화했는데, 그 내용 때문에 로사 하르퉁과 논의하려는 것이었다.

헤스가 장관실에 들어가보니 그녀는 아들 걱정으로 제정신이 아니다. 손을 떨고, 충혈된 두 눈은 공포에 질려 있고, 화장을 닦아내려고 했던 듯 마스카라가 번져 있다. 그녀의 곁을 지키고 있는 남편은 전화 통화를 하느라 정신이 없다. 그가 헤스를 보고 전화를 끊으려 하지만 헤스는 새로운 소식이 없다는 뜻에서 고개를 젓는다. 로사 하르퉁과 그녀의 남편은 장관실에 남기로 했는데, 아스게르 네르고르와 관련해서 심문을 받아야 하는데다 보좌진에게 계속 상황 보고를 들어야 하기 때문이다. 짐작컨대 단둘이 있고 싶지도 않을 것이다. 집에 가면 공포를 마주해야 하지만 여기에 있으면 뭔가 조치를 취하고 있는 듯한 기분을 느낄 수 있다. 적어도 심문이 끝날 때마다 형사들에게 결과를 물을 수 있지 않은가.

스텐 하르퉁은 통화를 계속하고 헤스는 로사 하르퉁을 보며 회의용 테이블을 가리킨다.

"잠깐 여기 앉으실까요? 몇 가지 여쭤볼 게 있어서요. 대답해주시면 많은 도움이 될 겁니다."

"새로운 소식은 없나요? 지금 어떤 상황이죠?"

"죄송하지만 새로운 소식은 없습니다. 하지만 모든 인력을 동원하고 모든 차량을 도로로 출동시켜 전 접경 지역을 지키고 있습니다."

겁에 질린 장관의 눈빛을 보니 아들이 얼마나 위험한 상황인지 실감한 것 같다. 그래도 헤스는 발견한 사실에 대해 이야기해야 하기에, 새로운 소식이 없는 현상황을 그녀가 받아들이는 동안 아이패드를 테이블 위에 내려놓는다.

"10월 16일 금요일 밤 11시 57분에 장관님의 운전기사 아스게르 네르고르가 어떤 행사에 참석한 장관님을 태우러 왕립 도서관에 갔다고 디지털 로그에 기록했더군요. 그런 다음 12시 43분까지 로비에서 대기했다고 기록한 뒤 '오늘 일정 끝. 귀가'라고 적었더군요. 이 내용이 맞습니까? 그가 그 시각까지 장관님을 집으로 모셔다드리지 않고 로비에서 기다렸나요?"

"왜 그걸 묻는지 모르겠네요. 그게 구스타브하고 무슨 상관이죠?"

헤스는 그날 밤 세번째와 네번째 살인이 벌어졌다고 밝혀 그녀의 불안을 가중하고 싶지는 않다. 로그의 정보가 맞는다면 아스게르 네르고르는 헤스와 툴린이 현장에 도착하기 전에 텃밭에서 제시크비움과 마르틴 릭스를 살해하고 양손과 한쪽 발을 절단할 수 없었다. 그날 밤 베네딕테 스칸스가 소아과병동에서 근무했다는 정보를 입수했기 때문에 진위 파악이 중요해졌다.

"아직은 말씀드릴 수 없습니다. 하지만 기억을 되짚어주시면 많은 도움이 되겠습니다. 그가 로비에서 기다리고 있었고 1시 십오분 전까지는 장관님을 댁으로 모셔다드리지 않은 게 맞습니까?"

"흠, 로그에 왜 그렇게 적혀 있는지 모르겠네요. 그날 밤 나는 행사 참석을 취소해서 거기 가지 않았거든요."

"가지 않으셨다고요?"

헤스는 실망한 마음을 애써 감춘다.

"네. 프레데리크—내 수행 보좌관 프레데리크 보겔이요—가 나를 대신해서 양해를 구했어요."

"가지 않으신 게 정말 확실합니까? 아스게르 네르고르는 로그에……"

"확실해요. 장관실에서 멀지 않은 곳이라 프레데리크하고 내가 거기까지 걸어가기로 했었어요. 그러다 몇 시간 전에 생각을 바꿨고요. 남편이 TV에 출연하기로 했던 날인데 프레데리크가 취소해도 괜찮을 것 같다고 해서 얼마나 다행이었는지 몰라요. 왜냐하면 구스타브랑 같이 있고 싶었거든요……"

"그런데 보겔이 장관님을 대신해 일정을 취소했다는데 왜 로그에는 기사가……"

"모르겠어요. 프레데리크한테 물어보세요."

"프레데리크는 지금 어디 있습니까?"

"처리해야 하는 일이 있어서요. 곧 올 거예요. 하지만 지금은 구스타브 수색이 어떻게 되어가고 있는지 알고 싶은데요."

프레데리크 보겔의 널찍한 사무실은 어두침침하고 아무도 없다. 헤스는 안으로 들어가 등뒤로 문을 닫는다. 방이 근사하다. 냉랭하고 인간미 없는 다른 사무실과 다르게 휴게실 같고 아늑하다. 그는 여자들이 섹시하다고 생각하는 무심하게 고급스러운 분위기가 이런 게 아닐까 하고 생각해본다. 베르너팬톤 스탠드, 북슬북슬한 뤼아 카펫, 푹신한 쿠션이 잔뜩 놓인 야트막한 이탈리아제 소파. 마빈 게이의 음악만 있으면 완벽할 것이다. 순간 헤스는 자신은 그런 조합을 맞추는 데 쏟을 기운이 없어 질투가 나는 걸까 생각한다.

장관의 수행 보좌관이 어디 갔는지 의아하게 여긴 게 그날 저녁들어 처음 있는 일도 아니다. 형사들이 7시쯤 올해 서른일곱 살의 프레데리크 보겔에게 아스게르 네르고르에 대해 물었고, 보겔은 충격적이라는 반응을 보였을 뿐 별 도움이 되지 않았다. 하지만 그로부터 몇 시간 뒤 헤스가 장관실에 도착했을 때는 수행 보좌관이 보이지 않았고, 비서에게 물어보니 시내로 볼일을 보러 갔다고 했다. 모시는 장관이 위기에 처했고 언론의 포화에 시달리는 상황에 자리를 비우다니 헤스가 보기에는 시사하는 바가 있다.

헤스는 보겔에 대해 아는 것이 별로 없다. 예전에 로사 하르퉁에게 듣기로는 그가 늘 큰 힘이 되었다고 했다. 그들은 코펜하겐에서 몇 년 동안 같이 정치학을 공부하다가 보겔이 언론대학원에 진학하면서 헤어졌다. 연락은 계속 주고받았고 보겔은 점차 하르퉁 가족의 친구가 되었다. 그녀가 장관으로 임명됐을 때 누가 봐도 그가 수행 보좌관으로 제격이었다. 그는 크리스티네가 행방불명되고 힘들었던 시기에 장관과 가족에게 엄청난 힘이 되어주었고, 그녀가 복귀를 결심하는 데 결정적인 역할을 했다.

"장관님과 부군께서 따님이 아직 살아 있을지 모른다고 생각하는 것에 대해 그는 뭐라고 하던가요?" 헤스는 로사 하르퉁에게 물었다.

"프레데리크는 나를 끔찍이 위하는 사람이라 처음에는 걱정을 많이 했을 거예요. 장관으로서 내 입지에 대해서. 하지만 지금은 우리를 최대한 지지하고 있어요."

헤스는 베네딕테 스칸스의 예전 사건 관련 서류와 미디어 전략 관련 수기 메모가 책상 가득 쌓여 있을 뿐 다른 흥미로운 물건은 전혀 없는 이 남자는 어떤 사람일지 궁금해하며 이리저리 살펴본다. 그러다 책상 위에 있는 맥북의 마우스를 우연히 건드리자 얘기가 달라진다. 화면보호기가 작동하면서 보겔이 여러 공무를 수행하며 찍은 사진이 이어진다. 브뤼셀에 있는 EU 본부 앞에서 찍은 사진,

크리스티안스보르 로비에서 독일 총리와 악수하는 사진, 뉴욕의 세계무역센터 기념관 앞에서 찍은 사진, 로사 하르퉁과 함께 UN 아동구호캠프를 방문했을 때 찍은 사진. 하지만 공무 수행 사진 중간에 프레데리크 보겔과 하르퉁 가족이 사적으로 찍은 사진이 불쑥 등장한다. 아이들 생일파티, 핸드볼 경기, 티볼리 여행 때 찍은 사진이다. 보겔이 함께한 전형적인 가족사진이다.

처음에 헤스는 피도 눈물도 없는 교활한 모사가에 대한 편견이 깨져서 다행이라고 스스로를 설득하려 한다. 하지만 문득 자신이 어디에서 이상한 느낌을 받았는지 알아차린다. 스텐 하르퉁이 없다. 어느 사진에도 그가 보이지 않는다. 보겔이 로사와 아이들과 함께 찍은 셀카 아니면 로사의 독사진뿐이다. 모르는 사람이 보면 그들이 커플인 줄 알 것이다.

"장관님 비서에게 들었습니다. 저를 만나고 싶어하셨다고요."

문이 열리고 보겔의 시선이 헤스에게 닿는다. 그 시선은 헤스의 얼굴에 계속 빛을 비추고 있는 노트북 화면으로 옮겨가며 점점 경계하는 눈빛으로 바뀐다. 외투는 비에 젖었고 갈색 머리는 헝클어졌지만 그가 이내 손으로 빗어 가지런히 정리한다.

"어떻게 됐습니까? 운전기사는 찾으셨나요?"

"아직요. 보좌관님도 찾을 수 없더군요."

"시내에서 회의가 있었어요. 쓰레기 같은 언론들이 염탐하고 정보를 악용하는 걸 최대한 막으려고 애쓰는 중입니다. 운전기사의 여자친구는요? 남는 시간에 뭔가 하시긴 한 거죠?"

"수사하는 중입니다. 지금은 다른 일로 당신의 도움이 필요해요."

"다른 일을 할 겨를이 없는데요. 짧게 끝내주십시오."

헤스는 보겔이 외투를 의자에 걸고 휴대전화를 꺼내며, 자연스러워 보이도록 조심스럽게 노트북을 닫는 것을 알아차린다.

"10월 16일 금요일 당신은 왕립 도서관에서 열리는 저녁 행사에 참석하기로 되어 있던 장관님의 일정을 취소했습니다. 그 몇 시간 전에 장관님께 부군이 TV에 출연할 예정이라는 이야기를 들었고요. 당신은 일정을 취소해도 문제없을 거라고 했죠."

"아마 그랬을 겁니다. 다만 장관님은 내 동의가 없어도 일정을 취소할 수 있어요. 그런 결정은 직접 내리십니다."

"하지만 대개는 당신의 조언을 따르시죠?"

"뭐라고 대답하면 좋을지 모르겠네요. 물어보는 이유가 뭡니까?"

"별 이유 없습니다. 하지만 장관님이 불참하게 되었다고 양해를 구한 건 당신이었죠?"

"내가 장관님 대신 주최측에 연락해서 참석을 취소했습니다."

"아스게르 네르고르에게도 장관님의 일정이 취소됐으니 이후에 댁까지 모셔다드릴 필요가 없다고 얘기하셨습니까?"

"네, 그랬죠."

"디지털 로그를 보니 그가 그날 밤에 근무한 걸로 기록되어 있던데요. 행사가 끝나면 장관님을 댁까지 모셔다드릴 수 있게 자정 무렵부터 거의 1시 십오 분 전까지 왕립 도서관 로비에서 대기했다고요."

"그가 쓴 일지를 누가 믿을 수 있겠습니까? 다른 일을 하러 간 동안 알리바이가 필요해서 그렇게 기록한 모양이죠. 나는 분명 그에게 알렸어요. 어쨌거나 구스타브 하르퉁이 사라졌는데 이런 거나 물어보는 건 시간 낭비 아닌가요?"

"아뇨. 그날 밤에 아스게르 네르고르에게 알렸습니까, 알리지 않았습니까?"

"말했다시피 분명 그에게 알렸어요. 아니면 다른 사람에게 부탁했든지."

"누구한테요?"

"도대체 그게 왜 중요합니까?"

"그러니까 당신이 알리지 않는 바람에 그가 로비에서 기다렸을 수도 있겠네요?"

"그 문제로 계속 이야기할 거라면 그럴 시간 없습니다."

"당신은 그날 밤에 뭘 했나요?"

보겔은 문 쪽으로 걸어가다 말고 헤스를 쳐다본다.

"장관님을 모시고 왕립 도서관에 갈 예정이었는데 그걸 취소했으니 그 시간에 다른 일을 할 수 있지 않았을까요?"

보겔의 얼굴에 언뜻 비웃음이 스쳐지나간다.

"지금 내가 생각하는 그런 뜻에서 말하는 겁니까?"

"내가 무슨 말을 하려 한다고 생각하시는데요?"

"장관님의 아드님 실종사건에 집중해야 하는 이때, 어떤 범행이 자행된 순간에 내가 뭘 했는지나 캐내려는 건 아니겠죠?"

헤스는 그를 빤히 보기만 한다.

"정말 알고 싶다면 알려드리죠. 내 아파트로 돌아가 스텐 하르통이 출연한 방송을 보며 그 여파에 대비했어요. 나 혼자였고, 증인은 없었고, 시간이 많아서 살인을 저지르고 밤새도록 밤을 만지작거리며 돌아다닐 수도 있었어요. 이런 고백을 듣고 싶은 건가요?"

"10월 5일 밤에는요? 10월 12일 6시 무렵에는요?"

"그 질문에 대해서는 정식 심문 때 변호사 입회하에 답변하겠습니다. 그때까지는 내 할일을 하고 싶네요. 당신도 당신 할일을 해야 하겠죠."

보겔은 작별인사 삼아 묵례를 한다. 헤스는 그를 놓아주고 싶지 않지만 이때 전화벨이 울리고 그 틈에 보겔은 문밖으로 나간다. 화면을 보니 닐라네르다. 헤스가 새롭게 발견한 사실과 보겔에 대한 의심을 설명하려고 결심한 찰나 닐라네르가 선수를 친다.

"닐라네르일세. 다들 장관실과 크리스티안스보르에서의 수사를 일시 중단해."

"왜요?"

"겐스가 스칸스와 네르고르의 위치를 추적했어. 내가 기동대와 함께 그쪽으로 가는 중이야."

"그쪽이라니요?"

"홀베크 서쪽의 숲속. 겐스가 어찌어찌 레노버를 열고 들어가 이 자의 메일함에서 허츠 렌터카 청구서를 찾았어. 렌터카회사에 연락해보니 그들이 오늘 아침 베스테르포트역에서 밴을 빌린 모양인데 겐스가 그 밴의 위치를 추적했어. 회사측에서 도난당할 경우에 대비해 모든 차량에 위치 추적 장치를 설치한 듯해. 전원에게 이 소식을 알리고 지서로 돌아와 보고서를 작성하지."

"하지만……"

닐라네르는 이미 전화를 끊었다. 헤스는 좌절감을 느끼며 휴대전화를 다시 주머니에 넣고 얼른 달려나간다. 한 형사에게 닐라네르의 지시 사항을 전달하고 복도를 따라 서둘러 발걸음을 옮기다 열린 문 너머로 장관 집무실을 언뜻 들여다본다. 보겔이 로사 하르퉁을 한 팔로 감싸안고 위로하고 있다.

95

비가 내리는데도 헤스는 경광등을 번쩍이며 사십오 분 만에 셸란 북서쪽에 도착한다. 그러나 마치 그 시간이 영원처럼 느껴진다. 숲을 관통하는 진흙탕 길에 다다른 헤스의 눈에 어느 갈림길로 가면 되는지가 보인다. 비어 있는 기동대 차량이 자갈길 근처 길가에 주차되어 있고 그 옆으로 경찰차가 몇 대 서 있다. 헤스는 흠뻑 젖은 두 경관에게 창문 너머로 배지를 보여주고 진입 허가를 받는다. 허가가 떨어진 걸 보면 작전이 종료된 것이다. 하지만 어떻게 종료됐는지는 알 수 없고, 그는 대로를 지키고 있었다면 정황을 제대로 파악할 수 없었을 경관들에게 질문하며 시간을 지체할 생각이 없다.

여기까지는 맹렬하게 달려왔지만 자갈길에서는 속도를 늦추는 수밖에 없다. 그는 지서로 복귀하라는 뇔라네르의 명령을 어기고 여기로 오는 동안 프레데리크 보겔에 대해 알아보기로 마음먹었다. 어쩌면 진작 시작했어야 하는 일이었다.

아스게르 네르고르에게 물으면 10월 16일 밤늦게까지 야근을 했다고 대답할 것 같은 예감이 든다. 방금 전 하르퉁의 비서는 네르고르가 그날 밤 12시 30분이 막 넘었을 때 자고 있던 그녀에게 전화해 왕립 도서관 로비에서 대기중인데 장관님을 어디로 모셔야 하느냐고 물었다고 했다. 그녀는 변경 사항을 알리지 않은 것에 대해 사과했고, 만약 네르고르가 정말로 로비에 있었다면 그를 본 목격자가 있을 것이다. 베네딕테 스칸스가 같은 날 리그스병원에서 야간근무를 했다면 이 커플은 제시 크비움과 마르틴 릭스를 살해할 수 없었을 테고 그렇다면 보겔이 좀더 흥미로워진다. 그는 주말농장에서 두 건의 살인사건이 벌어진 시각에 알리바이가 없는 듯했고, 헤스는 아스게르 네르고르에게 그 시각에 보겔이 어디 있었는지 묻고 싶어 좀이 쑤신다. 심지어 아스게르는 보겔과 로사 하르퉁의 관계에 대해 뭔가 아는 게 있을지 모른다. 어쩌면 헤스와 툴린이 모르고 지나친 동기가 있을지 모른다. 헤스는 또다시 툴린에게 연락하고 싶은 충동을 느낀다. 그는 코펜하겐에서 여기로 오면서 이미 두 번 통화를 시도했다.

좁은 자갈길을 따라 반대편에서 다가오는 전조등 불빛이 보이고 그는 구급차가 지나갈 수 있게 얼른 옆으로 핸들을 돌린다. 사이렌을 울리지 않는 것이 좋은 징조인지 나쁜 징조인지 모르겠다. 위장경찰차 한 대가 그 뒤를 따라오는데, 뒷자리에 앉아서 열심히 통화중인 닐라네르의 모습이 언뜻 보인다. 헤스는 삼삼오오 대로 쪽으로 돌아가는 기동대원들을 지나치고, 그들의 진지한 표정에서 죽음을 감지한다. 저지선 앞에 도착해보니 그가 바라던 것과는 다른 상황이 펼쳐져 있다.

조금 더 앞쪽에 경찰이 몇 명 더 있고, 눈 따가운 투광조명등이 대략 가로세로 10미터쯤 되어 보이는 공간을 비추고 있다. 테일보드에 허츠 로고가 달린 밴이 그 한복판에 서 있다. 한쪽 앞문과 슬라이딩 문이 열려 있고 왼쪽 앞바퀴 옆에 하얀 시트로 덮인 형체가 누워 있다. 또다른 형체가 10미터 떨어진 곳에 누워 있다.

헤스는 비도 바람도 아랑곳하지 않고 차에서 내린다. 아는 얼굴은 얀센뿐이다. 딱히 좋은 관계는 아니지만 그래도 그는 얀센에게

다가간다.

"아이는 어디 있어?"

"여긴 어쩐 일이야?"

"아이는 어디 있어?"

"아이는 무사해. 다친 데는 없어 보이지만 검사차 데려갔어."

헤스는 밀려드는 안도감을 느끼고, 이제 하얀 시트 아래 누워 있는 두 사람이 누군지 알아차린다.

"기동대가 아이를 찾아서 밴 밖으로 끄집어냈어. 전부 잘 끝났으니까 당신은 여기 있을 필요 없어, 헤스."

"어떻게 된 거야?"

"누가 알겠어. 와보니 이 지경이었어."

얀센이 밴 앞바퀴 옆에 누운 형체를 덮은 시트를 들춘다. 아스게르 네르고르라는 것을 알아볼 수 있다. 그는 눈을 뜬 채로 죽었는데, 칼에 찔린 자국 때문에 상반신이 핀 쿠션 같다.

"짐작하건대 여자가 회까닥 돌아버린 것 같아. 우리가 여기서 6킬로미터쯤 가면 나오는 대로를 봉쇄했기 때문에 감시망을 피해 이리로 차를 몰았겠지만 여자는 다 끝났다는 걸 알았을 거야. 그래서 군용 나이프로 먼저 남자친구를 해치우고 자기 경동맥을 그은 거지. 우리가 도착했을 때 시신이 따뜻했던 걸 보면 사건이 벌어진 지 두어 시간이 채 안 됐어. 그리고 아니, 나는 전혀 기쁘지 않아. 저들이 릭스한테 저지른 짓을 생각하면 감방에서 삼십 년 동안 썩는 걸 보는 편이 훨씬 좋으니까."

빗방울이 헤스의 뺨을 타고 흐른다. 얀센은 시트를 내려놓는다. 시트 밖으로 숨이 끊긴 네르고르의 손만 삐져나와 있다. 순간 헤스의 눈에는 네르고르가 10미터도 떨어지지 않은 곳의 진창 위에 수

의를 덮고 누워 있는 베네딕테 스칸스의 시신을 향해 손을 내밀고
있는 것처럼 보인다.

96

"경찰에서는 뭐래? 지금쯤은 뭔가 밝혀지지 않았을까?"

로사는 프레데리크 보겔도 알 방법이 없다는 걸 알지만 그래도 물을 수밖에 없다.

"그쪽에서 체크하고 수사중이지만 살인수사과 반장 쪽에서 조만간 연락을……"

"그걸로는 부족해. 다시 한번 물어봐줘, 프레데리크."

"로사……"

"우리도 상황을 알 권리가 있잖아!"

보겔은 그녀의 뜻에 따르기로 하지만, 로사는 그가 지서에 다시 연락해봤자 소용없다고 생각한다는 것을 안다. 그녀는 고마운 마음뿐이다. 보겔이 그녀의 방식에 동의하지 않을지라도 모든 노력을 아끼지 않을 사람이라는 것을 알기 때문이다. 그는 항상 그런 식이었다. 로사는 한시도 기다릴 수 없다. 지금 시각은 새벽 1시 37분이고, 그녀와 스텐과 보겔이 구스타브를 리그스병원에서 집으로 데려온 지 십오 분이 지났다. 그녀는 이미 집 앞을 지키며 기자단의 접근을 차단하고 있는 두 경관을 들들 볶았지만 그들은 아는 게 아무것도 없다. 오직 살인수사과 반장만이 크리스티네와 관련한 질문에 대답할 수 있다.

로사는 큰일을 겪은 구스타브가 검사를 받기 위해 이송된 리그스병원 응급실로 들어선 순간 울음을 터뜨렸다. 최악의 경우를 상상했는데 아이는 다친 데가 없었고 그녀는 병원의 허락 아래 아이를 끌어안을 수 있었다. 아이는 부엌 한쪽 구석의 자기 지정석에 앉아 스텐이 만들어준 간 파테와 통밀 롤빵을 먹고 있다. 그 모습이 생사의 위기를 겪은 아이 같지 않다. 그녀는 아이에게 다가가 머리를 쓰다듬는다.

"또 먹고 싶은 거 없어? 파스타나 아니면……"

"아뇨, 괜찮아요. 피파 게임이나 할래요."

로사는 미소를 짓는다. 그런 대답을 하다니 건강하다는 징조지만 그래도 그녀가 모르는 게 너무 많다.

"구스타브, 정확히 어떤 일이 있었던 거니? 그들이 또 무슨 얘기를 했어?"

"말씀드렸잖아요."

"또 듣고 싶어서."

"그들이 저를 데려가서 차에 태웠어요. 그러고는 한참을 달리다가 차를 세우고는 싸우기 시작했는데, 비가 하도 퍼부어서 뭐라는지 못 들었어요. 이후로 진짜 한참 동안 아무 소리도 들리지 않다가 경찰관들이 와서 문을 열었고 제가 아는 건 그게 전부예요."

"두 사람이 무슨 일로 싸웠는데? 네 누나에 대해서 얘기한 거 있었어? 차를 몰고 어디로 가고 있었니?"

"엄마……"

"구스타브, 중요한 문제야!"

"여보, 잠깐 이리 와봐."

스텐은 구스타브가 자신들의 대화를 듣지 못하게 로사를 거실로 데려가지만 그녀는 흥분을 가라앉히지 못한다.

"납치범들이 살았던 곳에서 경찰이 왜 그 아이의 흔적을 전혀 찾지 못하는 걸까? 왜 그들한테서 그 아이의 행방을 알아내지 못하는 거야? 도대체 우리는 왜 아무 얘기도 듣지 못하는 거냐고?"

"이유야 수없이 많겠지. 가장 중요한 건 납치범들이 잡혔다는 거야. 이제 경찰에서 우리 딸을 찾을 거야."

로사는 스텐의 짐작이 맞길 바라고 또 바란다. 그녀는 그를 꼭 끌어안다가 누군가의 시선을 느낀다. 뒤를 돌아보니 보겔이 문 앞에 서 있고, 그녀가 물어보기도 전에 그가 지서로 전화할 필요 없다고 말한다. 살인수사과 반장이 지금 찾아온 것이다.

97

닐라네르는 구 개월쯤 전에 이 집으로 들어와 하르퉁 부부에게 딸의 사건이 최종 종결됐다고 알렸지만 이 방이 기억나지 않는다. 똑같은 상황이 반복되는 느낌이고, 지옥이 이럴 거라는 생각이 그의 머리를 스치고 지나간다. 끔찍한 장면을 몇 번이고 계속해서 재생해야 하는 것이다. 하지만 닐라네르는 이것이 필요한 절차라는 것도, 다 끝내고 나가면 기분이 훨씬 편안해질 거라는 것도 안다. 그는 지서로 돌아가 수뇌부에게 최종 보고한 뒤 어떤 식으로 기자 회견을 할지 이미 구상하는 중이다. 지난 이 주 동안과 다르게 이번 회의 때는 어깨에 힘을 좀 줄 수 있을 것이다.

그가 몇 시간 전 기동대와 함께 숲속에 도착해 숨이 끊긴 채 바닥에 쓰러져 있는 베네딕테 스칸스와 아스게르 네르고르를 발견했을 때만 해도 이런 식의 극적인 타결은 예상하지 못했다. 장관의 아들은 차 안에서 무사히 발견돼 물론 다행이었지만, 두 납치범이 입을 열 수 없게 되었으니 설명과 자백을 듣고 사건을 완전히 종결할 수 없었다. 그런데 차량 뒷자리에 앉아서 장관의 아들을 태우고 가는 구급차를 주시하며 회의론자들을 무슨 수로 잠재울지 고민하고 있을 때, 툴린의 전화를 받았다. 요즘 들어 헤스에게 물들어 전보다 더 말을 안 듣는 툴린이 옛 도축장의 미니 냉장고에서 뭐가 나왔는지 알리다니 아이러니한 일이었다. 하지만 그 소식이야말로 완벽한

종지부였다. 그는 즉시 그녀에게 겐스를 불러 당장 증거를 안전하게 확보하라고 했고, 전화를 끊었을 무렵에는 기자회견장이나 지서에서 맞닥뜨릴 회의론자들이 더는 두렵지 않았다.

"구스타브는 괜찮습니까?"

닐라네르가 현관으로 나온 스텐과 로사 하르퉁에게 묻자 스텐 하르퉁이 고개를 끄덕인다.

"네. 아무 문제 없어 보여요. 지금 밥을 먹고 있어요."

"다행이네요. 번거로우실 테니 금방 끝내고 가겠습니다. 제가 찾아온 이유는 살인사건이 이제 종결돼서 저희가……"

"크리스티네에 대해서는 밝혀진 게 없나요?"

로사 하르퉁이 닐라네르의 말허리를 자르지만 그는 대비하고 있었기에 중간 부분을 생략하고 안타깝게도 그들의 딸에 대해서는 새롭게 보고할 사항이 없다고 차분하고 엄숙하게 설명한다.

"따님의 사망을 둘러싼 정황은 작년에 분명하게 정리가 됐고 현재 벌어진 사건으로 그 사실이 달라지지는 않습니다. 처음부터 줄곧 말씀드렸다시피 그 둘은 별개의 사건이고, 수사가 완료되면 현재 벌어진 사건에 대해 완벽하게 설명드릴 수 있을 겁니다."

닐라네르는 하르퉁 부부가 좌절하고 있다는 것을 알 수 있다. 두 사람은 좀더 자세한 설명을 요구하며 동시에 말을 쏟아낸다.

"하지만 지문이 있잖아요?"

"그게 시사하는 바가 있지 않을까요?"

"납치범들은 뭐라고 하던가요?! 아직 심문하지 않았어요?"

"속상하신 마음은 알지만 저희 수사를 믿어주셔야 합니다. 저희가 납치범들의 주거지와 직장은 물론이고 구스타브가 발견된 차량까지 샅샅이 뒤졌지만 크리스티네가 아직 살아 있다는 증거는 나오지 않았습니다. 사실 납치범들이 그 아이와 어떤 연관이 있다는 증거조차 전혀 없었습니다. 저희가 발견했을 때 그들은 이미 스스로 목숨을 끊은 뒤였습니다. 체포와 처벌을 면하기 위해 그랬을 텐데 그렇기 때문에 그들에게 아무 답변도 들을 수 없습니다. 하지만 말씀드렸다시피 그들을 심문했다 한들 따님에 대한 새로운 정보가 입수됐을 거라는 근거는 없습니다."

닐라네르는 두 사람 모두 실낱같은 희망이라도 놓지 않으려 한다는 것을 안다. 로사 하르퉁은 거칠고 공격적으로 감정을 분출한다.

"하지만 착각했을 수도 있잖아요! 아직 아무것도 장담할 수 없다고요! 그 아이의 지문이 찍힌 밤 인형이 있는데 그 납치범들 주변에서 크리스티네의 흔적을 찾을 수 없다면 그들이 진범이 아닐지도 모르잖아요!"

"그들이 진범입니다. 백 퍼센트 확실합니다."

닐라네르는 옛 산업용 도축 시설에서 그날 저녁에 발견된 반박할 수 없는 증거에 대해 설명한다. 그는 그 증거를 생각하면 기뻐서 뱃속이 간질거리지만, 이야기를 다 들은 로사 하르퉁의 눈빛에서 그가 그녀의 마지막 희망의 불씨를 꺼뜨렸음을 느낀다. 그녀는 그를 쳐다보고 있지만 눈에 초점이 없다. 문득 닐라네르는 이 사람의 상처가 치유될 날이 올지 상상이 잘 되지 않는다. 당황스럽고 부끄러워진다. 그는 그녀의 손을 잡고 모두 잘될 거라고 얘기하고 싶은 갑작스러운 충동에 휩싸인다. 그들에게는 아직 아들이 있지 않으냐고. 아직 서로가 있지 않으냐고. 아직 살아야 하는 이유가 많지 않으냐고. 하지만 닐라네르의 귀에는 그런 말 대신 미안하지만 설명할 방법이 없다고. 어쩌다 크리스티네의 지문이 찍힌 밤 인형이 범인의 수중에 들어갔는지 알 수 없지만 그렇다고 해서 결과가 달라지지는 않는다고 웅얼대는 자신의 목소리가 들린다.

장관의 귀에는 아무 말도 들리지 않는다. 닐라네르는 작별을 고하고 홀을 가로질러 뒷걸음질치다가 이제 됐다 싶을 때 몸을 돌린다. 현관문 밖으로 나와서 등뒤로 문을 닫았을 때는 수뇌부와의 회의 시간까지 이십 분이 남았는데도 숨을 헐떡이며 차를 향해 서둘러 발걸음을 옮긴다.

98

헤스는 아무도 없는 마당의 젖은 타일 위를 달린다. 경찰서 입구를 지키는 경비 초소의 평면 화면에서 야간 뉴스가 흘러나온다. 외스테르브로 외곽에 있는 로사 하르퉁의 자택에서 중계되는 생방송이다. 하지만 그는 그 소리를 무시한다. 원형 홀 계단 꼭대기에 다다라 살인수사과로 걸어가는데, 사건 종결을 자축하며 마신 맥주 캔들이 언뜻 보인다. 길었던 하루가 끝을 향해 가고 있지만 헤스에게는 현재진행형이다.

"반장님 어디 계세요?"

"회의중이세요."

"드릴 말씀이 있어요. 급해요. 지금 당장이요!"

그를 딱하게 여긴 비서가 회의실 안으로 사라지고 헤스는 밖에서 기다린다. 신발은 진흙투성이고 옷은 비로 흠뻑 젖었다. 손은 덜덜 떨리는데, 제발 조용히 일 좀 하게 해달라는 검시관의 간청을 고집스럽게 외면하며 지난 몇 시간 동안 숲속을 돌아다니느라 오한이 든 건지 흥분이 돼서 그런 건지는 알 수 없다. 그 몇 시간이 헛수고는 아니었다.

"지금 시간이 없는데. 바로 기자회견이 시작될 예정이라."

닐라네르가 몇몇 거물급 인사에게 작별인사를 하고 회의실에서 나온다. 헤스는 지금이 모든 경찰서 반장이 손꼽아 기다리는 순간이라는 것을 경험상 안다. 사건 종결을 공식적으로 선포해 기자단을 해산시킬 수 있는 순간. 하지만 그는 닐라네르가 기자단과 만나기 전에 할 말이 있기 때문에 그를 따라 복도를 걸으며 사건이 아직 종결되지 않았다고 설명한다.

"헤스, 자네가 그렇게 생각할 줄 알고 있었네."

"무엇보다 베네딕테 스칸스와 아스게르 네르고르가 살해당한 여자들과 아는 사이였다는 증거가 없습니다. 그들의 거주지에는 그 여자들 근처에라도 갔었다는 흔적이 전혀 없었어요."

"나는 그 부분에 있어서 자네 생각에 동의할 수 없네만."

"그리고 그 커플은 그들을 살해할 동기가 없었습니다. 그들의 손과 발을 절단할 이유도 없었고요. 그들은 로사 하르퉁한테 분노한 거지 여자들이나 보통의 엄마들한테 분노한 게 아니었어요. 병원에서 근무하던 스칸스는 피해자 아이들의 의료 기록을 입수할 수 있었다 해도, 그녀와 네르고르가 의회에 피해자들을 고발했다면 그 흔적이 전혀 없는 이유가 뭐겠습니까?"

"그야 수사가 아직 끝나지 않았기 때문이겠지, 헤스."

"셋째, 스칸스 그리고 어쩌면 네르고르도 제시 크비움과 마르틴 릭스가 살해된 10월 16일 밤에 알리바이가 있어요. 네르고르가 왕립 도서관 로비에 있었다면 그날 밤 그들은 살인을 저지를 수 없었고, 따라서 다른 살인사건도 그들의 소행이 아닐 가능성이 큽니다."

"자네가 뭐라고 떠들어대는 건지 모르겠지만 증거가 있다면 뭔지 궁금하긴 하군."

상황실 앞에 도착한 닐라네르는 기자회견용 원고를 챙겨 들려 하지만 헤스가 앞을 가로막는다.

"방금 전에 검시관하고도 얘기했어요. 베네딕테 스칸스는 스스

438

로 경동맥을 그은 것처럼 보이지만 그 동작을 재현해보면 부자연스러워요. 그게 그들이 자살한 걸로 위장하려고 한 사람이 있었다는 증거일 수 있죠."

"나도 검시관하고 얘기했어. 그녀가 스스로 경동맥을 그었을 가능성 역시 충분하다더군."

"스칸스의 키를 생각해보면 네르고르의 상반신에 남은 칼자국 위치도 조금 높아요. 그리고 그녀가 남자친구와 같이 죽을 생각이었다면 도대체 왜 도망치려고 한 것처럼 서로 10미터 거리를 두고 쓰러졌을까요?"

닐라네르는 뭐라고 말하려 하지만 헤스가 틈을 주지 않는다.

"그들이 그 살인사건을 저지를 만한 능력이 있었다면 쉽게 추적되는 렌터카로 아이를 납치하는 바보짓은 저지르지 않았을 겁니다!"

"그럼 자네가 결정권자라면 어떻게 하겠나?"

닐라네르의 질문에 헤스는 허를 찔리고 자신이 점점 횡설수설하고 있다는 것을 느낀다. 그는 리누스 베케르를 거론하며 범죄 현장 사진이 보관된 아카이브를 최대한 빨리 꼼꼼하게 조사해야 한다고 말한다. 그는 IT팀의 요원에게 연락해 겐스를 통해 요청해놓은 자료를 독촉한 참이다.

"그리고 하르퉁의 수행 보좌관 프레데리크 보겔도 조사해봐야 합니다. 특히 살인사건이 벌어진 시점에 알리바이가 있는지!"

"헤스, 내가 당신 전화기에 남긴 메시지를 듣지 못한 모양인데……"

헤스는 툴린의 목소리에 고개를 돌리고 그녀가 안에 들어와 있었다는 사실을 깨닫는다. 그녀는 사진 다발을 손에 쥐고 그를 빤히 쳐다보고 있다.

"무슨 메시지요?"

"툴린, 이 친구한테 상황 설명해줘. 나는 이럴 시간 없어."

닐라네르는 문 쪽으로 걸음을 옮기지만 헤스가 그의 어깨를 붙잡는다.

"밤 인형의 지문은요? 그 수수께끼를 풀기 전에는 저기 들어가서 사건이 해결됐다고 주장하면 안 돼요! 지금 실수하면 살해당한 여자가 셋이 아니라 넷이 될 수 있어요!"

"실수라니! 사태를 파악하지 못하는 사람은 자네 한 명뿐이야."

닐라네르는 그를 떼어내고 툴린에게 고개를 끄덕이며 옷매무새를 바로잡는다. 헤스가 질문하는 눈빛으로 툴린을 응시하자 그녀는 머뭇거리며 그에게 사진을 건넨다. 그는 맨 윗장을 들여다본다. 잘린 사람 손 네 개가 냉장고 선반 위에 뒤죽박죽 놓여 있다.

"내가 스칸스와 네르고르의 거처에서 이걸 발견했어요. 옛 도축장 냉동 창고의 미니 냉장고 안에서……"

헤스는 믿을 수 없다는 듯 절단된 여자의 손을 다양하게 촬영한 사진을 훑어보다가 한 사진에서 눈을 떼지 못한다. 발목에서 잘린 푸르스름한 여자 발이 데미언 허스트의 설치작품처럼 냉장고 채소 보관실에 들어 있다.

헤스는 당혹스러워한다. 할말을 찾지 못한다.

"하지만…… 감식반원들은 왜 진작 이걸 찾지 못한 거죠? 거기가 잠겨 있었어요? 누가 거기다 가져다놓은 건 아닐까요?"

"헤스, 맙소사, 이제 그만 퇴근하게."

그는 고개를 들고, 닐라네르와 눈이 마주친다.

"하지만 지문은요? 하르통 부부의 딸은…… 우리가 수색을 멈추면, 그 아이가 아직 살아 있다면⋯⋯"

닐라네르는 망연자실한 헤스를 남겨둔 채 문밖으로 사라진다. 헤스는 잠시 후 동의를 구하려고 툴린을 흘끗 쳐다보지만 그녀는 안쓰러워하는 눈빛으로 그를 바라보고 있다. 그녀의 눈빛에 침울함과 연민이 어려 있는데, 크리스티네 하르퉁 때문은 아니다. 실종돼 종적을 감춘 아이나 밤 인형에 남은 정체 모를 지문이 아니라 헤스 때문이다. 그는 툴린의 눈빛에서 그가 이성과 판단력을 상실했다고 생각하는 그녀의 속마음을 알아차리고 경악한다. 그 역시 그녀의 생각이 틀렸다고 확신할 수 없기 때문이다.

헤스는 문밖으로 비틀비틀 뒷걸음질치고 툴린이 그의 이름을 부르는 소리를 들으며 복도 쪽으로 홱 몸을 돌린다. 밖에서는 비가 내리고, 마당을 가로지르던 헤스는 뒤를 돌아보지 않아도 창문 너머로 자신을 쳐다보는 그녀의 시선을 느낄 수 있다. 밖으로 빠져나가기 직전에 헤스는 달리기 시작한다.

10월 30일
금요일

99

헤스가 기억하는 한 이렇게 일찍 눈이 내린 건 처음이다. 이제 겨우 10월의 마지막날을 하루 앞두고 있는데 눈이 벌써 2, 3센티미터 쌓였다. 헤스가 부쿠레슈티까지 가는 동안 금단증상에 시달리지 않길 바라며 막 캐멀 담배를 하나 피운 사이에도 공항 국제터미널의 높은 유리창 밖으로 계속 눈이 내리고 있다.

헤스는 사십오 분 전 아파트 문을 마지막으로 세게 닫고 맑고 추운 공기 속으로 나서 대기중인 택시를 향해 계단을 내려갔을 때 처음으로 눈이 내리는 걸 알아차렸다. 햇빛에 눈이 부셨고, 안주머니에서 망그러진 선글라스가 손에 잡히자 마음이 놓였다. 선글라스가 거기 들어 있을지 자신 없었기 때문이다. 끔찍한 숙취를 달래며 일어난 터라 뭐든 대체로 자신이 없었기 때문에 헤스는 선글라스가 있어야 할 자리에 있자 오늘 하루 운이 따라줄 것 같은 예감을 느꼈다. 그는 택시를 타고 가는 동안 서서히 저물어가는 가을을 감상했고, 그 좋은 기분은 보안 검색대를 지나 공항의 국제적인 분위기 속으로 깊숙이 들어가는 내내 계속 유지된다. 사방에 각양각색의 언어로 떠들어대는 관광객과 외국인들이 있고, 벌써부터 코펜하겐은 저멀리 사라져버린 느낌이다. 그는 출국편 안내 전광판을 보고 흡족한 마음으로 자신이 탈 비행기가 탑승을 시작했음을 확인한다. 아직까지는 눈이 비행에 영향을 미치지 않는다. 이 역시 행운의 여신이 그의 편이라는 증거다. 헤스는 몇 가지 소지품을 챙겨넣은 가방을 들고 게이트를 향해 걸음을 옮긴다. 옷가게 쇼윈도에 비친 그의 모습을 흘끗 쳐다보니 부쿠레슈티로 건너가면 코펜하겐에서보다 더 날씨에 어울리지 않는 옷차림일 거라는 생각이 든다. 부쿠레슈티가 따뜻했던가 아니면 눈과 서리가 내렸던가? 터미널에서 파카와 팀버랜드 부츠를 사는 편이 좋을지도 모른다. 하지만 숙취와 이 나라를 떠나고 싶은 열망이 그를 억눌러, 스타벅스 크루아상과 커피로 만족한다.

어제 저녁, 프라이만의 비서에게 온 전화와 루마니아행 편도 비행기 티켓이라는 청신호가 헤이그에서 도착했다. 아이러니하게도 헤스는 끈 떨어진 연 신세로 삼 주 전에 코펜하겐으로 파견됐을 때보다 지금 상태가 훨씬 엉망이다. 지난 열흘 동안 코펜하겐의 술집에서 알코올에 찌들어 지내느라 전화가 왔을 때 똑바로 대답하지도 못했다. 잠시 후 프라이만과 직접 연결이 됐고 그의 상사는 헤스에게 유리한 쪽으로 평가가 내려졌다고 간단명료하게 알렸다.

"하지만 근무 태만 또는 명령 불복종의 기미가 보이거나 근무 도중에 사라지기만 해도 머리가 찔할 만큼 빠른 속도로 망치가 떨어질 거야. 코펜하겐의 상사들이 자네를 좋게 평가하면서 아주 의욕이 넘친다고 했으니 명령을 따르는 게 어렵진 않겠지."

헤스는 긴 문장을 피하고 단답형으로만 대답했다. 닐라네르가 긍정적인 평가를 내린 것은 단지 자신을 내치기 위해서라고 설명할 필요는 없었고, 통화 내용이 머릿속에서 정리되자 프랑수아에게 전화해 고맙다고 인사했다. 유로폴의 편안한 껍데기 속으로 다시 들어갈 수 있다니 생각만 해도 엄청 마음이 놓였다. 물론 부쿠레슈티를 경유해 또다시 특징 없는 호텔에 묵고 또다시 유로폴의 사건을 한 건 처리해야 하지만 어디든 여기보다는 나았다.

아파트 문제도 잘 해결됐다. 아직 계약서에 사인하지는 않았지만 놀랍게도 중개업자가 구매자를 찾아냈다. 아마 그가 술에 취한 날 가격을 20만 크로네나 낮추는 데 합의했기 때문일 것이다. 어젯밤 늦게 수위에게 열쇠를 맡겼는데, 그는 헤스를 안 보게 돼서 닐라네르와 지서 사람들만큼이나 안심하는 눈치였다. 심지어 이번주 초에는 아파트를 파는 데 도움이 될 수 있다면 기꺼이 바닥 광택을 내고 수리를 대신할 용의가 있다며 호들갑을 떨었다. 헤스는 고맙다고 했지만 사실 그 쓰레기를 처분하고 영영 떠날 수만 있다면 바닥이나 호가 따위는 아무래도 상관없었다.

아직 처리해야 할 일이 있다면 나이아 툴린과의 어색한 상황뿐인데 워낙 사소한 부분이라 일이라 하기도 뭣하다. 마지막으로 만났을 때 그녀는 하르통 부부의 딸을 두고 그가 펼친 논리를 정신적으로 문제가 있는 사람의 발상으로 여긴다는 인상을 풍겼다. 그에게 골치 아픈 개인사가 있다는 이유만으로 그를 상황 판단력이 없는 사람으로 간주했다. 그녀는 오래전에 그의 과거와 그가 그렇게 분별 없는 사람이 된 이유에 대해 들었을 공산이 컸고, 어쩌면 그녀의 판단이 맞을지 몰랐다. 어쨌든 헤스는 그날 밤 이후로 밤 인형과 지문에 대해 더는 고민하지 않았다. 사건은 해결됐고—옛 도축장에서 잘린 손과 발이 나왔으니 그로써 분명해졌다—이제 휴대전화에 탑승권을 띄워놓고 게이트 앞에 줄을 서 있다보니 왜 그렇게 악착같이 반론을 제기했는지 모르겠다는 생각이 든다. 코펜하겐에 관한 기억 중에 오래도록 뇌리에서 떠나지 않을 게 있다면 툴린의 맑고 결연한 눈빛과 그가 전화로 작별인사조차 하지 않았다는 것뿐이다. 하지만 그건 전부 해결할 수 있는 문제다. 적어도 비행기에 탑승해 12B에 앉는 동안 그가 생각하기로는 그렇다.

옆자리에 앉은 사업가가 못마땅한 눈빛으로 흘끗거리는 것을 보면 헤스에게서 술냄새가 풍기는 모양이다. 그는 좌석에 몸을 묻고 한두 시간 눈을 붙이기로 한다. 꿀잠을 자기 위해 진토닉으로 해장을 해야겠다고 작정한 순간, 프랑수아가 영어로 보낸 문자가 뜬다.

"내가 공항으로 데리러 갈게. 거기서 곧장 본부로 갈 거야. 도착하기 전까지 사건 파일 읽어보길!"

사건 파일을 읽는 걸 깜빡했지만 상관없다. 꿀잠을 뒤로 미루고 지금부터 읽기 시작하면 된다. 내키지 않지만 일주일여 만에 처음으로 휴대전화로 이메일을 체크해보니 받은 파일이 없다. 프랑수아와 다시 문자를 주고받은 결과 헤스의 실수로 밝혀진다.

"다시 한번 체크해봐. 밤 10시 37분에 이메일로 보냈어, 이 게을러터진 덴마크 친구야."

헤스는 프랑수아의 이메일을 받지 못한 이유를 알아차린다. 이메일 하나에 첨부된 엄청난 크기의 파일 때문에 수신함 용량이 다 차서 다른 이메일이 모두 튕겨져나간 것이다. 뭔가 했더니 디지털 감식반원이 보낸 이메일이고, 리누스 베케르를 만나고 나오는 길에 툴린이 겐스에게 구해달라고 한 자료가 첨부되어 있다. 헤스가 그날 저녁 자신에게 전송해달라고 감식반원들을 독촉한 자료이기도 하다. 바로 베케르가 체포돼 범행을 자백하기 전에 범죄 현장 사진 아카이브에서 가장 관심을 보였던 사진의 목록이다.

이제 필요 없는 자료라 헤스는 이메일을 삭제하려다 호기심에 굴복한다. 리누스 베케르와의 만남이 유쾌하지는 않았지만 전문가적 관점에서 볼 때 그의 심리 상태는 흥미로웠고 헤스에게는 아직 시간이 있다. 아직까지 승객들이 옆걸음으로 통로를 이동하며 자리를 찾고 있다. 그는 파일을 더블클릭한다. 잠시 시간이 걸리고, 리누스 베케르가 가장 즐겨 보았던 사진들이 전체 화면 모드로 뜬다. 휴대전화 화면이 작긴 하지만 그래도 충분하다.

언뜻 보니 리누스 베케르의 검색 리스트에는 오로지 여자들이 살해당한 현장 사진만 올라와 있다. 대부분 스물다섯 살에서 마흔다섯 살 사이고, 배경에 플라스틱 트랙터, 아기용 펜스, 세발자전거 같은 것들이 흩어져 있는 것으로 짐작하건대 대다수가 아이 엄마다. 일부 사진은 흑백이지만 대개는 컬러로, 무려 1950년대부터 베케르가 체포되기 직전까지 오랜 세월 동안 축적된 것들이다. 알몸인 여자도 있고 옷을 입은 여자도 있고 검은 머리, 금발, 체구도 다양하다. 총에 맞거나 칼에 찔리거나 목이 졸리거나 물에 빠지거나 맞아서 죽었다. 일부는 성폭행의 흔적이 역력하다. 섬뜩하고 가학적인 온갖 것들이 포함되어 있다. 리누스 베케르가 이런 사진을 보며 성적인 흥분을 느꼈다니 헤스로서는 이해가 되지 않는다. 아까 먹은 스타벅스 크루아상이 도로 올라오는 느낌이다. 파일에서 벗어나기 위해 황급히 맨 위로 스크롤하자—오랜 습관이다—데이터가 너무 큰 나머지 어떤 사진에서 화면이 멈춘다. 그가 처음에 미처 못 보고 지나친 사진이다.

화장실에서 찍은 거의 삼십 년 전 사진인데, 하단에 타자로 1989년 10월 31일 뫼섬이라고 적혀 있다. 훼손된 나체 시신이 테라초 타일 바닥에 뒤틀린 채 놓여 있는데, 온몸을 뒤덮은 핏자국이 시커멓게 굳어 있다. 피해 여성의 나이는 마흔 살쯤 되어 보이지만 얼굴을 알아볼 수 없을 정도로 얻어맞았기 때문에 정확하지는 않다. 헤스의 관심을 끈 것은 신체 절단이다. 한쪽 팔과 한쪽 다리가 잘려서 상반신과 분리돼 놓여 있다. 묵직하고 다루기 어렵지만 결국 주인의 명령에 복종한 도끼를 가지고 수없이 시도한 끝에 절단한 것처럼 보인다. 그 잔인한 수법을 보면 범인이 얼마나 피에 굶주렸는지 알 수 있다. 지금까지 본 어떤 것과도 닮은 구석이 없는 장면이지만 헤스는 사진에서 헤어나오지 못한다.

"승객 여러분, 모두 자리에 앉아주시기 바랍니다."

객실 승무원들은 마지막 휴대용 수하물을 짐칸에 넣느라 분주하고 스튜어드는 마이크를 조종석 옆 벽에 다시 건다.

화장실에 쓰러진 알몸의 여자 사진은 같은 집에서 자행된 살인 사건을 촬영한 일련의 사진 가운데 첫번째 사진으로, 모두 같은 설명이 달려 있다. 1989년 10월 31일 뫼섬. 십대 남자아이와 십대 여자아이가 부엌에서 살해당했는데, 남자아이는 오븐에 기댄 채 고꾸라져 있고, 여자아이는 포리지 그릇에 머리를 박고 식탁 위에 쓰러져 있다. 둘 다 총상을 입었다. 헤스는 계속 스크롤을 내리다가 다음 희생자가 나이 많은 경찰이고 지하실 바닥에서 시신으로 발견되었다는 걸 알고 놀란다. 얼굴을 보니 그 역시 도끼로 죽임을 당했다. 그것이 이 사건의 마지막 사진이라, 팔다리가 절단된 화장실의 여자 사진으로 돌아가려던 찰나 경찰관의 사진에 첨부된 괄호 안의 숫자가 헤스의 눈에 들어온다. (37). 리누스 베케르가 그 사진을 클릭한 횟수를 감식반원이 적어놓은 게 아닐까 싶다.

"모든 전자기기를 꺼주시기 바랍니다."

헤스는 알겠다는 뜻으로 스튜어드에게 고개를 끄덕이고, 스튜어드는 똑같은 말을 반복하며 뒷줄로 넘어간다. 베케르가 살해당한 경찰관 사진을 서른일곱 번이나 보았다니 앞뒤가 맞지 않는다. 그는 누가 봐도 여자들을 더 좋아하지 않았던가. 헤스는 사진마다 작게 첨부된 숫자를 확인하며 다른 사진을 몇 개 더 재빨리 훑어본다.

하지만 살해당한 경찰관보다 숫자가 높은 사진은 없다. 심지어 화장실에 쓰러진 여자도 (16)이다.

혜스는 뱃속이 뭉치는 느낌이 든다. 지하실 바닥에 쓰러진 경찰관 사진에 뭔가 중요한 게 있다는 뜻일 수밖에 없다. 감식반원의 단순한 실수일지 모른다는 생각이 잠깐 들지만 그 가능성을 꾹꾹 눌러버린다. 다시 비행기 앞쪽으로 되짚어오는 스튜어드가 옆눈으로 보이자 그는 작은 화면을 향해 저주를 퍼붓는다. 술에 반쯤 취해 떨리는 손가락으로 사진을 확대해 못 보고 지나친 부분이 있는지 살펴야 하는데 불가능한 과제다. 이내 바둑판 모양으로 깨진 화소 때문에 눈앞이 어질거리지만 리누스 베케르가 이 사진에 집착한 이유를 전혀 알아낼 수가 없다.

"전자기기를 꺼주십시오!"

이번에는 스튜어드가 꼼짝 않고 지키고 서 있다. 혜스가 포기하려는 찰나 손가락이 화면을 건드리는 바람에 사진이 움직이며 경찰관 위편의 선반이 눈에 들어온다. 혜스의 몸이 굳는다. 처음에는 그의 머리가 눈으로 본 것을 이해하지 못하지만 화면을 축소하자 시간이 멎는다.

경찰관의 시신 위편 지하실 벽에 낡아빠진 나무 선반이 세 개 달려 있다. 전부 작고 유치한 인형들로 빼곡하다. 밤으로 만든 남자, 여자, 동물이다. 큰 것도 있고 작은 것도 있고, 아직 팔다리가 없는 미완성품도 있고, 또 어떤 것은 먼지를 뒤집어써서 지저분하다. 모두 텅 빈 눈으로 조그만 병정처럼, 막강한 아웃사이더 군단처럼 말없이 그렇게 서 있다.

이유는 알 수 없지만 그는 베케르가 이 사진을 서른일곱 번 본 이유가 이것이라는 것을 한눈에 알아차린다. 비행기가 덜커덩거리

며 움직이는 것이 느껴지고, 그는 스튜어드가 제지할 겨를도 없이
조종실을 향해 달려간다.

　코펜하겐공항의 비즈니스 라운지에는 인적이 거의 없고 향수와 갓 내린 커피와 새로 구운 빵 냄새가 풍기지만 헤스는 입구를 지키는 안내원과 오 분 넘게 실랑이를 벌인 다음에야 겨우 안으로 들어온다. 그녀는 완벽하게 화장한 앳된 얼굴로 미소를 지으며 사근사근하게 고개를 끄덕이지만, 그가 유럽 경찰 배지를 보여주며 중요한 볼일이 있다고 아무리 설명해도 그의 외모와 태도를 그 배지와 연결시키지 못하는 눈치다. 안내원은 소말리아 출신의 젊은 보안요원을 호출해 배지를 확인받은 다음에야 헤스가 신성한 비즈니스 라운지에 입성할 수 있게 자비를 베푼다.

　헤스는 손님들을 위해 라운지 뒤편에 마련된 세 대의 컴퓨터 쪽으로 직진한다. 이미 들어와 있던 몇 안 되는 사람들은 스마트폰과 동그란 테이블에 가져다놓은 저칼로리 브런치에 정신이 팔려 있고, 모니터 앞에 놓인 높은 의자는 가끔 출장길에 따라나선 아이들 말고는 누가 거기 앉았던 적이 있을까 싶다. 헤스는 키보드 앞에 자리 잡고 앉아 속으로 욕을 해대며 유로폴의 보안 시스템을 뚫고 그의 이메일 수신함에 들어간다. 그는 독일의 어느 재미없는 도시를 경유할지언정 그날 부쿠레슈티로 출발하는 비행기가 여러 대 있다는 걸 알고 있다. 만약 헤스가 늦는다는 소식이 프라이만의 귀에 들어가면 그는 짜증을 낼 것이다. 그럼에도 헤스는 선택의 여지가 없는 느낌이고, 베케르의 검색 리스트를 다시 열고 밤 인형들을 본 순간 상사를 까맣게 잊는다.

좀더 큰 화면으로 보니 거의 삼십 년 된 사진 속의 말없는 인형들이 더 으스스하게 느껴진다. 하지만 헤스는 이것이 뭘 뜻하는지 여전히 이해하지 못한다. 베케르가 이 사진에 엄청난 의미를 부여한 건 분명하다. 서른일곱 번을 보았으니 그건 확실하고, 피해자가 그가 선호하는 타입이 아닌 것도 사실이다. 하지만 그가 의미를 부여한 이유가 뭐였을까? 베케르가 맨 처음 그 사진을 보았을 때는— 약 십팔 개월 전에 아카이브를 해킹했을 때였다—여성을 살해하고 현장에 밤 인형을 남기는 정체 모를 살인범이 언론이나 그 어디에서도 거론된 적 없었다. 베케르가 처음 그 사진을 봤을 때는 그 살인범이 존재하지도 않았으니 그런 관점에서 생각해보면 그가 밤으로 만든 인형 부대에 마음을 빼앗겼다는 건 말이 안 된다. 그럼에도 헤스는 그가 그랬을 거라는 데 일말의 의심도 없다.

순간 헤스는 베케르가 1989년 묀섬에서 벌어진 살인사건 파일에서 뭔가를 읽고 호기심을 느낀 건 아닌지 궁금해진다. 사건 보고서를 읽어보면 어디에서 매력을 느꼈는지 알 수 있을지 모른다. 예컨대 피해자나 사건 현장이 그가 아는 사람이나 장소였을 수도 있고, 아니면 우연히 관련된 다른 정보를 접하고 살해당한 경찰관과 인형 사진을 확인하고 또 확인했을지 모른다. 하지만 베케르가 해킹한 자료에 사건 파일은 없었다. 묀 사건도 다른 사건도 전혀 없었다. 그는 오로지 범죄 현장에서 촬영한 사진을 모아놓은 아카이브에만 들어갔다. 다른 곳은 건드리지 않았다. 보고서는 다른 디지털 아카이브에 보관되어 있었고, 헤스의 기억이 맞는다면 베케르는 자신의 성적 취향을 만족시킬 수 있는 특정 아카이브 말고는 어떤 곳도 건드리지 않았다.

헤스는 안개 속을 헤매는 기분이다. 숙취가 다시 밀려오고, 미친 놈처럼 조종실 문을 두드려 독일어를 쓰는 조종사에게 자신을 내려달라고 우겼던 것이 후회되기 시작한다. 부쿠레슈티로 가는 비행기였는데. 심지어 정시에 이륙 준비를 마쳤는데. 그는 출발편 안내 전광판 쪽으로 시선을 돌리지만 리누스 베케르의 얼굴이 보이고 그의 웃음소리가 들린다. 헤스는 사진들을 다시 한번 살펴보기로 한다. 맨 위에서부터 차례대로 스크롤을 내린다. 소름 끼치는 범죄 현장들이 섬뜩하게 이어진다. 한 사진이 지나면 다음 사진이 등장하고 수위가 점점 세진다. 베케르가 이 사진들을 왜 그렇게 좋아했는지 알 수가 없다. 헤스는 뭔가 혐오스러운 것, 베케르 같은 변태나 알아차릴 만한 것이 있을 거라고 추측하다가 문득 감을 잡는다. 눈으로 확인하기 전에 머리로 알아차린다. 그가 상상할 수 있는 가장 섬뜩한 것인 동시에 리누스 베케르를 흥분시킬 수 있을 만큼 상상을 초월하는 것이기 때문이다.

그는 다시 처음으로 돌아가 익히 아는 사진들을 훑고 지나간다. 그리고 이번에는 하나를 찾아낸다. 이제는 사진의 중심 피사체가 아니라 그 밖의 모든 것에 주목한다. 전경, 배경, 소품, 의미 없어 보이는 모든 것. 그는 아홉번째 사진에서 찾던 것을 발견한다. '2001년 9월 22일, 리스코브'라고 되어 있는, 다른 범죄 현장 사진이다. 언뜻 보면 나머지와 다를 게 없다. 서른다섯 살쯤 되어 보이는 금발 여자의 시신이 단독주택이나 아파트의 거실처럼 보이는 곳에 놓여 있다. 고동색 치마에 찢어진 흰색 슈미즈를 입고 하이힐을 신었는데, 한쪽 구두굽이 부러졌다. 뒤편으로 장난감과 아기용 펜스가 보이고, 왼쪽 테이블에 2인분의 음식이 가지런히 차려져 있지만 건드리지도 않은 상태다. 살해 방식은 광적이고 무절제하며, 사진의 오른편에서 범행이 일어났는지 그쪽의 모든 것이 뒤집히고 피가 튀어 있다. 하지만 헤스의 시선이 닿은 곳은 아기용 펜스다. 펜스, 그리고 딸랑이 옆쪽 가로대에 매달려 있는 조그맣고 수줍은 밤 인형.

헤스의 귀에서 피 끓는 소리가 나기 시작한다. 그는 계속 샅샅이 뒤지고, 이제 적응이 됐는지 찾는 패턴만 눈에 쏙쏙 들어온다. 나머지는 모두 무관한 것들이다. 이 세상에 작은 인형 말고는 아무것도 존재하지 않고, 스물세번째 사진에서 그는 다시 멈춘다.

'2015년 10월 2일, 뉘보르.' 이번에는 검은색 소형차에 타고 있는 젊은 여자다. 앞유리창 너머에서 사진을 촬영했다. 여자는 운전석에 앉아 있는데, 상반신이 조수석의 카시트 위로 쓰러져 있다. 약속이나 데이트가 있어서 나가던 중이거나 끝내고 돌아오는 길인지 깔끔하게 차려입었다. 한쪽 눈이 으스러졌지만 사진 속에서 핏자국은 사실상 보이지 않는 것으로 보아, 리스코브 때보다 침착하게 살인이 자행된 모양이다. 전경으로 보이는 백미러에 조그만 밤 인형이 매달려 있다. 실루엣으로만 보이지만 그래도 확실하다.

마흔 장에 가까운 사진이 남아 있지만 헤스는 로그아웃하고 자리에서 일어난다. 에스컬레이터를 타고 2층으로 내려가는데, 거의 삼십 년에 걸쳐 저질러진 살인의 범인이 한 명일 수 없다는 생각이 든다. 그건 불가능한 일이다. 그랬다면 누군가가 알아차렸을 것이다. 누군가가 조치를 취했을 것이다. 사실 밤으로 만든 인형은 특이할 게 없고, 가을에는 특히 그렇다. 헤스가 보고 싶은 것만 보는 건 아닐까?

그렇다 하더라도 렌터카 데스크에서 서류를 작성하고 열쇠를 건

네받길 기다리는 동안 리누스 베케르의 얼굴이 자꾸 떠오르는 것은
어쩔 수 없다. 이것은 베케르가 만든 연결고리다. 밤 인형은 몇 번
이고 등장하고 또 등장하는 살인범의 상징이다. 그가 열쇠를 받아
들고 주차장으로 달려갈 즈음에는 눈발이 제법 굵어져 있다.

101

툴린이 사물함을 비우고 철문을 조금 세게 닫자 두 형사가 모니터를 보다 말고 고개를 들지만 그녀는 그들과 눈을 맞추지 않는다. 이날이 그녀가 그 부서원으로 지내는 마지막날이라는 데 초점이 맞추어지지 않도록 지금까지 일부러 피해왔는데 이제 와서 그걸 바꿀 생각은 없다. 물론 초점이 맞추어진들 달라지는 건 없다. 그녀가 그리워할 사람은 없고, 그녀를 그리워할 사람도 없을 것이다. 툴린은 첫날부터 그런 식이길 바랐고 그 건물에서 빠져나올 때까지 최대한 투명인간으로 남는 데 만족한다. 몇 분 전에 우연히 복도에서 닐라네르와 마주치기는 했다. 그는 또다시 기자회견을 하러 부하들을 떼로 거느리고 그녀를 지나쳐갔다. 이미 숱하게 반복된 기자회견 가운데 오늘 회견의 명분은 검시관의 최종 검시와 DNA 분석 결과가 나왔다는 것이다. 툴린은 닐라네르가 스포트라이트를 즐기는 것이 회견의 진짜 이유가 아닐까 생각한다. 그가 너무 번쩍거리는 느낌의 양복을 입고 법무부 장관 옆에 포즈를 잡고 서 있거나 선심을 쓰는 척 그의 부하들이 쉬드하우넨에서 벌인 수색 작전이 수사에 결정적인 역할을 했다고 강조할 때면 그래 보인다.

닐라네르는 걸음을 멈추고 그녀에게 행운을 빌어주었다.

"잘 가게, 툴린. 벵게르한테 안부 전해주고."

NC3에서 툴린의 새로운 상사가 될 이사크 벵게르를 두고 한 말이었는데, 툴린은 이제 부서 간의 힘의 균형이 달라졌으니 부서 이동을 후회하게 될 거라는 뜻으로 해석했다. 그녀는 NC3 반장이 그주 월요일에 직접 전화해 살인사건이 해결된 것을 축하하기 전까지 부서 이동에 대해 거의 잊고 있었다.

"하지만 내가 그 일로 전화한 건 아니야. 우리하고 같이 일하고 싶은 마음이 아직 있겠지?"

뱅게르가 예전에 보직을 제안하긴 했지만 그녀는 끝까지 정식으로 지원하지도, 닐라네르에게 추천서를 받지도 않았다. 그녀가 제안을 수락하면 뱅게르가 닐라네르와 실무적인 부분을 해결할 테고, 그녀는 늦가을 휴가가 끝난 이후부터 NC3에서 일을 시작할 수 있었다. 그것이 현재 툴린을 기다리는 미래의 청사진이다. 레와 둘이서 꼬박 일주일을 함께 보낼 수 있는 것. 어떻게 보면 상황이 정석대로 흘러갔는데도 툴린은 지난 며칠 동안 사건이 제대로 해결되었다고 스스로를 설득하느라 짜증스러운 시간을 보내야 했다.

아네 사이에르라센과 제시 크비움의 잘린 손과 제시의 발이 옛 도축장의 미니 냉장고에서 발견된 것이 워낙 결정적이었기 때문에 툴린도 닐라네르의 해석에 논리적으로 동의하는 수밖에 없었다. 물론 헤스가 해명되지 않은 문제를 제기하기는 했지만 그는 개인적인 문제로 인해 거기에 집착하게 됐을 가능성이 컸다.

아무튼 그것이 닐라네르의 무정한 해석이었다. 그가 툴린에게 이야기한 바에 따르면 헤스가 살인수사과와 코펜하겐을 떠난 것은 개인적인 비극 때문이라고 했다. 그 당시 닐라네르는 살인수사과 소속이 아니었기 때문에 자세한 내막은 모르지만, 간단히 요약하자면 오 년 전 5월의 어느 날 발뷔의 아파트에서 불이 나 당시 스물아홉 살이던 헤스의 아내가 죽었다.

그 얘기를 듣고 툴린은 마음이 쓰였다. 그녀가 데이터베이스에서 찾아본 경찰 보고서에 따르면 화재는 새벽 3시에 시작돼 급속도로 번졌다. 아파트 주민들을 대피시켰지만, 불길이 워낙 거세 소방관들이 맨 꼭대기 층에는 진입하지 못했다. 화재가 진압됐을 때 시커멓게 탄 젊은 여자의 시신이 침실에서 발견됐고, 그녀의 남편인 '강력반 형사 마르크 M. 헤스'는 사건 수사를 위해 스톡홀름에 출장을 갔다가 전화로 소식을 전해 들었다. 화재의 원인은 밝혀지지 않았다. 배선 결함, 석유등, 방화의 가능성을 모두 수사했지만 확실한 결론은 내려지지 않았다. 여자는 임신 팔 개월이었고 그 커플은 결혼한 지 이제 한 달째였다.

보고서를 읽고 툴린은 속이 불편해졌다. 순간 헤스의 성격이 왜 그런지 여러모로 수긍이 됐지만 또 한편으로는 이해되지 않았다. 아무튼 이제는 헤스가 제기한 문제에 대해 고민할 이유가 없었고, 헤스가 다시 헤이그의 부름을 받고 임무차 부쿠레슈티로 이동중이라고 그날 부청장이 뉠라네르에게 말하는 것을 들었을 때 그녀가 다행스럽게 여긴 것도 그 때문이었을 것이다. 그렇다면 헤스가 이 나라를 떠난다는 뜻이었고 누가 봐도 그것이 최선이었다. 그녀는 그 주 들어 여러 번 그에게 연락했지만 그는 답신이 없었고, 레가 자신의 리그오브레전드 레벨이 얼마나 높아졌는지 보여주고 싶다며 '그 눈이 특이한 아저씨'가 언제 올 수 있는지 묻자 툴린은 당황했다. 관계당국에서 알맞은 위탁가정을 찾아줄 때까지 보육원에 있게 된 마그누스 키에르의 안부를 물으러 전화했을 때도 똑같은 상황이 벌어졌다. 관리자는 아이의 상태가 호전되고 있는데, 아이가 '그 경찰관'에 대해 여러 번 물었다고 알려주었다. 툴린은 뭐라고 하면 좋을지 알 수 없었다. 그녀는 헤스를 머릿속에서 지우기로 마음먹었다. 사실 지금까지는 사람을 그런 식으로 밀어내는 데 별 어려움이 없었다. 세바스티안만 해도 그랬다. 그는 요즘도 음성사서함에 메시지를 남기지만 그녀는 다시 연락하고 싶은 마음이 생기지 않았다.

"나이아 툴린 씨?"

아무것도 없는 그녀의 책상 쪽으로 고개를 돌리자 퀵서비스 기사가 그녀를 쳐다보고 있고, 스스로 다짐한 것이 있었음에도 꽃다발을 보았을 때 제일 먼저 떠오른 사람은 헤스다. 노란색, 주황색, 빨간색 가을꽃인데, 이름은 모른다. 그녀는 꽃에 의미를 부여한 적이 없다. 그녀는 기사에게서 디지털 펜을 건네받아 송장에 서명하고, 기사는 자전거용 신발을 신은 채 어기적거리며 서둘러 나간다. 툴린은 카드를 펼치며, 동료들이 뉠라네르의 기자회견이 생중계되고 있는 구내식당의 평면 TV 앞에 모여 있어서 다행이라는 생각을 한다.

"같이 달려줘서 고마웠어요. NC3에 가서 잘하길 빌어요. 그 책상에서 얼른 탈출해요. ☺"

툴린은 슬그머니 미소를 짓지만 겐스의 카드를 쓰레기통에 던진다. 그녀는 꽃을 예뻐해줄 사람이 있는 행정실 책상에 꽃다발을 놓아두고, 자유를 향해, 레의 학교 핼러윈 파티를 향해 계단을 내려간다.

지서 밖으로 나와보니 눈이 계속 내리고 있고, 툴린은 NC3 출근을 시작하기 전에 차량 문제를 해결할 생각을 하지 못했다는 사실에 짜증이 난다. 운동화가 이내 흠뻑 젖고 그녀는 베른스토르프스가데를 서둘러 지나 중앙역으로 간다. 거기서 뒤벨스브로까지 지하

철을 타고 갈 것이다.

그날 아침 겐스를 만났을 때는 아직 눈이 내리기 전이었다. 그녀는 같이 달리자는 그의 제안에 마침내 응하는 것으로 살인수사과에서 보내는 마지막날을 기념하기로 했다. 앞으로는 동료가 아닐 테니 이런 식으로 그들의 관계를 정리하는 것도 괜찮아 보였다. 게다가 그녀에게는 나름의 계획이 있었다. 스트란바이엔을 달리기로 했기 때문에 오전 6시 30분에 노르하운의 근사한 신축 단지에 자리잡은 겐스의 아파트 앞에서 그를 만났다. 겐스가 그런 집에 살 만한 여력이 된다니 뜻밖이었지만 꼼꼼한 그의 성격을 감안하면 재정 관리에도 일가견이 있을 법했다.

처음에는 외레순 위로 떠오르는 태양을 감상하며 기분좋게 달렸고, 그들은 수사에 대해서도 의견을 나누었다. 비극적인 사건 이후 베네딕테 스칸스와 아스게르 네르고르의 복수에 대한 열망이 어떤 식으로 발전했을지. 간호사인 베네딕테가 학대당하는 아이와 어머니에 대한 정보를 어떤 식으로 수집해 희생양을 골랐을지. 그들이 자기들 컴퓨터가 아니라 인터넷 카페에서 어떻게 우크라이나 이메일 서버에 접속해 익명의 제보 메일을 보냈을지, 감식반이 1차 현장 수색 때 미니 냉장고에 든 증거물을 어떻게 못 보고 지나쳤을지. 희생자들을 살해하고 시신을 절단하는 데 쓰인 곤봉과 톱은 아직 발견되지 않았지만 베네딕테 스칸스가 간호사였으니 수술실에서 도구를 입수할 수 있었을 테고, 그 부분은 현재 조사와 검사가 이루어지고 있었다.

겐스는 수사의 결론을 의심할 만한 이유가 있다고 생각하지 않았지만 툴린이 보기에 그는 대화보다 달리기에 더 열중하는 눈치였다. 그녀보다 앞서가지 않으려고 노력하는 티가 너무 났기 때문에 툴린은 그에게 장거리 달리기를 좋아한다고 말했던 것이 후회스러워졌다. 그들은 8킬로미터를 뛴 다음 방향을 바꿔 오던 길로 다시 뛰었고, 그녀는 케냐 선수의 꽁무니를 쫓아가는 일요일 조깅족처럼 뒤처졌다. 겐스는 그녀와의 거리가 몇 미터 벌어진 다음에야 그 사실을 알아차리고 대화를 계속 이어나갈 수 있게 속도를 늦추었다. 그녀가 겐스의 제안을 그녀와 친해지려는 수작으로 받아들였다면, 그건 엄청난 착각이었다. 그는 실험실 업무만큼이나 달리기에도 열정이 넘쳤다.

툴린은 남은 구간 동안 거의 대화를 할 수 없을 만큼 숨이 찼지만, 샤를로텐룬 요새에서 빨간 신호등에 걸려 멈춰 섰을 때 하르퉁 부부 딸의 지문이 남은 밤 인형이 범죄 현장에 남겨진 이유를 설명할 방법이 여전히 없다는 데 불만을 표출했다. 젊은 커플의 거처에서 밤 인형은 전혀 보이지 않았고, 네르고르와 스칸스가 그걸 어떻게 입수했는지는 수수께끼로 남았다.

"닐라네르가 얘기한 것처럼 크리스티네 하르퉁이 실종되기 전에 친구와 함께 팔던 걸 그 커플이 샀을 수도 있죠." 겐스가 말했다.

"하지만 그랬을 가능성이 얼마나 될까요? 심지어 스텐 하르퉁은 그해에 아이들이 밤 인형을 만들지도 않았다고 생각하는데."

"그가 잘못 기억하고 있는 거 아닐까요? 그 당시 스칸스는 로스킬데에 입원해 있었지만 네르고르가 동네를 돌아다니며 그때부터 사전 준비를 시작했을 수도 있잖아요."

"그러다 우연히 리누스 베케르에게 선수를 빼앗겼다고요? 그것도 거의 비슷한 시기에?"

겐스는 어깨를 으쓱하고 그녀를 보며 미소를 지었다.

"그건 내가 세운 가설이 아니잖아요. 나는 감식 전문이에요."

어쩌면 끝까지 확실한 결론을 내릴 수 없을지 몰랐지만 툴린은 왠지 모르게 밤 인형이 계속 마음에 걸렸다. 그들이 깜빡하고 뭔가를 확인하지 않았거나 빠뜨린 느낌이었다. 하지만 잠시 후 그녀와 겐스는 마침내 스바네묄렌역에 도착했고, 눈이 내리기 시작했다. 겐스가 공원을 살짝 돌아서 달리기를 계속하는 동안 툴린은 비틀거리며 승강장으로 들어섰다.

"3A반을 찾는데요."
"교실에 가보세요. 시끄러운 소리가 나는 곳으로 가시면 돼요."
툴린은 눈을 털며 핼러윈 분위기로 꾸며진 휴게실에 있는 교사 두 명을 지나친다. 학교는 뒤벨스브로역에서 그리 멀지 않은 골목길에 위치해 있고, 그녀는 딱 맞게 도착했다. 그리고 앞으로도 죽 이렇게 하겠다고 다짐한다. 지금까지 학교 행사에 늦거나 아예 참석하지 못한 경우가 부지기수라 교실에 들어선 그녀를 보고 몇몇 학부모가 잠깐 놀란 표정을 짓는다. 그들은 속을 파낸 호박이 줄줄이 늘어선 벽 옆에 서 있고, 아이들은 핼러윈 코스튬을 입고 신나게 돌아다닌다. 핼러윈은 내일이지만 주말이기 때문에 학교에서 오늘 파티를 열기로 했다. 여자아이들은 마녀로 남자아이들은 괴물로 분장했고 대부분 섬뜩한 가면을 썼다. 뒤로 갈수록 점점 피칠갑한 강도가 세지고 부모들은 아이들이 쌩하니 지나가면 무서운 척 감탄사를 터뜨린다. 툴린과 연령대가 비슷한 여교사도 마녀로 분장하느라 가슴이 깊게 파인 검은색 원피스를 입고 검은색 망사 스타킹과 구두를 신었는데, 새하얀 화장과 빨간 립스틱과 끝이 뾰족한 검은색 모자 때문에 모든 게 우스꽝스러워 보인다. 마치 팀 버튼 영화에 나오는 등장인물처럼 보이고, 이 금요일 오후에 아버지들이 유난히 즐거워하는 이유를 누구든 쉽게 짐작할 수 있다.

툴린은 잠시 동안 학부모와 피에 굶주린 작은 괴물들 사이에서 레도 아이의 할아버지도 발견하지 못하지만, 이내 두개골이 쪼개져 이마 위로 누런 뇌수를 흘리는 고무 좀비 마스크를 알아본다. '플랜츠 vs 좀비'라는 게임에 나오는 고무 마스크로, 어제 레가 스킨데르가데의 만화책 서점으로 그녀를 끌고 가서 사고 싶어했던 바로 그 코스튬이다. 아이는 뇌수가 목 위로 흐르지 않게 마스크를 바로잡아주는 할아버지 옆에 서 있다.

"엄마 왔어요? 나인지 알겠어요?"

"아니, 지금 어디 있는데?"

그녀가 좌우를 두리번거리다 다시 고개를 돌려보니 레가 고무마스크를 머리 위로 잡아 빼고, 땀범벅이 된 얼굴로 의기양양한 표정을 짓고 있다.

"내가 맨 앞에서 호박을 들고 갈 거예요."

"멋지다. 얼른 봤으면 좋겠다."

"끝까지 남아서 볼 거예요?"

"그럼."

"너 열사병으로 죽지 않게 내가 뇌를 잠깐 들고 있을까?" 악셀이 레의 이마를 닦아주며 묻는다.

"괜찮아요, 할아버지."

레는 좀비 마스크를 목에 걸고는 해골로 분장한 라마산을 보고 교실을 가로질러간다.

"별문제 없었니?"

악셀이 툴린을 쳐다보고, 그녀는 지서에서의 마지막날에 대해 묻는 거라는 것을 안다.

"네. 전부 잘 끝났어요."

악셀이 뭐라고 말하려던 찰나 선생님이 집중해달라는 뜻에서 손뼉을 친다. "자, 이제 시작해볼까요? 얘들아, 다들 선생님 곁으로 와." 그녀는 명랑한 목소리로 이렇게 얘기하고 학부모들을 돌아본다.

"파티가 열리는 휴게실로 이동하기 전에 가을을 주제로 진행했던 프로젝트 주간을 마무리하겠습니다. 아이들이 세 가지 프레젠테이션을 준비했는데, 얼른 보여드리고 싶대요!"

파티 장식품이 계속 걸려 있고 가계도로 꾸민 포스터도 마찬가지다. 툴린은 지금까지 아이들 공연을 딱 한 번밖에—주제가 서커스였고 아이들이 사자 분장을 하고 훌라후프를 세 번 통과하는 장면도 있었다—보지 못했다. 학부모들이 열렬히 환호성을 지르자 툴린의 발가락이 오그라든다.

이번에도 별반 다를 게 없다. 첫번째 모둠이 숲에서 주운 나뭇가지와 붉은 기가 도는 노란색 낙엽으로 만든 포스터를 공개하고 학부모들은 웃으며 휴대전화 카메라를 통해 지켜본다. 툴린은 빨간색과 노란색 낙엽을 보고도 라우라 키에르와 아네 사이에르라센과 제시 크비움의 섬뜩한 모습을 떠올리지 않으려면 시간이 오래 걸리겠다고 생각한다. 다음 모둠이 준비한 것도—반 전체가 함께 만든 밤 인형이다—그녀의 기분을 북돋우는 데 도움이 되지 않는다.

마침내 레의 차례다. 그녀와 라마산과 다른 몇 명의 아이들이 선생님 책상 앞으로 행진해, 밤을 먹을 수도 있다고 선포한다.

"하지만 먼저 칼집을 내야 해요! 안 그러면 오븐에서 터져요! 정확히 225도로 구워서 버터랑 소금을 발라서 먹으면 돼요!"

레가 밝고 분명한 목소리로 외치고 툴린은 크게 놀란다. 그녀의 전사 같은 딸은 지금까지 부엌과 관련된 것에 관심을 보인 적이 한

번도 없다. 군밤이 담긴 접시 몇 개가 학부모의 손에서 손으로 건네지고, 선생님은 자신의 대사를 까맣게 잊은 라마산을 돌아본다.

"라마산, 밤을 구워서 먹을 때 뭘 기억해야 하지?"

"잘 골라야 해요. 먹을 수 있는 밤으로요."

"맞아. 밤에는 여러 종류가 있는데, 먹을 수 있는 건 몇 가지 안 되거든."

라마산이 고개를 끄덕이고 밤을 하나 집어서 요란하게 씹어 먹자 그의 어머니와 아버지는 자랑스러워하며 함박웃음을 짓고 다른 학부모들의 긍정적인 반응에 기뻐한다. 선생님은 학부모들이 지금 먹고 있는 밤을 아이들이 어떤 식으로 직접 준비했는지 소개하지만 툴린의 귀에는 들리지 않는다.

"밤에는 여러 종류가 있다니 그게 무슨 말씀이세요?"

너무 늦고, 뜬금없는 질문이다. 선생님은 놀라서 툴린을 돌아보고, 몇몇 학부모들도 웃다 말고 그녀를 쳐다본다.

"저는 밤에는 두 종류밖에 없는 줄 알았거든요. 먹을 수 있는 밤과 인형으로 만드는 밤."

"아뇨, 여러 종이 있어요. 자, 이제 라마산이……"

"확실한가요?"

"네. 자, 이제……"

"얼마나 되죠?"

"무슨 말씀이세요?"

"밤의 종류가 얼마나 되느냐고요?"

교실 안에 정적이 흐른다. 학부모들은 툴린과 선생님을 번갈아 쳐다보고 아이들마저 아무 소리를 내지 않는다. 툴린의 마지막 질문은 날카롭게 따지는 투고, 처음과 다르게 예의바르지 않다. 선생님은 어색하게 웃으며 머뭇거린다. 자기를 갑자기 왜 시험하는지 영문을 몰라한다.

"저도 전부 아는 건 아니에요. 하지만 먹을 수 있는 밤에도 예컨대 유럽 밤과 일본 밤 등 여러 종류가 있고 마로니에 열매도 여러 종이 있어요. 그러니까 예를 들어……"

"인형을 만들 때는 그중 어떤 걸 쓰나요?"

"글쎄요, 전부 가능하죠. 하지만 이 일대에서 가장 흔한 것은 마로니에 열매고……"

아무도 입을 열지 않는다. 학부모들이 툴린을 쳐다보는 가운데 그녀는 멍한 눈빛으로 선생님을 응시한다. 곁눈으로 보니 딸아이는 지금까지 이렇게 창피한 순간은 없었다는 표정을 짓고 있다. 하지만 툴린은 바로 교실을 나선다. 핼러윈 파티가 한창인 휴게실을 지나 출입문을 향해 달린다.

102

"달리기를 다시 하자고 도전하러 온 거면 다음주까지 기다려줘 야겠는데요."

겐스가 그녀를 보며 웃는다. 툴린이 넓은 실험실로 들어섰을 때 그는 옆에 긴 작업 가방과 작은 여행가방을 두고 서둘러 방수 코트 를 입는 중이다. 그녀는 그가 방금 전 사건 현장에서 돌아왔지만 주 말에 헤르닝 전시관에서 열리는 회의에 참석하기 위해 곧바로 다 시 나갈 준비를 하고 있다는 것을 안내 데스크 직원에게 들어서 이 미 알고 있다. 그녀는 그를 만날 수 없다는 직원을 설득해 지금 이 안에 들어왔다. 택시를 타고 여기까지 오는 동안 그와 통화하려 했 지만 연결이 되지 않았다. 누가 봐도 안 좋은 타이밍에 오기는 했지 만, 툴린은 그가 아직 실험실에 있는 것을 보고 한숨 놓는다.

"그게 아니라 도움이 필요해서요."

"차가 있는 데로 가면서 얘기해도 될까요?"

"피해자들 옆에 놓여 있던 밤 인형 말이에요, 크리스티네 하르통 의 지문이 찍혀 있던 거. 그거 어떤 밤이었어요?"

"어떤 밤이었느냐고요?"

겐스는 할로겐램프를 끄려다 말고 그녀를 빤히 쳐다본다.

"그게 무슨 소리예요?"

계단을 달려올라온 툴린은 자기가 숨을 헐떡이고 있다는 것을 이제야 알아차린다.

"밤이 그냥 밤이 아니라 여러 종류가 있대요. 그래서 어떤 밤이었나 해서요."

"기억이 안 나요. 확인해봐야 알겠는데……"

"마로니에 열매였어요?"

"그건 왜요? 왜 그래요?"

"별게 아닐지도 몰라요. 당신이 기억하지 못하더라도 보고서에는 적혀 있겠죠?"

"그렇겠지만 내가 지금……"

"겐스, 중요한 문제가 아니면 이렇게 물어보지도 않았을 거예요. 지금 바로 확인해줄 수 있어요?"

겐스는 한숨을 쉬고 커다란 모니터 앞에 털썩 주저앉는다. 몇 초 후 그는 시스템에 접속하고 툴린은 그의 뒤쪽 벽에 걸린 화면을 통해 모니터 속에서 일어나는 동작을 실시간으로 확인한다. 겐스는 어느 폴더로 들어가 숫자가 달린 보고서들을 과감하게 스크롤하다가 하나를 선택해 더블클릭한다. 어마어마한 분량의 숫자와 분석 내용이 적혀 있지만 겐스는 내용을 익히 아는 사람답게 빠르게 스크롤하다가 '품종과 원산지' 부분에서 멈춘다.

"첫번째 사건, 그러니까 라우라 키에르의 경우에는 식용 밤에 지문이 남겨져 있었어요. 정확하게는 카스타네아 사티바 X 크레나타. 됐어요?"

"다른 경우에는요?"

겐스는 재미없다고 말하려는 사람처럼 그녀를 잠깐 물끄러미 바라본다.

"얼른요, 중요한 문제예요!"

겐스는 디지털 데스크를 다시 뒤져 다른 보고서를 더블클릭하고 이후 세번째로 똑같은 과정을 반복한다. 이 과정이 모두 끝났을 때 툴린은 그의 말을 듣기 전부터 답을 알고 있다.

"다른 경우에도 결과는 모두 같아요. 카스타네아 사티바 X 크레나타. 됐어요?"

"정확한 거죠? 틀림없는 거죠?"

"툴린, 나는 지문 자체에 집중하느라 이 부분은 내 조수들이 맡았어요. 그러니까 당연히 장담은 못하지만……"

"그래도 조수들이 세 번이나 잘못 파악했을 가능성은 없죠?"

"네, 없어요. 다들 밤에 대해서는 잘 모르니까 이런 경우에는 대개 전문가에게 품종 확인을 부탁하거든요. 이번에도 아마 그랬을 거예요. 이제 이게 다 무슨 일인지 들을 수 있을까요?"

툴린은 아무 말도 하지 않는다. 그녀는 택시를 타고 오는 동안 두 사람에게 전화를 걸었다. 한 사람은 겐스, 다른 한 사람은 스텐 하르퉁이었다. 하르퉁은 힘없이 전화를 받았다. 그녀는 가슴을 찌르는 죄책감을 느끼며 하르퉁에게 귀찮게 해 미안하다고 사과한 다음 보고서를 마무리하다 하르퉁 부부네 집에 있는 밤, 그러니까 크리스티네와 친구가 인형을 만들 때 썼던 밤이 어떤 종류인지 파악할 필요성이 생겨 연락했다고 설명했다. 하르퉁은 놀랄 기운조차 내지 못했고, 그녀가 그냥 형식적인 절차라고 말하자 더이상 왈가왈부하지 않고 알려주었다. 그들의 마당에 심긴 커다란 밤나무는 마로니에였다.

"문제가 생겼어요. 그 전문가한테 연락해야 해요. 지금 당장."

　빨간 문에서 사슴공원의 페테르 리엡스 후스 레스토랑까지 가는
길이 갓 내린 눈으로 폭신하게 덮였고, 로사 하르퉁은 비누처럼 미
끄러운 아스팔트 길 대신 자갈길에서 달리기로 한다. 그 길 끝에 다
다르자 그녀는 시즌이 끝나서 문을 닫는 바람에 방치된 놀이기구들
로 스산한 놀이공원을 흘끗 쳐다보다가 오른쪽으로 방향을 꺾어 나
무 덕분에 눈이 거의 없는 길로 향한다. 두 다리는 자꾸 포기하려고
하지만 공기가 맑고 차가운데다 달리면 우울한 기분이 가실지 모른
다는 생각에 그녀는 멈추지 않는다.

　그녀는 열흘 동안 외스테르브로 외곽의 집 바깥으로 나선 적이
거의 없다. 크리스티네를 다시 만날 수 있을지 모른다는 희망이 이
루어질 수 없다는 걸 깨닫자 집무실로 복귀할 때 끌어모았던 용기
가 모두 사라져버렸다. 지난해 겨울과 봄 거의 내내 그랬듯 모든 것
이 빛을 잃고 하찮아졌다. 고맙게도 보겔과 리우, 엥엘스가 장관실
로 복귀하라고 응원을 아끼지 않았지만 소용없었다. 그녀는 집에
틀어박혔고, 그들이 무슨 말을 해도 그녀의 임기가 얼마 남지 않았
다는 것을 알았다. 총리와 법무부 장관이 모두 공개 석상에서 안타
까워하는 뜻을 내비쳤지만 다들 뒤에서는 로사의 당내 입지가 큰
타격을 받았다는 데 이견이 없었다. 어느 정도 시간이 흐른 후 그녀
는 총리에게 반기를 들었다거나 아니면 너무 불안정하다는 이유로

밀려날 것이다. 그러거나 말거나 로사는 전혀 관심 없었다.

하지만 슬픔조차 모르는 체할 수는 없었다. 그래서 그날 아침 정신과의사를 찾아갔고, 다시 항우울제를 복용하는 것이 좋겠다는 진단을 받았다. 그래서 그녀는 집에 돌아오자마자—재택근무하던 시절에 점심을 먹고 나서 종종 그랬듯이—억지로 러닝복으로 갈아입었다. 오늘 집밖으로 나선 것은 달리기로 엔도르핀을 자극해 기분을 조금이나마 전환하고 체력을 쌓아 다시 약물에 의존하지 않기 위해서다.

물론 운송업자가 크리스티네의 물건들을 수거하기 위해 올 예정이라 집을 나서는 것이기도 했다. 상담 이후 로사는 지금껏 충분히 절망으로 몸부림쳤기에 딸의 물건을 완전히 정리하는 것이 좋겠다는 정신과의사의 조언을 따르기로 했다. 의사는 그렇게 해야 과거를 잊기가 더 쉽다고 했다. 그래서 로사는 중고물품점에 연락했고, 오페어에게 크리스티네의 방에서 뭘 옮기면 되는지 알려주었다. 옷과 신발이 담긴 커다란 상자 네 개와 로사도 종종 앉았던 책상과 침대였다. 오페어에게 노르드레 프리하운스가데에 있는 자선 중고물품점 전화번호를 알려주며 상자와 가구를 실은 트럭이 곧 도착할거라는 연락을 하라고 말한 다음, 집에서 나와 사슴공원으로 차를 몰았다.

오는 동안 스텐에게 연락해 크리스티네의 물건을 처분하기로 했다고 알려야 하나 고민했지만 그럴 용기가 나지 않았다. 그들은 이제 거의 대화를 나누지 않았다. 살인수사과 반장의 단언에도 불구하고 스텐은 아직 희망의 끈을 놓지 않았고, 로사는 더이상 감당할 수 없었다. 그는 변호사에게 딸의 사망신고서를 보내달라고 직접 요청해놓고는 서명을 거부했다. 그는 입을 닫고 있었지만 그녀는 스텐이 사건이 벌어진 날 크리스티네가 지나갔을지 모르는 길에 있는 집들을 일일이 찾아다니며 탐문할 작정이라는 것을 그의 동업자 비아르케에게 듣고 알았다. 비아르케는 스텐의 방이 지금도 하수처리장, 주택가와 도로망 등 본업과 아무 상관 없는 도면으로 어질러져 있고, 매일 아침 그가 어디 간다는 말도 없이 그냥 차를 몰고 나간다고 걱정했다. 어제 비아르케가 뒤를 밟아보니 스포츠센터 근처 주택가를 정처 없이 돌아다니더라고 했다. 하지만 그 소식에 대해 로사가 보인 반응이 그저 체념하는 게 전부였기 때문에 비아르케는 전화한 것을 후회할지 몰랐다. 스텐의 수색은 무의미한 짓이었다. 하지만 생각해보면 많은 것이 그랬다. 그들은 구스타브를 생각해서라도 더 좋은 관계를 유지해야 했지만 지금은 그럴 힘이 없다.

마침내 빨간 문 앞에 다다랐을 때 로사는 달리느라 탈진할 지경이다. 땀이 서늘하고 불쾌하게 느껴진다. 입김이 연기처럼 뿜어져 나오고 그녀는 잠깐 나무문에 기대어 쉰 뒤에야 차를 세워놓은 곳까지 갈 수 있다. 크누드 라스무센* 석상과 아르네 야콥센이 디자인한 주유소를 지나 집으로 가는 길에 하늘을 덮은 구름 사이로 작은 틈이 보인다. 날이 잠깐 개어 구름 사이로 햇살이 비추자 바닥에 쌓인 눈이 은은한 크리스털 카펫처럼 반짝이고, 그녀는 눈이 부시지 않도록 실눈을 뜬다. 집 앞 진입로로 들어섰을 때 그녀의 숨소리는 집을 나섰을 때와 다르다. 막힌 개수대처럼 숨이 목과 가슴 사이 어딘가에 걸리지 않고 횡격막 저 끝까지 닿는 듯 좀더 차분해졌다. 차에서 내린 그녀는 눈 위에 남은 트럭의 넓은 바큇자국을 보고 물품

_____
* 덴마크의 극지 탐험가.

을 내가는 일이 다 끝났다는 데 살짝 안도한다. 그녀는 습관적으로 집 뒤편으로, 다용도실 문 앞으로 걸어간다. 달리기를 하고 왔을 때는 홀에 흙먼지와 진흙을 묻히지 않게 항상 그 문으로 들어간다. 스트레칭은 건너뛴다. 크리스티네의 물건이 영영 사라졌다는 생각에 매몰되기 전에 안으로 들어가 소파 위에 눕고 싶은 생각뿐이다. 아무도 건드리지 않은 새 눈이 발밑에서 으드득거리고, 그녀는 뒤쪽 베란다 모퉁이를 지나다 우뚝 걸음을 멈춘다.

문 앞 매트에 뭔가가 남겨져 있는데, 처음에는 그게 뭔지 알아보지 못한다. 한 발 다가가보니 섬세하게 만든 리스 아니면 어떤 장식품인 듯하다. 아마도 눈 때문이겠지만 그녀는 당장 크리스마스와 대림절*을 떠올린다. 그녀는 그걸 주우려고 허리를 숙인 다음에야 그것이 밤 인형으로 만들어졌다는 것을 알아차린다. 서로 손을 잡은 밤 인형들이 동그랗게 가랜드를 이루고 있다.

로사는 움찔하고 경계하는 눈빛으로 좌우를 둘러본다. 아무도 보이지 않는다. 수령이 오래된 밤나무를 비롯해 마당의 모든 것이 순백의 눈으로 덮였고, 발자국은 그녀가 남긴 것뿐이다. 그녀는 가랜드를 조심스럽게 집어들고 안으로 들어간다. 지금까지 밤 인형과 그 의미에 대해 셀 수 없을 만큼 많은 질문을 받았지만, 해마다 크리스티네와 마틸데가 식탁에서 고생해가며 만든 인형 말고는 어떤 연관성도 생각나지 않는다. 하지만 축축한 운동화를 신은 채 오페어를 부르며 2층으로 달려가는 동안 그녀는 이유는 설명할 수 없지만 모든 것이 유별나고 불쾌하게 느껴진다.

오페어는 아무것도 남지 않은 크리스티네의 방에서 상자와 가구

---

* 기독교에서 기념하는 크리스마스 전 사 주의 기간.

가 있었던 자리를 청소기로 밀고 있다. 로사가 청소기를 끄고 가랜드를 보여주자 그녀는 화들짝 놀라며 고개를 든다.

"앨리스, 이거 누가 밖에 놓고 갔어? 이게 어떻게 저기 있지?"

하지만 오페어는 아무것도 모른다. 본 적 없는 가랜드고, 그게 언제 다용도실 문 앞에 놓였는지, 누가 그랬는지 알지 못한다.

"앨리스, 이건 중요한 문제야!"

로사는 똑같은 질문을 반복하며 영문을 몰라하는 오페어에게 본 게 있을 게 아니냐고 따져 묻지만, 그녀는 로사가 나간 뒤로 중고물품점 직원 말고는 본 사람이 없다고 한다. 로사는 오페어의 눈에 고인 눈물을 본 다음에야 자신이 오페어가 알지 못하는 것에 대한 답을 듣고 싶은 욕심에 소리를 질렀다는 사실을 깨닫는다.

"앨리스, 미안해. 정말 미안해……"

"경찰에 신고할게요. 제가 경찰에 신고할까요?"

로사는 아직까지 훌쩍이는 오페어를 안아주려고 바닥에 내려놓은 가랜드를 쳐다본다. 다섯 개의 밤 인형을 철사로 연결해서 만든 작은 화관이다. 경찰이 보여준 인형과 비슷하게 생겼지만 이제 보니 두 개가 나머지 세 개보다 키가 크다. 마치 키가 큰 인형은 부모 같다. 둥글게 춤을 추는 가족처럼 밤으로 만들어진 부모가 밤으로 만들어진 아이들의 손을 잡고 있다.

깨달음이 번쩍 로사의 뇌리를 강타한다. 그녀는 가랜드를 알아보고, 그것이 다른 누구도 아닌 그녀가 발견할 수 있도록 그 여러 문들 가운데 그녀의 문 앞에 놓여 있던 이유를 바로 알아차린다. 그녀는 그걸 언제 처음으로 보았고, 누가 왜 그녀에게 그걸 주었는지 기억한다. 모든 게 선명해지지만 그녀의 상식은 여전히 그럴 리 없다고 한다. 그게 이유일 수는 없다고. 너무 오래전 얘기라고.

"제가 경찰에 신고할게요, 장관님. 경찰에 신고하는 게 낫겠어요."

"아니야! 경찰은 됐어. 난 괜찮아."

로사는 앨리스를 잡았던 손을 놓는다. 차로 달려가 집밖으로 나서는데 누군가가 지켜보고 있는 듯한 느낌이 든다. 누군가가 아주 오랫동안 지켜보고 있었던 듯한 느낌이.

104

시내까지 가는 길이 길고 끝없이 막혀 있는 것처럼 느껴진다. 가능한 경우에는 차로를 바꾸고, 트리앙렌과 콩엔스하베 옆에서는 신호등이 빨간불인데도 쏜살같이 교차로를 통과한다. 기억이 밀물처럼 쏟아진다. 선명한 기억도 있지만, 그녀의 머리가 나중에 한데 짜깁기해 전체적으로 의미를 부여하기라도 한 듯 어렴풋하고 듬성듬성한 기억도 있다. 집무실에 도착한 그녀는 어디에 주차해야 눈에 띄지 않을까 고민하다가 적당한 자리를 찾고 서둘러 뒷문으로 향한다. 출입카드를 깜빡했다는 데 생각이 미치지만 경비가 들어가라고 손짓한다.

"리우, 나 좀 도와줘야겠어."

집무실 안으로 들어가보니 비서가 새로 합류한 젊은 여직원 둘과 회의를 하고 있다. 리우는 로사를 보고 화들짝 놀라고 회의는 중단된다.

"네, 그럼요. 남은 얘기는 나중에 해요."

리우가 두 여자를 내보내자 그들은 호기심어린 눈빛으로 로사를 곁눈질하며 밖으로 나간다. 생각해보니 그녀는 아직 러닝복에 땀범벅이고, 여전히 진흙 묻은 운동화를 신고 있다.

"무슨 일이세요? 괜찮으세요?"

그녀는 리우의 걱정에 응답할 시간이 없다.

"보겔하고 엥엘스는?"

"보겔은 오늘 아예 보이지 않았고요, 엥엘스는 이 건물 어딘가에서 회의중이에요. 두 사람한테 연락할까요?"

"아니, 괜찮아. 우리 둘이서 알아낼 수 있을 거야. 장관실 컴퓨터로 의회에 등록된 위탁가정과 보호시설에 맡겨진 아동의 정보에 접속할 수 있지?"

"네…… 왜요?"

"어떤 위탁가정에 대한 정보가 필요해서. 내가 찾는 가정은 오스헤레드 의회에 등록돼 있어. 아마 1986년일 텐데 확실하지는 않아."

"1986년이요? 그때 정보가 전산화됐을지……"

"그냥 찾아봐! 응?"

리우는 눈에 띄게 불안해하고 로사는 후회한다.

"리우, 이유는 묻지 말고. 그냥 좀 도와줘."

"알겠습니다……"

리우는 테이블 위에 놓아둔 자기 노트북 앞에 앉고 로사는 고마워하는 눈빛을 지어 보인다. 리우가 오스헤레드 의회 자료실에 아이디를 입력해 접속을 승인받는 동안 로사는 의자를 들고 화면 가까이로 온다.

"위탁가정의 성은 페테르센이야." 그녀가 리우에게 말한다. "오스헤레드, 키르케바이 35번지에서 살았고. 아버지의 이름은 포울이고 교사. 어머니는 키르스텐, 도예가."

정보를 입력하느라 리우의 손가락이 키보드 위를 날아다닌다.

"아무것도 검색되지 않아요. 그분들 주민등록번호를 아세요?"

"아니, 몰라. 하지만 그 집에 입양된 딸이 있었어. 로사 페테르센." 리우는 로사가 불러주는 주민등록번호를 입력하다 말고 로사를 바라본다.

"그건 장관님 이름이잖아요……?"

"맞아. 검색해봐. 뭣 때문에 이러는지는 얘기할 수 없어. 그냥 날 믿어줘."

리우는 불안한 표정으로 고개를 끄덕이더니 계속 검색하고, 몇 초 뒤 원하던 정보를 찾아낸다.

"로사, 여아. 율아네르센 출생. 위탁 양육하던 포울과 키르스텐 페테르센에게 입양……"

"이제 그 부부 주민등록번호를 입력해서 1986년에 있었던 사건을 검색해줘."

리우는 로사가 시키는 대로 다시 검색하지만 잠시 후 고개를 젓는다.

"1986년에는 아무것도 없어요. 말씀드렸다시피 아직 전산화가 덜 돼서……"

"그럼 87년이나 85년을 찾아봐. 우리 가족이 늘었거든. 어떤 남자아이하고 그애 여동생이 추가됐어."

"그 아이 이름이나……"

"아니, 아무것도 몰라. 오래 있지 않았거든. 몇 주 아니면 몇 달……"

리우는 대화를 나누면서 계속 자판을 두드리다가 멈춘다. 시선이 화면에서 떠날 줄 모른다.

"찾은 것 같아요. 1987년. 토케 베링…… 그리고 쌍둥이 여동생 아스트리드."

리우가 찾은 파일 번호와 빽빽하게 글이 적힌 서류가 화면을 가득 채우고 있다. 활자체가 구식인 걸 보니 원래 타자기로 입력한 파일이다. 그 이름들은 그녀에게 아무 의미가 없다. 그들이 쌍둥이였다는 사실도 마찬가지다. 하지만 그들이 분명하다는 건 안다.

"그 둘은 장관님과 삼 개월 동안 함께 지내다 다른 곳으로 옮겨진 모양이네요."

"어디로 옮겨졌어? 두 아이가 어떻게 됐는지 알아야 해."

리우는 로사가 오래전 파일을 직접 볼 수 있게 화면을 앞으로 좀 더 바짝 가져온다. 로사는 내용을 읽는다. 사회복지사가 타자로 입력한 세 쪽짜리 파일을 다 읽고 그녀는 온몸을 부들부들 떤다. 눈물이 뺨을 타고 흘러내리고 구역질이 날 것 같다.

"장관님, 왜 그러세요? 저 불안해요. 부군께 연락할까요? 아니면……"

로사는 고개를 젓는다. 숨을 고르고 파일을 억지로 다시 한번 읽는다. 그녀를 향한 메시지가 담겨 있다는 생각이 들었기 때문이다. 밤으로 만든 가랜드의 주인은 그녀가 무언가 알아주길 바라고 있다. 아니면 이제는 너무 늦은 걸까? 이 끔찍한 메시지는 다만 이것이 이 모든 사태의 이유라는 뜻일 뿐일까? 그렇다는 깨달음과 함께 평생을 살아가야 하는 것이 그녀에게 내려진 형벌일까?

로사는 모든 세부 사항을 하나도 놓치지 않고, 앞으로 취해야 하는 조치에 대한 단서가 있는지 미친듯이 찾는다. 그러다 문득 그녀는 알아차린다. 그 쌍둥이가 옮겨간 곳에 시선이 닿았을 때 답이 분명해지고, 그녀는 거기로 가야 한다는 걸 깨닫는다. 거기일 수밖에 없다.

로사는 파일에 적힌 주소를 외우며 자리에서 일어난다.

"장관님, 왜 그러시는지 말씀해주시면 안 될까요?"

그녀는 리우의 말에 대답하지 않는다. 책상 위에 놓아두었던 전화기에 모르는 번호로 문자가 와 있다. 한 손가락으로 입을 막고 있는 이모티콘이다. 로사는 크리스티네가 어떻게 됐는지 알고 싶으면 입을 다물어야 한다는 걸 안다.

105

묵직한 눈송이가 흩날리고, 앞유리창 너머로 보이는 풍경은 새하얗고 부옇다. 고속도로에서는 제설차가 계속 왔다갔다하기 때문에 괜찮았지만 E47을 빠져나와 보르딩보르를 향해 시골길을 달리는 지금은 시속 20킬로미터로 속도를 늦추고 기어가야 앞차를 들이받지 않을 수 있다.

헤스는 코펜하겐에서 빠져나와 셸란을 지나는 동안 리스코브와 뉘보르의 경찰서에 연락했지만 우려했던 것처럼 별반 도움이 되지 않았다. 2001년 리스코브에서 벌어진 살인사건은 관련 정보가 얼마 없었다. 십칠 년 전에 벌어진 사건이라 오르후스경찰서에서는 무성의한 대답만 내놓았고, 전화를 세 번 돌린 끝에 그를 가엾게 여긴 여자 경관이 파일을 찾아봐주었다. 이미 오래전에 미제 처리된 사건이었다. 그녀는 개인적으로 아는 사건이 아니었는데도 전화로 보고서의 일부분을 선선히 읽어주었다. 유용한 정보는 없었다. 실험실 조교였던 피해자는 싱글맘이었고, 살해당한 날 저녁에 친구와 저녁을 먹기로 되어 있었기 때문에 한 살 난 딸아이를 돌봐줄 사람을 구했다. 집에 도착한 친구가 칼에 찔려서 거실 바닥에 쓰러져 죽어 있는 그녀를 발견하고 경찰에 신고했다. 이 년 뒤에 이 사건은 우선순위에서 밀려나 미제로 분류됐다. 더이상 용의자도 없었고, 추적할 단서도 없었다.

2015년에 벌어진 뉘보르 사건은 경우가 달랐다. 피해자는 세 살 난 아들을 둔 어머니였고, 아직까지 수사가 진행되고 있었다. 예전 남자친구였던 아이 아버지가 가장 유력한 용의자였고 체포 영장도 발부됐지만 태국으로 도피한 것 같다고 했다. 범행 동기는 누가 봐도 질투와 돈이었다. 남자는 '오토바이 폭력조직과 연루'되어 있었고, 지역 경찰은 그가 피해자의 차를 뒤따라가 그녀가 유부남인 축구선수와 밀회를 즐기는 광경을 보고 범행을 저질렀다고 잠정적인 결론을 내렸다. 집으로 돌아가는 길에 피해자의 차를 갓길에 세우게 하고 정체불명의 흉기로 왼쪽 눈을 지나 뇌를 관통할 정도로 때리거나 찔렀다. 파타야에 있다는 피해자의 예전 남자친구가 최근 코펜하겐에서 벌어진 사건의 범인일 가능성은 없었기 때문에 헤스는 형사에게 다른 용의자는 없는지 물었다. 친한 친구나 예전 남자친구나 친척이 아니더라도 여자와 연결고리가 있는 사람이 없었는지 물었다. 형사는 없었다고 대답했다. 헤스는 형사가 그 질문을 그의 수사에 대한 간접적인 비난으로 받아들였다는 것을 알아차렸다. 그랬기 때문에 더이상 따지고 들지 않았다. 대신 여자의 차 백미러에 달려 있던 인형을 언급했다.

"사람들을 심문하면서 현장 사진을 보여줬을 때 무언가를 보고 멈칫하거나 이상한 물건이 있다고 지목한 사람이 있었나요?"

"그걸 어떻게 알았죠? 그건 왜 묻는 겁니까?"

"그게 누구였는지 알 수 있을까요?"

"피해자의 어머니가 백미러에 달려 있는 밤 인형을 보고 놀라워했어요. 피해자가 어렸을 때부터 견과류 알레르기가 있었는데 좀 이상하다면서."

흐지부지한 것을 좋아하지 않았던 형사는 미스터리를 해결하려고 갖은 노력을 기울였다. 피해자의 아이가 다니던 유치원을 찾아가 탐문한 결과 두어 주 전 어떤 수업중에 밤 인형을 만들었다는 사실이 밝혀졌다. 따라서 피해자가 알레르기에도 불구하고 자기 아이가 만든 작품을 차에 걸었을 가능성도 있었다. 그 말을 듣고 헤스는 오한이 났다. 형사의 이론이 그럴듯하게 들렸지만 그는 단 한순간도 믿을 수 없었다. 하지만 9월이나 10월에 밤으로 만든 인형이 있다는 것을 의아하게 여기는 사람이 있을까? 아무도 없을 것이다. 헤스는 자신의 질문 때문에 형사가 다시금 의구심과 자성의 문 앞으로 다가가고 있다는 것을 느끼고 얼른 수습했다. 확실한 게 아무것도 없는데 경보를 울릴 필요는 없었다.

현재로서는 이 두 사건을 더욱 깊이 파헤칠 수 없었기 때문에 헤스는 묀 사건과 관련해 이야기해줄 만한 사람을 찾을 수 있길 바라며 남쪽으로 향했다. 다행히 묀은 덴마크의 최남단인 보르딩보르시의 관할이라 적어도 묀까지 직접 내려갈 필요는 없다. 하지만 그는 이런 선택을 내린 것이 벌써부터 후회되기 시작했다. 그렇기 때문에 아직 툴린이나 뉠라네르에게 연락하지 않았고, 보르딩보르경찰서의 미끄러운 계단을 올라가면서도 그들에게 연락할 필요가 있을까 고민했다. 그는 공항에서 눈앞이 환해졌던 그 순간 이후로 자신이 얼마나 힘든 사건에 뛰어들었는지 깨달았다. 동일 인물이 수십 년 동안 여자들을 살해하고 공포에 떨게 만든 거라면 그 사건을 밝히는 데도 그 범행에 걸린 시간만큼이 필요할지 몰랐다. 만약 그게 사실이라면 말이다.

헤스는 보르딩보르경찰서의 번잡한 로비에서 자신이 코펜하겐경찰청의 강력반 소속이라며 서장을 만나고 싶다고 거짓말을 술술 늘어놓는다. 경찰서 내부는 정신없다. 누가 봐도 난장판이고 사람들이 끊임없이 서로 부딪치는데, 한 사람이 친절하게도 헤스에게 복도를 가리키며 브링크를 찾으라고 알려준다.

헤스가 지저분한 오픈 플랜식 사무실 안으로 들어가보니 얼굴이 얽고 나이는 예순 살, 체중은 100킬로그램쯤 되어 보이는 빨간 머리 남자가 외투를 입으며 통화하고 있다.

"시동이 안 걸리면 그 똥차는 거기 그냥 둬. 내가 갈게!"

남자는 전화를 끊고, 헤스를 피하려는 기미도 없이 성큼성큼 입구로 걸어온다.

"브링크 서장님을 만나러 왔는데요."

"나 지금 나가는 길이요. 월요일까지 기다려요."

헤스는 얼른 경찰 배지를 꺼내지만 남자는 벌써 그를 지나쳐 파카 지퍼를 올리며 복도를 걸어가고 있다.

"중요한 일입니다. 어떤 사건에 대해 몇 가지 여쭤볼 게 있어서……"

"그러시겠지. 하지만 나는 주말 동안 쉴 거라. 안내 데스크에 물어보면 도움을 받을 수 있을 거요. 잘 가요!"

"안내 데스크에 물어볼 수가 없어요. 1989년에 묀에서 벌어진 살인사건이라서요."

브링크의 육중한 몸이 복도 중간에서 우뚝 멈춘다. 그는 잠시 그대로 헤스를 등진 채 서 있다가 휙 몸을 돌려 마치 귀신이라도 본 듯한 얼굴로 헤스를 쳐다본다.

106

브링크 경감은 1989년 10월 31일을 절대 잊을 수 없을 것이다. 그날과 비교하면 그가 경찰생활을 하는 동안 겪은 모든 기억은 빛이 바랬다. 심지어 오랜 세월이 흘러 창밖에서는 눈이 내리는 가운데 희미하게 불을 밝힌 사무실에서 헤스를 마주하고 앉아 있는 지금도 이 건장한 남자는 마음의 동요를 어쩌지 못한다.

브링크가 스물아홉번째 생일을 앞둔 그날 오후 외룸의 농장으로 출동한 것은 마리우스 라르센 경감의 지원 요청이 있었기 때문이었다. 그 당시 '보안관'이라고 불렸던 라르센은 외룸의 가축들이 자기들 밭에서 돌아다니고 있다는 이웃 주민의 항의를 듣고 그의 농장을 살피러 나선 길이었다. 전에도 있었던 일이었다. 사십대의 가장인 외룸은 작은 농장을 경영하며 여객선 터미널에서 파트타임으로 일했다. 농사일에 경험이 많거나 열심이기는커녕 교육을 받은 적도 없었고, 사람들 말로는 푼돈이나마 벌 요량으로 가축을 기르는 거라고 했다. 그는 강제경매에서 헐값으로 농장을 매입했는데, 가축, 축사, 목초지가 딸려왔기 때문에 그걸로 돈을 벌어보려고 했다. 하지만 안타깝게도 잘되지는 않았다. 외룸에 대해 이야기할 때 대체로 가장 많이 언급되는 단어는 '돈'이었고 좀더 정확히 말하면 '돈이 없다'는 것이었다. 어떤 사람들은 외룸과 그의 아내가 위탁가정 신청을 한 것도 돈 때문이라고 생각했다. 어린아이나 청소년이 외룸의 농장에 맡겨질 때마다 수표가 따라왔고, 해가 거듭될수록 액수가 쌓였다. 뮌이라는 작은 마을 사람들은 그들이 다정하고 사교적인 가족은 아니라는 것을 알았겠지만, 어떻게 보면 외룸 부부에게 맡겨진 아이들은 환경의 혜택을 거저 누릴 수 있었다. 상쾌한 공기와 벌판과 가축이 넘쳐났고, 아이들은 일손을 거들며 밥값 하는 법을 배울 수 있었다. 위탁 아동이건 친자식이건 외룸 부부의 아이들은 다른 동급생들에 비해 차림새가 후줄근했고 계절에 맞지 않는 옷을 입고 다니는 경우도 많았기 때문에 동네에서 쉽게 눈에 띄었다. 그 집 가족들이 남들과 거리를 두는 성향이 있는 것은 사실이었다. 하지만 특히 위탁 아동들의 경우에는 불우한 처지 때문에 숫기가 없나보다고 여겨졌다. 따라서 외룸 부부가 인기는 많지 않았을지 몰라도, 돈 때문이건 아니건 딱히 기댈 데 없는 아이들에게 좋은 일을 하고 있었기 때문에 어느 정도 인정을 받았다. 외룸이 여객선 터미널에서 일을 하거나 부둣가에 고물 오펠 차를 세워놓고 앉아서 맥주를 너무 많이 마시더라도, 뭐 그건 그가 알아서 할 일이었다.

삼십 년 전에 브링크와 동료가 보안관이 요청한 구급차와 함께 농장으로 출동했을 때 아는 정보는 이 정도 수준이었다. 트랙터 뒤편에 죽어 있던 돼지는 집안에서 그들을 기다리고 있던 피바다의 예고편이었다. 십대였던 외룸의 두 아이는 식탁에서 아침을 먹다가 총에 맞았고, 어머니는 화장실에서 토막이 났고, 지하실에서는 어머니에게 사용한 도끼로 얼굴을 여러 차례 가격당해 죽은 마리우스 라르센이 아직 따뜻한 시신으로 발견됐다.

외룸은 없었다. 고물 오펠은 차고에 있었지만 그는 자취를 감추었다. 라르센이 죽은 지 한 시간도 되지 않았으니 멀리 가지 못했을 텐데, 구석구석 샅샅이 뒤져도 아무 성과가 없었다. 그러다 삼 년이 지났을 때 새로운 집주인이 농장 바로 뒤편의 이회토 채취장에 파묻힌 외룸의 시신을 우연히 발견했다. 그는 브링크와 동료가 도착하기 전에 엽총으로 자살한 것처럼 보였다. 감식 결과 이회토 채취장에서 발견된 엽총이 부엌에서 두 아이를, 마당에서 돼지를 죽일 때 사용된 총과 일치했고 이로써 퍼즐이 맞아떨어졌다. 사건은 이렇게 종결됐다.

"뭐죠? 외룸이 왜 그랬을까요?"

헤스는 포스트잇 뭉치에 메모를 하다가 책상 맞은편의 경감을 쳐다본다.

"그야 모르죠. 죄책감 때문 아니었을까요? 위탁 아동들에게 저지른 짓 때문에 그러지 않았을까 싶어요."

"어떤 위탁 아동이요?"

"쌍둥이. 지하실에서 발견된 아이들이요."

처음에 브링크는 남녀 쌍둥이가 살아 있는지만 간단하게 확인했다. 이후에 구급차가 아이들을 싣고 갔고 브링크와 동료는 현장에 추가 파견된 병력과 함께 외룸을 찾는 데 집중했다. 하지만 지하실에 다시 내려가보니 절대 평범한 지하실이 아니었다.

"꼭 지하 감옥 같았어요. 자물쇠가 설치되어 있고, 창문에는 창살이 달려 있고, 옷 몇 벌, 교과서 몇 권에 매트리스가 하나 있었죠. 그게 어떤 용도로 쓰였을지 알고 싶지 않았어요. 낡은 벽장에서 비디오테이프 더미가 나오면서 거기서 무슨 일이 벌어졌는지 이내 알게 됐지만."

"무슨 일이 벌어졌던 겁니까?"

"그게 뭐가 중요합니까?"

"중요합니다."

브링크는 그를 빤히 쳐다보며 숨을 크게 들이마신다.

"여자아이가 학대와 성폭행을 당했더라고요. 도착한 그날부터
거기서 지내는 내내. 여러 형태의 성행위가 이루어졌어요. 외롬하
고 아니면 십대 아이들하고. 외롬 부부가 아이들을 억지로 끌어들
였죠. 심지어 한번은 여자아이를 돼지우리로 끌고 가서……"

브링크는 입을 다문다. 그가 귀를 문지르며 눈을 깜빡이는데, 눈
빛이 번쩍인다.

"나는 웬만한 건 다 견딜 수 있어요. 하지만 아직도 가끔 남자아
이가 어머니한테 말려달라고 외치는 소리가 들려서……"

"그 어머니는 뭘 했나요?"

"아무것도 하지 않았어요. 비디오를 찍은 게 그 여자였죠."

브링크는 침을 삼킨다.

"어떤 테이프에는 그 여자가 남자아이를 지하실에 가두면서 그
일이 끝날 때까지 밤 인형을 만들라고 하는 모습이 찍혀 있었어요.
아이는 여자가 시킨 대로 했죠. 보아하니 매번 인형을 만들었나봐
요. 온 지하실이 그 빌어먹을 인형들로 가득했던 걸 보면……"

헤스는 그 광경을 그려본다. 벽 저편에서 누이가 고문을 당하는
동안 위탁 어머니에 의해 지하실에 갇힌 남자아이. 헤스는 그것이
아이의 심리에 어떤 영향을 미쳤을지 잠깐 상상해본다.

"파일을 보고 싶습니다만."

"왜요?"

"자세히 말씀드릴 수는 없지만 그 아이들의 현재 소재를 파악해
야 합니다. 그것도 당장이요."

헤스는 급하다는 것을 강조하기 위해 자리에서 일어나지만 브링
크는 앉은 자리에서 꼼짝하지 않는다.

"슬라겔세의 수감병동에 있는 재소자 프로파일링 때문에요?"

브링크는 헤스에게 누굴 바보로 아느냐고 묻는 듯 한쪽 눈썹을 추켜세운다. 그것이 헤스가 여기 와서 그에게 갖다댄 이유였다. 아예 새로운 얘기를 꾸며내느니 기존의 거짓말을 확장하는 편이 낫겠다는 판단 아래, 헤스는 1989년 뫼 사건 현장을 촬영한 특정 사진에 이상하게 집착하는 리누스 베케르라는 수감병동 재소자의 프로파일링을 돕는 중이라고 둘러댔던 것이다. 실제 목적에 대해서는 최대한 함구하는 편이 나았다.

"이제 그만하죠. 살인수사과의 당신 상사가 누군지 이름이나 들어봅시다."

"브링크 경감님, 이건 중요한 문제입니다."

"내가 당신을 도와야 하는 이유가 도대체 뭐요? 이미 눈길에 발목 잡힌 누이를 돕는 데 썼어야 하는 삼십 분을 할애했구만."

"왜냐하면 경감님의 동료였던 마리우스 라르센을 살해한 범인이 과연 외룸인지 확실하지 않기 때문입니다. 다른 피해자들도 마찬가지고요."

경감은 그를 빤히 쳐다본다. 순간 헤스는 그가 말도 안 된다는 듯이 폭소를 터뜨리는 건 아닐까 하고 생각한다. 하지만 브링크는 담담하게, 자기 자신을 설득하려는 듯 이렇게 대답한다.

"그 남자아이였을 리는 없어요. 당시에 우리도 그 부분을 논의했었지만 어림없는 일이었어요. 그 아이는 그때 겨우 열 살 아니면 열한 살이었는데."

헤스는 그 말에 대답하지 않는다.

107

뮌에서 벌어진 피의 학살과 관련된 파일은 분량이 상당하다. 보
르딩보르경찰서 아카이브의 전산화 작업이 충분히 진행돼 지금 그
의 주변에 가득한 먼지 쌓인 보고서를 뒤적일 필요 없이 모니터로
확인할 수 있지만 헤스는 사실 종이 보고서를 더 좋아한다. 그는 통
화 대기음을 초조하게 들으며 책꽂이를 훑어보다가 정부의 문서화
작업을 거쳐 전국의 자료 보관실과 기록원과 서버에 방치된 인간의
고통이 어마어마한 분량일 거라는 생각을 한다.

"현재 대기 인원은 일곱 명입니다."

브링크가 헤스를 지하실로 안내해 상자와 폴더가 담긴 선반이
길게 이어지는, 원시적이고 지저분한 자료 보관실 문을 열어주었
다. 창문 하나 없는 자료 보관실에는 헤스가 학교를 졸업한 이후 본
적 없는 구닥다리 형광등만 달려 있었다. 그가 지하실을 얼마나 싫
어하는지 다시금 일깨우는 공간이었다.

브링크에 따르면 사건 파일 분량이 워낙 방대해서 몇 년 전에 전
산화 작업을 시작했을 때 맨 먼저 입력이 됐다고 했다. 공간을 줄이
고 싶었던 것이다. 그랬기 때문에 헤스는 한쪽 구석에서 웅웅거리
는 시끄러운 고물 컴퓨터로 보고서를 읽어야 했다. 브링크가 퇴근
을 늦춰가며 돕겠다고 했지만 헤스는 아무 방해 없이 자료를 살펴
보고 싶었다. 그사이 전화기가 여러 번 울렸고 그중 프랑수아의 전

화도 몇 통 있는 걸 보면 그가 부쿠레슈티로 가지 않았다는 것을 그 프랑스 친구도 알아차린 모양이었다.

헤스는 자료 안에서 뭘 찾으면 되는지 알았지만 그래도 디테일의 늪에서 허우적거렸다. 경관들이 쌍둥이를 처음 맞닥뜨리고 남긴 기록은 충격적이었다. 그들은 지하실 한구석에서 부둥켜안고 있는 모습으로 발견됐다. 쇼크 상태에 빠진 듯 무감각한 누이를 남자아이가 두 팔로 감싸안고 있었다. 남자아이는 구급차로 가는 동안 누이와 분리되자 마치 '들짐승' 같았다고 할 정도로 거칠어졌다. 병원 검진 결과 지하실에 증거가 남은 학대와 폭행이 사실로 밝혀졌지만 쌍둥이를 심문할 수는 없었다. 남자아이는 아예 입을 닫았다. 아무 것도 말하려 하지 않았다. 반면에 그의 누이는 서슴없이 대답했지만 누가 봐도 질문을 이해하지 못하고 있었다. 배석한 심리학자는 여자아이가 일종의 평행세계에 살고 있다고 진단했다. 아마도 그간의 경험을 억압하기 위해서였을 것이다. 판사가 아이들의 재판 출석을 면제했고 그즈음 그들은 이미 다른 지역의 위탁가정에 맡겨졌다. 관계당국에서는 아이들이 과거를 잊고 새롭게 시작할 수 있길 바라는 마음에서 쌍둥이를 떨어뜨리기로 했다. 헤스가 보기에는 그다지 현명한 선택이 아니었다.

헤스는 컴퓨터 옆 포스트잇 뭉치에 제일 처음 쌍둥이의 이름인 토케 베링, 아스트리드 베링과 주민등록번호를 적었다. 하지만 그것 외에 그들의 배경과 관련해 보고서에서 얻을 수 있는 정보는 별로 없었다. 사회복지사가 남긴 메모에 따르면 그들은 1979년 태어난 지 몇 주 만에 오르후스의 어느 산부인과 병원 계단에 버려졌고, 조산사가 그들에게 이름을 지어주었다. 복지사는 자세한 설명 없이, 쌍둥이가 다른 위탁가정에서 지내다 피의 학살이 벌어지기 이 년 전에 체스트넛 농장으로 옮겨왔다고만 적었다. 외룸의 농장 이름이 체스트넛 농장이었다. 헤스는 한 줄, 한 줄 읽을수록 진상에 점점 가까워지는 느낌이었지만 쌍둥이의 주민등록번호를 경찰 자료실에 입력해도 그들의 현 주소지는 나오지 않았다.

"현재 대기 인원은 세 명입니다."

경찰 업무와 연관성이 있을 수 있는 다양한 데이터베이스를 상호 참조하는 확대 자료실을 검색하면 어떤 사람이 언제 어디에서 살았는지 알아낼 수 있다. 특정인의 주소지와 이주 날짜는 물론이고 결혼, 이혼, 기소, 유죄판결, 강제 추방 유무 등 경찰의 관심 사안이 시간순으로 입력되어 있다.

그런데 일상적인 검색이 새로운 수수께끼로 연결됐다.

데이터베이스에 따르면 토케 베링은 불우 아동을 수용하는 국립시설에 있다가 열두 살 때 랑엘란섬의 어느 위탁가정에 다시 맡겨졌다. 이후 알스의 한 가정과 다른 세 곳의 위탁가정을 거쳤다가 열일곱번째 생일 직전에 종적이 뚝 끊겼다. 다른 주소지도, 그의 주민등록번호와 엮인 사건도 전혀 없었다.

토케 베링이 죽었다면 그렇다고 적혀 있어야 하는데 그냥 시스템상에서 흔적이 사라졌기 때문에 헤스는 설명을 듣기 위해 국가 데이터베이스센터에 전화했다. 하지만 전화를 받은 여자의 정보력은 헤스보다 나을 게 없었고 토케 베링이 이 나라를 떠난 것 아니겠느냐고 추측했다.

그는 전화한 김에 쌍둥이 여동생에 대해 물었지만 이번에도 이미 알고 있는 것 외에는 더이상 정보를 얻을 수 없었다. 아스트리드 베링은 체스트넛 농장 이후 여러 위탁가정을 전전했지만, 사회복지사와 아동심리학자들이 전략을 바꾸었는지 위탁 시스템에서 빼내어 정신질환 청년을 수용하는 다양한 시설로 보냈다. 열여덟 살에서 스물일곱 살까지 주소지가 미등록되어 있어 외국으로 나갔나 싶었지만 이후 정신 요양시설 이름이 줄줄이 이어졌다. 그러다가 일 년 전인 서른여덟 살 때 온데간데없이 사라졌다. 헤스는 그녀의 가장 최근 주소지로 연락했지만 관리인이 바뀌었고 그는 아스트리드 베링이 퇴소 후에 어디로 갔는지 전혀 알지 못했다.

"현재 대기 인원은 두 명입니다."

그래서 헤스는 어려운 길을 선택했다. 쌍둥이를 맡았던 위탁가정에 일일이 전화해 지금까지 그들 중 한 명에게서라도 소식을 들은 적이 있는지, 그들이 있을 만한 곳을 아는지 물어보기로 한 것이다. 그는 연대순으로 시작했지만—쌍둥이가 체스트넛 농장에 오기 전부터—지금까지 통화한 두 곳에서는 아무 소득이 없었다. 위탁부모들은 협조적이었지만 쌍둥이와 연락한 적이 한 번도 없었고, 이제 헤스는 세번째 위탁가정으로 넘어왔다.

"오스헤레드 의회 가족부입니다. 무엇을 도와드릴까요?"

헤스는 오스헤레드에 살았던 페테르센이라는 위탁가정의 일반 전화가 해지됐길래 의회로 연락한 참이다. 그는 자기소개를 하고 오스헤레드 키르케바이 35번지에 살았던 포울과 키르스텐 페테르센을 찾고 있다고, 1987년에 그들에게 맡겨졌던 쌍둥이에 대해 묻고 싶어서 그런다고 설명한다.

"하느님과 직통으로 연결돼 있지 않는 한 안 되겠는데요. 제 컴퓨터 화면에 뜬 자료상으로는 포울과 키르스텐 페테르센이 둘 다 사망했거든요. 남편은 칠 년 전에, 아내는 그로부터 이 년 뒤에요."

"사인이 뭡니까?"

그는 습관적으로 묻지만 전화기 너머의 지친 목소리는 화면에 뜬 정보에 그건 나와 있지 않다고 대답한다. 남편과 아내가 각각 칠십사 세와 칠십구 세로, 몇 년의 간격을 두고 사망했으니 특이 사항도 없어 보인다.

"자녀는요? 그 당시 같이 거주한 자녀가 있었나요?"

부모가 죽었더라도 형제나 위탁 형제끼리 연락을 주고받을 수도 있기 때문에 헤스는 그 질문을 던진다.

"아뇨. 없었다고 하네요."

"네, 알겠습니다. 감사합니다."

"아, 잠깐만요. 그들 부부가 그전부터 위탁 양육하던 아이가 있었는데 그 아이를 입양한 모양이네요. 이름은 로사 페테르센이에요."

헤스는 전화를 끊으려다 상대의 말을 듣는다. 우연의 일치일 테고 그의 직감은 이름이 같은 사람이 수천 명은 될 거라고 한다. 하지만.

"로사 페테르센의 주민등록번호 아세요?"

그녀가 번호를 불러주자 그는 잠깐 끊지 말고 기다려달라고 하고 다시 컴퓨터 쪽으로 고개를 돌린다. 데이터베이스를 체크해보니 로사 페테르센은 십오 년 전에 결혼해 남편의 성으로 바꿨고 이제 그의 의구심이 모두 사라진다. 로사 페테르센은 로사 하르퉁이다. 헤스는 의자에 앉은 채 안절부절못한다.

"쌍둥이가 페테르센 가족과 지내는 동안 어땠다고 적혀 있나요?"

"아무 내용도 없어요. 그냥 페테르센 부부가 그 아이들을 약 삼 개월 동안 위탁 양육했다는 내용이 다예요."

"왜 삼 개월로 끝난 거죠?"

"안 적혀 있어요. 그리고 저 이제 근무시간 끝났어요."

사회복지사가 전화를 끊은 뒤에도 헤스는 휴대전화를 계속 들고 있는다. 쌍둥이는 오스헤레드에서 페테르센 부부와 그들이 입양한 딸 로사와 겨우 삼 개월 동안 같이 지냈다. 이후에 뫼의 외톨 가족에게로 보내졌다. 헤스가 아는 건 그게 다지만 여기에 연결고리가 있는 것만큼은 분명하다. 페테르센 부부, 체스트넛 농장의 지하실에서 발견된 아이, 피해자들 옆에 놓여 있던 밤 인형, 인형처럼 보이도록 손이나 발이 절단된 피해자들. 사람의 신체 일부로 자기만의 밤 인형을 만들고 있는 범인.

이미지들이 머릿속에서 소용돌이치며 제자리를 찾으려고 하는 동안 헤스의 손가락이 떨린다. 처음부터 모든 것의 중심에 로사 하르퉁이 있었다. 그가 이유를 몰랐을 때도 지문은 몇 번이고 그녀를 가리키고 있었다. 그가 찾던 것이 바로 이거다. 깨달음이 들자 그는 벌떡 일어선다. 하지만 문득 앞으로 무슨 일이 벌어질 것인지에 생각이 미치자 눈앞이 캄캄해진다.

그는 당장 로사 하르퉁에게 전화한다. 발신음이 음성사서함으로 연결되자 헤스는 전화를 끊는다. 그가 다시 전화를 걸려고 하는데, 모르는 번호로부터 전화가 걸려온다.

"브링크예요. 방해했다면 미안해요. 내가 수소문해봤는데, 그 쌍둥이가 어떻게 됐는지 아는 사람이 없네요."

"괜찮아요, 경감님. 제가 지금 시간이 없어서요."

브링크가 이리저리 전화를 돌려보겠다고 했을 때 헤스가 그러라고 했던 건 그를 내치기 위해서였는데, 보고하겠답시고 전화를 하다니 짜증이 난다.

"특히 남자아이의 경우 시스템상의 정보에 구멍이 있어요. 쌍둥이와 같이 학교를 다녔던 내 여동생의 막내딸에게 물어봤는데, 몇 년 전에 동창회가 열렸지만 쌍둥이 소식은 못 들었대요."

"경감님, 저 지금 급히 가야 해요!"

헤스는 전화를 끊고 컴퓨터 옆에 초조하게 서서 다시 전화를 걸지만 로사 하르퉁은 여전히 받지 않는다. 그는 그녀에게 메시지를 남기고, 이번엔 스텐 하르퉁에게 연락하려고 하는데 그때 문자가 온다. 로사 하르퉁인가 했더니 브링크다.

"1989년 5A반 학급 사진이에요. 쓸모가 있을지는 모르겠지만. 조카딸 말로는 사진을 찍던 날 여자아이는 아파서 결석한 모양이고 남자아이는 왼쪽 맨 끝에 있대요."

헤스는 당장 첨부된 사진을 클릭해 살펴본다. 시골 학교라 그런지 빛바랜 사진 속의 학생들은 이십 명이 채 안 된다. 한 줄은 서 있고 또 한 줄은 그 앞 의자에 앉아 있다. 다들 파스텔 색상의 옷을 입었다. 몇몇 여학생들은 머리를 파마하고 어깨에 패드를 넣었고, 남학생들은 리복 운동화에 카파 아니면 라코스테 스웨터를 입고 있다. 큼지막한 귀걸이에 선탠을 하고 앞줄에 앉은 여학생이 '5A'라고 적힌 조그만 팻말을 들었고, 누군가가, 아마도 사진사겠지만 방금 전에 배꼽 잡는 소리라도 한 듯 대부분 카메라를 보며 웃고 있다.

그러다 왼쪽 맨 끝의 남학생에게 시선이 닿자 눈을 뗄 수 없다. 아이는 나이에 비해 키가 크지 않다. 사진 속의 다른 남자애들에 비해 확실히 발육이 더딘데다 옷은 꾀죄죄하고 궁색하다. 하지만 눈빛이 날카롭다. 표정 없는 얼굴로 카메라를 똑바로 쳐다보고 있어서 유일하게 농담을 듣지 못한 아이처럼 보인다.

헤스는 아이를 응시한다. 머리칼, 광대뼈, 코, 뺨, 입술. 이 모든 게 사춘기 때는 급격하게 달라진다. 헤스가 아는 얼굴인 동시에 모르는 얼굴이다. 그는 사진을 확대하고 눈만 보이도록 얼굴의 나머지 부분을 가린 다음에야 아이의 정체를 파악한다. 누가 봐도 빤한 동시에 있을 수 없는 일이다. 깨달음이 찾아오고 맨 처음 든 생각은 이것이다. 이제 와서 맞서 싸우기에는 너무 늦었다는 것.

108

그녀의 발목은 가늘고 우아해서 하이힐을 신으면 완벽한 맵시를
자랑한다. 그는 이런 순간, 그녀에게 기자회견실을 먼저 빠져나가
게 하고 복도를 앞서가는 그녀의 발목을 뒤에서 쳐다보는 것을 즐
긴다. 그녀가 뒤돌아보며 뭐라고 말을 건네자 닐라네르는 동의하는
뜻에서 고개를 끄덕이지만, 사실 그는 그녀와 저지르기로 작정한
불륜을 어떤 식으로 시작하면 좋을지 고민하는 중이다. 첫 단추는
잠시 후에 쉽게 꿸 수 있을 것이다. 기차역 근처 호텔 바에서 커피
를 마시며 미래를 같이 의논해보자고 할 것이다. 그녀의 노고를 치
하하고 경찰 내 커뮤니케이션 컨설턴트로서 그녀의 선택권에 대해
장광설을 늘어놓아야겠지만, 그가 분위기를 제대로 파악한 게 맞는
다면 별다른 전희 없이 객실로 데리고 올라가 한두 시간 같이 있다
가 집으로 가서 아내가 주최하는 금요일 모임에 늘 내놓는 술을 제
조할 수 있을 것이다. 닐라네르는 아내를 여전히 사랑한다고 오래
전에 결론 내렸지만—적어도 가정생활이라는 발상 자체를 사랑했
다—그의 아내는 아이들, 학교 운영위원회, 이런저런 허울 좋은 일
들로 바빴기 때문에 자신이 남모르게 자유를 만끽한들 안 될 게 뭔
가 싶었다. 그리고 특히 오늘은 힘든 일주일을 보낸 만큼 보상을
받아 마땅하다는 느낌을 떨쳐버릴 수 없다.

마지막 기자회견이 끝났고, 마침내 사건을 대중에 공개했으며,

닐라네르가 원하던 쪽으로 결론이 내려졌다. 언론의 눈에 진지하고 믿음직한 인물로 비치려면 얼마나 균형 감각이 있어야 하는지 아는 사람은 거의 없다. 하지만 닐라네르는 적절한 공식 발언이 경찰서에서건 검사실이나 법무부 장관실에서건 다른 계획의 포석을 마련하는 데 얼마나 유용한지 이미 오래전에 터득했다. 그는 화면과 단상에 등장할 때마다 그의 경찰 내 입지가 커진다는 것 또한 감지했다. 그를 비판하던 사람들은 찌그러졌고, 그는 남들이 자신을 보며 스포트라이트를 너무 즐긴다고 생각하거나 말거나 신경쓰지 않았다. 개인적으로는 팀원들, 그중에서도 특히 팀 얀센에 대한 칭찬을 아끼지 않았다고 생각하지만 헤스나 툴린에게 이목을 집중시킬 필요는 없었다. 물론 툴린이 절단된 손과 발을 발견한 건 맞지만 자신을 무시하고 리누스 베케르를 만나러 다녀왔기 때문에 바로 그날 아침 그는 그녀를 내치는 게 낫겠다고 생각했다. NC3로 보내도 상관없었다. 그의 부서는 조만간 새로운 인력으로 넘쳐날 테고, 그녀 같은 부류가 사방에 가득할지 모른다. 그 특이한 땅꼬마한테는 뭔가 특별한 구석이 있긴 했지만.

반면에 헤스는 칭찬할 구석이 전혀 없었다. 물론 유로폴의 어떤 높으신 양반과 통화하며 헤스를 한껏 추어올리기는 했지만 오로지 그를 내치기 위해서였다. 헤스는 사건이 해결된 이후로 지서에 코빼기도 비치지 않았고, 닐라네르는 엄밀히 말하면 헤스가 작성해야 하는 보고서를 툴린과 다른 부하들에게 대신 맡겨야 했다. 그러니 그자가 이 나라를 떠난다는 건 희소식이다. 따라서 그는 헤스가 자신의 휴대전화로 연락해온 것을 보고 놀란다.

물론 처음에는 통화 거부 버튼을 누를까 생각하지만 헤스가 전화한 이유가 뭔지 알 것 같자 갑자기 대화가 하고 싶어진다. 몇 분

전에 한 경관이 그에게 유로폴의 프랑스 요원이 전화해 헤스가 약속과 달리 오지 않았는데 그 이유를 아는 사람이 없느냐고 물었다는 소식을 전했을 때 닐라네르는 듣는 둥 마는 둥 했었다. 관심도 없었다. 하지만 이제 헤스가 어쩌다 부쿠레슈티행 비행기를 놓쳤는지 설명하며 헤이그에 연락해 그럴듯한 핑계 좀 대달라고 자신에게 애원하는 장면이 그려진다. 그러나 헤스는 목이 날아가도 할말이 없기에 닐라네르는 전화를 받으며 어떻게 하면 헤스가 자신의 구역으로 다시 굴러오는 사태를 막을 수 있을지 그 궁리만 한다.

삼 분 삼십팔 초 뒤에 통화가 끝난다. 정확한 통화 시간이 화면에 뜨고 닐라네르는 그 숫자를 무심히 바라본다. 그의 발아래에서 구멍이 입을 쩍 벌린다. 그의 머리는 헤스가 전화를 끊기 전에 밝힌 사실에 계속 이의를 제기하지만 그도 마음속 깊은 곳에서는 가능성 있는 얘기라고 생각한다. 닐라네르는 커뮤니케이션 컨설턴트가 그 앙증맞은 입술로 그에게 계속 조잘대고 있다는 것을 알아차리지만, 갑자기 달리기 시작한다. 부서에 도착하자마자 가장 가까이 있는 형사를 붙잡고 외친다. 특수기동대 소집해. 로사 하르퉁을 찾아. 지금 당장!

109

스텐 하르퉁은 그가 집집마다 탐문중인 근교 일대에 다시 내리기 시작한 눈 때문에 흠뻑 젖었다. 작은 병에 담아온 알코올만이 유일하게 몸을 데워주는데 그마저도 떨어져가고 그는 베른스토르프스바이의 주유소에 들러야겠다고 기억에 새긴다. 그는 또다시 눈으로 뒤덮인 핼러윈 호박 행렬을 지나 또다시 눈으로 뒤덮인 어느 집 앞마당에 난 길을 터벅터벅 걸어올라가 또다시 초인종을 누른다. 기다리는 동안 어깨 너머로 눈밭에 남은 그의 발자국과 스노볼처럼 온 동네에 나부끼는 하얗고 묵직한 눈송이를 돌아본다. 문이 열리는 집도 있고 그렇지 않은 집도 있다. 기다리는 데 걸리는 시간으로 판단하건대 여긴 문이 열리지 않을 집이다. 하지만 그가 몸을 돌려 계단을 막 내려가려고 할 때 뒤에서 문이 열리는 소리가 들린다. 그의 눈을 쳐다보는 상대방의 눈이 낯익다. 모르는 사람인데 아는 얼굴인 것처럼 느껴진다. 하지만 그는 몇 시간째 아무 소득 없이 걸어다닌 참이라 기운이 없고 기진맥진하다보니 자신의 판단을 믿지 못한다. 탐문 수색의 목적이 오로지 고통을 덜기 위해서라는 것을 그도 마음 한편에서는 알고 있다. 지도와 설계도를 들여다보며 문을 두드리지만 전부 헛수고라는 것을 폐부로 느끼고 있다.

그는 문을 열고 등장한 그 한 쌍의 눈을 향해 더듬더듬 문을 두드린 이유를 밝힌다. 먼저 상황을 대충 설명하고, 자신의 딸이 자전거를 타고 정확히 이 길을 지났을지 모르는 작년 10월 18일 오후에 대해 기억나는 게 있으면 뭐라도 듣고 싶다고 얘기한다. 그러면서 이제는 눈송이에 젖어 잉크가 마스카라 얼룩처럼 번진 딸의 사진을 꺼내 보인다. 하지만 스텐의 말이 끝나기도 전에 남자는 고개를 젓는다. 스텐은 잠시 망설이다가 다시 묻지만 남자가 또다시 고개를 젓고 문을 닫으려 하자 갑자기 이성을 잃는다.

"당신을 본 기억이 있어요. 누구시죠? 분명 본 적이 있어요!"

스텐은 용의자를 찾기라도 한 듯 못 믿겠다는 목소리로 외치고 남자가 문을 닫지 못하게 틈새로 발을 들이민다.

"나도 당신 얼굴 기억해요. 그럴 만도 하죠. 월요일에도 찾아와서 똑같은 질문을 했으니까요."

스텐은 남자의 말이 맞다는 것을 깨닫는다. 그는 자괴감을 느끼며 사과하고 문 앞에서 도로 쪽으로 뒷걸음질친다. 등뒤에서 남자가 괜찮으냐고 묻는 소리가 들리지만 스텐은 대답하지 않는다. 그는 소용돌이치는 새하얀 눈보라를 뚫고 차를 세워놓은 도로 끝까지 내처 달리다 미끄러지고, 넘어지지 않으려고 보닛을 붙잡는다. 그는 앞자리로 몸을 욱여넣고 눈으로 덮인 어둑한 차 안에서 어린 애처럼 흐느껴 운다. 안주머니에서 전화기가 진동으로 울리지만 받지 않는다. 그러다 구스타브일지 모른다는 생각에 억지로 꺼내보니 부재중 전화가 한두 통이 아니다. 덜컥 겁이 난다. 전화를 받지만 구스타브가 아니다. 오페어다. 스텐은 본능적으로 아무 말 없이 전화를 끊고 싶어진다. 하지만 앨리스가 당장 로사를 찾아야 한다느니, 느낌이 이상하다느니 어쩌느니 한다. 무슨 소리인지 잘 모르겠지만 '밤 인형'과 '경찰'이라는 단어가, 근교의 그 도로에서 꾸고 있는 이 악몽에서 그를 끄집어내 다른 악몽 속으로 내던진다.

110

경찰차 세 대가 사이렌을 요란하게 울리며 차량 행렬을 헤치고 지나간다. 닐라네르는 호송차를 타고 그 뒤를 따라 도시를 빠져나가는 내내 헤스가 전화로 제시한 것 말고 다른 연결고리가 있는지 머리를 쥐어짠다. 헤스가 문자로 보내준 학급 사진을 보고 또 보는데, 맨 왼쪽의 어린 티를 벗지 못한 얼굴을 알아보면서도 믿지 못한다.

그들은 용의자가 경계심을 갖지 않게 도착하기 직전에 사이렌을 끄고 과학수사대 건물 앞에 줄줄이 차를 댄 다음 약속한 대로 흩어진다. 사십오 초 만에 건물이 포위되고, 이상한 낌새를 눈치챈 사람들이 정육면체 건물 안에서 창밖을 내다보기 시작할 무렵, 닐라네르는 눈발을 가르며 평소와 다를 바 없는 정문을 향해 걸어간다. 로비에서는 배경음악이 나지막이 흐르고, 사람들은 데스크에 놓인 과일 바구니를 사이에 두고 동료들과 주말 계획을 이야기하고 있다. 레몬 향수를 뿌린 서글서글한 안내원이 겐스는 실험실에서 급하게 잡힌 회의에 참석중이라고 알리자 닐라네르는 헤스의 말을 듣고 경계령을 발동한 자신을 속으로 욕한다.

실험실용 가운을 입은 직원들이 유리 칸막이가 달린 자리에서 무슨 일이냐는 듯 쳐다보는 가운데 닐라네르와 세 명의 형사는 날씨 때문에 제공된 파란색 비닐 덧신을 거부하고 실험실로 성큼성큼 걸어간다. 보고서에 적혔거나 전화로 들은 증거가 맞는지 확인하고 싶을 때 그도 숱하게 드나든 곳이었다.

실험실에는 아무도 없다. 실험실 바로 옆에 있는 겐스의 사무실도 마찬가지다. 양쪽 방 모두 평범하고 평화로운 분위기가 흐른다. 모든 게 깔끔하게 정돈되어 있고 커피가 몇 방울 남은 플라스틱 컵 하나가 책상 위에서 대형 모니터 앞을 평화롭게 지키고 있다.

실험실까지 그들을 따라온 안내원은 상사가 없는 것을 보고도 당황하는 기색 없이 겐스를 찾아오겠다고 한다. 닐라네르는 그녀가 밖으로 나가자마자 어떤 식으로 헤스의 사생활과 직장생활을 괴롭히면 좋을지 궁리하기 시작한다. 자신을 을러 소동을 벌이게 만든 대가다. 겐스가 오면 설명을 들을 수 있을 것이다. 그는 웃으며 사진 속의 그 아이는 자기가 아니라고 할 것이다. 자기는 토케 베링이라고 불린 적이 없다고, 여러 해 동안 복수를 준비하지 않았다고, 헤스가 주장하는 그런 사이코패스 살인자가 아니라고.

하지만 그때 그것이 보인다. 실험실에 서서 좌우를 두리번거리던 닐라네르의 눈에 겐스의 사무실과 책상 위에 놓인 물건이 들어온다. 맨 처음 보았을 때는 있는 줄도 몰랐던 물건이다. 겐스의 신분증, 열쇠, 업무용 전화기와 출입카드가 두 번 다시 쓸 일이 없어서 버려진 것처럼, 아무것도 없는 책상 위에 깔끔하게 놓여 있다. 하지만 그를 경악시킨 물건은 따로 있다. 그 소지품 옆에 성냥갑을 왕좌 삼아 앉아 있는, 천진난만하고 조그만 밤 인형이다.

111

헤스는 코펜하겐으로 이어지는 고속도로의 마지막 구간에 다다
랐을 때 닐라네르와 연결된다. 그전에도 여러 번 전화했는데 이 멍
청이가 이제야 전화를 받는다. 하지만 누가 들어도 그의 목소리는
수다를 떨 분위기가 아니다.

"왜 그러나? 나 지금 바빠!"

"두 사람 찾았어요?"

실험실에 아무도 없었다. 젠스가 추적자들에게 남겨놓은 상징만
있을 뿐 그는 온데간데없었다. 처음에 부하 직원들은 월란에서 열
리는 컨퍼런스에 간 게 분명하다고 했지만 문의해보니 그가 연락도
없이 불참했다고 했다.

"그의 집은요?"

"지금 우리가 와 있어. 노르하운의 신축 단지에 있는 으리으리한
펜트하우스야. 하지만 아무것도 없어, 아무것도. 가구도 없고 남긴
게 전혀 없어. 지문 하나 찾을 수 없을 것 같아."

가시거리가 20미터밖에 되지 않지만 헤스는 액셀을 조금 더 세
게 밟는다.

"하지만 로사 하르퉁은 찾았죠? 이 모든 게 그녀로부터 시작됐
는데, 만약 젠스가……"

"전혀 소득이 없어. 아무도 그녀의 행방을 몰라. 전화기가 꺼져

있어서 추적도 안 돼. 남편도 아는 게 없는데 그녀가 뒷문 앞에서 밤 인형으로 만든 장식 비슷한 걸 보고 차를 몰고 나서는 걸 오페어가 봤다는군."

"어떤 장식이었죠?"

"나도 못 봤어."

"겐스도 추적이 안 돼요? 전화기나 차나……"

"안 돼. 전화기는 자기 사무실에 두고 갔고 과학수사대 소속 차량에는 위치 추적 장치가 달려 있지 않아. 쓸모 있는 다른 의견은 없나?"

"실험실 컴퓨터는요? 안에 뭐가 들어 있는지 볼 수 있게 툴린한테 암호를 풀어달라고 하세요."

"이미 전담팀에서 시도중이야."

"툴린한테 연락하세요! 툴린이라면 금세……"

"툴린은 사라졌어."

뉠라네르의 대답에서 왠지 모르게 불길한 기운이 감지된다. 헤스는 전화기 저편에서 뉠라네르와 다른 사람들이 계단을 내려오는 발소리가 울려퍼지는 것을 듣고 아무것도 없는 겐스의 아파트 수색이 끝난 모양이라고 짐작한다.

"그게 무슨 말씀이세요?"

"툴린이 오늘 과학수사대로 찾아와서 겐스를 만났나봐. 한 감식반원이 두어 시간 전에 주차장에서 그들을 봤는데, 둘이 뒤쪽 계단을 내려와 겐스의 차를 타고 어디론가 떠났다는군. 내가 아는 건 그게 전부야."

"두어 시간 전이요? 그럼 툴린한테 연락해보신 거죠?"

"안 받아. 과학수사대 앞 쓰레기통에서 그녀의 전화기가 발견됐다는 소식을 방금 전에 들었어."

헤스는 브레이크를 밟고 눈 덮인 고속도로의 갓길 쪽으로 핸들을 돌린다. 차량 몇 대가 그를 향해 경적을 울리고 그는 안쪽 차로를 달리던 탱크로리를 아슬아슬하게 피해 갓길로 들어가 차를 세운다.

"겐스한테 툴린은 아무 쓸모 없어요. 중간에 그냥 내려줬을지 몰라요. 지금 집에 있거나 아니면······"

"헤스, 우리가 다 확인해봤어. 툴린은 사라졌어. 쓸 만한 정보 없나? 그가 있을 만한 곳 몰라?"

헤스는 질문을 듣는다. 차량들이 굉음과 함께 지나간다. 그는 정신을 차리려고 애를 쓰지만 움직이는 것이라고는 좌우로 까딱이는 와이퍼뿐이다.

"헤스!"

"아뇨. 모릅니다."

헤스의 귀에 차문이 쾅 닫히는 소리가 들리고 전화가 끊긴다. 그는 몇 초 지난 다음에야 귀에 대고 있던 수화기를 내려놓는다. 차량들이 눈밭을 가르며 그의 옆을 지나고 와이퍼는 단호하게 좌우로 끽끽거린다.

툴린에게 전화했어야 했다. 공항에서 이상한 조짐을 깨달은 순간 전화했어야 했다. 그랬다면 그녀는 지금쯤 베케르가 즐겨 보던 범죄 현장 사진에 몰두하느라 겐스를 만나러 갈 일이 없었을 것이다. 하지만 그는 전화를 하지 않았고 전화를 하지 않은 데에는 인정하기 싫을 만큼 많은 이유가 있었기 때문에, 헤스는 여러 가지 감정으로 목이 멘다.

그는 논리적인 생각의 끈을 놓지 않으려고 한다. 아직은 시간이 있을지 모른다. 툴린이 겐스를 찾아간 이유는 알 수 없지만 그녀가 자의로 차에 올라탔다면 그의 정체를 몰랐다는 뜻일 수밖에 없다. 따라서 겐스는 그녀를 해칠 이유가 없고 하물며 그녀와 함께 시간을 보내고 있을 이유도 없다. 툴린이 뭔가를 발견해 의논하려고 겐스를 찾아간 거라면 얘기가 달라지겠지만.

그건 생각만 해도 끔찍한 상황이다. 하지만 겐스에게 툴린은 기껏해야 도로의 요철에 불과할 테고, 그가 그녀의 말을 듣고 표적을 바꾸지는 않았을 것이다. 이 사건의 핵심은 로사 하르퉁이다. 처음부터 로사가 핵심이었다. 로사 하르퉁과 그 과거가 핵심이었다.

문득 헤스는 뭘 해야 하는지 깨닫는다. 막연한 추측이고 논리적인 생각이라기보다 감에 가까울지 모르지만 다른 대안은 가능성이 너무 떨어지거나 뉠라네르와 코펜하겐의 형사들이 이미 확인했다. 그는 어깨 너머로 시선을 돌려 시커먼 눈을 뿌리며 쌩하니 지나가는 차량 안개등의 행렬을 바라본다. 아주 잠깐의 틈이 생기자―적어도 다음번 차량 행렬이 피하기에는 충분한 시간이다―그는 페달을 끝까지 밟고 중앙 분리대의 빈 공간을 향해 고속도로를 가로지른다. 바퀴가 헛돌고 이러다 차가 쓰러진 볼링 핀처럼 뱅그르르 돌겠구나 하는 생각이 든다. 하지만 바퀴가 아스팔트를 움켜잡고 그는 중앙 분리대를 넘어 반대편 차로로 건너간다. 다른 차량들은 쳐다보지도 않은 채 경적을 몸으로 누르며 두 대의 밴 사이를 빠져나가고 주행 차로로 진입한 다음에야 허리를 편다.

헤스는 왔던 길을 되짚어간다. 몇 초 뒤 속도계가 시속 140킬로미터를 가리키는 가운데 그는 바깥 차로를 독차지하고 달린다.

112

"숲속으로 놀러가기에 좋은 날씨이긴 하지만 내 눈에는 평범한 너도밤나무 말고는 아무것도 안 보이는데요."

툴린은 겐스의 말을 듣고 앞과 옆의 유리창을 더 열심히 내다보지만 그의 말이 맞는 것 같다. 눈이 내리지 않았더라도 밤나무를 구분하기가 쉽지 않았을 텐데 뭔이 흰색 가루로 뒤덮여 있으니 점점 더 불가능하게 느껴진다.

그들은 좁고 구불구불한 시골길을 따라 달리고 있다. 운전석에 앉은 겐스가 손목시계를 힐끔 확인한다.

"시도해볼 만한 일이었어요. 하지만 이제 다리 쪽으로 돌아갑시다. 내가 보르딩보르의 기차역까지 당신을 태워다주고 윌란으로 갈게요. 그럼 되겠죠?"

"그래요……"

툴린은 무의미한 여행이었다는 것을 깨닫고 좌석에 등을 툭 기댄다.

"미안해요. 나 때문에 괜히 시간 낭비했네요."

"정말 괜찮아요. 당신도 얘기했다시피 어차피 나는 이쪽 길로 오려던 참이었으니까."

툴린은 겐스를 따라서 미소를 지어 보이려고 하지만 추워서 죽을 것 같고 피곤하다.

과학수사대를 도와 밤의 품종을 판명한 전문가는 금방 찾을 수 있었다.

코펜하겐대학교 자연과학대 식물학과 소속 잉리드 칼케는 교수 치고 나이가 아주 젊어서 서른다섯 살쯤 된 듯 보였지만 말투에서 권위가 느껴지는 호리호리한 여성이었다. 칼케는 자신의 연구실에서 스카이프로 품종 판별을 의뢰받은 밤은 덴마크에서 가장 많이 자라는 마로니에와 확실히 다른 품종이었다고 알려주었다.

"인형을 만드는 데 쓰인 밤은 먹을 수 있는 품종이에요. 우리 나라는 너무 추워서 그런 품종이 잘 자라지 못하지만 림피오렌해협 근처 몇 군데에 이 나무가 있어요. 정확하게는 카스타네아 사티바 X 크레나타라고 알려진, 유럽 밤과 일본 밤의 교배종이에요. 언뜻 보면 마리굴 밤처럼 생겼는데, 마리굴도 특이한 품종은 아니에요. 특이한 점이 있다면 이 품종은 부슈 드 베티작과 교배된 것처럼 보인다는 거예요. 대부분의 전문가들은 그 조합은 우리 나라에서 완전히 멸종됐다고 판단하는데, 나도 몇 년 전에 몇 그루 안 남아 있던 해당 품종의 밤나무가 곰팡이 때문에 죽었다는 소식을 접한 게 마지막이에요. 그런데 이 얘기는 내가 이미 다 한 건데요?"

젊은 교수는 자신에게 연락한 과학수사대의 조수에게 이미 전부 설명한 내용이라고 이야기했고, 툴린은 교수의 말에 겐스가 조용히 입을 다무는 것을 알아차렸다. 이런 정보를 경찰에 전달하지 않았다니 자기 부서의 수치라고 생각하는 눈치였다.

툴린이 마지막으로 한 가지 더 묻지 않았다면 수사는 거기서 끝났을지도 모른다.

"덴마크에서 마리굴-베티작 품종이 가장 마지막으로 서식했던 곳이 어디였나요?"

잉리드 칼케 교수는 동료에게 다시 한번 확인하더니 그 품종의 밤나무가 가장 최근에 목격되었던 곳은 묀의 몇몇 지역이기는 하지만 이제는 그조차도 멸종됐다고 다시 한번 강조했다. 툴린은 교수가 언급한 장소를 꼼꼼히 받아 적고 작별인사를 했다. 그런 다음 이 정보의 중요성을 이해하지 못하는 겐스를 설득하느라 시간을 할애해야 했다.

툴린은 크리스티네 하르퉁의 지문이 남아 있는 밤이 마로니에 열매가 아니라면 그녀가 가판대에서 판 인형일 수 없다고, 따라서 출처가 더 알쏭달쏭해진다고 설명했다. 베네딕테 스칸스와 아스게르 네르고르가 무슨 수로 그런 품종을, 그것도 크리스티네 하르퉁의 지문이 찍힌 것으로 입수했는지 이제는 논리적으로 설명할 방법이 없었고 이로써 뉠라네르의 사건 분석에 의문이 제기됐다. 그런가 하면 그 품종이 덴마크에서 최근에 목격된 장소가 몇 군데 안 된다니, 그것도 구체적으로는 묀에 있다고 하니 다행이었다. 전문가의 주장대로 그게 희귀 품종이라면 그 지역에서 수사의 전환점이 마련될 수 있었다. 최고의 시나리오는 범인이나 크리스티네 하르퉁에 관한 새로운 정보를 입수하는 것이었다.

그즈음 겐스는 툴린이 살인사건이 해결되지 않은 것일지도 모른다고 생각한다는 것을 알아차렸다. 헤스의 말이 맞았을 수도 있다고, 젊은 커플이 범인인 것처럼 위장한 사람이 있을지 모른다고 말이다.

"그 말을 믿는 건 아니죠? 장난이죠?"

처음에 겐스는 웃으며 그녀를 태우고 묀까지 가서 밤나무를 찾아볼 생각이 없다고 거절했다. 그녀가 월란으로 가는 길에 있다고, 아무튼 그가 가는 방향과 비슷하다고 설득해도 소용없었다. 그는 계속 고개를 젓다가 툴린이 무슨 수를 써서라도 찾아갈 작정이라는 것을 알아차렸다. 결국 그는 항복했고 그녀는 고마워했다. 그날 차가 없었기 때문이기도 했고, 정말로 밤나무를 발견할 경우 그 품종이 맞는지 그에게 확인을 부탁할 수 있기 때문이기도 했다.

안타깝게도 상황은 그녀의 바람과 다르게 전개됐다. 겐스 덕분에 금세 그 장소를 찾을 수 있었지만—눈이 내리는데도 한 시간 반 만에 도착했다—전문가에게 들은 지점에 가보면 눈 덮인 그루터기만 남아 있거나 오래전에 나무가 잘려 택지로 개간되어 있었다. 툴린은 마지막으로 겐스에게 대로에서 벗어나 셸란 다리 쪽으로 되돌아가되 한쪽은 숲, 다른 쪽은 벌판인 시골길을 따라가보자고 했다. 하지만 눈 때문에 앞으로 나아가는 게 점점 어려워졌고, 겐스가 계속 쾌활하게 굴긴 했지만 어느 모로 보나 포기하는 수밖에 없었다.

툴린의 생각이 딸과 악셀에게로 향한다. 학교 파티는 이미 오래전에 끝났을 테니 전화해 집으로 가는 길이라고 그들을 안심시키기로 한다.

"내 전화기 못 봤어요?"

그녀는 외투 주머니를 더듬지만 아무리 뒤져도 전화기가 보이지 않는다.

"아뇨. 그런데 내가 묀에서 자라는 희귀종 밤나무 열매가 어쩌다 하르퉁의 집으로 굴러가게 됐는지 가설을 하나 세워봤어요. 그 가족이 묀으로 여행을 가서 절벽도 구경하고 밤도 몇 개 주워서 집으로 들고 간 거 아닐까요?"

"네, 그랬을지도 모르죠."

툴린은 마지막으로 전화기를 꺼냈을 때 겐스의 실험실 책상에 올려놓았다. 그걸 깜빡하고 챙기지 않았다니 당혹스럽다. 거의 없는 일이다. 그래도 다시 한번 주머니를 뒤져보려고 하는 순간, 길가의 무언가가 우연히 눈에 들어온다. 처음에는 긴가민가하지만 잔상이 남고, 잠시 후 그녀는 자신의 관심을 끈 것의 정체를 깨닫는다.

"스톱! 차 세워요! 스톱!"

"왜 그래요?"

"일단 세워요! 스톱!"

마침내 겐스가 브레이크를 밟자 차가 살짝 미끄러지다가 멈춰선다. 툴린은 문을 휙 열고 정적 속으로 나선다. 오후가 끝나려면 아직 멀었지만 해가 지고 있다. 그녀의 오른쪽에는 눈 덮인 넓은 들판이, 저멀리 눈과 하늘이 하나로 합쳐지는 지평선까지 이어진다. 왼쪽에는 눈을 잔뜩 얹은 시커먼 숲이 있다. 그리고 길가에서 조금 물러난 곳에 어마어마하게 커다란 나무가 서 있다. 다른 나무들보다 키가 훨씬 크다. 몸통은 맥주 통만큼 굵고, 높이는 20미터, 어쩌면 25미터쯤 되고, 거대하고 앙상한 가지들은 눈으로 덮였다. 사실 밤나무처럼 보이지 않는다. 눈 말고는 아무것도 없이 헐벗었지만 툴린은 확신한다. 그녀는 차가운 공기를 가르고 눈을 밟으며 나무를 향해 다가가고, 눈이 얼마 쌓이지 않은 나뭇가지 아래쪽을 지나자 당장 발밑으로 작은 공 같은 것들이 느껴진다. 장갑을 끼지 않았기에 툴린은 맨손으로 눈을 파고 떨어진 밤을 줍는다.

"겐스!"

그녀는 겐스가 계속 차 옆에 서 있는데다 자기처럼 흥분하지도 않는 걸 보고 짜증이 난다. 밤에 묻은 눈을 털어내자 그녀의 왼손에 놓인 짙은 갈색의 차갑고 동그란 물체가 크리스티네 하르퉁의 지문이 묻어 있던 밤과 비슷해 보인다. 툴린은 칼케 교수가 알려준 이 품종만의 특징이 뭐였는지 곰곰이 따져본다.

"와서 이것 좀 봐요. 이게 그 품종일지도 몰라요!"

"툴린, 설령 같은 품종이라 해도 그걸로 입증되는 건 아무것도 없어요. 하르퉁 가족이 여기 와서 절벽을 구경하고 이 길을 따라 집으로 돌아갔을 수도 있어요. 그들 부부의 딸이 여기서 밤을 몇 개 주웠을 수도 있다고요."

툴린은 대꾸하지 않는다. 처음 이 앞을 지나갔을 때는 나무를 보지 못했는데, 그 아래에 서보니 숲이 생각보다 빽빽하지 않다. 나무 옆에 숲속으로 구불구불 이어지는 길이 하나 있는데, 눈 위로 발자국 하나 나 있지 않은 것처럼 보인다.

"우리, 차 타고 저쪽으로 가서 한번 살펴봐요."

"왜요? 저기 아무것도 없는데."

"모르잖아요. 최악의 사태가 벌어진다 한들 바퀴가 눈에 파묻히기밖에 더하겠어요?"

툴린은 차가 있는 쪽으로 씩씩하게 다시 걸어간다. 겐스는 운전석 문 옆에 서 있다. 그는 계속 지켜보다 그녀가 자신을 지나쳐 조수석 쪽으로 걸어가자 숲속으로 이어지는 좁은 길의 보이지 않는 머나먼 지점으로 시선을 옮긴다.

"좋아요, 그럼. 정 그렇게 가고 싶다면."

113

1987년 가을.

남자아이는 손이 지저분하고 손톱 밑에 흙이 끼어 있다. 송곳으로 밤에 구멍을 뚫으려 하지만 서툴러서, 로사가 어떻게 해야 하는지 가르쳐주어야 한다. 콕콕 찌르지 말고 구멍을 내. 밤을 뚫고 나올 때까지 송곳을 계속 돌려. 먼저 목을 만들 수 있게 양쪽 밤에 구멍을 만들고 성냥개비를 절반씩 양쪽 구멍에 단단히 꽂아. 그런 다음 팔이랑 다리를 만들 수 있게 다시 송곳으로 구멍을 뚫어. 깊게 뚫어야 성냥개비가 안 흔들려.

먼저 완성한 쪽은 여자아이다. 남자아이는 솜씨가 없고 둔한지 축축한 잔디 위로 계속 밤을 떨어뜨리는 바람에 다시 할 수 있게 로사가 주워주어야 한다. 로사와 여자아이는 그를 보고 웃는다. 놀리는 건 아니고 남자아이도 그렇게 받아들이지 않는다. 뭐, 처음에는 그랬을 수도 있다. 처음에 몇 번 엄마 아빠와 함께 밤을 주우러 키 큰 나무 아래 덤불 속으로 들어갔을 때는. 나중에 그들은 지금처럼 뒷마당으로 나가 빨갛고 노란 낙엽 사이에 놓인 오래된 놀이집 계단에 앉았고, 로사는 밤을 어쩌지 못하는 그를 보고 웃었다. 그는 겁을 먹은 듯이 보였고 그 여동생도 마찬가지였지만, 로사가 두 아이를 모두 도와주자 그들은 그녀가 나쁜 뜻에서 웃는 게 아니라는 것을 알게 됐다.

체스트넛맨 어서 들어와요, 체스트넛맨 어서 들어와요……

로사는 남자아이에게 인형 만드는 법을 가르쳐주며 그 노래를 부른다. 마침내 그의 밤 인형도 완성돼 그들이 만든 다른 인형들과 함께 널빤지에 놓인다. 그녀는 쌍둥이에게 인형을 많이 만들수록 노점에서 팔아 돈을 더 많이 벌 수 있다고 말한다. 로사는 지금까지 외동으로 지냈고 쌍둥이가 평생 여기서 지내는 게 아니라 어쩌면 크리스마스 전에 떠날 수도 있다는 걸 알지만 그런 생각은 하고 싶지 않다. 아침에 눈을 떴을 때 그들이 있어서 좋다.

학교에 가지 않는 토요일이나 일요일 아침 일찍, 로사가 엄마 아빠 방 저편에 있는 손님방으로 몰래 들어가서 자는 걸 깨워도 쌍둥이는 화를 내지 않는다. 졸린 눈을 비비며, 그녀가 앞으로 할 일을 알려주길 기다린다. 로사가 어떤 게임을 하자는 건지 열심히 귀담아듣는다. 그들은 말수가 없고 먼저 뭘 하자고 제안하는 법도 없지만 그래도 그녀는 상관없다. 로사는 생각난 것을 그들에게 공개하는 순간이 항상 기다려지고, 대개 그냥 "오오" 아니면 "흠" 아니면 "그렇구나" 하고 마는 엄마 아빠 말고 다른 사람에게 얘기하다보면 재미나고 기발한 아이디어로 상상에 상상이 더해지는 느낌이다.

"로사, 잠깐 들어올래?"

"지금은 안 돼요, 엄마. 우리 노는 중이에요."

"로사, 들어와봐. 잠깐이면 돼."

로사는 잔디밭을 지나, 아빠의 삽이 감자 묘목과 구스베리 덤불 사이에 박혀 있는 텃밭을 지나 달려간다.

"뭔데요?"

그녀는 다용도실 문 옆에서 몸을 들썩이며 안달을 내지만 엄마는 장화를 벗고 안으로 들어오라고 한다. 로사는 엄마와 아빠가 묘한 미소를 지으며 다용도실에 서서 자신을 기다리고 있는 것을 보고 놀라고, 그들이 마당에서 노는 광경을 한참 동안 지켜보고 있었던 모양이라고 생각한다.

"토케랑 아스트리드랑 같이 노니까 좋니?"

"네. 무슨 일이에요? 우리 지금 바빠요."

그녀는 쌍둥이가 놀이집 옆에서 기다리고 있는데 자신은 우비를 입은 채 다용도실에 서 있어야 해서 짜증이 난다. 오전에 밤 인형을 다 만들면 차고에서 과일용 나무상자를 가져다 점심 전에 노점을 설치할 수 있기 때문에 이럴 시간이 없다.

"토케하고 아스트리드가 여기서 계속 지낼 수 있게 두 아이를 데리고 있기로 했어. 네 생각은 어떠니?"

아빠 뒤에서 세탁기가 윙윙거리며 돌아가기 시작하고 두 명의 어른이 그녀를 쳐다보고 있다.

"두 아이는 힘든 시기를 겪었거든. 그래서 좋은 집에서 살아야 하는데, 네 아빠랑 나는 우리집이 그럴 수 있다고 생각해. 너도 좋다고 하면. 어때?"

로사로서는 뜻밖의 질문이다. 그래서 어떻게 생각하면 좋을지 모르겠다. 그녀는 그들이 호밀빵으로 만든 과자를 먹겠느냐고 물을 줄 알았다. 아니면 스쿼시 아니면 마리 비스킷. 그런데 그게 아니다. 그래서 그녀는 미소를 머금고 있는 두 사람이 원하는 대답을 한다.

"네. 좋아요."

당장 엄마는 부츠를, 아빠는 플립플롭을 신고 비에 젖은 마당으로 나선다. 그녀는 그들이 행복해한다는 걸 안다. 그들은 외투도 입지 않고, 심지어 따뜻한 점퍼도 입지 않고, 놀이집 앞 계단에 앉아 밤 인형을 만드느라 정신이 팔려 있는 쌍둥이에게 걸어간다. 로사는 그 소식을 들은 다용도실 문 옆에 남는다. 그들이 뭐라는지 들리지 않지만, 엄마와 아빠는 쌍둥이 옆에 앉아서 뜸을 들인다. 로사의 눈에 쌍둥이의 얼굴이 보인다. 여자아이가 갑자기 아빠를 부둥켜안는다. 남자아이는 잠시 후에 울음을 터뜨린다. 엄마가 한 팔로 그를 감싸안아 달래고, 엄마와 아빠는 서로를 바라보며 로사가 본 기억이 없는 미소를 짓는다. 하늘이 열린다. 폭우가 쏟아지고 로사 혼자 문 앞에 서 있는 가운데 나머지 넷은 조그만 놀이집 지붕 아래에 웅크리고 앉아 웃음을 터뜨린다.

　"두 분의 결정을 전적으로 이해합니다. 아이들은 어디 있나요?"

　"손님방에요. 제가 가서 데리고 올게요."

　"따님은 좀 어떤가요?"

　"상황이 이렇긴 하지만 그럭저럭 견디고 있어요."

　로사는 식탁 앞에 앉아 있지만 현관에서 오가는 말소리를 똑똑히 듣는다. 엄마가 살짝 열린 문 앞을 지나 손님방으로 가고 아빠는 남자와 여자와 함께 현관에 남아 있다. 로사는 방금 전 그들이 길에 하얀색 차를 대고 내리는 것을 부엌 창으로 지켜보았다. 복도에서 말소리가 들리지만 속삭임에 가까워 로사는 알아듣지 못한다. 지난주 내내 숱한 속삭임이 오갔다. 로사는 이 일이 얼른 끝나기만을 바랄 뿐이다. 속삭임은 그녀가 그들에게 그 얘기를 전한 직후부터 시작됐다. 어디에서 들은 얘기였는지는 모른다. 아마도 유치원이었을 것이다. 베리트라는 여자아이가 쿠션 많은 놀이방에서 무슨 일이 있었는지 말했을 때 어른들이 어떤 반응을 보였는지 로사는 아직도 기억하고 있다. 베리트는 남자아이들과 놀고 있었는데 그중 한 명이 그녀에게 성기를 보여달라고 했다. 심지어 보여주면 50외레를 주겠다고까지 했다. 그래서 베리트는 보여주고 다른 남자아이들에게도 보고 싶으냐고 물었다. 여럿이 그렇다고 했고 베리트는 돈을 많이 벌었다. 25외레를 더 내면 거기다 뭘 넣을 수도 있었다.

　어른들이 겁에 질린 것만큼은 분명했다. 놀이방에서 그런 일이 있은 이후로 외투 보관실에서 만난 학부모끼리는 물론이고 여기저기서 수군 거림이 이어졌고 이내 하나도 재미없는 새로운 규칙이 잔뜩 만들어졌다. 로사는 거의 모든 걸 잊고 있었다. 하지만 엄마와 아빠가 침대 두 개를 새로 들여놓고 손님방을 칠하느라 하루종일 정신없었던 어느 날 저녁, 그녀는 별생각 없이 아무렇지 않게 그 얘기를 꺼냈다.

문 틈새로 고개를 숙인 꼬맹이 둘이 지나가는 것이 보인다. 그리고 현관 밖 계단을 내려가는 그들의 발소리가 들린다. 아빠는 이미 가방을 밖에 내다놓았다. 복도에서 엄마가 여자에게 아이들이 이제 어디에 맡겨지느냐고 묻는 소리가 들린다.

"새집을 아직 찾지 못했지만 금방 찾을 수 있겠죠."

어른들은 작별인사를 하고 로사는 자기 방으로 들어간다. 배가 아파서 쌍둥이를 보고 싶지 않다. 꼭 뱃속이 뭉친 느낌이다. 하지만 이제 와서 그녀가 한 이야기를 주워 담을 수는 없다. 이미 로사는 그 말을 해버렸고, 그런 일을 두고 거짓말을 하는 건 옳지 않다. 그러니까 거짓말한 걸 꼭꼭 숨기고 절대 누구한테도 말하면 안 된다. 하지만 그들이 그녀의 침대에 두고 간 선물을 본 순간 안에서 마음이 터져버릴 것 같다. 서로 손을 잡고 있는 것처럼 동그랗게 연결된 다섯 개의 밤 인형이다. 철사로 연결되어 있고 세 아이를 거느린 엄마 아빠라도 되는 듯 두 인형이 다른 세 개보다 크다.

"됐다, 로사, 이제 걔들 갔어……"

로사는 엄마와 아빠를 지나 쏜살같이 달린다. 그녀의 이름을 부르는 그들의 놀란 목소리를 뒤로한 채 현관문 밖으로 뛰쳐나간다. 이제 막 출발한 하얀색 차가 커브길을 향해 속도를 내고 있다. 로사는 차가 보이지 않을 때까지 있는 힘껏 달린다. 그녀가 마지막으로 본 것은 뒤쪽 유리창 너머로 그녀를 물끄러미 바라보던 남자아이의 까만 눈이다.

 그녀는 해가 거의 저물어갈 무렵 숲속 길로 접어들고 속도를 더 올리기 시작한다. 눈이 다시 내리기 시작해 로사가 전조등 불빛으로 확인한 희미한 타이어 자국이 눈으로 거의 덮였다. 처음에는 그냥 지나치는 바람에 어느 집으로 뛰어들어가 길을 물어야 했다. 뮌이 초행이긴 하지만 예전에 왔었다 해도 별반 다르지 않았을 것이다. 그 집 주인이 가르쳐준 대로 왔던 길을 되짚어가보니 못 보고 지나쳤던 커다란 밤나무와 숲속으로 들어가는 샛길이 나온다. 벌거벗은 고목과 키 큰 전나무 사이로 급커브가 이어지는 구불구불한 길이지만 타이어 자국을 따라가면 되기 때문에 속도를 그대로 유지해도 엉뚱한 곳으로 벗어날 일은 없다. 타이어 자국이 점점 희미해지다 마침내 휘몰아치는 눈 때문에 눈앞에서 사라지자 공포가 찾아온다. 이 주변에는 농장이 없다. 사람도, 아무것도 없이 샛길과 나무뿐이다. 그녀가 또다시 길을 잘못 들면 너무 늦을지도 모른다.
 의구심이 들기 시작할 무렵 로사의 눈앞에 숲이 펼쳐지고, 거대한 나무로 둘러싸인 농장 앞 넓은 마당이 느닷없이 등장한다. 그녀가 상상했던 것과 다른 풍경이다. 장관실에서 기사를 읽었을 때는 방치돼 다 쓰러져가는 농장일 거라고 생각했는데, 그렇지 않다. 목가적인 느낌을 풍긴다. 로사는 차를 세우고 시동을 끈 다음 서둘러 차에서 내린 뒤, 문을 잠그는 것조차 잊은 채 눈밭 위에서 좌우를 두리번거린다. 어느 방향으로 고개를 돌리든 입김이 수증기로 바뀐다.

농가—2층짜리 초가집이다—에는 별채가 두 채 딸려 있는데, 언뜻 보면 근사하게 개조한 시골집 같다. 하지만 흰색 회반죽을 칠한 건물 전면을 비추는 현대식 야외 조명의 불빛이 그녀가 서 있는 마당까지 퍼져나오고, 로사는 초가지붕 아래에 달린 작은 유리 돔들이 CCTV 카메라라는 것을 알아차린다. 하얀 창살이 달린 창문을 통해 거실 안에서 뭔가가 따뜻하게 깜빡이는 것이 보이고, 그녀는 작고 까만 글씨로 '체스트넛 농장'이라고 적힌 명패가 현관문 위에 달린 것을 보고 제대로 찾아왔음을 확인한다. 로사는 더이상 기다리지 못한다. 그녀가 있는 힘껏 고함을 지르고 숨을 들이마셨다가 내뱉자 그 이름이 마당과 나무 사이로 메아리친다.

"크리스티네……!"

까마귀떼가 농장 뒤편 나무에서 쏟아져나온다. 녀석들은 눈송이를 뚫고 별채 위로 날아오르고, 마지막 녀석이 사라진 다음에야 그녀는 헛간 문 옆에 사람이 서 있다는 것을 알아차린다.

그는 키가 크다. 185센티미터쯤 된다. 방수포로 만든 재킷을 입고 한 손에는 장작이 담긴 튼튼한 파란색 양동이를, 다른 손에는 도끼를 들었다. 얼굴이 순하고 앳돼서 처음에 그녀는 그를 알아보지 못한다.

"찾았구나…… 어서 와."

그가 약간은 다정하달 수 있는 목소리로 알은체한다. 그리고 잠시 그녀를 물끄러미 바라보다 쌓인 눈을 밟아가며 현관문을 향해 마당을 가로지르기 시작한다.

"내 딸 어디 있어?!"

"먼저 농장이 그 시절하고 다르다는 점은 사과할게. 처음에 매입했을 때는 원래 어떤 상태였는지 네가 볼 수 있게 고스란히 놔두려고 했는데 생각만 해도 너무 우울하더라고."

"내 딸 어디 있어?!"

"여기 없어. 얼마든지 찾아봐."

로사의 심장이 쿵쾅거린다. 모든 게 초현실적이다. 그녀는 숨을 헐떡거린다. 남자는 현관 앞에서 걸음을 멈추더니 문을 활짝 열고 뒤로 물러서서 장화에 묻은 눈을 두드려 턴다.

"들어와, 로사. 우리 이 문제를 정리하자."

115

로사는 어두컴컴하고 추운 집안의 복도 너머로 딸의 이름을 외친다. 2층으로 뛰어올라가 경사진 지붕 아래를 샅샅이 뒤지지만 결과는 마찬가지다. 아무것도 없다. 가구도 소지품도 없고 니스와 새나무 냄새만 사방에 퍼져 있을 뿐이다. 공사를 새로 한 빈집이고 내부에 그 무엇도 존재한 적이 없었던 것 같은 느낌을 준다. 그녀는 계단을 내려가다가 그의 소리를 듣는다. 그 옛날 동요를 흥얼거리고 있는데, 무슨 노래인지 알아차린 순간 그녀의 피가 싸늘하게 식는다. 현관홀에서 입구를 지나 거실로 들어가보니 그가 그녀를 등지고 쭈그리고 앉아 난로 안의 불붙은 장작을 부지깽이로 쑤시고 있다. 그의 옆에 놓인 파란 양동이에 도끼가 들어 있고 로사는 단숨에 그 도끼를 집는다. 하지만 그는 꿈쩍하지 않는다. 계속 쭈그리고 앉아 그녀를 올려다본다. 그녀는 손이 떨리기 시작하지만 당장이라도 휘두를 수 있게 도끼 손잡이를 단단히 붙잡는다.

"어떻게 했는지 얘기해……"

그는 난로 문을 닫고 조심스럽게 걸쇠를 건다.

"그 아이는 지금 좋은 데 있어. 다들 그렇게 얘기하지 않아?"

"어떻게 했냐고!"

"내가 동생에 대해 물어보면 매번 다들 그렇게 얘기했지. 조금 아이러니하지 뭐야. 처음에는 쌍둥이를 지하실에 가둬놓고 남편이 온갖 짓을 저지르는 동안 부인이 전부 촬영하더니. 나중에는 최선의 방법이라며 둘을 몇 년 동안 찢어놓고 연락도 하지 못하게 하고……"

로사는 뭐라고 말해야 할지 모른다. 하지만 그가 일어서자 도끼를 쥔 손에 힘을 준다.

"하지만 좋은 데라는 말이 어디 위로가 돼야 말이지. 내가 생각하기엔 행방을 모른다는 것이야말로 가장 고통스러운 일이야. 너도 동의하지 않아?"

이 남자는 제정신이 아니다. 로사가 여기로 오는 동안 했던 궁리들이 모두 쓸모없어졌다. 차분하게 응시하는 그 눈 앞에서는 어떤 논리도, 어떤 작전이나 계획도 쓸 수 없다. 그녀는 한 발 앞으로 다가선다.

"네가 원하는 게 뭔지 모르겠지만 그게 뭐든 관심 없어. 무슨 짓을 저질렀는지, 크리스티네는 어디 있는지 말해. 알아들어?"

"싫다면 어쩔 건데? 그걸 나한테 쓸 거야?"

그는 아무렇지도 않은 듯 도끼를 가리키고 그녀는 눈물이 고이는 것을 느낀다. 그의 말이 옳다. 그녀는 도끼를 쓸 일이 없을 것이다. 그러면 끝까지 알아낼 수 없을 테니까. 그녀가 아무리 기를 쓰고 참으려 해도 눈물이 나기 시작하고 그의 얼굴에 희미한 미소가 번진다.

"이 부분은 건너뛰면 어떨까? 우리 둘 다 네가 알고 싶어하는 게 뭔지 아는데다 나도 너한테 알려주고 싶거든. 유일한 문제는 네가 얼마나 알고 싶으냐는 거지."

"뭐든 할게…… 알려만 주면. 왜 그냥 알려주면……"

그는 빠르다. 로사가 어떻게 할 틈도 없이 바로 그녀 앞으로 다가와 축축하고 부드러운 뭔가를 그녀의 얼굴에 대고 누른다. 톡 쏘는 냄새가 그녀의 콧속을 찌른다. 그녀는 몸을 비틀어 피하려고 하지만 그는 힘이 너무 세다. 그가 귓가에 입을 바짝 대고 이렇게 속삭인다.

"자, 이제…… 숨을 쉬어. 금방 끝날 거야."

116

불빛이 너무 쨍해서 눈이 부시다. 그녀가 깜빡이며 애써 눈을 떴을 때 맨 먼저 시야에 들어온 것은 하얀 천장과 하얀 벽이다. 왼쪽으로 벽과 멀찌감치 떨어진 곳에 불빛을 받아 반짝이는 낮은 철제 테이블이 보이는데, 그 반대편 벽 위에서 깜빡이는 모니터들 때문에 그녀는 여기가 병원이라고 생각한다. 그녀는 병상에 누워 있고 모든 게 꿈이었던 거다. 하지만 일어나 앉으려고 해보니 일어날 수가 없다. 그녀가 누워 있는 곳은 병상이 아니다. 그녀는 철제 수술 테이블에 누워 있고 맨살이 드러난 두 팔과 두 다리가 벌려진 채 테이블에 고정된 가죽끈에 단단히 묶여 있다. 그 광경에 절로 비명이 터지지만 머리를 고정시킨 끈이 벌린 입을 누르고 있어 웅얼웅얼 알아들을 수 없는 소리가 돼서 나온다.

"다시 안녕. 괜찮아?"

로사는 기운이 없고, 그의 모습은 보이지 않는다.

"십 분 정도 있으면 약기운이 사라질 거야. 이걸 아는 사람은 별로 없지만, 일반적으로 마로니에 열매에는 에스쿨린이라는 독이 있는데 잘만 섞으면 클로로포름만큼 효과가 좋아."

로사는 좌우로 눈동자를 돌리지만 여전히 그의 목소리만 들린다.

"아무튼 할일이 많으니까 이제부터는 정신 차리고 있는 게 좋을 거야. 알겠지?"

하얀색 비닐 작업복을 입은 그가 불쑥 그녀의 시야로 들어온다. 그는 한 손에 들고 있던 긴 작업 가방을 낮은 철제 테이블에 내려놓고 허리를 숙여 잠금장치를 풀며 말한다. 자신이 그녀를 한참 동안 찾았는데 어느 날 문득 뉴스에 나온 모습을 보았을 때부터 크리스티네의 이야기가 시작됐다고.

"너를 찾지 못하려나보다 하고 생각하던 참이었거든. 그런데 네가 평의원에서 사회부 장관으로 벼락출세를 한 거야. 이 무슨 아이러니야. 바로 그 자리에 임명된 덕분에 너를 찾게 됐으니……"

흰색 작업복이 경찰 감식반원들이 입는 것과 같은 작업복이라는 생각이 로사의 머리를 스치고 지나간다. 그는 흰색 마스크와 파란색 비닐캡을 쓰고 비닐장갑을 낀 손으로 작업 가방을 연다. 로사는 끙끙대며 고개를 왼쪽으로 돌리고, 가방 안의 스티로폼에 뚫린 구멍 두 개만 가까스로 확인한다. 첫번째 구멍에 든 물건은 그에게 가려져 있지만 뒤편의 반짝이는 쇠막대는 보인다. 막대 한쪽 끝에는 크기가 주먹만하고 작고 날카로운 바늘로 덮인 쇠공이 달려 있다. 다른 쪽 끝은 손잡이인데, 금속 손잡이 끝에 5, 6센티미터 길이의 송곳이 삐죽 튀어나와 있다. 그녀가 있는 힘껏 가죽끈을 당기는 동안 그는 오스헤레드 의회 파일에 접속해 자신과 여동생이 체스트넛 농장으로 옮겨진 이유를 알아냈다고 말한다.

"너는 물론 아무것도 모르는 꼬맹이였지, 충족되지 못한 욕구 때문에 괴로워하던. 하지만 그 깜찍한 거짓말은 네 기억 속에서 멀어졌고, 네가 공개 석상에서 가난하고 불쌍한 아이들 어쩌고 할 때마다 잘난 체하는 표정을 짓는 걸 보면 아예 까맣게 잊어버렸다는 걸 알 수 있었어."

로사는 비명을 지른다. 그렇지 않다고 말하고 싶지만 들짐승과 비슷한 소리가 되어 나오고, 그가 첫번째 구멍에 든 물건을 꺼내는 게 곁눈으로 느껴진다.

"그런데 너를 그냥 죽이면 너무 너그러운 처사로 느껴지더란 말이야. 너 때문에 우리가 얼마나 고통스러웠는지 보여주고 싶었는데 방법을 알 수가 없었어. 그러다 너에게 내 여동생이 그 끔찍한 일을 겪었을 때와 비슷한 나이의 딸이 있다는 걸 알고 됐고 좋은 생각이 떠올랐어. 나는 너희 가족, 그중에서도 물론 크리스티네의 일상을 조사했는데, 돈 많은 부모 밑에서 애지중지 자란 아이답게 별로 똑똑하지도 기발하지도 않아서 분석을 쉽게 끝내고 계획을 세울 수 있었지. 그런 다음 가을이 오기만을 기다리면 끝이었어. 그나저나 밤 인형 만드는 법은 네가 가르쳐준 건가?"

로사는 주위 상황을 파악해보려 한다. 그녀의 시선이 닿는 곳에는 창문도 계단도 문도 없지만 그래도 그녀는 일정한 간격을 두고 비명을 지르기 시작한다. 입에 물려진 가죽끈 때문에 소리가 막히긴 하지만 방안을 울리고, 그녀는 거기에서 기운을 얻어 있는 힘을 다해 발버둥친다. 하지만 목소리가 갑자기 훨씬 가까이서 들려오고, 그녀는 그가 자신의 옆에 서서 뭔가를 만지작거리고 있다는 것을 알아차린다.

"정말 재밌게 구경했어. 그 당시에는 밤 인형을 어떤 식으로 활용할 수 있을지 몰랐는데, 그 아이가 자기 친구와 함께 길가에서 그걸 팔고 있다는 것 자체가 한 편의 시 같더군. 그래서 며칠 기다렸다가 수도 없이 연습했던 대로, 스포츠센터에서 나오는 그 아이의 뒤를 밟았지. 너희 집까지 몇 블록 남지 않았을 때 아이를 불러 로드후스플라센 가는 길을 알려달라고 하고는 밴으로 끌고 갔고. 약물을 써서 아이를 기절시키고, 자전거와 스포츠 가방은 경찰에게 줄 미끼삼아 숲속에 던지고, 차를 몰고 그 자리를 떴어. 아이가 아주 잘 컸더군, 그거 하나는 인정할게. 사람을 잘 믿고 친절하고, 진짜 제대로 된 부모 밑에서 자란 아이라야 그럴 수가 있는데……"

로사는 울고 있다. 그녀가 흐느끼는 박자에 맞춰 가슴이 오르락내리락하고 그 흐느낌은 목구멍까지 차올라 몸밖으로 터져나오려 한다. 인과응보라는 생각이 그녀를 짓누른다. 자신의 잘못이니 벌을 받아 마땅하다. 무슨 일이 벌어졌건 그녀가 딸을 제대로 돌보지 못한 탓이다.

"그나저나. 이 이야기는 놀랍게도 네 장으로 이루어져 있는데 그게 첫 장이었어. 잠깐 쉬었다가 이어서 들려줄게. 괜찮지?"

귀청을 찢는 듯한 소리가 들리고 로사는 고개를 돌려보려 한다. 강철인지 알루미늄인지 모를 그 도구는 크기가 다리미 정도다. 두 개의 손잡이와 철판, 그리고 손으로 용접해 이음새가 우둘투둘한 톱 가이드가 달려 있다. 로사는 아까 들린 소음이 그 도구 끝에 달린 날이 돌아가는 소리였다는 것을 잠시 후에 알아차린다. 그녀는 자신의 손과 발이 테이블 밖으로 삐져나오게 팔과 다리를 묶은 이유를 문득 깨닫고, 톱이 손목뼈를 파고들기 시작하자 다시 가죽끈 뒤에서 비명을 지른다.

"괜찮아? 내 목소리 들려?"

목소리가 들리고 쨍한 하얀색 불빛이 그녀의 눈앞에서 다시 깜빡인다. 로사는 여기가 어딘지 기억을 더듬으며 정신을 잃기 전에 있었던 일을 떠올린다. 그것으로 끝이었다는 데 순간 안도감을 느끼지만 몸 왼편에 아무 감각이 없다. 고개를 돌리자 공포가 솟구친다. 검은색 플라스틱으로 된 큼지막한 실험실용 집게가 그녀의 왼손이 있었던 자리에 생긴 상처에서 콸콸 쏟아지는 피를 지혈하고 있고, 바닥에 놓인 파란색 양동이 안에서 손가락 끝이 보인다.

"두번째 장은 이 지하실에서 시작되지. 네가 이상한 조짐을 느꼈을 때 크리스티네와 나는 이미 여기 있었어."

그녀가 그 얘기를 듣는 동안 그는 기구와 파란색 양동이를 들고 다른 편으로 자리를 옮긴다. 하얀 비닐 작업복의 어깨까지 피가, 그녀의 피가 튀었고 그의 입을 덮은 마스크 위에도 마찬가지다.

"그 아이가 실종되면 온 나라가 뒤집힐 걸 알았기 때문에 철저하게 준비했지. 그때는 지하실이 지금과는 달랐고, 누가 여기까지 와서 집을 발견하더라도 지하실은 찾지 못하게 조치를 취해놓았어. 물론 크리스티네는 여기서 깨어났을 때 조금 놀라워했지. 무서워했다는 게 더 맞는 표현일지도 모르겠네. 나는 그 아이의 DNA로 경찰의 주의를 딴사람에게 돌릴 수 있게 그 조그맣고 가녀린 손끝을 살짝 베어내려는 것뿐이라고 설명했고, 아이는 아주 용감하게 잘 참았어. 하지만 그애는 여기서 대부분의 시간 동안 혼자 지내야 했어. 나는 일 때문에 코펜하겐에 있어야 했으니까. 그 아이가 어떤 심정이었는지 궁금하지? 슬퍼하고 무서워했는지. 솔직히 대답하자면 맞아, 그랬어. 네가 있는 집으로 돌려보내달라고 애원하고 간청했어. 코끝이 찡했지만 뭐든 영원한 것은 없는 법이니까. 한 달쯤 지나 폭풍이 잦아들었을 때 작별을 고할 때가 됐지."

욱신거리는 팔보다 그 말이 더 아프다. 로사는 다시 흐느낀다. 마치 흉곽이 통째로 쪼개져 벌어지는 느낌이다. 기구에서 윙 하는 소리가 나며 톱날이 돌아가기 시작하고 그것이 손목을 파고들자 그녀는 다시 고통에 비명을 지른다. 톱날이 뼈를 타고 미끄러지다 홈이 패면서 거기에서부터 단단히 자리를 잡고 뼈를 절단하기 시작하자 그녀의 몸에 힘이 들어가 천장을 향해 활처럼 휜다. 상상조차 할 수 없는 고통이다. 기구가 갑자기 작동을 멈추고 꺼진 뒤에도 고통은 계속된다. 가죽끈으로 덮인 로사의 비명소리가 삑삑거리는 경보음에 묻힌다. 남자가 하던 일을 멈추고 딴 데로 관심을 돌린 것도 그 소리 때문이다. 그는 기구를 손에 든 채 반대편 벽에 줄줄이 달린 모니터를 향해 고개를 돌리고, 로사는 그의 시선을 따라간다. 한 화면 속에서 뭔가가 움직이고 그녀는 그것이 CCTV 카메라 영상이라는 것을 알아차린다. 저멀리서 뭔가가 시야에 들어온다. 차인 것 같다. 그것이 온 사방이 깜깜해지기 직전 그녀가 마지막으로 한 생각이다.

117

힘을 주는 바람에 머리에 난 상처에서 얼굴로 피가 흐르자 툴린은 기절하지 않도록 강하게 심호흡을 한다. 강력 테이프가 머리에 아무렇게나 감겨 있어서 한쪽 콧구멍으로만 숨을 쉴 수 있지만 두 손이 묶여 있기 때문에 테이프를 뜯어낼 수가 없다. 그녀는 트렁크 안에 옆으로 누워 있고 산소를 충분히 마시자마자 잠금장치가 있을 거라고 생각되는 어둠 속의 한 지점을 무릎으로 계속 치기 시작한다. 목과 등을 뒤쪽 벽에 대고 버티며 모든 근육에 힘을 준다. 콧구멍에서 콧물이 흐르고 피거품이 일 정도로 잠금장치를 무릎으로 치고 또 친다. 하지만 잠금장치는 꿈쩍하지 않는다. 나사 때문에 슬개골 아래에 생긴 상처만 점점 깊어질 뿐이고, 산소 부족으로 기운이 다하자 그녀는 포기하고 쓰러져 미친듯이 숨을 헐떡인다.

툴린은 자신이 트렁크 안에 갇힌 지 얼마나 됐는지 알지 못한다. 들리는 것이라고는 멀리서 기계가 돌아가는 소리와 여자의 비명소리뿐이라 몇 분이 영원처럼 느껴진다. 여자의 입에 뭐가 물려 있는지 소리가 둔하다. 소리는 환기구를 통해 흘러나오는데, 툴린은 그렇게 처절한 소리는 들어본 적이 없다. 귀를 막고 싶지만—뭣 때문에 지르는 비명인지 너무 생생하게 그려졌다—손과 발이 묶여 있고, 손은 워낙 단단히 묶여서 감각이 없다.

그녀는 정신이 들었을 때 처음에는 거기가 어딘지 제대로 가늠

하지도 못했다. 칠흑 같은 어둠이 그녀를 감쌌지만 양옆과 위를 덮고 있는 차가운 금속 표면을 더듬어보고 자동차 트렁크 안이라는 것을 알아차렸다. 그녀와 겐스가 타고 온 차일 것이다. 숲이 갑자기 뻥 뚫리고 마당이 등장했을 때 그녀의 관심은 오로지 농가에 가 있었다. 그녀는 차에서 내려 아무도 밟지 않은 눈밭 위에 서서, 마당을 둘러싼 키가 크고 수령이 오래된 밤나무를 눈에 담았고 현관문 위에 달린 명패가 보이자 총을 꺼내들었다. 초가집은 어두컴컴하고 사람이 살기에 적당하지 않아 보였고, 그녀가 다가가자 외부 등이 켜지며 CCTV 카메라가 드러났다. 문은 잠겨 있었고 안에는 아무도, 아무것도 보이지 않았지만 그녀는 제대로 찾아왔음을 직감했다.

툴린이 농가 주변을 이리저리 걸으며 다른 입구를 찾다가 1층 창문을 깨고 넘어 들어가야겠다는 결론을 내렸을 때 겐스가 뒤에서 등장해 현관 문 매트 아래에서 열쇠를 찾았다고 말했다. 그녀는 놀라지 않았다. 사실 그녀도 거길 확인했어야 했다고 생각했기 때문이다. 그들은 같이 집안으로 들어갔다. 그녀가 앞장섰고 니스와 새 나무 냄새가 현관에서 그녀를 맞았다. 사람이 산 적 없는 새집 같았다. 하지만 마당에서는 보이지 않았던 거실 한쪽 구석의 난로 앞으로 다가가자마자 인적을 확인할 수 있었다. 하얀색 책상 위에 노트북 두 대와 전자기기, 휴대전화, 밤이 담긴 그릇, 평면도, 바닥이 둥근 플라스크와 실험장비가 놓여 있었다. 책상 옆 바닥에는 기름통이 두 개 있었다. 그 위쪽 벽에는 라우라 키에르, 아네 사이에르라센, 제시 크비움의 사진이 걸려 있었다. 맨 위에는 로사 하르통의 사진이 있었고, 툴린과 헤스를 몰래 찍은 파파라치 샷 같은 것도 있었다.

그 광경에 툴린의 등골을 타고 소름이 돋았다. 그녀는 권총의 안전장치를 풀고 집의 나머지 부분을 수색할 준비를 하며, 자신은 휴대전화가 없으니 당장 널라네르에게 전화해 그들이 뭘 발견했는지 알리라고 겐스에게 요청했다.

"그렇게는 못하겠는데, 툴린."

"그게 무슨 소리예요?"

"손님이 오기로 되어 있어서 조용히 일을 처리해야 하거든."

겐스는 거실 문 바로 안쪽에 서 있었다. 그의 등뒤로 마당의 전등이 계속 켜져 있었기 때문에 그녀 쪽에서는 그의 얼굴이 아니라 실루엣만 보였고, 순간 그녀는 그녀의 아파트 맞은편 비계를 덮은 방수포 뒤편에 서 있던 실루엣이 떠올랐다.

"도대체 그게 무슨 소리예요? 얼른 전화해요!"

겐스가 도끼를 들고 있는 것이 문득 그녀의 눈에 들어왔다. 늘어뜨린 손에 쥔 도끼가 마치 팔과 연결된 듯 보였다.

"농장에서 자라는 밤을 쓴 게 위험하긴 했지. 그걸 쓸 수밖에 없었던 이유를 네가 이해하는 날이 올 수도 있겠지만."

툴린은 잠시 겐스를 뚫어지게 쳐다보았다. 그러다 그가 한 말의 의미를 이해하고, 그에게 도움을 청한 것이 얼마나 엄청난 재앙이었는지 깨달았다. 그녀는 총을 겨누려고 팔을 들었지만 그와 동시에 그가 도끼의 날이 아니라 손잡이를 휘둘러 그녀를 가격했다. 그녀는 고개를 뒤로 뺐지만 충분하지 않았고, 머리가 깨질 듯한 두통을 느끼며 눈을 떠보니 어두컴컴한 트렁크 안이었다. 누군가의 목소리가 그녀를 깨웠다. 겐스의 목소리였고 광분한 여자는 로사 하르퉁인 것 같았다. 그 소리는 마당에서 들리다 사라졌고 잠시 후 둔탁한 비명소리가 들렸다.

툴린은 숨을 참고 귀를 기울인다. 기계가 멈추었다. 비명소리도 멎었다. 이제 자신이 똑같은 고문을 당할 차례라는 뜻인지 그녀로서는 알 방법이 없다. 그녀는 집에 있는 레와 할아버지를 떠올리고, 순간 딸을 두 번 다시 보지 못할지 모른다는 생각이 그녀의 머릿속을 스치고 지나간다.

그런데 정적을 가르고 다가오는 엔진소리가 들린다. 처음에는 자신의 귀를 의심하지만 차가 마당으로 질주하는 듯한 소리가 나고, 소리가 멈추고 엔진이 꺼졌을 때 그녀는 확신한다.

"툴린!"

그녀가 아는 목소리다. 말도 안 된다는 생각부터 떠오른다. 그 사람일 리 없다. 그 사람이 여기 있을 리 없다. 그는 멀리 떠나기로 되어 있었다. 하지만 그가 왔을지 모른다는 사실에 희망이 부풀어 오르기 시작한다. 툴린은 있는 힘껏 대답한다. 하지만 나오는 소리는 너무 작다. 마당에서 그 소리가 들릴 리 없기에 그녀는 어둠 속에서 필사적으로 발길질을 하기 시작한다. 옆면을 때리자 공허하게 텅 하는 소리가 나고 그녀는 똑같은 자리를 계속해서 차고 또 찬다.

"툴린!"

그는 계속 소리를 지르고 있다. 그 소리가 희미해지고, 툴린은 그가 겐스가 있는 집안으로 들어갔다는 것을 깨닫는다. 기계 소리가 멈춘 걸 보니 겐스는 분명 그가 온 것을 알고 있을 것이다. 그녀는 그런 확신을 갖고 어둠 속에서 계속 발길질을 한다.

현관문이 열려 있고, 헤스는 곧바로 1층과 2층에는 아무도 없다는 결론을 내린다. 그는 권총을 꺼내들고 2층에서 계단을 내려와 불이 꺼진 집을 가로지르지만 넓은 마룻장 위에 남은 그의 축축한 발자국 말고는 인적이 전혀 없다. 그는 벽에 세 명의 피해자와 로사 하르퉁, 툴린 그리고 자신의 사진이 걸려 있는 거실과 난로 옆 작업 공간에 다다라 걸음을 멈추고 귀를 기울인다. 아무 소리도 들리지 않는다. 자신의 숨소리뿐이다. 하지만 난로가 아직 따뜻하고 집안 곳곳에서 겐스의 존재가 느껴진다.

농장의 외관을 보고 그는 깜짝 놀랐다. 예전 경찰 보고서에 적힌 것과 다르게 다 쓰러져가는 폐가가 아니라서 당혹스러웠다. 그는 눈으로 거의 뒤덮이긴 했어도 마당에 세워진 로사 하르퉁의 차를 한눈에 알아보았고, 거기 그렇게 있은 지 적어도 한 시간은 된 듯했다. 하지만 겐스와 툴린이 타고 온 차는 보이지 않았으니 어디 숨겨져 있거나 전혀 다른 데 있거나 둘 중 하나였다. 헤스는 첫번째이기만을 바랐다. 여기 도착하고 보니 여러 대의 CCTV 카메라가 건물 전면 꼭대기 근처에 달려 있었다. 만약 겐스가 여기 있다면 자신이 왔다는 것을 알고 있을 것이다. 그가 처음에는 툴린의 이름을, 그다음에는 로사 하르퉁의 이름을 서슴없이 외친 이유가 그것이다. 그들이 근처에 있다면—그리고 살아 있다면—그의 목소리를 들을 가능성이 크다. 하지만 아무 응답 없이 불길한 정적만 흐른다. 그는 숨을 헐떡이며 계속 귀를 기울인다.

그는 범죄 현장 아카이브에서 본 오래된 사진을 떠올리며 서둘러 부엌 쪽으로 걸음을 옮긴다. 십대 아이 둘이 지저분한 식탁 양편에 앉아 있었지만 그의 관심사는 그게 아니다. 사진의 뒷배경에 찍혀 있었던 걸로 기억하는 문이다. 마리우스 라르센과 쌍둥이가 발견된 지하실 문으로 추측되는데, 이케아 매장의 전시품처럼 사용 흔적이 없는 새 부엌에 서서 아무리 찾아도 보이지 않는다. 벽의 위치가 바뀌었고 각도도 다르다. 한복판에 여섯 개의 화구와 크롬 후드가 달린, 널찍하고 쓰인 적 없는 아일랜드 키친이 있고, 그 주변에 미국식 냉장고, 하얀색 양문형 찬장 두 개, 사기 개수대, 식기세척기, 아직 보호 필름도 벗기지 않은 큼지막한 오븐이 배치되어 있다. 지하실 문은커녕 문이 아예 없고, 다용도실로 나가는 통로뿐이다.

헤스는 다시 현관 앞으로 돌아가 계단 위쪽과 아래쪽을 훑으며 지하실 문이나 바닥에 달린 뚜껑문이 불쑥 등장하길 바란다. 하지만 그런 일은 없다. 순간 그는 지하실이 있기는 한지 의구심이 든다. 겐스가, 그의 본명이 뭔지는 모르겠지만, 쌍둥이 여동생과 함께 이 집에 살았을 때 있었던 일이 절대 떠오르지 않도록 오래전에 콘크리트로 메워버렸을 수도 있다.

멀리서 쿵 하는 소리가 들린다. 그는 그대로 얼어붙지만 무슨 소리인지, 어디서 나는 소리인지 알 수가 없다. 그의 시야에서 움직이는 것은 바깥에서 등불 사이로 내리는 눈송이뿐이다. 그는 얼른 다시 부엌으로 돌아간다. 이번에는 다용도실과 뒷문을 지나 이 집의 다른 편으로 건너가 창문이나 수직 통로가 있는지, 지하실에 대한 해답이 있는지 알아볼 참이다. 하지만 그는 아일랜드 키친 앞을 지나다 말고 걸음을 멈춘다. 진부한 발상이 퍼뜩 떠오른다. 그는 예전 사진 속에서 지하실 계단이 있었던 곳으로 기억하는 첫번째 찬장 앞으로 다가간다. 양쪽 문을 열어보지만 텅 빈 선반뿐이다. 그 옆 찬장을 열자 하얀색 손잡이가 당장 눈에 들어온다. 찬장 선반과 뒷판은 제거되어 있다. 그리고 부엌 벽에 달린 하얀색 철문의 테두리가 보인다. 그가 텅 빈 찬장 안으로 들어가 하얀색 손잡이를 내리누르자 묵직한 문이 지하실 쪽으로 열리며 계단이 나타난다.

3미터쯤 아래에 보이는 콘크리트 계단 바닥을 쨍한 하얀색 불빛이 비추고 있다. 갑자기 그가 지하를 얼마나 싫어하는지 생각이 난다. 오딘 파르크 아래 지하, 라우라 키에르의 차고, 어번플랜과 보르딩보르경찰서, 그리고 지금 여기까지. 그는 권총의 안전장치를 풀고 맨 아래 바닥에 온 신경을 집중하며 계단을 한 칸씩 내려간다. 다섯 칸 내려갔을 때 뭔가를 발견하고 그는 걸음을 멈춘다. 다음 칸에 비닐로 된 쭈글쭈글하고 끈적끈적한 뭔가가 놓여 있는데, 권총으로 찔러보고는 그와 동료들이 범죄 현장에서 신는 파란색 비닐 덧신이라는 것을 알아차린다. 한 가지 차이점이 있다면 이 덧신은 피투성이고, 사용된 것이다. 그 아래 계단을 내려다보니 피 묻은 발자국이 위로 이어지다가 비닐 덧신이 떨어져 있는 곳에서 끊겼다. 그게 무슨 뜻인지 깨달음이 찾아온다. 그는 몸을 휙 돌려 위를 올려다본다. 그자는 이미 문 앞에 서 있다. 도끼가 마치 진자처럼 바람을 가르며 날아오고, 죽은 경찰관 마리우스 라르센이 헤스의 머릿속에 떠오르는 순간 그것이 이마를 스치고 지나간다.

그의 할머니의 집 지하실은 퀴퀴하고 습기로 얼룩덜룩했다. 돌바닥은 울퉁불퉁하고 벽은 거칠었고, 피복이 벗겨져 전선을 천으로 감싼, 까맣고 오래된 도자기 소켓에 담긴 알전구가 천장에서 음침한 빛을 드리웠다. 무질서와 온갖 잡동사니, 이상한 방과 복도가 한데 뒤엉킨 세상, 지하와 1층을 나누는 문 저편과는 완전히 다른 세상이었다.

1층은 모든 게 누랬다. 묵직한 가구, 꽃무늬 벽지, 벽토를 바른 천장, 커튼, 그리고 할머니의 쾰런냄새. 할머니가 요양원으로 실려가는 그날까지 방석을 깔고 앉아 있었던 응접실의 정원용 의자 옆 크레니트 대접에 근사한 피라미드처럼 쌓인 담뱃재. 헤스는 그 집이 싫었지만 지하실은 더 싫었다. 창문도 없고, 공기도 답답하고, 불안한 계단 말고는 출구도 없던 그곳. 그는 할머니가 정원용 의자 옆 작은 콘솔 테이블에 두고 마실 술을 가지러 다녀올 때마다 어둠을 꽁무니에 매달고 그 계단을 지그재그로 올라오곤 했다.

헤스는 체스트넛 농장의 지하실에서 눈을 뜬 순간 어린 시절의 그 구역질과 공포를 느낀다. 누군가가 그의 얼굴을 사납게 때리고 있고, 그의 한쪽 눈 위로 핏줄기가 흘러내린다.

"네가 여기 온 걸 누가 알고 있어? 대답해!"

헤스는 바닥으로 끌려와 벽에 몸이 반쯤 기대어져 있다. 손바닥으로 그를 후려치는 사람은 겐스다. 그는 하얀색 비닐 작업복을 입었고 핏방울이 튄 마스크와 파란색 비닐캡 사이로 눈만 보인다. 헤스는 그를 막으려고 하지만 그럴 수가 없다. 손과 발이 케이블 타이 같은 것으로 묶여 있다.

"아무도……"

"손가락 내놔, 잘라버리기 전에. 손가락 이리 내놔!"

겐스가 헤스를 바닥으로 쓰러뜨리고 그의 위로 허리를 숙인다. 한쪽 뺨이 바닥에 눌린 상태로 헤스는 이리저리 눈을 돌려 총을 찾는다. 하지만 총은 몇 미터 떨어진 바닥에 놓여 있다. 겐스가 휴대전화 지문 인식 버튼에 헤스의 엄지손가락을 대고 누르는 것이 느껴지고, 겐스가 일어나 휴대전화 화면을 쳐다보자 헤스는 그것이 자기 것임을 알아차린다. 그는 겐스에게서 터져나올 분노에 대비해 마음의 준비를 하지만 옆통수를 어찌나 세게 걷어차였는지 하마터면 다시 정신을 잃을 뻔한다.

"구 분 전에 닐라네르한테 전화를 했군. 마당에 차를 세우고 내리기 전이었겠네."

"아, 맞아. 깜빡했네."

헤스는 옆통수의 똑같은 자리를 다시 한번 걷어차이고 이번에는 질식하지 않게 피를 뱉어야 한다. 그는 빈정거리지 말아야겠다고 다짐하지만, 그건 쓸모 있는 정보다. 그가 마당으로 들어와서 로사 하르퉁의 차를 보고 닐라네르에게 연락한 지 구 분이 지났다면 브링크와 보르딩보르 소속 경찰차가 조만간 도착할 것이다. 눈 때문에 발목이 잡히지만 않는다면.

헤스는 다시 피를 뱉고, 이번에는 발치에 고여 있는 피가 그의 피일 리 없다는 것을 알아차린다. 바닥에 떨어진 핏방울을 시선으로 따라가보니 끝이 절단되어 벌어진 한쪽 팔의 상처가 그를 맞이한다. 로사 하르퉁이 수술을 받는 환자처럼 철제 테이블 위에 죽은 듯이 누워 있는데, 왼손이 있었던 손목에 플라스틱 집게가 매달려 있다. 오른쪽 손목도 썰리는 중이다. 아직 반이 남았지만 파란색 양동이 옆 바닥에서 톱이 대기중이다. 헤스는 양동이 안에 든 것을 언뜻 보는 순간 욕지기를 느낀다.

"툴린은 어떻게 했어?"

하지만 겐스가 보이지 않는다. 방금 전 전화기를 헤스의 무릎 위로 던지고 지하실 저쪽 끝으로 걸어갔다. 헤스는 그가 덜거덕거리며 돌아다니는 소리를 들으며 일어나보려고 안간힘을 쓴다.

"겐스, 포기해. 저들은 네 정체를 알고 있고 너를 찾아낼 거야. 툴린은 어디 있어?"

"아무것도 찾지 못할걸? 겐스가 어떤 사람인지 잊었나?"

석유 냄새가 착각할 수 없을 만큼 분명하게 풍겨오고 겐스가 기름통을 들고 다시 등장한다. 벽에 이미 석유를 뿌리기 시작했는데, 로사 앞에 다다르자 축 늘어진 그녀의 몸에 구석구석 뿌리고 다시 한 바퀴 돈다.

"겐스는 법의학에 대해 아는 게 조금 있거든. 그들이 여기 도착했을 때 그의 흔적은 아무것도 남아 있지 않을 거야. 겐스는 단 한 가지 목적을 위해 창조된 인물이고 그들이 그걸 알아차릴 때쯤이면 버스는 이미 떠나고 없지."

"겐스, 내 말 좀 들어봐……"

"아니, 그 대목은 생략하기로 하지. 그 당시 여기서 어떤 일이 벌어졌는지 운좋게 알아낸 모양이지만 안타깝게 생각한다는 둥 자수하면 감형될 거라는 둥 그런 헛소리는 집어치워."

"나는 안타깝게 생각하지 않아. 어쩌면 너는 태생적으로 사이코패스였을지도 모르니까. 네가 그 지하실에서 탈출한 게 안타까울 따름이야."

겐스는 헤스를 쳐다보며 놀란 듯 살짝 미소를 짓는다. 헤스는 마음의 준비를 할 겨를도 없이 세번째로 얼굴을 걷어차인다.

"진작 너를 밟아버렸어야 하는 건데. 네가 주말농장에서 나를 등지고 눈알을 뒤룩거리며 크비움 그 더러운 년을 쳐다보고 있었을 때."

헤스는 피를 다시 뱉고 혀로 입안을 여기저기 더듬는다. 쇠맛과 함께 윗니 몇 개가 흔들리는 게 느껴진다. 범인이 주말농장의 그늘 속에 있었는데 헤스는 그랬을 거라는 생각조차 한 적이 없었다.

"솔직히 너는 열외라고 생각했어. 다들 네가 유로폴에서 쫓겨난 한심하고 재수없는 인간이라고 하길래. 그런데 네가 갑자기 나타나 돼지를 절단하고 리누스 베케르를 만나고 싶어하는 걸 보고 툴린만 감시해서는 안 되겠다는 걸 알아차렸지. 그나저나 어번플랜으로 소풍 나서기 전에 네가 행복한 가족 놀음을 하는 거 봤어. 그 깜찍한 년한테 반한 모양이던데, 맞지?"

"툴린 어디 있어?"

"뭐, 네가 처음은 아니야. 그 아파트를 들락거리는 인간들을 여럿 봤거든. 너는 그 여자 타입이 아니긴 하지만 걱정 마. 내가 그 여자 목을 따기 전에 안부 전할게."

겐스는 통에 남은 석유를 헤스의 몸 위로 뿌린다. 눈이 따갑고 머리에 남은 이전의 상처와 새로 생긴 상처가 따끔거린다. 그는 석유가 다 뿌려질 때까지 숨을 참는다. 머리를 흔들어 기름을 털어내고 눈을 떠보니 겐스가 하얀색 작업복을 벗어 둘둘 말아서 마스크와 비닐캡과 함께 바닥에 던져놓았다. 이제 그는 콘크리트 계단과 부엌으로 이어지는 곳으로 짐작되는, 반대편 방 끝의 하얀색 철문 앞에 서 있다. 손에 밤 인형을 들었고, 헤스의 눈을 쳐다보며 성냥으로 만든 인형 다리의 성냥골을 성냥갑에 대고 긋는다. 그리고 불꽃이 충분히 커지자 인형을 석유가 흥건한 바닥에 던지고 등뒤로 문을 닫는다.

　좌석 뒤편이 쩍 하는 요란한 소리와 함께 앞으로 밀려 자동차 내부에 구멍이 생긴다. 드디어 튤린의 눈에 빛이 보인다. 그녀는 땀에 절어 기진맥진한 채로 몸은 트렁크에, 머리는 구멍에 얹고 잠깐 그대로 누워 있다. 고개를 오른쪽 위로 돌리자 뒷자리 옆 차창 너머로 밖이 보인다. 마당의 불빛이 세로로 좁게 보이는 걸 보면 차가 차고 바로 안쪽에 주차된 모양이다.

　잠금장치는 절대 열리지 않았다. 대신 그녀는 무릎에 힘을 주려고 할 때 뒤쪽 벽이 밀려나기 시작하는 것을 알아차리고 등을 공성망치 삼아 그쪽을 계속 두드렸다. 이제 그녀는 다시 다리에 힘을 준다. 이번에는 뒷좌석으로 좀더 넘어가기 위해서다. 손과 발을 묶은 강력 테이프를 자를 도구만 찾을 수 있다면 아직 늦지 않았다. 집안에서 참을 수 없는 정적이 이어지고 있지만 안으로 들어갈 수만 있다면, 그리고 총을 찾을 수만 있다면 2 대 1이다. 그리고 헤스는 바보가 아니다. 이 농장까지 찾아온 것은 겐스가 범인이라는 걸 간파했기 때문일 테고, 그렇다면 조심해야 한다는 걸 알 것이다. 그녀가 여기까지 생각했을 때 불길이 탁탁거리며 타오르는 소리가 들린다. 꼭 갑작스럽게 불어온 바람에 돛이 찢어질 듯 부풀어오르는 소리 같다. 멀지 않은 곳에서 나는 소리다. 집안 어딘가인 듯하다. 어쩌면 비명소리가 들렸던 곳일지도 모른다. 그 소리는 오래전에 잠잠해졌지만.

툴린은 숨을 참고 귀를 기울인다. 분명 불길이 번지는 소리고 연기 냄새가 나기 시작한다. 그녀는 뒷좌석으로 완전히 넘어가려고 꿈틀거리며 저 불이 무엇을 의미하는 것일지 머리를 쥐어짠다. 문득 거실 테이블에 놓여 있던 기름통 두 개가 생각난다. 거실로 들어선 찰나 그 통들이 눈에 들어왔지만 금세 벽과 젠스에게 시선을 빼앗겼다. 하지만 불이 젠스가 계획한 시나리오의 일부라면 헤스에게는 재앙과도 같다. 그녀는 옆으로 누워 하체를 동그랗게 말고 상체를 들썩이며 뒷좌석 쪽으로 넘어간다. 팔꿈치를 써서 간신히 일어나 앉은 다음 묶인 손을 문손잡이 쪽으로 뻗는다. 상상 속에서는 이미 도구를 찾아서 테이프를 자르고 집안으로 달려갈 준비가 되어 있다. 그때 차고 문 틈새로 그가 보인다.

그는 기름통 하나를 들고 현관문 밖으로 나와 계단을 다 내려올 때까지 석유를 계속 뿌리고 있다. 그러더니 통을 문 안쪽으로 던지고 성냥을 그어 던진 다음 곧바로 차고 쪽으로 몸을 돌린다. 그녀에게 똑바로 걸어오고 있다. 그의 뒤편에서 불길이 가차 없는 속도로 번져나간다. 그가 차고 문 앞에 다다랐을 즈음에는 천장까지 치솟은 불길이 창문 너머로 보이고 그는 실루엣으로만 보인다.

툴린이 운전석 뒤편으로 몸을 날린 순간 차고 문이 양옆으로 열린다. 미친듯이 일렁이는 열기가 안으로 쏟아져들어오고 그녀는 최대한 몸을 웅크린다. 앞문이 열리고 그가 올라타자 그녀가 뺨을 대고 있는 좌석 너머로 그의 체중이 느껴진다. 열쇠가 꽂히고 시동이 걸린다. 그리고 차가 눈 덮인 마당을 가로지르기 시작할 때 툴린은 열기를 이기지 못한 창문이 첫번째로 폭발하는 소리를 듣는다.

121

헤스는 죽음을 무덤덤하게 받아들인 지 오래다. 삶을 증오해서
가 아니라 존재하는 것이 고통스러웠기 때문이다. 그는 도움을 구
하지도, 몇 안 되는 친구를 찾아가지도 않았다. 주변의 충고도 듣지
않았다. 대신 도망쳤다. 어둠의 추격을 뿌리치며 최대한 빨리 달렸
고, 가끔 효과를 본 적도 있었다. 유럽의 낯선 모퉁이에 있는 작은
피난처에서 새로운 자극, 새로운 도전에 몰두했다. 하지만 어둠은
항상 되돌아왔다. 점점 쌓여가는 기억과 죽은 사람들의 얼굴과 함
께. 그에게는 아무도 없었고, 그 역시 아무도 아니었고, 그가 진 빚은
삶에게 진 것이 아니었으니 죽음이 찾아온들 알 바 아니었다.

그렇게 생각했었지만 지하실에 남겨졌을 때 그를 엄습한 것은
그런 감정이 아니다.

겐스의 등뒤로 문이 쾅 닫히고 불길이 번지기 시작하자 헤스는
당장 로사 하르퉁의 옆 바닥에 놓여 있던 피 묻은 기구 쪽으로 기어
갔다. 뭐에 쓰인 기구였는지는 쉽게 짐작이 갔고, 다이아몬드 톱날
이 달려 있어 그의 손목에 묶인 케이블 타이를 순식간에 끊을 수 있
었다. 그는 그 톱날로 발목에 묶인 타이도 끊고, 불길이 이미 지하
실의 반을 집어삼키고 로사 쪽으로 번져가고 있을 때 휴대전화와
총을 챙겨들고 비틀비틀 일어섰다. 시커먼 연기가 벌써부터 천장
아래에서 너울거리기 시작했고, 그는 야금야금 다가오는 불길을 바

라보며 가죽끈을 하나씩 최대한 빨리 풀었다. 불길이 바닥에서 철제 테이블로 화르르 옮겨붙었을 때 그는 축 늘어진 로사를 옆으로 눕히고 들어올려 겐스가 기름을 붓지 않은 한쪽 구석으로 옮길 수 있었다.

하지만 잠깐 시간을 번 것에 불과하다. 벽을 덮은 섬유판 위로 달려든 불길이 조만간 천장으로 번질 테고 그와 하르퉁은 석유로 흠뻑 젖었다. 몇 초 만에 불길이 그들이 있는 자리까지 번지거나 그전에 지하실 안의 온도가 너무 높아져서 두 사람 모두 자연점화될 수 있다. 겐스가 빠져나간 문이 유일한 출구지만 문을 열 수가 없다. 손잡이가 너무 뜨거워 헤스가 맨살을 보호하는 데 쓰려고 벗은 재킷이 불길에 휩싸여버린다. 천장을 카펫처럼 덮은 시커먼 연기가 점점 지하실을 가득 채우는데, 그 순간 연기가 조그맣게 소용돌이치며 바로 맞은편 섬유판 이음새로 빨려 들어가는 것이 그의 눈에 들어온다. 그는 톱을 집어든 다음 다이아몬드 톱날을 이음새 사이로 넣어 지렛대처럼 활용한다. 첫번째 시도에 패널 모퉁이가 뜯겨 나오고 그는 손가락을 넣어 딱 소리가 날 때까지 잡아당긴다.

안쪽으로 쇠창살이 두 개 달린 지하실 창문이 나오고, 바깥의 어둠 속에서 자동차 미등이 마당을 가로지른다. 그는 창살을 잡고 흔들어보지만 아무 소용이 없고, 자동차가 어둠 속으로 사라지자 이렇게 죽는가보다 하고 생각한다. 그는 발치에 누워 있는 로사 하르퉁과 화염을 돌아보다가 뭉툭하게 잘린 그녀의 팔을 보고 좋은 수를 떠올린다. 톱을 집어서 날을 돌리며 창문 쪽으로 들이밀 때 맨 처음 든 생각은 다행히 창살이 뼈보다 얇아 보인다는 거다. 톱날이 첫번째 창살을 버터 자르듯 가르고 세 번 더 잘라내자 창살이 사라진다. 헤스는 잠금장치를 풀고 창문을 밀어서 연다.

등이 점점 타는 듯하지만 그는 하르퉁을 들어 창턱에 얹고 자신의 몸도 끌어올린 다음 기어서 그녀 곁을 지난다. 그녀를 끌고 몸을 굴려 창문에서 빠져나오는 순간 목덜미에서 날름거리고 옷에 옮겨 붙은 불길이 느껴지지만 잠시 후 그는 창밖의 축축한 눈밭 위에 등부터 떨어진다.

그는 콜록거리며 일어나 로사 하르퉁을 끌고 마당을 가로지른다. 화끈거리는 온몸을 눈 위로 내던져 열을 식히며 폐 속을 마저 씻어내고 싶다는 생각을 한다. 하지만 그는 타오르는 농가에서 20미터쯤 떨어진 곳까지 가서 하르퉁을 돌벽에 기대어놓는다. 그리고 달리기 시작한다.

122

툴린의 몸속 모든 곳이 어떻게 좀 해보라며 비명을 지른다. 그녀는 운전석 뒤편의 어둠 속에 웅크리고 누워 속도와 특히 차량의 흔들림에 주목하며 숲속 길이 어땠었는지 기억을 더듬고 겐스의 주의가 가장 산만해질 순간을 예측한다. 쌓인 눈과 어스름은 그녀의 편일 것이다. 겐스는 도로에 집중해야 할 것이다. 도로가 칠흑같이 어둡고 눈이 최소 5에서 10센티미터쯤 쌓였다. 그녀는 손발이 묶인 채로 그를 제압할 수 있는 가능성이 얼마나 될지 계산해보는데 아무것도 하지 않고 흘려보내는 일분일초가 모두 시간 낭비다. 최대한 빨리 농장으로 돌아가야 한다. 차가 차고를 떠나 마당을 가로지를 때 감히 고개를 들고 창밖을 내다보지는 못했지만 불길이 얼마나 맹렬한지는 알 수 있었다.

갑자기 차가 속도를 늦추는 것이 느껴진다. 완만한 커브가 시작된 것 같다. 그녀의 온몸에 힘이 들어간다. 대로까지 대략 절반쯤 가면 나오는 긴 곡선 구간으로 접어든 것이다. 그녀는 벌떡 일어나 앉고 묶인 두 손을 올가미 삼아 운전석으로 내뻗는다. 계기판 불빛으로 희미하게 반짝이는 백미러 속의 두 눈이 그녀를 너무 일찍 발견한다. 그는 준비라도 하고 있었던 것처럼 손으로 그녀의 팔을 강하게 쳐낸다. 그녀가 다시 공격을 시도하자 이번에는 페달에서 발을 떼고 운전대를 놓은 다음 그녀 쪽으로 몸을 돌린다. 그녀의 머리 위로 주먹이 우박처럼 쏟아지는 것이 느껴진다. 마침내 차가 멈춰서고 엔진이 공회전하는 가운데 그녀는 꼼짝 않고 뒷자리에 누워 숨을 헐떡인다.

"칭찬하자면 살인수사과에서 주시해야겠다는 생각이 든 상대는 너 하나뿐이었어. 물론 그렇다보니 나는 너에 대한 모든 걸 알고 있지. 끙끙대느라 돼지처럼 땀을 흘릴 때 어떤 냄새를 풍기는지까지. 괜찮아?"

어처구니없는 질문이다. 그녀가 거기 있다는 걸 처음부터 알았다는 것 아닌가. 겐스가 그녀의 입을 막은 테이프 안쪽으로 칼을 넣자, 순간 툴린은 그 칼이 자신을 찌를 거라 생각한다. 하지만 그는 테이프에 구멍을 내고 그녀는 마침내 묶인 손으로 그걸 떼어내 숨을 쉴 수 있게 된다.

"그 사람들 어디 있어? 그들한테 무슨 짓을 한 거야?"

"알잖아."

툴린은 계속 뒷자리에 누워서 숨을 헐떡이며 불길에 휩싸인 농장을 그려본다.

"헤스는 목숨을 부지하는 데 미련이 없어 보이더군. 그나저나 나더러 네 목을 따기 전에 인사 전해달라고 했어. 그게 너한테 위안이 될지 모르겠지만."

툴린은 눈을 감는다. 너무 절망적인 상황이고, 눈물이 흐른다. 그녀는 헤스와 로사 하르퉁을 떠올리며 눈물을 흘린다. 하지만 그녀의 마음을 가장 아프게 하는 것은 집에 남은 아무 잘못 없는 레다.

"하르퉁네 딸 말이야. 그 사건도 네가……?"

"응. 어쩔 수 없었어."

"왜……?"

그녀의 목소리는 가늘고 힘이 없고, 그래서 싫다. 잠깐 정적이 흐른다. 툴린은 숨을 깊게 내쉬고 그의 실루엣을 쳐다보는데, 그는 생각에 잠겨 어둠을 응시하는 것처럼 보인다. 하지만 잠시 후 그는 몽상을 떨치고 어둑어둑한 얼굴을 그녀에게로 돌린다.

"얘기하자면 길어. 그리고 나는 바쁘고 너는 잠을 자야 하고."

칼을 쥔 손이 움직이기 시작하자 그녀는 두 손을 앞으로 들어올린다.

"게에에에에에에에에엔스……!"

외침이 정적을 가르는데, 그녀가 들어본 적 없는 쉰 목소리다. 숲속 깊은 곳 아니면 저 아래 어딘가에서 들리는 것처럼 멀게 느껴진다. 겐스는 긴장하고, 외침이 들려온 곳을 향해 빛의 속도로 몸을 돌린다. 그녀 쪽에서는 그의 얼굴이 보이지 않지만 믿기지 않는다는 듯이 뭔가를 응시하는 것처럼 느껴진다. 툴린은 끙끙대며 일어나 앉아 앞유리창 너머로 도로를 비추는 전조등 불빛의 저 끝을 내다본다. 그리고 잠시 후 그 이유를 알아차린다.

123

그는 가슴이 터질 것 같고 심장은 욱신거리는 갈비뼈를 망치처럼 두드린다. 입에서 쏟아져나온 입김이 하얀 구름처럼 간헐적으로 허공 속에 피어오르고, 눈앞에 보이는 자동차를 향해 총을 겨누려는데 추워서 두 팔이 덜덜 떨린다. 거리가 족히 75미터는 되고, 헤스는 전조등 불빛이 끝나는 도로 한복판에 서 있다. 방금 그는 산주검처럼 휘청거리며 칠흑같이 어두운 숲속에서 빠져나와 그곳에 도착한 참이다.

처음에는 뒤에서 이글거리는 농장이 숲속을 밝혀주었다. 불길이 그의 뒤에서 미친듯이 너울대며 광채를 비췄고 그는 나무의 긴 그림자가 생긴 방향으로 달렸다. 농장에서 나오는 길이 일직선이 아니라 거대한 C자 비슷하게 포물선을 그리다 대로로 이어졌기 때문에 숲을 관통해 차보다 먼저 그곳에 도착하려는 의도였다. 하지만 숲속으로 깊숙이 들어가자 화염의 불빛이 점점 희미해졌다. 눈밭이 반짝여 조금 도움이 되긴 했지만 숲이 사방을 에워싼 가운데 사실상 육안에 의지하지 않고 달려야 했다. 온 사방이 어두컴컴했고 나무들은 더 시커멓게 보였다. 그는 어떤 장애물을 만나든 한 방향으로만 달리기로 마음먹었다. 몇 번이나 눈밭에 고꾸라졌고 결국에는 방향 감각을 잃었다. 바로 그때 저멀리 왼쪽 방향에서 희미한 불빛이 보였다. 불빛이 그의 앞쪽 저멀리에서 계속 움직이고 있었다. 그러다 갑자기 속도가 느려졌고, 그가 마침내 도로에 다다랐을 때 그 차는 그의 뒤에서 전조등을 켠 채 공회전중이었다.

헤스는 차가 멈춘 이유를 모르지만 상관없다. 겐스가 앞유리창 너머에 있고 헤스는 이제 그 자리에서 꼼짝하지 않을 작정이다. 그가 고집스럽게 도로 한복판에 서서 총으로 똑바로 앞을 겨누고 있는 동안 바람이 나무 사이를 지나며 휘파람을 불고, 전화벨이라는 비현실적인 소리가 들린다. 헤스의 전화벨소리다. 운전석 쪽에서 휴대전화 화면이 희미하게 보인다. 그는 차량을 계속 주시하며 머뭇머뭇 주머니에서 전화기를 꺼낸다.

냉랭하고 무미건조한 목소리가 들려온다.

"하르퉁은 어디 있어?"

운전대를 잡고 있는 형체가 헤스의 눈에 어렴풋이 들어온다. 그는 그 질문을 들은 순간 로사 하르퉁의 고통이 겐스의 유일한 관심사라는 사실을 다시금 깨닫고, 호흡을 고르며 최대한 침착하게 대답한다.

"하르퉁은 멀쩡해. 마당에 앉아서 자기 딸이 어떻게 됐는지 네가 알려주길 기다리고 있어."

"거짓말. 그 여자를 탈출시키지 못했을 텐데."

"네가 만든 그 톱이 뼈만 잘 자르는 게 아니던데. 똑똑한 감식반원이면 그걸 두고 가기 전에 그 점을 감안했어야지. 안 그래?"

전화기 저편에서 정적이 흐른다. 아마 겐스는 지하실 내부 구조와 거기에서 있었던 일들을 되짚으며 헤스의 말이 과연 사실인지 판단하는 중일 것이다. 지금 경찰이 오고 있긴 하지만 겐스가 차를 돌려 다시 농장으로 달려갈까봐 순간 걱정이 된다.

"나중에 찾아가겠다고 전해줘. 비켜, 내가 툴린을 붙잡고 있어."

"그래서 어쩌라고? 차에서 내린 다음 두 팔을 옆으로 벌리고 바닥에 엎드려."

정적이 흐른다.

"겐스, 차에서 내려!"

헤스는 자동차와 그 안에서 유일하게 보이는 표적을 향해 총을 겨눈다. 하지만 운전석에서 보이던 화면 불빛이 사라지고 전화가 끊긴다. 처음에 헤스는 그게 무슨 뜻인지 알지 못한다. 하지만 잠시 후 차가 부르릉거린다. 액셀을 끝까지 밟기라도 한 것처럼 엔진이 미친듯이 돌아간다. 바퀴가 눈 위에서 헛돌고 배기가스가 빨간 미등 불빛 속에서 피어오르지만 잠시 후 타이어가 접지점을 찾고 차가 쏜살같이 앞으로 튕겨나온다.

헤스는 전화기를 옆으로 내동댕이치고 총을 조준한다. 차는 점점 속도를 높이며 그를 향해 돌진해온다. 그는 한 발, 또 한 발, 그리고 또 한 발을 쏜다. 처음 다섯 발을 냉각기를 조준해 쏘았지만 아무 일도 벌어지지 않고, 부들부들 떨리는 손이 이유를 알려준다. 헤스는 양손으로 총을 잡고 다시 연달아 쏜다. 그의 자신감이 점점 쪼그라든다. 보이지 않는 방패가 차를 보호하고 있는 느낌이고, 차와의 거리가 30미터쯤으로 줄었을 때 그는 툴린이 안에 있다면 그녀가 총에 맞을 수도 있겠다는 생각을 한다. 방아쇠에 얹혀 있던 그의 손가락이 굳는다. 권총을 들고 도로 한복판에 서 있는 그의 귀에 엔진의 굉음이 들리지만 집게손가락이 꿈쩍도 하지 않는다. 이러다 치일 거라는 생각이 들고 이제는 몸을 옆으로 날릴 겨를도 없다. 마지막 순간 앞유리창 뒤편에서 어떤 움직임이 보이고 차가 도로에서 이탈한다. 차가 그의 오른쪽 골반 옆을 빠르게 지나가고 보닛의 온기가 느껴진다. 그가 고개를 돌리는데 차가 도로 위를 넘어 날아간다. 폭발음이 들린다. 쇠가 우그러지고 유리가 박살나고 엔진 소음이 귀청을 찢고 경적이 울리기 시작한다. 한데 뒤엉킨 사람 둘이 앞 유리창을 뚫고 힘없는 인형처럼 숲속으로 날아간다. 허공에서 공중제비를 돌 때는 둘이 꼭 끌어안고 있는 것처럼 보이지만 이내 서로에게서 벗어나 한 명은 계속 포물선을 그리고 다른 한 명은 쿵 소리와 함께 나무에 부딪혀 어둠과 하나가 된다.

헤스는 달려간다. 보닛이 나무 그루터기를 들이받았지만 전조등이 아직 켜져 있고 맨 처음으로 보인 것은 커다란 나무 사이에 있는 사람이다. 구부러진 굵직한 나뭇가지가 그의 가슴을 관통했다. 두 다리는 허공에서 흔들리고 있다. 그가 헤스를 발견하고 뚫어지게 쳐다본다.

"도와…… 줘……"

"크리스티네 하르퉁 어디 있어?"

휘둥그레 뜬 눈이 헤스를 빤히 쳐다본다.

"겐스, 대답해."

이내 생명의 빛이 희미해진다. 그는 고개를 떨구고 자기가 만든 인형처럼 두 팔을 옆으로 축 늘어뜨린 채 나무줄기와 거의 하나가 되어 대롱대롱 매달려 있다. 헤스는 툴린의 이름을 부르며 다급하게 주위를 두리번거리다 발아래 눈 속에서 밤이 으드득 밟히는 것을 느낀다.

11월 3일
화요일

해가 막 뜨기 시작할 무렵 차량 세 대로 이루어진 소규모 호송대가 램프를 내려와 여객선 터미널을 빠져나간다. 로스토크는 춥고 바람이 많이 분다. 호송대는 몇 시간 거리에 있는 목적지를 향해 출발한다. 헤스는 맨 마지막 차량의 운전석에 앉아 있다. 이번 출장의 결과는 예측할 수 없지만 떠나니 기분은 좋다. 지난 며칠 동안 온 경찰서가 크게 당혹스러워했고, 다들 발뺌하느라 정신없었다. 하지만 아우토반 위로 11월의 햇살이 반짝이고, 그는 경찰 내에서 일어나는 중상모략과 희생양 사냥으로 피곤해할 일 없이 라디오를 켤 수 있다.

겐스가 체스트넛맨이었다는 사실에 모두 충격을 받았다. 그는 과학수사대 수장으로 동료들에게 모범이 되어왔기에 조직 내에서는 그가 공권력을 남용하고 여러 명의 목숨을 앗아갔다는 것을 여전히 믿지 못하는 추종자들도 있었다. 반대편 진영에서는 겐스가 무소불위의 권력을 휘둘렀다고 주장했다. 하지만 비판과 성찰은 거기서 멈추지 않았다. 특히 언론에서 그랬다. 겐스와 그의 능력을 활용했을 뿐 아무 의심도 하지 않았던 강력반은 집중포화를 당했다. 애초에 그를 승진시킨 최고위층도 마찬가지였다. 법무부 장관은 맹렬한 비난을 받았지만 최소한 시몬 겐스의 행적 분석이 끝날 때까지는 판단 착오에 대한 책임을 추궁하지 않기로 유보된 상태다.

언론에서 난리를 피우는 동안 헤스와 다른 형사들은 미진한 부분을 정리하는 데 집중했다. 헤스가 놀란 지점은 겐스가 얼마나 치밀하게 수사를 배후 조종했는지였다. 그가 어떤 식으로 처음부터 툴린과 헤스의 관심을 지문이 묻은 밤 인형 쪽으로 유도해 로사 하르퉁을 끌어들였는지. 어떤 식으로 그들이 에리크 사이에르라센 앞으로 배달된 라우라 키에르의 휴대전화를 추적하도록 해놓고, 그사이 자신은 클람펜보르에서 사이에르라센의 아내를 공격했는지. 어떤 식으로 리그스병원 소아과 데이터베이스에 침입해 라우라 키에르와 아네 사이에르라센과 제시 크비움—알고 보니 올리비아 크비움도 집에서 사고를 당해 그곳에 입원한 적이 있었다—의 자녀를 관찰할 이유를 찾고 의회에 익명의 메시지를 보내 경찰과 다른 관계당국에 시스템의 무능함을 고발했는지. 어번플랜에서 범인을 잡으려고 놓은 덫에 얼마나 빈틈없이 대처했는지. 툴린과 헤스가 리누스 베케르를 만나러 가자 얼마나 압박감을 느꼈을지(겐스가 공식적으로 현장 감식을 갔을 때 스칸스와 네르고르의 집에 절단된 손과 발을 가져다놓은 것도 그 때문이었다). 그리고 마지막으로 겐스가 어떻게 렌터카에 설치된 추적 장치를 활용해 젊은 커플을 숲속까지 따라갔고, 뉠라네르에게 연락해 어디로 출동하면 되는지 알리기 전에 어떤 식으로 두 용의자를 살해했는지. 이것들 모두 불쾌한 사실이었고, 아마 그게 다가 아닐 것이다. 특히 작년에 벌어진 크리스티네 하르퉁 실종사건에서 겐스가 어떤 역할을 했을지 수사가 아직 끝나지 않았으니 말이다.

겐스의 개인사에 대해서는 헤스가 데이터베이스에서 찾은 정보를 바탕으로 조사가 확대되었다. 고아였던 쌍둥이는 외룸의 농장생활 뒤 헤어졌고, 이후 열일곱 살이 된 토케 베링을 맡길 만한 위탁가정을 찾을 수 없게 되자 관계당국에서는 그를 베스트셸란의 어느 기숙학교로 보냈다. 이때 운명의 여신이 그에게 미소를 지었다. 아이 없이 늙어가던 어느 사업가가 이 학교의 불우한 학생들을 지원하기 위해 장학재단을 설립했다가 그를 입양한 것이다. 성이 겐스였던 그는 아이에게 소뢰의 엘리트 고등학교에서 새롭게 시작할 수 있는 기회를 주었고, 시몬 겐스로 이름을 바꾼 아이는 엄청난 속도로 두각을 나타내기 시작했다. 하지만 남자의 사회적인 실험은 표면상으로만 성공을 거두었을 뿐이다. 겐스는 스물한 살 때 오르후스의 대학교에서 경영경제학과 IT를 공부하다가 리스코브 사건의 피해자인 실험실 조교와 접촉했다. 오르후스경찰서의 사건 파일을 좀더 자세히 살펴본 결과, "맞은편 기숙사에 사는 학생 시몬 겐스가 사건 당일 피해자의 전 남자친구를 보았을 가능성을 놓고 심문을 받았다"는 사실이 밝혀졌다. 그러니까 겐스는 피해자와 길 하나를 사이에 두고 살았고, 그가 저질렀을 게 거의 분명한 사건의 범인을 체포하는 데 도움을 자청하고 나섰던 것이다.

그 직후 후원자가 심장마비로 세상을 떠나자 상당한 액수의 유산을 물려받은 겐스는 새롭게 얻은 자유를 이용해 수도로 거처를 옮기고, 감식반원이 되겠다는 소박한 목표 아래 경찰대학으로 편입했다. 그의 재능과 학업에 대한 열정은 금세 인정을 받았지만, 그가 여기서 맨 처음 배운 것 중 하나가 주민등록번호가 입력된 전국 데이터베이스를 해킹하는 것이었고, 그는 이걸 이용해 자신의 자료에서 토케 베링과의 연결고리를 모두 삭제했다. 2007년부터 2011년 사이 벌어진 두 건의 미제 살인사건 현장을 촬영한 사진에서 밤 인형이 발견돼 사건을 다시 수사하게 된 걸 생각해보면 그가 직장에서 승승장구한 사연은 인상적이지만 소름 끼친다.

그는 이미 유명한 전문가로 등극해 있던 2014년부터 줄곧 독일 연방경찰, 런던 경시청과 함께 일했는데, 약 이 년 전 코펜하겐 과학수사대 반장직 제안이 들어오자 두 군데에서 모두 사직했다. 그 자리에 지원한 진짜 이유는, 사회부 장관으로 임명되면서 막 전국적으로 유명해지기 시작한 로사 하르퉁을 제거하는 데 유용한 자리였기 때문일 것이다. 겐스는 당장 체스트넛 농장을 매입한 다음 남은 유산으로 개조 공사를 하고, 지난해 가을 낙엽이 떨어지기 시작하자마자 작전의 1부를 실행에 옮겨 로사 하르퉁에게 복수할 준비를 갖추었다. 그는 과학수사대 반장이었기 때문에 다양한 증거를 쉽게 조작할 수 있었다. 처음에는 크리스티네 납치사건 수사를 엉뚱한 방향으로 유도했고, 곧바로 리누스 베케르에게 유죄판결을 내리도록 조작했다. 툴린은 주말 동안 겐스의 연구실 컴퓨터를 살펴보고, 리누스 베케르가 범죄 현장 사진 아카이브에 접속하고 있다는 것을 겐스가 경찰보다 한참 먼저 알고 있었다는 사실을 밝혀냈다. 그걸 아무한테도 얘기하지 않았던 것이다. 겐스는 리누스 베케르가 희생양으로서 적합한 조건을 갖추었다는 것을 알았고, 베케르의 집 차고에 피 묻은 마체테를 가져다놓고 익명으로 경찰에 제보하는 것쯤은 그에게는 너무 쉬운 일이었을 것이다. 베케르의 자백은 겐스에게 깜짝 선물이었을 것이다. 증거가 워낙 많아서 그럴 필요까지 없기는 했지만.

헤스에게 무엇보다 중요한 문제는 겐스의 몇 안 되는 소지품 중에서 크리스티네 하르퉁이 정말 어떻게 됐는지에 대한 단서가 될 만한 흔적을 찾을 수 없다는 것이었다. 전소된 체스트넛 농장의 뼈대를 보면 알 수 있듯 모두 삭제되거나 폐기되거나 불에 탄 듯했다.

처음에 그는 엉망진창이 된 숲속의 차 안에서 주운 두 대의 휴대전화에 희망을 걸었지만 둘 다 그날부터 쓰기 시작한 새것이었다. 반면 차량의 GPS 기록을 검색한 결과, 겐스가 독일 북부의 로스토크 동남쪽에 있는 특정 지역을 여러 차례 다녀왔던 것으로 밝혀졌다. 처음에는 겐스가 과거에 독일 연방경찰과 공조 관계였으니 그런가 보다 했는데, 헤스가 어제 오후, 팔스테르섬과 롤란섬에서 출발하는 덴마크 여객선이 정박하는 터미널에 문의한 이후부터 로스토크 쪽이 흥미로워지기 시작했다. 짙은 초록색 렌터카가 로스토크 여객선 터미널에서 금요일부터 주인을 기다리고 있다는데, 금요일이면 겐스가 밤나무에 찔려 죽은 날이었다. 독일 렌터카업체에 문의해보니 여자 이름으로 빌린 차였다.

"데어 나메 데어 페르미테린 이스트 아스트리드 베링(렌트하신 분 성함은 아스트리드 베링입니다)." 전화를 받은 사람은 이렇게 말했다.

그때부터 수사에 박차가 가해졌다. 헤스는 곧바로 독일 경찰 내의 연줄을 동원했고 몇 군데를 우회한 끝에 겐스의 쌍둥이 여동생이 현재 독일에서 사는 것으로 신고되어 있다는 사실을 알아냈다. 후보지는 로스토크에서 차로 약 두 시간 거리에 있는 폴란드 국경 근처의 부게비츠라는 작은 마을 외곽으로 좁혀졌다. 헤스는 쌍둥이 여동생이 일 년 전에 정신병원에서 퇴원했을 때 데이터베이스상에서 모든 흔적이 사라졌던 것을 기억했다. 만약 그녀와 겐스가 중간에 계속 연락을 주고받았다면—겐스의 차에 남은 GPS 기록상으로는 그랬다—그 여동생이 크리스티네 하르퉁의 운명을 아는 유일한 사람일지 몰랐다.

"툴린, 일어나요."

그의 옆자리 옷 뭉치 속에서 전화벨이 울리기 시작하고, 툴린이 뒤집어쓰고 있던 누비 재킷 밖으로 고개를 내미는데, 눈이 충혈되어 있다.

"독일측에서 건 전화일 거예요. 내가 운전할 거라 무슨 일이 생기면 당신한테 연락하라고 해놓았지만, 그냥 전화기 이리 줘요."

"나 환자도 아니고 독일어도 잘해요."

헤스는 혼자 씩 웃고, 툴린은 새벽 일찍 잠을 깨운 것에 계속 골이 난 채로 재킷 주머니에서 주섬주섬 전화기를 꺼낸다. 그녀는 두 군데가 골절된 왼쪽 팔에 팔걸이 붕대를 하고 있는데다 얼굴에 멍이 들어서 꼭 교통사고 환자 같다. 헤스도 오십 보 백 보라 삼십 분 전 여객선에서 조식 뷔페를 먹는 동안 둘은 환상적인 커플이었다. 다시 차에 올랐을 때 툴린은 눈 좀 붙여도 되겠느냐고 물었고 그는 선선히 그러라고 했다. 그들은 토요일 오후 이후로 뼈빠지게 일하는 중이었다. 두 사람 모두 각자의 상사에게 수사를 마무리짓고 나서 며칠 뒤에 복귀해도 좋다는 허락을 얻었는데, 헤스가 보기에 툴린은 잠이 부족할 듯하다. 그는 여전히 고마움을 느낀다. 그녀가 겐스를 발로 차지 않았다면 그는 아마 차에 치여서 죽었을 것이다. 그가 겐스가 매달린 나무에서 조금 떨어진 눈밭에 정신을 잃고 쓰러진 툴린을 발견했을 때는 그녀의 부상 정도를 알 수 없었다. 그는 사이렌소리가 들리자마자 그녀를 안고 도로로 나와, 멈춰 선 구급차에 태워 가장 가까운 병원으로 보냈다.

"네…… 구트(좋아요)…… 알겠어요…… 당케(고마워요)."

전화를 끊은 툴린의 눈빛에 생기가 돈다.

"뭐래요?"

"주소지에서 5킬로미터 떨어진 주차장에서 기동대가 기다리고

566

있대요. 어느 동네 주민 말로는 그 집에 여자가 한 명 산다는데, 인상착의가 아스트리드 베링의 나이대와 맞아요."

"그런데요?"

툴린의 표정을 보면 그게 다가 아니라는 걸 알 수 있지만 헤스는 좋은 소식일지 나쁜 소식일지 가늠이 되지 않는다.

"그 여자는 대부분 혼자 다니지만, 열두 살 아니면 열세 살쯤 되어 보이는 아이하고 몇 번 숲속을 걷는 게 포착됐대요. 주변에서는 지금까지 그녀의 아들인 줄 알았다고 하고요……"

125

성에 긴 유리 뒤에서 햇빛이 반짝인다. 아스트리드는 발치의 코이어 매트 위에 가방을 내려놓고, 자전거를 타러 나온 가족이 좀더 멀찌감치 사라지길 현관 앞에서 기다린다. 자신이 문을 열고 뛰쳐나갈 때 그 모습을 보지 못하게 말이다. 고물 세아트 자동차를 세워놓은 차고까지 열다섯 걸음 정도밖에 안 되지만 그녀는 초조하게 양쪽 발을 번갈아 움직인다. 또다른 자전거나 차가 지나가기 전에 집으로 들어가서 물레를 데리고 나오고 싶다.

아스트리드는 잠을 별로 자지 못했다. 지난밤을 거의 뜬눈으로 지새우면서 무슨 일이 벌어졌을지 머리를 쥐어짜며 고민하고 또 하다가 그날 아침 6시 15분쯤 오빠의 지시를 무시하고 거기서 탈출하기로 마음먹었다. 식료품 저장실 문을 열어 물레를 살살 흔들어 깨우고 옷을 입으라고 한 다음 아침을 준비했다. 오늘 아침은 잼을 바른 얇은 비스킷 몇 조각과 물레 몫의 사과 한 개가 전부다. 지난주부터 겁이 나서 슈퍼에 다녀오지 못했다. 가방은 오빠가 자기가 도착하면 바로 출발할 수 있게 준비하라고 얘기한 금요일 저녁부터 싸놓았다. 하지만 그는 오지 않았다. 아스트리드는 기다리고 또 기다렸다. 개수대 위에 달린 부엌 창문 옆에서 숨죽이고 시골길을 내다보며 어둠 속에서 가끔 등장하는 자동차 전조등을 살폈다. 하지만 전조등은 번번이 벌판과 숲으로 둘러싸인 이 외로운 집 앞을 그대로 지나갔다. 그녀는 두려움과 안도감을 똑같이 느꼈지만 또 하루를 기다리는 것 말고는 감히 아무것도 할 수 없었다. 그렇게 하루, 또 하루가 지났다. 평소에 그는 아침저녁으로 꼬박꼬박 전화해 아무 문제 없는지 물었는데 금요일 아침 이후로 감감무소식이다. 하지만 그녀는 그의 번호를 몰라서 연락할 수가 없었다. 번호를 알면 너무 위험하다고 오빠가 오래전에 말했기 때문에 그가 정한 규칙을 참고 감내했다. 그녀는 그가 하라는 대로 거의 다 참고 감내했다. 그는 강한 사람이고 가장 좋은 방법이 뭔지 알기 때문이다.

오빠가 없었다면 아스트리드는 이미 오래전에 약물과 알코올과 자기혐오의 노예가 됐을 것이다. 그는 여러 요양시설과 치료센터의 문을 끈질기게 두드려가며 다시 한번 그녀를 치료해달라고, 새로운 방법을 생각해달라고 했다. 그리고 그녀의 정신상태가 어떤 식으로 망가졌는지 설명하는 의사와 치료사의 말을 듣고 또 들었다. 그녀는 자신의 고통이 그의 고통이기도 하다는 것을 알지 못했다. 그날 외룸의 농장에서 그 사건을 직접 목격했기 때문에 그가 어떤 짓까지 저지를 수 있는지는 물론 알았다. 하지만 하도 오랜 세월 동안 그녀 자신의 고통 속에 침잠해 있다보니 그의 고통을 알아차렸을 때는 너무 늦은 뒤였다.

일 년쯤 전, 그녀가 다른 시설에 있었을 때 그가 그녀를 데리러 와서 차에 태웠다. 그들은 여객선을 타고, 그가 그녀의 명의로 사둔 작은 오두막집이 있는 로스토크 남쪽 어딘가로 향했다. 그녀는 어리둥절했지만 그 집과 가을빛에 넋을 잃었고, 그의 사랑에 어쩔 줄 몰라하며 고마워했다. 그에게 이 집을 산 이유와 그 용도를 듣기 전까지는.

한밤중에 그가 약에 취한 여자아이를 차 트렁크에 싣고 오면서

부터 그 일은 시작됐다. 아스트리드는 경악했다. 그녀는 지난달에 시설 휴게실에서 TV로 본 아이 얼굴을 알아보았고, 그도 의기양양하게 아이 엄마가 누군지 알려주었다. 아스트리드가 그의 계획에 반대하자 그는 노발대발하며 아스트리드가 돌보지 않겠다면 아이를 그 자리에서 죽이겠다고 했다. 그러고는 특별히 개조한 식료품 저장실에 아이를 두고 떠나면서, 집안 곳곳에 카메라가 설치돼 있어 그들의 일거수일투족을 감시할 수 있다는 말을 남겼다. 그녀는 그 순간 그가 무서워졌다. 갑자기 지하실에서 도끼를 들고 그 경찰관의 시신을 내려다보며 서 있었을 때보다 훨씬 더 무서워졌다.

처음에 그녀는 아이와의 접촉을 최대한 피했다. 하루에 두 번 식료품 저장실 문을 열고 먹을 것을 가져다줄 때만 근처에 갔다. 하지만 아이가 우는 소리를 견딜 수 없었고, 괴로워하는 아이를 보고 있으면 자신이 갇혀 지냈던 시절이 생각났다. 곧 아스트리드는 아이를 밖으로 불러내 부엌에서 같이 식사했다. 아니면 독일 채널에서 나오는 어린이 프로그램을 거실 TV로 보여주기도 했다. 아스트리드가 느끼기에 그들은 모두 한 지붕 아래에서 지내는 수감자였고, 둘이 같이 있으면 시간도 그렇게 느리게 흐르지 않았다. 하지만 어느 날 아이가 문밖으로 도망치려고 하자 아스트리드는 아이의 앞을 가로막고 다시 식료품 저장실에 가두었다. 주변에 다른 집이 없었기 때문에 시끄러운 소리를 내도 상관없었지만 그래도 듣기가 괴로웠고 아스트리드는 아이가 딱했다. 그래서 기념할 기운도 없이 크리스마스와 새해를 맞이한 직후, 시간을 알차게 보낼 수 있게 일과를 정하기로 마음먹었다.

아침식사로 하루를 시작하면 다음은 학교 공부였다. 아스트리드는 근처의 좀더 큰 마을에 가서 분홍색 필통과 수학과 영어 교재를 사왔고 식탁에서 성심성의껏 아이를 가르쳤다. 인터넷에서 찾은 웹사이트를 활용해 덴마크 문학을 가르쳤고 아이는 고마워하며 적극적으로 따랐다. 오전에 세 과목을 공부한 다음 같이 준비한 점심을 먹었고 오후에는 항상 거실에서 어설프게나마 체육 수업을 진행했다. 둘 다 제자리달리기와 무릎 높이 들기를 하는 폼이 우스꽝스러워서 그때 처음으로 같이 웃음을 터뜨렸다. 그때가 3월 말이었고 아스트리드는 오랜만에 큰 행복을 느꼈다. 그녀는 아이를 물레라고 부르기 시작했다. 그녀가 생각할 수 있는 것 중에서 가장 사랑스러운 이름이었기 때문이다.

오빠는 최소 일주일에 한 번씩 찾아왔고 그러면 분위기가 달라졌다. 아스트리드와 물레는 사형집행인이 등장하기라도 한 듯 기가 죽고 말이 없어졌다. 그녀의 오빠는 둘 사이에 생긴 유대감을 감지했고, 그녀가 아이에게 일말의 자유를 허락하는 모습을 카메라로 포착하면 전화로도 여러 번 아스트리드를 나무랐다. 셋이서 대개는 아무 말 없이 같이 식사를 할 때면 그는 접시를 치우고 설거지를 하는 물레를 음침한 표정으로 지켜보았고 아스트리드는 그의 일거수일투족을 예의 주시했다. 하지만 아무 일도 없었다. 여름에 물레가 또다시 탈출을 시도하자 그가 아이를 때리긴 했지만 손바닥으로 때렸다.

그 탈출 시도가 있기 전, 그들은 날이 너무 더워 집안에 앉아 있을 수가 없었기 때문에 체육을 비롯해 모든 수업을 뒤쪽 베란다에서 진행했다. 하루는 물레가 숲속으로 산책을 나가도 되느냐고 물었다. 아스트리드는 그러면 안 될 이유가 없다고 생각했다. 숲이 워낙 넓었고 그녀는 그 안에서 누굴 만난 적이 거의 없었다. 게다가 그곳은 덴마크와 멀리 떨어져 있었고 물레는 처음 왔을 때와는 달라졌다. 머리를 짧게 잘랐고 남자아이처럼 옷을 입고 다녔다. 하지만 오빠의 자비로운 허락 아래 산책을 나섰던 어느 날, 물레가 도망치려고 했다. 숲속을 걷는 다른 사람이 보이면 늘 그랬듯이 방향을 돌려 집으로 돌아가던 길이었는데, 물레가 아스트리드에게서 벗어나 나이 많은 커플을 따라가려고 한 것이다. 아스트리드는 몸부림치는 아이를 집까지 끌고 와야 했고, 카메라에 뭐가 찍혔는지 몇 시간 뒤에 그의 오빠가 들이닥쳤다. 그리고 아이에게는 한 달간 격리라는 벌이 내려졌다. 삼십 일 동안 화장실에 갈 때만 식료품 저장실에서 나올 수 있었다. 벌이 끝나자 아스트리드는 아이를 뒤쪽 베란다로 데리고 나가 그녀가 구할 수 있는 것 가운데 가장 큰 아이스크림을 선물로 주었다. 그녀는 자신이 얼마나 실망했는지 말했고 물레는 사과했다. 아스트리드는 아이의 가녀린 몸을 안아주었다. 이후로 모든 게 잘 풀려서 그들은 수업과 운동으로 이루어진 일상으로 돌아갔고 아스트리드는 영원히 그렇게 살 수 있길 바랐다. 하지만 가을이 찾아오자 그와 더불어 그녀의 오빠가 밤을 들고 찾아왔다.

"여기 있어, 물레. 금방 올게."

자전거를 탄 가족이 사라지자 아스트리드는 현관문을 열고 양손에 가방을 하나씩 든 채 차갑고 맑은 공기 속으로 나선다. 그녀는 열심히 달리면 오늘 어디까지 갈 수 있을지 생각하며 얼른 차고로 간다. 계획을 세울 겨를이 없었다. 대개 그런 건 오빠의 몫인데, 이제는 그녀가 알아서 해야 한다. 그래도 물레만 있으면 모든 게 아무 문제 없다. 그녀는 그들이 서로의 일부라고 느꼈고 그 아이에게 여기 말고 다른 집이 있다는 사실을 오래전에 잊었다. 어쩌면 오빠가 없는 게 사실 다행일지 모른다. 아스트리드는 모든 게 끝나면 그가 이 아이에게 무슨 짓을 저지를지 두렵다.

그 생각을 끝으로 차고 안으로 들어갔을 때 장갑을 낀 손이 그녀의 입을 막는다.

"비 필레 깁트 에스 임 하우스(집안에 몇 명이나 있어)?"

"다스 메드헨, 보 이스트 지(그 아이, 그 아이는 어디 있어)?"

"안트보르테(대답해)!"

손에 들고 있던 가방을 빼앗기지만 아스트리드는 너무 놀라서 아무 대답도 하지 못한다. 키가 크고 멍이 들었고 양쪽 눈동자 색이 다른 남자가 덴마크어로 말을 걸어온 다음에야 그녀는 더듬더듬 아이는 데려갈 수 없다고 말한다. 남자가 자신의 말을 듣지 않기 때문에 목이 메고 눈물이 쏟아지기 시작한다.

"아이는 어디 있어?" 그가 계속 묻는다.

그녀는 소총을 들고 섬뜩한 마스크를 쓴 그 사람들이 집을 습격할 작정이라는 사실을 알아차린 다음에야 남자가 듣고 싶어하는 대답을 하고, 그가 서 있는 타일 위로 무너지듯 주저앉는다.

126

텅 빈 부엌을 보면 이곳으로 다시 돌아오지 않을 거라는 것을 알 수 있다. 그녀는 외투 차림으로 얼룩덜룩한 리놀륨 식탁 옆 스툴에 앉아 엄마가 데리러 오길 기다린다. 그녀 혼자서는 외출하면 안 되기 때문이다.

진짜 엄마는 아니지만 그 여자가 '엄마'라고 부르라고 했다. 아스트리드라고 하지 말고. 집밖으로 나갔을 때는 특히. 그녀는 진짜 엄마와 아빠와 남동생을 기억하고 날마다 그들을 만나는 꿈을 꾼다. 하지만 꿈을 꾸는 건 고통스럽기 때문에 도망칠 수 있는 그날까지 저들이 시키는 대로 하자고 마음을 다독여왔다. 그녀는 실제로도, 상상 속에서도 여러 번 탈출을 시도했지만 번번이 실패했다. 하지만 이렇게 앉아서 창밖으로 차고 쪽을 유심히 살피고 있는 지금, 묘한 희망이 마음속에서 샘솟는다.

어쩌면 그 희망은 며칠 전 남자가 오지 않았을 때 시작됐을지 모른다. 엄마는 짐을 다 싸놓았고, 그녀에게 모든 준비를 하고 지금 앉아 있는 자리에 앉아 있으라고 했다. 하지만 그는 오지 않았다. 다음날도 그다음날도. 전화도 없었다. 엄마는 평소보다 더 불안해하고 걱정스러워했다. 오늘 아침에 엄마가 깨웠을 때 그녀는 목소리를 듣고 엄마가 결단을 내렸다는 것을 당장 알아차릴 수 있었다.

도망치면 좋을지도 모른다. 증오하는 집에서, 남자에게서, 그녀를 늘 따라다니는 남자의 카메라에서. 하지만 어디로, 무엇을 향해 도망치는 걸까? 어쩌면 그곳은 이보다 더 나쁠 수도 있지 않을까? 그녀는 아직 용기가 없어서 그 생각을 끝까지 해보지 않았다. 그러니까 거기서 희망이 샘솟은 건 아니다. 열린 현관문 틈새로 가느다란 햇빛이 비치고 엄마는 감감무소식이라 희망이 샘솟은 것이다.

　그녀는 차고 앞 빈 공간을 계속 주시하며 두 발로 조심스럽게 바닥을 딛고 일어선다. 어쩌면 이번이 마지막 기회일지 모른다. 천장 구석에서 카메라의 빨간 불이 깜빡이는 가운데 그녀는 한 발, 한 발 조심스럽게 움직인다.

 닐라네르는 독일 기동대와 함께 숲 언저리에 서서 크리스티네 하르퉁이 저 작은 통나무집 안에 있는지 없는지 고민하고 있는 지금 상황이 싫다. 모든 게 점점 그가 통제할 수 없는 방향으로 치닫고 있다. 사실 그가 끈 떨어진 연 신세로 몰락한 지난 금요일부터 그랬다. 그걸로도 모자라 그의 굴욕이 생방송으로 중계됐다. 상사들은 닐라네르가 호텔방으로 유혹하려 했던 바로 그 커뮤니케이션 컨설턴트를 동원해 그에게 사안을 잘못 판단한 걸 시인하라며 압박했다. 그리고 당연스럽게도 사건 해결의 공로를 헤스와 툴린에게 넘기라고 했다.

 닐라네르의 입장에서는 차라리 불알이 잘려서 경찰서 외벽에 못 박히는 편이 나았다. 하지만 그는 그들이 명령한 대로 했고, 이후에는 자신의 부하와 전문가들이 하르퉁 부부 딸의 흔적이 남아 있을지 모른다는 희망 아래 겐스의 몇 안 되는 소지품을 수거하는 광경을 지켜보기만 해야 했다. 불과 며칠 전 그가 돌아가는 카메라 앞에서 마침내 종결을 선포했던 사건이건만.

 그렇게 그는 똥통에 빠진 기분이었지만, 그래도 그날 동이 트자마자 코펜하겐경찰서를 출발한 호송대에 몸을 싣고 여기까지 끌려왔다. 조만간 긴장이 해소되고 그는 치명타가 남았는지 아닌지 알게 될 것이다. 만약 크리스티네 하르퉁이 집안에 없다면 피해를 복구할 수 있을 테고 그녀의 사건은 아마 미스터리로 남을 것이다. 그리고 그는 다시 언론에 장광설을 늘어놓을 수 있을 것이다. 만약 크리스티네 하르퉁이 집안에 있다면 지옥문이 열릴 것이다. 물론 그가 전적으로 이해할 만한 실수를 저질렀다고 주장하며, 책임은 그가 아니라 겐스 같은 사이코패스에게 그렇게 중요한 일을 맡긴 사람, 바보 중에서도 가장 바보 같은 실수를 저지른 사람이 져야 한다고 떠넘길 수 있다면 얘기는 달라지겠지만.

독일 기동대가 집을 포위하고 2인 1조로 조금씩 다가가고 있다. 그러다 갑자기 걸음을 멈춘다. 현관문이 활짝 열리고 비쩍 마른 형체가 쏜살같이 달려나왔기 때문이다. 닐라네르는 그것의 움직임을 시선으로 따라간다. 그것은 이슬을 맞고 축축해진 웃자란 잔디밭 한가운데에 다다르자 달리기를 멈추고 그들을 빤히 쳐다본다.

모두 그 자리에서 얼어붙는다. 아이는 이목구비가 달라졌다. 키가 컸고 눈빛이 불안정하고 어둡다. 하지만 아이의 사진을 수백 번 본 닐라네르는 한눈에 알아본다.

128

시간이 너무 오래 걸리고 있다. 로사는 불길한 조짐을 느낀다. 그들이 서 있는 대로에서는 오두막집이 보이지 않지만, 벌판과 키큰 나무와 관목이 자라는 잡목림 저편으로 500미터만 가면 나온다는 이야기를 들었다. 햇살은 눈부시지만 두 대의 큼지막한 독일 경찰차 뒤로 피신해 있는데도 바람이 살을 에는 듯 차갑다.

전날 저녁, 경찰이 독일에서 어떤 단서를 추적중이라는 소식을 전해들었을 때 로사와 스텐은 따라가겠다고 고집했다. 살인범의 여동생이 폴란드 국경 근처의 작은 오두막집에 살고 있는데, 그가 체스트넛 농장 근처 숲속에서 죽었을 때 그녀를 만나러 가는 길이었다는 정황이 있었다. 여동생이 공범이고 크리스티네의 행방에 대해 알 가능성이 있어 보였고 희망을 걸 만한 다른 단서가 없었기에 부부는 호송대에 동행하겠다고 주장했다. 범인이 이제 더는 아무 말도 할 수 없는 상황이라 더더욱 그랬다.

로사가 병원에서 수술을 받고 깨어났을 때 맨 처음 물은 게 그거였다. 눈물로 얼룩진 스텐의 얼굴을 보고 거기가 어디인지—그곳은 악몽 속에 나올 법한 새하얀 지하실이 아니라 제대로 된 병원이었다—깨달았을 때 남자가 남긴 말이 있느냐고 물었다. 스텐은 고개를 저었고 그녀는 그 순간만큼은 남편에게 그것이 중요하지 않은 문제라는 것을 알 수 있었다. 그는 로사가 살아 있다는 데 안도했고, 구스타브도 똑같이 안도하는 눈빛이었다. 물론 두 사람은 그녀가 그런 식으로 고문과 절단을 당했다는 사실에 크게 괴로워했다. 왼쪽 팔에 달린 집게 덕분에 과다 출혈로 목숨을 잃는 사태는 막을 수 있었지만 불길이 잘린 손을 삼켜버렸다. 병원에서는 통증이 점점 가라앉을 거라고 했다. 나중에 특수 제작된 의수를 달면 익숙해져서, 지금처럼 통증을 잠깐 잊고 거울을 들여다보았다가 뭉툭하게 잘린 채 붕대가 감겨 있는 팔목을 보고 소스라치게 놀랄 일은 없을 거라고 했다.

희한하게도 로사는 거기에 연연하지 않는다. 그 모습을 보아도 억장이 무너지지 않는다. 오히려 그 정도면 사소한 희생이라고 생각한다. 그녀는 뭐든 포기할 수 있다. 시간을 거꾸로 돌려 크리스티네를 살릴 수만 있다면 접합 수술을 받은 오른손은 물론 양쪽 팔과 목숨까지 포기할 수 있다. 병상에서 그녀는 죄책감에 몸부림쳤고 오래전에, 어린아이였을 때 저지른 죄를 자책했다. 그건 그녀의 잘못이 맞았고 어른이 된 이후 대부분의 시간을 속죄에 바쳤지만 소용없었다. 오히려 그녀의 딸로 태어난 죄밖에 없는 크리스티네가 그것 때문에 고통을 겪었다. 그 생각을 하면 끔찍했다. 스텐이 자책하면 안 된다고 설득하려 했지만, 크리스티네가 사라졌고 그 아이를 납치한 범인도 죽었으니 로사는 납치당한 사람이 아이가 아니라 자기였으면 좋겠다는 생각을 한순간도 떨쳐버릴 수 없었다.

그런 비통함과 자책에 빠져 있는데 어제 저녁에 단서가 포착됐다는 소식이 전해졌고, 그들은 해가 뜨기 전에 독일로 출발한 호송대의 한 자리를 차지할 수 있었다. 몇 시간 뒤 독일 경찰차가 기다리고 있는 주차장에 도착했을 때 스텐은 덴마크 경찰과 독일 경찰이 주고받는 대화를 듣고 그 주소지에 사는 여자가 여름 동안 어떤 아이와 걷는 광경이 목격된 적이 있었다는 걸 알게 됐다. 대략 크리스티네의 나이였다. 덴마크 경찰에서는 아무것도 장담하지 않으려 했고, 작전이 시작되자 로사와 스텐은 두 명의 독일 경찰과 함께 경찰차 옆에 남겨졌다.

문득 로사는 감히 크리스티네가 살아 있을지 모른다는 희망을 품으면 안 된다는 생각을 한다. 그녀가 또다시 꿈과 희망을 품고 언제 무너질지 모르는 공중누각을 지었던. 그날 밤, 출발을 앞두고 옷을 갈아입으러 일어났을 때 그녀는 자기도 모르게 크리스티네가 한눈에 알아볼 수 있는 옷을 골랐다. 짙은 색 청바지와 초록색 점퍼, 그리고 오래된 가을용 재킷과 크리스티네가 항상 '테디베어 부츠'라고 불렀던 털 달린 부츠였다. 뭐든 입어야 하지 않겠느냐며 스스로 핑계를 댔지만 그 옷을 고른 이유는 딱 하나였다. 그날이 아이를 다시 만나는 날, 크리스티네에게 달려가 그애를 꼭 끌어안고 모든 사랑을 퍼붓는 날이 되길 바라는 마음이 있었기 때문이다.

"스텐, 집에 가고 싶어. 이제 집으로 돌아가야겠어."

"뭐라고?"

"차문 열어. 우리 딸은 저기 없어."

"경찰이 아직 돌아오지도 않았는데……"

"이렇게 오래 집을 비우면 안 되잖아. 구스타브한테 돌아가고 싶어."

"로사, 여기 있자."

"차문 열어! 내 말 안 들려? 차문 열어!"

그녀는 손잡이를 잡고 들썩이지만 스텐은 열쇠를 꺼내 문을 열어주지 않는다. 그녀의 뒤편에서 뭔가를 발견한 것이다. 로사도 남편이 쳐다보고 있는 쪽으로 고개를 돌린다.

두 사람이 나무와 관목이 심긴 잡목림에서 그들 쪽으로 걸어오고 있다. 진흙이 신발에 들러붙는지 발을 아주 높게 들어가며 들판을 가로질러 도로 쪽으로 걸어온다. 한 명은 툴린이라는 경찰이다. 툴린의 손을 잡고 있는 다른 한 명은 언뜻 열두 살 아니면 열세 살쯤 된 남자아이로 보인다. 머리가 짧고 꾀죄죄하다. 허수아비처럼 헐렁한 옷을 입었고 진흙을 헤치고 걷기가 힘든지 땅바닥에 시선을 고정하고 있다. 하지만 남자아이가 고개를 들고 로사와 스텐이 경찰차와 함께 서 있는 쪽을 살피자 로사는 알아차린다. 그녀는 심장이 철렁 내려앉는 것을 느끼며 스텐도 같은 것을 보고 있는지 확인하려고 그를 돌아보는데, 그는 이미 얼굴을 일그러뜨리고 두 뺨 위로 눈물을 쏟고 있다. 로사는 달리기 시작한다. 차량들 틈바구니에서 벗어나 들판으로 달려간다. 크리스티네가 잡고 있던 경찰의 손을 놓고 달리기 시작하자 로사는 진짜라는 걸 알아차린다.

11월 4일
수요일

담배맛이 전과 다르다. 헤스는 평소 좋아하던 국제적인 분위기 속으로 들어가기 위해 서두르지 않는다. 그는 공항의 3번 터미널 입구 앞에 서서 쏟아지는 빗줄기 속에서 툴린이 나타나길 기다리고 있다.

어제의 감정은 아직 가시지 않았고, 잠깐 잊더라도 휴대전화나 아이패드로 뉴스를 검색하면 당장 되살아난다. 하르퉁 가족이 딸과 재회한 사건이 시몬 겐스의 기사를 대체했고, 그날의 뉴스 가운데 그보다 크게 다루어진 것은 중동에서 다시 전쟁이 발발한 가능성이 있다는 기사뿐이었다. 심지어 헤스도 하르퉁 부부가 바람 부는 들판에 서서 딸을 끌어안고 있는 광경을 보았을 때 눈물을 참느라 애를 먹었다. 그리고 밤늦게 오딘 아파트의 침대 위로 쓰러졌을 때에는 몇 년 만에 처음으로 열 시간이나 단잠을 잘 수 있었다.

그는 잊고 지냈던 행복감을 느끼며 일어나, 뒤늦게 가을 휴가를 즐기러 나선 툴린 모녀와 함께 마그누스 키에르가 맡겨진 시설을 찾았다. 마그누스의 새아버지였던 한스 헨리크 하우게가 그 주말에 윌란의 휴게소에서 교통경찰에게 체포되긴 했지만 헤스가 그 때문에 마그누스를 만나러 간 건 아니었다. 레와 마그누스는 리그오브 레전드라는 공통의 관심사 아래 금세 하나로 뭉쳤고, 소장은 알맞은 위탁가정을 찾았다고 툴린과 헤스에게 알려주었다. 길렐라이에에 거주하는 가족으로 위탁가정 경력이 십 년 되었다고 했다. 지금 마그누스보다 조금 어린 남자아이를 위탁 양육하는 중이라 형제나 남매를 만들어주고 싶어하는 집이었다. 마그누스와 그 가족과의 만남은 잘 끝났지만 나중에 마그누스는 만약 자신에게 선택권이 있다면 '눈이 특이한 경찰 아저씨'와 살고 싶다고 했다. 물론 말도 안 되는 얘기였지만 툴린이 레와 함께 산책하러 나간 동안 헤스는 마그누스와 잠깐 같이 놀았다. 타워를 하나 깨고 챔피언 하나와 미니언 한 부대를 물리치는 수확을 거둔 다음 마그누스에게 자신의 연락처가 적힌 쪽지를 주고 헤어졌다. 소장에게 훌륭한 위탁가정이 맞는지 다시 한번 확인한 뒤 거기서 나왔다.

과학박물관에서는 툴린과 함께 오늘의 메뉴를 먹었고, 레가 다시 '빛의 미로' 안으로 들어가 시간을 보내는 동안 그들은 카페에 남아서 아이들을 데리고 온 다른 가족들과 함께 고함소리와 비명소리의 한가운데에 앉아 있었다. 그가 부쿠레슈티로 떠난다는 것을 두 사람 모두 알았지만 지난 며칠 동안 둘 사이에 있었던 친밀함과 편안함은 어디 갔는지 어색한 대화가 이어졌다. 헤스는 툴린의 그윽한 눈망울 속에서 허우적거리며 할말을 찾았다. 하지만 그때 그녀의 딸이 달려와 '사자의 굴'로 그들을 끌고 갔다. 상자 구멍 속에 머리를 집어넣고, 있는 힘껏 고함을 질러 목청이 얼마나 좋은지 측정하는 방이었다. 이후에 툴린이 가야 할 시간이 되었고, 헤어지면서 그녀는 이따 공항에 들러 작별인사를 하겠다고 했다. 그는 그 신나는 약속을 되새기며 수위와 부동산 중개업자를 만나러 오딘 파르크로 서둘러 돌아갔다.

하지만 부동산 중개업자는 패잔병이었다. 집을 사겠다던 사람이 외스테르브로에 좀더 '안전한' 곳을 찾았다며 발을 뺀 것이었다. 그 소식을 듣고 헤스보다 파키스탄 출신의 수위가 더 속상해했다. 헤스는 그에게 고맙다는 인사와 함께 열쇠를 건넸고, 공항으로 가는 길에 얼마나 기운이 났는지 택시기사에게 베스트레 공동묘지에서 세워달라고 했다.

헤스가 공동묘지를 찾은 건 이번이 처음이었다. 그는 정확한 위치를 몰랐지만 관리사무소에서 길을 따라 작은 나무가 있는 곳으로 가면 된다고 알려주었다. 묘지는 그가 걱정했던 것처럼 서글퍼 보였다. 이끼로 덮인 묘비, 초록색 이파리와 조약돌 몇 개. 그 모습이 그의 죄책감을 자극했다. 헤스는 숲에서 따온 꽃 한 송이를 조약돌 위에 놓고 결혼반지를 빼서 묘비 아래에 묻었다. 그녀는 오래전부터 그가 그래주길 바랐겠지만 지금도 쉽지 않았다. 그는 무덤가에 서서 오랜만에 처음으로 마음껏 추억에 잠겼고, 다시 입구까지 걸어갔을 때는 들어올 때보다 마음이 한결 가벼워진 느낌이었다.

택시 한 대가 다시 3번 터미널 앞을 지나가자 헤스는 담배를 끄고 빗줄기를 향해 등을 돌린다. 툴린은 오지 않으려는 모양이고 어쩌면 그게 나을지도 모른다. 그는 떠돌이로 지내고 있고, 지금까지 사는 동안 무엇 하나 제대로 된 적이 없었다. 그는 탑승권을 찾으려고 주머니에서 휴대전화를 꺼낸다. 에스컬레이터를 타고 보안 검색대를 향해 올라가다가 문자가 와 있는 것을 발견한다.

"잘 다녀와요." 그게 전부다. 그는 보낸 사람을 확인하려고 첨부 이미지를 클릭한다.

처음에는 그게 뭔지 알아보지 못한다. 어린애가 그린 큼지막한 나무에 그와 앵무새와 햄스터 사진을 붙여놓았다. 잠시 후 그는 폭소를 터뜨린다. 껄껄대고 웃는다. 보안 검색대에 도착할 때까지 사진을 몇 번 더 보지만, 볼 때마다 웃음을 참을 수 없다.

"보냈어요? 그 아저씨가 봤어요?"

레는 툴린이 전화기를 내려놓는 것을 확인하고, 포스터를 어느 서랍에 붙이면 좋을지 두리번거리며 찾는다.

"응, 보냈어. 이제 가서 할아버지 문 열어드려."

"그 아저씨 언제 돌아온대요?"

"몰라. 이제 가서 문 열어드려!"

레는 초인종이 울려대는 현관문 쪽으로 터벅터벅 걸어나간다. 툴린에게는 헤스에게 사진을 전송한 것이 그 희한스러운 날의 하이라이트다. 헤스와 레와 함께 키에르의 아들을 만나러 갔을 때 마음이 울컥했고, 레가 그들을 졸라 생지옥과 같은 과학박물관에 갔을 때도 별반 다르지 않았다. 카페에서 소리를 질러대는 아이들과 점심 도시락의 틈바구니에 앉아 있을 때 문득 까딱 잘못했다가는 주변의 가족들처럼 다람쥐 쳇바퀴 같은 삶을 살 수도 있겠다는 위기의식을 느꼈다. 헤스가 그런 사람이 아니라는 건 알지만 그는 뭔가를 말하고 싶어 입이 근질거리는 눈빛으로 툴린을 바라보았고, 그녀는 단독주택과 연금과 핵가족생활이라는 그럴듯한 거짓말을 떠올리지 않을 수 없었다. 몇 초 뒤 그녀는 공항에 잠깐 들르겠다고 했지만, 그건 오로지 거기서 얼른 빠져나와 집으로 도망치기 위해서였다.

집에 도착하자 레가 '사자의 굴'에서 그녀의 휴대전화로 찍은 헤스의 사진을 출력하겠다고 했다. 거기서 한 걸음 더 나아가 학교에서 그린 가계도 포스터에 헤스를 붙이겠다고 했다.

툴린은 전혀 내키지 않았다. 하지만 일단 사진을 붙이자 헤스는 좌우의 동물만큼이나 자연스럽게 어우러졌고, 레는 이 가계도 사진을 헤스에게 전송해달라고 고집을 부렸다.

툴린은 부엌 서랍 옆에서 머뭇거리지만 웃음이 나는 건 어쩔 수 없다. 레가 할아버지를 현관으로 들이는 소리를 들으며 그녀는 포스터를 부엌 벽에 붙이기로 결심한다. 너무 잘 보이는 곳은 말고. 그냥 레인지 후드 옆에. 그냥 하루이틀쯤.

130

리누스 베케르는 상쾌한 공기를 들이마시지만 머리 위에는 시커먼 구름이 묵직하게 드리워 있다. 슬라겔세역 승강장에는 인적이 없고 그의 발치에는 수감병동에서 챙긴 소지품이 담긴 작은 배낭이 놓여 있다. 방금 전에 출소했으니 행복하고 안심이 되어야 하는데 그렇지가 않다. 자유라지만, 이제 어쩐다?

리누스 베케르의 마음 한구석에서는 변호사가 제안한 것처럼 그동안 겪은 고통과 괴로움을 보상받을 방법을 찾아볼까 고민이 된다. 실질적으로 저지른 유일한 범죄—아카이브 해킹—에 대해서는 이미 죗값을 치르고도 남았다. 돈이 있으면 좋겠지만 돈이 생긴다 해도 그가 느끼는 실망감은 해소되지 않을 것 같다. 체스트넛맨 사건의 결론은 그가 바라던 방향과 다르게 내려졌다. 지난해 심문을 받다가 자신이 기계의 중요한 톱니라는 사실을 깨달았을 때 얼마나 기뻤는지 모른다. 처음에는 그의 차고에 누가 마체테를 가져다놓았는지 도무지 알 수 없었지만 형사들이 선반에 놓인 날카로운 무기 사진을 들이대며 백 번쯤 자백을 유도했을 때 그 뒤편에 있는 조그만 밤 인형이 보였다. 리누스는 눈치로 상황을 파악하고 자백했고, 그뒤로 수감병동이라는 지옥 속에서 하루하루를 보내며 가을이 오길, 체스트넛맨의 다음 행보가 밝혀지는 날이 오길 손꼽아 기다렸다. 살인사건 소식이 드문드문 들리기 시작하자 기다린 보람이 느껴졌지만 파티는 흐지부지 끝나버렸고 체스트넛맨은 그의 믿음에 부응하지 못한 서툰 아마추어로 밝혀졌다.

열차가 도착하자 리누스 베케르는 배낭을 집어들고 올라탄다. 창가 쪽 자리에 앉을 때까지 삶의 권태가 여전히 먹구름을 드리우고 있지만, 이내 어린 딸을 데리고 그의 맞은편 대각선 자리에 앉아 있는 아이 엄마가 보인다. 아이 엄마가 웃으며 공손하게 묵례를 한다. 베케르도 마주 미소를 지으며 공손하게 인사한다.

열차가 출발한다. 먹구름은 흩어지고 베케르는 시간을 보낼 방법을 찾을 수 있을지 모르겠다는 생각을 한다.

라르스 그라루프. 그는 나와 알게 된 덴마크 방송공사에서 미디어부장으로 지내다 퇴사하고 〈폴리티켄〉의 선임 디지털 편집자로 근무하던 오륙 년 전, 맨 처음으로 내게 범죄소설을 써보지 않겠느냐고 권했다.

라르스 그라루프와 함께 나를 설득한 폴리티켄스 포를라그 출판사의 사장 레네 율. 내가 마침내 도전을 받아들였지만 중간에 진도가 나가지 않아 애를 먹을 때 그는 끝까지 응원하며 내게 필요한 시간과 공간을 할애해주었다.

문학을 사랑하는 프로듀서 에밀리 레베크 코에. 환상적인 응원과 더불어 긍정주의가 뭔지 내가 가장 필요로 하는 순간 보여주었다.

초고를 읽어주었고, 내가 포기하지 않도록 계속 영감을 불어넣어준 친구 롤란 야를고르와 올레 사스 트라네. 특히 올레는 방대한 IT 관련 지식으로 이 작품에 큰 도움을 주었다.

조심스럽게 작업을 시작했을 때 내 고민에 귀를 기울여준 극작가 미카엘 W. 호르스텐. 자료 조사를 도와준 니나 크비스트와 에스테르 니센. 공유 공간에서 날마다 함께 지내며 나를 견뎌준 메타 루이세 폴다게르와 아담 프리세.

자신감을 불어넣어주는 든든한 응원군이었던 나의 누이 트리네.

어마어마한 경험과 감각을 갖추었고 훌륭한 조언을 아끼지 않았던 에이전트 라르스 링호프.

예리하고 정확하며 더없이 탁월했던 폴리티켄스 포를라그 출판사의 담당 편집자 아네 크리스티네 아네르센.

훌륭한 코치이자 옆 사람까지 전염시키는 유머 감각의 소유자였던 수사네 오르트만 레이트.

가장 큰 감사는, 아낌없는 사랑과 더불어 『더 체스트넛맨』의 가능성을 끝까지 믿어주었던 나의 아내 크리스티나에게 바친다.

옮긴이 **이은선**
연세대학교 중어중문학과와 같은 학교 국제대학원 동아시아학과를 졸업했다. 출판사 편집자, 저작권 담당자를 거쳐 전문 번역가로 활동중이다. 옮긴 책으로『세상의 한 조각』『고아 열차』『주황은 고통, 파랑은 광기』『다이어트랜드』『올해는 다른 크리스마스』『딸에게 보내는 편지』『엄마, 나 그리고 엄마』『사라의 열쇠』『키르케』『먹을 수 있는 여자』『그레이스』『초크맨』『미스터 메르세데스』『맥파이 살인 사건』『할머니가 미안하다고 전해달랬어요』『베어타운』 등이 있다.

문학동네 세계문학
더 체스트넛맨

1판 1쇄 2021년 10월 11일 | 1판 2쇄 2024년 7월 31일

지은이 쇠렌 스바이스트루프 | 옮긴이 이은선
책임편집 윤정민 | 편집 이봄이랑 오영나 이현자
디자인 고은이 이원경 | 저작권 박지영 형소진 최은진 오서영
마케팅 정민호 서지화 한민아 이민경 안남영 왕지경 정경주 김수인 김혜원 김하연 김예진
브랜딩 함유지 함근아 박민재 김희숙 이송이 박다솔 조다현 정승민 배진성
제작 강신은 김동욱 이순호 | 제작처 영신사

펴낸곳 (주)문학동네 | 펴낸이 김소영
출판등록 1993년 10월 22일 제2003-000045호
주소 10881 경기도 파주시 회동길 210
전자우편 editor@munhak.com | 대표전화 031) 955-8888 | 팩스 031) 955-8855
문의전화 031) 955-1927(마케팅) 031) 955-2634(편집)
문학동네카페 http://cafe.naver.com/mhdn
인스타그램 @munhakdongne | 트위터 @munhakdongne
북클럽문학동네 http://bookclubmunhak.com

ISBN 978-89-546-8268-8 03850

www.munhak.com